Knaur

Von Barbara Bickmore sind außerdem erschienen:

Ein ferner Stern in China
Der Mond am anderen Ende der Welt
Die Bucht der Wildgänse
Wem die Macht gegeben ist
Wer den Himmel berührt
Jenseits aller Versprechen

Über die Autorin:

Barbara Bickmore ist ehemalige Universitätsprofessorin, Mutter von drei Kindern und Autorin zahlreicher erfolgreicher Frauenromane. Sie lebt in Mexiko.

BARBARA BICKMORE

Simbayo – Jenseits der Sonne

Roman

Aus dem Amerikanischen
von Uschi Gnade

Knaur

Die amerikanische Originalausgabe erschien 1988
unter dem Titel *East of the Sun*.

Besuchen Sie uns im Internet:
www.droemer-knaur.de

Vollständige Taschenbuchausgabe September 1999
Droemersche Verlagsanstalt Th. Knaur Nachf., München
Dieser Titel erschien bereits unter der Bandnummer 02887.

Umschlaggestaltung: Agentur Zero, München
Umschlagabbildung: The Image Bank, München/Jeff Hunter
Druck und Bindung: Elsnerdruck, Berlin
Printed in Germany
ISBN 3-426-61312-3

2 4 5 3 1

Für Bonnie Phipps
und Carolyn Moses
und Barbara Cheatham
und Gail Katul

MEIN BESONDERER DANK GILT:

Dr. Jeffrey Beckwith, einem lieben Freund, der mir bei allen medizinischen Beschreibungen geholfen hat;

Con Sellers, einem großartigen Lehrer und Freund, der mir gesagt hat, ich sei begabt, und der mir vieles ermöglicht hat;

Walt Davis;

Dr. Munir Katul;

Diane Browning

und

Meg Ruley, eine der großartigsten Agentinnen, durch die ein Traum Wirklichkeit geworden ist. Sie hat durchgesetzt, daß ich mich an Dinge gewagt habe, die ich mir nie zugetraut hätte;

Ann La Farge, einer vorzüglichen Herausgeberin, die mir Auftrieb gegeben und an mich geglaubt hat und aus deren Mund Kritik gut zu ertragen war;

Frank Clapp für »Animal Birds«;

Dr. Stephen Jennison und seiner Frau Dr. Alison Jennison – die ich auf einer Zugfahrt in Guilin, China, kennengelernt habe und mit denen wir wundervolle Tage verbracht haben. Sie waren ein junges Ärztepaar, das sich im Krankenhaus in Kapstadt sechs Monate Urlaub genommen hatte, um eine

Weltreise zu machen. Ich habe die Rassenpolitik Südafrikas immer mit dem Nationalsozialismus verglichen, aber zwei so sympathische, freundliche und intelligente Bürger eines Landes wie sie kann man gar nicht noch mal finden. Die beiden haben uns gezeigt, daß nicht alles in Südafrika schlecht ist. Auf der langen Zugfahrt habe ich einen Teil ihrer Geschichte erfahren, Näheres dann in der Zeit, die wir gemeinsam in Kunming verbracht haben. Nachdem wir uns von ihnen getrennt hatten, mußte ich oft an sie denken und fing an, mir die Einzelheiten vorzustellen – sie mir in Romanform auszumalen, wenn man so will –, die im Rahmen einer so kurzen Bekanntschaft zwangsläufig ausgelassen wurden. Dieser Roman sollte ursprünglich die Lebensgeschichte dieser beiden Menschen werden. Meine Agentin Meg Ruley hat mir dann jedoch geraten, den Rahmen wesentlich weiter zu stecken. Es ist also doch nicht direkt die Geschichte der beiden daraus geworden, obwohl ich viel von dem, was ich über Kapstadt weiß, von ihnen und aus ihren Briefen erfahren habe. Wenn sie sich meiner Sicht ihres Heimatlandes auch wahrscheinlich nicht anschließen werden, möchte ich ihnen dennoch dafür danken, daß sie mir einen kleinen Teil ihres Lebens anvertraut und meine Phantasie angespornt haben. Ebensosehr danke ich ihnen für die Zeit, die wir gemeinsam verbracht haben. Diese Zeit hat mein Leben verändert.

»Somit nehme ich Besitz von dir, o Afrika!«

Cäsar bei der Landung in Hadrumetum

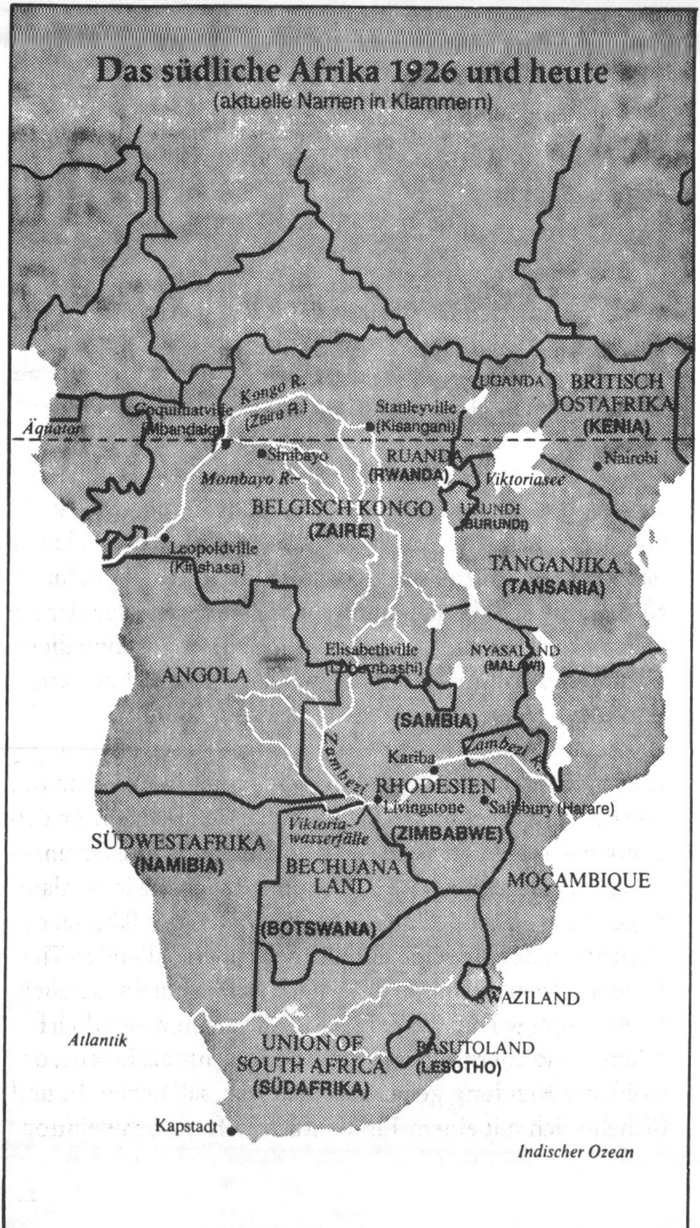
Das südliche Afrika 1926 und heute
(aktuelle Namen in Klammern)
Äquator
Kongo R.
(Zaire R.)
(Mbandaka)
Stanleyville
(Kisangani)
UGANDA
BRITISCH
OSTAFRIKA
(KENIA)
Nairobi
Sinibayo
Mombayo R.
RUANDA
(RWANDA)
Viktoriasee
BELGISCH KONGO
(ZAIRE)
URUNDI
(BURUNDI)
Leopoldville
TANGANJIKA
(TANSANIA)
Elisabethville
NYASALAND
(MALAWI)
ANGOLA
(SAMBIA)
Zambezi
Zambezi R.
Kariba
RHODESIEN
Livingstone
(Harare)
Viktoria-
wasserfälle
SÜDWESTAFRIKA
(NAMIBIA)
(ZIMBABWE)
BECHUANA
LAND
MOÇAMBIQUE
(BOTSWANA)
WAZILAND
Atlantik
UNION OF
SOUTH AFRICA
(SÜDAFRIKA)
BASUTOLAND
(LESOTHO)
Kapstadt
Indischer Ozean

TEIL I

1926–1931

1. Kapitel

Abblätternde Farbe zerbröselte unter ihren Fingern, als Liliane mit der Hand über die Reling des alten hölzernen Bootes fuhr, das immer noch auf dem angestiegenen Fluß dahintuckerte. Sie tupfte sich mit einem durchnäßten Taschentuch das Gesicht ab, damit ihr der Schweiß nicht von der Stirn in die Augen rann. Sie zwinkerte, als sie das Salz brennen spürte. Ihr helles Kleid hing feucht an ihrem Körper. Sie saß da und starrte in die Richtung, aus der sie gekommen waren, lauschte dem leisen, ungleichmäßigen Surren des Motors und betrachtete die großen grünschwarzen Bäume, deren Äste über den Fluß hingen. Sie hatte das Gefühl, sie hätten nach ihr gegriffen und sie gepackt, wenn sie ihnen zu nahe gekommen wäre; trotz der feuchten Hitze lief ihr ein Schauer über den Rücken. An den Ufern des trägen Flusses, dort, wo die Sonne ihre Sprenkel durch das dichte Laub warf, klappten Krokodile im schlammigen Wasser die Mäuler auf. Die Dichte der Bäume, das Zunehmen des Urwalds und die seltsamen hallenden Tierlaute schienen sie immer tiefer nach Afrika hineinzuziehen. Eine stämmige Frau Mitte Dreißig, die einen wesentlich frischeren und energischeren Eindruck machte als Liliane, obwohl ihre Kleidung genauso feucht war, saß neben ihr und fächelte sich mit einem Taschentuch Luft zu. Schweißtropfen schimmerten auf ihrer Oberlippe. »Es wird mit der Zeit leichter«, sagte sie.

Liliane lächelte, sagte aber nichts, sie fragte sich, ob sie je wieder frischen Tatendrang verspüren würde. Die Luftfeuchtigkeit umgab sie wie ein unsichtbares Meer, die Hitze und die Nässe waren greifbar. Die Luft über dem Wasser flimmerte. Bis auf die Krokodile und ein vereinzeltes Nilpferd schien sich nichts zu rühren. Kein Hauch bewegte die Luft. Selbst wenn sie einatmete, hatte Liliane das Gefühl, um Luft zu ringen.

Papageien krächzten und Affen kreischten in den Bäumen über ihren Köpfen.

Der Fluß roch nach Verwesung. In den letzten elf Tagen auf diesem träge fließenden Fluß, der sich durch das Innere von Afrika wand, hatte Liliane unablässig die monotonen Mauern aus Grün angestarrt, die an ihren Augen vorbeizogen. Sie konnte sich nicht daran satt sehen; der Anblick zog sie hypnotisch an.

Vereinzelt lagen Dörfer am Flußrand, Hütten drängten sich am Ufer, an dem nackte Kinder entlangliefen und winkten und lachten und ihnen mit schrillen Stimmen etwas zuriefen. Unverändert und anscheinend endlos zog sich die grüne undurchdringliche Mauer dahin. Dort, wo Äste über den Fluß hingen, war es düster, doch wenn der Fluß so breit war, daß das Sonnenlicht auf ihn fiel, war der Himmel kobaltblau. Am Spätnachmittag bildeten sich lange Schatten, die sich vor ihnen auf dem Wasser ausbreiteten. Wolken hingen regungslos am Himmel wie große weiße Knäuel, die die Bläue betonten. Wenn der Abend hereinbrach, wurden die Wolken dichter. In den Tropen wurde es schnell dunkel. Dann hielt das Boot wie durch Zauberhand in einem Dorf an, und dort gab es immer Holz zu kaufen. Während die Eingeborenen das Holz auf das Boot trugen, wurden am

Ufer Feuer entfacht, und die Nachtluft trug Stimmen und Gelächter zu ihnen herüber. Während Liliane und die Bootsmannschaft das Abendessen einnahmen, aßen auch die Dorfbewohner; würzige Düfte hingen in der Luft.
Wenn die Feuer heruntergebrannt waren, verklangen auch die Stimmen. Dann brach die absolute Stille des tropischen Dschungels herein.
Nachts war der einzige Laut das Surren der Moskitos.
Dann kam die Morgendämmerung – die unglaubliche Morgendämmerung des Kongos. Beim Erwachen spürte sie noch die feuchte Nachtluft im Gesicht, wenn die Motoren des Bootes zu schwirren begannen und es wieder in den Strom hinabgelassen wurde. Die Morgendämmerung brach über den Baumwipfeln an. Einen solchen Sonnenaufgang gibt es nirgends sonst auf der Welt, dachte sie und beobachtete ihn täglich wieder von der Reling aus.
Liliane schreckte aus ihren Tagträumen auf, als die ältere Frau sich einen schmutzigen Liegestuhl mit zerrissener Stoffbespannung neben sie zog und sich setzte. Sie trug einen weißen Tropenhelm und ein kurzärmeliges weißes Kleid – weiß, die Farbe, die auch Dr. Hathaway getragen hatte. Liliane hatte irgendwo gelesen, daß Weiß die Hitze ablenkte.
»Wie lange sind Sie schon hier?« fragte sie Rose Eversham.
»Sechs Jahre. Ich bin mit dem Doktor hergekommen.« Ihre Stimme senkte sich fast zu einem Flüstern. »Sechs wunderbare Jahre.«
»Warum sind Sie hergekommen?«
»Wahrscheinlich aus demselben Grund wie du.« Sie tätschelte Lilianes Arm. »Ich wollte Menschen helfen, denen vielleicht niemand hilft, wenn ich es nicht tue. Ich wollte rückständigen Menschen zeigen, wie sie zu Gott finden können. Ich wollte das Gefühl haben, wichtig zu sein.« Sie

lachte. »Und ich wollte nicht, daß sich mein Leben um einen Mann dreht.«

Wirklich nicht? dachte Liliane. Überhaupt nicht? Überhaupt niemand? Baxter Hathaways Bild stand vor ihren Augen.

Miss Eversham fuhr fort: »So bin ich im Herzen Afrikas gelandet und mußte dort feststellen, daß mein Leben voll und ganz von einem Mann bestimmt wird.« Ihr liebevolles Lächeln wies darauf hin, daß sie nichts dagegen hatte. »Und jetzt stehe ich dumm da, was?«

Ob sie in ihn verliebt ist? fragte sich Liliane, während sie sich mit ihrem feuchten Taschentuch Luft zufächerte. Es half überhaupt nichts.

»Wie ist es in Simbayo?« fragte sie.

»Warte, bis du selbst siehst, was er getan hat. Er hat den Urwald praktisch allein gerodet. Das Krankenhaus selbst gebaut. Die Bäume selbst gefällt. Das Geld für die medizinischen Instrumente aufgetrieben, für die Medikamente, für die Möbel. Die Schlafräume hat er entworfen. Alles . . . jedes Bett, jedes Möbelstück, jede Nadel, jedes Fleckchen Platz, auf dem keine Bäume stehen, sämtliche ausgebildeten Hilfskräfte, jeder Einbaum, die Leprakolonie, die Fortschritte im Kampf gegen die Malaria, die niedrige Sterblichkeitsziffer bei Säuglingen . . . all das geht auf Dr. Hathaway zurück.« Ihre Stimme drückte Ehrfurcht und Ergebenheit aus.

Lilianes Brust schnürte sich zusammen, als sie von der Leprakolonie hörte.

Während sie in den dunklen Urwald starrte, das Kielwasser des Bootes betrachtete, als sie tuckernd vorankamen, und dem Surren der Insekten lauschte, die um ihren Kopf schwirrten, murmelte Liliane: »Sie lieben ihn, nicht wahr?«

Miss Eversham lachte. »Mein liebes Kind, Sie werden es ja selbst sehen.« Sie legte ihre Hand auf Lilianes Arm. »Es geht noch viel tiefer und ist viel weniger kompliziert. Natürlich liebe ich ihn. Sonst wäre ich doch nicht so lange hiergeblieben. Ich liebe und respektiere ihn mehr als jeden anderen Menschen, der mir je begegnet ist, und so, wie die Dinge stehen, darf ich ihm, Gott und der Menschheit gleichzeitig dienen.«

»Die beste aller denkbaren Welten?« fragte Liliane behutsam.

»Genau«, sagte Miss Eversham. »Ein lohnenderes Leben ist nicht vorstellbar.« Sie lachte in sich hinein. »Wenn man von der Hitze absieht, von der unaufhörlichen, allgegenwärtigen Feuchtigkeit in der Luft, die einem auf die Nerven geht, und von dem schwülen Klima überhaupt. Aber für dich ist es schlimmer, weil du hier neu bist. Du wirst dich daran gewöhnen.«

Wirklich? Liliane hatte neunzehn Tage auf einem überfüllten Raddampfer verbracht, ehe sie den Kongo erreicht und diese letzten elf Tage auf dem Mombayo zurückgelegt hatte. Es war mehr als zwei Monate her, seit sie von zu Hause fort war.

Zu Hause. Der Augenblick vor mehr als einem Jahr, der ihrem Leben eine Richtung gewiesen hatte, fiel ihr wieder ein.

Es war im Jahr 1926, und sie war neunzehn und voller Naivität. Sie tanzte Charleston, eiferte Irene Castle nach und hatte sich kürzlich zum großen Verdruß ihres Vaters die Haare abschneiden lassen.

Sie lebten in Buffalo, New York, einer schmutzigen, trostlosen Stadt, aber Liliane kannte nichts anderes; sie hatte eine glückliche Kindheit hinter sich. Ihr Vater, ein Geistlicher, war freundlich und sanftmütig und wurde nur wütend, wenn Liliane in seiner Hörweite fluchte.

Ihre Mutter war der schönste Mensch, den sie je gesehen

hatte – langes, zartes braunes Haar, große braune Augen und immer ein Lächeln auf dem Gesicht. Lucinda Wentworth war gern die Frau eines Geistlichen und die Mutter dreier Kinder. Liliane wuchs mit dem Geruch von selbstgebackenem Brot und von frischen Plätzchen auf, der ihr entgegenströmte, wenn sie von der Schule nach Hause kam. Ihre Eltern hofften, daß sie nicht Krankenschwester, sondern Lehrerin werden würde, denn Krankenschwestern mußten Schmutzarbeiten verrichten und sich die Körper fremder Leute ansehen. Aber Liliane wollte dabei helfen, Leiden zu lindern. Sie wollte sich in den Dienst der Menschheit stellen.

Außerdem wollte sie ihren Spaß haben. Sie ging jedes Wochenende tanzen oder besuchte Partys und flirtete heftig, doch bis auf einen großen Schwarm in der zehnten Klasse war sie nie verliebt gewesen. Sie hatte Clara Bow und Greta Garbo in ihren Filmen gesehen und lechzte danach, so zu leiden wie sie – aus reiner Liebe –, doch keiner der Jungen, die sie kannte, ging ihr nahe genug. Sie kamen ihr alle gleich vor. Sie waren gepflegt und geschniegelt, und sie studierten, um Geschäftsleute, Anwälte oder etwas besonders Praxisorientiertes zu werden. Sie interessierten sich hauptsächlich dafür, wieviel Geld sie später einmal verdienen würden und wann sie sich endlich einen Wagen leisten konnten. Liliane wollte mehr vom Leben. Sie wollte Geld nicht als Kriterium für Erfolg gelten lassen. Sie wollte ihrem Leben einen Sinn geben.

Zwei- oder dreimal im Jahr kamen Missionare auf Heimaturlaub durch Buffalo, um flimmernde Filme vorzuführen und zu erzählen, wie viele Seelen sie schon gerettet hatten. Spenden wurden gesammelt, um ihre Mission zu unterstützen. Liliane hörte ihnen gern zu. Sie hörte sich die Geschichten von Missionaren aus China, Indien und Afrika an

– aus all den heidnischen Ländern, in denen die Eingeborenen nicht an *ihren* Gott glaubten. Manchmal fragte sie sich, wie es wohl sein mochte, nach China zu gehen und zu helfen, diese heidnischen Seelen zu retten, ihnen den *wahren* Gott zu zeigen, aber sie war sich nicht wirklich sicher, wer oder was der wahre Gott war.

Vor einem Jahr, als Liliane im zweiten Jahr ihrer Ausbildung als Krankenschwester war, hatte einer der weltbekanntesten Missionare auf seiner Durchreise bei den Wentworths in ihrem großen, alten dreistöckigen Haus in der Euclid-Avenue direkt neben der Kirche gewohnt.

Ihre Mutter hatte ihr erzählt, Baxter Hathaway sei Schauspieler auf dem Broadway gewesen und hätte dann als Filmstar Karriere gemacht. Mit vierunddreißig hatte er seine Laufbahn auf der Höhe seines Ruhms aufgegeben, an der Stanford-Universität Medizin studiert und seinen gesamten Besitz verschenkt.

1920, im Alter von vierzig Jahren, war er als Missionar und Arzt nach Afrika gegangen, und das, was er im gottverlassenen Dschungel an einem Nebenfluß des Kongos aufgebaut hatte, war praktizierenden Christen weltweit zu Herzen gegangen. Dr. Hathaway wurde bewundert und verehrt. Es bewegte die Amerikaner, daß ein berühmter und erfolgreicher Mensch ein derart wohltätiges Werk vollbrachte; Schriftsteller, Politiker und berühmte Vertreter der Kirche pilgerten nach Simbayo. Als er die Wentworths in Buffalo besuchte, war Baxter Hathaway einer der berühmtesten Missionare seiner Zeit.

Liliane konnte sich noch deutlich an jenen Tag erinnern. Schon damals hatte sie den Verdacht gehabt, er werde ihr Leben entscheidend verändern.

Baxter Hathaway war sechsundvierzig Jahre alt, als er in der Tür stand; er mußte den Kopf einziehen, um einzutreten. Es war Sommer, und er war von Kopf bis Fuß in Weiß gekleidet. Liliane war gerade dabei, einen Farnstrauch zu gießen; als sie sich umdrehte, wäre ihr die Gießkanne beinahe aus den Händen gefallen. Sie blieb erstarrt stehen, während ihre Mutter und ihr Vater ihn begrüßten und bei sich willkommen hießen.

Dr. Hathaway hatte braune Haut und leuchtend blaue Augen, kastanienbraunes Haar, das an den Schläfen grau wurde, und große Hände mit langen, schmalen Fingern – die Hände eines Chirurgen. An jenem Tag trug er ein kurzärmeliges weißes Hemd, und seine Muskeln zeigten, daß er harte körperliche Arbeit gewohnt war. Nie hatte sie einen beeindruckenderen Mann gesehen.

»Lili«, rief ihre Mutter. Ihrem Tonfall war zu entnehmen, daß es nicht das erste Mal war. »Liliane!«

Und er stand dort und lächelte auf sie herunter.

Er betrat das Haus, nahm ihre Hand und sah ihr in die Augen. Als er sie anlächelte, glaubte sie zu träumen. Die Welt schien sich in Zeitlupe zu bewegen, und vor allem hing ein Schleier. Seine Hände waren warm und trocken. Dann hörte sie den vollen Klang seiner Stimme, doch sie konnte sich jetzt nicht mehr daran erinnern, was er damals zu ihr gesagt hatte.

»Hier, mein Kind. Ein Schluck Tee.« Die britische Stimme riß Liliane aus ihren Gedanken. Rose reichte ihr eine Tasse und eine Untertasse.

»Ich kann dir gar nicht sagen, wie froh ich bin . . . ach, klingt das komisch. Aber ich bin wirklich froh, wieder nach Hause zu kommen«, sagte sie.

Nach sechs Monaten Urlaub in ihrem Heimatland kehrte sie wieder zurück. Sie hatte Liliane erzählt, es seien die sechs längsten Monate ihres Lebens gewesen. Die ganze Zeit hatte sie sich nur danach gesehnt, wieder in Simbayo zu

sein. Dort war sie heute zu Hause. In England hatte sie sich wie eine Fremde gefühlt.
»Ich komme mir so ... so unvorbereitet vor«, sagte Liliane mit leiser Stimme. Sie fühlte sich schlapp. Ihre Locken klebten in ihrem Gesicht, und ihr durchgeschwitztes Kleid klebte an ihrem Körper und betonte die schlanke Figur, die ohne die schönen, runden Brüste knabenhaft gewesen wäre. Sie wußte, daß sie keinen reizvollen Anblick bot. Ihre eigene Blässe setzte sich gegen Miss Evershams gesunde rosige Hautfarbe ab, wenn Rose auch keine Taille und gerade, stämmige Beine hatte. Ihre Arme waren muskulös, und Liliane fürchtete, Afrika nicht in der Form gewachsen zu sein wie Miss Eversham. Die ältere Frau verkörperte strotzende Gesundheit und Kraft.
»Mach dir keine Sorgen, Mädchen. Alle werden Geduld mit dir haben. Der Doktor ist nur sich selbst gegenüber ungeduldig. Meistens nimmt er seine Umgebung eigentlich gar nicht wahr. Den Alltagsablauf überläßt er uns.«
Liliane fragte sich, wer diese anderen sein mochten. »Er hat andere Dinge im Kopf. Er wird dir viel Zeit lassen, um alles zu lernen. Er wird kaum bemerken, daß du überhaupt da bist. Wenn er nicht mit dir redet, darfst du das nicht persönlich nehmen. Er muß wesentliche Probleme lösen ... viel Entscheidenderes als alles, womit wir uns befassen.«
Womit werde ich mich wohl befassen? fragte sich Liliane. Das Schweigen zog sich in die Länge. In der Mittagszeit senkte sich eine schwere, träge Stille über den Fluß, die schläfrig machte und den Bezug zur Realität raubte. Lilianes Sinne waren von der schwülen Hitze und dem gewaltigen Schweigen betäubt, das nur dann und wann von dem Kreischen der Affen und dem Rufen der Vögel durchbrochen wurde.

Miss Eversham stand auf und lehnte sich an die Reling des alten Bootes.
»Wir sind fast da!« sagte sie atemlos. Liliane fragte sich, woran sie das erkennen konnte. Alles sah ewig gleich aus.
»O ja, hier ist Simbayo!« rief Rose aus.
Nach der nächsten Flußbiegung sah Liliane ihr zukünftiges Zuhause. Abrupt endete der Urwald. Selbst die Baumstümpfe waren abgeholzt. Sie sah niedrige weiße Gebäude; das längste mußte das Krankenhaus sein. Sie wirkten schmuck und behaglich, und riesige Bäume warfen ihre Schatten darauf. Die Häuser waren von strahlendem Sonnenschein und offenem Land umgeben. Schon waren Stimmen zu hören, und Hühner gackerten. Liliane sah Eingeborene, zwei Männer im Lendenschurz, die an einem großen Schwein zerrten. Eine Frau, die nur mit einem leuchtend gelben Rock und Reifen an den Knöcheln bekleidet war, trug auf ihrem Turban einen Wasserkrug. Ihre Brüste wippten beim Laufen. Drei nackte Kinder jagten einen Hund im Kreis, und ihr Gelächter, das über den Fluß trieb, brachte Liliane zum Lächeln. Alle stürzten ans Ufer, als die Schiffssirene ertönte.
Aus dieser Entfernung wirkte das Gelände täuschend sauber. Auf der harten Erde wuchs kein Gras, und wenn jemand darüber lief, wirbelte Staub auf und setzte sich wieder. Daher flimmerte die Luft wie eine Fata Morgana. Unter fast allen Fenstern brannte ein kleines Feuer in Tontöpfen.
»Die Verwandten der Kranken«, erklärte Miss Eversham. »Sie kommen und kochen für die Patienten. Sie sind von verschiedenen Stämmen, und jeder von ihnen glaubt, ein anderer Stamm könne versuchen, ihn zu vergiften. Daher kochen Familienangehörige für die Kranken, damit sie sich sicher fühlen.«

»Wohnen die Angehörigen auch im Krankenhaus?« fragte Liliane.
»Nein, sie schlafen um die Feuer herum auf dem Boden. Sie gehen aus Furcht vor den wilden Tieren nicht in den Dschungel.«
Die Luft war wie Dampf, der aus vorzeitlichen Nebeln aufstieg.
»Was für Tiere?« fragte Liliane erschauernd.
»Gorillas, Elefanten, ab und zu ein Leopard, Pythons – und dergleichen.«
Liliane bemühte sich, ihre Gänsehaut zu ignorieren.
»Nachts herrscht Ausgangssperre. Die Pirogen dürfen nicht fahren.«
»Was war noch mal eine Piroge?«
Rose lachte. »Ein Einbaum. Nachts kann man die Krokodile und die Nilpferde nicht sehen, die die Boote umwerfen könnten. Daher hat der Doktor nächtliche Ausfahrten verboten.«
Liliane sah die Lichtung an, die in den tropischen Regenwald geschlagen worden war, der dahinter aufragte, als warte er nur darauf, das Land wieder für sich zu fordern. Seltsamerweise schien der Dschungel keine Gefahr zu sein. Sie versuchte, die Moskitos zu vertreiben, die um ihren Kopf schwirrten und in ihren Ohren surrten.
Am Anlegeplatz wurden sie von einer kleingewachsenen, pummeligen Frau erwartet, die sich die Zöpfe um den Kopf gewunden hatte und den unvermeidlichen weißen Tropenhelm unter dem Arm hielt. Von Dr. Hathaway war nichts zu sehen.
»Das ist Heidi. Heidi Schmitt«, sagte Miss Eversham und winkte ihr freudig zu. Sie wandte sich wieder an Liliane. »Bisher waren sie und ich die beiden einzigen Krankenschwestern. Sie kümmert sich um alles. Wenn Heidi etwas

nicht besorgen kann, dann ist es nirgends aufzutreiben. Heidi ist hier für alles Organisatorische zuständig.« Roses Stimme verriet ihre wachsende Erregung. »Alle werden ihr Bestes tun, damit du dich hier wohl fühlst«, sagte sie. »Wir wissen deine Hilfe zu schätzen. Und ein neues Gesicht wird uns allen zur Abwechslung guttun.«

Das Boot legte an, und sowie die halbnackten Männer am Ufer die Taue festbanden, sprang Miss Eversham ans Ufer und umarmte Heidi.

Liliane blieb stehen, sie fühlte sich hilflos und verlassen, bis Miss Eversham ihr bedeutete, sie solle aussteigen. Liliane landete direkt vor der deutschen Krankenschwester.

Rose hing sich bei Liliane ein. »Heidi«, sprudelte sie hervor, »das ist unsere neue Krankenschwester, Liliane. Liliane, darf ich dir meine liebe Freundin Heidi vorstellen.«

Heidis Gesicht war keineswegs freundlich. Mit einem breiten deutschen Akzent sagte sie nichts weiter als: »Der Doktor hat gesagt, daß Sie kommen. Wir wußten nicht, wann.« Sie ließ Miss Eversham keinen Moment aus den Augen.

»Ich habe dir Geschenke mitgebracht, Heidi!« sagte Rose. »Ach, du glaubst ja gar nicht, wie sehr ich dich vermißt habe und wie froh ich bin, wieder hierzusein. Sechs Monate Urlaub ist eine lange Zeit!«

Ein dichter Dunst, der sich am Flußufer entlangwälzte, begann, die erbarmungslose Sonne zu verhüllen. Es schien feuchter zu sein denn je.

Lilianes erster Eindruck von Sauberkeit verflog schon auf dem Weg zu ihrem Zimmer. Das Anwesen war ungepflegt, und Abfall wurde achtlos weggeworfen. Liliane sah, wie jemand einen Nachttopf aus einem Fenster leerte. Sie zuckte zusammen. Überall lagen Tonscherben und schmutzige Verbände herum. Fast wäre Liliane über eine dicke Wurzel gestolpert.

Keiner der Eingeborenen starrte sie an. Als Liliane näher kam, schlugen sie die Augen nieder, nachdem sie Rose mit einem breiten Grinsen und mit Worten begrüßt hatten, die Liliane für ein herzliches Willkommen hielt. Rose nickte und sagte unverständliche abgehackte Laute zu allen, an denen sie vorbeikam. All diese nackten Brüste brachten Liliane durcheinander; einmal vor langer Zeit hatte sie ihren eigenen Busen im Spiegel angestarrt und dabei das Gefühl gehabt, sie solle schnell ein Unterhemd anziehen. Neben dieser schimmernd schwarzen Haut fühlte sie sich sehr bleich.

Träge Stimmen kamen aus dem Krankenhaus, und Liliane fragte sich, was in den anderen Häusern untergebracht sein mochte. Es mußte einen Eßraum geben, Dr. Hathaways Büro, Lagerräume, Schlafräume. Sämtliche Gebäude waren schlicht und rechteckig, doch es ging eine gewisse Anmut von ihnen aus. Sie waren nicht unbedacht angelegt worden. Die Schlafzimmer erwiesen sich als sauber. Miss Eversham zeigte Liliane ihr Zimmer, in das ihr Gepäck bereits gebracht worden war. Ein schmales Eisenbett mit verknitterten, aber sauberen Bettüchern und eine Kerosinlampe auf einem kleinen Tisch neben einem Korbstuhl standen in dem luftigen Zimmer mit einem Fliegengitter vor dem Fenster. Einen Schrank gab es nicht. Der Raum war spartanisch eingerichtet und wirkte doch überraschend gemütlich. Die Tür führte auf eine schattige Veranda, die an der Hauswand entlanglief. Ein leuchtend grün und gelb gemusterter Papagei flog an ihrem Fenster vorbei.

Trotz der Luftfeuchtigkeit und der entsetzlichen Hitze und der Lethargie, die diese Schwüle auslöste, war Liliane plötzlich sehr gespannt. Einer der Schwarzen brachte Liliane frisches Wasser und füllte es in einen Waschzuber.

Heidi stand wortlos da und starrte Liliane unbeirrt an.

Miss Eversham lächelte und sagte: »Du wirst dich sicher waschen und ausruhen wollen. Wir lassen dich jetzt allein. Aber in etwa eineinhalb Stunden gibt es Abendessen. Du hörst ja, wenn geläutet wird.« Sie ging zur Tür und deutete auf ein paar Bäume, die einen gerodeten Pfad säumten. »Dort ist der Speisesaal. Wir essen um sechs.«
Dann wandte sie sich an Heidi, die beseligt lächelte und sich bei Rose einhängte; die beiden gingen gemeinsam fort.
Liliane zog ihre feuchten Kleider aus und packte ein frisches Kleid aus, das jetzt schon zerknittert war. Sie wusch sich mit dem kühlen Wasser, feuchtete das Handtuch an, legte sich auf ihr Bett und schlang sich das Handtuch um den Kopf. In ein paar Minuten wollte sie sich genauer in ihrem Zimmer umsehen, die Umgebung betrachten und sich in ihrer neuen Heimat eine erste Orientierung verschaffen. Sie konnte ihre herbe Enttäuschung nicht leugnen. Ein Jahr hatte sie darauf gewartet, hier anzukommen. Jetzt war sie da und fühlte sich im ersten Moment niedergeschlagen. Immer deutlicher wurde ihr bewußt, wovon sie sich deprimieren ließ: Baxter Hathaway war nicht erschienen, um sie zu begrüßen. Seit sie ihn zum ersten Mal gesehen hatte, trug sie sein Bild in sich.
Sie legte sich hin, schloß die Augen und hing ihren Gedanken nach.
An jenem Sonntag vor etwas mehr als einem Jahr war er um die Mittagszeit bei den Wentworths eingetroffen. Für den Abend war ein Empfang für ihn geplant, doch Liliane wollte tanzen gehen. Sie führte schon seit langem ihr eigenes Leben. Ihren Eltern war klargeworden, daß ihre Interessen nicht zwangsläufig dieselben waren wie die ihrer Tochter. Und wie hätte sie denn einen passenden Mann finden sollen, wenn sie nicht zu den Partys ging, bei denen man die anständigen jungen Männer traf? Sie wollte mit Gilbert Phipps, einem Freund aus der Kindheit, tanzen gehen.

Doch sowie Baxter Hathaway in der Haustür erschien, war sie verloren.
Ihre Eltern lauschten gebannt, während er von Stammesriten erzählte, von Gorillas, Schlangen und Krokodilen. Er erzählte ihnen von armen, ungebildeten Afrikanern, die Medizin und Essen brauchten, von Leprakranken ohne Zehen und mit Armstümpfen und mit abgefaulten Nasen. Liliane lief ein Frösteln über den Rücken, obwohl es ein warmer Juliabend war, wenn sie sich Menschen vorstellte, die ohne Finger herumliefen. Er erzählte von kleinen purpurroten Blumen und Orangen, die so groß wie Grapefruits waren. Er erzählte ihnen von sturzbachartigen Regenfällen und davon, wie er Gott in den Urwald gebracht hatte. Er errettete Körper, damit Gott Seelen erretten konnte.
Seine volle melodische Stimme zog sie in den Bann, und sein gutgeschnittenes Gesicht prägte sich Liliane für alle Zeiten ein. Sie beobachtete, wie er schluckte und wie seine Hand auf dem Tisch lag. Sie sah, daß sein Mund lächelte, aber nicht seine Augen. Als er ihr direkt ins Gesicht sah, zwinkerten seine Augen sie an, und sie spürte, daß sie ein Geheimnis miteinander hatten, wenn sie auch nicht wußte, worin es bestand.
Sie saßen immer noch am Eßtisch und lauschten seinen Berichten, als Gil an der Tür läutete. Liliane hatte ihn vollkommen vergessen. Statt jetzt augenblicklich aufzuspringen und sich umzuziehen, damit sie mit Gil ausgehen konnte, teilte sie ihm schlicht mit, sie könne nicht mit ihm tanzen gehen. Gil blieb auf der Schwelle stehen und erwartete eine Erklärung, doch sie machte ihm nur die Tür vor der Nase zu und setzte sich wieder Dr. Hathaway gegenüber, um sich seine Geschichten über die Schwarzen und die exotischen Tiere im Kongo anzuhören.
Sie wich den ganzen Abend nicht von seiner Seite und auch

am nächsten Tag nicht. Sie saß verzaubert da, während er die Predigt hielt und seine volltönende Stimme die große Kirche ausfüllte. Sie mußte ihm wie ein verknalltes Schulmädchen erschienen sein. Schließlich war er sechsundzwanzig Jahre älter als sie.

In den vierundzwanzig Stunden, die Baxter Hathaway in Buffalo verbrachte, hatte Liliane ununterbrochen eine Gänsehaut, und sie fragte sich, ob sie sich eine gräßliche Krankheit geholt habe, die er aus Schwarzafrika mitgebracht hatte.

Die Vermutung war richtig. Aber es war keine Krankheit, die sich mit Medizin heilen läßt.

Liliane sagte sich, daß auch sie Seelen erretten wollte.

Der Essensgong riß sie aus ihren Träumereien. Im ersten Moment konnte sie sich nicht erinnern, wo sie eigentlich war ...

Eilig zog sie sich etwas über und nahm sich kaum Zeit, um ihr Haar zu kämmen, ehe sie unter den großen Bäumen über den Lehmpfad lief. Atemlos öffnete sie die Tür und sah die beiden Krankenschwestern und an der Stirnseite des langen Tisches Dr. Hathaway sitzen. Alle drei saßen schweigend da und erwarteten sie. Der Arzt nickte lediglich zur Begrüßung.

»Es tut mir leid«, entschuldigte sie ihre Verspätung, »aber ich bin aus Versehen eingeschlafen.«

Als sie sich neben Miss Eversham gesetzt hatte, senkte Dr. Hathaway den Kopf, um das Tischgebet zu sprechen, und seine volltönende Stimme trieb in den Urwald hinaus. Heidi klatschte in die Hände, und Schwarze brachten das Essen.

Es gab reichlich zu essen: Eine große Schüssel mit einer dikken Gemüsesuppe und Berge von Reis, Karotten, jungen kleinen Zwiebeln und gedünsteten Bananen, die es zu jeder

Mahlzeit gab. Jeder bediente sich selbst, und Rose und Heidi kicherten und schwatzten wie Schulmädchen. Dr. Hathaway lächelte manchmal, sagte aber nichts. Liliane hörte das Surren der Moskitos vor den Fenstern, die bloßen Füße, die über den Lehmboden tappten, wenn Schüsseln aufgetischt oder abgeräumt wurden, und die Kaugeräusche der anderen.

Ihr war so heiß, daß sie nicht viel essen konnte, und der Appetit der anderen erstaunte sie. Sie sah den schweigsamen Arzt verstohlen an.

Seine grauen Schläfen waren inzwischen ausgeprägter, und er wirkte noch ehrfurchtgebietender. Sie hatte ganz vergessen, wie klar seine blauen Augen waren und wie prägnant sich sein Kinn in die Luft reckte. Seine Finger, die die Gabel hielten, waren kräftig und einfühlsam, seine Hände beredt.

Nach dem Abendessen stand Dr. Hathaway auf und sagte: »Wir werden Psalm hundertsiebenundsechzig singen.« Er reichte jedem ein Gesangbuch und griff nach einer alten, zerschrammten Gitarre, die er wie ein kostbares Schmuckstück behandelte. Die Musik, die ertönte, hatte eine reichere Färbung als alles, was Liliane je von einer Gitarre gehört hatte. Die reinen, kristallklaren Stimmen der beiden Krankenschwestern ergänzten Dr. Hathaways wunderbaren Bariton harmonisch. Lilianes Sopran ging unter. Er ging wieder an seinen Platz zurück, nahm eine zerfledderte Bibel in die Hand und las einen kurzen Absatz vor. Dann standen er und die Krankenschwestern auf. Endlich sah er Liliane an. »Hätten Sie vielleicht Lust, sich die Umgebung zeigen zu lassen?« Zum ersten Mal sprach er sie an.

»O ja«, sagte sie, und sie sprang so eilig auf, daß ihr Stuhl hinter ihr umfiel.

Miss Eversham und Heidi tauschten Blicke miteinander aus, blieben hinter ihren Stühlen stehen und warteten auf Liliane und den Arzt. Er öffnete die Tür und nahm ihren Ellbogen, als sie die einzige Stufe hinunterstieg.
»Es tut mir leid, daß ich Sie nicht am Boot abgeholt habe«, sagte er mit einer leisen und doch volltönenden Stimme. »Ich wußte nicht, daß Sie heute ankommen. Ich sehe, daß Sie die Reise ohne Katastrophen überstanden haben.«
Liliane lachte leichthin. »Ein Abenteuer war es wohl.«
Plötzlich fühlte sie sich so beschwingt, als wäre der letzte Monat in Afrika, vielleicht sogar die ganze grausige Zeit seit ihrer Abreise aus Buffalo, von ihr abgefallen. Dieser große, schweigsame Mann an ihrer Seite vermittelte ihr ein Gefühl von Sicherheit.
Sie ließen die Gebäude hinter sich und gingen auf den Urwald zu. Eingeborene liefen auf dem Gelände herum oder kauerten um kleine Feuer und aßen Bananen. »Sie bekommen acht Bananen täglich als Essensration«, erklärte Dr. Hathaway. Liliane fragte sich, ob das alles war.
Die Menschen waren alle so schwarz! Und so dürftig bekleidet. Es war so anders als alles, was Liliane kannte, und gleichzeitig doch genau so, wie sie es sich vorgestellt hatte. Nur schmutziger. Das unverständliche Plappern der Eingeborenen, der Urwald, von dem sie umgeben waren, die Schreie der Paviane – es schien, als wäre sie auf all das vorbereitet gewesen, aber nicht auf die Trägheit. Alle bewegten sich so langsam, und für ein Mädchen aus Buffalo, New York, war das unerträglich. Sie wußte, daß das schwüle Klima sie beeinträchtigte und auch ihre Bewegungen verlangsamte, doch sie setzte als selbstverständlich voraus, daß sich ihr Blut mit der Zeit daran gewöhnen würde und sie wieder zu ihrem Tatendrang zurückfinden würde. Schweiß tropfte von ihrer Stirn. Kein Wunder, daß die Ein-

geborenen so wenig Kleider trugen. Ihr halbnacktes Auftreten war einer episkopalen Amerikanerin zwar peinlich, aber es schien dennoch vernünftig zu sein.

»Ich möchte Ihnen meinen Zoo zeigen«, erklärte er. Hühner gackerten und scharrten im Schmutz herum. Ein Schwein, das an einen Baum gebunden war, schnaubte und trat um sich. Liliane sah durch das Laub einen Pfau. Der Zoo war eingezäunt. Dutzende von Tieren waren in kleinen Pferchen untergebracht. Sie gaben alle schrille, ohrenbetäubende Laute von sich, als sie Dr. Hathaway sahen.

Als sie an ihnen vorbeikamen, versuchten alle Tiere, durch die Gitterzäune Dr. Hathaways Hände zu lecken. Er steckte ihnen kleine Happen zu und erzählte die Geschichte der einzelnen Tiere. Sein Liebling war die Antilope, die er Zulu getauft hatte.

»Das schönste an Afrika sind seine Tiere«, sagte er, während er Zulus Nüstern kraulte. »Sie waren alle verletzt, als sie zu uns gebracht worden sind. Manchmal lasse ich sie frei, wenn sie wieder gesund sind, aber manchmal behalte ich sie auch – ich schließe sie ins Herz und stelle mir gern vor, daß ich sie davor bewahre, gejagt zu werden.«

Liliane fragte nicht, ob das nicht vielleicht besser war, als seine Freiheit einzubüßen.

Er drehte sich zu ihr um und sah ihr zum ersten Mal direkt ins Gesicht. »Ich kann mir vorstellen, daß Sie sich gern das Krankenhaus ansehen möchten. Schließlich sind Sie hergekommen, um dort zu arbeiten.« Sie kehrten um, und die Eingeborenen, die ihnen begegneten, sahen den Arzt nicht an, doch sie musterten Liliane aus den Augenwinkeln.

Als er das bemerkte, lachte er. »Sie müssen damit rechen, daß man Sie anstarren wird. Ich kann mir vorstellen, daß hier niemand gewußt hat, wie hübsch weiße Frauen sein können. Sie haben bisher nur Heidi und Rose gesehen.«

Das Krankenhaus war sauberer als die übrigen Gebäude, wenn auch nicht allzusehr. Die hygienischen Verhältnisse ließen viel zu wünschen übrig. Die Zimmer waren eng und dunkel, und die Patienten lagen auf Matten auf dem Fußboden. Nur in einem Zimmer stand ein Bett.

»Das«, erklärte er, während er auf den Weißen deutete, der im Bett lag, »ist für Europäer da. Sie sind es nicht gewohnt, auf dem Boden zu schlafen.« Liliane fiel auf, daß dieses Zimmer einen frisch gefegten Boden hatte und sogar die Wände frisch getüncht wirkten. »Afrikaner fürchten sich vor Betten«, fuhr Dr. Hathaway fort. »Sie haben Angst, sie könnten auf den Boden fallen.«

»Wie kommt es, daß ein Europäer hierhergekommen und hier krank geworden ist?«

»Malaria«, sagte er. »Sie werden oft von den Holzfällerlagern zu uns gebracht. Es geht immer um Malaria oder um Unfälle mit den Sägen. Ab und zu stürzt ein gefällter Baum auf einen Neuling. Das ist dann ziemlich schlimm.«

Der Weiße zog sich hoch und lehnte sich auf seinen Ellbogen. Er war unrasiert und ungepflegt. »Ich glaube, ich bin gestorben und in den Himmel gekommen«, sagte er mit einem Akzent, der Liliane irisch vorkam.

»Sehen Sie«, sagte der Arzt zu Liliane. »Ihre Gegenwart wirkt jetzt schon Wunder.«

Der Operationssaal war der einzige Raum in Simbayo mit elektrischer Beleuchtung. 40-Watt-Birnen hingen an vier Stellen von der Decke. Sowie sie eingetreten waren, erkannte Liliane, daß sie den eigentlichen Herrschaftsbereich des Arztes betreten hatten. Seine Augen leuchteten, als er ihr mit ausholenden Gesten erklärte, was hier geschah. Vier Operationstische standen da – konnte er etwa vier Operationen im selben Raum ausführen, ohne zwischendurch die Instrumente zu sterilisieren?

»Welche Krankheiten gibt es hier?« fragte sie.
Er seufzte tief. »Krankheiten«, sagte er, »sind der Erzfeind Afrikas. Vor langer Zeit hat ein Bischof gesagt, man sei ›nicht in Afrika geboren, sondern dazu verdammt, dort geboren zu sein‹. Die Afrikaner haben kaum eine Chance, je gesund zu sein. Für sie sind Krankheiten eine natürliche Begleiterscheinung des Lebens. Sie wissen gar nicht, wie es ist, wenn man sich gesund fühlt. Jedenfalls die meisten nicht. Frambösie, Würmer, die Schlafkrankheit, Malaria, Bilharziose, Tuberkulose«, antwortete er dann. Seine Stimme berührte sie tief in ihrem Inneren. Kein Wunder, daß Frauen von ihm geträumt und sich nach ihm verzehrt hatten. In diesem Licht sahen seine Augen aus wie geschmolzener Stahl. Sein Körper war der eines Panthers: schlank, anmutig und angriffsbereit.
Plötzlich merkte sie, daß er aufgehört hatte zu reden. Sie hatte gar nicht gehört, was er gesagt hatte. Ein Prickeln überzog ihren Körper.
Er starrte sie so lange an, daß das Schweigen offenkundig wurde, während sich die Dämmerung der Tropen auf sie herabsenkte, und sie vermutete, was sie von Anfang an gewußt haben mußte: Nicht nur Gott, sondern auch die Anziehungskraft dieses Mannes hatte sie an diesen entlegenen Flecken Erde geführt.
Trotz ihrer Müdigkeit von der Reise und trotz des tropischen Klimas, das ihr mehr zusetzte, als sie für möglich gehalten hatte, spürte sie ihr Blut aufwallen. Der Arzt schien sie nicht nur anzusehen, sondern auch in sie hineinzublikken, als fiele die dünne Kleidung von ihr ab und sie stünde schließlich im merkwürdigen Zwielicht des Kongos mit entblößtem Körper und entblößter Seele vor ihm.
Dann kam er auf sie zu, und sein großer Körper verstellte den Blick auf das letzte Tageslicht. Wenige Zentimeter vor

ihr blieb er stehen und sah auf sie herunter. In der Dunkelheit konnte sie seine Augen nicht erkennen, aber sie spürte seinen Atem.
»Sehen Sie morgen zu«, sagte er mit gesenkter Stimme. Einen Moment lang glaubte sie, er würde die Hände nach ihr ausstrecken und sie berühren, doch seine Stimme blieb unpersönlich. »Es wäre nicht schlecht, wenn Sie sich gleich in die Arbeit stürzen. Wir können jede Hilfe gebrauchen, die wir angeboten bekommen. Sie müssen müde sein«, fügte er hinzu.
Sie wollte noch nicht ins Bett gehen. Sie wollte sich hinsetzen und sich unterhalten, ihn ansehen, ihm zuhören, was er ihr zu Simbayo zu erzählen hatte, seine Stimme hören, ganz gleich, worüber er sprach.
Er trat in die Nacht hinaus, und sie folgte ihm. Kein Streifen Licht war mehr am Himmel zu sehen. Vor ihrer Zimmertür sagte er zu ihr: »Wenn Sie etwas brauchen oder wenn Sie Fragen haben, werden Heidi und Rose Ihnen helfen. Ich hoffe, es wird Ihnen nicht leid tun, daß Sie hergekommen sind. Ich hoffe, wir enttäuschen Sie nicht. Wir führen hier ein ruhiges Leben, und es gibt wenig Unterhaltsames und kaum Vergnügliches. Hier hat man bei weitem nicht den Komfort, den Sie aus Amerika gewohnt sind.«
»Ich bin nicht hergekommen, um Komfort zu finden«, antwortete sie. »Ich bin gekommen, um meine Hilfe anzubieten und mich nützlich zu machen.«
Ganz wahr ist das nicht, dachte sie. Ich bin hergekommen, um in deiner Nähe zu sein.
»Ich kenne keinen Ort, an dem man Gott näher ist«, sagte er mit hohler Stimme. Dann wandte er sich ab und verschwand in der Nacht. Sie starrte hinter ihm her, als er sich entfernte.

2. Kapitel

Damals in Buffalo hatte sie alles über ihn und Afrika wissen wollen.

»Wo *ist* Simbayo?« hatte sie ihn gefragt.

Sie saß vor ihm auf dem Boden, und er lächelte sie an. »Sehen wir doch mal«, sagte er zu ihr wie zu einem Kind, »was Sie über Afrika wissen.«

»Dort ist es heiß, und es gibt Urwälder und Wüsten, und die Menschen sind farbig. Afrika ist primitiv und barbarisch; es gibt dort Giftschlangen . . .«

Sie hielt inne, als er lachte. »All das ist wahr«, räumte er ein, »aber es reicht bei weitem nicht aus. Afrika bedeutet auch eine Geisteshaltung.«

»Wie meinen Sie das?«

»Ich habe die Mission Simbayo genannt, denn das heißt östlich der Sonne . . .«

Liliane lächelte. »Es gibt keinen Ort, der im Osten der Sonne liegt.« Er mußte sich über sie lustig machen.

»O doch, und dort lebe ich. Sehen Sie, es ist eine Gemütsverfassung. All diese Orte, die von der Gesellschaft als ›gottverlassen‹ angesehen werden und an denen zu leben sich kein normaler Weißer auch nur vorstellen könnte, liegen östlich der Sonne . . . Simbayo ist einer dieser Orte.«

Liliane versuchte, ihm zu folgen. »Aber wo liegt es nun wirklich?« fragte sie hilflos.

Sein Lächeln kam ihr traurig vor.

»Man folgt dem Flußlauf des Kongos mehr als eintausend Meilen, und von dort aus wären es noch etwa zweihundert Meilen Luftlinie, aber so, wie sich der Mombayo mitten ins Herz des Dschungels von Belgisch-Kongo schlängelt, sind es viele Hunderte von Meilen.«

»Belgisch-Kongo?«

»Das ist ein riesiges Land mitten in Afrika, und Belgien glaubt, daß es ihm gehört. Aber damit sind wir schon einen Schritt weiter als in den langen Jahren, in denen das Land im Besitz des belgischen Königs war.«
»Wollen Sie damit sagen, daß ein Land einem einzelnen gehört hat?«
Baxter Hathaway nickte. »Er hat es zumindest versucht. Sämtliche Einwohner waren sein persönliches Eigentum, und er hat ein Vermögen damit gemacht, sie zu verkaufen oder zu versklaven.«
»Wie gräßlich«, rief Liliane aus.
»So ist es heute natürlich nicht mehr. Und die Regierung belästigt uns nicht. Ich vermute, sie ist entweder froh darüber, daß wir uns einen so abgelegenen Ort ausgesucht haben, oder sie weiß nichts von unserer Existenz.«
»Von *Ihrer* Existenz muß die ganze Welt wissen.«
In dem Moment hatte ihr Vater sie zum Essen gerufen. Das Huhn und die Klöße waren fertig.
Östlich der Sonne ...

Und alles war so fremd, sie war so einsam, und es war so ... sie versuchte, ihre Gefühle in einem Brief an ihre Eltern auszudrücken.

Es ist eigentlich nicht beängstigend, aber es ist so ganz anders als alles, was ich je gesehen habe. Ich fühle mich vom Leben abgeschnitten, denn ich kann mich mit niemandem unterhalten außer mit Dr. Hathaway, der nicht gerade gesprächig ist, und mit Rose, die ein herzensguter Mensch und immer hilfsbereit ist, aber sie ist etwa ein Dutzend Jahre älter als ich, und ich fürchte, wir haben keinerlei Gemeinsamkeiten. Sie ist furchtbar englisch und daher trotz ihrer Freundlichkeit reserviert und zurückhaltend. Für Unsinn hat sie nichts übrig, und sie kann wirklich zupacken. Wenn es nicht um Patienten geht, haben wir wenig miteinander zu reden, und als Krankenschwester komme ich mir bisher entsetzlich unfähig vor. Sie und Heidi haben so viel Erfahrung und sind so vertraut mit den hiesigen Krankheiten. Heidi, die mit einem so ausgeprägten deutschen Akzent redet, daß ich ihr Englisch manchmal kaum verstehe, lächelt nie und unternimmt auch von sich aus keinen Versuch, sich mit mir zu unterhalten, obwohl sie endlos mit Rose plaudert. Sie scheint mich notgedrungen zu dulden. Ich bezweifle sehr, daß diese Frauen und ich einander mit der Zeit näherkommen werden.

Die Eingeborenen und ich beäugen einander mit einem freundlichen Lächeln und absoluter Verständnislosigkeit. Ich bin sicher, daß ich ihre Sprache, selbst, wenn ich es probieren würde, nie verstehen könnte. Rose beherrscht das Nötigste.

Dr. H. probiert es gar nicht erst. Ich glaube nicht, daß Englisch sprechende Menschen diese Sprache je *erlernen können. Es klingt noch nicht einmal so, als gäbe es Worte. Ich weiß nicht, wie ich erklären soll, wie diese Sprache klingt. Sie reden alle so schrill und laut, als wollten sie gleich streiten, sogar dann, wenn sie einem helfen und einen anlächeln.*

Sie sind darauf versessen, sich beliebt zu machen. Gestern habe ich versucht, eine schwere Bank in den Schatten zu rücken, und sofort sind vier Eingeborene hinzugeeilt, um mir zu helfen. Sie sind nicht argwöhnisch, sondern setzen Vertrauen in uns und in »die Medizin des weißen Mannes«.

Ich bereue nicht, daß ich diese Reise unternommen habe – wenigstens bisher nicht. Ich möchte hier gewiß nicht

den Rest meines Lebens verbringen und noch nicht einmal viele Jahre, aber es ist ein Abenteuer, und ich bin stolz auf mich, daß ich gewagt habe, es zu unternehmen.
Oh, wie sehr ich Euch doch vermisse. Mutter, ich vermisse die langen Gespräche vor dem Zubettgehen, und Du weißt gar nicht, wieviel Spaß es mir gemacht hat, mit Dir einkaufen zu gehen. Hier gibt es niemanden, mit dem man über die Albernheiten kichern kann, die Du und ich immer so lustig fanden. Beim Abendessen fehlt mir der Geruch von warmem Apfelstrudel und das Gelächter. Wenn ich nach einem arbeitsreichen Tag nachts im Bett liege und doch das Gefühl habe, daß ich für niemanden wichtig war, denke ich an die Freitagabende, an denen wir drei zusammen ins Kino gegangen sind und ich zwischen Euch gesessen und Euch beiden die Hand gehalten habe. Damals habe ich mich lediglich geborgen gefühlt, doch heute ist es eine meiner kostbarsten Erinnerungen.
Ich sehe mich in Simbayo umd und versuche mir vorzustellen, wie Ihr es sehen würdet. Daddy, ich glaube, Du würdest darin einen Ort sehen, der reif für die Gegenwart Gottes ist.

Sie dachte einen Moment lang nach. Hieß es nicht, daß Gott überall gegenwärtig war?

Ich fühle mich jetzt schon verändert, und ich bin kaum zwei Wochen hier. Was ist aus dem Mädchen geworden, das vor dem Spiegel gestanden und ein Kleid nach dem anderen anprobiert hat, um zu entscheiden, welches es am Samstagabend zum Tanzen anzieht? Der einzige Spiegel, den ich hier habe, ist der kleine Handspiegel, den ich mitgenommen habe, und darin ist kaum mein ganzes Gesicht zu sehen.

Man neigt hier ohnehin dazu, sein Aussehen zu vergessen.
Und doch ist mir das Aussehen der anderen so bewußt. Rose und Heidi machen beide einen so stämmigen und tatkräftigen Eindruck. Rose wirkt älter als fünfunddreißig. Ihr Haar ist glatt, mausbraun und ganz kurz geschnitten. Sie trägt eine Brille mit dicken Gläsern, die ihre schönen grauen Augen noch vergrößern, und sie hat einen wunderbaren englischen Teint. Weder sie noch Heidi legen auch nur den geringsten Wert auf Kleidung. Sie tragen Hauskleider, die verknittert sind und so aussehen, als hätte jemand sie nach häufigem Tragen abgelegt. Wahrscheinlich stammen sie aus einer kirchlichen Spendensammlung. Kleider sind Gebrauchsgegenstände und keine Zierde.
Heidi wirkt immer streng und finster, selbst dann, wenn sie nett zu einem Eingeborenen ist. Ihr dunkelblondes Haar trägt sie in dicken Zöpfen um den Kopf geschlungen.
Ich glaube, wenn sie je fähig wäre, zu lachen oder weniger streng zu schauen, könnte sie eine teutonische oder wagnerianische Schönheit sein. Sie schüchtert mich ein wenig ein. Ich weiß, Daddy, daß Dich das überrascht.
Du glaubst, daß mich nichts und niemand erschrecken kann, stimmt's? In Heidis Gegenwart zeige ich mich immer von meiner besten und damenhaftesten Seite. Gut, wirst Du jetzt sagen. Sie muß einen guten Einfluß auf mich haben. Ha! Meine Güte – wie sehr ich Euch doch vermisse!
Und doch bereue ich nicht, daß ich von zu Hause fortgegangen und um die halbe Welt gereist bin.
Schwarze riechen *anders. Dr. Hathaway sagt, es hat mit der Ernährung zu tun. Sie finden, daß* wir *stinken. Aber*

so ist es ja auch manchmal, selbst für unsere Begriffe. Ich sehne mich nach einem Bad oder wenigstens einer Dusche. Ein Loch im Boden hat sehr wenig mit einer Toilette mit Wasserspülung gemeinsam. Man gewöhnt sich nicht leicht daran.

Dr. Hathaway ist hier ein Gott. Ich glaube, die Rolle gefällt ihm. Er ist herablassend (ja, sogar seinen Mitarbeitern gegenüber), und manchmal glaube ich, er vergißt ganz, daß wir auch noch da sind. Er besitzt sagenhafte Energien, und ich frage mich, ob er je schläft. Er läßt sich selten auf belanglose Unterhaltungen ein und scheint sich nie zu entspannen. Er ist ständig tätig, als fühle er sich dazu getrieben, soviel wie möglich in dieses eine Leben zu packen. Sein Tatendrang, mit dem er alle ansteckt, seine absolute Selbstlosigkeit, seine Hingabe an die, die er seine schwarzen Kinder nennt – genau das muß mit Christentum gemeint sein. Ich fürchte mich nicht vor ihm (und lasse mich auch nicht von ihm einschüchtern wie von Heidi), aber er ist für mich kein Mensch. Für ihn gelten andere Maßstäbe.

Abends bin ich oft einsam. Man kann nicht allein im Urwald spazierengehen, und es gibt hier nur wenige Bücher (schickt mir bitte welche – ganz gleich, was!), und natürlich gibt es auch kein Radio. Ich frage mich, an wen ich mich wenden würde, wenn ich wirklich Sorgen hätte. Vielleicht müßte ich dann zu Euch nach Hause kommen.

Hebt meine Briefe bitte auf. Wenn ich zurückkomme, hätte ich gern Aufzeichnungen über meine Monate (oder Jahre) hier. (Ich frage mich, ob ich die zwei Jahre durchhalte, die ich zugesagt habe. Im Moment erscheinen mir zwei Jahre hier wie eine Ewigkeit.)

Als aus den Wochen Monate wurden, fügte sich Liliane in den Rhythmus von Simbayo ein. Heidi schüchterte sie immer noch ein, doch Liliane verhielt sich lockerer in ihrer Gegenwart. Wenn sie ein Gespräch mit Dr. Hathaway begann, ging er darauf ein und führte die Unterhaltung manchmal sogar von sich aus weiter. Sie gewöhnte sich an, wie Rose und Heidi nach dem Mittagessen zu schlafen, wenn die Hitze am schlimmsten war. Sie kannte schwüle Tage aus Buffalo. Der Hauptunterschied bestand darin, daß sich das Wetter in Buffalo nach einer Weile änderte. Im Kongo schlug es nie um.

Auch die Umgebung blieb unverändert. Sie war immer grün, und das Grün war so dicht, daß es fast schwarz wirkte. Das Laub, von dem dicke Wassertropfen rannen, wirkte ganz und gar undurchdringlich.

Schmale, ausgetretene Pfade führten in den Urwald, und manchmal sah Liliane, daß sie von Menschen benutzt wurden. Aber wohin gingen sie? Und woher kamen sie? Dort war nichts – nur noch mehr Urwald.

Ein Geruch von Fäulnis hing in der Luft. Der Dschungel sog die Würze von Tod und Verwesung in sich auf und verströmte sie über das Land. Und doch war er von Leben erfüllt. Affen sprangen kreischend von einem Baumwipfel zum anderen, und leuchtend bunte Vögel pickten Krumen vom Boden auf, ohne sich vor den Menschen zu fürchten.

Es gab vieles, was Liliane abstieß. Sie ekelte sich vor den Hygieneverhältnissen. Überall lagen tierische Fäkalien herum. Niemand machte sich die Mühe, sie fortzuräumen. Anscheinend war Xhoso dafür zuständig, aber er kam nie dazu. Menschliche Exkremente wurden aus Fenstern in Gruben gekippt, die zu dem Zweck angelegt worden waren. Überall roch es nach Urin. Liliane fragte sich, ob niemand außer ihr es roch; die anderen schienen den Geruch nicht wahrzunehmen. Mit diesem Unrat kamen natürlich auch die Fliegen. Die Moskitos waren noch schlimmer, aber dagegen konnte man sich mit Insektengittern in den Türen und Fenstern und mit Moskitonetzen über den Betten helfen, nur ihr Surren war aufreizend.

Jeder Tropfen Wasser mußte abgekocht werden, so daß zum Trinken und zum Waschen nicht viel übrigblieb. Man konnte nicht täglich frische Kleider anziehen oder gar jeden Tag die Unterwäsche wechseln. Heidi und Rose trugen selbst in diesem Klima grobe Strümpfe, doch Liliane hatte damit schon am zweiten Tag aufgehört.

Sie schlief schlecht und wachte davon auf, daß ihr Kopf an ihrem nassen Kissen klebte. Aber das war im Sommer in Buffalo auch nicht anders.

Das Essen konnte einen mit einigem aussöhnen. Dr. Hathaway war stolz auf seinen Garten, dessen vier Gemüsebeete der Reihe nach bepflanzt wurden. Am frühen Morgen, ehe die anderen aufstanden, kniete er schon in seinem Garten, der neben dem Zoo seine große Leidenschaft war. Wann er schlief, blieb Liliane ein Rätsel. Der Tagesablauf war nicht starr geregelt, folgte aber doch einem bestimmten Schema. Um halb sechs morgens läuteten melodische Glöckchen. Um diese Tageszeit sah Liliane jeden Morgen aus dem Fenster, und immer kniete Dr. Hathaway in seinem Garten. Es kam ihr vor, als halte er dort täglich sein symbolisches Erntedankfest ab. Er war jeden Morgen der erste Mensch, den sie sah.

Zum Frühstück gab es Kaffee und Tee, selbstgebackenes Brot und Marmelade, weichgekochte Eier, Bananen und die verschiedensten Obstsorten. Mangos und Papayas, die sie vorher nicht gekannt hatte, schmeckten ihr köstlich.

Wenn Operationen durchgeführt wurden und keine Notaufnahmen dazwischenkamen, wechselten Rose und sie sich dabei ab, dem Arzt zu assistieren. In der ersten Woche sah Rose Liliane über die Schulter, doch sie war zufrieden mit dem, was sie sah. Manchmal wurden auch Tiere operiert; Dr. Hathaway fand, sie seien genauso wichtig wie die Menschen. Sie liefen überall herum, sogar im Operationssaal. Ein grauer Hund saß in der Ecke und kratzte sich, und eine orangerote Katze lag auf dem Tisch neben den chirurgischen Instrumenten des Arztes. Der Operationssaal diente auch als Wachstation. Manchmal erholten sich hier zwei oder drei Patienten von einer Operation, während ein vierter operiert wurde. Sie hatten mit Brüchen aller Art, gebrochenen Beinen, abgesägten Fingern und außerdem mit Menschen zu tun, die infolge von Fehlernährung Blähbäuche hatten. Liliane sammelte im ersten Monat im Operationssaal mehr Erfahrungen, als sie in Buffalo in sechs Monaten hätte machen können.

Sämtlichen Eingeborenen, die für Dr. Hathaway arbeiteten, wurde eine tägliche Essensration von acht Bananen zugeteilt. Daraus bestand ihre gesamte Nahrung, wenn sie nicht andere Quellen hatten. Ab und zu wurden Reisreste verteilt, doch gewöhnlich setzte man sie den Tieren vor. Die Menschen, die sich nur von Bananen ernährten, hatten nie irgendwelche Mangelerscheinungen. Liliane entwickelte großen Respekt vor dem, was anscheinend die perfekte Ernährung war.

Am zweiten Tag hatte Liliane Rose gefragt, warum so viele Eingeborene enzianblaue Farbe auf den Fingern oder den Zehen hatten. Ihr war eine Gänsehaut über den Rücken gelaufen, als die Krankenschwester erwidert hatte: »Ach, das sind die Leprakranken.«

Die Leprakolonie lag auf einer Insel. Die Leprakranken, deren Aussehen nicht allzu abstoßend war, kamen täglich zur Arbeit. »Du darfst bloß nichts anfassen, was sie angefaßt haben. Wurde ihr vorher [illegible] – Du darfst nichts anrühren, was sie angerührt haben! Woher sollte sie denn wissen, was von Leprakranken angefaßt worden war? Und was wurde aus ihr, wenn es ihr passierte? Wie sollte sie die Dinge abwaschen, wenn es so wenig Wasser gab?

Eines Tages beobachtete sie, daß eine der Eingeborenen versehentlich Wasser verschüttete. Nach dem Mittagessen kam sie gedemütigt aus dem Büro des Arztes. Er behandelte die Eingeborenen wie ungezogene Kinder. Wenn er sie bestrafte, dann diente das dem Gemeinwohl, damit Vorfälle, die seines Erachtens Strafe verdient hatten, sich nicht wiederholten. Mit finsterem Gesicht richtete er wie ein Gott. Die Krankenschwestern behandelte er anders. Wenn eine von ihnen etwas tat, was ihm mißfiel, redete er nicht mehr mit ihr. Er erklärte nie, was sie falsch gemacht hatten. Sie mußten selbst dahinterkommen und trugen sich mit Schuldgefühlen, während sie sich fragten, gegen welchen ethischen Grundsatz sie verstoßen haben mochten. Mit der Zeit geriet der Vorfall in Vergessenheit oder wurde verziehen.

Als der Tag kam, an dem er nicht mehr mit Liliane redete, litt sie Höllenqualen. Was konnte sie nur getan haben, um diese Behandlung verdient zu haben? Sie fragte Rose, die dazu nur sagte: »Ach, Mädchen, ich habe nicht die geringste Ahnung.« Sie kam nie dahinter, wogegen sie verstoßen hatte, und nach vier Tagen sprach er wieder mit ihr.

Heidi war zu ihr höflich, ohne je zu lächeln oder mit ihr zu reden. Und doch wurden Heidi und Rose gleichermaßen von den Patienten geliebt. Ihre Finger waren flink, geschickt und sachte. Beide hatten gelernt, was der Arzt nie gelernt hatte – einige Worte in der Sprache der Schwarzen. Die Eingeborenen hatten so weit Englisch gelernt, daß sie sich mit einem Minimalvokabular mit den Krankenschwestern ver-

ständigen konnten. Dr. Hathaway sprach immer nur Englisch mit ihnen. »Man muß Tierarzt sein, um herauszufinden, was diesen Leuten fehlt«, sagte er gern.
Dennoch behandelte er die Patienten unwahrscheinlich freundlich. Seine blauen Augen wurden sanfter, er lächelte, und er tröstete sie. Für Babys schien er eine angeborene Schwäche zu haben.
»Zu schade, daß Sie nie eigene Kinder hatten«, sagte Liliane eines Morgens.
Er sah zu ihr auf, und das Haar hing ihm in die Stirn. »All das sind meine Kinder.«
So schien es auch. Er war der wohlwollende, wenn auch strenge Vater.
Liliane entschied sich, nicht länger zu versuchen, ihn zu verstehen, doch sie konnte nichts dagegen tun, daß sie auf seine körperliche Nähe reagierte. Nachts sah sie sein Gesicht an der Decke ihres Zimmers.
Oft war er schweigsam. Wenn die anderen ihren Mittagsschlaf hielten, schrieb er. Wenn Heidi und Rose und Liliane nach dem Abendessen dasaßen und plauderten, einfache Spiele spielten, nähten und aus abgetragenem, zu oft gewaschenem Stoff Verbände wickelten, las er. Er dachte nach. Er schrieb Artikel, die weltweit veröffentlicht wurden und zu dem Ruhm und dem Prestige von Simbayo beitrugen. Er las die medizinischen Fachzeitschriften, die regelmäßig eintrafen, wenn sie auch manchmal schon Monate alt waren.
Ab und zu unterhielt er sich nach dem Essen mit ihnen, und dann ging es fröhlich zu. Sie lachten, und Rose und Heidi flirteten mit ihm. Liliane dagegen nicht. Sie hatte in Buffalo immer mit den Jungen geflirtet, aber Dr. Hathaway war kein Junge und auch niemand, mit dem sie hätte flirten können.
Eines Abends sagte sie: »Es wäre wirklich prima, wenn wir einen Badeteich anlegen könnten.«

Die Krankenschwestern sahen sie an, als hätte sie den Verstand verloren. Dr. Hathaway lächelte sie mit strahlenden Augen an. »Wie haben Sie sich das vorgestellt?«

»Es wäre so schön, wenn man sich abends abkühlen könnte, wenn man ohne Angst vor Krokodilen schwimmen könnte. Wir könnten doch mit dem Maschendraht im Schuppen die kleine Lagune bei den Palmen gegen Krokodile absichern. Wir könnten den Draht unter dem Wasser spannen, und dann hätten wir ein sicheres Plätzchen, um uns abzukühlen und uns selbst und die Kleider zu waschen.«

Heidi und Rose erwarteten gespannt die Reaktion des Arztes.

»Ein Krokodil oder ein Nilpferd könnte diesen Draht mühelos einreißen«, sagte er, doch sie merkte, daß sein Interesse geweckt war.

»Oh«, sagte sie enttäuscht.

Doch als sie am nächsten Morgen aus ihrem Zimmer kam, war er noch im Garten. Er stand auf und rief nach ihr. »Liliane.« Das kam so unerwartet, daß sie nicht sicher war, ob er sie wirklich gerufen hatte.

Er rief sie noch einmal und bedeutete ihr, zu ihm zu kommen.

»Kommen Sie mit mir zum Fluß. Das Frühstück kann warten. Ich habe die ganze Nacht über Ihren Vorschlag nachgedacht.«

Ihr Herz schlug schneller. Lag es daran, daß er ihr zugehört und sie ernst genommen hatte, oder lag es an seiner unerwarteten Nähe? Sie wußte es nicht.

Als sie im Frühnebel zum Fluß liefen, fragte er: »Sind Sie glücklich hier?«

Es war eine Frage, der sie bisher ausgewichen war. Alles hier war ihr noch so fremd. Außer Rose redete eigentlich niemand mit ihr, und manche Stunden zogen sich sehr in

die Länge. Liliane kam sich oft nutzlos vor. Man vertraute ihr keine verantwortungsvollen Aufgaben an; sie befolgte lediglich Anweisungen. Manchmal kam sie sich wie ein Dienstmädchen vor, und sie schien mit niemandem hier Gemeinsamkeiten zu haben. Die Eingeborenen waren ihr immer noch fremd, und sie konnte sich einfach nicht an die Lendenschurze gewöhnen und auch nicht an die Reifen, die den Frauen als Kinder in die Lippen eingesetzt worden waren und ihre Münder gräßlich verformten. Und doch waren selbst die Männer, die am wildesten aussahen – die mit den Knochen in der Nase und den kunstvollen Tätowierungen auf dem ganzen Körper –, ausnahmslos freundlich.
Sie wußte nicht, wie sie die Frage des Arztes beantworten sollte.
Ihr Zögern schien ihm Antwort genug zu sein. Er blieb stehen, legte seine Hände auf ihre Schultern und drehte sie zu sich herum. Dann nahm er ihre Hände zwischen seine. »Ich weiß, es dauert eine Zeitlang.«
»Ja, ich weiß«, erwiderte sie und bemühte sich, das Beben in ihrer Stimme zu unterdrücken und ihm nicht zu zeigen, wie trostlos ihr zumute war. »Sagen Sie – sind *Sie* glücklich hier?«
Er ließ ihre Hände sofort los und setzte sich wieder in Bewegung.
»Das hat *mich* noch niemand gefragt«, antwortete er. »Ich glaube nicht, daß ich weiß, was dieses Wort bedeutet.«
Sie standen am Fluß, und Liliane zeigte ihm, wo sie den Draht spannen könnten. »Das wäre gleich etwas ganz anderes«, sagte sie strahlend.
Er sah sie an. »Würde es dazu beitragen, Sie glücklich zu machen?«
»O ja!« rief sie aus.

Er lehnte sich an eine Palme und verschränkte die Arme.
»Wenn ich es schaffe, einen Badeteich anzulegen, wird Ihnen dann klar sein, daß wir froh sind, Sie bei uns zu haben? Sie sind für uns ein frischer Frühlingshauch, das wissen Sie doch.«
O nein. Nein, das wußte sie nicht. Sie wußte noch nicht einmal, ob jemand ihre Gegenwart bemerkte. Oder sich irgend jemand etwas aus ihr machte.
Langsam ging sie auf ihn zu. Ihr unbezähmbares kastanienbraunes Haar rahmte in feuchten Ringellöckchen ihr Gesicht ein, und mit ihren türkisen Augen sah sie ihn fest an.
Er erwiderte ihren Blick. Sie kam sich vor, als stünde sie unter Hypnose und würde zu ihm hingezogen, während sie in Zeitlupe auf ihn zuging und sich näher wagte, als sie es je von sich erwartet hatte. Sie blieb so dicht vor ihm stehen, daß sie seinen Atem spürte.
Sein Blick wandte sich von ihren Augen ab, glitt über ihre leicht geöffneten Lippen, und seine Hand hob sich zu ihren Haarspitzen. Er wickelte sich eine ihrer Locken um den Finger.
Mit sanfter Stimme sagte er: »Ich bin im Moment so glücklich wie schon lange nicht mehr.«
Blut stieg ihr ins Gesicht, und über ihre Wangen, ihre Brüste und ihre Arme liefen heiße Schauer.
»Ach, da seid ihr«, rief Heidi. Ihre Stimme klang noch rauher als sonst. »Wir haben uns schon Sorgen um euch gemacht. Es war noch nie da, daß Sie zu spät zum Frühstück gekommen sind.«
Der Arzt ließ seine Hand abrupt fallen und lächelte die Krankenschwestern an, die auf sie zukamen. Lilianes Herz schlug bis in die Ohren.
Als sie zum Eßraum gingen, umschwirrten die beiden älte-

ren Krankenschwestern ihn wie die Motten das Licht, und Liliane blieb ein paar Schritte hinter ihnen zurück.

3. Kapitel

»Ich glaube, wir schaffen es«, rief ihr ein klatschnasser Dr. Hathaway kurz vor dem Abendessen zu. »Ich bin gerade auf den Grund getaucht, um es mir anzusehen.« Er lief weiter.

Liliane sah lächelnd hinter ihm her und war glücklich. Als sie auf ihr Zimmer zuging, wurde sie vor der Tür von einer Frau erwartet, die so schwarz wie Ebenholz war. Ihre Haltung war majestätisch, sie hatte ihr schwarzes Haar zu einem Knoten aufgesteckt. Um den Hals trug sie sechs leuchtend bunte Reifen, dazu einen gelben Rock. Sie war barfuß, und weitere Reifen zierten ihre Knöchel. Ihre vollen Brüste waren makellos; Liliane versuchte, nicht hinzuschauen. Nackte Brüste waren ihr immer noch unangenehm.

Weshalb sollte jemand sie erwarten? Vielleicht die Frau eines Patienten? Sie lächelte sie ermutigend an. »Kann ich Ihnen behilflich sein?« fragte sie.

Stumm streckte die Frau ihre Hand aus. Die Handfläche war übel angeschwollen. Liliane nahm die Hand und sah sie sich näher an. Ein großer Splitter steckte darin, und die Umgebung hatte sich entzündet.

»Warum sind Sie nicht ins Krankenhaus gekommen?« fragte sie die Frau, die sie verständnislos ansah.

Liliane nahm sie am Arm und wollte sie zum Krankenhaus führen. Die Frau rührte sich nicht von der Stelle. »Ich muß Instrumente holen«, versuchte Liliane zu erklären.

Die Frau schüttelte den Kopf und hockte sich hin. Sie kauerte auf ihren Fersen und hatte die Knie angezogen, eine Haltung, in der Eingeborene anscheinend ewig verharren können und die ein Weißer selten einzunehmen versucht. Sie sah Liliane flehentlich an und streckte wieder die Hand aus.

»Wie heißt du?« fragte Liliane, ohne eine Antwort zu erwarten.

»Naldani«, antwortete die Frau mit einer derart klangvollen und schönen Stimme, daß Liliane ihren Ohren kaum traute. Sie wußte nicht, ob es eine Antwort auf ihre Frage war oder eine ganz andere Bedeutung hatte. Daher bückte sie sich und sprach ganz langsam und deutlich. »Ich muß ins Krankenhaus gehen und eine Pinzette, ein Messer und Alkohol holen. Ich komme gleich wieder. Warte hier.«

Die Frau starrte sie an.

Liliane lief eilig los. Als sie zurückkam, saß die Frau noch in derselben Haltung da. Liliane kniete sich neben sie und nahm die entzündete, verformte Hand. Sie sah, daß sie sie aufschneiden mußte, damit der Eiter herausfließen konnte.

»Es wird weh tun«, warnte sie die Frau, obwohl sie genau wußte, daß sie sie nicht verstehen konnte. Wie sollte sie ihr klarmachen, daß sie ihr nicht absichtlich weh tat? Liliane hielt das kleine, scharfe Messer vor sich hin und schnitt eine Grimasse.

Die Schwarze nickte. Sie gab keinen Laut von sich. Als Liliane den Splitter herausgezogen hatte und Alkohol auf die Wunde tupfte, bildeten sich Tränen in den Augenwinkeln der Frau, doch sie blieb nach wie vor stumm.

Liliane verband die Hand. »Du darfst die Hand nicht naßmachen.«

Die Frau sagte: »Naldani wird nicht naß.«

Sie sahen einander in die Augen, und es entstand etwas. Zum ersten Mal, seit sie Buffalo verlassen hatte, fühlte sich

Liliane jemandem nahe. Nicht etwa jemandem, mit dem sie reden konnte, nicht jemandem, mit dem sie etwas gemeinsam hatte, und auch nicht jemandem, den sie länger als fünfzehn Minuten kannte. Sie lächelten einander an.
Liliane deutete auf die Frau. »Du Naldani, ich Liliane.« Sie deutete auf sich selbst.
Naldanis Augen leuchteten. Sie mühte sich damit ab, den Namen zu wiederholen, doch es kam nur »Lili« dabei heraus.
»Das gefällt mir«, sagte Liliane. Dann eben Lili. Ich habe gerade eine Freundin gewonnen, sagte sie sich.
Als Naldani anmutig aufstand und ging, öffnete Liliane ihre Zimmertür und fragte sich, ob sie die Frau je wiedersehen würde.
Am nächsten Tag bekam sie nicht nur Naldani zu sehen, sondern auch die ersten Ansätze zu »Lilianes Swimmingpool«. Vier der Eingeborenen arbeiteten daran, und manchmal sprang der Arzt vollständig bekleidet ins Wasser, um ihnen zu zeigen, was sie tun sollten. Nach einer Woche war der Badeteich fertig.
Nach dem Mittagessen lächelte der Arzt seinen Harem an und verkündete: »Lilianes Swimmingpool ist fertig. Wollen wir ihn uns ansehen?«
Gemeinsam machten sie sich auf den Weg und einigten sich dabei auf die Zeiten, zu denen sie baden wollten. Als sie angekommen waren, drehte sich der Arzt auf dem Absatz um, während die Frauen jubelten. Liliane zog ihre Bluse aus. Sie war begeistert und stürzte sich als erste ins Wasser. Rose watete bis zu den Knien hinein, und Heidi sprang ins Wasser und spritzte beide naß. Sie lachten. Auch Heidi lachte. Es war das erste Mal, daß Liliane Heidi lachen hörte, wenn Dr. Hathaway nicht da war.
Nachdem sie zu dritt eine Stunde lang genüßlich im Wasser

herumgeplaudert hatten, kehrte Liliane in ihr Zimmer zurück und fand vor ihrer Tür einen Stapel ordentlich gefalteter, frisch gewaschener Kleider.

Um zehn Uhr morgens, nach den Operationen, sah sich der Arzt die ambulanten Patienten an. Schon in der Morgendämmerung standen sie Schlange. Manchmal waren es nicht mehr als fünf Leute, doch im allgemeinen waren es mehr als hundert, manchmal sogar fast zweihundert. Es gab kaum jemanden, der allein kam. Die Kranken kamen mit ihren Verwandten und Freunden, und manche hatten Reisen von Tagen oder gar Wochen hinter sich. Sie kamen nur langsam voran, denn sie mußten Essen und Wasser, Kochtöpfe und Amulette mitbringen.

Einige konnte nicht laufen und wurden von ihren Frauen auf dem Rücken getragen oder von Freunden in Netzen gebracht. Eine Frau konnte einen Mann oder eine andere Frau tragen, aber ein Mann hätte niemals eine Frau getragen. Viele kamen mit dem Kanu über den Fluß.

Sie hatten die unsäglichsten Krankheiten, und Liliane brauchte drei Monate, um sich an den Geruch von hundert kranken Kongolesen zu gewöhnen, von denen sie nicht wußte, ob sie je ein Bad genommen oder sich die Zähne geputzt hatten.

Die Krankenschwestern wechselten sich ab, doch mit der Zeit übernahm Heidi alles Verwaltungstechnische und Organisatorische, und Rose und Liliane halfen dem Arzt jeweils an drei Wochentagen. Nichts machte Liliane größere Freude, und sie hatte Rose gebeten, ihr ein wenig von der Sprache beizubringen.

Eines Tages suchte Liliane Naldani auf. Wie sollte sie ihr für die sauberen Kleider danken? Mit Gesten gab sie Naldani zu verstehen, daß sie ihre Sprache lernen wollte.

Nach fünf Monaten im Kongo konnte sie sich in einfachen Dingen verständlich machen. Sie konnte dem Arzt zumindest sagen, wo der Patient Schmerzen hatte. Als sie das zum ersten Mal tat, starrte er sie an. Er sagte zwar nichts, doch als der nächste Patient an die Reihe kam, sah er sie fragend an, und sie übersetzte für ihn.
Sie hatte sich mit der Zeit an die Leprakranken gewöhnt, die mit ihren leuchtend blau bemalten Fingern und Zehen auf dem Gelände herumliefen. Erst nach vielen Monaten sah sie erstmals einen Mann ohne Nase. Er kam mit einer Frau und drei kleinen Kindern aus dem Urwald. Seine Finger waren Stummel, und er humpelte auf Füßen, denen etliche Zehen fehlten.
Gegen ihren Willen wich sie entsetzt zurück. Später erfuhr sie, daß die Familie aus einer Ortschaft gekommen war, die viele Meilen entfernt lag. Ihr Stamm hatte sie ausgestoßen, und sie konnten nur zwischen zwei Möglichkeiten wählen: Auf sich gestellt im Dschungel einen sicheren Tod zu finden oder die Leprakolonie ausfindig zu machen, in der sie – wenn ihre Lebenschancen da vielleicht auch nicht besser standen – unter ihresgleichen leben konnten. Die entstellteren Fälle mußten auf der Insel bleiben. Ihre Frauen oder Männer konnten sie dort besuchen oder bei ihnen leben und sich um sie kümmern und an ihrer Seite bleiben. Aber Kinder, die nicht infiziert waren, hatten keinen Zutritt zur Insel. Am Flußufer war ein Lager für sie eingerichtet worden. Sie wurden monatlich untersucht und hatten Spielgefährten; zwei extrem dicke Eingeborene unbestimmbaren Alters bemutterten sie. Der Arzt stellte ihnen Nahrung und Unterkunft zur Verfügung. Liliane fand, es müsse eine Schule für die Kinder geben, doch Dr. Hathaway tat ihren Vorschlag achselzuckend ab.
»Wozu?«

Einmal wöchentlich suchte er die Insel der Leprakranken auf, doch er nahm nie eine der Krankenschwestern mit. Nur außergewöhnlicher Mut und große Liebe bewog die Nichtinfizierten, mit ihren Gefährten auf der Insel zu leben. Gewöhnlich waren es Frauen, die für ihre Männer sorgten. Manchmal folgte jedoch auch ein Mann seiner Frau und blieb dort bis zum Ende, weil ihn etwas mit seiner Frau verband, was so stark war, daß Liliane entschied, für dieses Maß an Liebe sei noch kein Wort erfunden worden.

Liliane dachte nur mit Grauen an die Insel. Sie stellte sich eine Ansammlung von entstellten Menschen ohne Nase, Ohren, Finger und Zehen vor, Geschöpfe, die so häßlich waren, daß sie sich jeder Beschreibung widersetzten, und alle blau angemalt. Manchmal träumte sie von der Leprakolonie.

Sie erinnerte sich, von Pater Damien gelesen zu haben, diesem selbstlosen belgischen Geistlichen, der es auf sich genommen hatte, die letzten sechzehn Jahre seines Lebens damit zu verbringen, die Wilden auf der Insel Molokai zu zivilisierten Menschen zu machen. In den achtziger Jahren des vergangenen Jahrhunderts wurden alle leprakranken Hawaiianer von ihrer Gemeinschaft ausgestoßen und mit Schiffen zu der Insel gebracht. Man warf sie über Bord und zwang sie, ans Ufer zu schwimmen. Manche ertranken. Manchmal wurde Nahrung über Bord geworfen, die dann in Holzkisten im Wasser trieb, doch noch öfter vergaß man die Inselbewohner – bis Pater Damien ankam und sie lehrte, die Tage ihres Lebens, die ihnen noch verblieben, in Selbstachtung und brüderlicher Liebe zu verbringen. Gottes unergründliche Wege führten dahin, daß sich dieser edelmütige belgische Geistliche mit der gräßlichen Krankheit infizierte und unter seinen geliebten Leprakranken einen scheußlichen Tod starb. Bis dahin hatte er das nahezu Unmögliche

erreicht – die Welt auf die unsäglichen Zustände aufmerksam zu machen. Wenn Pater Damien sich angesteckt hatte, konnte sie sich dann nicht auch anstecken?
Sie gewöhnte sich mit der Zeit daran, mit Fällen von Fehlernährung zu tun zu haben, mit Würmern, mit offenen Wunden, mit Malaria und mit den zahllosen Krankheiten, die so typisch für die schwülen Tropen sind. Aber sie war nicht vorbereitet auf das Gräßlichste, was sie je gesehen hatte. Eines Tages kam anscheinend aus dem Nichts ein gebeugter, verhutzelter Mann, der einen roh gezimmerten Schubkarren vor sich herschob. Liliane sah ihn erst von hinten. Er lief sichtlich unter Schmerzen und setzte langsam einen Fuß vor den anderen, ohne den Schubkarren je loszulassen.
Liliane kam gerade vom Schwimmen, als der Mann mit seinem Schubkarren auf sie zukam. Als sie ihn erreicht hatte, schnappte sie hörbar nach Luft. Seine Hoden lagen in dem Schubkarren. Sie waren so riesig und schwer, daß sie wie schrumpelige Wassermelonen aussahen und er sie nicht mehr allein tragen konnte.
Statt dem armen Mann zu Hilfe zu eilen, floh sie. Sie rannte zum Büro des Arztes und fand ihn dort. »Kommen Sie schnell!«
Er legte seinen Bleistift hin, stand auf und eilte mit ihr ins Freie. Als der Mann langsam mit seinem Schubkarren auf sie zukam, bemühte sich Liliane, ihren Blick abzuwenden, doch der gräßliche Anblick zog sie in seinen Bann.
»Oh«, sagte der Arzt. Er packte Lilianes Arm. »Ich kümmere mich schon darum. Gehen Sie. Sagen Sie Rose, daß ich sie brauche.«
Liliane war unendlich dankbar und gleichzeitig von sich selbst abgestoßen. Sie lief in ihr Zimmer, legte sich aufs Bett, schloß die Augen und versuchte, das Bild aus ihren Gedanken zu verbannen. Ihre Zähne klapperten.

Nach dem Abendessen – Liliane hatte nur sehr wenig gegessen – sagte der Arzt zu ihr: »Liliane, kommen Sie noch für einen Moment in mein Büro.«
Heidi sah Rose an. Wenn der Arzt nicht abends im Eßzimmer blieb, verbrachte er seine Zeit allein. Er hatte noch nie jemanden aufgefordert, abends in sein Büro zu kommen. Selbst Besucher nicht. Tagsüber ja, aber niemals am Abend.
Er zündete eine Kerosinlampe an und setzte sich.
»Es ist Elefantiasis«, sagte er.
Liliane sah sich um. »Was ist was?«
»Der Mann mit dem Schubkarren«, sagte er freundlich. »In einem derart fortgeschrittenen Stadium habe ich es selbst noch nie gesehen. Gewöhnlich werden die Beine davon befallen. Die Krankheit wird durch Fadenwürmer ausgelöst, die sich im Rückgrat einnisten. Wahrscheinlich haben etwa fünfzig Millionen Afrikaner in der einen oder anderen Form Filariosen. Ich glaube, das, was Afrika lethargisch und träge werden läßt, sind die Krankheiten. Der Kontinent ist von Krankheiten heimgesucht. Manche Menschen haben ihr ganzes Leben lang Untertemperatur und Blutarmut. Wenn sie nicht von der Malaria, der Schlafkrankheit, der Bilharziose oder der Lepra dahingerafft werden oder an Tuberkulose sterben, sind der allgemeine Gesundheitszustand und oft auch das Gehirn von Fehlernährung oder Würmern angegriffen. Manchmal habe ich das Gefühl, daß alles, was ich tue, nur ein Tropfen auf den heißen Stein ist.«
Er hatte aus dem Fenster gesehen und wandte sich jetzt zu ihr um. »Es tut mir leid, daß Sie sich das ansehen mußten. Hat er Sie erschreckt?«
Sie sah ihn an und spürte ein überwältigendes Verlangen, sich vorzubeugen und seinen Hals zu berühren, ihre Finger auf seinen Nacken zu legen, sein welliges Haar zu streicheln. Seine blauen Augen sahen tief in sie hinein, als wisse

er genau, wie es in ihrer Seele aussah. Er strahlte Kraft, aber auch Güte aus.
Sie war so sehr in seinen Anblick vertieft, daß sie die Frage vergaß, die er ihr gestellt hatte. Er wiederholte sie.
»Ja«, gab sie zu. »Wie furchtbar muß es für diesen Mann sein. Wie kann man ihm helfen? Kann man überhaupt etwas dagegen tun?«
»Eines Tages wird vielleicht ein Medikament dagegen helfen. Aber im Moment kann man nur operieren. Ich habe ihn heute nachmittag operiert. Jetzt wiegt er wahrscheinlich sechzig Pfund weniger. Eine Elefantiasis der Hoden ist hier wahrscheinlich recht häufig vorzufinden.«
Liliane war verlegen. Sie hatte diese Ausdrücke bisher nur in Anatomiestunden gehört. Noch nie hatte sie mit jemandem über die Anatomie der menschlichen Geschlechtsteile geredet. Sie wandte ihren Blick ab.
»Bringe ich Sie in Verlegenheit?«
Sie wünschte sich inbrünstig, sie hätte sagen können: Nein, natürlich nicht. Statt dessen blieb sie stumm.
Das Surren der Moskitos durchbrach die Stille; die Dunkelheit brach mit dramatischer Geschwindigkeit an.
Sie war sich allzu bewußt, daß das sein Zimmer war; sie atmete die Gerüche ein, die es zu seinem Zimmer machten, undefinierbare männliche Gerüche, die ihr unter die Haut gingen.
»Wissen Sie«, sagte er, und seine Stimme klang traurig, »manchmal fühle ich mich einsam. Ich bin für alle Dr. Hathaway. Ich habe meinen Vornamen nicht mehr gehört, seit ich vor mehr als einem Jahr aus Amerika abgereist bin.« Seine Augen wurden schmaler. »Glauben Sie, Sie könnten sich dazu durchringen, mich Baxter zu nennen? Schließlich bin ich kein Gott.«
Oh, dachte Liliane. Baxter.

»Nennen Sie mich bei meinem Namen!« drängte er sie. »Sprechen Sie meinen Namen laut aus!«
Sie wandte ihren Blick vom Fenster ab und sah ihn im flakkernden Schein der Lampe an.
»Baxter«, flüsterte sie genüßlich.
»Danke.« Er lächelte strahlend, und seine Augen drangen in sie. Dann stand er auf, ging um seinen Schreibtisch herum und blieb neben ihr stehen. »So schwierig war es doch gar nicht, oder?« Er legte seine Hand unter ihr Kinn, um ihr in die Augen zu sehen. Seine Hand blieb unter ihrem Kinn. Dann strich er ihr eine Haarsträhne aus dem Gesicht.
»Ich möchte nicht, daß es Ihnen leid tut, hierzusein, Liliane Wentworth«, sagte er mit belegter Stimme. »Mir tut es nicht leid.«
Sie zitterte trotz der Hitze. Er mußte es gespürt haben.
»Wollen Sie ins Eßzimmer zurückgehen?«
Sie wollte allein sein und nicht mit Rose und Heidi plaudern. Sie wollte den heutigen Abend in ihrem Herzen festhalten. »Nein«, antwortete sie mit glühender Stimme. »Ich werde in mein Zimmer gehen.«
»Manchmal«, sagte er mit zarter Stimme, »sehe ich Sie um diese Tageszeit vom Baden zurückkommen.«
Er hatte sie also bemerkt.
»Ja«, sagte sie und nickte. »Es ist mir zum Schwimmen die liebste Tageszeit. Wenn ich mich abgekühlt habe, schlafe ich besser. Rose und Heidi scheinen nach dem Abendessen nie Lust auf ein Bad zu haben. Ich bin also ganz allein, und es ist so friedlich. Ich kann Ihnen gar nicht genug danken. Für mich ändert es alles.«
»Ich weiß gar nicht, warum ich nie selbst auf den Gedanken gekommen bin«, sagte er lächelnd. »Mir macht es auch Spaß.«

»Oh.« Liliane hatte ihn nie im Teich gesehen. »Ich wußte gar nicht, daß Sie auch dort baden.«
»Morgens, ehe Sie aufstehen. Ich ginge gern auch abends schwimmen, aber ich möchte Sie nicht stören.«
Liliane antwortete nicht darauf. Er stand immer noch dicht vor ihr. Als sie sich abwandte, um zu gehen, streiften sie einander. Sie fragte sich, ob er es so bewußt wahrnahm wie sie. Ihre Arme berührten einander, und ein elektrischer Strom durchzuckte sie. Ich bin wirklich albern, dachte sie. Bloß, weil er mich gebeten hat, ihn Baxter zu nennen.
Als sie vor der Tür stand, sagte er: »Gute Nacht.« Sie empfand die Worte wie eine Liebkosung.
Sie antwortete nicht, sondern schritt matt in die Dämmerung hinaus und lauschte der Stille, die sie umgab. Sie blieb noch lange im Dunkeln sitzen, und als sie ins Bett ging, starrte sie ins Leere. Sie stellte sich vor, Baxter in ihren Armen zu halten. Als sie endlich eingeschlafen war, träumte sie von Baxter Hathaway, der nackt bei Mondschein in ihrem Teich schwamm.

4. Kapitel

Liliane gewöhnte sich an, den Spätnachmittag, die Zeit zwischen ihrer Arbeit im Krankenhaus und dem Abendessen, mit Naldani zu verbringen. Sie brachten einander ihre Sprachen bei, und Naldani lernte fast so schnell Englisch wie Liliane Bantu lernte.
Lilianes größte Sorge war immer noch, sich an Lepra zu infizieren. Sie konnte diese Angst einfach nicht abschütteln. Sie wußte, daß die Inkubationszeit lang war und fragte sich, ob sie sich noch in zehn Jahren allabendlich nach tauben, gefühllosen Stellen abtasten würde.

Schon kurz nach ihrer Ankunft war ihr aufgefallen, daß es hier keine Neugeborenen gab und daß sie im Krankenhaus nie mit Geburten zu tun hatten. Rose hatte ihr gesagt, eines der Tabus, die sie beim besten Willen nicht ausräumen konnten, wäre, daß kein Mann in der Nähe sein durfte, wenn ein Kind geboren wurde. Auch wenn es zu den größten Komplikationen kam, hätte eine Frau nie erwogen, ins Krankenhaus zu gehen und ihr Kind dort zu entbinden. Liliane fragte sich, ob die Frauen kommen würden, wenn sie oder Rose oder Heidi Geburtshilfe leisten würden, doch das war eine unerhörte Vorstellung. Das Gebären war ein Bestandteil des Lebens, und keineswegs ein einfacher. Die Säuglingssterblichkeit war phänomenal hoch, und viele Frauen starben an Kindbettfieber.

Liliane fragte Naldani, ob sie irgendwann mit ihr kommen könnte, wenn eine Eingeborene ein Kind gebar. Ein paar Wochen später erschien Naldani am Spätnachmittag und holte Liliane ab. Eine Frau aus dem Nachbardorf bekam ihr Kind.

Man hatte die Frau auf eine kleine Lichtung im Urwald gebracht, und dort kauerte sie auf einer unbeschreiblich schmutzigen Matte aus stacheligen Palmwedeln.

Fünf nackte alte Frauen murmelten vor sich hin und rückten zur Seite, um den Ankömmlingen Platz zu machen. Die Gebärende verharrte in Hockstellung und die Frauen hielten sie an den Armen fest, damit sie diese Haltung beibehielt, selbst dann noch, wenn die Beine unter ihr nachgaben.

Plötzlich fiel das Baby auf die Matte. Die Nachgeburt folgte langsam, und eine der Frauen verschwand mit der Plazenta. Eine andere zog ein schmutziges Messer aus dem Haar und schnitt die Nabelschnur durch, ohne sie abzubinden.

Bis jetzt hatte niemand das Baby angerührt. Erst nachdem alles andere erledigt war, schüttete eine der Frauen kaltes

Wasser auf das Baby, das augenblicklich zu schreien begann.
Die Mutter durfte sich nach wie vor nicht hinsetzen oder sich sonst irgendwie ausruhen, und man gab ihr auch das Kind nicht. Die Frauen halfen ihr jetzt beim Aufstehen, stützten sie und machten sich auf den Weg zurück ins Dorf. Die einzigen Laute, die das Dunkel des Waldes durchdrangen, waren das Wimmern des Babys und der murmelnde Gesang der beiden ältesten Frauen.
Naldani und Liliane schlossen sich der Prozession an. Als sie die Hütte der Frau erreicht hatten, jagte die Frau ihren Mann aus dem Haus. Er tat so, als wisse er nicht, was geschehen war, und verschwand in die Nacht. Die Frauen legten die Mutter auf eine schmutzige Decke und zündeten ein Feuer an. Die Hütte war klein, und die Luft war schlecht. Zwischen den acht Frauen und dem brennenden Feuer auf engem Raum wäre Liliane fast ohnmächtig geworden. Sie spürte ihre Benommenheit, blinzelte mehrfach, atmete den fauligen Geruch tief ein und schluckte schwer. Als das Wasser kochte, holte eine der Frauen einen kleinen Besen aus einer Ecke, tauchte ihn in das kochende Wasser und ließ die heißen Tropfen auf den Bauch der Mutter fallen. Die Frau wand sich, gab aber keinen Laut von sich. Dann legten sie der Frau das ungewaschene Baby in den Arm und verließen die Hütte. Nur eine der älteren Frauen blieb zurück, um über die Mutter und den Säugling zu wachen.
Liliane wunderte sich nicht mehr über die hohe Sterblichkeitsziffer.
Eines Tages, dachte sie, als sie spät abends aus ihrem Fenster ins Mondlicht sah, werde ich etwas dagegen unternehmen. Ich werde für leichtere und ungefährlichere Geburten sorgen. Aus der Ferne hörte sie die monotonen Trommeln.

Liliane versuchte inzwischen, die Worte, die Naldani ihr beibrachte, aufzuschreiben, damit sie allein weiterlernen konnte. Naldani versuchte, die Striche auf dem Papier zu entziffern und staunte darüber, daß die Worte, die sie sagte, so aussahen, wie Liliane sie aufzeichnete. Sie übte täglich wieder, ihren Namen zu schreiben.

An einem späten Nachmittag hörten sie die schrille Schiffssirene. Der Vorfall war so ungewöhnlich, daß alle zur Anlegestelle liefen. Selbst durchreisende Besucher waren hier ein gewaltiges Ereignis. Es gibt keine Worte, um Menschen, die nie in abgelegenen Winkeln der Welt gelebt haben, die Freude, die Spannung und die Begeisterung zu schildern, die ein Besucher oder die Post auslösen können. Ganz gleich, wer zu Besuch kommt oder wer einem schreibt.

Ein unrasierter, mittelgroßer Mann in einer ausgebeulten Hose war an Bord. Als sie ihn sahen, hüpften Heidi und Rose am Ufer auf und ab und winkten. »Oh, Jack!« riefen sie diesem anrüchig wirkenden Mann zu.

Er winkte, und als ein breites Grinsen sein stoppeliges Gesicht überzog, sah man eine Zahnlücke.

Sowie das Boot, dessen Name – My Gal Sal – ebenso wie die übrige Farbe abblätterte, an der Anlegestelle verankert war, sprang der Mann an Land, lief augenblicklich auf Heidi und Rose zu, umarmte die beiden und sagte ihnen, sie seien seit dem letzten Mal noch schöner geworden. Sie kicherten und waren albern und benahmen sich so, als sei Jack einer der besten Freunde in ihrem Leben.

Das war er auch wirklich.

Sogar Baxter kam zur Anlegestelle geschlendert.

»He, Doc, hallo«, rief Jack mit einer schnarrenden Stimme. Seine wäßrigen blaßblauen Augen waren das Gegenstück zu denen des Arztes. Einen Moment lang glaubte Liliane,

die beiden würden einander umarmen, aber dann gaben sie sich doch nur die Hand.
Schließlich wandte sich Jack an sie. »Und wer stellt mich der Dame vor, die neu hier ist? Wahrhaft, Doc, bei den Frauen, die Sie herholen, schauen Sie wirklich auf das Äußere.« Er sprach mit einem breiten Cockney-Dialekt.
Rose übernahm es, sie einander vorzustellen. »Jack, das ist Liliane. Sie ist jetzt schon etwa sechs Monate hier. Liliane, das ist Capt'n Jack.«
Mit seiner dreckigen Hose, dem krumpeligen Hemd, das offenstand, der Matrosenmütze und den Tretern ohne Schnürsenkel machte er einen reichlich heruntergekommenen Eindruck.
»Tja, Miss«, sagte er und kam auf sie zu. »Es ist mir ein Vergnügen, soviel steht fest.« Sein Strahlen war ansteckend. Er mußte Ende Vierzig sein.
Es waren etliche Besucher nach Simbayo gekommen, seit Liliane dort angekommen war – bedeutende Vertreter der Kirche aus den verschiedensten Ländern, ein Jounalist aus London und einer aus Berlin –, aber niemanden hatte man so herzlich willkommen geheißen wie diesen ungepflegten Kerl.
»Ich habe mich bemüht, rechtzeitig zum Abendessen anzukommen«, sagte er. »Jetzt sagt mir schon, daß es mir gelungen ist.«
Es war ihm gelungen. Ehe sie sich alle auf den Weg zum Speiseraum machten, holte Jack eine Flasche Whisky vom Boot.
O weh, dachte Liliane. Da bist du an die falsche Adresse geraten. Doch sie sollte sich täuschen.
Jack hing sich bei Heidi und Rose ein, und lachend zogen sie los.
Als die Essenszeit herangerückt war, sah Jack aus wie ein

anderer Mensch. Er hatte ein Bad genommen und sich rasiert, und er trug saubere Kleider. Rose erklärte: »Er läßt immer frische Kleider hier, damit wir wissen, daß er auch bestimmt wiederkommt. Er hat hier sein eigenes Zimmer, das von niemand anderem benutzt wird, obwohl er nur ein- oder zweimal im Jahr vorbeikommt.«

»Einmal«, sagte Heidi, »ist er in der Regenzeit gekommen und ewig hiergeblieben.«

»O ja«, rief Rose aus. »Erinnerst du dich noch daran, Jack?«

»Allerdings.« Seine Stimme klang nach rostigen Nägeln. Er wandte sich an Liliane. »Ich bin fast ganze drei Monate hiergeblieben. Die drei schönsten Monate, seit ich in dieses Land gekommen bin ... wenn man davon absieht, daß mir der Gin ausgegangen ist.«

Alle lachten, und er stellte die Flasche auf den Tisch.

Als Jack den Whisky einschenkte, legte sich eine Stimmung zeremonieller Feierlichkeit über den Raum, und Liliane erkannte plötzlich, daß sie seit Monaten nicht mehr an Gott gedacht hatte. Wenn Baxter aus der Bibel vorlas und sie Psalmen sangen, reagierte sie auf den magischen Klang seiner Stimme und dachte nie an Gott, sondern an Baxter. Sie war gekommen, um Gott in den Kongo zu bringen, und sie hatte Ihn vergessen!

Es peinigte sie nicht, und sie fühlte sich auch nicht schuldig, als sie feststellte, daß Gott aus ihren Gedanken verschwunden war. Was sie schockierte, war der Gedanke: Wenn es einen Gott gibt, dann bin ich sicher, daß Er mich für eine gute Christin hält, die anderen Menschen hilft. *Wenn* es einen Gott gibt! Sie war nach Afrika gekommen, damit Sein Wille geschehe, doch jetzt entdeckte sie, daß sie alles, was sie hier tat, nur für sich selbst tat.

Jack drückte ihr ein volles Glas in die Hand. Liliane hatte noch nie Whisky getrunken. Beim Trinken brannte er in ihrer Kehle, doch nach ein paar Minuten fühlte sie sich blendend.

Jack bestritt den größten Teil der Unterhaltung. Er erzählte ihnen, daß flußaufwärts ein großes Fest stattfinden sollte; ein Stammeshäuptling hatte in der Gegend alle eingeladen. Mehr als dreihundert Menschen wurden in dem winzigen Dorf erwartet, das man mit dem Schiff von hier aus in einer Stunde erreichen konnte. Das Fest war für Vollmond geplant, was hieß, daß jede Nacht getanzt wurde. Er warnte sie, ihm gar nicht erst mit Ausflüchten zu kommen, und er versprach sogar am kommenden Tag das Boot zu schrubben. Sie würden morgen nacht alle das Fest aufsuchen. Liliane war sicher, daß sie Ausreden finden würden: Es würde heißen, daß sie das Krankenhaus nicht gemeinsam verlassen konnten. Baxter, Rose und Heidi fanden sicher, Tanzen sei nicht gerade ihre Sache. Aber wie lange es schon her war, seit sie zum letzten Mal getanzt hatte, zum letzten Mal auf einem Fest gewesen war! Sie hoffte inständig, man würde ihr erlauben, mitzufahren.

Zu ihrem Erstaunen brach einhellige Begeisterung aus.

Dann erzählte ihnen Jack den neuesten Klatsch aus der Umgebung. Er hatte Baxter und den Krankenschwestern Bücher mitgebracht. Bei Liliane entschuldigte er sich. »Ich wußte gar nicht, daß Sie hier sind, Ma'am. Nächstes Mal bringe ich Ihnen gerne etwas mit, wenn Sie mir sagen, was Sie am liebsten lesen. Ich habe allerdings ein paar Bücher dabei, von denen ich noch nie etwas gehört habe. Sie können sie sich gern anschauen.« So, wie er Englisch sprach, hätte sie nicht geglaubt, daß er je Bücher gelesen oder auch nur von ihnen gehört hatte. Sie wagte nicht, ihm zu sagen, daß sie Hemingway mochte; schließlich gehörte er nicht gerade zu den Autoren, von denen sich junge Frauen angesprochen fühlen. Sie sagte ihm, daß sie Mark Twain mochte, aber sie sagte nicht dazu, daß ihr die Geschichten die liebsten waren, die die Liebe erhöhten und verklärten. Sie sagte, daß sie gern Bücher über Afrika lesen würde – es gäbe so vieles, was sie nicht wisse. Sie konnte sich kaum ein Bild davon machen, wo Simbayo auf der Landkarte lag. Und sie wollte gern ein Buch über den afrikanischen Sternenhimmel haben.

Sie täuschte sich in Jack. Er war wahrscheinlich der belesenste Mensch in Belgisch-Kongo. Aus MOBY DICK, seinem Lieblingsbuch, konnte er seitenweise zitieren. Mit Mr. Dikkens, den Rose und Heidi über alles liebten, konnte er nicht viel anfangen – »Sie müssen mich entschuldigen, meine Damen«. Er kam nie zu Besuch, ohne Bücher und ramponierte Zeitschriften mitzubringen, seltene Kostbarkeiten in dieser Gegend. Er brachte ihnen auch andere Raritäten mit wie Gewürze, Kaffee, Taschenlampenbatterien, alte Zeitungen, Nägel und alles mögliche, was ihm bei seinen Geschäften in die Finger kam.

Diesmal hatte er eine alte Schreibmaschine mit einem ausgebleichten Farbband mitgebracht, die der Arzt sofort beschlagnahmte.

Er ergötzte sie mit Geschichten über die Geschehnisse in der weiten Welt, wenn seine Neuigkeiten auch zwei Monate alt waren und von seinem letzten Aufenthalt in Léopoldville stammten.

Jack machte den Eindruck, als hätte er schon die ganze Nacht mit ihnen getrunken, wäre nicht der Einfluß dieser christlichen Umgebung gewesen. Baxter machte keine Anstalten, ins Bett zu gehen. Jack sang nicht mit, als sie die Psalmen anstimmten, doch später sang er mit ihnen »A Bicycle Built for Two« und »Harvest Moon«.

Liliane konnte sich nicht erinnern, wann sie das letzte Mal so vergnügt gewesen war. Trotz seines heruntergekommenen

Äußeren war Jack ein blendender Unterhalter. Hemmungslos warf er mit Worten wie »verdammt« und »zum Teufel« um sich, doch niemand schien Anstoß daran zu nehmen.
Als Heidi aufstand, war es kurz vor elf. »Jack, wenn du da bist, sterbe ich vor Lachen.« Ihr Gesicht war so lebhaft, daß sie im Schein der Lampe fast hübsch wirkte. Ihr stämmiger Körper war in Jacks Gegenwart zum Leben erwacht. »Aber jetzt muß ich wirklich schlafen gehen.«
Das war das Ende der Party.
»Ich kann euch sagen, daß ich nicht oft Gelegenheit habe, nachts drei hübsche Frauen nach Hause zu bringen«, säuselte Jack und griff nach einer der Lampen.
Baxter lächelte. »Jack, so gern ich Sie auch sehe – neidisch bin ich selten auf Sie gewesen. Aber im Moment bin ich es.« Er sah Liliane bei diesen Worten an, und als sich die Gesellschaft auflöste, blieb Baxter in der Tür stehen und sah ihnen nach. Jack begleitete die Damen zu ihren Schlafzimmern und stimmte dabei aus voller Kehle an: »Let Me Call You Sweetheart, I'm in Love with You«.
Lilianes Zimmer war das hinterste und hatte Fenster nach drei Seiten. Heidi und Rose hatte zwei Zimmer nebeneinander im Mittelteil des Hauses. Zwischen ihren Zimmern und dem, in dem Liliane untergebracht war, lagen zwei leere Räume. Jacks Zimmer lag hinter dem von Rose. Er wünschte den beiden älteren Krankenschwestern eine gute Nacht, klaschte jeder von ihnen auf den Hintern und begleitete Liliane zu ihrem Zimmer.
»Es ist einfach großartig zu sehen, was Sie mit dem Doktor gemacht haben«, sagte er.
»Was habe ich denn getan? Ich weiß nicht, wovon Sie sprechen.«
»Sie vielleicht nicht«, sagte Jack. »Aber mich freut es trotzdem.« Er hielt die Flasche hoch. »Ich glaube kaum, daß ich

Sie überreden kann, vor dem Einschlafen noch einen kleinen Schluck mit mir zu trinken.«
Sie schüttelte den Kopf. »Nein, danke.«
»Wenn Sie es sich anders überlegen – ich bin bestimmt noch eine Stunde auf«, sagte er. »Sie wissen ja, wo mein Zimmer ist.«
Als sie allein war, wunderte sie sich über die Reaktionen ihrer Mitarbeiterinnen auf diesen Mann, der so heruntergekommen wirkte, schlechtes Englisch sprach, »zum Teufel« sagte und Whisky trank. Und doch war er ein vollendeter Gentleman und amüsanter und respektloser, wenn auch auf respektvolle Art, als jeder andere, der ihr in Afrika begegnet war. Und vielleicht nicht nur in Afrika.
Was meinte er bloß damit, was sie mit dem Arzt »gemacht« hatte?
Sie zündete ihre Kerosinlampe an und setzte sich auf die Bettkante. Was hatte sie mit ihm gemacht? Was war heute anders an ihm? Wovon sprach Jack? Sie blieb ein paar Minuten lang sitzen und grübelte, ehe sie sich zu einem kühnen Schritt entschloß. Sie würde zu ihm gehen und noch einen Whisky mit ihm trinken. Schließlich war das hier nicht Buffalo. Es war etwas ganz anderes, ob sie im Kongo oder zu Hause einen Mann in seinem Zimmer aufsuchte. Bei Jack fühlte sie sich sicher.
Nachdem sie ihre Lampe ausgeblasen hatte, trat sie in die blauschwarze Nacht hinaus. Sie war hier noch nie um Mitternach allein im Freien gewesen. Sie brauchte lediglich leise über die Veranda zu laufen, um Rose und Heidi nicht zu stören oder zu erschrecken. Sie lachte in sich hinein. Als sie sich Roses Zimmer näherte, sah sie einen matten Lichtschein. Sie wollte leise sein, um keine Aufmerksamkeit auf sich zu lenken. Sie wollte nicht, daß Rose glaubte, sie täte etwas Unsittliches.

Plötzlich blieb sie wie angewurzelt stehen. Heidi war in Roses Zimmer, und beide waren nackt. Rose stand da und hatte ihre Hände auf Heidis Kopf gelegt und sah zärtlich auf sie herunter. Heidi kniete vor Rose auf dem Bett, hielt Roses Brüste mit den Händen und küßte sie. Ihre Lippen glitten von einer Brust zur anderen.
Liliane schlug sich die Hand vor den Mund, um nicht laut zu schreien. Sie wollte auf der Stelle davonlaufen und vor diesem Geschehen fliehen, doch ihre Füße spielten nicht mit.
Heidis Zunge beschrieb Kreise um Roses Brustwarzen; ihr Kopf glitt hinunter auf Roses Bauch, den sie küßte. Rose stöhnte und spreizte ihre Schenkel.
Liliane drehte sich um und lief keuchend in ihr Zimmer zurück.
Sie zitterte am ganzen Körper. Sie bekam eine Gänsehaut und sie bebte vor Erschütterung. Sie legte sich die Hand auf die Augen und preßte zwei Finger auf ihre Augäpfel. O Gott! dachte sie. Ich bilde mir nur ein, gesehen zu haben, was ich gerade gesehen habe. Es kann nicht wahr sein. Aber sie wußte, daß es wahr war. Sie hatte es mit ihren eigenen Augen gesehen.
Sie hatte gesehen, was Rose und Heidi miteinander getan hatten. Sie wußte, daß Männer und Frauen solche Dinge taten ... aber Frauen untereinander?
Wenn sie nachts im Bett gelegen und an Baxter gedacht hatte, während sie sein Gesicht an der Zimmerdecke sah, hatte sie sich ausgemalt, wie er ihre Brüste küßte und seine Hand an ihr hinunterglitt ... aber Rose und Heidi!
Als sie einschlief, war es schon nach drei. Sie schlief so tief und traumlos, daß sie das Frühstück verschlafen hätte, wenn Rose nicht in ihr Zimmer gekommen wäre und sie sachte an den Schultern geschüttelt hätte.

»Wach auf, Mädchen«, sagte sie mit zarter Stimme.
Rose sah aus wie immer.

5. Kapitel

Jacks Anwesenheit brachte den gewohnten Alltag in Unordnung. Er erteilte ihnen barsche Befehle, und sie hatten ihre helle Freude daran. Sogar Baxter lachte den ganzen Tag. Liliane wurde klar, daß sie ihn zum ersten Mal glücklich erlebte. Sie hörte ihn sogar pfeifen.

Jack sagte ihnen, sie sollten sich mit der Arbeit beeilen oder sie bis morgen liegen lassen. »Die Welt dreht sich dann immer noch«, meinte er. Er verbrachte den Tag damit, My Gal Sal zu schrubben und zu scheuern, sie für »die lebensechten Prinzessinnen fertig zu machen«.

Rose und Heidi waren an jenem Tag beinahe hübsch. Ihre Wangen waren rosig, und ihre Augen strahlten; sie sahen aus, als sei die Last der Welt von ihren Schultern genommen worden.

Liliane sah die beiden Frauen immer wieder an. Wie konnten sie bloß das tun, was sie selbst gesehen hatte? Wie konnten sie das tun und sich jetzt benehmen wie alle anderen Leute auch? Wie konnten sie so heftig mit Jack flirten?

Rose, Heidi und Jack sprudelten vor Aufregung über, doch Liliane war teilnahmslos. Die Erinnerung an das, was sie in der vergangenen Nacht gesehen hatte, stumpfte ihre Sinne ab und machte sie benommen.

Ich werde später darüber nachdenken, sagte sie sich, denn sie hätte zu gern an der Aufregung teilgenommen, die Jack wachgerufen hatte. Er hatte angeordnet, daß Picknickkörbe gepackt wurden, und sie wollten gemächlich zu dem Dorf fahren, in dem das Fest gefeiert wurde.

Für die vier, die Simbayo zu ihrem Zuhause erklärt hatten, war Jacks Besuch das reinste Fest. Im allgemeinen brachte nur ein Brief oder der Besuch eines Vertreters der Kirche, der Forderungen an sie stellte und sie viel Zeit kostete, Abwechslung in ihren Alltag.
Am frühen Morgen hatte er gesagt: »Doc, ein Zahn muß raus, oder ich schaffe es keinen Tag mehr.«
Baxter war ihm ins Wort gefallen. »Die Zahnärztin ist Heidi.« Und dann hatte Heidi ihm den Zahn gezogen. Er hatte zwar einen wüsten Schrei ausgestoßen, seinen eigenen Whisky aber abgelehnt. »Ich muß in Form bleiben. Ich will doch das Fest heute abend nicht verschlafen.«
Sowie der Zahn gezogen war, hatte er Heidi angegrinst und gesagt: »Meine Güte, Frau, es wird jetzt schon besser.« Dann hatte er sie durch die Luft gewirbelt und ihr einen Kuß auf die Wange gegeben. Sie hatte beglückt gekichert.
Um vier stand fest, daß alles, was bis jetzt nicht erledigt war, heute auch nicht mehr geschah. Die Frauen zogen sich Kleider an, die lange in Koffern gelegen hatten und ausgebleicht und knittrig waren und einst für Partys gedacht waren. Roses Kleid war blaßgold und betonte den rostroten Schimmer ihres Haares, und Heidis Kleid war grün und fiel in weichen Falten. Sie sah so ganz anders aus als die Heidi, die Liliane kannte. Lilianes Kleid war aus einem roséfarbenen Chiffon. Es betonte ihre Brüste und schwang anmutig um ihre Beine. Baxter war wie immer ganz in Weiß und sah aus wie damals, als sie ihn zum ersten Mal gesehen hatte. Liliane hätte am liebsten die Arme nach ihm ausgestreckt und augenblicklich einen Walzer gehört; sie wollte von ihm geführt werden und durch einen hell erleuchteten Saal tanzen.
Zum ersten Mal seit sechs Monaten verließ Liliane dieses kleine Fleckchen Erde.

Nur Menschen, die weitab von ausgetretenen Pfaden und vom Rest der Welt isoliert gelebt haben, können sich die Aufregung vorstellen, die eine solche Reise mit sich brachte. Wenn man so lange von allen Außenkontakten abgeschnitten ist, neigt man dazu, zu vergessen, daß es die übrige Welt auch noch gibt. Selbst die eintönige, wuchernde Vegetation und die Krokodile und die Nilpferde im Fluß waren plötzlich spannend. An Bord herrschte eine Kameradschaftlichkeit, wie Liliane sie bisher nie empfunden hatte. Auf diesem abgewrackten, alten Boot mit der abblätternden Farbe, das auf einem unbedeutenden Nebenfluß des Kongos dahinfuhr, kamen sie sich wie auf einer Ausflugsfahrt mit einem Luxusdampfer vor.

Mit krächzender Stimme sorgte Jack für gute Unterhaltung – er war ein geborener Geschichtenerzähler. Niemand glaubte ihm auch nur ein Wort. Zum ersten Mal seit sechs Monaten fiel die Last der Verantwortung von Liliane ab; sie war wieder ein junges Mädchen.

Während Rose und Heidi und Jack miteinander lachten, sah sie verstohlen Baxter an, der ihr gegenüber auf einem Stuhl saß, der unter ihm zusammenzubrechen drohte. Er starrte sie an. Als sie lächelte, lächelte er nicht zurück, ließ sie aber nicht aus den Augen. Vielleicht ist er ganz in seine Gedanken vertieft, dachte sie, und sieht mich in Wirklichkeit gar nicht. Doch sie merkte selbst, daß es nicht so war. Sein Blick glitt langsam über ihren Körper und wandte sich dann wieder ihrem Gesicht zu. Ihre Blicke trafen sich. Er zuckte mit keiner Wimper, doch er sah sie an und wie es schien, tief in sie hinein. Ihr wurde bewußt, daß sie seit Wochen nicht mehr in den Spiegel gesehen hatte. Was sieht er bloß? fragte sie sich. Ich kann nicht mehr hübsch sein. Ihr Haar war nicht zu bändigen, und eines Nachmittags hatte sie es abgeschnitten. Ich muß aussehen, als hätte der Dschungel Besitz

von mir ergriffen. Sie trug keine Strümpfe und nur ungebügelte Kleidung, doch sie hatte täglich etwas Frisches zum Anziehen, seit sie Naldani den Splitter aus der Hand gezogen hatte. Das war ein Luxus, der ihr wohltat.
Es war Ewigkeiten her, daß sie eine gepflegte Erscheinung gewesen war. Sie sah Jack in seinen Shorts an und fragte sich, ob sie nicht auch Shorts tragen könnte. Wer hätte sich daran stören sollen? In den sechs Monaten war jedes Gefühl der Weiblichkeit von Liliane abgefallen. Und doch saß Baxter ihr gegenüber und starrte sie an, als sei sie durch und durch eine Frau. Warum berührte er sie nie? Warum sagte er nie ein paar persönliche Worte zu ihr? Warum erwies er ihr Freundlichkeiten und blieb doch so unnahbar?
Die Schiffssirene riß sie aus ihren Tagträumen. Es war fast fünf Uhr, und sie hörte die ersten Geräusche: das unablässige Trommeln, das ganz Afrika durchdrang, Hörner, die geblasen wurden und wie englische Jagdhörner klangen, Gongs, die im alten China hätten erklingen können, und Glocken, die in den Bergen der Schweiz heimisch gewirkt hätten. Alles in allem war es eine unglaubliche Dissonanz.
Sie fuhren um eine Biegung des Flusses, und der Anblick, der sich ihnen bot, war unvergeßlich.
Auch hier war eine Lichtung gerodet worden, und etwa vierzig strohgedeckte Hütten standen in einem großen Halbkreis. Überall brannten Feuer, und Hunderte von Menschen hatten sich versammelt. Bedeutende Männer waren darunter – offensichtlich Stammeshäuptlinge; sie trugen den üblichen Lendenschurz und Ledergürtel, Ketten aus Leopardenzähnen und Mützen aus Affenfell; ihre Körper schillerten in grellen Farben, aber sie waren nicht nur bemalt, sondern auch mit Ton beschmiert.
Die Frauen, deren Körper eingeölt waren und glänzten und bizarr mit phosphoreszierenden Farben bemalt waren, tru-

gen etwas, was sich nur mit dem knappen Tanga von Strippe-
rinnen vergleichen ließ und mit Federbüscheln verziert war. Die jüngeren Frauen waren prachtvoll anzusehen. In diesem Teil von Afrika hatten die Frauen breite Hüften und einen schwingenden Gang, und die Federbüschel betonten erst recht das Wiegen ihrer Hüften. Liliane fand, sie waren von einer zarten, samtenen Schönheit; sie waren anmutig, geschmeidig und grazil. Sie beneidete sie um ihre ausgeprägte sexuelle Ausstrahlung. Die unverheirateten Frauen stellten ihre Körper schamlos zur Schau.

Liliane wußte bereits, wie vergänglich ihre Schönheit war; ihnen blieb nicht viel Zeit. Mit dreißig waren Frauen hier alt; mit vierzig wurden sie als häßliche alte Weiber angesehen. Sogar in ihrer Persönlichkeit schien sich die Veränderung ihres Äußeren widerzuspiegeln, doch heute lachten selbst die älteren Frauen. Es gab nur eine Lautstärke, in der man sich unterhalten konnte – so laut wie möglich und möglichst schnell.

Als Jack anlegte, kam ein Dutzend Eingeborener ans Ufer gerannt. Sie fingen die Taue auf, die er ihnen zuwarf, und banden sie fest.

Jack wandte sich an seine Gäste. »Jetzt haben wir die Wahl. Sie würden sich freuen, wenn wir mit ihnen gemeinsam essen, aber das Zeug schmeckt schrecklich. Ich würde vorschlagen, daß wir hier essen, wenn sie auch essen, nämlich nach Einbruch der Dunkelheit. Und dann können wir mit ihnen feiern, wenn wir Lust haben. Das wird eine wilde Nacht.« Grinsend zeigte er die Zähne und verbeugte sich vor Rose und Heidi. »Und ich warne Sie, meine Damen. Ich bringe Sie nicht nach Hause, solange Sie nicht mit mir getanzt haben.«

Und was ist mit mir? fragte sich Liliane. Will er mit mir nicht tanzen? Gehöre ich nicht dazu?

Dann wurde ihr klar, daß Jack sie und Baxter bewußt als ein Paar ansah. Er behandelte sie beide, als gehöre sie Baxter. Sie ärgerte sich selbst, als sie verlegen errötete. Dann wurde sie wütend auf Jack. Sollte sie etwa den ganzen Abend lang im Boot sitzen, während er mit Rose und Heidi tanzte und sang? Baxter würde doch niemals ... oder etwa doch? Sie warf einen Blick auf ihn.
Er betrachtete lächelnd das Spektakel. »Ich fühle mich, als sei ich gerade um zweitausend Jahre in die Vergangenheit zurückversetzt worden«, murmelte er. »Genauso haben sie es schon vor Jahrtausenden gemacht.«
Liliane sah ihn an, sein welliges dunkles Haar, sein sonnengebräuntes Gesicht, das das tiefe Blau seiner Augen nur noch betonte, die aristokratische Nase. Ein Wissenschaftler aus dem zwanzigsten Jahrhundert vor der Kulisse des primitiven Kongos. Sie sagte: »Es muß Ihnen wie eine Szene aus einem Ihrer Filme vorkommen.«
Er drehte sich zu ihr um und sagte leichthin: »Sie sind noch zu jung, als daß Sie sich an meine Filme erinnern könnten.«
»Ich weiß«, sagte sie und stellte sich neben ihm an die Reling, um das prächtige Schauspiel zu betrachten, »aber mir scheint das hier so, als müsse es aus einem Film sein. Es kann nicht wirklich sein. Es ist ausgeschlossen, daß ich jetzt hier bin.« Sie lachte. »Ich komme mir vor wie ein Eindringling, der hier nichts zu suchen hat.«
Er nickte. »Diese Menschen sind schon immer hier gewesen. Sie haben immer das gleiche einfache Essen gekocht, genau die gleichen Feuer angezündet, in der gleichen Form von Hütten gelebt, die selben Tierarten gejagt – schon in vorchristlichen Zeiten. Für sie hat sich nichts geändert. Wie sehr wir sie doch verwirren müssen.«
Die Sonne ging schnell unter und versank hinter den Baumwipfeln. Die verzauberte Stunde war angebrochen. Die

drückende Schwüle des Tages wurde von sachten nächtlichen Winden abgelöst, die das Laub rascheln ließen.
Als sich die Dunkelheit über den jahrtausendealten Urwald herabsenkte, sprühte das Eingeborenendorf vor Leben. Die Trommeln verstummten, und als sich alle zum Essen setzten, wurde auf dem Boot Picknick gemacht. Jack verkündete, schon allein für dieses Essen hätte es sich gelohnt, mehr als tausend Meilen weit zu reisen.
Dann packte er eine Flasche Cognac aus. Alle hoben ihre Gläser zu Jacks Trinkspruch: »Auf den tollsten Haufen Leute im Kongo.« Dann tranken sie mit Heidi auf »Jacks Erscheinen aus dem Nichts«, mit Rose auf die »Freundschaft«, mit Liliane auf »ein Leben, das anders ist als alles, womit ich je gerechnet hätte«. Erwartungsvoll richteten sich alle Augen auf Baxter. Er hob sein Glas, sah sie der Reihe nach an und ließ seinen Blick schließlich auf Liliane ruhen. »Auf das vergänglichste aller Gefühle – auf das Glück.« Er leerte sein Glas, ohne seinen Blick von Liliane abzuwenden.
»Wißt ihr«, sagte Jack, »die Eingeborenen trinken nicht viel, aber heute nacht werden sie sich betrinken. Ich muß euch vor dem Gebräu warnen. Es ist ein selbstgebrauter Schnaps aus Zuckerrohr und Kokosnuß. Er haut rein wie nichts anderes, was man kennt. Seid also vorsichtig, wenn es euch angeboten wird. Es sei denn«, sagte er grinsend, »ihr wollt genau das. Dann sollt ihr euren Spaß haben. Schließlich bin ich der Kapitän.«
Der Vollmond ging langsamer auf, als die Sonne untergegangen war, und schwebte über den Bäumen. Gleichzeitig wurden die Trommeln wieder gerührt. Jemandem, der nie die Trommeln Afrikas gehört hat, kann man kaum beschreiben, was sie mit der menschlichen Seele anstellen. Das Trommeln setzte zögernd ein, unregelmäßig und ganz unaufdringlich.

Kleine Dunstwolken stiegen vom Fluß auf und trieben wie Erscheinungen in den Dschungel, um sich dort mit den anderen Geistern zusammenzutun, die in der Vorstellung der Kongolesen den Wald bevölkern.
Die Trommeln schlugen jetzt gleichmäßig, rhythmisch und immer schneller. Die ersten Tänzer ließen sich in die Mitte des Halbkreises locken. Liliane spürte, daß sich ihre Brust zusammenschnürte; das monotone Trommeln machte sie unruhig und ließ sie einen Drang verspüren, den sie nicht verstand und auch gar nicht erst verstehen wollte. Ihr Körper wiegte sich rhythmisch.
Erst tanzten nur die jungen Frauen. Sie tanzten leichtfüßig und mit anmutigen Bewegungen und lachten, während sie mit den Händen die Luft teilten und ihre Hüften kreisen ließen. Ihre glänzenden nackten Brüste hüpften im Schein der Feuer. Liliane fragte sich unwillkürlich, ob Kongolesen Brüste erotisch fanden. Sie waren nie vor ihren Blicken verborgen. Sahen die Kongolesen diese Frauen an und lechzten er danach, ihre Brüste, die so spitz und so prall waren, zu berühren? Küßten sie sie, wenn sie miteinander schliefen?
Sah Baxter diese Brüste an und lechzte danach, sie zu berühren? Sehnte er sich danach, seine Lippen über diese Brüste gleiten zu lassen?
Sie sah sich nach ihm um. Schweißperlen standen auf seiner Stirn.
Zu einem Rhythmus, der immer schneller wurde, verbeugten sich die Frauen und wichen in die Menge zurück, während die Männer aus dem Kreis traten und zu tanzen begannen.
Sämtliche Tänzer trugen Halsketten aus Leopardenzähnen, und auch ihre Körper waren eingeölt und schimmerten. Die Tanzenden und die Zuschauer stießen schrille, gespensti-

sche Schreie aus, die durch die Nacht hallten. Je schneller die Trommeln geschlagen wurden, desto lauter sang das Publikum. Die Zuschauer klatschten in die Hände und wiegten sich zu diesem erotischen Rhythmus.

Der Mond, der inzwischen hoch am Himmel stand, ergoß sein Licht wie durch Zauberei über den Kreis.

Die Tänzer begannen, jammernde und klagende Laute auszustoßen, während sie hin und her sprangen und auf den Boden trampelten. Liliane umklammerte die Reling. Der Rhythmus durchdrang ihren Körper, und sie wiegte sich ebenfalls im Takt.

Abrupt endete das Trommeln. Die Stille brach wie ein Schock über alle herein. Niemand rührte sich. Niemand gab einen Laut von sich. Dann traten die Tänzerinnen aus dem Dunkel und stellten sich den Männern gegenüber.

Langsam, ganz langsam und eindringlich, setzte das Trommeln wieder ein. Die Feuer am Rand des Kreises loderten auf. Die Tänzerinnen bewegten sich wie in einem erotischen Traum. Sie zogen die Schultern hoch und forderten die Tänzer auf. Sie wiegten ihre Hüften, doch die Männer blieben still stehen. Sie versinnbildlichten mit ihren Händen Musik in die Luft, und die Männer standen regungslos da. Sie fuhren mit den Händen über ihre Brüste und hoben sie an, den Männern entgegen, und doch rührte sich kein Mann. Schweiß strömte von den schimmernden Körpern; der Rhythmus wurde schneller, und die Frauen begannen, vielsagend ihre Hüften zu bewegen, während ihre Schultern, ihre Brüste und ihre Arme reglos blieben. Sie steigerten sich immer mehr in das Kreisen ihrer Hüften hinein.

Dann reagierten die Männer, und in einer fließenden Bewegung hoben alle gleichzeitig die Partnerin, die ihnen am nächsten stand, hoch in die Luft. Sie schienen besessen zu sein. Rasende Energien wurden frei, Schreie zerrissen die

Luft, und alle Menschen begannen zu tanzen. Ihre Laute hallten in den Wald und wieder aus ihm heraus. Dieses Echo wirkte magisch; vibrierend zuckte es durch die Nacht.
Jack wandte sich an die Krankenschwestern. »Meine Damen«, sagte er und verbeugte sich galant, »es ist an der Zeit, endlich mitzumachen.«
Rose und Heidi sahen einander an und drehten sich dann zu Baxter um. Jack hing sich bei beiden ein und sagte: »Kommt schon. Ich verbürge mich für eure Sicherheit.«
Sie folgten ihm an Land und sahen Baxter über ihre Schultern fragend an.
Er sprang vom Boot und reichte Liliane seine Hand. Die Tanzenden waren in Trance, und Baxter hielt Lilianes Hand, als sie den Kreis durchschritten – auch er hatte sich diesem Zauber und den Trommeln in der Nacht nicht entziehen können.
Jack drückte jedem von ihnen eine Kokosnußschale in die Hand, die mit einer Flüssigkeit gefüllt war. Über die Ränder der Nußschalen sahen sie einander an und tranken dann kräftig. Der Lärm, den Hunderte von Tänzern veranstalteten, rauschte in Lilianes Blut; das Getränk rann durch ihre Adern; das Trommeln ging ihr durch und durch.
Baxter und sie sahen einander an und begannen, sich zu bewegen; der Rhythmus hatte sie derart aufgepeitscht, daß sie nicht mehr zu halten waren. Schweiß rann zwischen ihren Brüsten herunter; sie spürte Baxters Hände auf ihren Schultern und sah, daß seine Hüften sich bewegten, sich im Takt wiegten. Vor und zurück, vor und zurück.
Es war ein Traum, der Traum, den sie schon seit Monaten träumte: Baxter, der sie festhielt, sie begehrte, sich zusammen mit ihr bewegte. Baxter, der ihr in die Augen sah, auf ihre leicht geöffneten Lippen, auf ihre Brüste. Baxter, der sich mit der Wendigkeit und Anmut eines Panthers be-

wegte und sie an sich zog, bis ihre Körper miteinander verschmolzen. Ihre Körper, die sich wellenförmig zur Musik bewegten, einander streiften, zurückwichen, einander wieder berührten. Baxters Augen glühend und eindringlich, in den flackernden Schatten der vielen Feuer. Eine Ader, die im Rhythmus der Trommeln auf seiner Kehle pochte. Er ließ sie keinen Moment mehr aus den Augen.

Als er sie an sich zog und ihre Brüste an seinen Oberkörper preßte, spürte sie seinen Herzschlag und hörte seinen Atem in ihrem Ohr. Seine Lippen berührten ihr Ohrläppchen, und sie glaubte zu stöhnen.

Sie waren allein. Die Trommeln waren nicht mehr zu hören; einige hundert klatschende und aufstampfende Tänzer verschwanden. Es gab nur noch sie und Baxter. Seine Lippen suchten ihren Mund – drängende und verlangende Lippen, die frei von jeder Zartheit waren, Lippen, die ihre Lippen gewaltsam teilten. Seine Hand glitt an ihrem Rücken hinauf, blieb auf ihrem Hinterkopf liegen, zog sie dicht an ihn und setzt eine Leidenschaft in ihr frei, von der sie bisher nur vermutet hatte, daß es so etwas geben könnte. Sie waren eins: das Hämmern des Blutes in ihren Adern hatte sich dem Takt der Trommeln angeglichen.

Er flüsterte ihr ins Ohr: »Ich begehre dich! O Gott, wie sehr ich dich begehre. Ich verzehre mich schon seit dem Tag nach dir, an dem ich dich das erste Mal gesehen habe.«

Seine Lippen legten sich wieder auf ihren Mund, seine Zunge suchte ihre Zunge, und seine Arme preßten sie so heftig an ihn, als würde er sie nie mehr loslassen.

6. Kapitel

Anoka kam eines Nachmittags aus dem Urwald.
Er kam nicht heraus wie die meisten anderen – er humpelte nicht, war nicht von Wunden übersät und wurde nicht getragen. Er war nicht nervös, nicht krank, hatte keine Zahnschmerzen und bat nicht um Hilfe. Er kam selbstbewußt und aufrecht aus dem Urwald. Er war ungewöhnlich groß, schlank und sehr dunkelhäutig und hatte breite Lippen, schmale Hüften und ein freundliches Lächeln. Er war der schönste Kongolese, den Liliane je gesehen hatte.
Er trug einen Lendenschurz, eine goldene Kette um den Knöchel und einen einzigen Leopardenzahn an einem Lederband um den Hals. Ein Affe folgte ihm; er sprang von Ast zu Ast, hüpfte auf dem Boden herum und lief zwischendurch auf allen Vieren. Der Affe gab komische Laute von sich, und als sie sich den Häusern näherten, streckte er den Arm aus und nahm Anoka an der Hand. Für jeden von Anokas Schritten mußte er drei eilige Tippelschritte machen, und er sah sich gehetzt um.
Als Anoka die Lichtung erreicht hatte, blieb er stehen. Erst dann sah er sich um. Ganz langsam drehte er sich einmal im Kreis und blieb dann wartend stehen. Er rührte sich nicht von der Stelle. Der Affe sprang ihm in den Arm.
Fast alle hielten zu dieser Tageszeit ihren Mittagsschlaf, doch Liliane war beim Schwimmen und sah ihn vom Teich aus. Er stand dort und war allein bis auf seinen Affen und die wenigen Hühner, die den ganzen Tag über frei herumliefen. Als er erkannte, daß niemand in seiner Nähe war, hob er den rechten Fuß wie ein Storch und ließ ihn auf seinem linken Knie ruhen. Er stand so da, wie es die Eingeborenen in ganz Afrika tun, in einer Wartehaltung, die

kein Weißer länger als ein paar Minuten einnehmen kann. Eingeborene bleiben über Stunden in dieser Haltung stehen. Wenige Minuten später kam Baxter aus seinem Büro und ging auf den Mann zu. Liliane sah das Bild an, das sich ihr bot. Der Schwarze, der so groß wie der Weiße war, stellte beide Beine auf den Boden und sprach. Baxter schüttelte den Kopf. Der Affe lief im Kreis. Baxter, der sich mehr für den Affen als für den Mann interessierte, streichelte das Tier, das daraufhin erst auf seine Schulter und dann auf seinen Kopf sprang. Sie sah, daß Baxter lachte und die Hand hob, um dem Affen zu zeigen, daß es ihm recht war. Doch er schüttelte weiterhin den Kopf.

Ihre Neugier wurde von dem Gefühl abgelöst, daß sie immer überkam, wenn sie Baxter sah. Diese Nacht ging ihr einfach nicht aus dem Kopf. Warum hatte er sich so leidenschaftlich gegeben und dann so getan, als sei nichts geschehen? Sie konnte sich genau an seinen heißen Atem erinnern, an den Schweiß von dem unbändigen Tanz, aber auch daran, seinen Körper an ihrem gespürt und seine Lippen so verlangend auf ihren gefühlt zu haben. Immer noch spürte sie seine Arme, die sie umschlungen hatten, und sie hörte noch heute den Rhythmus der Trommeln in ihrem Blut, und sie sah noch das glühende Verlangen in seinen Augen, als sein Gesicht sich auf ihres gesenkt hatte.

In der darauffolgenden Nacht hatten sie alle an Deck der Sal geschlafen; kaum mehr als einen Meter von Baxter entfernt hatte sie unter den Sternen gelegen und zum Himmel aufgeblickt, seinem gleichmäßigen Atem gelauscht und gewußt, daß auch er wachlag. Ein einziges Mal hatte er in der Dunkelheit seine Hand ausgestreckt, doch er hatte ihre Hand nicht gehalten, sondern sie nur kurz gestreift.

Als sie am Morgen die Augen aufschlug, stand er an der Reling und starrte ins Weite.

Sie hatte sich neben ihn gestellt, doch trotz ihrer immensen Freude war sie zu unsicher gewesen, um ihre Hand auf seinen Arm zu legen, obwohl sie es nur zu gern getan hätte. Ihre Augen strahlten vor Glück, doch selbst, als sie zum zweiten Mal guten Morgen sagte, hatte er nicht darauf reagiert. Er hatte sie stehenlassen und ging, um sich statt dessen mit Jack zu unterhalten. Anscheinend hatte er sie gar nicht wahrgenommen. Tränen brannten in ihren Augen, und sie beobachtete ihn, bis Rose und Heidi aufstanden. Dann verbarg sie ihren Kummer und ihren Unwillen, indem sie wie hypnotisiert ins Kielwasser schaute.
Baxter erwähnte den Kuß mit keinem Wort und spielte auch nie mehr auf den wilden Tanz hinterher an, und er sah ihr auch nie in die fragenden, verletzten Augen. Von diesem Tag an benahm er sich, als würden sie einander kaum kennen.
Wenn sie zusammen arbeiteten, redete er mit seiner kühlen, unpersönlichen Stimme so mit ihr, wie ein Arzt mit einer Krankenschwester sprach; nie ein persönlicher Blick, keine Spur von Wärme und Herzlichkeit. Er leugnete diese Nacht, diese Leidenschaft, und somit wies er Liliane zurück.
Hatte er sich lediglich von der Musik, von der Wildheit des Zeremoniells, von dem ungewohnten Cognac mitreißen lassen?
Sie sah ihn an, als er mit dem Schwarzen und seinem Affen auf der Lichtung stand. Seine Schultern hingen ein wenig herunter, der Tropenhelm saß schief auf seinem Kopf, und sie wußte, daß seine klaren blauen Augen dem Eingeborenen ein Anliegen abschlugen. Er zog den Affen von seinem Kopf, nahm ihn in den Arm und streichelte ihn einen Moment lang, ehe er ihn Anoka zurückgab. Dann wandte er sich ab und ging wieder in sein Büro.
Der Schwarze blieb noch einen Augenblick stehen und sah

sich dann um. Er ging auf die Schlafräume zu und hockte sich vor Lilianes Zimmer in den Schatten der Bäume. Der Affe blinzelte ihn an und sprang dann auf seine Schulter. Die beiden verharrten regungslos.

Als Liliane auf die Lichtung trat, stand der Mann auf. Er lächelte sie an, und es war ein gewinnendes Lächeln. Seine schwarzen Augen waren intelligent; seine Zähne waren nicht spitz zugefeilt, und sein Benehmen war freundlich.

»Ich bin Anoka«, stellte er sich vor. Er sprach mit einem britischen Akzent. »Ich bin hergekommen, um etwas zu lernen.«

Ehe ihr klar war, was sie tat, hielt sie ihm die Hand hin. »Ich bin Liliane. Ich arbeite hier.«

Er sah ihre Hand eine Zeitlang an, ehe er sie nahm. Ein seliges Lächeln breitete sich auf seinem Gesicht aus. Inbrünstig schüttelte er ihr die Hand. Liliane merkte, daß sie zum ersten Mal einem Eingeborenen die Hand gab. Sie fragte sich, woran das liegen mochte.

»Das werde ich auch tun«, sagte er mit seiner deutlichen Aussprache.

Da sie nicht wußte, was sie darauf erwidern sollte, ging sie in ihr Zimmer. Es war noch nie vorgekommen, daß jemand vor ihrem Fenster stand, und daher wußte sie nicht, wie sie sich umziehen sollte. Sollte sie ihn bitten, sich ein anderes Plätzchen zu suchen? Sollte sie so tun, als sei er gar nicht da? Als sie sich setzte, sah sie seinen Kopf nicht mehr. Der Affe dagegen beobachtete sie von der Fensterbank aus und schnatterte, als sie ihr Kleid anzog.

Als sie auf das Krankenhaus zuging, überschlug sich ihr Herz bei dem Gedanken an Baxter. Ich muß seinem Beispiel folgen, sagte sie sich. Arzt und Krankenschwester, und sonst gar nichts.

Baxter sah sie kaum an, als sie eintrat. Verdammter Kerl, dachte sie.

»Was wird Anoka hier tun?« fragte sie.
»Anoka?«
»Der Eingeborene, der gerade angekommen ist. Er hat gesagt, daß er hier arbeiten wird.«
Baxter zuckte die Achseln und sagte mit gereizter Stimme: »Unsinn. Ich habe ihm gesagt, daß das nicht geht.«
»Was will er denn tun?« fragte sie, als er einem Mann, der eine Bruchoperation hinter sich hatte, den Puls fühlte.
»Genau weiß ich das auch nicht.« Sein Desinteresse war deutlich.
Nach einer Weile sagte Liliane: »Sein Englisch ist auffallend gut.«
»Ja.«
Alles mußte sie ihm aus der Nase ziehen.
»Woher kommt er?« fragte sie.
»Von der Missionsstation in Lombato. Er sagt, er sei dort zur Schule gegangen.«
»Zur Schule ist er jedenfalls bestimmt gegangen.«
Baxter reagierte nicht darauf, sondern verließ den Raum.
Anoka faszinierte sie unter anderem auch deshalb, weil er anders war als jeder, dem sie bisher hier begegnet war. Sie kannte keine Eingeborenen, die Englisch sprachen, höchstens ein wenig Pidgin, und sie kannte auch keine, die so groß waren und so aufrecht und die so auftraten. Als sie Dienstschluß hatte, saß er immer noch vor ihrem Zimmer. Es war schon fast Zeit zum Abendessen.
»Haben Sie etwas zu essen?« fragte sie ihn.
Er lächelte und schüttelte den Kopf. »Gott wird sich meiner annehmen«, antwortete er.
Ja, dachte sie, wie sonst auch immer.
Sie brachte ihm drei Bananen. Er bedankte sich. Eine gab er dem Affen, und die beiden anderen aß er eilig auf.
»Was wollen Sie?« fragte sie.

Er stand auf und sah sie an. »Ich will mein Volk retten.«
O mein Gott, dachte sie. Sie wußte nicht, was sie dazu sagen sollte.
»Ist es denn nicht das, was Sie auch tun?« fragte er auf seine förmliche Art.
»Es klingt nach einer gar so großen Aufgabe«, sagte sie.
Er nickte feierlich. »Ich will lernen, Arzt zu werden.«
»Ach, du meine Güte.« Erst, als sie seinen Gesichtsausdruck sah, merkte sie, daß sie die Worte laut ausgesprochen hatte.
»Es ist nicht ausgeschlossen.« Seine feste Stimme bezeugte seinen Glauben.
Liliane legte eine Hand auf seinen Arm. »Nein, nein, natürlich nicht.«
»Der berühmte Arzt hält es für unmöglich.«
Darauf konnte Liliane nichts erwidern.
»Aber ich habe Geduld. Er wird es ja sehen.«
Auf dem Weg zum Essen lächelte Liliane. Ich werde diesem Mann helfen, dachte sie. Ich werde Baxter Hathaway zeigen, daß er sich täuscht.
Beim Abendessen brachte sie das Gespräch auf Anoka. »Warum wollen Sie nicht, daß er etwas dazulernt?«
Jedesmal, wenn Liliane die Motive des Arztes hinterfragte oder sich auf eine Diskussion mit ihm einlassen wollte, hielten Rose und Heidi den Mund. Sie schienen es für ein Sakrileg zu halten, ihn in Frage zu stellen.
Baxter wirkte unwillig. »Jetzt hören Sie schon auf, Liliane. Haben Sie je von einem Eingeborenen gehört, der die komplizierten Techniken der Medizin erlernen konnte? Mir ist bisher noch keiner begegnet, der auch nur die Abstraktion des Denkens bewältigt hätte. Sie wissen nicht, wie man über den heutigen Tag hinausdenkt.«
»Das heißt noch lange nicht, daß alle so sind«, wandte sie ein. »Könnten Sie dem Mann nicht eine Chance geben?«

»Eine Chance? Die, zu versagen?«

»Ist das nicht unser aller Recht?« entgegnete sie. »Wenn wir nicht riskieren, daß wir scheitern, wie könnten wir dann je zu Erfolgen gelangen?«

»O Liliane.« Baxters Stimme klang matt. »Wir haben Jahrtausende des geistigen Trainings hinter uns. Hier stehen den Menschen noch Tausende von Jahren bevor, ehe sie uns einholen. Sie stehen immer noch auf der Entwicklungsstufe von Kindern. Wir sollten sie nicht in Versuchung führen.«

»In Versuchung führen!« rief sie aus. »Lassen wir sie nicht heranwachsen, das ist es doch, was Sie meinen. Wie können Sie bloß so denken? Wir alle kommen unwissend auf die Welt. Wollen Sie etwa behaupten, weil die Haut dieser Menschen dunkler ist als unsere, sei ihr Gehirn kleiner? Hat beides etwas miteinander zu tun? Ist es das, was Sie mir sagen wollen?«

Er sah sie an. Zum ersten Mal seit jener Nacht sah er ihr direkt in die Augen. »Genau das will ich Ihnen sagen.«

»Um Himmels willen!« rief sie und stand auf.

Rose und Heide schnappten einstimmig nach Luft.

So wütend war sie seit Jahren nicht mehr gewesen und schon gar nicht seit ihrer Ankunft in Afrika. War sie wirklich erbost über seine Einstellung gegenüber den Eingeborenen, oder ließ sie nur ihrer Enttäuschung freien Lauf?

Baxter strahlte Geduld aus. »Setzen Sie sich, Liliane. Beruhigen Sie sich. Ein Afrikaner denkt nicht so wie wir.«

»Das weiß ich selbst.« Ihre Stimme war immer noch laut. »Heißt das etwa, daß diese Menschen nicht denken *können?* Heißt es etwa, daß sie nicht lernen *können,* was wir lernen können?«

»Vielleicht in tausend Jahren«, fuhr er fort, »vielleicht sogar in ein paar hundert Jahren können sie anfangen, so zu den-

ken wie wir. Dann können wir sie eventuell zu Arzthelfern ausbilden.«
»Zu Arzthelfern?« hätte sie am liebsten geschrien. Statt dessen sagte sie sarkastisch: »Aber nur diejenigen, die gerettet und als Sklaven nach Amerika gebracht worden sind? Ich nehme an, wenn sie in einer Zivilisation von Weißen aufgewachsen und in unsere Schulen gegangen sind, stehen die Chancen besser, daß sich ihre Gehirnmasse vergrößert? Woran messen Sie Intelligenz? Daran, wie gut jemand Englisch spricht?« Sie blieb stehen.
Baxter nahm seine Gabel in die Hand und spießte eine Karotte auf. »Von mir aus auch Französisch«, murmelte er.
»Ach.« Ihre Stimme klang erstickt. »Der großartige Dr. Hathaway, der das Christentum der Weißen in den Urwald bringt, aber die Bedeutung von brüderlicher Liebe und Glauben an seine Mitmenschen nicht kennt! Sie halten die Afrikaner noch nicht einmal für menschliche Wesen, habe ich recht? Sie sind noch nicht einmal ihren geliebten Tieren gleichgestellt, habe ich recht?«
Sie wußte, daß sie schrie.
Baxter sagte mit ruhiger Stimme: »Liliane, wenn Sie versuchen wollen, ihm etwas beizubringen, dann tun Sie es.«
Sie sah ihn an, wie er dasaß und seelenruhig zu Abend aß. Die Krankenschwestern hatten keinen Bissen mehr zu sich genommen, seit sie mit ihrem Wortschwall losgelegt hatte. Vielleicht hatten sie sogar die Luft angehalten.
Sie war außer sich vor Wut.
Eilig wandte sie sich ab, lief durch den Raum und schlug die Tür hinter sich zu.

Als Baxter am nächsten Morgen zu den Patienten kam, die schon lange in einer Schlange standen, fand er Liliane an ihrem üblichen Platz vor – an dem Tisch neben seinem

Stuhl; dort saß sie dicht neben seiner rechten Schulter und konnte ihm die Medikamente reichen. Etwa dort, wo seine linke Schulter sich befinden würde, stand Anoka.

Als Baxter erschien, fiel sein Blick kurz auf Anoka, doch er sagte kein Wort. Er ignorierte ihn. Anoka blieb den ganzen Vormittag dort stehen. Liliane wiederholte langsam und mit deutlicher Aussprache sämtliche Symptome aller einzelnen Patienten und die Medikamente, die verabreicht wurden. Zweimal blickte Baxter entschieden gereizt zu ihr auf, aber er sagte immer noch nichts. Als sie dasaß und mit der Ausbildung dieses Kongolesen begann, dachte sie sich: Warum eigentlich nicht auch Naldani?

Gott hilft denen, die sich selbst helfen, rief sie sich ins Gedächtnis zurück. Ist es dann nicht meine Christenpflicht, ihnen dabei zu helfen, daß sie es lernen, sich selbst zu helfen? Oder will ich Baxter nur zeigen, daß er sich täuscht, weil ich ihm heimzahlen will, wie er mich behandelt?

Ob ihre Motive lauter waren oder nicht, wurde unwesentlich. Die Vorstellung gefiel ihr. Es stimmte, daß die Kongolesen einen Zeitbegriff hatten, der einen in die Verzweiflung treiben konnte. Zeit hatten sie in rauhen Mengen, aber das war auch das einzige, was sie hatten. Sie hatten es nie eilig. Wenn etwas heute nicht getan wurde, dann gab es immer noch ein Morgen, doch zu diesem »Morgen« kam es nie wirklich. Sie lebten und dachten nur im Hier und Jetzt. Sie machten sich nie Sorgen um ihre Zukunft. Ihre Sorgen galten den Geistern, die im Wald herumspukten. Oder sie machten sich Sorgen, wie sie ihre angeheiratete Verwandtschaft zufriedenstellen konnten und dergleichen. Sie waren kein glückliches, sorgloses Volk, sondern ein Volk, das in ständiger Angst vor der Dunkelheit lebte, von der es umgeben war, und doch nie etwas dagegen unternahm. Sie hatten keinen Ehrgeiz, denn Ehrgeiz hat etwas mit morgen oder mit dem nächsten Jahr zu tun, und abstrakte Begriffe gingen anscheinend über das Fassungsvermögen der Eingeborenen hinaus. Dennoch konnten sie gut Dinge auswendig lernen und konkrete Probleme lösen.

Liliane sagte sich, daß sie es eben nicht besser wußten. Sie hatten seit undenklichen Zeiten so gelebt, und nichts hatte sich je geändert. Wenn sich etwas an ihren Lebensumständen änderte, würde sich dann nicht auch ihr Denken wandeln? Wie konnten sie anders denken, wenn ihnen keine Türen geöffnet wurden, wenn kein Lichtstrahl von draußen hereinfiel? Die weißen Missionare hätten ihnen nicht Einblick in mögliche Veränderungen geben dürfen, wenn sie sich dann weigerten, ihnen zu zeigen, *wie* sich Dinge ändern ließen.

Im Lauf ihrer Gespräche mit Anoka erfuhr Liliane, daß er am Solenga gelebt hatte, wo es seit Jahren eine Missionsschule gab. Früher hatte es dort einen Arzt gegeben, aber seit etlichen Jahren gab es keinen mehr. Anoka war derart beeindruckt von den Wundern gewesen, die der Arzt bewirkt hatte, daß er sich entschlossen hatte, auch er müsse die Kunst des Heilens erlernen. Ein Lehrer an seiner Schule hatte ihm von Simbayo erzählt. Er wußte nicht, wie lange er für die Reise gebraucht hatte, aber er nahm an, daß es nach der Zeitrechnung der Weißen wohl fast ein Jahr gewesen sein mußte. Viel später flog Liliane über den Solenga, und ihr wurde klar, daß seine Missionsschule keine zweihundert Meilen Luftlinie von Simbayo entfernt war. Ohne Landkarten, ohne Straßen und mit sehr geringen geographischen Kenntnissen war es ein Wunder, daß Anoka sie überhaupt gefunden hatte.

Männer wie Booker T. Washington und George Washington Carver hatten der Welt doch gezeigt, daß Schwarze dasselbe leisten konnten wie Weiße. Sie würde Baxter beweisen, daß er sich täuschte! Sie würde Naldani nicht nur beibringen, wie man Englisch sprach, sondern auch, wie man es las, und sie würde sehen, wieviel von ihrem medizinischen Wissen sie an Anoka weitergeben konnte. Freude durchflutete sie. Erstmals hatte sie das Gefühl, eine Berufung im Leben zu haben.

7. Kapitel

An den Samstagen lag die Leitung von Simbayo in den Händen der Krankenschwestern. Es wurden keine Operationen durchgeführt, und Baxter erschien nie zum Frühstück. Auch zum Abendessen kam er selten, und wenn er kam, war er schweigsam. Der Samstag war der Tag, an dem er zur Insel der Leprakranken ruderte.

Er bat niemanden, mit ihm zu kommen. Es wurde nie darüber geredet. Einige Male, wenn sie kurz vor Tagesanbruch aufgewacht war, sah Liliane Baxter an der Anlegestelle, ehe er in die undurchdringliche Nebelmauer hinausruderte.

Jedesmal lief ihr ein Schauer über den Rücken. Er hatte ihr zwar wiederholt erklärt, daß Lepra nicht allzu ansteckend war, doch sie glaubte ihm nicht.

Kann man ihnen denn wirklich noch helfen? hatte sie gefragt.

Nein, antwortete er ihr immer wieder. Nicht, falls Sie von einer Heilung sprechen. Aber man kann ihnen auf andere Weise helfen.

Auf welche andere Weise?

Er unterband jede weitere Unterhaltung mit einem wortlosen Achselzucken.

Vielleicht wollte sie ihm immer noch etwas beweisen: daß er sich eine Frau entgehen ließ, die seinesgleichen war; daß er nicht der einzige Altruist war, nicht der einzige selbstlose Mensch, nicht der einzige Held; daß sie Mut besaß; daß . . . was? Vielleicht versuchte sie in Wirklichkeit auch nur, sich selbst all das zu beweisen. Was auch immer ihre Motive sein mochten, sie war sich nach wie vor nicht darüber im klaren – eines Freitags wußte sie, daß sie ihn am kommenden Tag begleiten würde. Vielleicht hatte sie es schon eher gewußt, aber am Freitagabend brachte sie beim Essen nichts hinunter und fragte sich, ob dies der letzte Tag ihres Lebens war, an dem sie keine Lepra hatte. Sie sagte sich, daß sie wußte, welche Anblicke auf sie zukamen. Sie mußte nur daran denken, daß sie nichts berühren durfte.

Als er am Morgen an den Anlegeplatz kam, erwartete sie ihn dort. Sie saß so aufrecht wie möglich zwischen den Bergen von Bananen, die er geladen hatte, und bemühte sich, nicht zu zittern. Er sprang auf den Steg und blieb abrupt stehen.

Eine volle Minute sah er sie an, ehe er mit unwilliger und mürrischer Stimme fragte: »Was soll das heißen?«

»Ich möchte mitkommen.«

»Warum?« fragte er schroff.

Sie zögerte einen Moment lang. »Ich weiß es nicht.«

»Steigen Sie aus«, befahl er ihr barsch.

»Nein«, sagte sie, »bestimmt nicht.«

Er stemmte die Hände in die Hüften und sah sie an. Dann hob er den Arzneikasten vom Boden, warf ihn in das Boot und löste die Taue, mit denen es verankert war. Er sprang auf und stieß das Boot vom Ufer ab.

Sie sah ihn an, während er schweigend ruderte. Seine Stirn war gefurcht, und seine Augen blickten finster. Seine Lippen waren aufeinandergepreßt, und sie stellte überrascht fest, daß seine Schläfen grauer waren als vor zwei Jahren, als sie ihn zum ersten Mal gesehen hatte. Sogar mit diesem finsteren Gesicht fand sie noch, er sei der schönste Mann, den sie je gesehen hatte. Es bereitete ihr Vergnügen, ihn anzuschauen. Seine Nähe gab ihr immer wieder ein erhebendes Lebensgefühl.

Keiner von beiden sagte etwas. Ein Einbaum, der von der Insel kam, tauchte lautlos aus dem Frühnebel auf. Fünf Frauen ruderten gemeinsam.

»Wer sind sie?« Liliane brach das Schweigen.

»Frauen von Männern, die auf der Insel leben. Sie rudern jede Nacht hinüber, um bei ihren Männern zu sein. Die gesunden Kinder dürfen die Insel nicht besuchen, wie Sie wissen. Tagsüber arbeiten die Frauen bei uns, und es war ihr eigener Entschluß, die Nächte dort zu verbringen.«

Als das Boot näherkam, sah Liliane Naldani.

Ihr schwirrte der Kopf. Naldani jede Nacht hier? War das möglich? Sie hatte Naldani nie gefragt, ob sie eine Familie hatte und wo sie nachts schlief. Sie hatte Naldani berührt! Wie oft sie einander beim Reden die Hände gehalten hatten! Und Naldani wusch ihre Kleider!

Unwillkürlich hob sie die Hand und winkte den schwarzen Frauen zu, als sie in der grauen Dämmerung an ihnen vorüberkamen. Naldani lächelte und sah Liliane verwundert an.

Innerhalb von Minuten hatten sie die Insel erreicht.

Kinder fingen die Taue auf, und Baxter wurde zu einem anderen Menschen. Mit dröhnender Stimme scherzte er mit ihnen, ein breites Grinsen stand auf seinem Gesicht, und er sprang mit einem lebhaften Satz an Land. Die Kinder drängten sich um ihn und klammerten sich an seinen Hosenbeinen fest.

Ihre nackten Körper und teils auch die Gesichter waren von Striemen bedeckt. Ein kleiner Junge hatte nur zwei Zehen. Die großen, leuchtenden Kinderaugen lachten mit Baxter, und mit schrillen Stimmen zankten sie sich, wer seine Kiste tragen durfte; Liliane, die im Boot saß, musterten sie scheu. Sie erwartete, daß er ihr die Hand zum Aussteigen reichen würde, doch er ignorierte sie. Als er sich mit der Kinderschar auf den Weg machte, warf er ihr einen Blick über die Schulter zu und lächelte, als sie auf den Sandstrand sprang und rannte, um sie einzuholen. Sie fühlte sich von ihm ausgelacht.

Dicht am Flußufer saßen und lagen teilnahmslos Dutzende von Kongolesen in den verschiedensten Stadien der Entstellung. Baxter und die plappernden Kinder traten zu ihnen auf die Lichtung, doch Liliane blieb auf dem Weg stehen.

Der Anblick brach ihr das Herz. Schemen dessen, was einst Menschen gewesen waren, krochen auf allen Vieren herum und hatten ihre Gesichter, Nasen, Zehen oder Hände verloren. Manche hatte nur Augen und schon lange keine Lippen und Nasen mehr, doch diese Augen waren flehentliche Stimmen. Der faulige Gestank einer tödlichen Krankheit hing dick in der Luft. Liliane hörte, daß gehustet und gespuckt wurde und erkannte die Geräusche als Lungenentzündung und Tuberkulose.

Es gab zwar einige, die sich noch besser fortbewegen konnten oder weniger entstellt waren, doch bei allen war es ein fortgeschrittenes Krankheitsstadium. Baxter redete mit einer jungen Frau, die mit den Armstümpfen gestikulierte, und Liliane wurde zu ihrem Entsetzen klar, daß in nicht allzu langer Zeit der gesamte Körper von der Krankheit befallen sein würde; Wunden würden ihn bedecken, und weitere Körperteile würden sich von ihm lösen.

Sie übergab sich am Waldrand.

Als sie wieder aufblickte, stand ein kleines Mädchen da und starrte sie an.

Der Kinderkörper war mit üblen weißlichen Schwielen übersät. Die glänzenden Augen sahen scheu auf Liliane, die am Waldrand kauerte und sich vor Angst und Grauen übergab. Liliane sah, daß das kleine Mädchen an einem Fuß nur drei Zehen hatte.
Nein, es kann keinen Gott geben, dachte Liliane. Nicht, wenn Er das zuläßt, es sei denn, Er ist der Gott der Rache aus dem Alten Testament. Einen solchen Gott kann ich nicht lieben.
Das Kind streckte eine Hand aus, an der die Finger noch vollzählig waren, und legte sie auf Lilianes Arm. Liliane zuckte zurück, als das kleine Mädchen mit einem Finger über ihre weiße Haut fuhr. Als sie in die fragenden Kinderaugen sah, unterdrückte Liliane die Versuchung, ihren Arm panisch zurückzureißen. Ich will mir das nicht holen, schrie sie innerlich, aber sie brachte es auch nicht über sich, das Kind von sich zu stoßen. Das kleine Mädchen starrte sie immer noch an und sagte dann etwas, was es immer wieder mit einer leisen und verzagten Stimme wiederholte.
»Darf ich Ihnen helfen?« hörte sie Baxters Stimme sagen. Eine starke Hand zog Liliane auf die Füße. Er mußte gespürt haben, daß sie zitterte, doch er sagte nichts. Stattdessen zog er sie auf die Lichtung, auf der sich alle Blicke auf sie richteten, und von dort auf einen anderen Pfad durch den Wald. Er hielt sie an der Hand wie in jener Nacht vor so vielen Wochen. Sie hörte das Geräusch von tropfendem Wasser. Über einen großen Felsen stürzte sprühend ein kleiner Wasserfall herab.
Baxter ließ ihre Hand los. »Waschen Sie sich das Gesicht«, sagte er. »Dann fühlen Sie sich besser. Und spülen Sie sich den Mund aus. Das Wasser ist nicht verseucht. Es ist absolut ungefährlich.«

Woher wußte er es? fragte sie sich. Sie haßte leere tröstende Worte und blieb stur stehen.
Da nahm Baxter sie wieder an der Hand und führte sie wie ein kleines Kind zum Wasser. Er hielt die hohle Hand unter das Wasser und spritzte es ihr ins Gesicht.
Sie erwachte aus einem Trancezustand.
Sein strenges Gesicht wurde sanfter, und er schlug ihr vor, von dem Wasser zu trinken, das in der Sonne silbrig schillerte. Sie fühlte sich augenblicklich besser.
Er sprach langsam und mit fester Stimme. »Sie dürfen diesen Menschen Ihren Ekel nicht zeigen. Sie haben sich entschlossen, herzukommen, und jetzt müssen Sie die Kraft aufbringen, damit fertigzuwerden.«
Sie nickte betäubt.
»Schaffen Sie es?« fragte er freundlich und besorgt.
Ehe sie etwas darauf antworten konnte, legte Baxter seine Hände auf ihre zitternden Schultern und hielt sie fest. »Schluß damit, Liliane.«
Das Zittern hörte auf.
»Wenn Sie wollen«, sagte er, und seine Stimme wurde kälter und unpersönlicher, »können Sie den Tag im Boot verbringen. Aber ich werde mich nicht hetzen lassen, weil Sie sich entschlossen haben, heldenhaft zu handeln – oder etwas besonders Dummes zu tun.«
Er ließ sie stehen und machte sich auf den Weg zurück zu den Leprakranken. »Bleiben Sie hier, solange Sie mögen«, sagte er. »Ich bin in Ihrer Nähe.« Er verschwand um die Wegbiegung.
Sie zwang sich, tief durchzuatmen. Und gleich noch einmal. Dabei spürte sie, daß etwas Weiches über ihre Hand glitt. Es jagte ihr keine Angst ein, denn es kam ihr tröstlich vor und . . . menschlich. Sie sah ihre Hand an.
Das kleine Mädchen hatte seine winzige Hand in Lilianes

geschmiegt. Die Hand fühlte sich an wie die ganz gewöhnliche Hand eines kleinen Mädchens und sie sah auch so aus. Die ernsten Augen schauten Liliane an. Sie konnte diesem Kind nicht widerstehen.
Liliane bückte sich. Sie deutete auf sich selbst. »Lili«, sagte sie. Und noch einmal.
Das kleine Mädchen starrte sie mit großen, einsamen Augen an und deutete auf sich. »Mbula«, sagte sie. Es war kaum mehr als ein Flüstern.
Hand in Hand liefen sie den Pfad zu den Leprakranken hinunter.
Liliane wurde nicht mehr übel. Sie folgte Baxter, als er Wunden wusch und mit jedem der Kranken scherzte und ihn anlächelte, obwohl keiner die Sprache des anderen verstand. Einmal mischte sie sich ein und übersetzte, als ein alter Mann sein Leid klagte. Die meisten Beschwerden hatten nichts mit der Lepra zu tun. In ihrem geschwächten Zustand waren sie ungeschützt und allem ausgesetzt, daher waren die Leprakranken anfällig für TBC, Lungenentzündung und Malaria. Baxter verteilte viel Chinin.
Um die Mittagszeit ruhten sie sich unter den Bäumen aus und aßen Bananen. Baxter fragte Liliane: »Geht es Ihnen jetzt besser, als Sie es erwartet haben?«
Mbula hatte sich neben ihr auf dem Sand zusammengerollt und war eingeschlafen. »Wo ist Mbulas Mutter?«
Baxter zuckte die Achseln wie immer, wenn er keine Antwort geben konnte. »Das kleine Mädchen ist vor etwa zwei Jahren bei uns aufgetaucht, und der Aussatz hat deutlich erkennen lassen, was ihr fehlt. Wir mußten sie im letzten Jahr auf die Insel bringen.«
»Wenn die Krankheit nicht ansteckend ist, warum werden die Kranken dann isoliert?«
»Ich habe nie behauptet, daß es nicht ansteckend ist. Ich

habe nur gesagt, daß die Ansteckungsgefahr nicht hoch ist. Wir wissen nichts über die Entstehung dieser Krankheit, nur, daß sie bei tropischem Klima vorkommt. Und wir wissen, daß es äußerst unwahrscheinlich ist, daß Sie oder ich uns anstecken.« Er lachte rauh, aber nicht ohne einen Anflug von leiser Ironie. »Ich könnte sie noch eher bekommen. Schließlich fasse ich die Wunden an.«

»Fürchten Sie sich nicht?« fragte sie.

»Nicht wirklich.«

»Haben Sie sich je gefragt, was aus Ihnen würde, wenn Sie Lepra bekämen?«

»Anfangs ja. Aber der Tod hat mir seit Jahren keine Sorgen mehr gemacht. Erst in der letzten Zeit denke ich wieder daran.«

»Warum ausgerechnet in der letzten Zeit?«

Baxter schwieg lange und ließ Sand durch seine Finger gleiten.

»Das Leben«, sagte er dann mehr zu sich selbst als zu ihr, »ist anders geworden. Plötzlich ist der Tod wichtig geworden. Ich will nicht sterben. Ich stelle fest, daß ich mir Sorgen um Dinge mache, die mich nie gesorgt haben. Ich stelle fest, daß ich an Dinge denke, an die ich seit Jahren nicht mehr gedacht habe. Ich stelle fest . . .«

Die Pause zog sich in die Länge.

Schließlich sagte Liliane: »Sie stellen fest . . .«

Er schien aus weiter Ferne zurückzukehren. »Was? Oh, ich stelle fest, daß ich Teil . . .« Er hielt inne und stand auf. »Da sehen Sie, was Sie angerichtet haben. Immer wieder tun Sie es.«

Was hatte sie bloß angerichtet? Ihn dazu gebracht, ein wenig mit ihr zu reden. Eine Fassade fallen zu lassen, und sei es nur für eine Sekunde. »Was?« fragte sie. »Was habe ich denn getan?«

Er sah sie gereizt und belustigt zugleich an. »Sie sind mir unter die Haut gegangen.«
Er verschwand auf einem Pfad, der in den Urwald führte.
Hier auf dieser Leprainsel überkam sie ein Glücksgefühl.
Mbula rührte sich, setzte sich hin und wischte sich den Schlaf aus den Augen. Ohne sich darüber im klaren zu sein, was sie tat, drückte Liliane das vernarbte kleine Mädchen an sich.
In dem Moment hörte sie einen langen gequälten Schrei, der wie der eines verwundeten Tieres klang. Einen Schrei, der so viel Leid und Verzweiflung übermittelte, daß sie aufsprang. Ohne zu zögern, ließ sie Mbulas Hand los und rannte in das Dunkel des Urwalds. Rechts neben sich hörte sie eine stöhnende Frauenstimme, und sie wußte, daß die Kongolesinnen nie schrien, wenn sie Schmerzen hatten.
Drei aussätzige Frauen hielten eine vierte, die in den Wehen lag. In ihrem dürftigen Bantu versuchte Liliane zu erklären, daß sie Krankenschwester war. Das Wort sagte ihnen nichts. Sie probierte es mit Arzt. Ja. Das verstanden sie. Erst nach einer halben Stunde ließen die Frauen zu, daß sie die Schwangere untersuchte. Entgeistert stellte Liliane fest, daß das Baby seitlich im Unterleib der Frau lag. Mein Gott, dachte sie, es besteht nicht die geringste Hoffnung. Ich könnte es noch nicht einmal umdrehen.
Sie suchte Baxter und holte ihn. »Ihnen ist klar, daß ich nicht in die Nähe dieser Frau kommen darf?« fragte er, während er vor ihr her rannte.
Liliane hatte es vergessen.
»Und daß sie so oder so sterben wird.«
»Wir können das Baby retten.«
Baxter blieb stehen, drehte sich um und sah sie an. Seine Augen hatten einen seltsamen Ausdruck. »Zumindest können wir ihre Schmerzen lindern«, sagte er und lief weiter.

Als sie an dem Wasserfall vorbeikamen, sagte Baxter: »Waschen wir uns hier.« Liliane wurde zu ihrem Entsetzen klar, daß dieses frische, kalte Wasser nicht gerade die ideale Desinfektion war. Ihre Schultern fielen herunter.

Baxter sah es. Seine große Hand legte sich auf ihre Schulter, und er sagte freundlich: »Wir werden tun, was wir können. Mehr als das kann das Leben nicht von uns verlangen. Sie wissen, daß ein Kaiserschnitt gemacht werden muß. Es kommt jetzt darauf an, daß die Frauen zulassen, daß Sie sie aufschneiden.«

»Daß *ich* sie aufschneide? O Baxter! Ich habe noch nie . . .«

Die Frau hatte hohes Fieber und übergab sich, als Liliane zurückkam. Sie lag offensichtlich schon viel zu lange in den Wehen. Ohne einen Kaiserschnitt war sie hoffnungslos verloren und zu einem langen, qualvollen Tod verdammt. Liliane tastete ihren Bauch ab. Das Baby war noch am Leben. Liliane erklärte den Frauen, sie werde gleich wiederkommen. Sie nickten und nahmen ihre Hilfe gern an, denn sie war im Besitz der Magie des weißen Mannes, und das flößte ihnen Vertrauen ein.

Baxter erwartete sie am Waldrand.

»Sie hat das Bewußtsein verloren.«

»Gott sei Dank.«

»Das Fruchtwasser ist ausgelaufen, aber das Kind ist noch am Leben. Trotzdem können wir es nicht rausholen.«

Sie fing an zu weinen.

»Seien Sie nicht albern«, sagte Baxter und nahm ihren Arm. »Sie schaffen das. Natürlich schaffen Sie es. Sie haben nur eine andere Möglichkeit: zuzusehen, wie sie langsam und qualvoll stirbt. Was sind Sie bloß für eine Krankenschwester?« Er wußte es nur zu gut. »Ich bleibe hier stehen, wo mich die Frauen nicht sehen können. Ich gebe Ihnen Anweisungen.«

»Aber was ist mit den Instrumenten? Mit der Sterilität?
»Ich habe Alkohol in meiner Tasche – und ein Messer.«
»Was ist mit der Narkose? Ohne Narkose kann ich es nicht tun.«
»Ich habe Chloroform dabei.«
Liliane blickte zu ihm auf. Seine Augen waren eindringlich, fordernd und zuversichtlich.
Schweißtriefend, mit zitternden Händen und mit flatterndem Puls befolgte sie Baxters Anweisungen.
»Sie werden den Schnitt ganz langsam anbringen. Liliane, hören Sie. Sie schaffen es. Sie sind eine der besten Krankenschwestern, die mir je begegnet sind. Haben Sie verstanden? Sie werden ganz langsam und sorgfältig vorgehen. Sind Sie soweit?«
»Ja«, sagte sie klar und deutlich und spürte die Kraft, die sie durchströmte, und die Einsicht in die Notwendigkeit war stärker als ihre Angst.
»Gut, dann fangen wir an.«
Er erklärte ihr die einzelnen Haut-, Fett- und Muskelschichten, die sie durchschneiden mußte, um schließlich zum Uterus zu gelangen, und er erklärte ihr, daß sie die Blase in die Muskeln drücken mußte, um den Uterus besser sehen zu können.
Er wartete, bis sie seine Anweisungen ausgeführt hatte. »Und jetzt schneiden Sie ganz langsam den Uterus auf – Sie wollen dem Baby doch nichts tun. Ritzen Sie sachte das Gewebe auf – ganz sachte – bis Fruchtwasser heraussickert . . .«
Liliane zwang sich, nicht zurückzuzucken, als die Flüssigkeit sie anspritzte.
»Das Baby ist von der Flüssigkeit umgeben. Und jetzt haben Sie keine Angst. Stecken Sie zwei Finger in den Uterus und schneiden Sie mit dem Messer zwischen den beiden Fingern, von unten nach oben. Die Finger schützen das Kind vor

dem Messer. Und jetzt, Liliane, suchen Sie den Kopf. Lassen Sie sich Zeit.«
Liliane kniete da und hatte ihre Hände tief im Körper der Frau. Ihre Arme waren bis zu den Ellbogen blutverschmiert, ihr Kleid war blutbespritzt, Fruchtwasser spritzte in ihr Gesicht, und in einer Hand hielt sie ein Messer. Sie suchte den Kopf des Babys.
»Haben Sie ihn gefunden?« fragte Baxter mit einer ruhigen und ermutigenden Stimme. »Und jetzt legen Sie die Hand hinter den Kopf und ziehen Sie es ganz langsam durch die Schnittwunde nach oben. Sie müssen den Kopf zuerst durch den Operationsschnitt ziehen.«
Liliane kämpfte darum, das Baby in all der glitschigen Flüssigkeit so zu drehen, daß sein Kopf oben war.
Baxter verstand ihr Schweigen und sagte durch die Bäume: »Greifen Sie ganz oben in den Bauch, und stoßen Sie von dort mit einer Hand, während Sie mit der anderen sachte ziehen.«
Liliane tat es, und plötzlich war der Kopf da.
»Es ist da«, rief sie aus. »Der Kopf ist draußen.«
Die alten Frauen sahen sie an.
Baxters Stimme übermittelte ein Lächeln. »Braves Mädchen. Und jetzt die Schultern. Durch Druck von oben. Und dann ziehen Sie das Baby weiter heraus. Sachte, ganz sachte.«
»Es ist draußen!« rief sie und hielt das Kind in die Luft. Die Freude, die sie empfand, als sie das nasse rotbraune Baby aus dem Bauch der Mutter herausnahm, war unsäglich. Sie freute sich immer unglaublich über Geburten, wenn sie sah, wie ein neuer kleiner Mensch auf die Welt kam, doch daß sie dieses Baby selbst mit einem Kaiserschnitt entbunden hatte, war für sie ein Wunder.
Die Mutter lag regungslos da.
»Es ist ein Junge«, rief sie Baxter zu.

»Legen Sie ihn der Mutter zwischen die Beine«, fuhr Baxter fort. »Sie müssen die Nabelschnur durchschneiden und abbinden.«
Liliane legte das Baby hin.
»Jetzt warten Sie, bis sich die Plazenta löst, und ziehen Sie sie an der Nabelschnur sachte aus dem Uterus.«
Die alten Frauen machten keine Anstalten, das Baby an sich zu nehmen, sondern standen fasziniert da. Vielleicht war ihnen nie der Zusammenhang klar geworden, daß ein Baby aus dem Bauch kam.
Sachte zog Liliane an der Nabelschnur, und die Plazenta kam aus dem Uterus.
Überall war Blut. Lilianes Kleider waren mit Schweiß und Blut durchtränkt und klebten an ihrem Körper.
»Was tue ich, um sie wieder zuzunähen?« rief sie.
Sie wußte, daß das Bluten ohne Instrumente oder Klammern ein entsetzliches Problem war.
Baxter schwieg lange.
Als er doch etwas sagte, spürte sie seine Hoffnungslosigkeit. »Sie könnten die blutenden Ränder zusammenpressen und den Uterus massieren, damit er sich verkrampft und das Bluten von allein aufhört . . . Liliane . . .« Sie hörte, daß er Luft holte. »Lassen Sie sie sterben.«
Sie sterben lassen? Muß ich nicht versuchen, sie zu retten? Zumindest versuchen?
»Hören Sie auf mich, Liliane.« Baxters Stimme war sanft, als sie körperlos durch die Luft schwebte. »Diese Frau ist im qualvollen Endstadium der Lepra. Sie wird es ohnehin nicht mehr lange machen. Sie kann das Baby nicht stillen. Wahrscheinlich könnte sie sich unter den idealsten und sterilsten Bedingungen nicht von einem Kaiserschnitt erholen. Sie ist jetzt bewußtlos. Lassen Sie sie so sterben.«
Lilianes Brust schmerzte. Das Atmen fiel ihr schwer. Sie

sterben lassen? War es nicht dasselbe, als hätte sie sie getötet?
»Sehen Sie um Himmels willen zu, daß Sie diese Frauen loswerden, damit ich zu Ihnen kommen kann.«
»Ich kann es nicht, Baxter. Ich muß ihr helfen.«
»Wozu?« Seine Stimme war barsch. »Ihr Leben bedeutet Leiden, Verzweiflung und Elend.«
Oh, dachte sie, ich wünschte, ich könnte sagen, ›o Gott‹. Tränen stiegen in ihre Augen. Die drei Frauen starrten sie weiterhin an. Sie wußte nur zu genau, daß die Wunde sich entzünden würde, und sie wußte, daß die Frau allein hier draußen, fern von Ärzten und Hilfe, langsam und qualvoll sterben würde. Schneller als ohne die Operation, und das war wahrscheinlich ein Segen. Dennoch sah sie vor sich, wie diese Frau ihr Bewußtsein wiedererlangte und geschwächt und mit großen Schmerzen dalag und niemanden hatte, der kam, um sie zu retten. Niemand, der ihr hätte helfen können. Sie hörte die Schreie in der Nacht, das Flehen um Erlösung.
Langsam drehte sie sich zu den drei Frauen um und hielt mit einer Geste der Hilflosigkeit ihre Handflächen nach oben. Sie murmelte das Bantu-Wort für Tod.
Ohne erkennbare Emotionen hob eine der Frauen das Baby auf, und die drei Frauen verschwanden mit dem Kind. Liliane brach in Tränen aus. Dann war Baxter bei ihr. Während Liliane unkontrollierbar schluchzte, griff er zu dem Chloroform, leerte die Flasche auf einen Lappen und legte ihn auf das Gesicht der Frau.
Dann drehte er sich um, nahm Liliane in seine Arme, ließ sie sich ausweinen, streichelte ihr Haar und flüsterte ihr tröstliche Worte zu.
Sie schlang die Arme um ihn und weinte weiter. Das Schluchzen schüttelte ihren Körper.

Als sie sich wieder gefangen hatte, löste sich Baxter aus ihrer Umarmung.
Er sah die sterbende Frau an, die auf dem Boden lag. »Sie haben Ihre Arbeit ausgezeichnet gemacht, Liliane.« Seine Stimme klang wieder klinisch. »Ganz ausgezeichnet, Liliane.«
»Wenigstens haben wir das Baby gerettet.«
»Diese Qualen hätten noch stundenlang weitergehen können«, versuchte Baxter sie zu trösten. »Als Arzt hat man nicht nur die Aufgabe, das Leben zu verlängern, sondern auch die, Schmerzen zu lindern. Schmerzen, die kein Ende finden können.«
Mbula erwartete sie auf dem Waldweg. Ohne sich etwas dabei zu denken, streckte Liliane die Arme aus und hob das Mädchen hoch, und so schlenderten sie gemeinsam weiter. Aus der anderen Richtung kamen bereits Eingeborene, um die Tote zu begraben. Bei diesem Klima mußte eine Beerdigung augenblicklich stattfinden.
Als sie aufbrechen wollten, wandte sich Liliane an Baxter und fragte: »Können wir das Baby mitnehmen?«
Er starrte sie nur an.
Wollte er diesem Kind denn keine Chance geben? Sah er denn nicht, wieviel höher die Überlebenschancen dieses Babys waren, wenn sie es aufs Festland mitnahmen und es dort gefüttert und versorgt wurde, als wenn es unter Sterbenden blieb, die kaum für sich selbst sorgen konnten und die nicht nur an Lepra, sondern an Malaria und Lungenentzündung gleichzeitig starben? Erkannte er denn nicht, daß sie das Kind von dieser Insel der Kranken fortbringen mußten? Gewiß konnte er doch diesem kleinen Geschöpf helfen, das sie gemeinsam zur Welt gebracht hatten.
Ihre Augen sahen ihn flehentlich an.
»Man wird das Kind mit der Mutter begraben.«

Sie sah ihn verständnislos an. »Begraben? Der Junge ist am Leben. Sie können doch kein lebendiges Baby begraben!« Ihre Zunge war trocken.
Baxter setzte sie auf einen umgestürzten Baumstamm, kniete sich neben sie und nahm ihre Hände.
»Es ist tot.«
»Tot?« Ihre Stimme klang wie betäubt.
Baxter hielt ihre Hände und sah ihr fest in die Augen. »Wenn eine Mutter bei der Geburt stirbt, wird das Kind immer mit ihr begraben. Es gibt ohnehin schon zu viele Kinder; niemand würde für dieses Baby sorgen. So wird es hier immer gehandhabt, Liliane. Und in diesem Fall ist gleich gar niemand für das Baby da.« Seine gesamte Körperhaltung drückte Traurigkeit aus. »Das klingt grausam, aber – im Endeffekt – ist es vielleicht sogar besser so. Wenn eine Frau bei der Geburt stirbt, heißt das, daß niemand für das Baby da ist. Niemand, der es füttert, niemand, der für es sorgt.«
»Ich ... ich verstehe das nicht. Wo *ist* das Baby? Ich weiß, daß es nicht tot ist.«
»Sie haben die Frau sofort begraben. Sie haben das Baby mit ihr begraben.«
Liliane starrte ihn an. »Lebendig?« flüsterte sie. Dann umklammerte sie Baxters Arm und schrie: *»Lebendig?«*
Ihre Augen waren glasig, und sie sagte mit belegter Stimme: »Ich könnte für es sorgen. Ich werde ihm eine Mutter sein.«
»Liliane, versuchen Sie nicht, die Sitten der Eingeborenen zu ändern.«
»Baxter, das ist Mord.« Sie hatte ihre Stimme nicht mehr unter Kontrolle. »Sie bringen ein hilfloses, unschuldiges Baby um.«
Er stand auf. »Ich bin sicher, daß es zu spät ist.«
»Wo? Wo sind sie?« In ihren Augen stand Raserei, und ihre Zunge klebte an ihrem Gaumen.

Er drehte sich um und lief eilig los. Sie folgte ihm. Die Hitze des späten Nachmittags ließ den Schweiß über ihren Hals rinnen. Als sie eine Lichtung erreicht hatten, standen die Frauen, die das Baby mitgenommen hatten und etliche andere im Halbkreis, während zwei Männer lose Erde in eine flache Grube schaufelten.

»Aufhören!« schrie Liliane und stürmte voran. Baxter versuchte nicht, sie zurückzuhalten, doch er half ihr auch nicht. Sie entriß einem der Männer die Schaufel. Der andere hielt mitten in der Bewegung inne. Liliane sank auf die Knie und scharrte mit den Händen in der Erde. Nach wenigen Zentimetern trafen ihre Nägel auf zartes Fleisch. Die Totenstarre hatte noch nicht eingesetzt.

Sie grub rasend weiter und warf die Erde um sich. Ihr Publikum sah ihr bestürzt und regungslos zu. Ihr Atem ging keuchend. Das Baby lag in der Armbeuge der Mutter. Es war tot, aber sein Körper war noch warm – die Erde in seinen Nasenlöchern hatte es erstickt. Unwillkürlich entfuhr ihr ein Stöhnen, ein Laut, der zu einem hohen Jammern anstieg, als leide sie selbst Todesqualen. Sie packte das Baby, riß es aus der Erde, legte ihren Mund auf seinen und versuchte verzweifelt, dem kleinen Körper Atem einzuhauchen.

Sie spürte eine Hand auf ihrer Schulter und wußte, ohne sich umzusehen, daß es Baxter war. Gleichzeitig wurde ihr klar, daß er sie trösten wollte. Aber sie wußte auch, daß er ihr sagte, sie solle aufhören. Genug, sagte seine Berührung. Sie legte das Baby auf den Boden, und Tränen verschleierten ihre Sicht. Sie beugte sich vor und drückte es seiner Mutter wieder in den Arm. Baxter zog sie sachte auf die Füße.

Sie hämmerte unkontrolliert mit ihren Fäusten auf ihn ein. »Sie haben gewußt, daß es dazu kommt!« schrie sie ihn an. »Sie haben mich diese Entbindung durchführen lassen und

es mir nicht gesagt. Sie haben weder dem Kind noch mir eine Chance gegeben. Ich hätte für es sorgen können!«
Sie weinte und schrie und schlug mit ihren Fäusten auf ihn ein. »Sie verdammter Kerl. Sie gottverdammter Kerl. Wie konnten Sie mir das antun!« Sie schluchzte hemmungslos.
Er packte ihre Handgelenke und sah sie an. »Liliane, Sie sind nicht hergekommen, um jahrhundertealte Lebensgewohnheiten zu ändern.«
»Oh«, schrie sie, »und warum denn nicht? Warum nicht, wenn ich sehe, daß es so nicht geht?«
»Wenn Sie den Menschen etwas Besseres bieten können, bitte. Aber nehmen Sie ihnen nicht ihre Bräuche, ohne ihnen etwas anderes dafür zu geben. Sonst stehen sie ohne alles da. Und zwingen Sie ihnen auch nicht das Leben der Amerikaner auf. Dafür sind sie nicht reif. Ihre Werte sind nicht unsere Werte. Wenn Sie vorhaben, im Land dieser Menschen zu leben, dann müssen Sie das begreifen.«

Die Rückfahrt verlief schweigend. Liliane saß nach vorne gebeugt da, hatte die Arme um ihren Bauch geschlungen und starrte ins Nichts. Als sie in Simbayo anlegten, blieb sie sitzen und merkte gar nicht, daß sie angekommen waren. Baxter berührte behutsam ihre Schulter. Sie stieg wie eine Schlafwandlerin aus dem Boot und blieb auf dem morschen Holz des Anlegesteges stehen. Sie sah nichts anderes als Leere.
Er nahm ihre Hand, brachte sie zu ihrem Zimmer, machte ihr die Tür auf und führte sie zu ihrem Bett. Nachdem er die Lampe angezündet hatte, setzte er sich neben sie und nahm ihre Hand.
»Sie waren sehr tapfer, Liliane.«
Sie antwortete nicht.
»Ich kenne niemanden, der tapferer wäre«, sagte er.

Er ließ sie sitzen und in die Leere der weiten schwarzen Nacht starren.

8. Kapitel

Die nächsten drei Tage verbrachte Liliane im Zustand der Benommenheit. Sie beteiligte sich kaum an den Gesprächen; ihre Pflichten führte sie mechanisch aus. Ihre trüben Augen und ihre langsamen, schleppenden Bewegungen ließen sie wie einen Roboter erscheinen.

Am Mittwoch kam sie dann mit wachem Blick und energiegeladen zum Frühstück; ihre zielstrebigen Schritte zogen die Aufmerksamkeit auf sich. Als setze sie ein begonnenes Gespräch mit Baxter fort, fragte sie ruppig: »Warum tun Sie nicht mehr für sie?«

Sie setzte sich an den Tisch.

Rose mischte sich ein. »Mehr für wen?«

»Und was«, fragte Baxter mit vollem Mund, »schlagen Sie vor? Ich versorge sie mit Nahrung in ausreichenden Mengen und betreue sie medizinisch.«

Liliane hoffte, daß seine Frage nicht nur zu seiner Verteidigung gedacht war, sondern daß er wirklich eine Antwort haben wollte.

»Man müßte sie vor dem Regen schützen. Das würde der TBC und der Lungenentzündung entgegenwirken. Sie brauchen ein Dach über dem Kopf.«

Baxter schälte eine Banane. »Das ist nicht so einfach. Niemand vom Festland ist bereit, auf die Insel zu gehen. Und sie selbst können es nicht.«

»Doch, ich glaube, das könnten sie. Manche von ihnen haben noch Finger und Energie. Und was ist mit den Ehefrauen und Ehemännern, die jede Nacht auf die Insel rudern? Können sie diesen Menschen nicht helfen, statt tatenlos rumzustehen und auf den Tod zu warten?«

Er sah sie gutmütig an. »Unsere liebe Liliane«, sagte er mit einer Stimme, die herzlich klang, »will die Welt erlösen.«

Sie war nicht sicher, ob er sich über sie lustig machte oder nicht, wenn er sie wie ein naives, idealistisches Kind behandelte. Und doch verbrachte Baxter sein Leben Tag für Tag so, als ließe sich auf dieser Welt etwas ändern.

»Wenigstens diesen Teil der Welt«, sagte sie gereizt. Sie wollte sich nicht davon abbringen lassen. »Sie brauchen einen Grund zum Leben. Wenn sie nur daliegen und auf den Tod warten, könnten sie ebensogut schon tot sein. Helfen wir ihnen doch, einen Grund zu finden, für den es sich lohnt, weiterzuleben ... Machen wir ihnen das Leben doch lebenswert.« Ihre Begeisterung ließ sie lauter reden.

Rose ließ sich von ihr anstecken. »Und was hast du vor?« fragte sie.

Liliane wandte sich voller Dankbarkeit an sie. »O Rose, komm mit uns auf die Insel. Sieh es dir an. Komm mit und hilf uns.«

Baxter lehnte sich auf dem Stuhl zurück, ohne Liliane aus den Augen zu lassen. »Was stellen Sie sich vor?« fragte er.

»Ich will, daß sie sich ein Dach über dem Kopf errichten. Das läßt sich ganz einfach machen. Ich habe Bilder von Häusern an der Südsee gesehen. Wir können ein paar Bäume fällen und sie als Balken und Eckpfosten benutzen, und die Leprakranken können sie selbst mit Palmwedeln decken. Im Moment sind sie der Witterung schutzlos ausgesetzt. Wir können versuchen, mehr Decken für sie zu organisieren. Wir können sie zur Hygiene erziehen. Erzählen Sie mir nicht, daß die derzeitigen sanitären Verhältnisse nichts mit der Lepra zu tun haben! Wenn diese Menschen in all den Dörfern nicht in engen, ungelüfteten Hütten leben

würden, wenn sie nicht so dicht aufeinanderhingen, wenn sie baden und ihren Hausrat waschen würden, wenn sie nicht ständig im Unrat ...« Der Atem ging ihr aus.
Heidi nickte. »Ich hatte schon immer den Verdacht, daß Lepra durch Dreck hervorgerufen wird«, sagte sie.
»Ich sehe, daß ich überstimmt bin«, sagte Baxter mit einem dünnen Lächeln. »Trotzdem will ich nicht, daß Heide oder Rose hingehen. Ich will, daß sie hierbleiben. Ich will wissen, daß Simbayo in guten Händen ist.«
Okay, dachte Liliane. Ich werde Leute finden. Es gibt andere, die helfen können.

Naldani fiel ihr als erste ein. Naldani schlief jede Nacht auf der Insel. Sie hatte bestimmt keine Bedenken, dort zu arbeiten. Und Anoka. Vielleicht konnte sie ihn dazu überreden. Vielleicht konnte er andere für das Vorhaben gewinnen, und mit der Zeit ...
Als Liliane sie daraufhin ansprach, erklärte sich Naldani bereit, am Samstag auf der Insel zu bleiben und sie, Baxter und Anoka am Anlegeplatz zu treffen. Anoka hatte ohne jedes Zögern eingewilligt, sie zu begleiten.
Liliane wunderte sich über sich selbst. Ihr wurde klar, daß sie nicht aus rein altruistischen Gründen handelte – es war nicht nur so, daß sie gegen ein derart qualvolles Leben etwas unternehmen *mußte,* wenn das auch ihr Hauptgrund war, sondern sie mußte sich selbst etwas beweisen. Bei aller Furcht und allem Ekel mußte sie sich beweisen, daß sie ihre Angst überwinden konnte. Zum ersten Mal tat sie etwas, weil sie sich davor fürchtete, und das sollte ihr ein Leben lang zur Gewohnheit werden.
Wie sehr ich mich doch verändert habe, dachte sie. Das Mädchen aus Buffalo, das nur Partys und Jungen im Kopf hatte, gibt es nicht mehr, oder? Heute gefiel sie sich besser.

Sie mochte die disziplinierte, zielstrebige Frau, zu der sie jetzt wurde, das leichtfertige junge Mädchen blieb auf der Strecke.
Dieser erste Samstag war schwierig. Seit ihrer Verbannung auf die Insel hatten die Leprakranken nicht mehr gearbeitet. Die Krankheit hatte ihre Energien verschlungen, und ihr Interesse am Leben hatte so sehr nachgelassen, daß sie anfangs nur wenig Begeisterung zeigten, doch als Liliane die Anweisungen erteilte, Anoka ihnen geduldig beibrachte, was sie zu tun hatten, und Naldani ihnen Mut zusprach, reagierten sie allmählich wie Schulkinder, die ihrem Lehrer vertrauen, wenn sie schon nicht an das glauben, was sie tun. Als der erste gefällte Baum umfiel, rannten sie fort, doch sie lächelten. Es war lange her, daß einer von ihnen etwas Konstruktives geleistet hatte. Liliane brachte sie dazu, die Rinde von den Baumstämmen zu schälen, was ohne Werkzeug und mit nicht gerade gelenkigen Fingern keine leichte Aufgabe war, doch niemand klagte darüber.
In den folgenden Wochen geschahen Wunder. Alle arbeiteten mit, und jeder tat das, was er am besten konnte. Die kräftigsten Männer fällten die Bäume, die schwächeren flochten Palmwedel für die Dächer. Sie unterhielten sich und lachten miteinander.
An einem späten Nachmittag begann Naldani zu singen. Ihre Altstimme schwang sich in die Luft empor, und Liliane blickte erstaunt auf, als sie die Klangfülle hörte. Sie verstand zwar nur wenige Worte, doch allein schon die Stimme ihrer Freundin ging ihr unter die Haut. Nach und nach fielen andere ein, und alle harmonisierten in einer atonalen Dissonanz, die Liliane mit den Stammesgesängen Afrikas bekanntmachte. Die Musik war in ihrer fremdartigen Schönheit betörend.

Naldanis Mann, Bmeno, sah sie an, und auf seinem grauenhaft entstellten Gesicht standen Liebe und Stolz.
Er humpelte auf Füßen ohne Zehen, und an den Händen hatte er keine Finger mehr. Seine Nase war von der Krankheit zerfressen, und doch behandelte Naldani ihn freundlich und gütig und richtete sich nach dem, was er meinte. Einmal hatte Liliane die beiden gesehen, als sie sich für einen Augenblick allein glaubten. Bmeno hatte Naldanis Nacken mit seinem Armstumpf berührt und gestreichelt. In Naldanis Augen standen Tränen, und sie hatte sein Gesicht in ihre gesunden Hände genommen.
Anfangs hatte Liliane sich gefragt, wie Naldani diesen entstellten Mann lieben konnte und warum sie freiwillig jede Nacht auf die Insel kam, doch die Samstage, die sie selbst dort verbrachte, hatten sie etwas gelehrt, was sie schon vor langer Zeit hätte lernen sollen: daß das Aussehen nichts mit der Liebe zu tun hat.
Als sie sah, mit welchem Mitgefühl Naldani ihren Mann behandelte, wußte Liliane, daß sie Naldani als Krankenschwester ausbilden konnte. Das Mädchen war begierig darauf, etwas zu lernen, und sie lernte schnell. Wenn sie Naldani gemeinsam mit Anoka unterrichtete, konnte Naldani die Leprakranken pflegen, die Hilfe brauchten.
Als sie Naldani fragte, ob sie Lust hätte, »die Medizin des weißen Mannes« zu erlernen, strahlte die Eingeborene sie an.
»O ja«, sagte sie, und ein Lächeln trat auf ihre edlen Züge. »Ich würde den Frauen gern bei der Geburt helfen. Zu viele sterben. Zu viele haben Schmerzen.«
»Nein«, entgegnete Liliane. »Ich dachte, du könntest auf der Leprainsel bleiben und die Kranken pflegen. Wenn du es nicht tust, tut es niemand.«
Naldani sah Liliane bestürzt an. Sie sagte kein Wort. Sie

wandte sich ab und sah Liliane dann wieder an. Die Freude, die in ihren Augen gestanden hatte, verwandelte sich in Furcht.

»Du meinst, ich soll *immerzu* hier leben?«

O, wie dumm ich doch bin, stöhnte Liliane innerlich. Was habe ich mir dabei bloß gedacht? Wollte ich sie wirklich zu diesem Leben verdammen? Wenn Bmeno stirbt, wird sie wahrscheinlich nie mehr einen Fuß auf diese Insel setzen wollen.

Sie sah ihrer Freundin in die Augen. Nein, das war ihr wirklich nicht zu wünschen. Sie wußte, daß Naldani es getan hätte, wenn sie sie darum gebeten hätte, doch der Blick, der in den Augen der Frau stand, sagte Liliane, daß sie das nicht von ihr verlangen durfte. Es mußte genug sein, daß sie weiterhin samstags mithalf und jede Nacht tat, was in ihrer Macht stand.

Liliane legte ihre Hand auf Naldanis Arm.

»Deine Idee gefällt mir besser. Ja, das ist sehr gut. Wir werden Babys und Frauen helfen, und du wirst den Frauen deines Volkes zu einem besseren Leben verhelfen.«

Als sie Naldani Trost zusprach, konnte sie nicht ahnen, wie prophetisch ihre Worte waren.

Naldani strahlte sie an. »Ich wünsche mir schon seit langem, weißen Medizinzauber zu lernen.«

»Warum hast du nicht eher etwas gesagt?«

Naldani schlug die Augen nieder. Unterwürfigkeit stand einem so prachtvollen Geschöpf nicht.

Liliane nahm die Freundin in den Arm. »Naldani, ich glaube an dich.« Ihr Kopf reichte Naldani nur bis an die Schulter. »Heute nachmittag, wenn ich vom Schwimmen zurückkomme, treffen wir uns – du, Anoka und ich. Ich werde in einer Ecke des Eßzimmers Tische aufstellen und uns eine Schule einrichten.«

Sie spielte mit dem Gedanken, Naldani zu fragen, ob sie mit ihr schwimmen gehen wollte, doch sie wußte, daß sie diese Zeit für sich brauchte. Es war ihr schon unangenehm, wenn Rose oder Heidi zu dieser Zeit badeten. Es waren die Momente, die sie für sich allein hatte, eine Zeit, die sie brauchte, um Kraft zu schöpfen.

Beim Abendessen sagte Rose beifällig: »Es sieht ganz so aus, als würdest du eine Schule aufbauen.«

Baxter fragte erstaunt: »Eine Schule?«

»Anoka lernt so schnell, daß ich ihm anscheinend gar nicht genug beibringen kann. Und jetzt werde ich Naldani auch unterrichten. Es scheint, als wolle sie Geburtshelferin werden. Und ich bringe ihnen beiden Englisch bei. Nicht nur, die Sprache zu sprechen, sondern auch, sie zu lesen.«

»Ach«, sagte Heidi. Liliane war immer wieder erstaunt, wenn Heidi sich in eine Unterhaltung einmischte. »Das ist gut. Diese Frauen lassen keinen Mann in ihre Nähe. Eine ihrer eigenen Frauen – das ist gut.« Sie nickte beifällig.

»Eine Schwarze?« entfuhr es Baxter.

Alle drei Krankenschwestern sahen ihn an. Liliane lächelte. Vor einem Jahr, als sie hier angekommen war, hätten Rose und Heidi nie so reagiert. Sie hatte das Gefühl, Unterstützung zu haben.

»Anoka hat etwas dazugelernt, das müssen Sie selbst zugeben. Das beweist, daß Schwarze lernfähig sind.« Sie weigerte sich ganz entschieden, sich zu den intellektuellen Fähigkeiten einer Frau im Vergleich zu denen eines Mannes zu äußern.

Später mußte Liliane zugeben, daß Naldani nicht mit derselben Leichtigkeit wie Anoka Lehrbuchstoff lernte, doch es war erstaunlich, wie geschickt sie sich im Operationssaal oder im Busch anstellte, wenn Liliane zu einer Geburt gerufen wurde.

Liliane war überglücklich, als ihre Mutter schrieb, daß sie planten, sie im Sommer zu besuchen.

Dein Vater hat seit so vielen Jahren keinen Urlaub mehr gemacht – keinen richtigen Urlaub mehr gemacht – daß ich ganz vergessen habe, wie es ist. Aber da wir unsere einzige Tochter seit fast zwei Jahren nicht mehr gesehen haben, haben wir endlich nicht nur einen Vorwand für einen ausgiebigen Urlaub, sondern auch dafür, uns Teile der Welt anzusehen, von denen wir nicht einmal im Traum geglaubt haben, daß wir sie je sehen würden.
Es ist ihm ein Studienurlaub von sechs Monaten zugestanden worden. Wir rechnen damit, daß wir alles in allem drei Monate für die Reise nach Simbayo und zurück brauchen werden.

Liliane war selig; sie würde ihre Eltern wiedersehen!

Ich weiß nicht, wie lange wir für die Bootsreise auf dem Kongo brauchen.
Der Kongo! Das klingt ja so exotisch. Ich kann kaum glauben, daß wir kommen, und noch weniger, daß Du schon so lange dort bist. All unsere Freunde machen sich Sorgen um uns, aber ich sage ihnen, daß Du dich dort schließlich sicher fühlst.
O mein Liebling, ich kann es kaum erwarten, Dich zu sehen und all die Menschen, über die Du schreibst, selbst kennenzulernen und mit eigenen Augen zu sehen, was für ein Leben Du dort führst. Dein Vater läßt Dich ganz lieb grüßen und ist genauso gespannt wie ich.

Liliane legte den Brief hin und seufzte glücklich. Diesen Monat hatte sie insgesamt fünf Briefe bekommen und genügend Disziplin aufgebracht, um nur einen am Tag zu öffnen, damit die Spannung länger anhielt. Manchmal dachte sie tagelang gar nicht an ihre Eltern. Dieses Leben schien so lange herzusein, so weit fort. Aber abends schrieb sie die Geschehnisse des Tages auf, ihre Gedanken, ihre Träume, und sie schrieb ihre Eindrücke über Menschen nieder, mit denen sie zu tun hatte. Und wenn ein Monat vergangen war, packte sie all diese losen Blätter in einen Umschlag und schickte ihn mit dem Postschiff ab. Eines Tages würde sie diese Aufzeichnungen ihrer Jahre in Afrika lesen – ihre Mutter bewahrte sie in einem Schuhkarton auf, »damit Du Dich daran erinnern kannst, wenn Du nach Hause kommst und Afrika eines Tages lange her ist«.

Ihr Glück hielt eine volle Woche an. Wie würden ihre Eltern auf Simbayo reagieren, darauf, wie sie heute lebte, auf nackte Brüste und auf Lepra? Würde ihnen vor diesem Leben grausen, oder würden sie es verstehen können, wie sehr es sie in seinen Bann gezogen hatte? Ob ihnen Rose und Heidi gefallen würden? Ob sie in der Lage sein würden, Anoka und Naldani zu akzeptieren? Würde es ihre Mutter einen Monat lang ohne fließendes Wasser und ohne eine Toilettenspülung aushalten? Die ganze Woche lang versuchte sie, das Leben hier mit den Augen ihrer Eltern zu sehen.

Sie lachte täglich, wenn sie die Briefe öffnete, denn sie wußte, daß keine anderen Neuigkeiten sich an dem ersten Brief messen ließen. Der fünfte kam von ihrer Tante, die gewöhnlich stinklangweilige Briefe schrieb.

Sie starrte die krakelige Handschrift an, bis sie vor ihren Augen verschwamm und die Worte ineinanderliefen. Blendende Lichtstrahlen stießen wie Dolche in ihren Kopf.

Nein, dachte sie. Das kann dort nicht stehen. Aber es stand dort.

Sie versuchte, klar zu denken. Es war April. Wann hatte ihre Mutter den Brief geschrieben? Ende Februar. Und am sechsten März waren ihre Eltern auf der Heimfahrt von der Mittwochsandacht in einem Schneesturm frontal mit einem Lastwagen zusammengeprallt. Ihre Mutter war durch die Windschutzscheibe geschleudert worden, und die Tür auf der Fahrerseite war nach innen eingedrückt worden, als ihr Vater mit der Lenkung des schlitternden Wagens kämpfte. Beide waren bei dem Unglück gestorben.

Es war ein immenser Verlust, mit dem sie nicht fertig wurde. Sie fühlte sich entwurzelt und niemandem mehr zugehörig. Sie hatte kein Zuhause mehr, niemanden mehr, der sie so sehr liebte, niemanden, der ihr ein Gefühl der Geborgenheit vermittelte. Es gab niemanden, den sie so unverbrüchlich lieben konnte, niemanden, der sie so gut kannte und verstand, niemanden.

Sie brach in Tränen aus.

Sie war dreiundzwanzig Jahre alt und wollte diese erste Tragödie ihres jungen Lebens nicht wahrhaben.

Entgegen seinen Gewohnheiten blieb Baxter nach dem Abendessen sitzen. Jedesmal, wenn Liliane von ihrer Näharbeit aufblickte, sah er sie an.

»Wissen Sie eigentlich«, sagte er schließlich, »wie froh ich bin, daß Sie nach Simbayo gekommen sind?«

»Nein, eigentlich nicht.« Sie wußte, daß er sie aufzumuntern versuchte.

Seine Stimme war sanft, und ein Lächeln spielte um seine Augenwinkel. »Sie tun hier fast soviel wie ich. Heute nachmittag bin ich am Fenster vorbeigekommen. Nein, in Wirklichkeit habe ich gelauscht. Ich habe draußen gestanden und Ihnen und den beiden zugehört. Vielleicht liegt

Ihre Stärke im Unterrichten. Nein, legen Sie das nicht falsch aus. Das Unterrichten ist *eine* Ihrer Stärken. Gibt es eigentlich etwas, was Sie nicht können?«

Sie lachte verlegen. »Ich versuche nur, das, was ich tue, so gut wie möglich zu tun. Es gibt vieles, woran ich mich nie wagen würde.«

»Als Sie hergekommen sind, habe ich Ihnen drei Monate gegeben. Aber ich dachte, ein hübsches Gesicht ist selbst für kurze Zeit wohltuend. Ich hätte nie geglaubt . . .«

Hör jetzt nicht auf, flehte sie stumm, doch er sprach nicht weiter.

»Was hätten Sie nie geglaubt?« drang sie in ihn.

»Ach, nichts weiter.« Er stand abrupt auf. Sein Lächeln war verflogen. »Gute Nacht.« Er verließ den Raum.

Bestürzt sah sie ihm nach. Er hatte noch nicht einmal versucht, die Leere in ihrem Leben zu füllen.

9. Kapitel

Der Chefredakteur der TIMES hatte Marschall Compson zu sich bestellt.

Das war etwas ganz anderes, als einen der übrigen Reporter zu sich zu bestellen, und das Warten war auch keine Frage von Minuten. Es konnte Stunden, sogar Tage dauern, bis Marsh auftauchte. Das war einer der Gründe, aus denen Marshall Compson im Alter von achtundzwanzig Jahren der berühmteste Reporter der TIMES war.

Phillip Clapton hatte einen wenig spektakulären, aber dennoch interessanten Auftrag zu vergeben. Und wer hätte ihn übernehmen sollen, wenn nicht Marsh Compson?

Clapton saß hinter seinem riesigen Schreibtisch mit Blick auf den Trafalgar Square und putzte mit einem Taschentuch

seine Brillengläser. Schon der Gedanke an Marsh Compson ließ ihn lächeln.
Die Verwegenheit dieses jungen Mannes in Verbindung mit seinem extravaganten Stil sorgte für eine Millionenauflage. Weltweit wurden Marshs Reisen in bequemen Sesseln miterlebt. Aber Marsh hatte kürzlich geheiratet – eines der größten gesellschaftlichen Ereignisse des Jahres – und Clapton fragte sich, ob der frischgebackene Ehemann einen Auftrag annehmen würde, der ihn für Monate ins tiefste Afrika führte. Es würde sich herausstellen.

Marshall Compson hatte den Tag damit verbracht, auf dem Anwesen seines Schwiegervaters Moorhühner zu schießen, und dort erfuhr er, daß Phillip Clapton ihn sprechen wollte. Adrenalin wurde freigesetzt, als der Butler »von der TIMES« sagte. Plötzlich wurde Marsh klar, daß er sich langweilte. Es hatte nicht nur damit zu tun, daß er sich dem Zeitvertreib eines Gentleman hingab; es hatte auch mit seiner Ehe zu tun.
Er kam naß aus dem Bad und sah seine Frau an. Sie saß vor ihrer Frisierkommode; die unzähligen Kosmetiktöpfe verblüfften ihn. Er fand, sie sei so schön, daß sie nichts von alledem brauchte. Als er sie jetzt ansah, dachte er daran, wie er sie vor fast zwei Jahren zum ersten Mal gesehen hatte, als er gerade aus China zurückgekommen war und zu den Salomoninseln aufbrach. Es war im Salon des Premierministers, und sie trug ein grünes Samtkleid, das ihre Alabasterschultern freiließ. Ihr schwarzes Haar hatte sie hochgesteckt, und aus der Ferne wirkten ihre Augen fast violett. Ohne sich sein Gegenüber näher anzusehen, teilte er in seiner Bezauberung einer vollkommen fremden Person mit: »Das ist die Frau, die ich heiraten werde.«
Mit List und Tücke, aber auch mit seinem Charme erschlich

er sich zweimal Einladungen zu Gesellschaften, zu denen Riana geladen war. Beim zweiten Mal gelang es ihm, mit ihr bekannt gemacht zu werden und sie nach der Party nach Hause zu bringen. Er stellte fest, daß sie intelligent und geistreich war *und* seine Reportagen kannte. Er verließ sie nur ungern.

Wenn er den Sternenhimmel über der Südsee ansah, sah er Rianas Gesicht. Als er nach England zurückkehrte, bat er sie, seine Frau zu werden. Sie erklärte sich einverstanden. Es gefiel ihr, Mrs. Marshall Compson zu sein, die Frau des berühmten Forschungsreisenden und Journalisten, die Frau des Mannes, dessen Namen man überall kannte, wo es Zeitungen gab.

Jetzt ging er auf sie zu und beugte sich vor, um ihre nackte Schulter zu küssen.

»Mach mich nicht naß«, sagte sie und wich vor ihm zurück, während sie sich die Wimpern tuschte.

Noch ein Grund mehr, morgen nach London zu fahren und sich anzuhören, was Phillip Clapton vorhatte.

Phillip Clapton ging es um Simbayo.

»Simbayo?« rief Marsh aus. »Wollen Sie mich bekehren, oder weshalb schicken Sie mich zu einer abgelegenen Missionsstation?«

»Da steckt mehr dahinter. Ich weiß bloß nicht, was. Ich will die wahre Geschichte haben. Ich will, daß Sie in jeder Hinsicht argwöhnisch sind. Was geht dort vor?«

»Was zum Beispiel?«

»Da ist doch etwas faul. Wie kommt ein Filmstar dazu, alles hinzuschmeißen und in einem der abgelegensten Winkel unserer Welt unter Wilden zu leben? Was hat es mit den Frauen auf sich? Es gibt ein paar Krankenschwestern da – zwei oder drei, glaube ich. Was geht da vor? Wohltätige

Werke oder ein Harem? Wenn alles sauber ist, will ich die Hintergründe ausgeleuchtet haben. Warum tun Menschen so etwas?«

»Nach allem, was ich gehört habe«, fuhr Clapton fort, »geht es da nicht wie in einer Sonntagsschule zu. Was sind das für Menschen, die ihr Glück darin finden, ein normales Leben und einen ordentlichen Lebensstandard aufzugeben, um in diesem gottverlassenen Urwald Märtyrer zu spielen? Sind es Frauen, die keinen Mann gekriegt haben? Hat Hathaway sie irgendwie in der Hand?

Wenn etwas faul ist, will ich eine Enthüllung. Und ganz gleich, was Sie tun – schreiben Sie bloß nicht über den edlen weißen Arzt, den Menschenfreund, den früheren Filmstar. Keine Heiligsprechung. Nicht etwas, was wir schon ein halbes dutzendmal gelesen haben. Eine tolle Geschichte. Etwas, was die ganze Welt interessieren wird.«

Na ja, dachte Marsh, warum nicht? Es wird wohl kein solches Abenteuer wie die Besteigung der Ruwenzoris – dieser mystischen, schneebedeckten Berge auf dem Äquator in Uganda; es wird auch bestimmt keine solche Herausforderung wie das Aufspüren der Seidenstraße von Sian über Urumtschi und Kaschgar nach Afghanistan. Es ist auch nicht damit zu vergleichen, über den Himalaja zu fliegen oder sechs Monate bei den Ureinwohnern von Borneo und den Salomoninseln zu verbringen. Danach mußte einem Simbayo harmlos vorkommen, aber trotzdem lag es im tiefsten Afrika, in einer Gegend, die noch nicht näher erkundet worden war. Außerdem konnte ihm ein Tapetenwechsel nicht schaden. Vielleicht war es sogar an der Zeit, sich nicht nur mit dem Planeten, sondern auch mit seinen Menschen zu befassen.

Er fuhr nach Hause, um zu packen: eine kleine Tasche, seine Schreibmaschine, eine Kamera, ein Stativ und Filme. Riana

wirkte nicht ungehalten. Sie hatte nie in Erwägung gezogen, ihn auf seinen Reisen zu begleiten. Ein unbequemes Leben war nichts für sie. Und ein Leben zu zweit war, wie er zu seiner Enttäuschung feststellen mußte, auch nichts für sie. Für sie waren Golfspiel, Gäste und Partys wichtig.
Ihre kühlen Lippen streiften seinen Mund, als er sich von ihr verabschiedete.
»Ich weiß nicht, wie lange ich fort sein werde«, sagte er zu ihr. »Drei bis vier Monate.«
Riana lächelte ihr Mona-Lisa-Lächeln. »Ich bin sicher, daß du mit deinem Charme ein voller Erfolg sein wirst«, sagte sie.
Marsh freute sich; sie sagte ihm so selten etwas Nettes. Er streckte die Arme aus, um sie an sich zu ziehen, doch sie legte die Hand auf ihren Hut und murmelte: »Doch nicht hier. Doch nicht in der Öffentlichkeit.«
Und wenn wir allein sind, erst recht nicht, dachte er.

Das also war der nächste Besucher, der nach Simbayo kam.
Besucher waren immer willkommen. Die vier Weißen in Simbayo verschlangen die alten Zeitungen, die das Postschiff regelmäßig brachte, doch das war nichts im Vergleich zu Besuchern, selbst wenn sie kein Englisch sprachen. Oft kamen Deutsche, und dann übersetzte Heidi, was sie aus der Welt zu berichten hatten. Es kamen auch Belgier und Franzosen, mit denen sich Dr. Hathaway und Heidi verständigen konnten. Liliane und Rose sprachen nur Englisch und verschiedene Bantu-Dialekte.
Auf jeden Besucher, ob er sich mit ihr unterhalten konnte oder nicht, wirkte Liliane bezaubernd. Wenn jemand aus dem Boot stieg, den berühmten Dr. Hathaway erwartete und mit nackten Wilden rechnete (deren Anblick man voller Angst und doch mit prickelnder Spannung entgegenfie-

berte), dann war der Neuankömmling bestimmt nicht auf eine rothaarige Schönheit gefaßt, deren grüne Augen sich in sein Herz schlichen. Ihr Lächeln versüßte ihnen das Leben; sie brachte es fertig, jedem, mit dem sie sprach, das Gefühl zu geben, er sei der interessanteste Mensch auf Erden und es gäbe niemanden, mit dem sie sich lieber unterhalten hätte. Sie war leicht zum Lachen zu bringen, und doch wurde einem bewußt, daß man es mit einer ernsthaften Frau zu tun hatte, die das Leben nicht auf die leichte Schulter nahm. Sie hatte nichts von Heidis teutonischer Steifheit, nichts von Roses britischer Zurückhaltung und nichts von Baxters Herablassung, die sich mit seinem Charme abwechselte. Sie ging aus sich heraus, war offen und entgegenkommend und freute sich immer, neue Gesichter zu sehen.

Es war kein Zufall, daß Besucher bei ihrer Abreise davon schwärmten, was Baxter inmitten des Schwarzen Kontinents erreicht hatte, sich aber wesentlich länger an Liliane erinnerten. Selbst der Bischof mußte feststellen, daß er von ihr träumte, wie er nie von seiner Frau geträumt hatte.

Als die Schiffssirene der Oregon ertönte, war es spät am Nachmittag.

Die Oregon brachte die Post. In Simbayo wußte man, wann mit dem Schiff zu rechnen war. Nicht etwa, daß es regelmäßig gekommen wäre; in diesem Teil der Welt gab es weder Pünktlichkeit noch Regelmäßigkeit. Wenn ein Monat vergangen war, wußte man, daß es an der Zeit war, wieder etwas von der Außenwelt zu hören. Unbewußt hielt man die Ohren nach dem vertrauten Signal der Schiffssirene offen. Dann eilten alle zum Anlegeplatz.

Liliane verschlang die Briefe von ihren Freundinnen aus Buffalo, die von Partys berichteten, von der neuesten Mode, von ihren Babys. Diese Welt erschien ihr inzwischen vollkommen fremd, und doch las sie die Briefe von Freundinnen, die sie schon so lange nicht mehr gesehen hatte, wieder und immer wieder. Ihr fiel auf, daß diese Briefe seltener eintrafen. Keiner ihrer alten Freunde konnte sich auch nur die geringste Vorstellung von der Welt machen, in der sie jetzt lebte. Sie waren in ihrem Alltagstrott gefangen und schrieben immer seltener.

Niemand war auf den großen, schlaksigen Mann vorbereitet, der von der OREGON sprang. Zwar hatten sie alle – selbst hier, an diesem entlegenen Ort – etwas von Marshall Compson gelesen, doch niemand konnte ihn auf Anhieb identifizieren, als er vom Schiff sprang. Eine dunkle Locke fiel ihm in die Stirn, und seine Augen waren beinah schwarz. Er sieht einfach unglaublich gut aus, wer er auch sein mag, dachte Liliane.

Grinsend ging er auf Baxter zu und hielt ihm die Hand hin. »Dr. Hathaway, nehme ich an?«

Baxter drückte ihm steif die Hand und wirkte nicht allzu herzlich. Liliane wunderte sich immer wieder über Baxters Zurückhaltung gegenüber Gästen, denn sie wußte, daß er jeden Besuch genoß.

»Ich bin Marshall Compson«, sagte der Fremde, »von der TIMES.«

Rose versetzte Liliane einen Rippenstoß. Sie wirkte aufgeregt. »Meine Güte. Weißt du, wer das ist?«

Liliane mußte einen Moment lang nachdenken. Natürlich, dieser englische Reporter, der um die ganze Welt reiste. Was hatte er wohl in Simbayo zu suchen? Hier gab es keinen Mount Everest zu besteigen, und es war auch kein unerforschter Fleck auf der Landkarte. Sie hatte sich so sehr in Simbayo eingelebt, daß sie ganz vergessen hatte, wie unbekannt dieses Gebiet war.

»Ich hoffe«, sagte Marsh beim Abendessen zu Baxter, »daß

ß Ihnen keine Unannehmlichkeiten bereitet, wenn ich einen Monat bleibe.«
Baxter lächelte. »Uns ist jeder Besucher willkommen. Jemand, der von außerhalb kommt, ist uns eine erfrischende Abwechslung. Aber ich habe den Verdacht, daß Sie sich langweilen werden. Wir haben alle Hände voll zu tun mit unseren Kranken, aber ansonsten ereignet sich hier nicht viel. Hier gibt es kaum einen Zeitvertreib.«
Marsh sah Liliane direkt ins Gesicht. Sie spürte, daß sie errötete, als sie in seine dunklen Augen sah. »Ich glaube nicht, daß das ein Problem wird«, sagte er. Dann lächelte er Baxter an. »Außerdem bin ich nicht hier, um mir die Zeit zu vertreiben.« Er wandte sich an Rose und Heidi und fügte hinzu: »Dr. Hathaway ist gewiß nicht der einzige, der hier eine Aufgabe hat. Ich möchte mich mit Ihnen allen unterhalten.«
Baxter sagte: »Wenn das so ist, Mr. Compson, dann müssen Sie uns auch etwas geben.«
»Marsh, bitte. Und was ich für Sie tun kann . . .«
»Ach, das ist ganz einfach.« Baxter lächelte, und seine Mundwinkel zogen sich nach oben, doch seine Augen blieben herablassend. »Nichts weiter als einen Hauch von der weiten Welt. Sie müssen uns von Ihren Reisen erzählen, von dem, was sich im Moment in der Welt tut, von neuen Büchern . . .«
»Nichts einfacher als das. Sie werden feststellen, daß ich mich gern unterhalte. Aber ich möchte hier alles sehen. Darf ich Ihnen zusehen, wenn Sie Patienten behandeln?«
»Sie dürfen«, sagte Baxter und warf einen Blick auf Liliane, »alles tun, was Sie wollen.«
Marsh folgte seinem Blick. Liliane sah, daß seine Augen auf ihr verweilten. Sein Blick war eine zarte Berührung, wie ein warmer Windhauch. Sie mochte dieses Gefühl.
Es war schon nach zehn, als sie den Eßraum verließen. Sie

hatten zu Baxters Gitarrenbegleitung Lieder gesungen, die ihn Liliane noch nie hatte spielen hören.
Auf dem Weg zu den Schlafzimmern fragte Marsh: »Werden hier nicht gewöhnlich Hymnen gesungen?«
Liliane antwortete ihm belustigt. »Sie meinen, ob hier nicht alles vor Religiosität trieft? Nein. Ich habe den Verdacht, das einzig Religiöse, was Sie hier vorfinden, ist unsere Haltung. Wir glauben an brüderliche Liebe. Aber wir trichtern niemandem das Christentum ein.«
»Auch nicht den Eingeborenen?«
»Den Eingeborenen am allerwenigsten«, sagte Rose. »Die ärztliche Behandlung ist nicht an Bedingungen geknüpft.«
»Und wie«, fragte Marsh, »zeigen Sie ihnen dann, daß es Gott gibt?«
Darüber hatte Liliane lange nicht mehr nachgedacht. »Ich nehme an, durch unsere Taten«, sagte sie. »Aber so denken wir nicht. Unsere Aufgabe besteht nicht darin, von Gott zu erzählen.«
»Warum sind Sie dann hier?«
Sie hatten die Schlafräume erreicht.
Ihm war das Zimmer neben Lilianes zugewiesen worden.
Rose antwortete: »Um zu heilen. Um zu helfen. Um Gottes Werk zu tun.«
Sie streckte die Hand aus, um gute Nacht zu sagen. Marsh gab ihr freundlich die Hand und lächelte. Dann verabschiedete sich Heidi, und die beiden Krankenschwestern gingen auf ihre Zimmer zu.
»Frühstück gibt es um halb sieben«, rief Rose über die Schulter.
Marsh lehnte sich an Lilianes Tür. »Gehen Sie noch nicht schlafen«, drängte er. »Bleiben Sie noch und reden Sie mit mir.«
Sie nahm seinen Körper allzu bewußt wahr. »Dazu haben

wir noch einen ganzen Monat Zeit«, sagte sie voller Vorfreude. »Aber ich bin wirklich müde. Vielleicht wäre es etwas anderes, wenn ich morgen nicht um sechs aufstehen müßte. Vielleicht erwischen Sie mich einmal vor zehn Uhr nachts.«

Intuitiv wußte sie, daß er sie berühren wollte. Sie gab ihm die Hand. Statt ihr die Hand zu drücken wie den anderen Krankenschwestern, führte er sie an seine Lippen und streifte mit ihnen flüchtig Lilianes Handrücken. Eine prikkelnde Wärme zog durch ihren Arm. Dann drehte er ihre Hand um und ließ seine Lippen über ihre Handfläche gleiten. Diesmal breitete sich die Wärme in ihrem ganzen Körper aus.

Sogar im Dunkeln konnte sie seine strahlenden Augen sehen.

Er trat zur Seite, um ihr den Weg nicht zu verstellen. Sie wußte, daß er noch draußen stand, als sie die Tür geschlossen hatte. Sie wußte, daß er immer noch dort stand, als sie ihr Kleid über den Kopf zog. Sie blieb nackt in der Dunkelheit stehen und ließ ihre Hände über ihre Hüften gleiten, dann über ihre Brüste. Sie nahm ihre Brüste in die Hände. Sie wußte, daß er vor ihrem Zimmer in der Nacht stand.

Sie legte ihr Nachthemd auf das Bett, statt es anzuziehen, und dann legte sie sich hin und ließ die Nachtluft ihren nackten Körper streicheln. Kurz darauf hörte sie Geräusche aus dem Nebenzimmer. Als sie dalag und lauschte und ihren nackten Körper bewußt wahrnahm, hörte sie ein leises Klopfen an der Wand neben ihrem Kopf.

Ihre Hände berührten ihre steifen Brustwarzen.

Am nächsten Morgen war Marsh unkommunikativ und hatte nichts mit dem überschwenglichen Mann zu tun, der gestern vom Schiff gesprungen war. Beim Frühstück war er einsilbig und trank mindestens zehn Tassen Kaffee. Erst nachdem er mehr als eine Stunde lang im Schatten gesessen und zugesehen hatte, wie Baxter und Liliane Ratschläge und Medizin an die Patienten ausgaben, erwachte er zum Leben.

In der Warteschlange stand eine Frau mit einem Baby, das schlimme Verbrennungen erlitten hatte. Es war vor zwei Tagen in ein Feuer gefallen, und seitdem war die Mutter mit ihm unterwegs zum weißen Arzt.

Marsh warf einen Blick auf das Kind und verließ schockiert den Raum.

Beim Mittagessen fragte er: »Wird das Baby überleben?«

Wie immer, wenn er keine konkrete Antwort geben konnte, zuckte Baxter die Achseln.

»Ja«, sagte Liliane.

Sie wollte, daß es überlebte. Wenn sie etwas zu sagen hätte, würde dieses Kind leben, laufen und fühlen. Sie begann zu verstehen, daß die Willenskraft mindestens soviel Einfluß wie alles andere auf das Leben und das Sterben hatte.

Nach dem Mittagessen legten sich Rose und Heidi hin. Marsh wandte sich an Baxter und Liliane. »Halten alle einen Mittagsschlaf?«

Baxter schüttelte den Kopf. »Ich schreibe meistens. Wenn Sie mögen, könnte ich mich etwa um drei mit Ihnen unterhalten.«

Das wollte Marsh. Er war darauf versessen, nicht nur alles zu sehen, sondern auch gleich mit seinen Interviews zu beginnen. Er wandte sich an Liliane. »Und Sie?«

Baxter antwortete für sie. »Sie geht in der Regel schwimmen.«

Marsh war hellauf begeistert. »Das könnte ich jetzt auch gebrauchen. Darf ich mitkommen?«

Sie war es gewohnt, allein zu schwimmen. Manchmal

glaubte sie zwar, Baxters Gesicht hinter dem Vorhang eines Büros gesehen zu haben, doch das machte ihr nichts aus. Sie fühlte sich nackt in dem Badeanzug, den ihre Mutter ihr geschickt hatte, doch ihr gefiel die Vorstellung, daß Baxter sie sehen wollte. Aber Marsh? Ein Fremder? Sie erinnerte sich wieder an die Gefühle, die er letzte Nacht in ihr wachgerufen hatte.

Es mußte schön sein, seine Brust und seine Schultern zu sehen und sich von ihm betrachten zu lassen.

Baxter stieß seinen Stuhl zurück und stand auf. »Ich lasse die beiden jungen Leute jetzt allein, damit ihr Pläne für den Nachmittag schmieden könnt.« Er legte die Betonung auf »jung«.

Marsh schwamm mit Begeisterung. »So wohl habe ich mich nicht mehr gefühlt, seit ich in den Kongo gekommen bin«, sagte er.

Lilianes Ängste legten sich. Marsh unterließ jede Anzüglichkeit und hielt das Gespräch am Laufen. Als sie genug geschwommen hatten, setzten sie sich zusammen unter die Palme. Sie waren in ihre nassen Handtücher gehüllt.

»Warum sind Sie hier?« fragte er.

»Das scheint doch auf der Hand zu liegen, oder nicht?« sagte sie und schüttelte ihr nasses Haar. Unwillkürlich stellte sie fest, daß seine Brust fast unbehaart war.

Die Palmwedel warfen gesprenkelte Schatten auf sie.

»Ach so.« Marsh stützte sich auf die Ellbogen und sah auf den Fluß hinaus. »Um das Werk Gottes zu vollbringen. Der Gesellschaft zu dienen. Sind das Ihre Antworten? Antwortet so nicht jeder Missionar? Sind Sie hier, um Gott zu dienen?«

Ich habe mich bemüht, mir diese Frage nicht zu stellen, dachte sie. »Ich glaube«, erwiderte sie zögernd und entwickelte ihren Gedankengang beim Reden, »ursprünglich bin

ich mit der Vorstellung hergekommen. Es klang so romantisch und so heroisch. Aber . . .«
»Aber das ist nicht der Grund, aus dem Sie bleiben?« Er legte sich auf den Rücken, sah in die Bäume hinauf und hatte die Hände hinter dem Kopf gefaltet. Sie musterte sein klares, scharf geschnittenes Profil. Die Hakennase, die hohen Backenknochen, das energische Kinn – all das wies auf Kraft hin. Die sinnlichen Lippen und die struppigen dunklen Augenbrauen deuteten eine unglaublich verlockende Verbindung von Zartheit und Leidenschaft an.
Als ihre Antwort ausblieb, drehte er sich zu ihr um. Sie war in seinen Anblick vertieft und zuckte zusammen.
»Ich glaube nicht«, sagte sie schließlich. »Ich bin nicht sicher, ob Gott etwas damit zu tun hat.«
Marsh wies mit einer Kopfbewegung zu den Häusern. »Vielleicht *er?*«
»Sie meinen Dr. Hathaway?«
»Klar.«
»Ich weiß es nicht. Ein glänzendes Vorbild an Mut und Altruismus ist er gewiß.«
»So war das nicht gemeint. Sie sind doch . . . von ihm fasziniert?«
Liliane zog die Schultern hoch und reckte ihr Kinn vor. Mit glühenden Wangen sah sie ihn an. »Ich glaube wirklich nicht, daß das Sie etwas angeht, Mr. Compson. Es hat nicht das geringste mit dem zu tun, was Sie in Erfahrung bringen wollen.« Ihre Stimme drückte ihre Ablehnung deutlich aus.
Marsh blickte gelassen durch die Palmwedel. »O doch. Ich will wissen, warum Sie alle hier sind. Und warum Sie hierbleiben. Warum sich eine so schöne Frau wie Sie entschließt, sich in einem derart abgelegenen Winkel zu verkriechen. Was bringt Sie dazu? Ich gebe Ihnen recht, daß es mich nichts angeht – noch nicht. Aber ich habe den Ver-

dacht, daß es nicht allzulange dauern wird, bis es mich etwas angeht.«
Sie sah ihn an. »Was ist mit den anderen?« fragte sie. »Warum fragen Sie sie nicht, warum sie hierbleiben?«
»Das habe ich vor«, sagte er. »Schließlich ist heute der erste von dreißig Tagen. Warum *Sie* bleiben, interessiert mich am meisten.«
»Warum ich? Baxter ist die Berühmtheit.«
»Ah«, sagte er mit zarter Stimme, »aber ich werde wohl kaum von Baxter träumen, und wenn ich im Bett liege, denke ich auch nicht daran, daß er nur wenige Meter neben mir liegt, und ich frage mich auch nicht, ob er nackt schläft und ob der Mondschein auf seinen Körper fällt.«
O mein Gott, dachte sie.
Sie ließ Sand durch ihre Finger rinnen, und als ihr wieder einfiel, wieviel Spaß ein Flirt machen konnte, fragte sie: »Und Sie glauben, bei mir werden Sie sich diese Fragen stellen?«
»Letzte Nacht war kein Mondschein, aber den Rest habe ich bereits hinter mir.«
Sie lachte laut. Dann sagte sie: »Vielleicht wissen wir nicht, warum wir hier sind. Oder warum wir bleiben. Vielleicht sind wir eigentlich gar nicht hier, um anderen zu helfen. Vielleicht sind wir eigentlich gar nicht hier, damit wir uns als bessere Menschen fühlen. Vielleicht ist das nicht unsere Bestimmung. Wie sollten wir mit Sicherheit sagen können, warum wir hier sind oder warum wir bleiben?«
»Haben Sie je mit dem Gedanken gespielt, von hier fortzugehen?«
»Nicht wirklich. Nein, kein einziges Mal.«
»Werden Sie immer hierbleiben? Und sich damit begnügen, kein normales Leben zu führen? Und ohne Männer und Kinder und Liebe zu leben?«

»Woher soll ich wissen, was ich mit dem Rest meines Lebens anfange?« Diese Fragen hatte sie sich selbst schon oft gestellt. »Ich bin dreiundzwanzig. Ich glaube, es gibt vieles, was ich nicht beantworten kann.«

»Was haben Sie sich gedacht, als Sie hergekommen sind?«

Darüber konnte sie lachen. »Daß ich die Welt erlösen werde. Daß ich edel und selbstlos bin.«

»Das glauben Sie jetzt nicht mehr?«

Sie seufzte und setzte sich auf. »Die Grenzen meiner Welt haben sich beträchtlich eingeengt. Ich glaube, daß ich in dieser Welt etwas ändern kann. Das ist ein schönes Gefühl. Aber ich komme mir nicht mehr edel oder selbstlos vor. Ich empfinde mich aber auch nicht als egoistisch. Ich habe das Gefühl, jeden Tag etwas zu tun, was einem anderen das Leben ein wenig erleichtert. Ich lege mich abends mit einem unbelasteten Gewissen schlafen.«

»Mein Gott, haben Sie Glück!«

»Ja, das stimmt. Ich finde, daß ich erstaunlich glücklich bin. Und was ist mit Ihnen? Was hat Sie zu dem gemacht, der Sie sind?«

Er sah sie an und schloß die Augen. »Ich fürchte, als Kind war ich ziemlich unausstehlich. Mein Vater war im diplomatischen Dienst, und ich bin ausgerechnet in Kapstadt geboren. Nach Hause – das heißt nach London – sind wir alle zwei Jahre gefahren, aber ich habe mich in England nie zu Hause gefühlt. Ich habe mich weit mehr dort zu Hause gefühlt, wo mein Vater gerade stationiert war. In Istanbul, in Athen . . .

Als ich vierzehn war und mein Vater zum Attaché in Kairo ernannt wurde, haben meine Eltern mich in Eton gelassen. Natürlich war ich schon seit meiner Geburt dort angemeldet, aber diesmal haben sie mich wirklich dort gelassen. Ich habe dieses Leben gehaßt und abgelehnt. Nach drei Monaten hat es mir gereicht, und ich habe mich auf einem Frachter versteckt, der nach Ägypten fuhr. Zwei Monate lang hat niemand gewußt, wo ich bin.«

Liliane legte sich wieder hin, drehte sich auf den Bauch und stützte ihr Kinn auf die Hände, um Marsh ansehen zu können, während er erzählte. Er sah immer noch in die Palmwedel auf, aber sie wußte, daß er nicht wirklich hinschaute.

»Sie haben noch mehr Schlimmes angestellt?« ermutigte sie ihn.

»Ich bin noch öfter ausgerissen. Der Mittlere Osten hat mich fasziniert. Ich wollte die Erfahrung machen, wie es ist, in der Wüste zu leben, ich wollte Mekka sehen, und ich wollte auf dem Nil bis nach Khartum reisen. All das habe ich getan – in der Kleidung der Einheimischen, um nicht aufzufallen. Meine Eltern wußten nie, wo ich war. Als ich siebzehn war, hat mein Vater aufgegeben, sich Sorgen zu machen, und sich gesagt, daß ich irgendwann schon wieder von allein auftauchen werde. Aber ich glaube, meine Mutter hat sich mit meinem häufigen Verschwinden nie abgefunden.«

»Wie ist es Ihnen bloß gelungen, die Schule erfolgreich zu absolvieren?«

»Ich habe keinen Abschluß«, gab er zu. »Aber ich sage mir gern, daß ich trotzdem einigermaßen gebildet bin.«

Liliane sagte nichts.

»In der Schule muß ich unausstehlich gewesen sein – ich habe mich immer mit meinen Lehrern gestritten. Die einzigen Fächer, die ich mochte, waren Geographie und Literatur. Ich habe meine Jugend damit verbracht, über Landkarten zu brüten und zu lesen.«

»Wie in aller Welt«, fragte Liliane, »sind Sie einer der berühmtesten Reporter geworden?«

Marsh setzte sich auf, streckte die Hand aus und strich Liliane die widerspenstigen Locken aus dem Gesicht, die ihr über die Augen gefallen waren. »Ich will Sie nicht mit allem auf einmal langweilen. Ich muß mir noch etwas für später aufheben. Außerdem muß ich jetzt den berühmten Dr. Hathaway interviewen.«

Er stand auf und zog sie hoch.

»Liliane Wentworth, ich glaube, Sie werde ich mögen.«

Sie machten sich auf den Rückweg. »Dachten Sie erst, daß Sie mich nicht mögen werden?«

»Ich glaube nicht, daß ich mir darüber Gedanken gemacht habe. Ich wußte von dem Moment an, in dem ich Sie zum ersten Mal gesehen habe, daß ich Sie begehren werde.«

Es tat ja so gut, das zu hören. Sie war also im Urwald doch nicht heruntergekommen. Oder empfand er es etwa nur so, weil sie im Urwald waren und er keine andere Wahl hatte?

»Ich habe eine Antenne, die auf schöne Frauen reagiert, aber ich frage mich fast nie, ob sie denn auch nett sind.«

»Und ich bin nett?«

Er lachte. »Ja, das sind Sie.«

Sie warf ihm einen herausfordernden Blick zu. »Heißt das, daß Ihre Antennen abgeschaltet sind?«

»Nicht einen Moment lang.« Er grinste sie an. »Sie wissen es wahrscheinlich gar nicht, obwohl ich immer dachte, schöne Frauen wüßten das. Aber selbst tropfnaß und in ein unförmiges Handtuch gewickelt sind Sie noch unglaublich schön.«

Sie standen vor ihrer Tür. »Das höre ich gern«, sagte sie. »Ich war selbst nicht mehr sicher, wie ich aussehe.«

Sie schloß das Moskitogitter, und er preßte sein Gesicht dagegen. Sein Ausdruck war ernst. »Ich muß Ihnen etwas sagen. Ich bin verheiratet.«

Es störte sie überhaupt nicht, daß er verheiratet war. Sie würde nämlich nicht von hier fortgehen, und er würde nicht bleiben. Und sie war in Baxter Hathaway verliebt. Aber sie wollte sich von ihm küssen lassen. Vielleicht brauchte sie es sogar, geküßt zu werden.

Sie fragte sich, wie es sein würde, sich von Marshall Compson küssen zu lassen.

10. Kapitel

Hier, unter dem Baldachin von Baumwipfeln, herrschte ständiges Zwielicht. Die Baumkronen ragten auf wie gigantische smaragdgrüne Schirme. So fern vom Fluß und von der Sonne konnte man verstehen, warum Afrika »der Schwarze Kontinent« genannt wird.

Vier Eingeborene begleiteten Liliane und Marsh als Lastenträger.

Seit Monaten war es Liliane ein Anliegen, die Dörfer aufzusuchen, um leichtere Fälle zu behandeln und in schwereren Fällen zu einer Operation in Simbayo zu überreden. Vielleicht noch wichtiger war ihr jedoch, daß sie Gelegenheit hatte, vorbeugende Maßnahmen zu ergreifen und die Leute zu mehr Hygiene zu erziehen. Wenn sie sah, welche Probleme im Hinterland vorherrschten, wenn sie Infektionen behandelte, Chinin verteilte und durchsetzte, daß das Wasser abgekocht wurde, würde sich dann nicht einiges ändern? Liliane war sicher, daß es etwas nützen würde.

»Um Himmels willen, Liliane«, hatte Baxter geknurrt. »Eine weiße Frau kann nicht allein in den Urwald gehen. Sie können noch nicht einmal mit einer Waffe umgehen.«

»Ich fürchte mich nicht«, hatte sie geantwortet. »Wenn Sie glauben, daß ich eine Waffe brauche, um gefährliche Tiere abzuwehren, dann brauche ich wohl eher jemanden, der schießen kann.«

Baxter verstand sich darauf, weigerte sich aber, eine Waffe in die Hand zu nehmen. Keine der Krankenschwestern konnte schießen, und die Eingeborenen hatten keinen Zugang zu Waffen.
Schweigen erfüllte den Raum, als Marsh von sich aus sagte: »Ich kann schießen.«
Das wußten alle.
Baxter warf einen Seitenblick auf Liliane.
Sie wandte sich an Marsh. »Aber Sie fahren nächste Woche ab«, sagte sie. »Vielleicht könnten Sie mir vor Ihrer Abreise beibringen, wie man mit einer Waffe umgeht.«
Es war, als sei außer ihnen niemand sonst im Raum. Sie sahen einander in die Augen, und Liliane bemerkte, daß eine Ader auf seiner Schläfe pochte.
Sie hätte am liebsten gelacht. Es konnte tatsächlich noch zu dem kommen, was sie sich wünschte. Wie wunderbar es doch war, daß sie sich wieder als Frau fühlen und ihre weiblichen Reize gezielt einsetzen konnte. Mit absoluter Sicherheit wußte sie, daß Marsh seine Abreise verschieben würde, um mit ihr in den Urwald zu ziehen.
Baxter mußte kapitulieren. Schließlich konnte er nicht über sie bestimmen. Sie riß die Schranken nieder, die er errichtet hatte: Heidi würde sich wieder mehr um die Patienten kümmern. Marsh würde sie beschützen. Sie wollte diesen Mann, wenn es sein mußte, dazu benutzen, das zu bekommen, was sie wollte. Über ihn konnte sie Baxters Autorität umgehen.
Außerdem mußte sie zugeben, daß sie Marshs Gesellschaft in diesem letzten Monat genossen hatte. Vielleicht tat sie sich sogar bewußt mit ihm zusammen. Baxter behandelte sie immer so herablassend. Jeden Abend philosophierte er mit Marsh, oder die beiden spielten Schach. Ab und zu ließen sie sich dazu herab, mit den Frauen zu spielen. Baxter

empfand Marshs Gesellschaft offensichtlich als anregend, doch er hatte sich noch mehr von Liliane zurückgezogen. Nicht, daß er ihr je ein Gefühl von Nähe gegeben hätte. Sie fragte sich, ob er sich überhaupt noch an diesen Kuß vor vielen Monaten erinnerte.

Ich bin dreiundzwanzig, dachte sie. Ich kann nichts dafür, daß ich zwei Männer attraktiv finde. Ich kann nichts dafür, wenn ich mir gern anhöre, daß es einem Mann Freude macht, mich anzusehen. Ich kann noch nicht einmal etwas dafür, daß ich geküßt werden möchte. Vielleicht würde ich mich von jedem x-beliebigen Mann küssen lassen.

Sie wußte selbst, daß es nicht so war, aber sowohl Baxter als auch Marsh hatten ihr Verlangen geweckt. Sie wollte, daß Baxter mit ihr sprach, nicht nur irgend etwas zu ihr sagte, sondern wirklich mit ihr redete. Sie wollte nicht nur Bewunderung und Respekt in seinen Augen sehen, sondern auch Verlangen. Sie wollte so dicht neben ihm herlaufen, daß sie einander berührten. Sie wollte seine Seele ergründen und sein Denken verstehen. Sie wollte nackt mit ihm durch den Teich schwimmen. Sie wollte, daß er ihre Brüste berührte. Sie errötete, als sie feststellte, daß sie über Baxter nachdachte und dabei Marsh in die Augen sah.

Erstaunt stellte sie fest, daß er belustigt wirkte. Vielleicht ahnte er, was für ein Spiel sie trieb.

Und jetzt, zu dem Zeitpunkt, an dem Marsh ursprünglich hatte abreisen wollen, liefen sie auf gewundenen Pfaden durch den Dschungel zu abgelegenen Ortschaften, in die sich noch keine weiße Frau und kaum ein weißer Mann begeben hatte.

Hier war es zwar kühler, weil keine Sonne durch das Laub schien, aber die Luft war drückend. Sie stand so gut wie still, und es war sehr schwül. Der Baldachin aus Baumwipfeln sorgte für eine Atmosphäre, in der sich nichts rührte.

Nirgends, dachte Liliane, fühlt man sich derart unbedeutend wie im Urwald des Kongos, in dieser Stille, dieser Einsamkeit, dieser beängstigenden Pracht.
Plötzlich zerriß ein Donnern die Luft, und der Erdboden bebte.
»Elefanten!« rief einer der Träger.
Sie waren noch dicht bei Simbayo, und schon gab es Elefanten. Die Aufregung packte sie.
Nbundo, einer der Träger, bedeutete ihnen, ihm vom Pfad weg zu folgen. Sie liefen hundert Meter weit in den Wald hinein und blieben stehen, um zu warten.
Drei Elefanten kamen mit anmutigen Bewegungen, die zu ihrem gewaltigen Körperumfang im Widerspruch standen, über den Pfad. Der vorderste Elefant hob seinen Rüssel in die Luft und blieb abrupt stehen. Der zweite und der dritte prallten fast mit ihm zusammen. Der erste Elefant schwenkte seinen Rüssel durch die Luft und trompetete laut. Nbundo hielt sich einen Finger auf die Lippen; sie mußten sich still verhalten, denn die Elefanten hatten ihre Gegenwart bemerkt.
Die drei majestätischen Geschöpfe standen minutenlang da. Als kein Laut zu hören und nichts zu sehen war, was auf eine Gefahr hingewiesen hätte, zogen sie weiter wie große graue Wogen, die sich mit dem grüngrauen Hintergrund des Waldes vermengten.
Am späten Nachmittag erreichten sie die erste Lichtung. Auf den ersten Blick wirkte das Dorf menschenleer. Nbundo erklärte, es sei bald Abendessenszeit, und dann würden die Frauen aus ihren Gärten zurückkehren. Sie brachen am frühen Morgen mit sämtlichen Kindern auf, während die Männer auf die Jagd oder zum Fischen gingen. So geschah es jeden Tag, an allen Tagen jeden Monats rund um das ganze Jahr, und so war es in jedem Jahr der Jahrhun-

derte eines jeden Jahrtausends gewesen. In Tausenden von Jahren hatte sich nichts an diesem Tagesablauf geändert.
Weiße waren den Bewohnern dieses Dorfes nicht unbekannt. Manche der Eingeborenen waren sogar schon in Simbayo gewesen, doch als die Leute von den Feldern und der Jagd zurückkamen, traten sie verlegen von einem Fuß auf den anderen, hielten sich die Hand vor den Mund und grinsten gehemmt, ehe sie Liliane und Marsh willkommen hießen und Medizin für ihre unzähligen körperlichen Beschwerden wollten.
Liliane erklärte, morgen würde sie Patienten behandeln; heute abend sei sie zu müde.
Liliane lehnte es ab, in der stickigen Hütte zu schlafen, die für Gäste bereitstand, und sie bauten ihre Zelte am Dorfrand auf.
Als die Dunkelheit hereinbrach und nur noch das Zirpen von Insekten und ferne Trommelschläge zu hören waren, setzten sich Marsh und Liliane auf einen Baumstumpf und sahen in die flackernden Feuer, die um das kreisförmige Dorf herum angezündet worden waren, um Leoparden abzuschrecken, die nachts ins Dorf schleichen könnten, und um die Geister des Urwalds in Schach zu halten.
»Du bist ein erstaunliches Mädchen«, sagte er.
Sie lachte. »Na ja, wenn man mich mit anderen jungen Amerikanerinnen vergleicht, bin ich bestimmt anders. Aber ich kann mir überhaupt kein anderes Leben mehr vorstellen.«
»Sehnst du dich denn nie nach einem heißen Bad? Nach Bequemlichkeit? Nach den Dingen, nach denen sich Mädchen schon allein deshalb sehnen, weil sie entsprechend erzogen worden sind? Was ist mit einem eigenen Haus? Einem Zuhause? Einem Mann? Kindern?«
»Das hat jede Menge Zeit«, antwortete Liliane. »Ich bin noch jung.«

Sie konnte nicht so tun, als hätte sie nicht oft an all das gedacht, sich gelegentlich sogar danach gesehnt.
»Was ist mit der Liebe?« fragte Marsh. »Willst du denn keine Liebe? Was ist mit einem Mann?«
Liliane seufzte.
»Er ist alt genug, um dein Vater zu sein«, sagte Marsh in die Dunkelheit.
Sie konnte nicht gut genug heucheln, um »Wer?« zu fragen. Daher sagte sie gar nichts.
»Auf einer persönlichen Ebene kann er anderen nichts geben. Das mußt du doch selbst sehen. Er weiß entweder nicht, wie das geht, oder er hat Angst davor.«
»Ich weiß nicht«, murmelte sie, als spräche sie mit sich selbst. »Vielleicht glaube ich, mit der Zeit . . .«
»Mit der Zeit? Du bist seit fast zwei Jahren hier! Wie lange braucht ein Mann, um sein Interesse zu zeigen?«
»O Marsh, so einfach ist es nicht. Es geht nicht nur um ihn. Hier draußen hat mein Leben einen Sinn.«
»Hast du es nicht satt, immer nur zu geben? Ich sehe mir dich täglich an, und du bist diejenige, die gibt. Willst du denn nie, daß man dir etwas gibt?«
Sie lachte leise. »Darüber habe ich viel nachgedacht. Ich bin zu dem Schluß gekommen, daß es keine Gerechtigkeit auf Erden gibt. Denen, die anderen etwas geben, wird nicht zwangsläufig auch etwas gegeben. Und schließlich glaube ich nicht, daß die Gebenden etwas geben, weil sie etwas dafür zurückbekommen wollen. Ich glaube, Menschen, die geben, können gar nicht anders. Auf die Art bekommen sie etwas dafür. Sie finden ihre Freude darin, anderen zu einem leichteren oder zu einem besseren Leben zu verhelfen. Das Wissen, daß das, was sie geben, bedeutsam ist, ist ihnen Lohn genug. Wer die Veranlagung hat, zu geben, hat keine andere Wahl.«

Sie schwiegen eine Zeitlang und lauschten den nächtlichen Geräuschen.
»Wirst du immer hierbleiben?«
»Woher soll ich wissen, was ich irgendwann später einmal tun werde? Du stellst Fragen, die ich nicht beantworten kann.«
»Bist du in ihn verliebt?«
Hatte er sie verärgert? Er konnte ihre Augen in der Dunkelheit nicht sehen. Schließlich hörte er ihren Atem.
»Manchmal«, antwortete sie zögernd. »Er ist so schwierig. Er ist voreingenommen. Er ist überheblich. Er ist engstirnig. Aber er ist auch ein großartiger Mensch.« Sie hielt inne. »Er ist edelmütiger als jeder andere Mensch, der mir je begegnet ist.« Sie dachte an seine guten Eigenschaften und an seine Fähigkeiten als Arzt, Gelehrter und Architekt. Baxter kann alles, dachte sie. »Er ist gütig«, sagte sie mehr zu sich selbst als zu Marsh.
»Und was empfindest *du*?«
»Ich dachte, ich käme hierher, um Gott zu dienen, aber ich scheine mich immer weiter von Ihm zu entfernen. Wenn es einen Gott gibt, dann glaube ich nicht, daß er der Gott ist, den Baxter und Rose und Heidi kennen. Ich glaube nicht, daß er der Gott ist, an den ich von Kindheit an glauben sollte.«
Wieder schwiegen sie.
»Was ist mit dir?« fragte sie. »Wir reden immer nur über mich oder Baxter. Wie hat dein Leben ausgesehen? Du hast mir nie erzählt, wie du dazu gekommen bist, zu schreiben.«
»Zufall, Glück und Frechheit. Obwohl ich die meiste Zeit nicht in der Schule war, habe ich die Aufnahmeprüfung in Oxford bestanden und bin zwei Jahre lang durchgehend hingegangen. Für mich ist das ein Rekord. Aber dann habe ich Stanleys Berichte über die Suche nach Dr. Livingstone gelesen und mich entschlossen, seine Fährte fünfzig Jahre

später zu verfolgen, um zu sehen, ob Afrika noch so ist wie damals. Ich bin mal wieder auf einen Frachter gesprungen und durch den Suezkanal gefahren und in Daressalam in Tanganjika gelandet. Ich habe ein Telegramm an die Times geschickt und angefragt, ob sie die Geschichte haben wollen. Ich bin vom Indischen Ozean aus nach Westen durch den afrikanischen Kontinent nach Léopoldville gereist. Ich war der erste, der Stanley nachgereist ist.«

»Offensichtlich hat die Antwort ja gelautet«, sagte Liliane.

»Der Rest war dann einfach.«

»Wie war es?« fragte sie. »War es nicht zum Fürchten?«

»Ich habe mich nicht gefürchtet«, antwortete er, »aber sonst habe ich so ziemlich alles mitgemacht. Ich habe eine Menge nicht gehabt. Ich habe mein Lager in reichlich abgelegenen Winkeln aufgeschlagen. Ohne Annehmlichkeiten. Ohne Sauberkeit. Ohne eßbare Nahrung. Aber mit Käfern und Schlangen. Mit Hitze und hoher Luftfeuchtigkeit. Mit Nahrungsmitteln unbekannten Ursprungs. Unter einem Himmel, der blauer und klarer war als alles, was die meisten zivilisierten Menschen je gesehen haben. Mit Kannibalen. Mit Menschen, die noch nie einen Weißen und noch nie eine Kamera gesehen haben. Mit Sternen, die so tief hingen, daß man sie fast berühren konnte. Mit Landkarten, die fast immer fehlerhaft und irreführend waren. Mit dem Gebrüll eines Löwen, das in meinen Ohren hallte, als ich an einem Lagerfeuer eingeschlafen bin. Mit Einsamkeit.«

Er schwieg lange.

»Ist dir klar«, murmelte er, »daß ich noch nie so weit von dir entfernt geschlafen habe, seit wir uns kennen?«

Liliane drehte sich zu ihm um und sah ihm in die Augen.

»Das ist rein räumlich«, sagte sie leise. »Ich war so offen zu dir wie zu keinem anderen.«

Als sie gerade am Einschlafen war, hörte sie Marshs

Stimme durch die Nacht rufen: »Der Teufel soll dich holen, Liliane Wentworth.«
Sie streckte sich wie eine träge Katze und rief zurück: »Dich auch, Marshall Compson.« Doch bei diesen Worten lächelte sie.

Als es noch gar nicht wirklich hell war, wurde Liliane durch murmelnde Stimmen geweckt. Vor dem Zeit sah sie eine Schlange von vierzig bis fünfzig Menschen. Die meisten hielten Babys auf den Armen, und ihr wurde klar, daß sie die Wunder der weißen Medizin erwarteten, um ihre Krankheiten zu heilen. Was für eine Verantwortung habe ich auf mich genommen, dachte sie. Gleichzeitig nahm sie den Adrenalinstoß wahr, den dieser Gedanke auslöste.
Sie hatte sich kaum angezogen, als Marsh in ihr Zelt trat. »Guten Morgen«, sagte er lächelnd. »Wie du siehst, erwartet dich dein hingebungsvolles Publikum bereits. Ich dachte, du könntest einen Kaffee gebrauchen, ehe du dich in diesen Tag stürzt.« Er hielt ihr eine Tasse hin. »Siehst du, was Afrika aus mir gemacht hat? Einen Frühaufsteher.«
Sie trank einen Schluck heißen Kaffee und spürte die wohltuende Wirkung. »Ich bin überrascht«, sagte sie. »Vor einem Monat warst du um zehn kaum wach.«
»Aber vor einem Monat wußte ich auch noch nicht, daß ich jede wache Minute mit dir verbringen will.«
»Jetzt hör aber auf, Marsh. Du bist ein verheirateter Mann.« Und doch hörte sie es gern.
»Habe ich dir schon gesagt, daß ich nur verheiratet bin, weil ich dich damals noch nicht kannte?« Er lächelte breit.
Allmächtiger Gott, dachte sie, laß nicht zu, daß ich mich bloß, weil ich weit weg von allem bin, mit einem verheirateten Mann einlasse. Das kann nur böse enden.
Ungerührt verließ sie das Zelt und begann ihren Arbeitstag.

In den drei Wochen, die sie sich zugestanden hatten, reisten sie zu neun Dörfern. Abends saßen sie im Dunkeln und unterhielten sich – er erzählte von seinen Reisen, Liliane von ihrer Kindheit in Buffalo. Er sprach auch über Bücher und über Politik, ein Thema, für das sich Liliane nie interessiert hatte.

»Mein Gott, Frau. Politik betrifft dein ganzes Leben.«

»Politik hat nicht das geringste mit mir zu tun«, antwortete sie fröhlich. »Was in anderen Teilen der Welt geschieht, betrifft mich nicht.«

»Die arme, naive Liliane.« Marshs Stimme war herablassend. »Eines Tages wirst du feststellen, daß selbst in diesem abgelegenen Winkel das Weltgeschehen dich persönlich betrifft.«

»Wie ist eigentlich«, sagte sie, um ein interessanteres Thema anzuschneiden, »deine Frau?«

Er blieb stumm, und sie konnte sein Gesicht nicht sehen. »Sie ist sehr schön«, antwortete er schließlich.

Als nichts mehr kam, bohrte Liliane weiter. »Das ist doch gewiß nicht alles.«

»Ich bin noch kein Jahr verheiratet. Ich habe gehört, die beiden ersten Jahre seien die härtesten.«

»Ist es hart?«

»O Liliane, ich will nicht über meine Frau reden. Ich weiß noch nicht einmal, was ich von ihr halte. Ich weiß, daß es mir nicht leid getan hat, für Monate von ihr fortzugehen, um diese Reise zu machen. Ich weiß, daß ich mit ihr nie so geredet habe, wie ich mit dir rede. Ich weiß, daß ich nie . . .« Seine Stimme verstummte.

»Vielleicht ist die Ehe eine dieser starren Konventionen, gegen die du dich auflehnst.«

»Das habe ich mich schon gefragt. Aber ich fühle mich nicht angebunden. Riana scheint es vollkommen egal zu

sein, ob ich da bin oder nicht. Sie stellt mich ihren Freundinnen gern als *den* Marshall Compson vor, aber oft glaube ich, das war dann auch schon alles.«
Liliane griff im Dunkeln nach seiner Hand.

Ihre Träume beschäftigten sie, wenn sie wach war. Sie plagte sich mit ihren Schuldgefühlen herum und hielt ihre eigenen Empfindungen für seicht und oberflächlich. Sie hatte das Wagnis unternommen, ihre Heimat zu verlassen, das Wagnis unternommen, eine der entlegensten Gegenden dieser Welt zu besuchen, das Wagnis unternommen ... weil Baxters Bild durch ihre Gedanken und ihre reale Welt gespukt hatte.
Und jetzt war sie hier, aber Tagesreisen von ihm entfernt, und ein anderer Mann zog ständig durch ihre Träume und ihre Phantasien.
Sie ertappte sich dabei, daß sie Marsh ständig ansah. Sie sah ihm zu, wenn er mit seiner Kamera hantierte. Sie sah ihm zu, wenn er für einen Eingeborenen mit einem gebrochenen Bein eine Schiene bastelte. Sie sah ihm nach, wenn er mit den Dorfbewohnern zum Fischen ging, und sie sah ihm entgegen, wenn er mit ihnen von der Jagd zurückkam. Sie sah immer wieder seine Hände und seine langen Beine an, wenn er in Shorts herumlief. Ihr fiel auf, wie sich sein Gesicht in Falten legte, wenn er lächelte. Sie bemerkte einen grüblerischen Blick, der in die Ferne gerichtet war. Und sie sah, daß auch er sie ständig ansah.
Sie spürte seinen Atem, wenn er in ihrer Nähe war, und sie sehnte sich nach seiner Nähe.
Sie sah ihn nur dann nicht an, wenn er ihr zuhörte. Er hatte den Dreh raus, ihr Gedanken zu entlocken, über die sie bisher mit niemandem geredet hatte, nicht etwa so persönliche Dinge, daß sie nicht darüber sprechen wollte; nein, es hatte

ganz einfach niemanden gegeben, mit dem sie diesen Gedanken hätte auf den Grund gehen können.
Er brachte sie auf neue Ideen. Es waren nicht unbedingt seine Vorstellungen, sondern es waren neue Denkweisen, neue Anregungen, Funken, die sich erst entzünden sollten, wenn er längst abgereist war.
»Ich glaube auch nicht an den Gott von deinem Baxter«, sagte er eines Abends. »Ich glaube nicht, daß das Leben einen anderen Sinn hat als den, den man ihm selbst gibt.«
»Ein Leben ohne Sinn? Warum tun wir dann all die Dinge, die wir tun? Willst du damit andeuten, mein Leben sei sinnlos?«
»Nein. *Au contraire.* Ich habe nicht gesagt, daß das Leben sinnlos ist; ich habe gesagt, daß es erst dann einen Sinn bekommt, wenn man ihm einen Sinn gibt. Wenn jemand nicht glaubt, daß sein Leben einen Sinn hat, dann hat es auch keinen. Für euch alle in Simbayo hat das Leben einen Sinn. Ihr glaubt, daß euer Leben von Bedeutung ist, und daher ist es auch bedeutsam.«
»Marsh, du glaubst also nicht, daß Gott mich hierher geschickt hat?«
Er lachte, und seine Augen blitzten belustigt. »Natürlich nicht. Das warst du selbst.«
»Und was ist mit all den Menschen, die ein ganz alltägliches Leben führen? Hat ihr Leben einen Sinn?«
»Nur, wenn sie einen Sinn darin sehen.«
»Glaubst du an ein Leben nach dem Tod?«
»Du meinst im christlichen Sinne eines Himmels?«
»Ja, vermutlich.«
»Nein.«
»Und nicht an die Unsterblichkeit?«
»Nicht an ein körperliches Dasein nach dem Tod, es sei denn, ich gehe in die Erde oder in die Atmosphäre ein. Mit

etwas Glück werde ich Unsterblichkeit erreichen. Ich glaube, daß Jesus, Herman Melville, Shakespeare und Buddha unsterblich sind. Eltern haben durch ihre Kinder einen Hauch von Unsterblichkeit. Was auch immer wir in diesem Leben tun, wenn es andere beeinflußt, wird es nach unserem Tod fortbestehen.«

»Aber was ist, wenn diese anderen sterben?«

»Sie können das, was du oder ich getan haben und womit wir sie beeinflußt haben, in der einen oder anderen Form weitergeben. Aber das spielt eigentlich keine große Rolle. Dennoch beeinflussen die meisten Unsterblichen die Welt für alle Zeiten.«

»Was bringt dich oder andere dann dazu, moralisch zu handeln?«

Marsh setzte sich neben sie auf die Bank. Er nahm ihre Hand. »Jetzt kommen wir von der Unsterblichkeit auf die Unmoral. Ein gutes Thema.« Seine Finger glitten über ihre Handfläche, und er sah ihr tief in die Augen. »Weißt du, was du wirklich brauchst«, sagte er mit sanfter Stimme, »ist jemand, der dich liebt. Du brauchst es, daß dich jemand ins Gras wirft, sich mit dir herumwälzt, dich küßt, dir sagt, wie schön du bist, und dich leidenschaftlich liebt. Ich möchte nicht, daß du das im Leben verpaßt.«

Es klang hinreißend. »Würde das meinem Leben einen Sinn geben?« Sie hoffte, daß es leichtfertig klang.

Er ließ ihre Hand los und lachte laut: »Zumindest könntest du es so sehen.«

Er wandte sich ab und ging. Mit gemischten Gefühlen, Enttäuschung und Erleichterung zugleich, lief sie hinter ihm her, um ihn einzuholen. Sie wandten sich wieder ihrer Aufgabe zu, dem Heilen.

Marsh war ihr eine unglaubliche Hilfe gewesen. Er war nicht nur rundum neugierig, sondern er hatte auch ein paar

Worte Bantu gelernt, die er immer wieder gehört hatte. Überall, wo sie hingekommen waren, hatte er das Essen der Eingeborenen probiert. Er hatte Schienen gebastelt und ihr geholfen, Wunden auszubrennen und Entzündungen auszukratzen. Sein Charme hatte die Sprachbarriere überwunden. Er hatte mit den Eingeborenen etwas geraucht, was wohl Marihuana gewesen sein mußte; er hatte Palmwein getrunken und einen so schrecklichen Kater gehabt, daß er gelobt hatte, es nie wieder zu tun.

Als sie auf eins der Dörfer zukamen, hörten sie das laute Schluchzen eines Kindes, ehe sie die Hütten sahen. Als sie näher kamen, rannte eine Mutter mit einem schreienden Vierjährigen, der tränenüberströmt war, verzweifelt auf sie zu. Das Kind schrie seit mehr als zwei Tagen. Lag es im Sterben? Hatten Geister von ihm Besitz ergriffen?

Der Junge hatte kein hohes Fieber, doch in seinen Augen stand rasender Schmerz. Liliane entdeckte einen gewaltigen Abszeß, der sich tief in einem der Ohren gebildet hatte. Marsh sterilisierte eine lange Nadel, und Liliane stach den Abszeß zielsicher auf. Augenblicklich lief Eiter aus dem Ohr, und die Schreie hörten auf.

In weniger als einer Minute drückte der Junge seine Mutter an sich und musterte Liliane verschüchtert. Sobald sie sein Ohr mit Alkohol ausgespült hatte, lief er fort, um zu spielen.

Die Dorfbewohner, die sich im Halbkreis um Liliane versammelt hatten, sahen sie an, als sei sie eine Zauberin.

Im letzten Dorf, das sie aufsuchten, fand Liliane zu ihrem Entsetzen den Kopf eines zwölfjährigen Jungen, der mitten im Dorf neben dem Weg aus dem Boden schaute. Menschen kamen vorbei und redeten mit ihm, und der Junge blinzelte. Er war bis zum Hals in den Boden eingegraben. Seine Augen drückten Furcht und Schmerzen aus. Die Mut-

ter saß nicht weit von ihm, und drei andere Kinder klammerten sich an sie. Ab und zu stand sie auf, holte Wasser und flößte es dem Jungen behutsam ein.
Liliane schlug sich die Hand vor den Mund, um nicht entsetzt aufzuschreien.
»Jesus Christus!« murmelte Marsh.
Er wollte den Jungen sofort ausgraben, doch Liliane hielt ihn zurück. »Nein«, sagte sie leise. »Laß mich herausfinden, was hier vor sich geht. Wenn ein Medizinmann damit zu tun hat, sollten wir uns ihm nicht widersetzen. Das können wir uns nicht leisten.«
Während sie ihre Zelte aufschlugen, erfuhr Liliane, daß der Junge bei einem Mannbarkeitsritual von einem Baum gefallen war und sich den Rücken und einen Arm gebrochen haben mußte. Der Medizinmann ließ seinen Zauber wirken; der Junge war seit drei Tagen im Boden eingegraben.
Sie wartete den ganzen Nachmittag, weil sie wußte, daß der Medizinmann den Patienten vor Einbruch der Dunkelheit aufsuchen würde.
Am frühen Abend tauchte er in seinem vollen Schmuck aus dem Urwald auf. Er war mit grellen Farben beschmiert und trug einen Kopfschmuck aus prächtigen Federn und einen Nasenring. Das war kein gewöhnlicher Eingeborenenarzt, sondern ein Mann von großem Reichtum und Einfluß. Seine Zähne waren spitz zugefeilt und schimmerten weiß in seinem schwarzsamtenen Gesicht. Um die Taille trug er ebenfalls Federn. Seine Genitalien waren leuchtend weiß bemalt.
Aus der Ferne beobachtete Liliane, wie er sich hinkniete, Zauberformeln sprach und um den Kopf des Jungen herumtanzte. Er schlug sanft auf eine Kalebasse und sang atonal. Die meisten Dorfbewohner hatten sich um ihn versammelt, um ihn zu beobachten.

Liliane erreichte, daß sie von dem Medizinmann in seiner Hütte empfangen wurde. Sie kroch nicht nur durch die Tür, weil sie zu niedrig war, sondern auch, um ihm Respekt zu erweisen.
Er behandelte sie höflich, als Liliane ihm erklärte, wer sie war; ihr Interesse an seiner Behandlung des Jungen tat er herablassend ab, und er war nicht bereit, mit ihr darüber zu reden – mit Marsh vielleicht, aber sie konnte ihn ja doch nicht verstehen.
Sie holte Marsh, der im Freien auf sie gewartet hatte. Eine Stunde später kam Marsh aus der Hütte gekrochen; er wirkte sogar im Dunkeln blaß, aber nicht von dem, was er gehört hatte, sondern von der Pfeife, die er mit dem Medizinmann geraucht hatte. Er ging zum Waldrand und übergab sich. Sein Gesicht war von Schweißperlen bedeckt. Liliane brachte ihn ins Zelt und rieb ihn mit kaltem Wasser ab, bis er sich besser fühlte und wiedergeben konnte, was er erfahren hatte.
»Wer weiß, ob sich der Junge wirklich den Rücken gebrochen oder sich einfach schwer verletzt hat. Jedenfalls konnte er nicht aufrecht stehen, und sein linker Arm hing unbrauchbar an ihm herunter. Daher hat der Medizinmann eine lange, flache Grube ausgehoben. Er hat den Jungen selbst hineingelegt und wollte nicht zulassen, daß andere ihn berühren. Dann hat er eine Mischung aus Lehm und Laub auf den Körper aufgetragen und Erde darauf gehäuft. Mein Gott, Lili, ist dir klar, wie schmerzhaft diese Haltung für den Jungen sein muß? Seit drei Tagen liegt er so da! Dann hat der Medizinmann trockenes Laub und kleine Holzstücke auf die Erde gelegt und angezündet.«
Liliane sagte nichts, aber ihr Magen drehte sich um. Im Streckverband hätte der Junge vielleicht eine Chance gehabt. Marsh fuhr fort. »Er hat das Feuer vier Stunden lang brennen

lassen. Vier Stunden – er hat die Bedeutung des Zeitfaktors deutlich hervorgehoben. Dann hat er den Jungen ausgegraben und eine Stunde lang mit Wasser behandelt, das so heiß war, daß es der Junge gerade noch ertragen konnte, aber dabei durfte ihm niemand zusehen. Dann hat er heißes Wasser über Blätter gegossen, den Körper des Jungen mit dieser dampfend heißen Breipackung bedeckt und wieder Erde darüber geschüttet. Man hat dem Jungen gesagt, daß er keinen Laut von sich geben darf. Am fünften Tag wird er wieder ausgegraben, und dann kann er angeblich wieder aufrecht stehen und seinen Arm benutzen. Wir dürfen zusehen, wenn er ausgegraben wird, aber nicht, wenn er mit heißem Laub gewaschen wird.«

Liliane war furchtbar ungeduldig. Es wird nichts nutzen, sagte sie sich. Das arme Kind macht Höllenqualen durch, leidet stumm vor sich hin und ist dann verkrüppelt bis an sein Lebensende.

Am frühen Nachmittag des nächsten Tages begann der Medizinmann seinen Tanz. Man hatte Liliane und Marsh gute Plätze zugewiesen. Als der Medizinmann seine Arme gen Himmel richtete, war kein Geräusch mehr zu hören. Er scharrte den Jungen mit den Händen aus, und Visionen von Grabräubern gingen Liliane durch den Kopf. Als er den schmächtigen Körper des Jungen freigeschaufelt hatte, hob er ihn hoch wie eine Feder und legte ihn auf den Bauch. Dann fügte er dem Jungen mit einem scharfen Messer kleine Schnittverletzungen am Rückgrat und über dem Ellbogen zu. Er rieb Kräuter und kleingemahlene Blätter in die Wunden. Schließlich deckte er die Wunden mit dampfend heißen Blättern ab und sagte dem Jungen, er dürfe sich fünf Stunden lang nicht bewegen. Liliane und Marsh blieben bis zum Einbruch der Dunkelheit. Der Junge rührte keinen Muskel. Vielleicht schlief er.

Als der Medizinmann zurückkam, trug er nur seinen Kopfschmuck. Er kniete sich nackt neben den regungslosen Körper und murmelte dem Jungen etwas ins Ohr. Dann hob er das Kind hoch und stellte es hin.
Nach fünf Tagen Regungslosigkeit waren die Beine des Jungen steif. Der Medizinmann kniete sich wieder hin, um die Beine zu massieren, damit die Blutzufuhr wieder normal funktionierte. Dann rieb er sachte den Arm des Jungen. Im flackernden Feuerschein strömte sichtlich Kraft in den Körper des Jungen.
Dann trat der Arzt ein paar Schritte zurück, drei Meter, fünf Meter, sechs Meter. Er hob seine Arme in einer auffordernden Geste und befahl dem Jungen, auf ihn zuzukommen.
»Er wird flach aufs Gesicht fallen«, flüsterte Liliane.
Marsh nahm ihre Hand.
Doch der Junge fiel nicht hin. Behutsam setzte er einen Fuß vor den anderen und ging zögernd auf den Medizinmann zu. Er lief aufrecht und schien keine Schmerzen zu haben. Als er den Wunderheiler erreicht hatte, drehte er sich zu den Dorfbewohnern um und hob triumphierend seinen linken Arm. Ein breites Grinsen trat auf sein Gesicht, als die Dorfbewohner in lauten Jubel ausbrachen.
Liliane musterte ehrfürchtig den Medizinmann.

Später, nachdem sie sich über dieses Wunder unterhalten hatten, saß Liliane auf einem Baumstamm. Marsh saß neben ihr auf dem Boden. Es war, wie sie beide betrübt feststellen mußten, ihre letzte Nacht allein.
Er lehnte an einem Baum, hatte ein Bein ausgestreckt und die Hände auf dem Knie liegen, das er angezogen hatte.
Er seufzte laut. »Ach, Liliane, meine bezaubernde Liliane.«
Er sah sie lange an, und sie wich seinem Blick nicht aus.
Marsh nahm ihre Hand und hielt sie, während sie auf den

Fluß schauten. »Wer hätte das im Traum gedacht«, sagte er. Er ließ einen Finger über ihre Wange gleiten.

Liliane blickte zu den Blättern über ihren Köpfen auf. Marsh beugte sich über sie. Seine Lippen streiften ihre Wange; er küßte zart ihre Nase und ihre Augen, und sie spürte seine Zunge in ihrem Ohr. Sie streckte die Arme nach ihm aus und spürte seine Küsse auf ihrem Hals. Sein Atem wurde schneller und traf sich mit ihrem, und dann berührten seine Lippen gierig ihren Mund. Sein Körper preßte sich an ihren, als seine Zunge ihre Lippen erreichte und er sie langsam drängte, sie zu öffnen. Sie spürte die Wärme seines Mundes, seine Zunge, die auf ihre Zunge traf. Sie schmiegte sich dicht an ihn und schlang ihre Arme um seinen Hals.

Alles andere um sie herum verschwand. Nur noch sie und er existierten. Sie wünschte sich, es würde nie enden; sie wollte, daß er sie küßte und küßte und küßte.

Er tat es.

11. Kapitel

Zwei Tage nach ihrer Rückkehr nach Simbayo kam die ORE-GON auf dem Weg nach Coquilhatville vorbei. Marsh hatte gepackt und war reisefertig.

Sie würden ihn vermissen. Baxter hatte niemanden mehr, mit dem er Schach spielen und über Literatur reden konnte. Die Frauen hörten keine Geschichten mehr aus der weiten Welt. Keine Küsse, dachte Liliane. Keine Flirts. Nicht mehr das Gefühl, schön zu sein. Nicht mehr von einem Mann als gleichwertiges Gegenüber behandelt werden. Nicht mehr das gesteigerte Körpergefühl beim Schwimmen. Nicht mehr die Elektrizität, die so prickelnd war, wenn sie im Bett

gelegen und gewußt hatte, daß er auf der anderen Seite der Wand nur wenige Zentimeter von ihr entfernt lag.
Auch Anoka würde ihn vermissen. Marsh hatte stundenlang mit Anoka dagesessen und ihm Dinge beigebracht, mit ihm geredet und ihn gezwungen, über seine bisherigen Grenzen hinauszugehen. Marsh war in das Herz von Simbayo eingedrungen, und keiner konnte sich leicht von ihm trennen.
»Ich bin entzweigerissen, versteht ihr«, sagte er an seinem letzten Abend in Simbayo nach dem Abendessen. »Ihr habt mir etwas gegeben, was ich vorher nicht gekannt habe. Ein Teil von mir wird immer hierbleiben.«
Rose schneuzte sich. Liliane hoffte, daß sie nicht weinen würde.
Marsh lächelte und versuchte, die Stimmung aufzuheitern. »Was ich nicht vermissen werde, ist eure Luftfeuchtigkeit. Ich bewundere euch für eure unentwegte Ausdauer unter diesen klimatischen Bedingungen. Aber euch werde ich vermissen. In meinem Herzen werde ich euch alle ins gute alte England mitnehmen. Und euch nie vergessen.«
»Du kannst uns schreiben«, schlug Liliane vor.
Er sah sie an. »Ja«, sagte er. »Das kann ich tun.«
Später, als alle ins Bett gegangen waren, saßen Liliane und Marsh auf der Bank unter dem Baum und brachten es nicht über sich, auseinanderzugehen.
»Weißt du«, sagte er zu ihr, »ich gehe mit gemischten Gefühlen von hier fort. Ich würde es nicht ertragen, in diesem Klima zu leben, und auch nicht, derart von der Welt abgeschnitten zu sein, aber, mein Gott, Liliane, ich konnte nicht ahnen, daß ich dich hier finde.«
»Ja«, sagte sie. »Ich werde dich auch vermissen. Ich danke dir für die Reise, die du mit mir unternommen hast.«
»Ich rede mir ein, daß du dir den Ausflug nur ausgedacht

hast, damit ich länger bleibe und wir eine Zeitlang miteinander allein sind.«
»Vielleicht stimmt das sogar, aber zu dem Zeitpunkt wußte ich es noch nicht. Und wenn ich gewußt hätte, wie schön es wird, dann hätte ich es mir deshalb ausgedacht. Du hast mir etwas gegeben, was ich vorher nie gehabt habe.«
»Ich würde dir gern mehr geben, aber ich weiß nicht, ob es richtig für uns wäre.«
Blätter raschelten im Dunkeln.
»Was wirst du wegen Baxter unternehmen?« fragte er.
»Gar nichts. Ich kann nichts tun.«
»Willst du ihn haben?«
Vor zwei Monaten hätte sie die Frage beantworten können.
»Möchtest du meinen Rat hören? Wenn du ihn haben willst, dann nimm ihn dir. Mach dich an ihn ran. Ich sehe doch, wie er dich ansieht – selbst, wenn du es nicht merkst. Er weiß nicht, was er mit dir anfangen soll, Liliane. Laß dir von ihm das Schachspielen beibringen. Bring ihn dazu, daß er mit dir über seine Bücher redet – nicht nur über die medizinischen. Er besitzt wunderbare Bücher.«
Sogar im Dunkeln wußte sie, daß Marsh lächelte. »Warum zum Teufel gebe ich dir Ratschläge, wie du dir diesen Mann schnappen kannst?«
»Weil wir uns nie wiedersehen.« Tränen glitzerten in ihren Augen.
Es entstand ein Schweigen. Dann griff Marsh nach ihrer Hand. »Liliane«, sagte er leise, »daß du im hintersten Winkel dieser Welt sitzt, heißt noch lange nicht, daß wir uns nie mehr sehen oder voneinander hören werden. Und das, obwohl du glaubst, du seist in Baxter Hathaway verliebt.«
Ich bin in Baxter Hathaway verliebt, sagte sie sich. Und doch saß Marsh jetzt neben ihr, und seine Hand lag auf ihrem Knie.

Er zog sie an sich, sein Mund suchte ihre Lippen in der Nacht, und seine Hand streichelte zart und doch fordernd ihre Brüste. Ein Seufzer entrang sich ihr. Sie spürte seine Zunge zwischen ihren Lippen und verfluchte den puritanischen Gott, der ihre Welt bestimmte.

Der Alltagstrott setzte wieder ein, doch Liliane wußte jetzt, daß das allein nicht genug war.
Sie wollte es jetzt selbst in die Hand nehmen, wie Marsh vorgeschlagen hatte, daß mehr daraus wurde.
Marsh war vor einer Woche abgereist, als Liliane eines Abends nach dem Essen Baxter frage: »Hätten Sie genug Geduld, mir Schach beizubringen?«
»Sie wollen Schach spielen lernen?« fragte er überrascht.
»Ja, ich möchte es.« Sie lächelte.
Er blieb stehen und sah sie an. Schließlich sagte er: »Na, dann kommen Sie doch mit.« Mit diesen Worten verließ er den Eßraum.
Sie folgte ihm in sein Büro. Wie üblich lagen überall Papiere und Bücher herum. Er ging weiter in sein Schlafzimmer. Als sie im Büro stehenblieb und wartete, rief er: »Kommen Sie.«
Sein Schlafzimmer war behaglich und aufgeräumt. Bücher säumten die Wände; auf seinem Nachttisch lagen zwei Bücher und eine Taschenlampe. Ein Spieltisch war aufgebaut, und darauf legte er das Schachbrett. Er zog einen Stuhl an den Tisch und holte einen zweiten aus seinem Büro.
»Man kann nicht Schach spielen lernen, wenn diese beiden Frauen miteinander reden«, sagte er. »Man braucht äußerste Ruhe, um sich zu konzentrieren.«
Er setzte sich und bedeutete ihr, sich auch zu setzen.
Er war ein geduldiger Lehrer. Nach zwei Stunden wollte er aufhören. »Ich muß noch eine Weile arbeiten«, entschul-

digte er sich. »Aber morgen können wir gern weiterma-
chen.« Seine Stimme war unpersönlich.
»Ja, gern.«
Am nächsten Nachmittag wurde allerdings ein Mann mit einer entzündeten Wunde von der Schulter bis zum Handgelenk ins Krankenhaus gebracht. Anfangs fragten sich die Krankenschwestern, ob sie es mit Wundbrand zu tun hatten und ob eine Amputation erforderlich war. Ikido, der Mann, fieberte. Baxter saß die ganze Nacht bei ihm. Am nächsten Nachmittag wies alles darauf hin, daß Ikido durchkommen würde. Er aß eine Kleinigkeit und setzte sich hin.
Nach dem Abendessen fragte Baxter: »Die nächste Schachlektion?«
An jenem Abend begann Liliane, das Spiel wirklich zu verstehen.
Am Morgen freuten sich alle über die Fortschritte, die Ikido machte, doch kurz nach dem Mittagessen, als Liliane gerade schwimmen gehen wollte, hörte sie einen Schrei und rannte zu seinem Zimmer.
Ikido hatte die Augen vor Angst weit aufgerissen. Er zitterte. Er redete wirres Zeug. »Ich habe Mkimo gesehen«, murmelte er, und seine Stimme drückte Grauen aus.
Im Lauf der nächsten Stunde erfuhr Liliane durch geduldiges Zuhören von ihm, daß Ikido sich in eine Frau verliebt hatte, die Mkimo liebte. Mkimo besaß jedoch nicht genug Ziegen, um sie kaufen zu können. Ikido dagegen konnte den Preis zahlen. Er heiratete sie, und sie lebten anscheinend glücklich miteinander; seine Frau erwähnte Mkimo mit keinem Wort und sah ihn auch nicht an, wenn er vorüberging. Sie hatte zwei Kinder, und Ikido begann, Mkimo zu vergessen. Jedoch hatte er jetzt, als er im Krankenbett lag, Mkimo gesehen, der vor dem Fenster stand,

mit einem Finger auf ihn deutete und lachte. Er hatte ihn verhext; Ikido wußte, daß Mkimo ihm den Tod wünschte.
Nachdem er Liliane die Geschichte erzählt hatte, legte er sich hin und starrte die Decke an. Die Angst war ausgestanden, und er fand sich mit seinem Tod ab. An diesem Abend wollte er nichts essen. Er lag nur da und starrte die Decke an.
Nach dem Abendessen fragte Baxter: »Spielen wir Schach?«
Liliane nickte, obwohl sie in Gedanken bei Ikido war.
»Wird er sterben?« fragte sie Baxter auf dem Weg zu seinem Zimmer.
»Ich rechne damit«, sagte er. »Es gibt zwar keinen vernünftigen Grund dafür, aber in Afrika regiert schließlich nicht die Vernunft. Wir werden tun, was wir können, aber er hat seinen Tod bereits akzeptiert. Er wird tatenlos abwarten, bis er stirbt.«
»Oh, was für ein überflüssiger Tod!« rief Liliane aus.
»Wir haben selbst unseren Aberglauben«, sagte Baxter, als sie sein Zimmer betraten.
Obwohl er gesund war, starb Ikido am sechsten Tag.
Liliane setzte zu einem ernsten Angriff auf die Zurückhaltung an, hinter der Baxter sich verbarg. Nach einer Schachpartie fragte sie eines Abends beim Gehen: »Darf ich mir von Ihnen SCHULD UND SÜHNE ausleihen?«
»Ich glaube kaum, daß das Buch Sie interessiert«, sagte er.
»Warum nicht? Worum geht es denn?«
»Um dasselbe wie in allen lesenswerten Büchern. Um Gut und Böse. Um Gott oder nicht Gott.«
»Und warum sollte mir das nicht gefallen?«
Er zuckte die Achseln. »Es scheint mir nicht gerade ein Buch zu sein, an dem eine Frau ihren Spaß haben könnte.«
»Darf ich mir selbst ein Urteil bilden?«
»Selbstverständlich.« Er nahm das Buch aus dem Regal.
Sie las bis spät in die Nacht. Dostojewski war ganz etwas an-

deres als Dickens. Sie fragte sich, wie Baxter etwas mit einem Roman anfangen konnte, der so vor ungezügelter Leidenschaft und Emotionen sprühte. In dem Zusammenhang fragte sie sich auch, wie es Baxter, dem Schauspieler, möglich gewesen war, seine Seele mit Gefühl und Leidenschaft zu überfluten und sie einem Publikum darzustellen. Als sie ihn zum ersten Mal gesehen hatte, hatte sie all das unter der Oberfläche gespürt, doch seit sie in Simbayo war, war sie zu der Auffassung gelangt, daß Baxter niemandem persönliche Gefühle entgegenbrachte. Sein Mitgefühl floß in seine unpersönlichen Beziehungen ein; seine Leidenschaft galt Ideen.

Sie spielten regelmäßig Schach. Gegen Ende des Abendessens begannen seine Augen zu leuchten, und jeden Abend fragte er wieder, als setze er es nie als selbstverständlich voraus: »Spielen wir Schach?«

Eines Abends fragte er sie beim Schach: »Sind Sie nicht reif für einen Heimaturlaub?«

»Wollen Sie mich loswerden?« erwiderte sie.

Er antwortete nicht darauf, doch seine Augen bohrten sich glühend in ihre, als suche er eine Antwort auf eine Frage, die nicht gestellt worden war.

»Was sollte ich denn tun, Baxter? In Amerika habe ich kein Zuhause mehr. Ich habe keine Lust, alte Bekannte aufzusuchen und mir anzuhören, was sie über ihre Babys zu erzählen haben, über die Arbeit ihrer Ehemänner und . . .«

»Was ist mit Ihrem Leben? Hätten Sie nicht gern auch ein Kind?«

Es war die erste intime Frage, die er ihr in den zwei Jahren stellte, seit sie hier war. »Ich weiß nicht«, antwortete sie. »Ich denke nicht allzuoft darüber nach. Aber ich glaube«, sagte sie und sah ihm fest ins Gesicht, »daß ich gern geliebt würde.«

Er ließ sie nicht aus den Augen. »Sie könnten nach England gehen.«
Ist es das, was du willst? fragte sie stumm. Versuchst du, mich in die Arme eines verheirateten Mannes zu treiben?
»Ich bin hier zu Hause.«
Ihre Hand legte sich auf sein Handgelenk und glitt federleicht darüber. Er bewegte die Hand nicht und sah sie an. Sie bemerkte, daß ein Muskel in seinem Arm zuckte.
»Sie werden hier gebraucht«, sagte er. »Ich habe gehört, wie sie Sie inzwischen nennen – die Eingeborenen, die aus dem Dschungel kommen.«
»Wie nennen sie mich denn?« Sie ließ ihre Finger auf seinem Handgelenk liegen.
»Sie nennen Sie Mutter Lili.«
»Mutter?« Sie lachte freudig. »Sehen Sie, dann sind das doch alles meine Kinder.«
»Aber wollen Sie denn kein eigenes Leben führen?«
»Versuchen Sie jetzt, mich loszuwerden oder nicht?« fragte sie im Scherz.
Er nahm ihr Handgelenk, umklammerte es und sagte eindringlich und mit Feuer in den Augen: »Sehen Sie es denn nicht? Sie werden hier gebraucht. Sie sind zu einem Teil dieses Ortes geworden.«
»Dann versuchen Sie nicht«, sagte sie leise, »mich fortzuschicken.«
»Sie fortzuschicken? Ich dachte, Sie wollten vielleicht . . .«
Er ließ sie los und stand auf. Er trat ans Fenster, starrte in die Nacht hinaus und sagte: »Sie sind auch ein Teil von mir.«
Er blieb stehen und sammelte sich. Dann sagte er mit einer ruhigeren Stimme und einem Blick, der immer noch ins Dunkel gerichtet war: »Ich werde für zwei Tage fortfahren. Ich bin in ein Holzfällerlager weiter oben am Fluß gerufen

worden. Am Freitag komme ich zurück. Sorgen Sie dafür, daß hier alles klappt.«

Ihr wurde klar, daß er sie mit dieser unpersönlichen Bemerkung wegschickte.

Doch sie konnte nicht schlafen. Sie lag im Bett und fragte sich, ob sie je in der Lage sein würde, ihre Gefühle und Sehnsüchte von einem Mann auf einen anderen zu übertragen. Sie war kein Teil von Marsh gewesen. Sie hatte sich von ihm angezogen gefühlt, weil er jung und schön war und sie begehrte, aber auch, weil er ihr das Gefühl gab, schön zu sein, und weil ihr zwei Jahre lang kein Mann Beachtung geschenkt hatte. Sie hatte sich Marsh zugewandt, weil er ihr gab, was sie von Baxter wollte. Er war ein Ersatz für ihn, und sie hatte es von Anfang an gewußt. Außer in dem Moment, in dem er sie geküßt hatte. Dann hatte sie an nichts anderes mehr gedacht und nur noch gespürt, wie wunderbar es war, von ihm berührt zu werden, in seiner Nähe zu sein. Er war ein Vorspiel gewesen. Er hatte ihr Selbstsicherheit gegeben und ihr Mut gemacht, mit dem Schachspiel anzufangen.

Sie lachte über sich selbst. In Buffalo hätte ich neben dem Telefon gesessen, dachte sie, und abgewartet, bis ein Mann die Initiative ergreift. Das hat mich die ganze Zeit zurückgehalten. Ich hatte nicht begriffen, daß eine Frau den ersten Schritt tun kann. Mir war nicht klar, daß mehr als das Körperliche dazu gehört, jemanden zu verführen, daß auch der Geist und die Seele damit zu tun haben. Und das Herz ... Ach, das war es doch, was sie eigentlich von Baxter wollte, oder nicht? Sie wollte von ihm geliebt werden. Ihr eigentliches Verlangen ging dahin, daß er sich ihr gegenüber öffnete, sich wie eine Blüte vor ihren Augen entfaltete. Aber was hatte Marsh doch gesagt?

»Hüte dich davor, welke Blumen zu gießen«, hatte er ihr geraten. »Du könntest glauben, daß sie nichts weiter als Sonne und ein bißchen Wasser brauchen, um üppig zu blühen. Du vergeudest Zeit und Energie und Gefühle darauf, sie liebevoll zu hegen, aber nur, um später festzustellen, daß du welke Blumen gegossen hast.«

Sie war nicht davon überzeugt, daß Baxter eine welke Blume war. Vielleicht eine schlummernde, die gehegt und gepflegt werden mußte, um aufzublühen, aber doch kräftige Wurzeln hatte. »Sie sind auch ein Teil von mir«, hatte er gesagt.

Am Freitag kehrte er mit einem gebrochenen Arm zurück. Er hatte kaum Schmerzen, da Anoka ihn unter seiner Anleitung zurechtgerückt und geschient hatte. Anoka strahlte, als Baxter sagte: »Besser hätte ich es auch nicht machen können.« Wahrhaft ein großes Lob von einem Mann, der selten Lob aussprach.

Baxter gab zwar nie zu, daß er sich in Anoka getäuscht hatte, doch er nahm ihn in den harten Kern von Simbayo auf. Jedesmal, wenn er das Lager für ein paar Tage verließ, nahm er Anoka mit. In Simbayo vertraute er zwar auf Rose und Liliane, wenn er medizinische Hilfe brauchte, doch er trat Anoka immer mehr Verantwortung ab. Er ließ eine Pritsche für Anoka im Krankenhaus aufstellen und wies ihm den Nachtdienst zu, ließ ihn die Patienten aber nicht selbst behandeln. Statt dessen sollte er Baxter holen, wenn Hilfe gebraucht wurde, aber trotzdem war es ein Schritt in eine Richtung, mit der Liliane nicht gerechnet hatte.

Anoka war zum Heilen geboren. Als Liliane sich dazu eines Morgens äußerte, blickte Baxter auf und lächelte sie an. »Dann seid ihr schon zwei, nicht wahr?« Er lächelte inzwischen häufiger.

Dennoch war er gereizt, weil ihm sein gebrochener Arm lästig war. »Wie soll ich so Operationen durchführen?« murrte er übellaunig.

Rose beantwortete seine Frage. »Sie scheinen zu vergessen, daß Sie hier drei recht gute Krankenschwestern haben.«
Am Abend beim Schach sagte Baxter zu Liliane: »Ein Kaiserschnitt ist Ihnen geglückt; sind Sie bereit, sich an einem Bruch zu versuchen?« Brüche gehörten zu den häufigsten Operationen.
»Natürlich«, antwortete sie. Sie hatte oft genug zugesehen und mindestens in hundert Fällen assistiert. Sie würde anfangs nervös sein, aber sie wußte, daß sie es konnte, vor allem, wenn Baxter ihr die nötigen Anweisungen gab. »Aber meinen Sie nicht, Sie sollten erst Rose fragen?«
»Wenn ich Rose zuerst fragen wollte, hätte ich es getan«, sagte er. Seine Hand legte sich zögernd auf ihre Finger. Er hatte sie von sich aus berührt! Aber schon stand Baxter verlegen auf.
»Wir werden gleich nach dem Frühstück operieren«, sagte er. »Gute Nacht.«
In jener Nacht träumte sie von dem Moment, in dem Baxters Hand langsam nach ihrer gegriffen hatte, doch als sie in seine Augen blickte, sah sie Marsh. Als er sich in ihrem Traum über den Tisch beugte, um sie zu küssen, war es Marshs Kuß, den sie fühlte. Marshs Kuß, der ihren ganzen Körper beben ließ.
Am nächsten Morgen lenkte ihre erste Operation sie sofort von ihrem nächtlichen Traum ab. Sie war erstaunt darüber, daß ihre Nervosität ausblieb.
Nach der Operation fühlte sie dem Patienten automatisch den Puls und sah erst dann Baxter lächelnd an.
»Vielleicht hätten Sie Ärztin werden sollen, Liliane«, bemerkte er.
Sie dachte, das bin ich doch längst. Aber sie sagte nichts.
Am Nachmittag traf zum zweiten Mal seit Marshs Abreise

das Postschiff ein. Ein kleines Päckchen von ihm wurde abgeliefert. Es trug den Absender Kunming, China. Er hatte ihr einen leuchtend türkisfarbenen Seidenschal geschickt, der von einem kurzen Brief begleitet wurde.

Er erinnert mich an deine Augen. Bin auf dem Weg nach Französisch-Indonesien, Anreise über den Mekong. Derzeit in der wunderbaren chinesischen Stadt Kunming, nahe der Grenze zu Birma. Ich soll von Tali aus nach Westen reisen und die Quelle des Mekong finden (der hier in China Lancang heißt). Er entspringt im Himalaja und rinnt von dort herunter und ist ein ziemlich breiter Strom, wenn er die Grenze von China und Birma erreicht. Von dort aus werde ich ihn zu Fuß und im Sampan nach Süden verfolgen, an der Grenze zwischen Thailand und Laos entlang, durch Kamputschea und bis zum Delta in Französisch-Indochina. Du fragst dich, warum mich diese heißen, schwülen Länder magnetisch anziehen, obwohl ich die Luftfeuchtigkeit so schlecht vertrage?
Meine Reise endet in Saigon, das eine faszinierende Stadt sein soll. Rechne damit, daß die Reise etwa vier Monate dauern wird. Bin froh, London und alles, was ich dort vorgefunden habe, verlassen zu haben. Ich denke täglich an dich. Jede Nacht bist du bei mir. Ich frage mich, ob dir eine solche Reise gefallen würde. Ich frage mich, warum wir nicht miteinander geschlafen haben.

Die Unterschrift in großzügigen Buchstaben lautete: *Marsh.* Etwas so Zartes habe ich noch nie berührt, dachte sie, als sie sich den Schal an die Wange schmiegte.
In den kommenden sechs Wochen führte sie täglich Operationen aus und erlernte die Feinheiten der Chirurgie. Baxter war grenzenlos geduldig, und seinem Tonfall und seinen

Blicken konnte sie entnehmen, daß er sie allmählich als Kollegin und nicht mehr als Helferin ansah. Jetzt unterhielt er sich abends beim Schach über chirurgische Eingriffe mit ihr und fragte sie nach ihrer Meinung zu verschiedenen Fällen. Noch nie war sie so glücklich gewesen. Ihre Beziehung erreichte eine neue Ebene, als er eines Abends MOBY DICK aus seinem Bücherregal zog und ihr reichte. »Es ist wahrscheinlich das beste Buch, das je geschrieben worden ist«, sagte er.

»Es geht doch um einen Wal, nicht wahr?« fragte Liliane, als sie das zerfledderte Buch entgegennahm, das er ihr hinhielt.

»Es geht absolut nicht um einen Wal«, sagte Baxter. »Es geht darum, ob es einen Gott gibt oder nicht, und es geht um die Seele. Es lotet die verborgensten Winkel des menschlichen Geistes und der menschlichen Seele aus. Ich glaube, es wird Ihnen gefallen.«

Es gefiel ihr, daß er endlich anfing, auch ihren Intellekt zu schätzen. Ihr medizinisches Können schätzte er schon seit einer Weile. Wenn er doch bloß auch ihren Körper begehrt hätte!

Sie hoffte, daß er sich eines Tages nach ihr verzehren würde. Er war fast fünfzig. Vielleicht war er zu alt für körperliche Gelüste. Er war nicht zu alt, um Häuser zu bauen, diesen gewaltigen Komplex zu überblicken, durch den Urwald zu ziehen, mit nur vier Stunden Schlaf pro Nacht auszukommen. Er war auch nicht zu alt für einen Tagesablauf, der Männer erschöpft hätte, die nur halb so alt waren wie er. Vielleicht hatte seine Ehe seine Abkehr von den Frauen herbeigeführt, vielleicht . . .

Zum Teufel mit diesen Ungewißheiten, dachte sie. Ich will, daß Baxter mich begehrt. Ich will, daß er mich im Arm hält. Wenn er mich quer durch den Raum ansieht, will ich, daß er nach mir verlangt. Ich will von ihm geküßt werden. Ich will wissen, daß er mit mir glücklicher ist als ohne mich.

O Gott, dachte sie. Ich bin mein ärgster Feind. Warum denke ich bloß so? Es nutzt mir nichts. Es frustriert mich nur.

Sie setzte sich im Bett auf.

»Es liegt an dem schrecklichen Mondschein«, sagte sie laut. Ihr Zimmer war in einen matten Glanz getaucht. Der Duft des Hibiskus wehte hinein. Es war eine seltsam stille Nacht, und das Mitternachtslicht schien die Fährte zu einer ungewissen Geisterwelt zu weisen. Es tanzte um sie herum und ging ihr unter die Haut. Sie verließ ihr Bett wie eine Schlafwandlerin, öffnete wie im Traum die Tür und trat in die helle Nacht hinaus. Die hohen Bäume waren dunkle Schatten über der Lichtung, doch sie konnte selbst im Schatten genügend sehen.

Der Mond zieht mich an, dachte sie, wie er die Flut anzieht. Sie hörte im Geist einen Walzer und begann anmutig mit dem weißen Ball zu tanzen. Sie drehte sich langsam im Kreis und summte dazu, und ihre Hände bewegten sich in der Luft.

Im Mondschein tanzte sie zu ihrem Teich, der hell erleuchtet war. Sie zog sich ihr Nachthemd über den Kopf und warf es von sich. Langsam watete sie ins Wasser. Der Teich nahm sie auf wie eine kosende Hand. Er sog sie in sich auf. Sie sang zu der Melodie, die in ihrem Kopf spielte. Sie legte sich auf den Rücken, und ihr Haar breitete sich fächerförmig aus. Sie überließ sich dem Mond. Er küßte ihre Lider und ihre Brüste, während das warme Wasser rhythmisch über sie hinwegspülte. Der Mond starrte auf ihren weißen nackten Körper herunter. Sie spürte, daß er sie zu sich zog, als wende er sich an ihren ganzen seidigen Körper, an all ihr bebendes Verlangen, an all ihre ruhelose Gier.

Ein sechster Sinn ließ sie die Augen öffnen und zu der Palme hinübersehen. Ein Mann stand im Schatten des Baumes. Sie konnte nur seinen Umriß erkennen.
Sie schwamm auf den Baum zu.
Er blieb still stehen, und sein Gesicht war im Schatten verborgen. Langsam kam Liliane aus dem Wasser. Sie ging betont langsam und blieb mit leicht gespreizten Beinen im Mondschein stehen. Ihr Körper war mit schimmernden Wassertropfen bedeckt, als sie auf Baxter zuging. Mit einer qualvoll verlockenden Langsamkeit bot sie sich ihm dar. Sein Gesicht war immer noch im Dunkeln, doch sie konnte das Feuer in seinen Augen sehen.
Sie streckte die Arme aus, nahm seine Hände und legte sie auf ihre Brüste. Dann begann sie, sein Hemd aufzuknöpfen. Er blieb still stehen und sah sie an. Ihr Körper erweckte seine Hände zum Leben. Das aufgestaute Verlangen von Jahren brach mit Wucht aus ihm heraus, und er schlüpfte aus seinen Kleidern und zog sie so dicht an sich, daß ihre Brüste auf seinem Brustkorb lagen. Sein Mund preßte sich gierig auf ihre Lippen, als seine Arme sie umschlangen.
Sie spürte seinen Körper mit einer immensen Leidenschaft, die sie nicht für möglich gehalten hatte. Seine Hände kehrten zu ihren Brüsten zurück und umklammerten sie so heftig, daß es weh tat. Er bog ihren Körper zurück, küßte ihre Brüste, eine nach der anderen, und seine Zunge verschlang ihre Brustwarzen. Oh, dachte sie, daß es so ist, wußte ich nicht. Jeder Nerv in ihrem ganzen Körper vibrierte, und jedesmal, wenn seine Zunge ihre Brustwarzen berührte, spürte sie ein Feuer zwischen ihren Beinen.
Er schloß seine Lippen um ihren Mund und küßte sie roh. Seine Zunge erkundete ihren Mund. Seine Hände glitten über ihren Körper, gruben sich in ihre Schultern und umklammerten sie. Er hob sie hoch und legte sie auf den Bo-

den, legte sich auf sie und wand sich heftig. Sie spürte ihn zwischen ihren Beinen und spreizte die Schenkel weit für ihn. Sie kostete es aus, ihn zu spüren, seine Kraft und seine Stärke. Seine Finger kosten ihre Schenkel. Mit einer flinken Bewegung war er tief in sie gedrungen. Er küßte ihre Brüste und stieß sich immer wieder tief in sie und hielt nur einen Moment lang in seinen Bewegungen inne, als er ihren leisen Aufschrei hörte.

Dann lag sein Mund auf ihren Lippen. Seine Zunge koste sie sacht, während er in sie drang und sich zurückzog, immer wieder, und er bewegte sich mit der Heftigkeit und im Rhythmus der Trommeln der Nacht. Schließlich entrang sich ihm ein Schluchzen. Er stieß sich tief in sie und begrub sein Gesicht in ihrem Nacken. »O Gott!« stöhnte er.

12. Kapitel

Sie zog das Bettlaken fort und sah auf ihren nackten Körper herunter; dabei erinnerte sie sich an seine Berührungen. Er hatte sie so roh geküßt, als sei er danach ausgehungert. Er war so roh in sie eingedrungen, als sei er verzweifelt und könne nicht länger warten. Bei dem Gedanken an den Schauer der Erlösung, der ihn durchzuckt hatte, lächelte sie. Darum also drehte sich alles. Warum, fragte sie sich, wurde der Jungfräulichkeit ein so hoher Wert beigemessen? Warum sollte jemand seine Jungfräulichkeit behalten wollen, wenn man statt dessen *das* haben konnte?

Während sie zart mit ihren Händen über ihren Körper strich, freute sie sich darauf, Baxter heute morgen zu sehen. Sie stellte sich das Funkeln in seinen Augen vor, die neu erwachte Zärtlichkeit, die Liebe, die sie sich jetzt offen eingestanden. Ein beseligter Seufzer drang durch ihre Lippen.

Er hatte sie festgehalten, als würde er sie nie mehr loslassen. Aber das war ja auch nicht nötig. Köstliche Gedanken gingen ihr durch den Kopf: wie es wohl sein mußte, jede Nacht neben ihm zu schlafen, seinen Körper an ihrem zu spüren, schlummernd in seiner Armbeuge zu liegen.

Aus der Ferne hörte sie das Klappern der Töpfe und wußte, daß die Köchin das Frühstück vorbereitete. Wie sollte sie es fertigbringen, ihn nicht vor Rose und Heidi zu umarmen? Sie würde sich zusammenreißen müssen, bis sie allein miteinander waren. Aber sicher würden ihre Blicke sie verraten.

Sie sah Baxter weder im Garten noch beim Frühstück. Auch in seinem Büro fanden sie ihn nicht. Rose und Anoka hatten begonnen, die Patienten zu behandeln, als Baxter plötzlich aus dem Wald auftauchte. Er bedachte Liliane mit keinem Blick, sondern nickte nur wie sonst und setzte sich. Als er nach seinem Stethoskop griff, mied er ihren Blick. Sie reichte es ihm und berührte dabei seine Hand. Als er flüchtig zu ihr aufblickte, sah sie eine versteckte Wärme in seinen Augen.

Den ganzen Tag über sagte er kein persönliches Wort zu ihr. Ihr Herz sank. Sie verstand das nicht. Natürlich waren sie ständig von Menschen umgeben. Sie waren keinen Moment lang miteinander allein, doch sie glaubte, es hätte sich einrichten lassen, wenn er es gewollt hätte.

Am Nachmittag regnete es. Sturzbachartige Regenfälle verwandelten die Erde in Schlamm. Gewaltige Blitze zerrissen den Himmel, und darauf folgten Donnerschläge, die ein Loch in das Universum rissen.

Selbst wenn sie mitten im Regenwald lebten, kam es selten zu derart heftigen Schauern. Liliane fiel wieder ein, daß November war. Der April und der November waren die Regenmonate. Ansonsten vergaß sie, welchen Monat sie gerade hatten, da es hier bis auf die beiden verregneten Monate keine Jahreszeiten gab. Die Tage zogen auf eine Weise vorüber, die jeden Kalender bedeutungslos machte. Auch die Stunden verloren ihre Bedeutung. Sie wachte mit der Sonne auf und wußte, daß ihr Tagesablauf von den Mahlzeiten bestimmt wurde. Die Post brauchte Monate, und daher spielte es keine Rolle, welcher Wochentag war. Wenn etwas an dem einen Tag nicht erledigt werden konnte, dann erledigte man es eben am nächsten Tag, vielleicht sogar erst im nächsten Monat – oder gar im nächsten Jahr. Sie kannten keine Eile, keinen starren Zeitplan, obwohl die Tage nach einem ähnlichen Muster abliefen. Der Samstag war der einzige Tag, an dem der Rhythmus der übrigen Tage unterbrochen wurde, doch selbst das wurde durch die Wiederholung zur Routine. Irgendwie wußte sie immer, wann der Tag der Leprakranken gekommen war. Ein Kalender war überflüssig.

Kurz vor dem Abendessen hörte der Regen auf, und wahrscheinlich würde es erst kurz vor Anbruch der Morgendämmerung weiterregnen. Das Land roch frisch und sauber. Frösche tauchten auf, der Fluß schwoll an, und der Duft des Hibiskus und der Bougainvillea hing in der Luft. Liliane nahm wenig von alledem wahr. Am Nachmittag hatte sie keine Lust zu schwimmen. Sie saß in ihrem Zimmer und fragte sich, ob Baxter sie absichtlich ignorierte. Ihre Brust schnürte sich zusammen.

Baxter schien es nach dem Abendessen nicht eilig zu haben, den Speisesaal zu verlassen, und Liliane fürchtete schon, er würde das Schachspiel ausfallen lassen. Aber nachdem er zwei Psalmen gesungen und kurz mit den Krankenschwestern geplaudert hatte, wandte er sich mit ausdruckslosem Blick an Liliane und fragte: »Machen wir ein Spiel?«

Ihre Nerven waren inzwischen so angespannt, daß sie nicht

wußte, wie sie reagieren sollte. Sie folgte ihm in sein Zimmer und blieb in der Tür stehen, als er auf den Tisch zuging. Er wandte sich zu ihr um, und sie sah, daß seine Augen Zärtlichkeit ausdrückten. Die Maske fiel.

»Komm her«, befahl er ihr.

Sie ging auf ihn zu und kam langsam in seine ausgestreckten Arme, die sie umschlangen und so fest hielten, daß sie ganz an ihn gepreßt wurde. »O Liliane. Meine liebe Liliane«, hauchte er in ihr Ohr und suchte ihre Lippen.

Ein Verlangen, das sich mehr als zwei Jahre lang aufgestaut hatte, überwältigte sie, und sie verausgabten sich schnell. Liliane wollte nicht, daß es so kurz anhielt und dann vorbei war. Sie wollte überall von Baxter berührt werden; sie wünschte sich, er hätte ihren Körper mit seinen Lippen und seinen Händen erkundet. Sie verzehrte sich danach, ihre Zunge über seine Brust gleiten zu lassen, seinen Bauch zu schmecken und an seinem Nabel zu knabbern. Sie wollte ganz langsam vorgehen und jede Berührung ganz bewußt wahrnehmen, alles auskosten. Sie wußte, daß Männer leichter die Bereitschaft hatten als Frauen; und doch hatte sie den ganzen Tag ihre Bereitschaft gespürt. Seit der Dämmerung hatte sie mit ihm schlafen wollen. Sie wünschte, Baxter hätte ihr gesagt, daß er sie liebte. Sie wollte . . .

Sie schämte sich. Baxter sagte ihr schließlich, daß er sie liebte. Das Prickeln, das sie spürte, wenn er sie küßte, wenn ihre Zungen einander berührten, wenn er ihre Brüste anfaßte, rief ein Verlangen wach, das sich durch sein kurzes Eindringen nicht so leicht stillen ließ. Es schien ihr zu schnell vorbei zu sein. Vielleicht, dachte sie, bin ich zu wollüstig. Vielleicht sollte ich mir nicht noch mehr wünschen. War das einer echten Dame angemessen? Alles, was sie je gelesen hatte, aber auch die zögernden Versuche, damals in der Schule mit anderen Mädchen darüber zu reden, hatten

darauf hingewiesen, daß Frauen keinen wirklichen Spaß am Sex hatten. Ihnen gefiel die romantische Seite, aber nicht das Körperliche.
Hinterher hätte sie gern neben Baxter gelegen, ihre Fingernägel träge über seine Brust gleiten lassen, ihren Kopf auf seine Schulter gelegt und sich von ihm das Haar streicheln lassen. Sie hätte es genossen, ihrem gleichklingenden Atem zu lauschen, dazuliegen mit Beinen, die ineinander verschlungen waren, und zu wissen, daß die Leidenschaft sich verbraucht hatte – seine, wenn auch nicht ihre. Und dann hätte sie gern mit ihm geredet. Über alles Erdenkliche geredet, worüber Liebende reden: darüber, wie lange sie einander schon liebten, wie schön es jetzt war, über ihre Hoffnungen für die Zukunft und über die Gedanken, über die man mit keinem anderen sprach.
Aber Baxter wollte nicht im Bett liegenbleiben. Er sprang auf und sagte: »Und jetzt zum Schach.«
Während des Spieles sahen sie sich über den Tisch hinweg verliebt an; er legte seine Hand auf ihre und lächelte.
Sie schliefen nicht jeden Abend miteinander, aber selbst wenn sie es taten, forderte Baxter sie anschließend immer auf, zu gehen. »Ich muß noch schreiben«, sagte er.
Eines Nachts sagte er: »Ich bin viel zu alt für dich.« Sie kam zu ihm, kniete sich neben ihn und legte ihren Kopf auf seinen Schoß. »Bitte, sag das nie wieder«, flehte sie. Seine Hand fuhr durch ihr lockiges Haar.
Am Samstagabend, nach der Rückkehr von der Leprakolonie, schliefen sie nie miteinander. Manchmal verloren sie beim Schachspiel die Selbstbeherrschung, rissen einander die Kleider vom Leib und warfen sich auf sein Bett. Gelegentlich spürte Liliane, daß ihr Körper bebte, als stünde sie kurz davor, einen magischen Berggipfel zu erreichen, doch sie schaffte es nie ganz, die Spitze zu erklimmen.

Sie hätte furchtbar gern gesagt: »Baxter, ich liebe dich«, doch sie fürchtete sich davor.

Tagsüber sah er sie nie anders an als Rose oder Heidi, und doch nahm sie subtile Veränderungen wahr. Er verließ sich immer mehr auf sie; er fragte sie häufig nach ihrer Meinung; er hörte ihr zu, wenn sie etwas vorschlug; er behielt sie ständig im Auge, wenn er auch seine Gefühle hinter einer Maske verbarg. Sie stellte fest, daß er sie immer mehr wie eine Kollegin behandelte. Er brachte ihr schwierigere Operationen bei. Sie verstand, was das eine mit dem anderen zu tun hatte. Das war seine Art, zu ihr zu sagen: »Ich liebe dich.«

Nachts war er auch nicht gesprächiger als tagsüber. Er hielt ihr Gesicht in seinen Händen und fuhr mit seinen langen Fingern durch ihr Haar. Seine Augen sahen sie forschend an, und er sagte nur: »Liliane, o Liliane.«

Ehe sie durch die Dunkelheit zu ihrem Zimmer lief, küßte er sie und blieb dann in der Tür stehen und sah ihr nach, wenn sie in der schwarzen Nacht verschwand. Er kam nie mit ihr, und er forderte sie auch nie auf, bei ihm zu bleiben.

Ein Jahr verging. Lilianes Gefühle schwankten zwischen einem Glück, das größer war als alles, was sie je gekannt hatte, und ihrer Enttäuschung darüber, daß Baxter so wenig mitteilsam war. Warum weigerte er sich, ihr seine Liebe zu erklären? Warum wollte er nie darüber reden? Manchmal glaubte Liliane, Baxter überhaupt nicht zu kennen. Dann glaubte sie wieder, ihn besser zu kennen als sich selbst.

In einer tiefschwarzen Nacht trat sie auf dem Weg zu ihrem Zimmer, den sie inzwischen im Schlaf kannte, auf einen Zweig, der hochschnellte und ihre Wade traf. Sie zuckte zusammen und lachte dann erleichtert. Komisch, dachte sie, daß ein Zweig so hoch fliegen kann. Als sie ihr Zimmer erreicht hatte, spürte sie einen beißenden Schmerz in ihrem

Knöchel. Sie zündete die Lampe an und sah sich ihr Bein genauer an. Zwei kleine Löcher waren in die Haut über ihrer Wade gekerbt.

Sie schrie.

Eine Schlange! Gütiger Gott, es mußte eine Viper gewesen sein. Sie schrie noch einmal. Sie konnte nicht mehr aufhören, laut zu schreien. In weniger als einer Minute stand Rose in ihrem Zimmer. Liliane deutete auf die Bißwunde. Sie zitterte, und ihr Knöchel pochte bereits und begann anzuschwellen. Es war ein Gefühl, als sei sie von Dutzenden von Hornissen gestochen worden.

Baxter stürzte kurz nach Rose in ihr Zimmer. Er warf einen flüchtigen Blick auf sie und sagte: »Versuch, dich zu beruhigen.« Er wandte sich an Rose. »Beruhigen Sie sie, damit das Gift sich nicht noch schneller im Körper ausbreitet. Ich hole das Schlangenserum. Der Biß einer Viper kann in zwei Stunden töten.« Ehe er aus dem Zimmer rannte, griff er nach einem Handtuch, das auf dem Stuhl lag. Er schlang es über den beiden winzigen Löchern in ihrer Haut um ihr Bein. In rasender Eile sah er sich um und fand einen Bleistift, den er durch den provisorischen Verband steckte und umdrehte, um den Unterschenkel abzubinden.

»Hier«, sagte er zu Rose. »Halten Sie das fest, bis ich wieder da bin.«

Rose hielt die Aderpresse fest.

Heidi tauchte in der Zimmertür auf. Ihr folgte Anoka. Er verdrehte entsetzt die Augen, als er verstand, was geschehen war.

Liliane hörte das Pochen ihres Herzens.

Baxter schien für Ewigkeiten verschwunden zu sein. Als er zurückkam, war er bleich und atemlos und schrie: »Schnell! Wo ist das Schlangenserum? Ich habe die Lazarettapotheke auf den Kopf gestellt, aber ich kann es nicht finden.«

Alle starrten Heidi an, als sie hörten, daß sie laut Atem holte.
»Oh, Gott im Himmel!« flüsterte sie auf deutsch. »Mit dem letzten Schiff ist keins gekommen. Wir haben keins. Es ist uns ausgegangen.«
Baxter zog ein Skalpell aus seiner Tasche, hielt es in die Flamme der Lampe, tunkte es in Alkohol, den er mitgebracht hatte, und arbeitete flink und wortlos.
Liliane wandte den Kopf ab, weil sie nicht sehen wollte, wie das Messer in ihr Fleisch drang, doch sie hatte kaum Schmerzen. Die Blutzufuhr war durch die Aderpresse so erfolgreich unterbrochen worden, daß sie unterhalb nichts spürte. Baxter hob ihr Bein, legte seine Lippen auf die blutende Wunde und sog daran. Nach ein paar Sekunden spuckte er das Gift und das Blut auf den Fußboden. Er wiederholte diesen Vorgang eine Minute lang, und dann gab er Rose ein Zeichen, und sie löste ihn ab. Dann kam Heidi an die Reihe. Als Baxter den Vorgang wiederholen wollte, trat Anoka näher, drängte ihn zur Seite und griff nach Lilianes Bein. Sie wechselten sich ab, damit keiner von ihnen zuviel Gift in den Magen bekam. Nach fünfzehn oder zwanzig Minuten, die wie Stunden erschienen, löste Baxter die Aderpresse, und Liliane spürte, wie das Blut buchstäblich in ihren Knöchel und in ihren Fuß schoß. Das scharfe, stechende Prickeln ließ sie zusammenzucken; es war ein ähnliches Gefühl wie bei einem eingeschlafenen Fuß, nur wesentlich schlimmer.
Baxter sagte Anoka, er solle Wasser und Verbände holen. Als er zurückkam, brachte Baxter einen nassen Verband auf der Wunde an.
Er murmelte Rose und Heidi etwas zu, und dann verschwand er mit Anoka. Die beiden Krankenschwestern zogen Liliane aus und legten sie ins Bett. Sie schien sich nicht rühren zu können, und sie zogen ihr sachte das Nachthemd über, schüttelten ihr Kissen auf und deckten sie zu.

Als Baxter wieder in ihr Zimmer kam, hatte er eine Spritze mitgebracht. »Liliane«, sagte er leise, »ich werde dir ein Beruhigungsmittel verabreichen. Du wirst wieder gesund. Eine Woche lang wirst du dich schlecht fühlen, aber ich verspreche dir, daß alles wieder gut wird.« Er gab ihr die Spritze in den Arm.

An die nächsten Tage konnte sich Liliane nur verschwommen erinnern. Immer wenn sie zu Bewußtsein kam, sah sie Baxters Gesicht. Anoka, Rose und Heidi waren auch da, und sie glaubte ein- oder zweimal, Naldani zu erkennen. Ihre Gesichter drückten Zuneigung und Mitgefühl aus. Baxters Gesicht wirkte immer gequält. Sie glaubte, ihn immer wieder murmeln zu hören: »Es ist meine Schuld. Ich hätte niemals zulassen dürfen, daß du allein durch die Dunkelheit läufst.«

Sie glaubte aber auch, ihn sagen zu hören: »Meine Liliane.« Dabei preßte er sein Gesicht an ihre Wange. Oder einmal auch: »Mein Liebling.«

Als sie das Bewußtsein vollständig wiedererlangt hatte, durfte sie vier weitere Tage lang nicht aufstehen. Zum ersten Mal in ihren drei Jahren in Simbayo hatte sie Mitleid mit sich selbst. Sie wußte, daß es nur an ihrer Untätigkeit lag, daran, daß sie nichts anderes tun konnte, als dazuliegen und nachzudenken. Der Regen trug auch noch dazu bei – es war wieder einmal Regenzeit. Und genau dadurch wurde es ausgelöst.

Jetzt wurde zu Hause das Erntedankfest gefeiert, und das war die Zeit, zu der ihre Familie immer mit den Weihnachtsvorbereitungen begonnen hatte. Sie erinnerte sich an ihre glückliche Kindheit und an den Schnee auf den Straßen, an Schlittenfahrten, an Lichter auf Weihnachtsbäumen, an festliche Schaufensterdekorationen. Der Heilige Abend war der einzige Tag im Jahr, an dem ihr Vater starke alkoholische Getränke in seinem Haushalt duldete – Eierflip mit Cognac. Mit sieben Jahren war Liliane an Weihnachten davon beschwipst gewesen, doch ihre Eltern hatten es darauf geschoben, daß sie zuviel Truthahn in sich hineingefuttert hatte.

In jenen Zeiten, in jenen Jahren, war sie in einen Kokon aus Geborgenheit und Liebe gehüllt. Als sie jetzt im Bett lag, sehnte sie sich nach ihrer Mutter.

Heidi fand sie eines Nachmittags weinend vor, als sie kam, um ihr Tee zu bringen und ihr Bein zu massieren. Liliane war erstaunt, als Heidi sich vorbeugte, sie auf die Stirn küßte und ihr zart die Schulter tätschelte.

Vielleicht konnte sie sie dazu überreden, dieses Jahr ein richtiges Weihnachtsfest zu veranstalten. Vielleicht konnte sie ein paar Geschenke basteln. Sie konnten es wie ein Spiel aufziehen.

Doch Jacks unerwartetes Auftauchen setzte diesem Traum ein Ende.

Solange Liliane im Bett lag, kamen Rose und Heidi nach dem Abendessen sofort zu ihr, doch sie gingen, sobald Baxter mit einem Buch unter dem Arm auftauchte. Er las ihr vor.

»Du weißt, daß du mir das Leben gerettet hast.« Liliane lächelte und legte ihre Hand auf seinen Arm.

»Wenn es mir nicht gelungen wäre«, sagte er, »wäre mein Leben vollkommen wertlos geworden.«

Er schloß das Buch, sah sie an und nahm ihre Hand. Seit dem Schlangenbiß zeigte er ihr offen seine Zuneigung.

»Morgen darfst du aufstehen, aber ich will nicht, daß du gleich wieder arbeitest.«

»Meine Güte«, sagte sie und lächelte ihn zärtlich an. »Ich werde so verwöhnt.«

Er glitt von seinem Stuhl und kniete sich neben ihr Bett. Er nahm ihren Kopf in seine großen Hände, fuhr mit seiner Zunge über ihre Lippen und flüsterte: »Lili . . .«
Sie beugte sich vor und flüsterte ihm ins Ohr: »Komm zu mir ins Bett.«
Er riß den Kopf zurück. »Hier? Jetzt?«
Sie blies die Lampe aus. »Hier. Jetzt.« Sie warf die Decke zurück und hörte, daß er sich schweigend im Dunkeln auszog.
Nachdem er gegangen war, lag sie lächelnd da und war glücklich. Er weigerte sich zwar beharrlich, es auszusprechen, doch sie wußte, daß er sie liebte, und zwar jetzt mehr denn je. Morgen würde sie mit ihm über Weihnachten reden, ihn dazu bringen, daß sie sich gegenseitig etwas schenkten, und wenn es etwas Selbstgemachtes war. Sie wollte ihn bitten, ihr etwas in die Hand zu geben, etwas Greifbares.

Als Liliane am nächsten Morgen aufstand, fühlte sie sich schwach, und Naldani folgte ihr wie ein Schatten. Naldani entwickelte eine Selbständigkeit, die undenkbar gewesen wäre, wenn nicht Liliane in ihr Leben getreten wäre.
Als Liliane schon vor der Mittagszeit so matt war, daß sie sich wieder hinlegen wollte, hörten sie Jacks Schiff. Nichts anderes auf Erden klang so wie diese Schiffssirene. Wie schön, dachte Liliane sofort. Vielleicht können wir ihn überreden, ein paar Wochen zu bleiben. Vielleicht bleibt er über Weihnachten bei uns.
Trotz ihrer Mattigkeit erreichte sie als erste den Anlegeplatz.
Jack wirkte noch mehr heruntergekommen als sonst. Er hatte sich seit Tagen nicht rasiert, und seine Augen waren glanzlos und rot, allerdings nicht vom Alkohol.

Liliane fing das Tau auf und umarmte Jack, als er vom Boot sprang. Alle rechneten mit einem fröhlichen Mittagessen, doch schon bald dämpften die Neuigkeiten die Stimmung.
»Ich bin nicht zu Besuch gekommen«, sagte Jack, der seinen Fisch genüßlich verzehrte. »Trotzdem wünschte ich, ich könnte eure Köchin entführen. Ich bin hier, um Hilfe zu holen.«
Sie sahen ihn erwartungsvoll an.
»Etwa hundert Meilen weiter flußaufwärts, hinter Boleko, ist eine Pockenepidemie ausgebrochen. Sie läßt sich kaum noch eindämmen.«
Schweigend starrten sie Jack an.
»Gütiger Gott«, murmelte Baxter.
»Kann man etwas dagegen tun?« fragte er flehentlich, ohne sich deshalb von seinem Fisch ablenken zu lassen. »Sie sterben wie die Fliegen.«
»Für die Betroffenen können wir nichts mehr tun«, sagte Baxter, »aber die anderen können vor der Ansteckung bewahrt werden.«
»Oh, sagen Sie nicht, daß man nichts tun kann«, sagte Rose. »Sie meinen, es ist unvermeidbar, daß die Kranken sterben?«
Baxter nickte. »Ja, genau das meine ich. Den Überlebenden können wir das Leben erleichtern.«
Heidi nickte. »Ja. Wir haben eine Menge Serum. Wir können ihnen helfen. Wer kann es verabreichen?« Jack fuchtelte mit seiner Gabel herum. »Ich hatte gehofft, daß einer von euch mit mir kommt. Sie sind doch bestimmt alle geimpft. Ich auch.«
Es herrschte Schweigen, und die vier sahen einander an.
Ein einzelner reicht nicht aus, um eine Epidemie einzudämmen, dachte Liliane. Vielleicht nimmt er mich mit. Vielleicht können Baxter und ich hingehen. Ein Schauer lief ihr über den Rücken.

»Doc«, krächzte Jack, der endlich sein Besteck hinlegte. »Ich schätze, Sie können mir beibringen, wie man eine Spritze gibt. Oder was eben getan werden muß. Vielleicht bin ich nicht klug genug, um Arzt zu werden, aber ich muß doch wohl gescheit genug sein, um jemanden zu impfen.«

Baxter lächelte ihn an. »Jack, mein Freund, ich zweifle nicht im geringsten an Ihren Fähigkeiten. Aber wir brauchen außerdem noch jemanden, der mitkommt. Ich werde Anoka mitnehmen.«

Liliane spürte, wie ihr Herz sank.

»Ich käme auch gern mit«, sagte sie.

Baxter sah sie an. »Die drei Damen werden die Leitung von Simbayo übernehmen«, sagte er, und Liliane erkannte, daß es zwecklos war, Einwände zu erheben. »Du könntest allerdings Anoka suchen«, sagte er zu Liliane, »und ihm beibringen, wie man jemanden impft. Vergewissere dich, daß er selbst geimpft ist. Jack, ich werde für die Vorbereitungen bis morgen früh brauchen. Können Sie so lange warten?«

»Ich kann nur hoffen, daß es nicht auf einen Tag ankommt«, sagte Jack. »Wenn ich Gesellschaft habe, muß ich mein Boot schrubben, und ich möchte auch noch meinen Spaß mit den Damen haben. Und das Essen genießen. Wir sollten Lebensmittel mitnehmen. Wer weiß, wie lange es dauert. Für die Fahrt brauchen wir sechs Tage.«

Da Jack zu Besuch war, spielten sie nach dem Abendessen nicht Schach. Sie hatten einen hektischen Tag hinter sich, und alle zogen sich früh zurück. Liliane lag im Bett und wußte, daß sie zu Baxter gehen mußte. Er konnte sie nicht für mehrere Wochen verlassen, ohne privat von ihr Abschied zu nehmen.

Als sie in das Dunkel seines Schlafzimmers trat, nahm er

ihre Anwesenheit sofort wahr. »Ich hatte gehofft, daß du kommst«, flüsterte er. »Ob Schlangen oder nicht.« Er lag nackt im Bett und erwartete sie.
Nachdem sie einander geliebt hatten, blieben sie in der Umarmung liegen, und sie sagte leise mit ihren Lippen auf seinem Hals: »Ich werde dich so sehr vermissen.«
»Mach dir keine Sorgen. Ich komme zurück.«
Sie küßte seinen Nacken und fuhr mit der Hand über seine Brust. »Ich werde dich trotzdem vermissen. O Baxter, kannst du dir überhaupt vorstellen, wie sehr ich dich liebe? Ich habe dich von dem Tag an geliebt, an dem ich dich zum ersten Mal gesehen habe.«
Da – endlich hatte sie es ausgesprochen. Jetzt hatte auch er eine Chance. Sie konnten einander ihre Liebe gestehen und sich während der Trennung mit diesen Worten trösten.
Aber sie hörte keine Worte, sondern nur ein ersticktes Seufzen.
Nach einer Weile sagte er: »Dafür danke ich Gott jede Nacht. Daß du in mein Leben getreten bist, beweist mir täglich wieder die Existenz Gottes.«
Verdammt noch mal, dachte Liliane, das ist zu förmlich. Hör auf, so um den heißen Brei herumzureden, und gib endlich zu, daß du mich liebst!
Sie blieb bis zur Morgendämmerung bei ihm.

13. Kapitel

»Ein weiterer kleiner Triumph«, sagte Rose strahlend. Sie hatten gerade eine tiefe offene Wunde am Bein eines jungen Jägers genäht.
Sie trugen gerne die alleinige Verantwortung.
Samstags fuhr Liliane auf die Insel und traf dort Naldani;

gemeinsam kümmerten sie sich um die Leprakranken. Naldanis Mann hatte inzwischen sämtliche Zehen und Finger verloren; seine Nase war nicht mehr als ein Stumpf. Naldani deutete nie auch nur an, daß sie seinen Anblick grauenerregend fand. Lilianes Magen drehte sich nach wie vor um, und sie fragte sich, ob sie je jemanden so sehr lieben könnte, daß sie mit einer derart grausamen Entstellung fertigwerden würde.

»Ach«, sagte Naldani, als Liliane darauf zu sprechen kam, »du hast ihn doch nicht gekannt, als er noch gesund war. Du siehst nicht den Mann, der er wirklich ist. Er ist immer noch derselbe wie damals.«

Naldani war jung. Sie war nicht viel älter als Liliane. Obwohl die Afrikaner eine andere Zeitrechnung hatten, hatten sie und Naldani eines Tages ausgerechnet, daß Naldani nach der westlichen Zeitrechnung mit dreizehn oder vierzehn Jahren geheiratet haben und ebensolange verheiratet sein mußte. Bmeno war nach ihren Berechnungen zweiunddreißig. Er sah aus wie ein uralter Mann. Jetzt war es nötig, daß Naldani ihn trug, denn er konnte nicht einmal mehr humpeln. Immer sah er sie voller Stolz und Liebe an.

Heidi sorgte dafür, daß der organisatorische Teil glatt lief, und Liliane und Rose hatten gemeinsam die medizinische Arbeit übernommen. Sie halfen einander, und jede von ihnen traf Entscheidungen, doch es war klar, daß Rose Liliane lieber die eigentlichen Eingriffe überließ und ihr beistand. Nach jeder erfolgreichen Operation lächelten sie einander voller Stolz an, doch eine Spur von Erleichterung war auch dabei. Durch die Intensität ihrer gemeinsamen Unternehmungen vertiefte sich die Freundschaft zwischen diesen beiden vollkommen verschiedenen Frauen.

Eines Morgens hatten sie die Patienten schneller als sonst behandelt und saßen im Büro. Rose sagte: »Weißt du, ich glaube, eigentlich freut es mich, daß der Doktor fortgehen mußte.«

Liliane warf einen flüchtigen Blick auf sie. Sie vermißte Baxter. Dennoch erkannte sie in seiner Abwesenheit ihre eigene Kraft. War es das, was Rose meinte?

»Nein«, antwortete Rose, »ich meine unsertwegen. Ich weiß, daß wir beide verschieden sind. Du bist kühner, und ich weiß, daß du den Alltagstrott nicht magst, der Heidi und mir ein Gefühl von Sicherheit verleiht. Du und ich, wir haben einander immer gemocht und respektiert, aber jetzt fühle ich mich dir auf andere Weise nah. Jetzt sind mir unsere Ähnlichkeiten bewußter als unsere Unterschiede.« Sie legte eine Hand auf Lilianes Schulter. Dann fragte sie: »Du weißt es, nicht wahr?«

Liliane brauchte nicht zu fragen: »Was weiß ich?« Sie nickte. »Ja, ich weiß es. Seit Jahren.«

Rose sah erstaunt zu ihr auf. »Seit Jahren? Und du hast uns deshalb nicht verurteilt?«

Liliane lächelte freundlich. »O doch, am Anfang schon. Es hat lange gedauert, bis ich . . .«

Rose lächelte gepreßt. Sie nickte. »Ja, wir haben auch lange gebraucht, um es zu akzeptieren. Ich weiß nicht, was wäre, wenn wir wieder in der Zivilisation wären . . . aber das sind wir nicht. Glaubst du, der Doktor weiß es?«

Liliane zuckte die Achseln. »Ich habe keine Ahnung. Wir reden nicht über persönliche Angelegenheiten.«

Rose schwieg eine Zeitlang, als wolle sie ein neues Wagnis abschätzen. Zögernd setzte sie an: »Ich habe es als selbstverständlich vorausgesetzt, daß du und der Doktor dahintergekommen seid, was Heidi und ich . . . was wir miteinander gemeinsam haben. Daß du und er . . .«

»Ja. Aber wir reden nie über etwas Persönliches.« Ihr gequälter Tonfall überraschte sogar sie selbst.

»Ach, du meine Güte!« erwiderte Rose voller Mitgefühl.
Tränen traten in Lilianes Augen. »Ich liebe ihn so sehr, aber er öffnet sich mir nie. Er läßt mich nie an sich heran. Manchmal frage ich mich, ob es überhaupt etwas gibt, woran ich nicht komme. Manchmal frage ich mich ...« Sie begann zu schluchzen und warf sich in Roses tröstende Arme.
Rose tätschelte ihr Haar, während sie weinte. »Es liegt nicht an dir, Lili«, murmelte sie. »Wir glauben, daß vor langer Zeit etwas passiert ist. Ein persönliches Versagen oder ein tragisches Ereignis, irgend etwas in seinem früheren Leben zwingt ihn, vor sich selbst davonzulaufen. Heidi und ich haben uns immer über seine herablassende Art gewundert. Aber seit du ... wir dachten, er hätte sich vielleicht geändert ... Du weißt doch, daß er dich liebt, oder etwa nicht?«
Liliane wischte sich die Tränen aus dem Gesicht und löste sich aus Roses mütterlicher Umarmung. »O ja, *ich* weiß es. Aber ich weiß nicht, ob er es weiß.«
»Ich habe mich oft gefragt«, sagte Rose mit nachdenklichem Gesicht, »was wichtiger ist – zu lieben oder geliebt zu werden. Wir verbringen so viel Zeit unseres Lebens damit, uns zu fragen, ob uns je jemand lieben wird. Natürlich ist eine gegenseitige Liebe der Idealfall, aber ich glaube, wenn wir nur eins von beidem haben können, dann ist die Fähigkeit zu lieben entscheidender. Mit Sicherheit bist du glücklicher als der Doktor. Fast jeder Mensch wird irgendwann einmal geliebt, aber nicht jeder ist dazu fähig, zu lieben.«
Liliane sah Rose erstaunt an. Zum ersten Mal wurde ihr klar, wie viel sie für Rose empfand.
Ihr Gespräch wurde unterbrochen, als ein seltsames Grüppchen sich näherte. Eine winzige alte Frau mit ver-

schrumpelten Brüsten, dünnem Haar und vielen Zahnlükken führte es an. Ihr folgte ein Mann, der ebenso klein war, aber wesentlich besser aussah. Dann kamen ein kleines Mädchen von etwa drei Jahren und ein großer, dürrer Mann, der ein Baby trug.

Die alte Frau stellte sich vor die beiden Krankenschwestern hin und schaute sie nacheinander an. Sie wies mit dem Finger auf Liliane und bedeutete dem jungen Mann, ihr das Baby zu bringen.

Liliane und Rose sahen einander an, als Liliane ihm das Baby abnahm. Sie hielt es beschützend an sich. Auf Bantu fragte sie, was ihm fehle. Die seltsame Gruppe starrte sie stumm an.

Rose probierte es. Vergeblich.

»Ich vermute«, sagte Liliane, »wir werden es selbst herausfinden müssen.«

Sie legten das Kind auf den Operationstisch. »Es kann nicht älter als sechs Monate sein«, sagte Rose. »Und es kann das rechte Bein nicht bewegen.«

»Was glaubst du, was ihm fehlt?« fragte Liliane.

»Ich hole Naldani. Vielleicht kann sie für uns übersetzen«, sagte Liliane und ging auf die Tür zu, doch die alte Frau verschränkte die Arme vor ihren hängenden Brüsten und verstellte ihr den Weg. Sie weigerte sich entschieden, Liliane vorbeigehen zu lassen.

Statt dessen deutete sie auf Rose.

»Okay«, sagte Liliane. »*Du* mußt Naldani suchen.«

Die alte Frau machte Rose den Weg frei.

Rose kehrte mit Naldani zurück, die die Fremden halbwegs verstehen konnte. Die Mutter war vor drei Tagen gestorben, als die Lähmung eingesetzt hatte. Liliane und Rose sahen einander an, und plötzlich ging ihnen auf, womit sie es zu tun hatten.

»Kinderlähmung, nicht wahr?« fragte Liliane.
Rose nickte. »Ich fürchte, ja.« Hilflos tauschten sie Blicke aus. Es gab absolut nichts, was sie tun konnten. Die Krankheit würde ihren Lauf nehmen.
»Ich wünschte, Baxter wäre hier«, murmelte Liliane.
»Ich hoffe nur, daß das Baby nicht stirbt«, sagte Rose.
Am Abend ging es dem Baby nicht schlechter; die Lähmung hatte sich nicht ausgeweitet. »Ich glaube nicht, daß wir mit weiteren Komplikationen rechnen müssen«, sagte Rose. »Ich glaube, die Krankheit verschlimmert sich nicht.«
Der kleine Junge wird verkrüppelt bleiben, dachte Liliane, aber die Lähmung wird nicht auf andere Körperteile übergreifen. Heidi erklärte sich freiwillig bereit, die Nacht bei dem Säugling zu wachen und es mit heißen Bädern und Massagen zu probieren.
Als sie endlich einschlief, hatte Liliane einen merkwürdigen Traum. Anfangs glaubte sie, daß sie von Marsh träumte, doch als sie erwachte, wußte sie, daß der Traum mehr bedeutete. Sie hatte die drei Wochen noch einmal durchlebt, in denen sie mit Marsh durch den Urwald gezogen war. Und im Traum hatte sie den Kopf des Jungen gesehen, den man in die Erde eingegraben hatte.
Wie elektrisiert setzte sie sich im Bett auf. »Das ist es«, sagte sie laut vor sich hin. Es dämmerte noch nicht, und sie weckte bereits Rose und Heidi und erklärte ihnen, was sie vorhatte.
»O nein«, rief Rose aus. »Wir können den Jungen nicht eingraben. Er wird nicht stillhalten. Er ist noch zu klein.«
Liliane wandte sich zu ihr um. »Er wird entweder jetzt stillhalten oder sich für den Rest seines Lebens nicht mehr bewegen können.«
»Woher weißt du, daß es klappt?« fragte Heidi.
»Ich weiß es nicht. Aber welche andere Wahl haben wir?«

»Wir werden fünf Tage lang ständig bei ihm bleiben müssen«, sagte Liliane. »Wir werden uns abwechseln.« Sie erinnerte sich ganz genau, daß der Junge fünf Tage in dieser Stellung bleiben mußte.
»Das klingt nach einer Folter«, rief Rose aus.
»Ja, das ist es auch. Und doch habe ich selbst gesehen, daß es genutzt hat.« Sie beschloß, daß das heiße Wasser entscheidend war, nicht die Kräuter. Trotzdem fragte sie Naldani, ob sie wußte, welche Kräuter dafür verwandt wurden.
»Ich habe gehört, daß die Mboodu das machen«, sagte die junge Frau, »aber ich weiß nicht, welche Kräuter sie verwenden.«
Das Baby war der geduldigste Patient, den sie je hatten. Meistens schlief es, und es weinte nur, wenn sie es wieder eingruben. Alle vier Stunden wurde es heiß gebadet. Sowie es eingegraben war, war es sofort wieder still.
Als sie den Jungen das letzte Mal ausgruben, strampelte er mit beiden Beinen. Rose hätte geschworen, daß er sie anlächelte.
»Die Wunder der modernen Wissenschaft«, murmelte Liliane, die sich unglaublich über ihren Erfolg freute. Vielleicht lerne ich hier mehr als ich lehre, dachte sie.
Als die seltsame Gruppe das Lazarett verließ, war allen drei Krankenschwestern bewußt, wie sehr ihnen das Baby fehlen würde. Sie hatten ihm ihre Herzen geöffnet, und jetzt standen sie vor einer Leere, doch als sie dasaßen und sich voller Zufriedenheit zu ihrem Erfolg gratulierten, den sie als Wunderheiler erzielt hatten, sagte Rose: »Es ist Heiligabend.«

Am nächsten Tag kamen gegen Mittag zwei Kanus über den Fluß, die von jeweils sechs Eingeborenen gerudert wurden. Ein Weißer stieg aus und rief: »Fröhliche Weihnachten!«

Die Krankenschwestern liefen ans Ufer.
»Könnt ihr euch überhaupt vorstellen, wie sehr ich diese Männer antreiben mußte, um Weihnachten hier anzukommen? Zehn Tage lang bin ich auf diesem verdammten Fluß gewesen. Sag mir eins«, fragte Marsh und baute sich vor Liliane auf. »Bist du verheiratet?«
Sie lächelte gegen ihren Willen. »Nein.« Sie lachte nervös.
»Na, wenn das so ist.« Er zog sie an sich und küßte sie im strahlenden Sonnenschein. Als er spürte, daß sie sich dagegen sperrte, ließ er sie los.
»Deine Briefe haben mich alle auf einmal erreicht. Nachdem ich alle neun an einem Tag gelesen hatte, mußte ich zurückkommen und dich sehen.« Seine Überschwenglichkeit war ansteckend. Sie spürte, wie seine Energien auf sie übergingen. Seine dunklen Augen funkelten vor Übermut.
Er hatte ihnen allen Geschenke mitgebracht, wollte aber nicht zulassen, daß sie sie vor dem Abendessen auspackten. Er bat Heidi um Kerzen, und als sie beim Weihnachtskuchen angelangt waren, herrschte eine festliche Stimmung. Auf Marshs Aufforderung hin schlossen die Frauen die Augen, und kurz danach ertönte in diesem abgelegenen Winkel der Erde Enrico Carusos berühmter Tenor.
Marsh setzte sich wieder und lächelte selbstgefällig, während sie »Stille Nacht« hörten und selbst in den Gesang einfielen. Kein Auge blieb trocken.
»Das ist noch nicht alles«, sagte Marsh strahlend, als das Weihnachtslied endete. Auch er war tief ergriffen. »Ich habe euch vierzig Platten mitgebracht. Keine Kleinigkeit, das Zeug auf diesen Flüssen zu transportieren. Es wiegt bestimmt eine Tonne.«
Musik! Wie sehr das alles ändern würde. Kein anderes Geschenk wäre ihnen lieber gewesen.
Und doch bekamen sie noch viel mehr.

Marsh sagte, es täte ihm leid, daß er Baxter die Schreibmaschine und den Karton mit Farbbändern sowie ein Lexikon und ein Biologiebuch nicht persönlich überreichen könne. Für Anoka hatte er ein Hemd mitgebracht.

Heidi drückte er ein kleines Päckchen in die Hand, das in blaues Glanzpapier eingewickelt war. Sie ließ sich endlos Zeit mit dem Öffnen und kostete die Momente der Spannung genüßlich aus. Eine winzige Ballerina drehte sich im Kreis zu Brahms' »Wiegenlied«.

Er hatte ihr noch mehr von diesen kleinen Walzen mitgebracht, und zwar ausschließlich deutsche Lieder. Heidi war sprachlos.

Bei Rose entschuldigte er sich. »Ich fürchte, das Geschenk für Sie ist nicht halb so romantisch. Aber da ich Sie immer wieder habe jammern hören: ›Ach, hätte ich doch bloß . . .‹, habe ich Ihnen etwas sehr Nützliches mitgebracht.«

Es war ein wesentlich größeres Paket, so groß wie ein Möbelstück. In ihrer Aufregung zerriß sie das Papier und schnaufte schwer, als sie sah, was Marsh ihr mitgebracht hatte. »Oh«, sagte sie, und wieder traten Tränen in ihre Augen, und sie schlug die Hand vor den Mund. »Oh!« Es war eine Nähmaschine mit Fußpedal.

Marsh warf Stoffballen auf den Eßtisch. »Die sind für alle da«, sagte er glücklich. »Sucht euch selbst aus, was ihr mögt. Bis auf den gelben. Der ist für Naldani. Das setzt natürlich voraus, daß Rose euch ihre Singer benutzen läßt.«

»Ja, sicher doch«, rief Rose fröhlich aus. »Marsh, was für ein wunderbares Geschenk!«

Liliane ließ ihre Finger genüßlich über die Stoffe gleiten.

Jetzt war es also Marsh und nicht Baxter, der ihr etwas zu Weihnachten schenkte. Sie fragte sich, was er wohl für sie ausgesucht haben mochte.

Endlich wandte sich Marsh an sie und sagte: »Bei dir war es

schwieriger. Ich hätte dir am liebsten die ganze Welt gekauft.« Die Aussage war ihm nicht peinlich.
Das Paket enthielt etliche kleinere Päckchen. Im obersten war eine Shorts. »In Amerika tragen die Frauen jetzt so etwas«, erklärte Marsh. »Ich dachte, für deine Ausflüge in den Busch müßten sie perfekt sein. Dein Rock war dir so oft lästig. Und ich dachte mir auch, daß deine Sandalen längst abgetragen sein müssen«, sagte er beim nächsten Päckchen.
Sie öffnete ein anderes Päckchen und fand einen kleinen Jadespiegel. »Du sagst immer, du hättest ganz vergessen, wie du aussiehst«, erklärte er. »Als ich in China darauf gestoßen bin, wußte ich, daß es genau das ist, was du brauchst.«
Sie hielt sich den Spiegel vors Gesicht. Wie glücklich ich aussehe, dachte sie. Was für ein wunderbares Weihnachtsfest!
»Es ist noch mehr da«, drängte er sie.
Im nächsten Päckchen war eine mit Juwelen besetzte Haarspange, die die Form einer Mondsichel hatte. Die blauen, roten und grünen Steine funkelten im Licht der Lampe. Erst viele Jahre später sollte Liliane den materiellen Wert des Stückes erfahren.
»Hier«, sagte er und kam auf sie zu. »Laß mich das machen. Seit ich diese Spange in Saigon gesehen habe, weiß ich, wie sie in deinem Haar aussehen wird.« Er steckte den Kamm in ihre Locken. »Und jetzt sieh in den Spiegel«, sagte er lächelnd, »und zweifle nie mehr daran, wie schön du bist.«
Das letzte und größte Paket öffnete er selbst. Dutzende von Büchern fielen auf den Boden.
»Das sollte für das nächste Jahr reichen«, sagte er. Er war wirklich der Weihnachtsmann persönlich.
Es war schon spät, als Rose und Heidi aufstanden, um ins Bett zu gehen. Liliane wußte, daß sie sie mit Marsh allein lassen wollten, aber sie war nicht sicher, ob sie sich wünschte, mit ihm allein zu sein.

Als die beiden Krankenschwestern gegangen waren, sah er sie lange an. Dann kam er mit seinen anmutigen Bewegungen auf sie zu. Er hatte alle Lampen bis auf eine gelöscht. Er setzte sich und schlug die Beine übereinander. Dann beugte er sich zu ihr vor und sagte: »Riana und ich haben uns getrennt.«

Vielleicht hatte sie es schon vorher gewußt.

»Seit ich von hier abgereist bin, ist kein Tag vergangen, an dem ich nicht an dich gedacht habe. Ich habe dein Bild mit mir um die ganze Welt getragen. Du warst mit mir an Orten, von denen du nie auch nur gehört hast.«

Liliane hob eine Hand, um seine Worte abzuwehren. »Marsh, ich . . .«

»Nein, Liliane, entzieh dich mir nicht. Ich bin zurückgekommen, um dich auf die eine oder andere Weise für mich zu gewinnen, und ich gehe nicht, ehe ich nicht wenigstens einen Teil von dir habe.«

»Aber ich liebe Baxter.«

»Gibt er dir das, was du willst? Das, was du brauchst?«

»Ich weiß noch nicht einmal, was ich brauche. Aber ich weiß, daß ich hier glücklich bin.«

Er stand von seinem Stuhl auf und zog sie hoch. Seine Hände legten sich auf ihre Schultern. Er sah forschend in ihre Augen. »Kannst du behaupten, daß du trotz der Anziehungskraft, die der gute Doktor auf dich ausübt, nicht doch etwas für mich empfindest?«

Ehe sie etwas darauf antworten konnte, lag sein Mund auf ihren Lippen, und seine Arme hatten sie umschlungen. Sie bemühte sich, regungslos stehenzubleiben, doch es gelang ihr nicht. Ihre Arme umschlangen ihn, und ihr Mund öffnete sich seinen Küssen; das Herz schlug ihr in den Ohren.

»O du, meine Liebe«, flüsterte er ihr ins Or.

Sie löste sich aus seiner Umarmung.

»Warte, Marsh. Ich war nicht darauf vorbereitet.«
»In einer Woche reise ich ab«, sagte er. »Ich bin um die ganze Welt gereist, um dich zu finden, und ich lasse mich nicht so leicht abwimmeln.«
Seine Eindringlichkeit erregte sie, doch sie sagte: »Laß mir Zeit, Marsh, bitte.«

Marshs Ansichten waren anregend und herausfordernd, aber sie beobachtete sich auch dabei, wie sie seine langen, schmalen Finger und seine Lippen betrachtete; sie wollte wieder von ihm geküßt werden, doch seit dem ersten Abend hatte er es kein einziges Mal mehr versucht.
Am fünften Abend hielt er ihr die Tür zu ihrem Zimmer jedoch in einer Form auf, die ihr das Eintreten unmöglich machte.
»Es ist soweit«, sagte er.
Sie blieben schweigend im Dunkeln stehen, und er beugte sich vor, um sie zu küssen. Nur seine Lippen berührten sie, und doch war die Luft zwischen ihnen elektrisch geladen.
Dann spürte sie seine Brust und seine Beine, die sich an sie preßten.
Er riß sie heftig an sich. Eine Hand legte sich unter ihr Kinn und bog ihren Kopf zurück, und sein Mund senkte sich zu einem langen, zarten Kuß auf ihre Lippen.
Sie stand da wie gelähmt, und ihre Arme hingen herunter. Ihr Mund reagierte auf die Eindringlichkeit seiner Küsse.
Als seine Lippen sich auf ihren Hals legten, stöhnte sie wider ihren Willen und schlang ihre Arme um seinen Hals. Ihre Brüste preßten sich an ihn, und sie spürte seinen Körper von Kopf bis Fuß.
Ihre Münder suchten einander. Erst sachte und dann voller Leidenschaft berührten sich ihre Zungen und begannen ihre Erkundung.

»Du elektrisierst mich«, murmelte Marsh. Er legte sein Kinn auf ihren Kopf und hielt sie zärtlich im Arm. »Ich begehre dich so sehr, wie ich noch nie etwas begehrt habe.«

»O Marsh«, hauchte sie und küßte sein Hemd, unter dem sie die warme Haut spürte. Sie schien jede Kontrolle über ihren Körper verloren zu haben.

Er küßte zart ihre Nasenspitze; seine Zunge berührte sanft ihre Augenlider; ihre Wange wurde von Küssen überschüttet, und seine Zunge kam langsam auf ihr Ohr zu. Seine Knie spreizten ihre Beine; schwankend standen sie in enger Umarmung da.

Marsh nahm Lilianes Gesicht in seine Hände. Langsam bewegte sich sein Mund über ihre Wange zu ihren Lippen hin. Er berührte ihre Brüste mit unendlicher Zartheit. Sie schmeckte den Kaffee auf seiner Zunge und spürte die Nässe seines Mundes. Jede Selbstbeherrschung war verflogen, und sie zog seinen Kopf dichter zu sich.

Als er den ersten Knopf ihrer Bluse öffnen wollte, half sie ihm, und als sie halbnackt in der Nacht stand, murmelte er: »Ich will dich sehen.«

Sein Atem ging schneller, als sie sein Hemd aufknöpfte. Seine Finger lagen auf ihren Brustwarzen, dann seine Zunge. Ihr Körper stand in Flammen.

Mit einer Hand öffnete er ihre Zimmertür, zog sie drinnen aus, hob sie auf seine Arme und trug sie zu ihrem Bett. Seine Kleider glitten auf den Boden, und sie sah seine Silhouette über sich, ehe er sich neben das Bett kniete und ihren nackten Körper berührte.

Seine Hände glitten langsam über ihren Bauch und legten sich auf ihre Brüste. »Ich liebe dich«, sagte er leise. Seine Zunge koste eine Brust, während seine Hand zart die andere massierte. Sie spürte seine Zähne, die ihre Brustwarzen sanft dazu brachten, sich aufzustellen. Ihr Körper bebte.

14. Kapitel

»Ich habe nicht gewußt, daß es so sein kann«, murmelte Liliane, als Marsh mit dem Kopf auf ihrem Schoß dalag. Sie saßen unter den Palmen an der Biegung des Flusses und waren vom Lazarett aus nicht zu sehen. Marsh hatte Liliane zu einem Picknick überredet. Rose hatte heute ihre Verpflichtungen übernommen, und so konnte sie sorglos herumtrödeln.

Sie ignorierte die Gewissensbisse, die sie allmählich bestürmten. Mit Marsh zu schlafen, war eine Symphonie der Sinne. Nie zuvor hatte sie derart köstliche Genüsse erlebt.

Marsh hatte sie mit der Begründung an den Fluß geführt: »Ich will dich sehen können. Ich will deinen Körper mit meinen Augen verschlingen. Ich will dich genau ansehen, dich berühren und beobachten, wie der Sonnenschein auf deiner Haut tanzt. Ich will meinen Körper neben deinem sehen.« Schon allein seine Worte hatten ihren Körper entflammt.

Sie errötete, als sie wieder an die beiden letzten Nächte dachte. Sie war von einer Lust, die sie nie zuvor gekannt hatte, übermannt worden.

Marsh hatte es nie eilig. Er zögerte alles so lange hinaus, bis das köstliche Verlangen zur Folter wurde und jeder Nerv freigelegt war und fast schmerzhaft pulsierte.

Er liebte sie mit der Heftigkeit von Wogen, die gegen Felsen prallen. Seine Hände ergründeten hingebungsvoll ihren Körper; seine Zunge entdeckte, was ihr Genuß verschaffte. Er war auf ihr Vergnügen aus, und seine Leidenschaft war grenzenlos.

Seine Hände spielten Musik auf ihrem Körper, und ihr gesamtes Ich vibrierte zu den Klängen der Symphonie, die er erschuf. Schauer, die tief in ihrem Innern begannen, ließen heiße Ströme durch ihren Körper fluten. Sie hatte laut in die Nacht hinausgeschrien.

Er tat es wieder mit ihr.

Und wieder . . . und hielt nur inne, wenn auch er sie zusammenzuckend an sich preßte.

»Wir sind eins«, hatte er geflüstert. Als sich ihre Leidenschaft verbraucht hatte, blieben sie in einer engen Umarmung liegen.

Der Sex war zur Ekstase geworden. Die köstlichen Genüsse und die sinnliche Wildheit rissen sie in eine glühende Hingabe.

Marshs Körper war straff und schlank und schön . . . Sie kostete es aus, zuzusehen, was mit seinem und ihrem Körper geschah. Noch nie hatte sie sich derart lebendig gefühlt. Sie mochte den Geschmack seines Mundes, den Geruch seines Körpers, seine Zunge, die sie berührte. Was er sagte, schärfte ihre Sinne, doch vielleicht mochte sie lieber als alles andere sein Lachen und die Art, wie er sie zum Lachen brachte. Sie musterte ihn bei Tageslicht.

»Lili«, sagte Marsh, der zu ihr aufblickte. »Wie kann ich dich morgen verlassen? Wie kann ich dich überhaupt verlassen?«

Auch sie wollte nicht, daß er fortging. Sie hatte sich gerade angezogen, doch ihr unersättliches Verlangen regte sich schon wieder, als sie ihn ansah. Sie wollte ihn ständig berühren, sein Verlangen spüren, ihn in sich fühlen und ihn dort behalten. Genau das wollte sie *wirklich.* Und doch jagten diese Gefühle ihr Angst ein.

»Komm morgen mit mir.«

»O Marsh!« Warum wollte er etwas so Schönes in eine andere Realität zwängen? »Du weißt doch, daß das nicht geht.«

»Du meinst«, deutete er an, »daß du es nicht willst.«

»Einverstanden«, sagte sie. »Ich will es nicht. Das hast du von Anfang an gewußt.«

»Du bist noch nicht einmal versucht, von hier fortzugehen?« Seine Stimme überschlug sich.
»Nein.« Sie wußte, daß sie ihn damit verletzte. »Ich bin noch nicht einmal in Versuchung.« Sie war sogar sehr versucht. Diese Wildheit hatte sie mitgerissen. Ein Leben ohne Verantwortung und Pflichten, eine sorglose Weltenbummlerin, ständig in Gefahrenzonen. Nie in den zivilisierten Städten, nie in der Sicherheit der Vorstädte. Immer in unerforschten Gegenden. Ein Leben ohne jeden gesellschaftlichen Zwang. Ohne jede Einengung. Ein Leben, in dem wilde Nächte auf sinnliche Tage folgten ... O Marsh, ich bin ja so sehr versucht!
»Du wünschst dir nicht, daß es ewig so weitergeht?«
»Doch«, antwortete sie. »Ich würde mir wünschen, daß diese Form von Liebe niemals aufhört. Ich würde mir gern ab und zu vormachen, ich hätte keinerlei Verpflichtungen. Ich würde mich gerne an jedem einzelnen Tag meines Lebens geliebt und schön und als etwas Besonderes fühlen.«
»Ich verspreche dir all das für den Rest deines Lebens, wenn du mit mir fortgehst, Lili. Wir können uns gemeinsam die Welt ansehen. Wir könnten ein traumhaftes Leben führen.«
»Nein«, sagte sie. »*Du* kannst ein traumhaftes Leben führen. Ich wäre nichts weiter als dein Schatten. Ich würde in *deinen* Traum einsteigen, nicht in meinen. Das ist nichts für mich. Ich weiß nicht, wie man zur Märchenprinzessin wird.«
Es könnte allerdings Spaß machen, es zu versuchen, dachte sie. Sich nie mehr Sorgen zu machen. Keine Krankheit, keine Armut, kein Tod. Und jede Nacht Marshs Mund auf meinen Brüsten.
Marsh setzte sich auf. »Lili, es ist kein Märchen. Es ist absolut wirklich.«
Sie biß entschieden die Zähne zusammen. »Du weißt doch gar nicht, was Wirklichkeit ist. Du hast nie in einer gewöhn-

lichen Welt gelebt. Dein Leben ist eine überlebensgroße Leinwand, die den Blick für die Realität verstellt. Du glaubst, wenn du nach China und Amerika fährst und dich in Indien rumtreibst . . .«

»Du willst mir doch nicht etwa erzählen, dein Leben hier im Kongo sei ›gewöhnlich‹, oder?«

»Marsh, siehst du es denn nicht selbst? Sogar das ist unwirklich. Man kommt nicht mal schnell für eine Woche in den Kongo.«

»Ich schon, und mir ist es wirklich genug. Und nur zu deiner Information: wenn man die An- und Abreise berücksichtigt, muß man eher von sechs Wochen sprechen.«

»Selbst das ist für mich realitätsfremd. Wer kann sich schon sechs Wochen Zeit nehmen, um einem Impuls nachzugeben?«

»Einem Impuls? Glaubst du, das ist alles, was du für mich bist?« Seine Stimme klang zornig.

»Nein, aber manchmal komme ich mir wie ein Produkt deiner Einbildung vor. Du hörst mir ja gar nicht zu.« Das war ungerecht, und sie wußte, daß es nicht stimmte. »Du scheinst mich nicht zu hören, wenn ich dir sage, daß ich mein Leben rechtfertigen möchte, indem ich anderen Menschen helfe, daß ich mich gern bedeutsam fühle, mich gern meines Lebens würdig fühle, gern Leben retten möchte. Alles andere, was ich tun könnte, würde mich nicht glücklich machen.«

Oder etwa doch? Seit Jahren habe ich nicht mehr soviel gelacht, nicht mehr über so vieles nachgedacht. Ich habe mich nicht mehr so geliebt und geborgen gefühlt. Und ich war nicht mehr so wach, so lebendig!

»Woher weißt du das?« Sein Flehen war vergebens.

»Ich weiß es, und das reicht. Und wie ich dir von Anfang an gesagt habe, liebe ich Baxter.« Ja, ich liebe ihn, sagte sie sich.

Ich weiß, daß ich ihn liebe. Aber wie kann ich dann das mit Marsh tun? Ich weiß es nicht. Wie kann das nur sein. Oder warum. Ich weiß auch nicht, was ich später von mir selbst halten werde.
»Du kannst ihn nicht so sehr lieben, wie du glaubst, wenn du dich mir gegenüber so verhalten kannst.«
»Ich bin selbst bestürzt«, gab sie zu. Sie beugte sich vor und knabberte an seinem Ohr. Seine Hände glitten über ihren Körper, und seine Zunge suchte ihren Mund. Als seine Hand ihren Oberschenkel streichelte, spreizte sie die Beine. Oh, dachte sie, was bin ich bloß für eine Frau? Ich kann nicht von diesem Mann lassen.

Als er in der Morgendämmerung aufbrach, stand Liliane an der Anlegestelle und sah zu, wie das Kanu im Dunst verschwand. Seine Stimme war durch den Nebel gedämpft, als er rief: »Ich komme wieder. Ich lasse das Nein nicht als eine endgültige Antwort gelten.«
Auf dem Rückweg zum Lazarett sagte sie sich, daß sie in einem Traum gelebt und es die ganze Woche über gewußt hatte.
Rose und Heidi saßen beim Frühstück, als sie eintrat. Ich war so sehr mit Marsh beschäftigt, daß ich gar nicht weiß, was in der letzten Woche hier passiert ist, dachte sie.
Rose sah ihr in die Augen. Ich frage mich, was die beiden denken, sagte sie sich. Sie müssen es zwangsläufig wissen. Und ich dachte früher, *sie* seien unmoralisch!
Die Leere, die sie empfand, war wie ein großes Loch. Sie wünschte, sie hätte mit jemandem reden können, für ihre Sünden büßen können.
Während sie ihren ärztlichen Pflichten nachgingen und gemeinsam die Mahlzeiten einnahmen, bemerkte Liliane an den folgenden Tagen mehrfach, daß Rose sie genau ansah.

Einmal wollte Rose etwas sagen und schluckte die Worte im letzten Moment hinunter. Was wollte sie wohl sagen? Wollte sie ihr Vorwürfe machen? Liliane las in Roses Blikken ihre eigenen wirren Sehnsüchte und Schuldgefühle, als sei Rose ihr Gewissen.

Als sie die Schiffssirene der SAL hörte, war Marsh seit fünf Tagen fort.

Nur zögernd begrüßte sie Baxter und Jack. Was sie belastete, war, wie wenig sie in Wirklichkeit von Schuldgefühlen geplagt wurde. Wenn sie etwas Böses getan hatte, warum fühlte sie sich dann nicht schuldig? Sie hatte doch gesündigt, oder etwa nicht? Ihr Handeln war doch unmoralisch, oder nicht?

Wenn sie jetzt darüber nachdachte, war ihr Handeln doch schon seit mehr als einem Jahr unmoralisch. Sie hatte ohne den Segen der Ehe mit Baxter geschlafen. Verschlimmerte sich ihr unsittlicher Lebenswandel nicht noch dadurch, daß sie auch mit Marsh geschlafen hatte? Körperliche Beziehungen zu einem Mann unterhalten hatte, den sie nicht liebte? War das eine größere Sünde als das Verhältnis mit einem Mann, den sie liebte?

Sie erkannte, daß ihr wahres Schuldbewußtsein darauf zurückging, daß sie keine Reue verspürte. Was bin ich bloß für eine Frau? fragte sie sich. Bin ich nicht nur in den Augen der Gesellschaft, sondern auch in Gottes Augen unmoralisch? Und welche Gesellschaft sollte mich hier, in Simbayo, verurteilen?

Und wie urteile ich über mich selbst? Sie war unsicher. Sie war sich noch nicht im klaren darüber, wie sie sich selbst finden sollte.

In dem Moment kam MY GAL SAL um die Flußbiegung.

Jack und Baxter, die an der Reling lehnten, sahen wie heruntergekommene Seeleute aus. Vor einem Monat, vor ihrer

Abreise, hatten sie sich zum letzten Mal rasiert. Ihre Augen waren blutunterlaufen, ihre Kleider schmutzig und zerknittert. Liliane fand, Baxter stünde ein Bart; Jack sah immer so aus, als hätte er eine Rasur nötig – er hatte nie einen richtigen Bart, war aber auch nie glattrasiert.

Baxters müde Augen sahen sie an. Er ist erschöpft, stellte sie fest. Ich habe es mir blendend gehen lassen, und er hat ...

Als das Schiff anlegte, kletterte Baxter an Land und sagte mit einer kaum hörbaren Stimme: »Schön, wieder zu Hause zu sein.«

Sie merkte, daß seine Schultern herunterhingen.

Jack war ungewöhnlich still. Beide waren dünner als vor ihrer Abreise.

»Tag, Prinzessin«, krächzte Jack, als sei jedes weitere Wort eine zu große Anstrengung.

Sie liefen so langsam, als würden sie es kaum schaffen, zu Baxters Büro. »Ich glaube, wir brauchen beide ein Bad«, sagte er. »Könntet ihr die Köchin bitten, etwas Eßbares zurechtzumachen?«

Die beiden brachten das Essen kaum hinunter und schliefen noch, als die Frauen zu Bett gingen. Liliane fragte sich, ob Baxter wach war und auf sie wartete. Sollte sie zu ihm gehen? Irgendwann mußte es schließlich sein. Ob er erkennen konnte, daß sie mit Marsh zusammengewesen war? Gab es verräterische Spuren?

Am Frühstückstisch wirkten beide Männer ausgeruhter.

»War es rundum scheußlich?« fragte Rose.

»Ja«, sprudelte Jack mit vollem Mund heraus. »Das könnte man behaupten.«

»Was wir tun konnten, war nicht mehr als ein Tropfen auf den heißen Stein.« Das war alles, was Baxter dazu sagen wollte. Liliane fragte ihn später danach, als sie miteinander

allein waren. »Ich will nicht darüber reden«, sagte er. Sie kannte das Schema. Wenn ihm etwas wirklich naheging, war er nicht in der Lage, darüber zu sprechen.
Er nahm sofort seinen Alltag wieder auf, doch es fehlte ihm an der gewohnten Energie.
»Ich habe dich vermißt«, sagte er kurz vor dem Mittagessen und legte eine Hand auf Lilianes Schulter. Sie sahen einander in die Augen, und sie dachte: Ja, ich liebe dich wirklich.
Am Abend machte Baxter den Eindruck, als würde er das Abendessen nicht durchstehen. Direkt nach dem Essen schob er seinen Stuhl zurück und wandte sich an Liliane. »Ich weiß nicht, ob ich mich überhaupt noch erinnern kann, wie man Schach spielt. Hast du Lust auf eine schnelle Partie?«
»Du mußt müde sein«, rief sie aus. Sie wußte nicht, ob sie ihm schon gewachsen war. Was für eine Frau rannte denn direkt von dem einen Mann in die Arme des anderen? Und wollte sie eine Frau von der Sorte sein?
»Ich bin müde«, räumte er ein. »Aber ich würde gern eine Partie spielen, um zu merken, daß ich wieder in der Zivilisation bin.« Er sah Liliane vielsagend an.
»In der Zivilisation?« warf Rose lachend ein. »Der Rest der Welt würde lachen, wenn man wüßte, wie wir über uns denken.« Sie sah Liliane mit freundlichen Augen an. Versucht sie, mir Trost zuzusprechen? fragte sich Liliane.
Auf dem Weg zu Baxters Zimmer nahm er ihre Hand. Das hatte er noch nie getan. Als er die Tür hinter ihnen geschlossen hatte, zog er sie in seine Arme.
Die Eindringlichkeit seiner Umarmung und seiner forschenden Küsse war neu an ihm. Er bog ihren Kopf zurück und sah ihr lange in die Augen. Sucht er nach Treue? fragte sich Liliane. Was auch immer er dort fand – es gab ihm Sicherheit. Er hob sie auf seine Arme und trug sie zu seinem

Bett. Nach einem Monat hatte er es eilig. Er tat ihr weh. Als sie schrie, hielt er inne.
»Es tut mir leid«, entschuldigte er sich. »Ich begehre dich zu sehr.« Und er machte weiter, bis er zum Höhepunkt gelangte.
Liliane lag im Dunkeln und verglich ihn unwillkürlich mit Marsh ... Es hatte etwas Zärtliches an sich, daß Marsh sich so viel Zeit ließ, und auch seine Koseworte waren zärtlich. Marshs Erkundungen ihres Körpers führten unausweichlich zu dem gewaltigen Feuerwerk, das in ihr explodierte, wenn er mit ihr schlief.
»Als ich gehört habe, daß Marsh hier war«, sagte Baxter, als er neben ihr lag, »und als ich die Schreibmaschine gesehen habe, war ich erstaunt, daß du noch hier warst.«
Sie setzte sich auf. »Baxter, ich liebe *dich*. Marsh hat mich gebeten, mit ihm fortzugehen. Er wollte mich sogar heiraten. Ich war keinen Moment lang auch nur in Versuchung. Er ist ein außergewöhnlicher Mann, aber ich liebe dich.« Sie hatte sich gewünscht, er werde es ihr als erster sagen. »Ich habe ihm gesagt, daß ich schon verheiratet bin. Mit Simbayo. Ich will nichts und niemanden sonst.«
Baxter streckte die Arme nach ihr aus und zog sie an sich. »O Liliane, meine süße Liliane.«
Dann war er eingeschlafen.
Das Leben im Lazarett nahm wieder seinen alltäglichen Lauf. Nur eine größere Veränderung war zu verbuchen: Baxter zeigte seine Zuneigung offen. Er sprach nie das Wort *Liebe* aus, doch er zeigte seine Gefühle offener und verbarg sie auch nicht mehr vor Rose, Heidi oder Jack, der drei Wochen blieb. Beim Abendessen nahm er Lilianes Hand. Er sah sie liebevoll an. Und nachmittags schwamm er mit ihr.
Jack machte den Alltag zu einem einzigen Fest, doch oft war er auch der Vorbote aller schlechten Nachrichten aus der Au-

ßenwelt. Er hörte als erster, daß die Cholera im Landesinneren ausgebrochen war, diesmal im Osten, weit weg vom Fluß.

»Immer ist irgend etwas los«, murrte Heidi. »Deshalb sind wir hergekommen.« Das stimmte. Zunehmend häufiger wurden sie aus dem Lazarett abberufen, weil Krankheiten ausgebrochen waren. Lilianes Traum bestand immer noch darin, Außenstellen »dort draußen« zu errichten, vorbeugende Maßnahmen zu lehren und die ersten Anzeichen wahrzunehmen, wenn eine Seuche ausbrach, um sie schneller eindämmen zu können. Immer, wenn sie Baxter gegenüber darauf zu sprechen kam, sagte er nur: »Wir sind so schon zu wenige.«

Liliane, die selten krank war, fragte sich, ob sie etwas Falsches gegessen hatte, als ihr eines Tages übel wurde und sich alles vor ihren Augen drehte. Am nächsten Tag wiederholte es sich. Sie machte sich Sorgen. Als Naldani an zwei aufeinanderfolgenden Tagen miterlebte, wie schlecht sich Liliane fühlte, kniete sie sich neben sie und legte ihre Hand auf Lilianes Schulter. In ihren Augen stand ein Lächeln – ein geheimnisvolles Lächeln.

»Ich bekomme auch ein Kind«, sagte sie.

»Ein Kind? Das ist es also? O Gott, o Gott!« stöhnte Liliane gequält. »Was habe ich bloß getan?«

Liliane sah ihre Freundin an, die neben ihr kauerte, und einen Moment lang war sie von ihren eigenen Problemen abgelenkt. Das hieß, daß Naldani und Bmeno . . . o Gott! Sie sah ihn in ihrer Vorstellung vor sich. O Naldani, rief sie innerlich, wie konntest du das nur tun? Angeekelt erbrach sie sich noch einmal in das Farnkraut.

Sie nahm die Hand der Freundin. Das verband wirklich. Sie würden gleichzeitig ihre Kinder austragen. Es war ein tröstlicher Gedanke.

Liliane ging in ihr Zimmer und legte sich hin. Sie mußte es Baxter sagen. Wie würde er darauf reagieren? Wütend? Sie hatten nie über Kinder gesprochen. Es stimmte, daß sie nie Vorkehrungen getroffen hatten. Wie hätte man das auch hier draußen im Urwald tun sollen? Würde er böse auf sie sein? Wie hatte sie es nur dazu kommen lassen können? Natürlich war es ebensosehr seine Schuld, aber würde er seine Wut an ihr auslassen? Ob sie wohl aus Simbayo fortgehen mußte? Oder würde er einen solchen Skandal souverän verkraften? Würde er sie fortschicken?

Oder würde er in Betracht ziehen, sie zu heiraten? Es war das einzig Anständige, was er tun konnte. Aber wollte sie ihn nur aus dem einen Grund heiraten, weil sie ein Kind von ihm bekam? Natürlich nicht. Sie wollte keine Bande, die nach Pflichterfüllung rochen. Was also konnte sie tun?

Will ich ihn denn heiraten?

Sie hatte Baxter Hathaway immer heiraten wollen. Sie wollte so sehr von ihm geliebt werden, daß er es anstrebte, sie zu heiraten, ohne sich dazu gezwungen zu fühlen.

Sie wollte abwarten, bis ihr nicht mehr übel war, und es ihm dann erst erzählen.

Rose ließ sich nicht zum Narren halten. Eines Nachmittags kam sie an den See und setzte sich ans Ufer, als Liliane schwamm.

»Du bist schwanger«, sagte Rose, als Liliane sich die Haare trockenrieb. Sie vergeudete keine Worte. »Weiß er es?«

Liliane verneinte kopfschüttelnd.

»Du mußt es ihm sagen.«

»O Rose, und was ist, wenn er wütend wird? Was ist, wenn er mich fortschickt?«

Rose schüttelte den Kopf und wirkte unwillig. »Es erstaunt mich immer wieder, wie ihr beide drei Jahre lang an diesem Ort gelebt und einander während all der Zeit geliebt habt und einander doch so wenig kennt. Du kennst Marshall Compson besser als Baxter Hathaway.«

»Marsh läßt zu, daß ich ihn kennenlerne. Er bittet mich regelrecht darum. Baxter ist so zurückhaltend. Er hat mir nie auch nur gesagt, daß er mich liebt.«

»O Liliane.« Rose seufzte verärgert. »Du bist so klug, wenn es um andere Leute geht, und so blind, wenn es um dich selbst geht. Trotzdem . . . du mußt es ihm sagen. Sonst findet er es ohnehin bald selbst heraus. Es ist besser, wenn er es von dir erfährt als von anderen. Du mußt den Tatsachen ins Gesicht sehen.«

»Du willst sagen, daß du das, was wir getan haben, für falsch hältst?« fragte Liliane erbittert.

»Nein, natürlich nicht. Unachtsam vielleicht. Ein Mann und eine Frau, die vier Jahre lang hier draußen fern von allen anderen Menschen leben . . . es ist völlig normal, Liliane. Es ist nichts Böses. Heidi und ich haben uns für dich gefreut. Wir mögen dich sehr gern, Liliane. Wir wollen, daß du glücklich bist. Den Arzt mögen wir auch. Heirate ihn. Und bekomm das Kind, das hier draußen jedem Freude machen wird.«

»Du sagst das so leicht. Heirate ihn. Was ist, wenn er es nicht will?«

»Meinst du nicht, daß es an der Zeit ist, das herauszufinden?«

»Und was soll ich tun? Soll ich sagen, ›Baxter, ich bin schwanger, und jetzt mußt du mich heiraten‹?«

»Nur, wenn es sein muß. Er ist nicht ganz blind. Nun ja . . .«, sagte sie und erlaubte sich ein Lachen, »wenn es um sein Herz geht, ist er es wohl doch. Er weigert sich, zuzugeben, daß er ein Herz hat. Hilf ihm, sich mit sich selbst zu befassen, Liliane.«

Rose stand auf und reichte Liliane eine Hand, um sie auf die Füße zu ziehen.

Baxter erschien nicht zum Abendessen. Er war in ein Holzfällerlager gerufen worden, um ein Bein zu amputieren. Liliane zog sich früh zurück und wurde mitten in der Nacht von einem Flüstern geweckt. »Sei nicht besorgt. Ich bin es nur.«
Sie konnte Baxters Umriß sehen. Es war das erste Mal, daß er zu ihr kam. Als er zu ihr ins Bett glitt, zog sie die Decke fort, drehte sich um und setzte sich auf ihn. Mit langsamen Bewegungen brachte sie ihn in einen Rhythmus, von dem sie wußte, wie wohl er ihr tat. Sie beugte sich über ihn und rieb ihre Brüste an seinen Lippen, und sie glitt auf ihm auf und ab, bis sie ihn stöhnen hörte. Dann hörte sie auf. Jetzt war er an der Reihe. Sie wollte heute nacht keine Eile zulassen.
Auch bei ihm kam keine Eile auf. Sie schliefen miteinander wie nie zuvor. Ihre Leidenschaft loderte auf, und sie wurden eins. Wieder und immer wieder. Als ihre sexuellen Energien sich erschöpft hatten, lagen sie da und redeten miteinander. Zum ersten Mal sprachen sie über sich selbst. Und sie erklärten einander ihre Liebe.
»In dem Moment, in dem ich dich in Buffalo gesehen habe und du den Farn gegossen hast, wußte ich schon, daß ich dich liebe.«
»Ich auch.«
»Ich hatte Angst . . . ich sei zu alt für dich.«
Es war noch dunkel, als sie die Lampe anzündete. Sie wollte seine Augen sehen, wenn sie es ihm sagte. Er streckte seine Arme zärtlicher nach ihr aus, als sie es sich je hätte vorstellen können, und zog sie an sich.
»Warum hast du mir bisher nie gesagt, daß du mich liebst?« fragte sie.
»Ehe ich dir das beantworte, will ich dir noch einmal sagen, daß ich dich liebe. Ich weiß, daß ich viel zu lange gebraucht

habe, um es dir zu sagen. Aber ich liebe dich. Ich dachte, du wußtest es. Ich dachte, du hättest es von Anfang an gewußt.«

»Ich hatte wohl den Verdacht – ich bin wohl davon ausgegangen. Aber ich war nicht sicher. Ich brauchte, daß du es mir sagst. Ich habe nie verstanden, warum du mir so vieles vorenthältst.«

Er seufzte und blieb lange stumm liegen. Dann zog er sie wieder an sich. Ihr Kopf lag auf seiner Brust, und sein Arm war um ihre Schultern geschlungen.

»Ich werde dir jetzt eine Geschichte erzählen«, sagte er.

15. Kapitel

Ich muß dir von dem Unfall erzählen.

Doug Fairbanks und ich haben darauf beharrt, unsere Stunt-Szenen selbst zu drehen. *Wir* wollten keine Stuntmen haben. Vielleicht haben wir versucht, uns selbst zu beweisen, daß wir die Personen sind, die wir auf der Leinwand spielen. Natürlich waren wir es nicht. Aber das haben wir uns damals nicht eingestanden.

Ich will dich nicht mit allen Einzelheiten langweilen. Es gibt so viel zu erzählen, aber anderes hat Zeit. O du, meine Liebe. Wie wunderbar, das sagen zu können. Wir haben ein Leben lang Zeit für die Einzelheiten, nicht wahr? Laß dir diese Episode aus meiner Vergangenheit anvertrauen – dann wirst du mich besser verstehen.

Sie hieß Naomi. Sie war die schönste Frau der Ziegfeld Follies. Sie konnte nicht singen und nicht tanzen, aber das war auch nicht nötig. Sie brauchte nur die Stufen hinunterzugehen, und jeder Mann im Publikum war atemlos.

Mir hätte sie nicht einmal die Uhrzeit gesagt. Ich stand immer hinter den Kulissen und habe sie angestarrt, aber sie hat nie von mir Notiz genommen. Dann hat Roger Cheatham die Blinddarmentzündung bekommen.

Im Vorjahr war ich von meinem ursprünglichen Ziel abgekommen, Medizin zu studieren. Meine Eltern waren natürlich verärgert, als ich das Studium abgebrochen habe, um mein Glück auf dem Broadway zu versuchen. Ich bin allerdings gleich als zweite Besetzung für Roger angenommen worden.

Als feststand, daß Roger drei Wochen lang ausfallen würde, habe ich seine Rolle bekommen. Am ersten Abend saß Alexander Devine im Publikum. Er filmte damals in Passaic, am anderen Ufer des Hudson. Keiner von uns glaubte, daß der Film sich durchsetzen würde. Das Theater war der Ort für angesehene Schauspieler.

Mr. Devine hat mich jedenfalls zu einer Probe eingeladen. Ich hatte keine Lust, zum Film zu gehen, aber ich habe den Test gemacht.

Plötzlich kannten mich alle, und ich wurde von Menschen, die mich vorher nie zur Kenntnis genommen haben, zu Partys eingeladen. Eines Abends nach der Vorstellung stand Naomi Tasmand neben mir und fragte mich, ob ich sie nicht zu einer Party begleiten wollte.

Ich von Naomi Tasmand zu einer Party eingeladen? Den ganzen Abend über klammerte sie sich an meinen Arm und tanzte mit mir auf eine Art, die ich im College nie erlebt hatte. Sie sang relativ falsch und legte ihren Kopf auf meine Schulter, als wir in einer Pferdekutsche durch den Central Park fuhren. Es war der romantischste Abend meines Lebens.

Am nächsten Morgen rief mich Alexander Devine in sein Büro. Er erzählte mir, daß er mit seiner Filmgesellschaft nach Kalifornien gehen wollte, weil dort die Sonne das ganze Jahr über schien und daher mehr Drehtage möglich waren. 1904

war für mich Kalifornien so weit weg wie Neuseeland oder der Kongo! Er hat mich aufgefordert mitzukommen und in seinem nächsten Film die Hauptrolle zu übernehmen.
Ich ein Star? Über dieses Angebot mußte ich lachen.
»Lach nicht«, sagte er, und eine Zigarre hing in seinem Mundwinkel. »Ich kann dich reich machen.«
»Ich habe kein Interesse daran, reich zu werden«, sagte ich. »Was mich interessiert, ist die Schauspielerei.«
Jetzt lachte er. »Hör zu, Junge«, sagte er. »Ich mache dich berühmt. Ich mache dich zu einem festen Begriff. Es wird ein Film über Piraten, und jede Frau im ganzen Land wird sich in dich verlieben.«
Das bezweifelte ich. Als ich gehen wollte, rief er mich zurück und fragte mich, was ich bei den Follies verdiente. Ich log und sagte vierzig Dollar in der Woche, obwohl ich nur fünfundzwanzig bekam. Er lachte hämisch und versprach mir tausend in der Woche für den ersten Film und zweitausend für den zweiten. »Und wenn wir einen Vertrag unterschreiben, gehe ich in einem Jahr auf fünftausend in der Woche rauf«, sagte er.
Ich setzte mich wieder. So konnte ich schnell reich werden. Ich dachte an Naomi.
Er ließ mir drei Monate Zeit, und an jenem Abend konnte ich es kaum erwarten, ins Theater zu kommen und es ihr zu erzählen. Ich hielt mich für den glücklichsten Mann auf Erden. Ich dachte wirklich, Naomi, diese Irre, hätte sich in mich, den uneleganten Bücherwurm und ehemaligen Medizinstudenten, verliebt.
Sie schlug mir vor, durchs Land zu fahren. Und was für eine Fahrt das war! Jede Kleinstadt, durch die wir kamen, war schockiert von uns. Naomi tanzte auf Tischen, Naomi aß in ihrem glitzernden Firlefanz in drittklassigen Restaurants,

Naomi flirtete mit Buchhaltern und Farmern. Sie wußten überhaupt nicht, wer sie war. Sie sagte zu mir: »Siehst du den Mann dort an der Bar? Sieh genau hin.«
Eine halbe Stunde später hatte sie ihn derart aus der Fassung gebracht, daß er keinen klaren Gedanken mehr fassen konnte. Ich saß da und lachte, denn ich wußte, daß sie bald zu mir kommen und sich bei mir einhängen würde, um jedem zu zeigen, mit wem sie *wirklich* zusammensein wollte.
Sie war für alles zu haben, und man konnte immer mit ihr lachen. Sie hielt den Wagen an, um mit Kindern zu schaukeln oder im mittleren Westen beim Baseball mitzuspielen. Eines Tages in Nebraska war ihr zu heiß, und sie hielt neben dem Teich eines Bauernhofes an, zog sich alles, was sie anhatte, aus und sprang ins Wasser.
Ich starrte sie an. Ich wußte, daß sie schön war, aber ich hatte noch nie eine nackte Frau gesehen. Ich zitterte.
»Komm schon«, rief sie. »Es ist einfach wunderbar.«
Das war es. Sie schwamm mir entgegen, schlang ihre Arme um meinen Hals und ihre Beine um meine Hüften, und ich war verloren. Von da an nahmen wir ein Doppelzimmer.
Ich wollte nicht in Hollywood ankommen. Ich wollte nicht, daß diese Fahrt je endete.
Ich bat sie, mich zu heiraten. Komisch, aber selbst jetzt noch, nach all den Jahren, kann ich ihr Gesicht an jenem Tag vor mir sehen. Sie kniff die Augen zusammen und lachte.
»Ich heirate dich unter zwei Bedingungen«, sagte sie, als hätte sie sich all das längst gründlich überlegt. »Ich heirate dich, wenn dieser Film ein Erfolg wird. Und wenn du Mr. Devine sagst, daß du mich in der Rolle der Gräfin haben willst.«
Die Gräfin war keine Hauptrolle. Es war ein leichtes, ihn dazu zu überreden. Aber ihr Traum war nicht das, was ich glaubte.

Kalifornien war bizarr. Ich hatte noch nie soviel Sonne gesehen. Ich fand eine Wohnung mit einem Limonenbaum vor dem Fenster. Naomi mietete ein Haus. Ich verwandte meine gesamten Energien auf diesen Film, weil ich wollte, daß er ein Erfolg wurde, damit Naomi mich heiratete.

Sie veranstaltete verrückte Partys, die bis ins Morgengrauen dauerten. Anschließend hatte ich einen kompletten Drehtag und wunderte mich darüber, daß ich ständig so müde war.

Der Film war ein Erfolg. Naomi heiratete mich, und wir kauften ein großes Haus. Sie drehte nie mehr einen weiteren Film. Sie hatte keine Lust dazu. Was Naomi wollte, war Geld und Macht.

Ich drehte einen Film nach dem anderen. Zwei Jahre lang hatte ich keinen einzigen freien Tag. Ich war sechsundzwanzig Jahre alt, reich und berühmt, und ich hatte keine Zeit, etwas zu meinem Vergnügen zu tun.

Irgendwann war ich zu müde, um die Essensgesellschaften durchzustehen, die Naomi ständig veranstaltete. Sie klagte nie darüber, aber sie setzte ihr gesellschaftliches Leben in demselben Tempo fort. Sie wurde berühmt dafür, daß sie vollständig angezogen in Swimmingpools sprang. Manchmal trommelte sie nach Mitternacht spontan die Leute für eine Party zusammen.

Sie konnte zwischendurch sehr nett sein. Sie wußte immer, wann jemand Geburtstag hatte oder wenn die Kinder von Bekannten krank waren. Naomi war sehr beliebt. Sie führte ein wildes Leben und brachte doch Mitgefühl für andere auf, und sie war gewiß eine der interessantesten Gestalten in Hollywood. Ich fand, sie sei der aufregendste Mensch auf Erden.

Aber ich konnte nicht mit ihr Schritt halten.

Ich konnte mit mir selbst nicht mehr mithalten! Überall, wo

wir auftauchten, folgten uns Menschenscharen. Naomi trat zurück, sah in ihrem langen weißen Fuchspelz wunderbar aus und lächelte, während ich Autogramme gab. Wir konnten nicht an den Strand, ins Kino oder einkaufen gehen oder in die Wüste hinausfahren, ohne von Menschen umgeben zu sein.

Nach fünf Jahren pausenloser Dreharbeiten sagte ich Mr. Devine, ich bräuchte Urlaub. Natürlich, sagte er, kommt mit uns nach Europa. Isabelle und ich fahren nächsten Monat hin. Kommt mit – ich lade euch ein. Wir fahren nach Paris, nach Athen und nach Rom.

Ich hatte keine Lust. Ich wollte aufs Land. Ich wollte keine Menschen sehen. Und ich wollte auch nicht mit den Devines zusammensein, obwohl er mich immer sehr gut behandelt hat. Ich habe von ihm bekommen, was ich wollte. Mir war nicht klar, daß ich nur in diese Reise einwilligte, um Naomi einen Gefallen zu tun.

Die Jahre vergingen wie im Flug. Ich kann mich heute kaum noch an diese Zeit erinnern.

Dann wurde Naomi zu meiner großen Freude schwanger, doch es kam schon bald zu einer Fehlgeburt. Sie hatte drei Fehlgeburten nacheinander. Sie kam zwar prächtig mit Kindern aus, doch ich glaube nicht, daß sie sich derart festlegen wollte. Sie war zu sehr damit beschäftigt, ihr eigenes Leben zu führen. Ich habe mich schon oft gefragt, ob es wirklich Fehlgeburten waren.

Ich wußte oft gar nicht, was sie mit ihrer Zeit anfing. Sie war da, wenn ich zum Abendessen nach Hause kam und wenn ich vor dem Morgengrauen aufstand. Aber wenn ich früh ins Bett ging, besuchte sie Partys.

Ich sagte mir, ich hätte keinen Grund zu klagen. Ich war einer der berühmtesten Männer Amerikas; ich lebte in einem Haus mit sechzehn Angestellten. Kannst du dir sechzehn Hausangestellte in einem Zweipersonenhaushalt vorstellen? Die schönste Frau auf Erden war mit mir verheiratet, wenn wir auch nicht viel miteinander redeten, es sei denn, um zu besprechen, was man zu einer Party anzog oder wen man zu einer Party einlud. Ich hatte das Gefühl, sie gar nicht mehr zu kennen.

Naomi dagegen kannte ganz Hollywood. Nicht nur die bedeutenden Produzenten und Regisseure und die großen Stars; sie kannte auch die Kameramänner, die Statisten und den Parkplatzwächter. Sie war beliebt, weil sie eine gute Zuhörerin war, aber ich hatte das Gefühl, daß sie jedem anderen außer mir zuhörte.

Aber ich hatte schließlich auch wenig zu sagen. Ich fühlte mich zunehmend leer.

Dann kam der Sturz. Doug und ich liebten die Gefahr und die Angst in den Augen derer, die beim Drehen zuschauten. Das gab uns das Gefühl, die Helden zu sein, die wir auf der Leinwand darstellten. Bei einem Versuch, mir selbst und dem Publikum zu beweisen, was für ein Mann ich war, stolperte ich über meinen Umhang, als ich über eine enge Schlucht springen wollte. Mein Rücken und meine Beine waren so schwer verletzt, daß es fraglich war, ob ich je wieder laufen könnte.

Ich unterzog mich innerhalb von fünf Monaten drei Operationen. Ich lag im Krankenhaus und konnte nichts außer meinen Händen rühren.

Blumen und Besucher und die täglichen Berichte über meinen Gesundheitszustand in der Presse gaben mir erst das Gefühl, wichtig zu sein, doch dann wurde mir klar, daß man sich nicht für *mich interessierte,* sondern für die Rolle, die ich spielte, die Hülle, die den eigentlichen Menschen umgibt. Und ich hatte keine Ahnung mehr, wer ich in Wirklichkeit war.

Dann trat Dr. Geoffrey Drew in mein Leben, ein schlaksiger junger Mann, den ich am Abend vor meiner ersten Operation erstmals zu sehen bekam. Er ließ in all diesen Monaten nicht zu, daß ich auch nur einen Moment lang aufgab, und er zwang mich zu Übungen, von denen ich geschworen hätte, daß sie unmöglich waren. Der Schmerz war so unglaublich, daß ich das einzige Mal in meinem ganzen Leben weinte. Er hat mir nie ein tröstliches Wort gesagt, doch sein Mitgefühl war grenzenlos.

Etwa fünf Monate später setzte er sich auf einen Stuhl neben meinem Bett. Er sah mich eine Zeitlang an und beugte sich dann vor.

»Baxter«, sagte er zu mir. »Sie sind kein gewöhnlicher Mensch. Sie strahlen irgendeinen Zauber aus, der von innen kommt. Nur das hat Sie zum Star gemacht. Wissen Sie, daß Sie fast gestorben wären?«

Nein, das wußte ich bis dahin nicht.

Er sagte mir, selbst er hätte nicht geglaubt, daß ich wieder laufen könne, und jetzt müsse er mich mit gymnastischen Übungen überbeanspruchen. Die Übungen würden weit über meine Grenzen gehen. Dazu brauche er meine Mitarbeit. »Ich bin davon überzeugt, daß Gott Ihr Leben für einen Zweck bewahrt hat. Wir müssen diesen Zweck finden. Ich glaube, ich glaube wirklich, daß Gott Sie auserwählt hat, daß Er etwas mit Ihnen vorhat. Sie müssen alles tun, damit Er stolz auf Sie sein kann. Sie sind anders als andere Menschen.«

Natürlich erschreckte er mich damit. Ich hatte keine Ahnung, was er meinte. Ich glaube auch nicht, daß er es wußte. Ich glaubte nicht an Vorherbestimmung. Warum sollte Gott Pläne mit *mir* haben? War dieser Arzt nichts anderes als ein Fanatiker?

Doch ich begann nachzudenken und Dinge zu hinterfragen, alles, nicht nur meinen Begriff von Gott. Ich stellte das Leben in Frage, das ich geführt hatte. Ich stellte meine Ehe in Frage, meine Arbeit, meine Freunde – einfach alles. Ich fing an, Bücher zu lesen, die sich mit den universalen Problemen des Lebens befassen.

Geoff, wie ich ihn inzwischen nannte, stand jede Folter gemeinsam mit mir durch. Ich kam nicht dahinter, warum dieser Mann so viel dafür einsetzte, daß ein einzelner das Laufen wieder lernte.

Eines Tages ließ er ein medizinisches Fachbuch, das ich noch nicht einmal verstehen konnte, auf meinem Bett liegen.

»Du hast so viel Interesse an allem in diesem Krankenhaus gezeigt«, sagte er am nächsten Nachmittag, »daß ich dachte, du hättest vielleicht Lust, das Studium, das du wegen des Theaters abgebrochen hast, fortzusetzen.«

Er hatte mir einen Grund genannt, aus dem ich weiterleben sollte. Statt die Decke anzustarren, fing ich an zu lernen. Ich stellte fest, daß ich mich immer mehr langweilte, wenn Naomi und ihre Freunde zu den Besuchszeiten auf dem Weg zu einer Party bei mir vorbeischauten. In all diesen Monaten hatten wir uns über nichts Wichtiges unterhalten. Ich dachte, es läge an ihrer Seichtheit, aber heute weiß ich, daß es auch meine Schuld war. Ich wußte nicht, wie ich mein neues Interesse mit ihr teilen sollte. Ich hatte Angst, sie könnte sich über mich lustig machen. Ich merkte, daß ich schon immer Angst hatte, über Wichtiges zu reden. Ich hatte Angst, andere könnten mich davon überzeugen, daß das, was ich mir dachte, unbedeutend sei. Statt dieses Risiko einzugehen oder den Mut aufzubringen, hinter meinen Vorstellungen zu stehen, verheimlichte ich sie.

Drei weitere Jahre drehte ich Filme, obwohl ich wußte, daß Gott mich nicht für diesen Zweck verschont hatte, aber ich

nahm nicht mehr an Naomis wildem Leben teil. Wir wurden einander fremd. Wir hatten einander nichts mehr zu sagen.
Geoff glaubte, daß Gott mich zum Heilen auserwählt hatte, um Sein Werk zu vollbringen. Er glaubte so inbrünstig daran, daß ich ergriffen war. Ob mit oder ohne Gott – ich wollte Medizin studieren und helfen.
Geoff warnte mich. »Wenn du dein Leben anderen Leuten widmest«, sagte er mit traurigen, ernsten Augen, »wird jeder leiden, der dir nahesteht. Man kann sich nicht gleichzeitig einer Sache und einer Familie widmen. Ob du es willst oder nicht, aber diejenigen, die du liebst, werden nur an zweiter Stelle stehen. Man kann nichts Lohnendes erlangen, ohne dafür zu zahlen.«
In einem kleinen italienischen Restaurant teilte ich Naomi meinen Entschluß mit.
»Mein Gott, weißt du denn nicht, wie alt du bist?« fragte sie. »Und was für ein Arzt willst du werden? Ärzte müssen auf Menschen eingehen können, und sie müssen Mitgefühl aufbringen. Ich zweifle nicht an deinem Intellekt, aber du kannst an niemand anderen als an dich selbst denken.«
Damals erschrak ich darüber, wie wenig sie mich doch kannte. Heute ist mir klar, daß sie mich wohl besonders gut gekannt hat.
»Natürlich wirst du einer der reichsten Ärzte werden«, sagte sie dann. »Aber das ist kein Vergleich zu dem, was du als Schauspieler verdienst. Hast du dir auch genau überlegt, was du aufgibst?«
»Wir haben genug Geld für Jahre. Wir verkaufen das große Haus und stehen ein paar magere Jahre durch, solange ich studiere, und . . .«
»Wir? Das kann doch nicht dein Ernst sein. Wir nicht. Deshalb habe ich dich nicht geheiratet. Wenn du das Filmen aufgibst, gibst du damit auch mich auf.«

Wenn es eine Drohung war, zog sie nicht. Naomi und ich hatten seit Jahren nur noch zusammen gegessen und im selben Haus geschlafen. Es war Monate her, seit wir miteinander geschlafen hatten.

»Was wirst du tun?« fragte ich sie.

Sie legte ihre Gabel hin und bestellte Champagner. Als er kam, hob sie ihr Glas und lächelte. »Ich glaube, ich werde Alexander Devine heiraten«, sagte sie.

Heiraten ... ich schluckte mühsam. »Und was ist mit Isabelle?«

»Oh, mein armer, naiver Liebling«, sagte sie. »Glaubst du, ich hätte keine Liebe bekommen, bloß weil du und ich ...«

Ich dachte an die schwarze Zigarre, die immer in seinem Mundwinkel baumelte, an seine Halbglatze und an die Tatsache, daß er kleiner als Naomi war, an seinen Brooklyn-Dialekt ...

Naomi dachte natürlich an die Macht, die er als Boß eines der größten Filmstudios hatte, an die Millionen von Dollar, die er angehäuft hatte, und vielleicht auch daran, wie er im Bett war. Wer weiß.

Geoff hoffte, daß ich ihr nicht nachtrauern würde. »Jetzt hast du die Freiheit, das zu tun, wofür du bestimmt bist«, sagte er.

Das war 1914.

In meinem letzten Studienjahr las ich ein Buch über Afrika. Dort las ich, diese besondere Gegend des Kongos sei »gottverlassen«.

Wie, fragte ich mich, kann ein Ort gottverlassen sein? Er läßt niemanden im Stich. Ich las alles über diesen Teil der Erde, was ich in die Finger bekommen konnte, und überall tauchte dieser Begriff wieder auf: »gottverlassen«. In dem Moment wußte ich, was Gott von mir wollte: Ich sollte beweisen, daß Er keinen Teil dieser Welt im Stich gelassen hatte.

Es war noch dunkel, als Baxter seine Geschichte beendete, doch Liliane erkannte am Zwitschern der Vögel, daß die Dämmerung den Himmel bald aufhellen würde.
Als Liliane etwas sagen wollte, legte er einen Finger auf ihre Lippen.
»Ich bin noch nicht fertig«, sagte er. Er schwieg lange Zeit. Dann zog er sich auf die Ellbogen, um sie anzusehen. Ein mattes Lächeln trat auf sein Gesicht.
»Ich habe mir gelobt, mich von niemandem in Versuchung führen zu lassen, meine vorbestimmte Rolle in diesem Leben aufzugeben. Hier, in diesem hintersten Winkel Afrikas, wußte ich, daß ich in Sicherheit bin. Und dann du! Als ich dich damals in Buffalo gesehen habe, glaubte ich, mein Leben noch einmal zu wiederholen. Mich in eine schöne Frau zu verlieben. Als du geschrieben hast, du wolltest nach Simbayo kommen, war ich hin- und hergerissen. Du warst schön und jung genug, um die Tochter zu sein, die ich nie gehabt habe, aber das war es nicht, was ich für dich empfunden habe. Du warst eine Gefahr, und ich wußte, daß ich mich von dir fernhalten muß.
Ich dachte, daß du es etwa drei Monate lang hier aushältst und daß ich dann wieder in Sicherheit bin. Aber du warst nie so, wie ich es erwartet hatte. Selbst als ich wußte, daß du auf Dauer hierbleiben wirst, hatte ich Angst, du würdest mich vom Werk Gottes ablenken. Ich dachte, du wolltest nach Amerika zurückgehen, eine Familie gründen und ein normales Leben führen. Außerdem dachte ich, du könntest mich unmöglich lieben. Ich bin zu alt. Und ich dachte immer wieder an das, was Geoff gesagt hat: ›Du wirst deine Familie dafür opfern.‹ Das wollte ich dir nicht antun. Du hast Besseres verdient. Aber du hast die Rolle, die ich dir zugewiesen habe, nicht gespielt. Du hast dich in meine Arbeit eingeschlichen und dich in meine Träume eingemischt.«

»Das wußte ich nicht«, flüsterte sie.
»Ich wußte nicht, wie ich es dir sagen soll. Wenn ich dich im Arm halte, möchte ich dir sagen, daß du ein Teil dieses Traumes geworden bist. Ich möchte, daß du weißt, wie sehr gerade du mir die Existenz Gottes bewiesen hast. Du bist meine Belohnung und meine Partnerin. Du bist mir geschickt worden, um mir dieses Leben erträglich zu machen.
Aber ich habe jahrelang gefürchtet, du seist die Versuchung, die mir gesandt worden ist, um mich auf die Probe zu stellen. Es ist mir nicht schwergefallen, die Distanz zu dir zu wahren, da ich ohnehin nie gelernt habe, wie man Dinge miteinander teilt. Aber wie sehr ich mir gewünscht habe, anders zu sein! Wie sehr ich mich nach dir verzehrt habe – in jeder Hinsicht.« Eine Träne glitzerte in einem Augenwinkel.
Liliane beugte sich vor und küßte sie fort.
Sie hörte ihn an ihrer Wange murmeln: »Bring es mir bei. Ich liebe dich seit dem Moment, in dem ich dich zum ersten Mal gesehen habe. Ich habe mich danach gesehnt, meine Gedanken und Hoffnungen mit dir zu teilen. Meine Arbeit mit dir zu teilen, habe ich ja schon gelernt.«
»Du hast mir mehr als das von dir gegeben.« Sie beugte sich zurück, um ihn ansehen zu können.
»Heirate mich, Lili«, flehte er sie an. »Laß uns unsere Leben zusammenlegen.«
»O Baxter!« Sie schlang ihre Arme um ihn.
»Sobald ich zurückkomme«, sagte er, »werden wir heiraten. Und wir werden eine Familie haben und ... O Lili, weißt du denn, wie sehr ich mich nach einem Kind gesehnt habe? Ich dachte schon, es sei mir beschieden, nie ein Kind zu haben. Wenn es ein Sohn ist, möchte ich ihn Geoffrey nennen. O du, mein Liebling. Meine Geliebte!«

»Sobald ich zurückkomme«, war alles, was sie gehört hatte. Sie setzte sich hin. »Sowie du zurückkommst? Was heißt das? Warum? Und von wo?«
»Ich muß etwas gegen die Cholera tun. Ich nehme Anoka mit. Wir brechen am frühen Morgen auf.«
»Am frühen Morgen? Das sind nur noch ein paar Stunden!«
»Ja.« Er seufzte.
»Verdammt noch mal, Baxter, du mußt noch viel lernen, was ein gemeinsames Leben angeht. Warum hast du mir das nicht eher gesagt?« Sie wartete keine Antwort ab. Sie wußte, daß er nichts dazu sagen konnte.
Er umarmte sie und zog sie an sich. Ihr Kopf lag auf seiner Schulter, und sie atmeten im Einklang.

16. Kapitel

Sie begruben Bmeno an einem Donnerstagabend. Naldani verließ am nächsten Morgen mit ihrer dürftigen Habe die Insel und weigerte sich, jemals dorthin zurückzukehren. Liliane ließ am Rande der Lichtung eine Hütte für sie bauen und bestand darauf, daß entgegen den Gepflogenheiten ein Fenster und eine Tür angebracht wurden, durch die man in aufrechter Haltung eintreten konnte.
Naldani konnte es kaum fassen. »Ganz für mich allein?« fragte sie.
»Du brauchst auch Platz für das Baby«, antwortete Liliane, und als sie die Hand auf den eigenen Bauch legte, spürte sie, daß ihr Baby um sich trat. Sie lächelte selig und hielt sich für die glücklichste Frau auf Erden.
Alles war vollkommen. Sie hatte Liebe in Baxters Augen gesehen, als er aufbrach. Und Glück. Rose hatte Liliane umarmt und sich für sie und Baxter gefreut, als sie ihr er-

zählt hatte, daß sie heiraten würden. Naldani hatte lächelnd gesagt: »Endlich«, und sie hatte ihre Hand liebevoll auf Lilianes Arm gelegt. Niemals war sie glücklicher gewesen. Sie lächelte. Mrs. Baxter Hathaway. Liliane Hathaway. Geoffrey Hathaway. Mr. und Mrs. Baxter Hathaway und Sohn. Sie war so glücklich, daß es ihr kaum noch erträglich schien.

Auch Anoka fehlte ihr. Warum er wohl nicht verheiratet war? Alle Eingeborenen waren verheiratet. Vielleicht war er zu sehr beschäftigt, um sich eine Frau zu suchen.

Als sie am nächsten Morgen aufwachte, wußte sie, daß Baxter noch am selben Tag zurückkommen würde. Sie hatte von Anoka geträumt und war sicher, ihn heute noch zu sehen.

Als sie aus dem Fenster sah, stand Naldani in der Sonne und sprach mit – Anoka. Ich hatte also recht, dachte sie und lief zur Tür.

Anoka und Naldani kamen auf sie zu. Sie spürte, daß etwas nicht stimmte. Sie erkannte es an Anokas hängenden Schultern und an Naldanis Augen.

»Was ist los?« rief sie. Vielleicht war er gekommen, um mehr Medikamente zu holen. Vielleicht brauchten sie weitere Hilfe. Vielleicht . . .

Naldani legte ihre Hände auf Lilianes Schultern.

»Ich wußte, daß du heute kommst«, sprudelte Liliane heraus.

Etwas stimmte nicht.

»Der Doktor ist tot«, schnitt ihr Anoka das Wort ab.

Kein Laut war zu hören. Eine unerträgliche Stille senkte sich auf sie herab. Die Sonne rollte sich zu einem gigantischen Ball zusammen, der sich hinter ihre Augen wälzte und sie blendete, ehe er explodierte.

Ihre Fäuste trommelten auf Anokas Brust. »Nein, das ist nicht wahr. Es kann nicht wahr sein!« rief sie aus. »Es kann einfach nicht wahr sein!«

Rose kam hinzugelaufen. Anoka wiederholte mit bebender Stimme: »Der Doktor ist tot.«
Liliane haßte ihn dafür.
Rose stieß einen hohen, schrillen Klagelaut aus. Dann hörte Liliane ihr Keuchen und ihr Schluchzen, doch sie sah nichts anderes als grelle, gezackte Ränder blendenden Lichts.
»Was ist los?« fragte Heidi.
Noch einmal. »Der Doktor ist tot.«
Anoka. Dieser verfluchte Kerl. Sie wollte ihn nie mehr sehen. Sie würde sich bei Baxter über ihn beschweren.
Sie hörte Heidi mit ernster Stimme fragen: »Wie ist es dazu gekommen?«
Auf dem Heimweg war Anoka nachts von Baxters Schreien erwacht. Als er aufsprang, sah er eine Pythonschlange, die von einem Baum geglitten war und sich um Baxter gewikkelt hatte. Er konnte sich nicht mehr rühren. Anoka sprang hin und versuchte, die Python mit bloßen Händen fortzuziehen. Je fester er zog, desto fester schlang sie sich um Baxter. Das einzige Messer steckte in Baxters Hosentasche. Anoka kämpfte mit der Schlange und sah die Angst und die gräßlichen Schmerzen in Baxters Augen, ehe er das Splittern von Knochen hörte. Als die Schlange sich um Baxters Hals wand, sah Anoka jedes Leben in seinen Augen erlöschen. Er rannte fort.
Liliane schrie auf. Sie glitt zu Boden, die gelbe Sonne preßte sich gegen ihre Augäpfel, und ein Messer stach in ihr Gehirn. Sie kreischte. Sie heulte wie eine Todesfee, und der Wald hallte von ihren Qualen wider.
Arme umschlangen sie, und Rose lag zitternd neben ihr und fiel in ihr Schluchzen ein.
Nur Heidi gab keinen Laut von sich. Sie saß im Schneidersitz auf der staubigen Erde und starrte ins Weite.
»Er war der einzige Mann«, sagte sie, »der mir je das Gefühl

gegeben hat, wichtig zu sein. Er war der einzige Mann, den ich je geliebt habe.«
Ihre Augen starrten ins Leere.

Liliane bestand auf einem Begräbnis. Bei diesen klimatischen Bedingungen war die Leiche schon in ein Stadium der Verwesung eingetreten, das jeden Transport unmöglich machte. Als sie ihn also an der Stelle begruben, die keinem von ihnen etwas bedeutete, sah Liliane, daß auch Anoka um diesen Mann weinte, der so lange versucht hatte, ihn abzulehnen. Ihr wurde klar, wie sehr diese beiden Männer einander mit der Zeit ins Herz geschlossen hatten. So viele Menschen hatten Baxter geliebt. Er hatte so viele Leben verändert.
Sie spürte das Kind in ihrem Bauch zappeln. Dieses Leben hat er mir geschenkt, dachte sie.
Sie holte tief Atem und gebot ihren Tränen Einhalt. Warum ist das passiert, fragte sie sich, wo wir doch gerade erst begonnen hatten?

Das Leben in Simbayo schien stillzustehen, und das Schweigen hing wie eine Sturmwolke über ihnen, als gegen Ende der zweiten Woche die OREGON nahte.
»Ich nehme an«, sagte der Kapitän, »daß Sie schon am Packen sind. Ich kann Sie in etwa zehn Tagen abholen.«
Liliane sah ihn mit ausdruckslosen Augen an. Packen? Um wohin zu gehen?
Sie legte die Hand auf ihren Bauch; was soll aus uns werden? fragte sie stumm ihr Kind. Sollen wir nach Amerika zurückgehen und ... und was dann? Aber welche andere Wahl hatte sie?
Sie hörte Rose sagen: »Ich wüßte nicht, wohin ich gehen sollte.«

Sie bot ein Bild der Hoffnungslosigkeit, und Heidi legte eine Hand auf ihre Schulter.
O nein, dachte Liliane und versuchte, die Idee, die in ihr Bewußtsein sickerte, als undenkbar abzutun.
Aber war es wirklich nicht zu machen?
Sie ... Drei Frauen allein konnten es nicht schaffen. Und was sollte aus dem Baby werden? Sie konnte nicht allein hier draußen im Urwald ein Baby aufziehen.
Und warum nicht? Genau das hatte sie geplant, gemeinsam mit Baxter. Sie wollten sich hier ein Zuhause schaffen, eine Familie gründen. Warum konnte sie nicht auch ohne ihn hier zu Hause sein?
Sie mußte verrückt sein, wenn sie solche Überlegungen anstellte. Drei Frauen waren dem Leben in der Wildnis nicht gewachsen.
Zum ersten Mal seit dem Moment, als sie von Baxters Tod erfahren hatte, spürte Liliane Leben in sich aufwallen. »Wir haben nicht die Absicht fortzugehen«, sagte sie. »Simbayo wird weiterbestehen.«
Heidi und Rose sahen sie an. »Aber, Liliane«, sagte Rose, »ich weiß nicht, ob ich für jemanden arbeiten kann, den man uns herschickt. Ich ...«
»Unsinn«, sagte Liliane. »Wir machen allein weiter. Wir schaffen es. Baxter würde sich wünschen, daß Simbayo bleibt, was es ist. Wir wollen doch nicht, daß es von einem Fremden übernommen wird.«
Heidi winkte mit der Hand ab. »Frauen? Frauen, die ein Lazarett leiten?«
Liliane spürte Energien in sich aufflackern. »Heidi, die geschäftliche Seite liegt seit Jahren in deiner Hand. Warum sollen wir die Missionsstation nicht allein weiterführen können?«
Roses hoffnungsloser Blick erboste Liliane. Sie stellte fest,

daß sie sich dem Leben wieder zuwandte. Unseren zwei Leben, fügte sie hinzu, als sie spürte, daß ihr Baby sich bewegte. Liliane kniete sich vor Rose hin und sagte eindringlich: »Laß es uns versuchen, Rose. Woher sollen wir wissen, ob wir es packen, wenn wir es nicht versuchen? Ich bin sicher, daß wir es schaffen.«

Sie wandte sich an den Kapitän und stand auf. »Wir bleiben hier.«

Baxter hatte Simbayo geschaffen, und sie würde es weiterführen, es als ein Monument bewahren, als ein Denkmal für den Mann, den sie geliebt hatte. Simbayo würde nicht mit ihm sterben. Solange Simbayo bestand, lebte ein Teil von Baxter weiter, wie auch in ihr ein Teil von ihm weiterlebte.

Heidis Augen wurden zum ersten Mal seit Tagen wieder lebendig. »Ja, Lili, wir schaffen es! Nichts kann uns davon abhalten! Du hast recht.« Voller Stolz wandte sie sich an den Kapitän. »Wo ist unsere Post?«

Als sie die Post vom Schiff geholt hatten und wieder allein waren, legte Rose eine Hand auf Lilianes Arm. Mit schwacher Stimme fragte sie: »Schaffen wir es wirklich, Liliane? Ich dachte schon, es sei das Ende meines Lebens. Ich habe auch um mich selbst getrauert, als ich mir vorgestellt habe, ich müßte nach England zurückgehen. Ich will nicht fortgehen. Ich will hierbleiben. Das ist das einzige Leben, das ich kenne. Das einzige Glück, das ich je erfahren habe. Mit Dr. Hathaway und dir und . . . Heidi.«

»Vergiß die Eingeborenen nicht.« Liliane sagte es mehr zu sich selbst. »Das hier ist unsere Welt, Rose. Und so können wir Baxter am Leben erhalten. Ich will, daß sein Kind hier geboren wird.«

Ein schwaches Lächeln zog über Roses Gesicht. »Ich wollte dich schon so lange fragen. Darf ich die Taufpatin sein?«

Liliane zog die ältere Frau in ihre Arme. »O Rose, natürlich. Nichts wäre mir lieber. Und ihm auch nicht, das weiß ich.«
Liliane erkannte Marshs Handschrift auf dem Päckchen, das für sie gekommen war. Sie legte es zur Seite. Jetzt war keine Zeit für Marsh.
Sie beschloß, in Baxters Haus zu ziehen und jedes Buch in seiner Bibliothek zu lesen. Beim Abendessen fragte sie Rose und Heidi, ob sie einverstanden waren.
»Ich finde es nur angebracht«, sagte Rose. »Ich tue alles, was du willst, Liliane. Aber du mußt mir sagen, was ich tun soll.«
Die gute Rose. Sie fürchtete Entscheidungen und brachte doch immer soviel Kraft ein.
Liliane beschloß in dieser Nacht, allein in Baxters Bett, zum letzten Mal zu weinen und morgen ein neues Leben zu beginnen. Sie erwachte früh und machte sich an die Arbeit, Baxters Chaos zu organisieren.
Als es Zeit war, zu frühstücken, sah sie sich im Raum um. Sie fühlte sich schuldig, aber sie war mit sich zufrieden. Von jetzt an würde sie ständig zwischen Baxters Habe leben. Sie würde Baxters gesamte medizinische Fachliteratur lesen, um alles selbst zu lernen, und sie würde Baxters Werk weiterführen, doch sie würde es auf ihre Art weiterführen.
Wenn sie sich nachts nach dem Leben sehnte, zu dem es nicht gekommen war, dann konnte sie nichts dagegen tun. Aber sie würde zurechtkommen. Und Rose auch. Und Heidi. Somit bauten sie dem Mann ein Denkmal, den sie alle drei geliebt hatten. Sie erhielten ihn am Leben. Ihr wurde klar, daß sie auf diese Weise auch sich am Leben erhielten.
Am Abend packte sie Marshs Päckchen aus. Es enthielt eine kleine Gedichtsammlung von e. e. cummings, und als sie ein Liebesgedicht aufschlug, ließen die Gedichte, die Marsh ihr geschickt hatte, Baxter in ihr aufleben.

Rose räumte mehrere Probleme aus dem Weg, bevor sie überhaupt auftauchten. Sie bat Liliane, die Gartenarbeit übernehmen zu dürfen. »Ich dachte schon immer, daß ich gern gärtnern würde«, sagte sie. »Früher dachte ich dabei wohl eher an englische Teerosen, aber schließlich esse ich so gern, daß ich wohl auch das lernen kann.« Sie suchten sofort nach Büchern in Baxters Bibliothek. Roses Augen leuchteten vor Freude.

Der Missionar der Methodisten kam, um sein Beileid zu bekunden. »Sie bleiben doch nicht etwa hier?« fragte er mißbilligend. »Drei Frauen allein im Kongo?«

Liliane zwang sich zu einem Lächeln. »Glauben Sie wirklich, uns dreien könnte hier etwas Böses geschehen, was ein einzelner Mann von uns abwenden könnte?«

»Das macht keinen guten Eindruck. Drei Frauen allein . . .«

»Mein lieber Mr. Thompson, was könnten wir Ihrer Meinung nach möglicherweise Verwerfliches tun?«

Er antwortete nicht darauf.

»Fürchten Sie, daß man uns vergewaltigen wird?«

»Meine gute Miss Wentworth!«

»Mrs. Hathaway«, warf sie ein. Ihr Bauch war nicht zu übersehen.

»Mrs. . . . Mrs. Hathaway? Davon hatte ich keine Ahnung.«

»O doch.« Sie warf einen Blick auf Rose, die kaum wahrnehmbar nickte. »Wir stehen nur noch vor dem finanziellen Problem, aber ich habe der Mission bereits geschrieben.«

Dennoch machte Liliane sich Sorgen, wie lange die tausend Dollar reichen würden, die noch da waren. Das Baby mußte nach ihren Berechnungen zwischen Mitte und Ende Oktober kommen. Als Ende September die Malaria ausbrach, schickte sie Rose und Heidi in das Holzfällerlager.

»Ihr braucht nur etwa eine Woche dort zu bleiben«, versicherte sie den beiden Krankenschwestern, die trotz all der Jahre in Simbayo noch nie in den Urwald gegangen waren. »In meiner Verfassung kann ich nicht selbst hingehen. Mit dem Baby ist erst in vier bis fünf Wochen zu rechnen, und selbst wenn es zu früh kommt, ist Naldani die beste Hebamme, die es hier gibt.«

Mit einer Mischung aus Furcht und Abenteuerlust brachen die beiden Krankenschwestern im Motorboot auf, das man vom Holzfällerlager geschickt hatte. »Wenn das Baby geboren wird, während wir weg sind, werde ich mir das nie verzeihen«, sagte Rose.

Drei Tage später wachte Liliane mitten in der Nacht auf.

Die Wehen hatten eingesetzt. Es war noch zu früh, um Naldani zu holen. Jeder Schmerz ist erträglich, wenn man weiß, daß er schnell vorübergeht, sagte sich Liliane. In der Morgendämmerung holte sie Naldani.

Ohne anzuklopfen, trat sie ein. Im Dämmerlicht sah sie Anoka neben Naldani liegen. Liliane verließ stumm die Hütte, und in ihr anfängliches Staunen mischte sich Freude. Dann rief sie von draußen: »Naldani!«

Als Naldani ins Freie trat, erklärte Liliane, daß die Wehen jetzt schon im Abstand von zwei Minuten kamen.

Zwei Stunden später hielt sich Liliane an der Bettkante fest. Ihre Hände waren kalt und schweißig. Verdammt noch mal, dachte sie, ich wußte gar nicht, daß man so schlimme Schmerzen haben kann.

Naldani stand am Fußende des Bettes zwischen ihren Beinen. Ihre geschickten Hände massierten Lilianes Bauch. Als sie ihr beruhigend zulächelte, merkte Liliane, daß sie zusammenzuckte.

»Stimmt etwas nicht?« keuchte Liliane, deren Atem inzwischen ruckartig ging.

Naldani schüttelte den Kopf. »Es ist alles in Ordnung. Das Baby liegt richtig. Du mußt drücken. Für eine Weiße hast du es ziemlich leicht.«
Liliane lachte unwillkürlich. »Was weißt du über die Geburten von weißen Frauen?«
Naldani lachte jetzt auch. »Du bist meine erste, das ist wahr. Aber ich habe gehört, daß es bei euch viel schwieriger ist.«
»Schwieriger? Oh!« Sie drückte.
»Ich sehe den Kopf schon. Du mußt pressen.« Liliane spürte Naldanis lindernde Hände, als ein bohrender Schmerz die Welt für einen Moment schwarz werden ließ.
»Psst«, hörte sie Naldani flüstern.
Ich muß geschrien haben, dachte Liliane. Ich habe es nicht gehört. Eingeborene schreien nicht. Gott im Himmel, laß mich nicht schreien. Laß mich ihnen zeigen, daß ich kann, was sie können. Sie biß die Zähne zusammen, als der heftige Schmerz erneut einsetzte.
Naldani gab beschwichtigende Laute von sich, als rede sie bereits mit dem Baby.
Lilianes Hände ballten sich zu Fäusten, und sie kniff die Augen zusammen. Ich bringe neues Leben hervor, sagte sie sich. Natürlich ist das schmerzhaft . . .
Sie hörte einen Schrei, der die Luft zerriß.
Und dann ein zartes Stimmchen, das leise schrie.
Sie schlug die Augen auf. Naldani hielt ein nasses rosarotes Wesen an den Knöcheln. Sein Kopf war von weißen Haarbüscheln übersät. Sein krähender Schrei löste bei der Eingeborenen ein breites Grinsen aus.
Sie legte Liliane den neugeborenen Säugling in die Armbeuge. »Ein Mädchen«, sagte sie.
Warum bin ich bloß so froh, daß es ein Mädchen ist? fragte sich Liliane, als sie ihre Tochter ansah.
»Du mußt pressen«, hörte sie Naldani sagen.

Ach ja, die Nachgeburt.
Naldani säuberte Liliane und das Baby, doch Liliane fiel auf, daß sie sich sehr langsam bewegte, gelegentlich innehielt und ihr den Rücken zuwandte.
»Naldani, sieh mich an!« Die Frau drehte sich zu ihrer Freundin um. »Du bekommst dein Kind auch heute, stimmt's?«
Naldani nickte.
Liliane fühlte sich matt. Freude durchströmte sie. Sie erkannte, daß sie sich noch nicht entspannen und ihre Mutterschaft genießen durfte, daß sie nicht lange im Bett liegen und ihre Tochter an sich drücken konnte.
»Was glaubst du, wie lange es noch dauert?« fragte sie Naldani mit schwacher Stimme, »bis es bei dir soweit ist?«
Naldani zuckte die Achseln.
Oh, dachte Liliane, und fast hätte sie geweint, genau das hat Baxter immer getan, wenn er keine Antwort wußte.
»Vielleicht heute abend«, sagte Naldani. »Ich will es in meiner Hütte bekommen.«
»Wirst du mich holen?« fragte Liliane flehentlich. Es war ihr sehr wichtig, ihrer Freundin die Hilfe zu leisten, die sie gerade von ihr bekommen hatte.
»Ich bleibe bei dir, bis es bei mir soweit ist«, antwortete Naldani.
Das kleine Mädchen erinnerte Liliane an ein gestreiftes Eichhörnchen. Hübsch ist sie überhaupt nicht, dachte die junge Mutter, als das Wunder der Schöpfung sie durchdrang. Dieses menschliche Wesen, dachte sie, während sie das winzige Ding ehrfürchtig ansah, ist aus mir entstanden. Was für ein Wunder.
Als Naldani fortging, hatte Liliane eine Zeitlang geschlafen. Sie versprach, ihr sofort zu folgen. Ob sie es bis zu Naldanis Hütte schaffen würde? Als sie sich anzog, fragte sie

sich, was für ein Tag heute war. Sie hielt sich beim Aufstehen am Bettpfosten fest. Ihre Beine gaben nicht nach, wenn auch die Wände schwankten. Sie setzte sich und wartete einen Moment lang. »Wir haben den 1. Oktober 1930.«

Am 1. Oktober 1930 wurde nicht nur Carolyn Hathaway geboren, sondern auch Naldanis Petelo, was im Bantu dem Namen Peter entsprach. Seltsam war nur, daß zum ersten Mal seit Menschengedenken ein Bantu-Mann bei einer Geburt zusah. Anoka und Naldani hatten sich abgesprochen und fühlten sich frei von dem Aberglauben der meisten Afrikaner. Wie sollte Anoka Arzt werden, wenn man ihn von Geburten ausschloß?

Als Liliane sah, wie der Schweiß über sein Gesicht strömte, dachte sie: Wie blind ich doch bin! Bmeno ist nicht der Vater dieses Kindes, Anoka ist der Vater!

TEIL II

1932–1940

17. Kapitel

Liliane hatte seit Baxters Tod vor mehr als zwei Jahren keine Nacht mehr als sechs Stunden geschlafen. Sie war sich der Verantwortung, die sie trug, voll und ganz bewußt, und sie mußte ihr medizinisches Wissen ständig ausweiten. Manchmal haßte sie dieses Leben.

Trotz einer gewissen Einsamkeit merkte Liliane, daß sie zufriedener war, als sie es je auch nur im Traum für möglich gehalten hätte. War es nicht sonderbar, daß sie mit ihrem Leben so zufrieden war, wenn man bedachte, daß sie dazu erzogen war, zu glauben, eine Frau fände nur an der Seite eines Mannes ihre wahre Erfüllung? Hier saß sie jetzt in einem entlegenen Winkel Afrikas, und ihre Gesellschaft bestand aus einem Kind, zwei Frauen mittleren Alters, die einander liebten, und zwei Schwarzen, deren kultureller Hintergrund so weit von ihrem eigenen entfernt war, wie der Atlantik, über den sie gereist war, breit war.

Sie lächelte vor sich hin. Das Leben war seltsam. Sie hatte es sich seit Monaten nicht gestattet, in der Erinnerung an Marsh zu schwelgen, doch in der letzten Zeit schlich er sich in ihre Phantasien ein, wenn sie einschlief.

Seit fast zwei Jahren hatte sie nichts von ihm gehört, das letzte war der Brief, in dem er schrieb, er habe gelesen, daß Baxter tot sei. Der Brief war unpersönlich.

Sie sehnte sich nicht bewußt nach ihm, doch er tauchte immer wieder in den merkwürdigsten Momenten vor ihren Augen auf. Sie sprach mit niemandem darüber. Ihr Leben war ausgefüllt, doch ihre Träume und Phantasien machten sie auf eine Leere aufmerksam, die sie nicht länger leugnen konnte – eine Leere, die allmählich an ihr nagte.
Nachts, wenn die Kinder schliefen, konnte es vorkommen, daß Naldani und Anoka und Rose und Heidi ihr ihre Einsamkeit verdeutlichten. Wie sehr sie sich nach jemandem sehnte, dem sie ihre Ängste und ihre Träume anvertrauen konnte – und auch ihren Körper. Während ihre Wunden heilten, kehrten emotionale Offenheit und körperliches Verlangen zurück.
Sie war sich über das Glück im klaren, das sie durchströmte. Aber auch ihre Einsamkeit war ihr bewußt. Doch sosehr sie ihn auch geliebt hatte, erkannte sie, daß sie keine solche Beziehung mehr haben wollte. Ihr neu erwachtes Verantwortungsgefühl ließ nicht zu, daß jemand über sie bestimmen würde. Sie wollte eine gleichberechtigte Partnerschaft. Heidi und Rose haben das, sagte sie sich. Anoka und Naldani haben das. Aber die Möglichkeiten für eine einsame sechsundzwanzigjährige Weiße, im afrikanischen Urwald einen echten Partner zu finden, waren gleich Null.
Sie war unruhig und gereizt, obwohl alles glatt und ohne nennenswerte Zwischenfälle ablief. Seit Baxters Tod war Simbayo zu einer matriarchalischen Gemeinschaft geworden. Wenn eins der Babys schrie und nicht von einer der Mütter aufgeheitert wurde, dann von Rose oder Heidi. Carolyn und Petelo kannten keine Einsamkeit und hatten nie zuwenig Zuwendung.
Samstags wurde Carolyn von Heidi und Rose betreut, denn Liliane bestand darauf, weiterhin einmal wöchentlich die Leprainsel aufzusuchen. Immer wieder vermißte sie dort

Naldanis Hilfe, doch Anoka versetzte sie nie. Es war, als wolle er freiwillig für Naldani einspringen. Nach Petelos Geburt hatten Anoka und Naldani geheiratet. Anoka lächelte Naldani jedesmal an, wenn er sie sah. Er versuchte nicht, sie auf die unpersönliche Art zu behandeln, wie es zwischen den Eingeborenen und ihren Frauen üblich war. Für sie waren ihre Frauen ihr Eigentum, Anoka dagegen bewunderte und mochte Naldani; gemeinsam wollten sie dazu beitragen, ihr Volk zu erlösen. Sie wollten den Sprung ins zwanzigste Jahrhundert schaffen, und Liliane war für sie das Sprungbrett.

Auf der Leprainsel waren die meisten älteren Patienten, die dort gewesen waren, als sie vor mehr als fünf Jahren ankam, inzwischen gestorben, und die neuen Patienten waren von Anfang an an Hütten gewöhnt und befolgten bereitwillig Lilianes Vorschriften, was Reinlichkeit und eine neue Lebensweise betraf. Liliane hatte zwar noch lange nicht erreicht, wovon sie träumte, doch die Insel war nicht wiederzuerkennen. Wenn sie schon nichts an der Lebensdauer der Kranken ändern konnte, dann wenigstens an ihren Lebensbedingungen.

Als die Schiffssirene der OREGON ertönte, ließ sich Liliane nicht aus dem Teich locken. Sie erzählte Naldani gerade wieder einmal von dem Traum, der sie nicht losließ, Außenstellen zu errichten und die Kongolesen zur Hygiene zu erziehen. Sie glaubte, daß man gegen viele Krankheiten vorbeugen konnte. Andererseits wußte sie, daß es ausgeschlossen war, die Afrikaner zum Tragen von Schuhen zu bewegen, aber sie konnte ihnen zumindest erklären, welche Dämonen in den Abwässern hausten, sie dazu erziehen, sorgsam darauf zu achten, wohin sie traten, in sie dringen, Abfälle an bestimmten Stellen zu sammeln, statt sie überall zu verstreuen. Schon allein dieses simple Vorgehen hätte mit einem verbreiteten Problem aufgeräumt, das häufig tödlich endete – den Larven von Milben, die sich an die Zehen hefteten und von dort aus in die Blutbahnen eindrangen und unzählige infektiöse Wirte für Bakterienkulturen mitführten. So viele der gräßlichen Krankheiten Afrikas konnten sich durch Hygiene und Erziehung abschaffen lassen.

Es tat gut, einen solchen Traum zu haben. Sie hatte nur vage Vorstellungen davon, wie sie ihr Ziel erreichen konnte, doch das nahm ihr nicht die Hoffnung, ihre Pläne mit der Zeit zu verwirklichen.

Naldani hatte von diesem Traum im Lauf der Jahre oft gehört. Plötzlich deutete Naldani ans Ufer. Liliane konnte das Gesicht des Mannes im Gegenlicht nicht erkennen, und doch ...

»Marsh!« rief sie atemlos. Instinktiv lief sie auf ihn zu. Wenn er sich gefragt hatte, wie sie ihn aufnehmen würde, wußte er es spätestens jetzt. Er rannte ihr entgegen. Sie blieben erst stehen, als sie einander in den Armen lagen und sie rief: »O Marsh!«

»Liebling«, flüsterte er, als sein Mund ihre Lippen fand.

Als sie sich voneinander lösten, sah sie ihn lächelnd an. Er war dunkler, als sie ihn in Erinnerung hatte, und nicht mehr ganz so dünn. Seine große Gestalt war etwas voller geworden, und seine Gesichtszüge waren noch markanter als früher. Eine dunkle Locke fiel ihm in die Stirn.

Er nahm ihre Hand, ohne sie aus den Augen zu lassen, und eine schwere Last glitt von ihren Schultern. Sie wollte ihn wieder küssen. Niemand auf Erden küßte so wie Marsh. Es tat ihr so gut, seine Arme um sich zu spüren. Seine Lippen, die ihre berührten, riefen eine lange brachliegendes Verlangen wach.

»Ich wußte noch nicht einmal, ob du noch hier bist. Es hätte sein können, daß du inzwischen nach Buffalo zurückgegangen bist. Ich habe nichts von dir gehört, seit ich das letzte Mal hier war.« Er sagte diese Worte leise in ihr Ohr, ohne sie loszulassen, doch sein Blick war auf die Kinder gerichtet.

Liliane nahm seine Überraschung wahr. Petelo und Carolyn standen am Ufer des Teiches und starrten sie an. Sie forderte die Kinder auf, zu ihnen zu kommen. Lächelnd sagte sie zu Marsh: »Das ist Carolyn.« Carolyn starrte ihn an und hielt sich am Rock der Mutter fest.

»Carolyn?« Marsh schwieg einen Moment lang. Dann fragte er: »Dein Kind?«

Liliane strahlte vor Stolz.

»Davon hatte ich keine Ahnung.« Ein Schleier legte sich über seine Augen. »Du hast den Doktor also doch noch geheiratet.«

Liliane sah ihm fest in die Augen. »Ich bin Liliane Hathaway.«

Naldani begrüßte Marsh so scheu wie alle Weißen, die sie nicht näher kannte. Sie nahm Petelo an der Hand und sagte: »Es ist Zeit für seinen Mittagsschlaf.«

Marsh ließ Carolyn nicht aus den Augen und sagte: »Ein Bad täte mir jetzt gut.«

»Laß mich Carolyn auch schnell ins Bett bringen«, sagte Liliane, der es widerstrebte, von seiner Seite zu weichen. »Ich komme gleich wieder.«

Carolyn hatte den Daumen im Mund und sah argwöhnisch den Fremden an, der die Zuneigung ihrer Mutter gewonnen hatte. Liliane hob sie hoch und trug sie in ihr Zimmer. Zum ersten Mal sang sie das Kind nicht in den Schlaf und las ihm auch nichts vor, sondern lief sofort zum Teich zurück. Marsh schwamm schon darin.

Ich frage mich, dachte Liliane, ob er wirklich so schön ist

oder ob ich nur einfach froh bin, ihn zu sehen. Sie setzte sich in den Sand und sah ihm zu; sie kostete es aus, die anmutige Leichtigkeit seiner Bewegungen zu beobachten. Er kam aus dem Wasser und setzte sich neben sie. Eine leichte Brise regte sich. Marsh begann, eine Sandburg zu bauen. Liliane sah ihm verwundert zu.
»Marshall Compson, weißt du was? Ich mag dich. Ich mag dich wirklich sehr.«
Er zog sie zu sich in den Sand. Sie lachte wie schon seit Monaten nicht mehr.
Gemeinsam bauten sie die Burg, die allmählich Gestalt annahm. Als sie fast fertig war, sagte Marsh finster: »Weißt du, morgen ist nichts mehr davon übrig.«
Liliane nickte zustimmend, aber sie war nicht traurig. Sie genoß es, mit ihm zusammmenzusein.
Als sie fertig waren, lehnte sich Marsh zurück und musterte das Werk voller Stolz. »Diese Burg«, sagte er selbstgefällig, »trägt ihren Namen zu Recht.«
»Das stimmt.« Liliane streckte sich. »O Marsh, das habe ich nicht mehr getan, seit ich ein kleines Kind war. Es macht ja solchen Spaß.«
Er saß im Lotossitz da, und seine Hände lagen auf seinen Knien.
»Mir tun so viele Menschen leid«, sagte er, »weil sie nicht wissen, wie man sich freut. So viele sind erbärmliche Kerle. Sie kümmern sich viel zu sehr darum, was die Nachbarn denken könnten, und sie versuchen, sich so zu benehmen, daß niemand sie kritisieren kann. Sie wissen nicht, wie sie selbst sind oder wie sie spontan sein können. Sie existieren, ohne je etwas zu wagen, ohne je etwas zu riskieren, ohne je zu spielen.«
»Und was«, erkundigte sich Liliane, »ist mit den anderen?«
»Die sind auch nicht besser. Sie sind nicht erwachsen ge-

worden. Sie handeln verantwortungslos. Leben immer noch von einem Klassentreffen zum nächsten. Und üble Streiche halten sie für das Größte im Leben. Immer brauchen sie die Belustigung von außen.«

Liliane hatte ihn noch nie so zynisch erlebt.

»Weißt du, ich glaube, es gibt zu viele kindische Erwachsene auf dieser Welt«, fuhr er fort. »Aber andererseits kann ich auch nichts mit Erwachsenen anfangen, in denen gar kein Kind mehr lebt.« Er deutete auf die Sandburg.

Liliane beugte sich vor, um sich den Sand von den Händen zu spülen.

»Du weißt, worin der Unterschied besteht?« fragte er.

»Ja, sicher. Du gehörst zur zweiten Sorte. Du lebst so, wie dir zumute ist. Zu den Dingen, die ich am meisten an dir mag, gehört dein Charme. Ich habe irgendwo gelesen, daß alle charmanten Menschen eine gewisse kindliche Unschuld ausstrahlen.«

Darüber lachten sogar seine braunen Augen. »Bin ich denn so charmant?«

»Ich dachte, du hättest es satt, dir anzuhören, wieviel Charme und Ausstrahlung du hast.«

»Niemals!« Seine Stimme klang erfreut. »Vor allem von dir kann ich es nicht oft genug hören.« Er streckte einen Zeh nach ihrem Fuß aus. »Und jetzt sag mir eins. Warum wirkst du so, als trügest du die Last der Welt auf deinen Schultern?«

»Wahrscheinlich, weil es so ist«, antwortete sie. Es war wie immer. Marsh war noch keine zwei Stunden da, und schon war er zu ihrem Herzen und zu ihren Gedanken vorgedrungen. »Marsh, ich bin für so vieles verantwortlich und kann nicht damit umgehen. Aber können diese Dinge nicht warten? Laß mich erst auskosten, daß du da bist. Laß mich meine Verantwortung für eine Weile vergessen.«

Beim Abendessen unterhielt Marsh seine Gastgeberinnen mit Geschichten von seinen jüngsten Abenteuern. Er erzählte den begeisterten Krankenschwestern, daß er diesmal nicht annähernd so lange für die Reise nach Simbayo gebraucht hatte. »Die Fahrt auf dem Mombayo dauerte immer noch zehn Tage – ich habe die Männer nicht so angetrieben wie damals, als ich Weihnachten ankommen wollte«, sagte er mit strahlenden Augen. »Aber ich bin bis Coquilhatville geflogen. Von Nairobi aus. Damit habe ich fast einen Monat gespart.«

»Was hatten Sie in Britisch-Ostafrika zu tun?« fragte Rose.

»Ich war bei den Massai, und dann mußte ich mir beweisen, daß ich alles kann, was die Massai tun können.« Marsh konnte sich immer über sich selbst lustig machen. »Also habe ich sie dazu überredet, mich auf eine Löwenjagd mitzunehmen. Mr. Eastman, über dessen Reise ich berichten sollte, war intelligenter. Er ist mit den Johnsons im Lager geblieben. Ich dagegen bin bei dem Versuch, eine Elefantenherde zu sehen, von einem Baum gefallen. Aber erst nachdem ich meinen Löwen erlegt hatte und von den Massai in ihren Stamm aufgenommen worden war.« Stolz war aus seiner Stimme herauszuhören.

»Du bist jetzt ein Massai?« fragte Liliane mit leuchtenden Augen. Was für ein aufregender Mann Marsh doch war.

»Ja, eigentlich schon, aber eins war noch schwieriger für mich, als den Löwen zu erlegen.« Seine Augen sahen in die Ferne. Einen Moment lang schwieg er. »Ich habe festgestellt, daß es mir keinen Spaß gemacht hat, auf den Löwen zu schießen. Nachdem er tot war, habe ich ihn mir angesehen. Die Mähne hat diese majestätische Wildkatze wie ein Heiligenschein umrahmt. Ich bin mir wie ein Verbrecher vorgekommen. Um meinem Ego zu schmeicheln, hatte ich dieses Tier getötet, das mich eigentlich nur als lebendes

Wesen begeistern konnte. Ich sah es an, als es tot dalag, und ich wußte, daß ich auch einen Teil von mir selbst getötet hatte. Den Massai hatte ich damit jedoch meine Männlichkeit bewiesen. Sie bestanden darauf, daß ich am Festmahl teilnehmen sollte. Sie hatten den Löwen sofort ausbluten lassen. Alle, die an der Jagd teilgenommen hatten, tranken von dem warmen Blut, damit die Kraft des Löwen in sie übergeht. Mir wurde die Ehre zuteil, als erster zu trinken, weil ich das Tier erlegt hatte.«
»Iih.« Liliane schüttelte sich.
Rose gab einen undefinierbaren würgenden Laut von sich.
»Ja, ich mußte mir einen gewaltigen Ruck geben«, gestand Marsh. Dann sagte er ernster: »Sein Blut zu trinken, war nur eine andere Form der Gegenüberstellung. Vor dem versammelten Stamm habe ich auf englisch laut die Kraft des Löwen um Vergebung für mein sinnloses Töten gebeten. Dann habe ich einen großen Schluck getrunken, weil ich wirklich eine Verbindung zwischen mir und diesem majestätischen Tier herstellen wollte.«
Nach einer langen, respektvollen Pause sagte Heidi: »Und was ist mit Ihrem Arm?« Sie wollte, daß Marsh weitererzählte, und er benutzte auffällig oft nur den linken Arm.
»Eine Elefantenherde wurde am Horizont gesichtet, und ich wollte einen guten Ausblick haben. Da kletterte ich auf einen Baum. Den Arm habe ich mir gebrochen, als ich eher als erwartet von meinem Baum herunterkam. Lange Zeit hatte ich den Verdacht, es sei die Vergeltung dafür, daß ich den Löwen getötet habe. Die Verletzung ist der Grund, aus dem ich nicht eher gekommen bin.«
Liliane fand, einer von Marshs Reizen lag darin, daß er nie Furcht hatte, eine Schwäche oder einen Irrtum einzugestehen oder dem Bild, das andere von ihm hatten, nicht zu entsprechen. Seine Angst hielt ihn nie davon ab, etwas zu ver-

suchen. Das waren Eigenschaften, die sie miteinander gemein hatten.
Nach dem Abendessen begleitete Marsh Liliane, als sie Carolyn ins Bett brachte.
»Ist sie noch zu klein für eine Gutenachtgeschichte?« fragte er.
»O nein«, antwortete Liliane, die neben dem Kinderbett kniete. »Ich lese den Kindern schon seit langem vor.«
»Ich bin ein unvergleichlicher Geschichtenerzähler«, bot er sich an.
»Darf ich auch zuhören?« Sie lächelte ihn an.
Er zog einen Stuhl an ihr Bettchen und setzte sich neben Carolyn, die ihn mit ihren blaugrünen Augen anstarrte und noch nicht so recht wußte, ob sie ihn mögen sollte oder nicht.
Als er die Geschichte erzählt hatte, hatte er Carolyn für sich gewonnen. Ihre winzige Faust blieb, als sie einschlief, um Marshs Daumen geschlossen.
Marsh, dachte Liliane, es ist so wohltuend, dich wieder bei mir zu haben.
Sie holten sich Stühle aus dem Büro und blieben noch lange in der Nacht sitzen und lauschten den gedämpften Geräuschen, die aus dem Dschungel drangen. Sie erzählte ihm von ihren Ängsten, weil sie zuwenig Geld und zuwenig Hilfe hatten. Sie fand, die Träume hätten Zeit.
»Wie lange bleibst du diesmal?« fragte sie.
Er nahm ihre Hand. Eine silberne Mondsichel tauchte über den hohen Bäumen auf, und eine bauschige Wolke zog daran vorbei und verschwand. »Das hängt von dir ab«, antwortete er.
Sie zog seine Hand an ihre Lippen und küßte sie. »Es wäre schön, wenn du eine Weile bleiben könntest«, sagte sie leise.

»Dann bleibe ich eine Weile.« Er drückte ihre Hand.
Sie saßen schweigend da und lauschten den Fröschen. »Erzähl es mir«, drängte er sie.
Erstaunt stellte sie fest, daß es nicht qualvoll war, mit ihm darüber zu reden. Aber schließlich waren seit Baxters Tod mehr als zwei Jahre vergangen. Sie erzählte ihm von den »Zwillingen« Carolyn und Petelo und berichtete ihm, wie schwierig es am Anfang für die drei Krankenschwestern gewesen war, trotz ihres Kummers allein weiterzumachen.
»Es tut mir so leid für dich«, flüsterte Marsh. »Das konnte ich beim besten Willen nicht ahnen.« Sie sahen einander in die Augen.
Nach einer Weile fügte er hinzu: »Nächte sind selten so still.« Liliane konnte keine Stille wahrnehmen. Ihr Herz schlug wie hundert Urwaldtrommeln in ihren Ohren.
Seine Hand legte sich auf ihr Knie, und er preßte seine Finger sachte zusammen. Dann stand er auf und zog sie an sich. »Ich habe so lange auf dich gewartet, Lili. Es kann sein, daß ich nie mehr fortgehe.« Sein Mund verwüstete ihre Lippen, seine Körperwärme hüllte sie ein, und sie spürte seine Hände auf ihrem Körper, die ihr Verlangen erwachen ließen, ehe er sie hochhob und zu ihrem Bett trug. Carolyn atmete gleichmäßig, während sie miteinander schliefen.

Als Liliane am Morgen erwachte, lag Carolyn nicht in ihrem Bett. Marsh lehnte mit einem schelmischen Grinsen in der Tür und hielt eine Tasse Kaffee in der Hand. Er kam auf sie zu.
»Ich könnte dir ewig beim Schlafen zusehen«, sagte er und küßte zart ihre Nasenspitze. »Aber ich bin froh, daß du wach bist. Carolyn und ich haben einen Spaziergang gemacht und einander besser kennengelernt.«

Sie trank einen Schluck aus seiner Tasse. »Du warst doch nie ein Morgenmensch.«

»Oh, an mir hat sich noch mehr verändert«, sagte er und sah sie liebevoll an. »Ich hoffe, du wirst dich darüber freuen.«

»Aber ich mochte den alten Marsh.« Sie ließ sich wieder auf das Kissen fallen.

»Was für ein Jammer wäre es, wenn man sich nie weiterentwickeln würde«, sagte er im Scherz. »Und jetzt steh auf. Ich sprudele vor Ideen, die ich mit dir besprechen muß.«

Eine Woge des Glücks schwappte über sie hinweg, und sie fragte sich, warum sie Marsh in ihren Träumen mit einer gefährlichen Bedrohung gleichgesetzt hatte, mit einer Gefährdung ihres Lebens in Simbayo. Ach, aber Träume können verrückt sein. Marsh würde eine Zeitlang bleiben, und er tat ihr gut. Viel besser als nur gut! Sie konnte die letzte Nacht noch spüren: Seine Zunge, die sie an Stellen berührte, deren Existenz sie vergessen hatte, seine Küsse auf ihrem Hals, die Art, wie er ihre Lippen teilte, die kosenden Worte, die er ihr ins Ohr flüsterte. Am liebsten hätte sie die Arme ausgestreckt und gesagt: »Komm wieder ins Bett«, doch sie wußte, daß das nicht möglich war. Daher stand sie auf. Kranke mußten behandelt werden.

Nach dem Abendessen folgte er Liliane in ihr Büro.

»Wann hat Carolyn Geburtstag?« fragte er beiläufig.

»Am ersten Oktober«, antwortete Liliane, die Papiere durchblätterte, mit denen sie sich im Moment eigentlich gar nicht befassen wollte. »Nicht ganz der richtige Zeitpunkt für ein Geburtstagsfest, falls du das im Sinn hattest.«

»Nein, ich hatte etwas ganz anderes im Sinn«, sagte er ernst und setzte sich ihr gegenüber auf einen Stuhl. »Setz dich. Wir müssen miteinander reden.«

Liliane spürte eine plötzliche Anspannung.
»Dir ist noch nicht aufgegangen, daß Carolyn meine Tochter sein könnte?« erkundigte sich Marsh.
Liliane starrte ihn an. Sie setzte sich nicht.
»Nein.« Ihre Haltung war abwehrend. »Ich kann dir genau sagen, in welcher Nacht sie gezeugt worden ist. Es war die letzte Nacht vor Baxters Abreise.«
Er beugte sich zu ihr vor und sah ihr fest in die Augen. »Denk nach, Lili«, ordnete er an. »Du warst in der Woche nach Weihnachten mit mir zusammen.«
O ja, dachte sie und wandte ihren Blick ab, auf den Gedanken bin ich auch schon gekommen. Ich habe bewußt nicht darüber nachgedacht. Ich wollte Baxter ein Denkmal setzen. Ich wollte einen Beweis seiner Liebe haben. Ich wollte, daß die ganze Welt mich für Mrs. Baxter Hathaway hält ... das gibt mir hier mehr Glaubwürdigkeit. Und außerdem wollte ich nicht eine Frau von der Sorte sein, die nicht weiß, wer der Vater ihres Kindes ist.
Ihr Blick war kühl, als sie ihn ansah, um ihm zu antworten. »Die Möglichkeit besteht. Aber ich glaube nicht, daß es so ist.«
Er griff nach ihrer Hand und zog sie näher zu sich. »Lili, natürlich besteht die Möglichkeit. Seit ich sie zum ersten Mal gesehen habe, habe ich ein merkwürdiges Gefühl. Und als ich heute morgen aufgewacht bin und sie im Schlaf angesehen habe, dachte ich, wie sehr sie doch meiner Mutter ähnelt. Und dann ist es mir aufgegangen!«
Lilianes Augen verschleierten sich. »Marsh ...«
Er stellte sich neben sie und legte seinen Arm um sie. »Es ist schon gut, Lili. Ich bitte dich nur um eins: Laß die Möglichkeit offen, daß ich ihr Vater sein könnte – und ihr Vater sein kann. Wenn alle Welt glaubt, Baxter sei ihr Vater, dann ist mir das egal, Lili. Ich *könnte* ihr Vater sein. Ich habe sie den

ganzen Tag lang angesehen, und, Lili, tief in meinem Innern weiß ich, daß Carolyn meine Tochter ist! Unsere Tochter.« Seine Augen leuchteten. »O Lili, wäre es denn ein solches Drama, wenn ich ihr Vater wäre?«

Das ist Wunschdenken, dachte sie, aber in Wirklichkeit gestand sie sich endlich ein, daß sie nicht wußte, wer Carolyns Vater war. Sie hatte sich nie erlaubt, auch nur darüber nachzudenken, doch als Marsh es ausgesprochen hatte, wußte sie, daß es die Wahrheit sein konnte.

»Ich muß es niemandem sagen«, versicherte er ihr, »noch nicht einmal Carolyn. Für mich ist nicht wichtig, was andere denken. Aber hier« – er deutete auf sein Herz – »weiß ich es, und nur das zählt.« Er küßte Lilianes Augen, ihre Wangen, ihre Nase. »Sie schafft ein Band zwischen uns. Sie wird uns immer miteinander verbinden.«

18. Kapitel

»Ich habe nachgedacht«, sagte Marsh beim Abendessen. »Was haltet ihr davon, wenn ich hier einziehe?«

»Wie wunderbar«, zwitscherte Rose. »Ein Mann kommt uns ja so gelegen.«

Marsh lächelte; er ließ sich gern von ihr aufziehen, denn er wußte, daß Rose ihn mochte. Jetzt sah er Liliane fragend an. Warum fragte er sie beim Abendessen? Fürchtete er, sie hätte ihm den Wunsch abgeschlagen, wenn sie allein gewesen wären?

»Ich habe mich entschlossen, euren finanziellen Sorgen ein Ende zu bereiten«, verkündete er. Heidi und Liliane waren ständig in Geldnöten.

»Wie das?« fragte sie. Sie wußte nie so recht, wann sie Marsh ernst nehmen sollte.

»Ich werde über euch schreiben. Nicht den üblichen Zeitungskram, sondern einen langen Bericht für eine Zeitschrift. Kein Auge wird trocken bleiben, und die Leute werden es kaum erwarten können, ihr Geld in Briefumschläge zu stecken, um es nach Simbayo zu schicken. Dann seid ihr für Jahre flüssig. Wir werden die Spenden eurer Methodisten nicht mehr nötig haben.«
Die methodistische Mission schickte mehrmals jährlich Kartons mit ausrangierten Kleidungsstücken: Wolljacken, hochhackige Schuhe, warme Pullover und einmal sogar einen Zylinder. Die abgetragenen Decken waren sehr nützlich und auch die Lebensmittelkonserven, wenn sie auch selten Heidis Wünschen entsprachen. Medikamente wurden direkt bestellt, und daher erhielten sie in dem Bereich das, was sie brauchten, doch sie durften nur begrenzte Mengen bestellen. Die Mission gestand ihnen ein monatliches Kontingent zu. Entbehrungen gehörten in Simbayo zum Alltag.
»O Marsh.« Liliane war sofort klar, daß er das wirklich erreichen konnte. »Warum habe ich nicht eher daran gedacht?«
»Weil du«, behauptete er, »dich nicht als Heldin siehst. Ich werde dich zu einer machen. Zu einer weltberühmten Heldin.« Er sah Heidi und Rose an. »Zu Heldinnen.«
Heidi murrte, doch Roses Augen leuchteten. »Eine Heldin, wie nett. Ich glaube, das könnte mir recht gut gefallen.«
Sie lachten alle.

Marsh war in sein altes Zimmer eingezogen. Er wollte unbegrenzt bleiben.
»Weißt du, was ich vorhabe?« sagte er eines Abends zu Liliane, als sie in ihrem Büro saßen. »Dieser kleine Hügel hinter der Flußbiegung lädt geradezu dazu ein, ein Haus darauf zu bauen.«
»Ein Haus?« Liliane verbarg ihr Erstaunen nicht.

»Ja«, antwortete er. »Ein Haus.«
Sie lächelte. Marsh machte sie glücklich.
»Glaubst du«, fragte er, »wenn ich den Plan gemacht habe, könnten mir ein paar Männer helfen, es zu bauen?«
»Du willst einen Plan machen? Das klingt sehr exzentrisch.«
»Ich weiß genau, was ich will«, sagte er. »Im Grunde genommen etwas Schlichtes, aber es soll meinen Bedürfnissen entgegenkommen.«
»Frag Anoka. Er wird Männer finden, die dir helfen.«
»Ich würde sie gern für ihre Arbeit bezahlen. Geht das in Ordnung?«
»Auch danach solltest du Anoka fragen. Er scheint einfach alles zu wissen.«
Am Nachmittag hatte Marsh seinen Arbeitstrupp zusammengestellt. Er teilte Liliane mit, sie dürfe das Haus erst ansehen, wenn es fertig war, doch Rose forderte er auf, mitzukommen, um die Arbeit zu überwachen. In der Früh nahm er auch die Kinder mit.
Sechs Wochen später stand das Haus, und Marsh und Rose brachen eines Morgens in den Urwald auf. Rose war so aufgeregt wie ein kleines Kind an Weihnachten. Sie kostete jeden Moment dieser geheimnisvollen Verschwörung aus. Als sie zurückkamen, hatten sie alle erdenklichen Pflanzen ausgegraben, und in der kommenden Woche half Rose Marsh bei der Anlage des Gartens. Liliane glaubte, Rose noch nie so glücklich gesehen zu haben. Ihre Augen leuchteten, und ihre Wangen waren ständig leicht gerötet. Wie wunderbar es doch ist, sich wichtig vorzukommen, dachte Liliane.
Ein Kuchen wurde gebacken, und Marsh lud alle zu seinem Einweihungsfest ein.
Das Haus war bezaubernd. Es war halb unter Pflanzen verborgen, die an der Veranda hinaufklettern sollten, und

durch die erhöhte Lage konnte man ein Stück des Flußlaufs und die Störche am anderen Ufer sehen, das Lazarett dagegen nicht. Marsh strahlte vor Freude, als er alle ins Haus führte.

Es hatte drei Zimmer, in diesem Winkel der Welt etwas Unerhörtes. Um das helle, luftige Wohn- und Arbeitszimmer konnte Liliane ihn nur beneiden. Dahinter lag ein kleines Zimmer, das er öffentlich als Carolyns Zimmer hinstellte.

»Ich hoffe, daß sie ab und zu über Nacht bei mir bleibt.«

Ihre schmalen, länglichen Augen wurden groß und rund.

»Und worauf soll ich schlafen?« fragte sie und sah sich in dem leeren Raum um.

»Da wird uns noch etwas einfallen«, versicherte ihr Marsh.

»Und was ist mit mir?« fragte Petelo.

»Du kannst auch herkommen«, sagte Marsh. Er wandte sich an Petelo und beantwortete die unausgesprochene Frage, die in den Augen des Jungen stand. »Eigentlich wollte ich damit sagen, daß das das Kinderzimmer ist. Ich werde eine rote Fahne auftreiben, und wenn sie auf der Veranda hängt, könnt ich mich jederzeit besuchen.«

»Wirst du uns auch Geschichten erzählen?« fragte Petelo, der noch einen Vorwand für seine Besuche brauchte.

Marsh war als Märchenonkel unübertroffen.

»Das Schlafzimmer.« Marsh zeigte ihnen das große Zimmer neben dem Kinderzimmer. Auch von dort aus konnte man auf die Veranda und auf den Fluß sehen. Er blickte tief in Lilianes Augen. »Unser« Schlafzimmer, dachte sie.

Alle waren der Meinung, daß es ein bezauberndes Haus war. Marsh zündete die Kerze auf dem Kuchen an.

»Wenn dieses gottverdammte schwüle Klima mich nicht fertigmacht«, sagte er später am Abend zu Liliane, »hast du mich in der Hand. Ich habe einige Pläne.«

Sie saßen auf der Veranda, und sie legte eine Hand auf sein Knie und ließ ihre Finger über seinen Oberschenkel gleiten.
»Paß auf«, warnte er sie. »Es sei denn, du willst flach auf dem Rücken auf harten Holzdielen liegen.«
Ihre Finger spazierten weiterhin über sein Bein, immer höher.
Er knöpfte ihre Bluse auf.
»Sogar im Dunkeln kann ich sehen«, sagte er mit gesenkter Stimme, »daß du den schönsten Busen auf Erden hast.«
»Auf Erden?« Sie lachte, knabberte an seinem Ohr und ließ sich die Bluse von ihm ausziehen. Was für ein wunderbares Gefühl, dachte sie, als sie seine Lippen auf einer Brust spürte.
Dann dachte sie eine Stunde lang an gar nichts mehr.
Später lagen sie eng miteinander verschlungen da und lauschten den nächtlichen Lauten. Liliane seufzte zufrieden.
Marsh zog sie enger an sich. »Weißt du, was ich eigentlich tun will?« fragte er. »Wovor ich mich bisher nur gefürchtet habe?«
»Sag es mir«, murmelte sie.
»Vielleicht bin ich zu mehr als einem Zweck hergekommen«, gab er zu.
»Nicht nur meinetwegen?« sagte sie mit gespielter Enttäuschung.
»Doch, nur deinetwegen. Aber ich dachte, hier fände ich vielleicht auch den Mut und die Einsamkeit, um das zu tun, wovon ich glaube, es tun zu müssen.«
Sie schwieg und wartete ab, bis er weitersprach. »Ich will einen Roman schreiben. Ich will den Mut aufbringen, meiner Zeitung mitzuteilen, daß der Bericht über dich, den sie in der Sonntagsbeilage abdrucken *müssen*, mein letzter sein wird. Ich will hierbleiben, ohne Abgabetermine, ohne Zeit-

druck und ohne die Erwartung großer Abenteuer. Ich will mich ganz darauf konzentrieren, ein Buch zu schreiben. Ich meine kein gewöhnliches Buch. Ich will einen großen Roman schreiben.«

»Natürlich. Du willst die großen globalen Fragen stellen, auf die es keine Antwort gibt, und trotzdem einen Bestseller landen.«

Er lachte. »Ganz so ist es nicht. Ich möchte nur genug verdienen, um für den Rest meines Lebens schreiben zu können. Ich glaube, ich habe genug gesehen, gehört und erlebt und bin jetzt vielleicht endlich soweit. Ich wußte schon immer, daß es das ist, was ich tun will. Seit ich neun Jahre war, weiß ich, daß ich Schriftsteller werden will.«

»Die Vorstellung erschreckt dich«, sagte Liliane.

»Die Vorstellung«, sagte er, »jagt mir höllische Ängste ein.«

»Es klingt, als müßtest du es trotzdem tun.«

»Hier kann ich bei dir sein und es dennoch tun. Warum heiraten wir nicht?« schlug er vor.

Sie war augenblicklich auf der Hut. Heiraten? Dann würde sie mitgehen müssen, wenn er fortging. Dann saß sie in der Falle; sie konnte nicht mehr das mit ihrem Leben anfangen, was sie vorhatte. Mit Baxter war das etwas anderes gewesen. Sie wollten beide dasselbe; sie wollten Simbayo. Marsh würde eines Tages von hier fortgehen wollen. Die Eintönigkeit dieses Lebens würde ihm zum Hals raushängen. Er würde sich nach den Lichtern der Großstadt und nach gesellschaftlichen Vergnügungen sehnen, nach Freunden und Behaglichkeit, und er würde sich nicht damit zufriedengeben, sein ganzes Leben in Simbayo zu verbringen. Aber sie hatte hier ihr Leben zu verbringen.

»Marsh«, sagte sie betrübt, »jeder von uns beiden hat seine eigene Lebensaufgabe. Und unsere Aufgaben lassen sich nicht immer miteinander vereinbaren. Können wir nicht

dann glücklich sein, wenn unsere Leben sich aufeinander abstimmen lassen? Verlang keine Selbstaufgabe von mir.«
»Eine Ehe bedeutet keine Selbstaufgabe. Sie gibt unserem Leben eine neue Dimension.«
»Ich kann Simbayo nicht aufgeben. Ich glaube auch nicht, daß ich je bereit sein werde, in England zu leben oder um die Welt zu reisen. Ich bin nicht bereit, nur deine Frau zu sein, sondern ich will mein eigenes Leben leben. Und zwar hier.«
Er schwieg lange.
»Ich liebe dich, Liliane. Wenn du mich nicht heiraten willst, wirst du dann einen Teil deiner Zeit mit mir zusammen verbringen, zu mir in mein Haus ziehen? Wirst du deine Nächte hier mit mir verbringen? Und was ist mit Carolyn? Ich möchte ihr ein Vater sein.«
Liliane glaubte, daß er auf Dauer kein Vater sein wollte. Sie konnte sich nicht vorstellen, daß er sich an einem Ort für immer niederlassen und sich mit dem Alltag begnügen konnte. Sie glaubte, daß er so lange dafür zu haben war, wie es den Reiz des Neuen auf ihn ausübte.
»Ich glaube, man kann gar nicht genug Liebe bekommen. Sei Carolyn ein Vater. Vielleicht bist du ja ihr Vater, Marsh. Ich werde es nie wissen. Lieb sie auf deine Art. Laß uns glücklich darüber sein, daß dein und mein Leben sich im Moment miteinander vereinbaren lassen.«
»Verdammt noch mal, Lili«, sagte er und lachte bitter. »Ich glaube, du wirst immer gewinnen. Ich glaube nicht, daß du je mir gehören wirst.«
»Ich bin ich, Marsh, und ich werde mich dir öffnen, so weit ich es kann. Manchmal, wenn ich mit dir zusammen bin, will ich mich dir ganz öffnen, jeden Gedanken, jeden Traum und alles, was ich tue, mit dir teilen . . .« Sie setzte sich auf. »Ich bin froh, daß du hier bist. Wirklich. Und es macht mich

glücklich, daß du soviel für Carolyn empfindest. Ich bin froh, daß du dieses Haus gebaut hast und hierbleiben und schreiben wirst. Ich bin glücklicher, als ich mich erinnern kann, es je gewesen zu sein. Das muß für den Moment genügen. Du gibst mir Dinge, die ich nie gekannt habe. Ich liebe dich. Aber ich liebe auch mich selbst.«

»Sollte ich das Wort *Liebe* gehört haben?« Er bemühte sich nicht, seinen Eifer zu verbergen.

Sie lachte. »Natürlich, Marsh.« Dann kitzelte sie seinen Nabel, bis er in ihr Lachen einfiel.

»Ich habe noch einiges zu erledigen, ehe ich mich hinsetze und zu schreiben anfange.«

Am nächsten Tag kehrte Marsh schweißtriefend aus dem Urwald zurück. Er hatte beschlossen, dort, wo einst Mais angebaut worden war, eine Lichtung zu roden, ehe der Urwald sich wieder schloß.

»Da ich hier Fuß gefaßt habe, wäre es mir unangenehm, mein Flugzeug noch länger in Coquilhatville stehen zu lassen.«

»Oh«, sagte Liliane strahlend. »Ich wußte nicht, daß du mit *deinem* Flugzeug gekommen bist.«

»Doch, und die Lichtung wäre die ideale Landebahn.«

»Überlegt euch das bloß«, sagte Rose lachend. »Unser eigener Flugplatz.«

Liliane hatte Simbayo seit fast sechs Jahren nicht verlassen, und Marsh schlug ihr vor, ihn in die Stadt zu begleiten, wenn er mit der OREGON losfuhr, um sein Flugzeug zu holen und Einkäufe zu erledigen.

Sie war begeistert. »Für wie lange?«

»Die Fahrt auf dem Fluß dauert etwa zehn Tage. Luftlinie wären es circa dreihundert Meilen, aber der Fluß schlängelt sich. Das Schiff kann überall anlegen. Es wäre schön, wenn wir ein paar Tage hätten . . .«

»Ein paar Tage in der Zivilisation?« half ihm Liliane weiter. Darüber mußte Marsh unwillkürlich lachen. »Genau das ist die Compsonsche Auslegung von Einsteins Relativitätstheorie. Für dich mag Coquilhatville für Zivilisation stehen, aber für die westliche Welt ist es rückständige Provinz.«
»Das kann sein, aber ich war auf dem Hinweg dort im Hotel. Und es gab ein europäisches Restaurant. Und Geschäfte.«
»Meine arme Lili.« Er streichelte ihre Wange. »Kein einziger Laden in all den Jahren. Ich sage dir eins. Wir gehen in jeden einzelnen, und ich kaufe dir alles, was du haben willst.«
»Und wenn ich viel zuviel haben will?«
»Dann, mein Liebling, werde ich dir alles kaufen, was dein Herz begehrt. Du vergißt, daß ich relativ reich bin.«
»Ist das Einsteins Relativität?«
»In etwa.«
»Weiß deine Zeitung, wo du steckst?«
»In etwa.«
»Wundert sich denn dort niemand?«
»Das ist ein Teil der Spannung, die ich ihnen liefere. Sie werden mich für den Artikel lieben, den ich über dich schreiben werde, um der Welt mitzuteilen, wie schön du bist, was für einen wunderbaren Busen du hast und wie es ist, deine Kniekehlen zu küssen und . . .«
Sie kicherte, und als die Oregon erwartet wurde, hatte sie bereits ihre Sachen gepackt und war reisefertig.
»Ich komme mir vor wie ein Kind«, sagte sie. »Der Gedanke an eine Reise läßt mich ganz zappelig werden. Und die Vorstellung, daß ich auf dem Rückweg fliegen werde.«
Doch in der Nacht vor dem Eintreffen der Oregon wurde Carolyn krank. Sie hatte hohes Fieber, und es ließ sich nicht sagen, ob sie nur Halsweh hatte oder ob sich Schlimmeres ankündigte. Liliane sah Marsh flehentlich an.
»Ich kann nicht mitkommen«, sagte sie mit bebender

Stimme. Das Boot kam erst in einem Monat wieder, und sie wußte, daß Marsh nicht so lange warten konnte.
»Ich weiß«, sagte er. Trotz seiner offenkundigen Enttäuschung drängte er sie nicht.
Eine Stunde später kam Marsh zurück. »Ich hoffe, du hast nichts dagegen, wenn ich Anoka mitnehme. Es ist an der Zeit, daß er einmal eine Großstadt sieht. Er muß sehen, was sich in der weiten Welt abspielt. Ich habe ihn gefragt, ob er Lust hat, mich zu begleiten, und es hat ihm vor Aufregung die Sprache verschlagen.«
Liliane war klar, daß Marsh nicht nur aufbrach, um sein Flugzeug zu holen. Er mußte Simbayo eine Zeitlang den Rücken kehren. Er hielt es hier für eine bestimmte Zeit aus, aber keinen Tag länger. Wenn er das nächste Mal aufbrach, würde er länger fort sein und ein kälteres Klima aufsuchen, der Hitze und der Luftfeuchtigkeit entkommen wollen, die ihm zusetzten. Noch länger als die zwei Jahre, die er das letzte Mal fort gewesen war?
Sie sah Anoka winken, als die OREGON aus ihrer Sichtweite entschwand.

19. Kapitel

»Ich bin so verflucht krank gewesen, daß ich sterben wollte«, krächzte Jack.
Er war unglaublich blaß, als er zwei Tage nach Marshs Aufbruch erschien.
»Steckt mich bloß nicht in euer Krankenhaus«, murrte er. »Ich will in *meinem* Zimmer liegen, wenn ihr nichts dagegen habt. Kommt schon, ich liege schließlich nicht im Sterben. Ich fühle mich nur so mies, daß ich am liebsten sterben würde.«

Liliane sah Heidi an. »Das Blutbild ist so schlecht, daß wir eine Transfusion machen müssen«, sagte sie zu Jack. Heidi und sie lächelten einander hilfesuchend an. Jacks Verfassung machte ihnen Sorgen.
Heidi trat näher und legte eine tröstliche Hand auf Jacks Arm. »Das haben wir schon oft gemacht, Jack. Du brauchst dir keine Sorgen zu machen.«
»Wir müssen deine Blutgruppe herausfinden und dann jemanden mit der entsprechenden Blutgruppe suchen«, erklärte Liliane.
»Was soll das heißen? Ich will kein Blut von jemand anderem. Nur von euch beiden oder Rose.«
»Die Blutgruppe muß stimmen. Andernfalls wäre es sehr gefährlich«, erwiderte Liliane. »Aber mach dir keine Sorgen. Es gibt immer Leute, die uns für eine Gefälligkeit Blut spenden. Oder dankbare Patienten, die uns auf diese Weise helfen.« Sie lachte. »Uns ist schon fast alles ausgegangen, aber das Blut noch nicht.« Sie band ihm den Oberarm ab. »Ich werde dir jetzt Blut entnehmen und es unter dem Mikroskop untersuchen, und dann finden wir jemanden mit der richtigen Blutgruppe für dich.«
»Könnt ihr denn nicht ohne all diesen Firlefanz herausfinden, was mir fehlt?«
»Was dir fehlt, wissen wir längst. Du hast ein blutendes Magengeschwür.«
»Ein . . . Wie zum Teufel ist das passiert?«
»Durch das Trinken«, sagte Heidi mißbilligend.
»Jesus!« schrie Jack, als Liliane die Nadel in seinen Arm stach. Er zitterte heftig. Sie konnten seine Zähne klappern hören.
Heidi versuchte, ihm gut zuzureden. »So zittere ich immer, wenn ich Platzangst habe. Es braucht dir nicht peinlich zu sein.«

»Wem ist hier etwas peinlich?« Er versuchte ein mattes Lächeln. Dann drehte er den Kopf um, und als er das Blut in der Spritze sah, wurde er bleich.
»Ihr laßt mich verbluten!« schrie er, als Liliane den Raum verließ. Er wandte sich an Heidi. »Ich will nicht das Blut von jemand anderem in mir haben.«
Zu schade, dachte Liliane. Es war Anokas Blutgruppe, doch er war nicht da. Während sie versuchte, jemanden mit seiner Blutgruppe zu finden, verschlechterte sich Jacks Zustand. Er war unruhig und furchtsam, brach in kalten Schweiß aus und hatte offensichtlich viel abgenommen. Seine Augen waren matt und lagen tief in ihren Höhlen. Er erbrach Blut, und auch in seinem Stuhlgang fanden sie Blutspuren. Heidi versuchte, ihm den Grund der Bluttransfusion zu erklären.
»Damit ist nichts geheilt«, sagte sie zu ihm. »Aber so können wir dich am Leben erhalten, bis wir dich heilen können. Solange das Magengeschwür blutet, fließt das Blut, das wir dir geben, wieder aus dir heraus. Du mußt das Trinken aufgeben. Und das Rauchen.«
»Vielleicht auch gleich das Leben?«
»Das gibst du andernfalls bestimmt auf.« Heidi war ernst.
Er zitterte ständig, aber sie waren nicht sicher, ob es an der Krankheit oder an seiner Furcht lag. Er erzählte ihnen, daß er drei Wochen für die Reise gebraucht hatte und sich täglich von neuem gefragt hatte, ob er es noch schaffen würde. Von Tag zu Tag wurde er schwächer. Mit letzter Kraft war er nach Simbayo gekommen, und jetzt war jede Reserve aufgezehrt. Sie mußten ihn der Reihe nach füttern, verträgliche Nahrungsmittel in seinen Mund stopfen, und ihn zwingen, das Essen zu kauen.
Zum Glück hatten sie eine Ziege, deren abgekochte Milch sie ihm einflößten. Das war das beste, was sie tun konnten.

Er wälzte sich herum und war oft nicht bei klarem Bewußtsein. Jemand mußte ständig bei ihm sitzen, damit er nicht aus dem Bett fiel. Rose und Heidi wechselten sich nachts ab, denn Liliane konnte Carolyn nachts nicht alleinlassen, solange sie krank war.

Carolyns Fieber war heruntergegangen. Liliane war sicher, daß es eine bakterielle Infektion war, die durch Streptokokken hervorgerufen worden war. Carolyn hustete noch, aber ihr Rachen war nicht mehr rot mit weißen Pusteln. Sie ließ sich gern vorlesen, hatte aber gar keine Lust, mit Petelo zu spielen.

Es dauerte Tage, bis sie die richtige Blutgruppe für Jack gefunden hatten, und bis dahin war er noch beträchtlich schwächer geworden. Als Liliane und Rose den Tropf brachten, schrie er. »Ich will das nicht. Ich will nicht verrückt werden. Laßt mich lieber sterben.«

Durch geduldige Fragen erfuhren sie den Grund seiner Befürchtungen. Vor vielen Jahren hatte er jemanden in Liverpool gekannt, der wenige Monate nach einer Bluttransfusion »total bekloppt« ins Sanatorium eingeliefert worden war.

»Jack, das ist ein Ammenmärchen«, sagte Heidi. »Kein Wort ist wahr.«

»Ich weiß es selbst. Ich habe ihn vorher und hinterher gesehen.« Jack zwang sich, sich im Bett aufzusetzen und mit den Armen zu fuchteln. »Laßt mich in Frieden sterben.« Schweiß brach auf seiner Stirn aus, und er fiel geschwächt auf das Kissen zurück.

Rose konnte ihm endlich erklären, daß sie ihn nie einer Gefahr aussetzen würden, und sie versprach ihm, daß er von der Bluttransfusion nicht verrückt würde, doch damit war das Problem noch lange nicht gelöst. Jack wollte kein schwarzes Blut.

Die drei Frauen sahen einander erstaunt an. Meinte er das Blut von Eingeborenen? Er hatte mehr als zwanzig Jahre unter den Negern am Kongo und seinen Nebenflüssen verbracht und fürchtete sich vor ihrem Blut? Sie hatten noch nie einen Funken rassistischen Aberglaubens an ihm entdeckt.

Trotz aller geduldigen Erklärungen wollte Jack kein schwarzes Blut haben.

»Es gibt hier kein anderes Blut«, sagte Liliane. »Keine von uns hat deine Blutgruppe.«

Rose legte Jacks Hand auf ihre Wange. »Vertrau uns, Jack. Das hast du doch bisher immer getan.«

Er sah Liliane mit verängstigten Augen an. »Was hätte der Doktor getan?«

»Genau dasselbe, was wir vorhaben.«

»Verdammt«, murrte er und schloß die Augen. Sie konnten mit der Transfusion beginnen. Anschließend flößten sie ihm weiterhin Ziegenmilch ein.

»Ich hasse Milch«, sagte Jack. »Sie ist so weiß. Und sie schmeckt so, wie Kreide auf einer Tafel klingt.« Darüber mußten die Krankenschwestern lachen.

Carolyn sprang wieder herum, als sei sie nie krank gewesen. Jack konnte erst nach zwei Wochen wieder aufstehen, er war aber noch keineswegs gesund. Marsh und Anoka waren noch nicht zurückgekehrt, und als mehr als drei Wochen vergangen waren, fiel es Liliane schwer, ihre nervöse Anspannung zu verdrängen. Wo steckten sie bloß?

Sie dachte an Marsh, als sie den Arm eines Holzfällers amputierte. Als sie den Stumpf zunähte, sah sie in Roses bleiches Gesicht. Sie hatte heilen wollen, und ein Schauer lief ihr über den Rücken. Mit der Amputation hatte sie dem Mann das Leben gerettet, doch der Preis war hoch; er würde sich nie mehr als ganzer Mensch fühlen, und Lilianes Ma-

gen drehte sich immer wieder um, wenn sie gezwungen war, etwas von einem Körper abzuschneiden, statt ihn zusammenzuflicken.
»Du kannst die Klammer abnehmen«, sagte sie zu Rose. In diesem Moment hörten sie das Flugzeug. Es war ein Geräusch, das Liliane nicht mehr gehört hatte, seit sie die Vereinigten Staaten verlassen hatte.
Die Beklemmung, die sie noch vor wenigen Minuten empfunden hatte, fiel von ihr ab, und ihr Körper entspannte sich; sie spürte buchstäblich, wie eine Last von ihrer Brust genommen wurde.
Sie riß sich die Handschuhe herunter und warf ihre Mütze auf den Tisch. Dann stürzte sie aus der Tür und rief: »Carol!« und rannte zur Landebahn, ohne auf ihre Tochter zu warten.
Bis zu dem Moment war ihr nicht klargeworden, wieviel ihr Marsh inzwischen bedeutete. Als sie auf dem ausgetretenen Pfad durch den Wald rannte, ging ihr schlagartig auf: Ich mag ihn nicht nur, und ich liebe ihn nicht nur, sondern ich bin auch rasend in ihn verliebt! »O Marsh!« rief sie, als sie zur Lichtung kam, obwohl das Flugzeug gerade erst zur Landung ansetzte.
Das silberne Metall funkelte in der Sonne und sah aus wie ein Riesenvogel, der anmutig zur Erde hinabsegelte.
Sie blieb am Waldrand stehen, um zu warten, und schirmte ihre Augen mit einer Hand gegen das grelle Licht ab. Wie schön es ist, dachte sie. Einen Moment lang vergaß sie Marsh und bewunderte nur noch dieses bemerkenswerte Fortbewegungsmittel. Das Flugzeug glitt geschmeidig auf das Stoppelfeld, der Motor summte, und der Propeller wurde langsamer.
Dann sprang Marsh vom Cockpit auf die Tragfläche, und sie eilte ihm entgegen. Marsh sah sie, sprang auf den Boden

und breitete seine Arme aus. Sie fiel ihm um den Hals, während Anoka ausstieg. Anoka und Marsh wirkten glücklich. Anoka wirkte aber auch wesentlich kultivierter als vor einem Monat. Wie konnte er so anders aussehen? Veränderte es einen so sehr, in eine Stadt zu fahren und in einem Flugzeug zu fliegen? War diese Erfahrung derart erhebend? Ah, er trug andere Kleidung. Er trug eine gutsitzende Hose und ein buntes Hemd. Seine Füße steckten in Sandalen.

»Ich habe mir schon Sorgen gemacht«, sagte Liliane.

Marsh sah Anoka an, und sie lachten. »Wir hatten jede Menge zu tun«, sagte er, ohne diese Worte näher zu erklären.

In dem Moment kam Naldani aus dem Wald gerannt, und ihr folgten Carolyn und Petelo. Sie blieben alle stehen und starrten das Flugzeug an. Die Kinder weigerten sich, aus dem Wald zu kommen, obwohl Naldani zögernd auf das Flugzeug zuging. Mißtrauen stand in ihren Augen. Sie sah erst das Flugzeug und dann Anoka an, und das, was sie sah, gefiel ihr nicht. Er war anders. Er hatte sich in dieser kurzen Zeit verändert, aber sie war noch dieselbe.

Marsh erzählte Liliane, daß er vieles eingekauft hatte. Sie waren so lange unterwegs gewesen, weil er und Anoka nach Léopoldville geflogen waren. Coquilhatville hatte sich als zu klein erwiesen, um all das zu kaufen, was er haben wollte. Sie mußten warten, bis die OREGON das nächste Mal vorbeikam, ehe sie seine Einkäufe bewundern konnten.

Zwei Wochen später kam die OREGON und brachte die Einrichtung für Marshs Haus: Korbstühle, ein Sofa, ein Doppelbett und viele Kleinigkeiten. Er hatte aber auch Sturmlaternen und einen Generator mitgebracht.

»Ich verstehe nicht das geringste davon«, gestand er, »aber irgendwann in den nächsten Jahren werden wir Elektrizität haben. Bis dahin kann das Ding liegenbleiben. Stellt euch nur vor, wenn ich in meinem Artikel darüber schreibe! Ein Ingenieur aus Kairo, der gerade Urlaub braucht, springt in das nächste Schiff und kommt.«

Die Krankenschwestern kicherten. »Vielleicht kennen sie sich im Holzfällerlager mit Generatoren aus«, wandte Heidi hilfreich ein.

»Zum Teufel«, murrte Jack, der immer noch die meiste Zeit im Sitzen verbrachte. »Was ich nicht über Generatoren weiß, weiß niemand.«

Vier Augenpaare sahen ihn neugierig an. »Gebt mir eine Beschäftigung, solange ich mich erhole.«

Er war zwar noch ausgezehrt, doch sein Gesicht wies wieder ein wenig Farbe auf.

»Es kann eine Weile dauern, aber das kriegen wir hin.« Seine Augen funkelten lebhaft, als er sich die Herausforderung vorstellte und gleichzeitig eine Möglichkeit sah, denen zu danken, die ihm das Leben gerettet hatten. »Nicht etwa«, äußerte er täglich, »daß es ein schöneres Leben wäre. Nichts trinken, nicht rauchen und nur Sachen essen, die nach gar nichts schmecken.«

Marsh freute sich sehr über die Annehmlichkeiten der Zivilisation, die er mitgebracht hatte, doch er wollte nicht an die Stromleitungen angeschlossen werden, die Jack verlegen würde. Er wollte die Sturmlaternen haben.

Jack sorgte für elektrische Beleuchtung im Operationsraum, im Büro, im Eßzimmer und in der Küche. Jedem der Krankenzimmer gestand er eine 40-Watt-Birne zu, und am Abend sah es aus, als sei die Zivilisation in den entlegensten Winkel des Schwarzen Kontinents vorgedrungen.

Marsh hielt die Arbeiter, die Anoka für ihn ausgesucht hatte, dazu an, den Wasserturm aufzubauen, das eigentliche Prachtstück seiner Einkäufe, der Grund, aus dem sie nach Léopoldville geflogen waren. Hier regnete es genug, um ständig fließendes Wasser zu haben. »Ich rühre hier keinen Finger mehr, bis ich diesen Artikel geschrieben und euch alle reich gemacht habe«, verkündete er, als der Wasserturm aufgebaut war.

Eine rote Fahne auf seiner Veranda wies darauf hin, daß jeder Besucher willkommen war. Ansonsten wollte er nicht gestört werden. Wenn er nicht zu den Mahlzeiten erschien, stellten ihm Liliane oder Rose einen Teller auf die Veranda, und er bedankte sich immer bei ihnen, entschuldigte sich aber nie, wenn er sich aus ihrer Gemeinschaft zurückzog.

Seine Arbeit wirkte sich nicht beeinträchtigend auf ihre gemeinsamen Nächte aus. Liliane und Carolyn schliefen jetzt immer in seinem Haus. In den allerersten Nächten hatte sich Carolyn gefürchtet, allein in einem Zimmer zu schlafen, und sie war nachts schreiend aufgewacht. Marsh und Liliane hatten sie im Arm gehalten, bis sie wieder eingeschlafen war. Allmählich gewöhnte sie sich an die veränderten Umstände, wenn sie auch manchmal den Eindruck erweckte, daß sie Marsh deshalb ablehnte.

Wenn er nicht in Simbayo war, schlief sie bei ihrer Mutter im Zimmer. Wenn er nicht da war, widmete ihr die Mutter die gesamte Aufmerksamkeit, doch wenn er da war, bekam sie Geschichten erzählt, und er ging mit ihr spazieren und ließ sie auf seinen Knien schaukeln. Ihre Freude darüber, mit Marsh zusammenzusein, wechselte mit einer abweisenden Haltung gegenüber diesem Eindringling ab. Petelo hatte nicht dieses gespaltene Verhältnis. Er genoß Marsh in vollen Zügen. Marsh erfand Geschichten, in denen die Kinder vorkamen, und er brachte ihnen ferne Orte und Menschen nahe. Er erzählte ihnen von Löwen und Kannibalen und von hohen Häusern und Schnee.

An einem Spätnachmittag, als die rote Fahne im Wind wehte, lief Liliane auf Marshs Haus zu, um vor dem Abendessen

kurz bei ihm zu verschnaufen. Sie hörte die Kinder kichern und ihn drängen: »Mehr! Wir wollen noch mehr hören!«
Als sie eintrat, bestanden sie darauf, daß er das Gedicht, das er ihnen gerade vorgetragen hatte, noch einmal aufsagte.
»Willst du es wirklich hören?« fragte Marsh. »Mein Kindermädchen hat es mir immer vorgelesen.«
»Natürlich. Ich habe dich noch nie ein Gedicht aufsagen hören.«
»Ja, also, es heißt . . .«
»Tiervögel!« schrien die Kinder.
»Und es geht so«, sagte Marsh und sah die Kleinen feierlich an:

Die Löwen, die Tiger, die Bären, o Mann –
Die könnten gut fliegen, ja nimm das mal an!

Wie kämen wir je von der Schule nach Haus?
Und wer traute sich dann noch zum Spielen hinaus?

Ein Löwe, ein Tiger, ein Bär, du verstehst,
Könnte sein hinter'm Haus in dem riesigen Nest!

O mein Gott, überleg nur, im dicksten Baum
Fänden Mama und Papa und Baby kaum Raum!

Ein Brüllen, ein Fauchen, ein Brummen wär' Singen,
Und wer würde uns dann noch ins Freie bringen?

Die Flügel wär'n riesig, das ist ja klar,
Und der Himmel wär' dunkel, käm' nur eine Schar!

Löwenvögel, Tigervögel, Bärenvögel –
das klingt verrückt!

Doch als Vögel wär'n sie wohl gleich ganz anders
bestückt!

Ohne Zähne im Maul, ohne Krallen am Fuß
Wär'n Sie vielleicht goldig, verspielt und verschmust!

Kuschlige Löwen und Tiger und Bären,
Die auf samtweichen Pelzflügeln hergeschwebt wären,

Täten Kinder, die nett sind, vielleicht schrecklich lieben
Und wären bei ihnen zum Spielen geblieben!

Fast schüchtern sah er Liliane an und wartete auf ihre Reaktion.

Ihre blaugrünen Augen lächelten ihn an. »Vielleicht solltest du deinen Roman lieber vergessen und Kinderbücher schreiben.«

»Ich tue alles, nur um diesen Roman nicht zu schreiben.«

Die Essensglocke läutete. Als sie zum Essen gingen, sagte er unwillig: »Ich baue mir ein Haus. Ich mache einen Ausflug in die Zivilisation. Ich baue einen Wasserturm. Ich schreibe Kinderreime. Ich beende meinen Artikel . . .«

»Er ist fertig?«

»Möchtest du ihn sehen?«

»Ja, natürlich.«

Er machte die Tür auf, und die Kinder rannten vor ihnen her. »Wenn alles so läuft, wie ich es mir vorstelle, wirst du für den nächsten Nobelpreis vorgeschlagen.«

Der Artikel brachte sie in Verlegenheit. »Du hast gewaltig übertrieben«, rief sie aus, als sie ihn am späteren Abend gelesen hatte. »Ich glaube, du hast die Haltung von Heidi und Rose gut eingefangen, und mir gefällt, wie du Anoka

und Nalduni hinstellst, obwohl du sie alle [illegible] hast, aber was mich angeht . . .!«
»Sprichst du von der jungen Witwe, die den Traum des großartigen Arztes Dr. Baxter Hathaway weiterführt?«
»Das ist ja größtenteils wahr, aber, Marsh, deine Voreingenommenheit ist nicht zu übersehen.«
Er griff nach einer ihrer Locken. »Ich will, daß dich die ganze Welt liebt. Dich so sehr liebt, daß du über Jahre hinaus keine Geldsorgen mehr hast.«
»Siehst du mich denn wirklich so?« fragte sie, als sie erschöpft und glücklich nebeneinander lagen und dem Raunen des Flusses lauschten. »So bin ich doch gar nicht. Ich bin nicht edelmütig.«
»De gustibus non est disputandum«, sagte er in die Nacht hinaus.
»Wie bitte?«
»Ach, über Geschmack läßt sich nicht streiten, oder die Schönheit liegt im Blick des Betrachters, oder vielleicht siehst du dich so, aber ich sehe dich anders.«
»Vielleicht hast du dich in ein Gebilde deiner eigenen Phantasie verliebt. Das hat nichts mit meiner wahren Person zu tun.«
»Es erstaunt mich immer wieder«, sagte Marsh und legte seine Hand auf ihren Schenkel, »daß wir glauben, uns selbst besser zu kennen als jeder andere, wo wir doch in Wirklichkeit für einen großen Teil von uns selbst blind sind.«
»Dann kennst du mich besser als ich mich kenne?«
»Ach, so weit würde ich nicht gehen. Aber ich weiß ein paar Dinge über dich, die du selbst nicht so sehen kannst. Ich glaube, daß wir uns selbst ganz anders wahrnehmen, als wir von der Umwelt wahrgenommen werden.«
»Im Moment bin ich jedenfalls froh, daß wir hier keine Umwelt haben.«

Marsh zog sie an sich, bis ihr Kopf auf seiner Brust lag. Er küßte ihr Haar. »O Lili. Es ist gut möglich, daß wir die zwei glücklichsten Menschen auf Erden sind.«

20. Kapitel

»Weißt du, was ich gern zum Geburtstag hätte?« fragte Liliane, als sie in ihre Sandalen schlüpfte.
»Was?« fragte Marsh. Er war noch nicht wach.
»Ich weiß jedenfalls, was ich mir zum Geburtstag wünsche.«
Marsh riß die Augen auf. »Ich weiß überhaupt nicht, wann du Geburtstag hast.«
»Dieser Umstand läßt sich korrigieren.« Sie beugte sich über ihn und küßte ihn. »Morgen.«
»Morgen? Viel Zeit bleibt mir nicht. Das hättest du mir eher sagen können.«
»Für das, was ich will, kommt die Vorwarnung früh genug.«
»Sag mir, daß es mein Körper ist.« Er zog sie an sich und legte seine Hände auf ihre Brüste, ehe sie ihren Büstenhalter zumachte.
Oh, dachte sie, das fängt ja schon gut an. So komme ich nie aus dem Bett und will nur den ganzen Morgen bei ihm bleiben.
»Ich wünsche mir einen Flug in deinem Flugzeug«, sagte sie und wich seinen Lippen aus, gerade noch rechtzeitig, denn Carolyn kam schläfrig durch die Tür und schleifte ihre Kleider auf dem Fußboden hinter sich her. Marsh klopfte auf die Matratze, und sie kroch unter die Decke und schmiegte sich in seine Arme.
»Schön, daß es doch jemanden gibt, der morgens kuscheln möchte«, sagte er. Carolyn grinste und nahm seine Hand.

»Überleg es dir, bitte«, sagte Liliane. »Soll ich dich anziehen, Schätzchen?« fragte sie ihre Tochter.
»Nein.« Carolyn schmiegte sich noch dichter an Marsh und kicherte. »Ich will hierbleiben.«
Liliane wurde warm ums Herz, als sie die beiden miteinander schmusen sah. Marsh spielte die Vaterrolle recht gut – weit besser, als sie es sich vorgestellt hatte. Er schien sich bereitwillig in das häusliche Leben einzufügen. Seine Abenteuerlust war gedämpft, wenn nicht sogar gebändigt. Sie fragte sich nur, für wie lange.
Auf dem Weg zum Frühstück merkte Liliane plötzlich, wie sehr sie die Gespräche mit Naldani vermißte. Sie sah sie nur noch nachmittags, denn ihre Abende waren Marsh vorbehalten. Er schrieb nur tagsüber und brach damit mit einer Gewohnheit, wie er ihr eingestanden hatte, aber wenn das die einzige Zeit war, die sie für ihn hatte, wollte er seinen Tagesablauf ihrem anpassen. Tagsüber sah sie ihn fast nie.
Sie sah Anoka öfter als Naldani, denn er half ihr immer häufiger beim Operieren und war auf dem besten Wege, ein guter Chirurg zu werden. Immer wieder hatte Liliane versucht, Anoka und Naldani zu gemeinsamen Mahlzeiten zu überreden. Heute nahm sie einen neuen Anlauf.
»Anoka, könnt ihr denn nicht mit uns essen? Dann könnten wir viel mehr miteinander besprechen, und schließlich sind wir doch eine Familie. Kannst du Naldani nicht dazu überreden, es einmal zu versuchen? Wir werden auch lernen, die Gerichte zu essen, die ihr mögt.«
Seit Marsh ihn nach Coquilhatville und nach Léopoldville mitgenommen hatte, war Anoka begierig darauf, mehr über die Lebensweise der Menschen im Westen zu erfahren. Hier bot sich ihm eine Gelegenheit, einen weiteren Aspekt ihres Lebens kennenzulernen.
»Ich rede mit ihr. Ich bin zu diesem Schritt bereit. Ich würde

gern gemeinsam mit dir und Marsh die Mahlzeiten einnehmen . . . und natürlich auch mit Miss Rose und Miss Heidi.« Er konnte die Schranke der Förmlichkeit zwischen sich und den beiden älteren Krankenschwestern nicht durchbrechen. Sie hatten es längst aufgegeben, ihn dazu zu bringen.
»Petelo wird es auch Spaß machen«, sagte Liliane.
»Naldani auch, wenn sie sich erst einmal daran gewöhnt. Sie sollte mehr über eure Gewohnheiten erfahren.« Er meinte die Gewohnheiten der Weißen.
Am Abend aßen sie alle gemeinsam. Carolyn war begeistert, als sie Petelo am Tisch vorfand. Die Köchin hatte die Nase gerümpft, als sie hörte, daß sie für ihresgleichen kochen sollte, doch Heidi hatte angedeutet, sie könnten jederzeit einer anderen Eingeborenen das Kochen beibringen. Naldani, die mit dem Besteck nicht zurechtkam, versicherten sie, daß ihnen Tischmanieren nichts bedeuteten, doch ihre Eßgewohnheiten waren makellos, denn sie benutzte die Finger auf elegante Art. Sie und Anoka stellten schnell fest, daß man Knochen nicht auf den Fußboden spuckte, und eine Zeitlang sah es so aus, als hätte Naldani sie lieber geschluckt, als sie auf den Teller zu legen.
»Es wird eine Weile dauern«, sagte Liliane später zu Marsh, den die Idee begeisterte. Marsh behandelte Anoka immer als gleichwertig und brachte ihm doch auf subtile Weise viel bei, ob es nun darum ging, englisch zu lesen, handwerkliche Fähigkeiten und Tischmanieren zu erlernen oder zu addieren und zu subtrahieren. Er verbrachte Stunden damit, Anoka Landkarten verständlich zu machen. Er unterrichtete ihn in Geographie und Geschichte.
»Mit der Zeit wird es schon«, stimmte Marsh ihr zu. Er legte den Kopf auf ein Kissen und sah Liliane an. »Weißt du, es wird mir nie langweilig, dir beim Ausziehen zuzuschauen. Es wird mir eigentlich nie langweilig, dich anzuschauen.«

»Komisch, findest du nicht auch?« sagte sie, als sie auf ihn zukam. »Mir geht es bei dir genauso.«
Er breitete seine Arme aus, und sie nahm seine Hände, als sie sich auf ihn legte. »Oh«, flüsterte er, »kannst du dir überhaupt vorstellen, was ich empfinde, wenn wir einander berühren?«
Sie küßte ihn wortlos.

»Es war so schön«, sagte er später, »daß ich mich genötigt sehe, dir alles zum Geburtstag zu schenken, was du nur irgend haben willst.«

Wenn ein Mensch und eine Maschine je füreinander bestimmt waren, dann waren es Liliane und Marshs Flugzeug, CLEOPATRA. Der Wind in ihren Haaren vermittelte ihr ein Gefühl von Freiheit, und von oben sah alles so undurchdringlich aus, obwohl Liliane wußte, daß der Eindruck täuschte. Der Himmel war blauer als alles, was Liliane je gesehen hatte.
Ihre Lunge kam ihr anders vor. Sie atmete tiefer ein und fühlte sich ausgelassen. Es war nicht nur die Faszination des Fliegens, sondern auch die geringere Luftfeuchtigkeit. Sie hatte vergessen, was für ein Gefühl es war, Luft einzuatmen, die nicht naß war.
»Halt dich fest!« rief Marsh und setzte zum Sturzflug an. Ohne jede Vorwarnung schlug das Flugzeug Purzelbäume. Marsh wollte sie beeindrucken.
War das eine Möglichkeit, ihre Träume zu verwirklichen? Krankenschwestern im Außendienst, die vorbeugende Maßnahmen lehrten und Routinefälle behandelten; Funkgeräte, damit in ernsten Fällen ein Flugzeug aus Simbayo kam? Über Funk konnten sie miteinander in Verbindung bleiben, und ein Flugzeug konnte sie schnell von einem Ort

zum anderen befördern. Epidemien konnten eingedämmt werden, ehe sie allzusehr um sich griffen.
Liliane seufzte. Sie fragte sich, ob sie noch in der Lage war, etwas nur zu genießen, ohne an ihre Arbeit zu denken. Wenn ich mich doch wenigstens ab und zu entspannen und vollständig abschalten könnte, dachte sie.
Sie zwang sich, den Flug auszukosten und nur in der Gegenwart zu leben. Schon ehe sie aus dem Flugzeug gestiegen waren, wandte sie sich voller Begeisterung an Marsh.
»Marsh, bring mir das Fliegen bei!«
Er lachte, als er ihr die Hand reichte, ehe sie von der Tragfläche sprang. »Eine gemeinsame Leidenschaft, stimmt's?«
Das war es wirklich. Liliane konnte gar nicht genug davon bekommen. Eines schönen Tages überredete Marsh sie sogar, mit ihm am frühen Morgen nach Coquilhatville zu fliegen, angeblich, um Benzinvorräte zu besorgen, aber in Wirklichkeit auch, um Liliane zum ersten Mal seit mehr als sieben Jahren aus dem Urwald herauszuholen.
Sie konnten nur zwei Stunden in der Stadt verbringen, wenn sie vor Einbruch der Dunkelheit wieder in Simbayo sein wollten, und darauf bestand Liliane. Die Flußfahrt hätte zehn Tage gedauert und sie legten die Entfernung in knapp drei Stunden zurück!
Coquilhatville war in den letzten Jahren größer geworden. Marsh bestand darauf, Liliane zwei Kleider und neue Unterwäsche zu kaufen, die belgische Nonnen in Handarbeit herstellten.
»Ich hielt es nicht für klug, es zu erwähnen, aber deine Unterwäsche ist wirklich in einem betrüblichen Zustand.« Er grinste, als er sie durch die Straßen führte und sie jedes der kleinen Geschäfte betraten. Sie kauften Krimskrams für die Kinder.
Liliane war wie alle Touristen aus dem Häuschen. »Das ist

wieder Einsteins Relativitätstheorie, stimmt's?« fragte sie Marsh.

»Du meinst, im Vergleich zu Simbayo wirkt dieses rückständige Kaff wie eine Weltstadt auf dich?«

»Genau.« Sie hing sich bei ihm ein. »Weißt du, ich fühle mich wieder wie ein junges Mädchen.«

Er legte seine Hand auf ihre, als sie durch die Straßen schlenderten. »Du bist reichlich alt. Schon ganze achtundzwanzig.«

»So sorglos habe ich mich schon ewig nicht mehr gefühlt.«

»Wenn das so ist, kann ich dir einen Jungbrunnen anbieten. Geh fort aus Simbayo, und komm mit mir in höhere Lagen und kühlere Klimazonen, und dort kannst du dir nach Herzenslust hübsche Kleider kaufen und ...«

Ihr Herz blieb stehen. »Ich brauche keine hübschen Kleider.«

»Das stimmt. Du bist schön, ganz gleich, was du trägst – oder auch nicht trägst.«

»Außerdem würde ich Coqilhatville nicht als eine höhere Lage oder ein kühleres Klima ansehen. Es liegt genau auf Meereshöhe, und zwar mitten auf dem Äquator.«

»Damit sagst du mir nichts Neues.« Er wischte sich den Schweiß von der Stirn. »Ich weiß nicht, wie Menschen ein Leben lang diese Luftfeuchtigkeit ertragen können. Kein Wunder, daß die Eingeborenen für faul gehalten werden. Das liegt am Wetter, nicht an ihrem Charakter. Es ist zu heiß, um sich zu rühren. Laß uns etwas Kaltes trinken. Dieses ganze Gerede über die Hitze macht mich fertig.«

Sie tranken Gin Tonic im Hotel und machten sich dann wieder auf den Weg zum Flugplatz, der schläfrig und rückständig wirkte wie die ganze Stadt.

Es war ein erfrischender Tag gewesen, bis Marsh davon gesprochen hatte, sie solle fortgehen; seitdem hatte Liliane das Gefühl, Fangarme schnürten ihre Eingeweide zusammen. Sie kamen gerade noch rechtzeitig zum Abendessen, und Jack kündigte an, er müsse los. »Ich bin jetzt drei oder vier Monate hiergewesen, und ich muß weiterziehen.«

Er hatte das wünschenswerte Gewicht noch nicht wiedererlangt, doch er hatte nichts getrunken und keine Zigarette geraucht und aß jetzt regelmäßig. Die Krankenschwestern wußten, daß sie ihn nicht gegen seinen Willen festhalten konnten – selbst dann nicht, wenn sie ihm damit etwas Gutes getan hätten.

Alle wußten, daß Jack nur sich selbst beweisen wollte, wie gut es ihm ging. Eigentlich hätte er noch nicht aufbrechen dürfen. Niemand wußte, ob er die Selbstbeherrschung aufbringen würde, die er jetzt brauchte: kein Alkohol, keine Zigaretten, regelmäßige Mahlzeiten und viel Milch.

Als Jack fort war, kam die Oregon. Drei große Bündel mit Briefen trafen ein. Die meisten waren an »Mutter Lili, Simbayo, Kongo« adressiert.

»O Marsh, was ist, wenn du recht hattest und Geld darin ist?« Rose und Heidi waren mindestens so aufgeregt wie Liliane. Sie saßen mit drei prallen Taschen am Eßtisch.

»Packt doch die erste aus«, sagte Marsh. »Ich möchte sehen, wie einflußreich ich in dieser Welt bin.« Jede der Krankenschwestern nahm eins der Bündel und öffnete es. Aus allen Briefen fiel Geld. »Ich habe in der Zeitung über Sie gelesen und glaube, daß Sie das Werk Gottes vollbringen. Ich würde Ihnen gerne helfen.«

Sie starrten einander an, und Marsh strahlte. Er öffnete den Brief, der an ihn gerichtet war. Er kam von der Times, und die Höhe des Schecks stellte ihn zufrieden. Als sie alle Briefe geöffnet hatten, war in den verschiedensten Währungen die Summe von vierzehntausend Dollar zusammengekommen. Sie sahen einander ungläubig an.

»Ich habe den Verdacht«, sagte Marsh selbstgefällig, »daß das nur die Spitze des Eisbergs ist. Der Bericht kann noch gar nicht weltweit veröffentlicht sein. Wartet es ab.«
Liliane war mit den vierzehntausend Dollar zufrieden. Das konnte Jahre überbrücken, wenn sie vorsichtig damit umgingen und die Mission ihnen weiterhin einen großen Teil der Medikamente bereitstellte.
»Ich glaube«, sagte Rose, »es könnte Spaß machen, die Briefe einzeln zu lesen. Können wir uns das Porto leisten, um sie alle zu beantworten?«
»Und haben wir die Zeit?« warf Heidi ein, die das Geld in einen der grauen Postsäcke packte.
»Es muß gehen«, sagte Liliane. »Was für eine schöne Beschäftigung nach dem Abendessen. Aber es sind Hunderte von Briefen!« Klammheimlich dachte sie: Vielleicht gibt es doch einen Gott.
Aber vielleicht war es auch nur auf Marsh zurückzuführen.
Als sie am nächsten Morgen in Carolyns Zimmer kam, stellte sie fest, daß ihre Tochter bereits aus dem Haus gegangen war. In der letzten Zeit machte sich Carolyn selbständig. Sie ging mit Petelo in den Dschungel, nie allzuweit, doch dort schien ihre natürliche Heimat zu sein. Ihre Tochter wuchs auf wie ein Bantu-Kind.
Als Liliane, Rose und Anoka sich an diesem Morgen die wartenden Patienten vornahmen, die täglich in immer größeren Scharen zu kommen schienen, sagte Anoka: »Bomatelo sagt, er muß gehen.«
Anoka hatte mehr als ein Jahr damit verbracht, ihn zu seinem Assistenten auszubilden. Sein Traum bestand darin, möglichst vielen Eingeborenen etwas beizubringen, sein Volk weiterzubilden, damit es den Sprung ins zwanzigste Jahrhundert schaffte.
Liliane sah ihn an. Wollte Bomatelo in einer anderen Mis-

sionsstation anwenden, was er hier gelernt hatte? Sie wußte die Idee zwar zu würdigen, aber die Vorstellung, ihren besten Helfer zu verlieren, war ihr unangenehm.
»Nein«, antwortete Anoka auf ihre Frage. »Er sagt, er geht nach Coquilhatville, er will fort von hier, weil er Ärger mit seiner Frau hat.«
»Den hat er doch schon seit Ewigkeiten«, erwiderte Liliane und dachte an Bomatelos Frau Malia, eine außergewöhnliche Erscheinung. Ihre Haltung war majestätisch, und alle Männer schauten ihr nach, und ihr war klar, daß alle diese Männer in der kommenden Nacht von ihr träumen würden. Alle legten die Arbeit nieder, wenn Malia mit katzenhafter Geschmeidigkeit vorüberging. Sie richtete den Blick starr geradeaus und warf plötzlich einem Mann einen Seitenblick zu. Ihr Lächeln drückte die klare Aufforderung aus, er solle ihr folgen. Es hieß, viele würden darauf eingehen.
Sie verweigerte die Gartenarbeit und wollte nicht für Bomatelo kochen. Er wußte, daß er an Achtung eingebüßt hatte, weil er mit seiner Frau nicht fertigwurde, und daher schlug er sie vor seiner Hütte. Die Kongolesinnen waren Prügel gewohnt und ließen sie schweigend über sich ergehen. Nicht so Malia. Ihre Schmerzensschreie zerrissen die Luft. Je häufiger er sie schlug, desto weniger wollte sie arbeiten. Wenn er tagsüber nach Hause kam, war sie nie da, und er war der Überzeugung, daß sie mit einem anderen Mann im Wald lag.
Trotz der Prügel und ihres mangelnden Gehorsams liebte er sie so sehr, daß es ihn um den Verstand brachte. Er ertrug es kaum, sie mehrere Stunden hintereinander nicht zu sehen. Wenn sie nicht zu Hause war, suchte er sie. Er wußte nicht, was er getan hätte, wenn er sie beim Ehebruch ertappt hätte, doch die Vorstellung, daß sie sich einem anderen hingab, nagte an ihm.

Liliane beschloß, selbst mit ihm zu reden.
»Anoka hat mir gesagt, daß du fortgehen willst«, sagte sie nach dem Mittagessen zu Bomatelo.
Er nickte, ohne sie anzusehen.
»Es täte uns sehr leid, wenn wir dich verlieren würden, Bomatelo. Wir wissen dich hier zu schätzen. Du machst deine Arbeit gut.«
Wieder nickte er.
»Ich muß meiner Frau eine Lektion erteilen. Wenn ich fortgehe, hat sie niemanden mehr, der für sie sorgt.«
»Und weshalb sollte dich das glücklich machen?«
Er zuckte die Achseln. »Dann kann ich viele Monate später wiederkommen, und sie wird gern alles tun, was ich verlange. Sie wird sich ändern.«
Als er am nächsten Tag zur Arbeit erschien, mußte er sich häufig setzen und klagte über Schwindelanfälle.
»Vielleicht hat sie ihn verhext«, meinte Marsh.
»Ach was. Ich glaube, er macht sich derartige Sorgen, daß sein Gleichgewicht gestört ist.«
Marshs Gleichgewicht war anscheinend auch gestört. Er wurde immer verschlossener und gab sich ganz seiner Phantasiewelt hin.
»Bomatelo benimmt sich merkwürdig«, teilte Anoka Liliane ein paar Tage später mit. »Ich habe ihn heute morgen dazu gebracht, sich in eines der Krankenzimmer zu legen. Er hatte starke Krämpfe und Brechreiz.«
»Ich werde nach ihm sehen«, sagte Liliane.
Sie führte etliche Untersuchungen durch, konnte aber nicht feststellen, was Bomatelo fehlte. Er weigerte sich, über Nacht im Krankenhaus zu bleiben. Anoka brachte ihn nach Hause, und dort legte er sich augenblicklich hin und schlief ein. Malia war nirgends zu sehen.
Als sie jedoch gezwungen waren, ihn im Krankenhaus zu

behalten, kam Malia jeden Tag zu Besuch. Ihre Augen zogen sich zu Schlitzen zusammen, wenn sie Bomatelos Zimmer betrat und zischte: »Ich bin gekommen, um mich von dir zu verabschieden.« Das tat sie jeden Nachmittag. Wenn sie den Ausdruck gequälter Panik auf seinem Gesicht sah, lächelte sie gehässig und legte eine Hand auf seine Schulter.

Vielleicht hat Bomatelo es nicht anders verdient, dachte Liliane. Vielleicht hat er sie einmal zu oft geschlagen. Aber vielleicht war bei Malia schon einmal zuviel.

Bomatelo nahm von Tag zu Tag mehr ab und war zeitweise bewußtlos. Drei Wochen später starb er.

Bei seinem Begräbnis zeigte sich, wie beliebt er gewesen war. Den meisten anderen Männern tat er leid, selbst denen, die er verdächtigt hatte, ihm Hörner aufzusetzen. Jeder einzelne der Männer begehrte Malia, aber keiner hätte sie zur Frau haben wollen.

Zwei Tage nach der Beerdigung kam Bomatelos Bruder, um seine Schwägerin abzuholen, die nach altem Brauch automatisch zu einer seiner Ehefrauen wurde. Er wurde von allen Seiten bemitleidet. Malia wehrte sich mit Zähnen und Krallen.

Er schlang einen Strick um sie, warf sie auf sein Boot und fuhr mit ihr flußabwärts.

»Es wird gemunkelt, sie hätte ihn vergiftet«, sagte Anoka beim Abendessen. »Deshalb hat sie Bomatelo täglich im Krankenhaus besucht. Um ihm weiterhin das Gift verabreichen zu können.«

»Wir werden es nie erfahren, oder?« fragte Rose.

»Nein«, antwortete Naldani. »Aber die wäre dazu imstande.«

Etliche Monate später hörten sie, daß ihr Schwager ihr die schönen Kleider weggenommen und sie zur Arbeit ge-

zwungen hatte, nur kochen ließ er sie nicht. Seiner Hauptfrau gestattete er, Malia wie eine Sklavin zu behandeln, und sie schlugen einen Pflock in den Boden und banden Malia eine Kette um den Knöchel, damit sie nicht entkommen konnte. Sie konnte sich nicht waschen und auch nicht herumstolzieren, sondern war gezwungen, das Unkraut zu jäten und alles zu tun, was die Hauptfrau ihr vorschrieb.
»So«, sagte Anoka, »wird im Kongo für Gerechtigkeit gesorgt.«
Vielleicht geht es gar nicht brutaler zu als woanders auf der Erde, dachte Liliane.

21. Kapitel

Im folgenden Monat brachte die Post 37 215 Dollar. Viele der Briefe waren in Sprachen abgefaßt, die keiner von ihnen kannte.
»Wißt ihr, was ich tun werde«, kündigte Liliane beim Abendessen an. »Ich werde annoncieren, daß wir einen Arzt und zwei Krankenschwestern suchen.«
Heidi und Rose sahen sie erstaunt an.
»Nein, nein«, versicherte sie ihnen. »Nicht für die Leitung Simbayos. Leute, die *für* uns arbeiten. Wir haben genug Geld für Jahre. Ich bin jetzt soweit, es mit einer Zweigstelle zu probieren, um zu sehen, wie es sich anläßt. Fürs erste nur eine. Endlich habe ich die Chance, mir anzusehen, ob sich meine Ideen verwirklichen lassen.«
»Wie viele solcher Außenstellen strebst du denn an?« fragte Rose.
»Ach, zehn oder zwanzig.« Liliane lachte. »Aber fangen wir doch mit einer an.« Dann sagte sie ernster: »Seid ihr dabei?«

Rose und Heidi sahen einander an, ehe sie sich wieder an Liliane wandten. Beide nickten.

Liliane wandte sich an Anoka. »Vielleicht sollten wir einen Ausflug machen und uns ansehen, was wir von der geographischen Lage halten.«

Er nickte ebenfalls, doch offensichtlich war ihm nicht wohl dabei.

»Was ist, Anoka?« fragte Liliane besorgt, doch Anoka blieb stumm.

Am nächsten Morgen nahm Liliane ihn zur Seite. »Du hast Angst, ein Arzt würde deine Aufgaben übernehmen und wir könnten dich nicht mehr gebrauchen. Das ist es doch?«

»Das stimmt«, gab er mit ernster Stimme zu.

»So habe ich es mir nicht vorgestellt«, versicherte sie ihm. »Ich dachte, daß wir hier mehr Ärzte brauchen, aber du wirst für uns wichtiger sein denn je.«

An einem Sonntagvormittag ernannten sie Anoka feierlich zu Dr. Anoka und verliehen Naldani den Titel der geprüften Krankenschwester. Niemand konnte die Rechtsgültigkeit anzweifeln.

»Jetzt bin ich das, was ihr seid«, sagte Naldani zu den Frauen. Sie war es schon seit langem. Selbst in den schwierigsten Fällen hatte sie als Hebamme selten eine Patientin verloren. Immer wenn medizinische Fachzeitschriften eintrafen, befaßten sie und Liliane sich gemeinsam mit den neuen Praktiken, die angewandt wurden.

Liliane wußte, daß die Harmonie ihrer Gemeinschaft in Simbayo gefährdet würde, wenn sich ihr Traum verwirklichen ließ, doch dieses Risiko mußte sie wohl eingehen.

Gemeinsam mit Marsh und Anoka brach sie zu einer Erkundungsfahrt auf dem Fluß auf. Weiter oben am Flußlauf konnte man sehen, warum immer mehr Holzfällerlager entstanden. Mahagoni, Eiche, Walnuß, Rote Zeder und Gum-

mibaum erreichten eine Höhe von mehr als sechzig Metern. Moos und Flechten hingen wie gespenstische Vorhänge von den Ästen. Gigantische Orchideen wanden sich an den Baumstämmen hinauf, und Krokodile glitten durch den Morast am Flußufer; ihre Augen beobachteten fasziniert die langbeinigen Kraniche und Reiher.
In die Stille des Nachmittags hinein sagte Marsh: »Diese Stille erscheint mir als unversöhnliche Macht des Bösen.«
Liliane sah ihn verwundert an. So hatte sie den Urwald nie empfunden.
»Hier bist du in deinem Element, Liliane«, sagte Marsh, und Liliane nahm erstaunt die Verzweiflung wahr, die in seiner Stimme mitschwang. »Diese stille, schwüle Finsternis bringt all deine gräßlichen Krankheiten hervor: Malaria, Bilharziose, Schlafkrankheit, Schwarzwasserfieber.« Er redete mehr mit sich selbst als mit ihr.
Am vierten Abend glaubte Liliane, den richtigen Ort gefunden zu haben. Es handelte sich um eine ungewöhnlich große Lichtung; das Land fiel steil zum Wasser ab, und wenn weitere Bäume gefällt wurden, hatte man eine weite Sicht über den Fluß. Ein kleiner, klarer Fluß mündete in den Strom und glitzerte silbrig in der Sonne. Wenn irgendwo ein Windhauch aufkam, dann hier. Der Boden wirkte fruchtbar genug, um Gemüse anzupflanzen.
»Noch vor einem Arzt«, sagte Liliane nachdenklich, »brauche ich einen Ingenieur.«
»Oder einen Zimmermann«, schlug Anoka vor.
»Wir sind auf dem Hinweg an einem der Holzfällerlager vorbeigekommen«, sagte Liliane. »Vielleicht haben ein paar Männer Zeit und helfen uns beim Aufbau der Siedlung.«
So war es auch. Langeweile herrschte in den Holzfällerlagern, und nach den Gründen, aus denen die Arbeiter hier

gelandet waren, wurde nicht gefragt. Wenn sie jedoch als Patienten nach Simbayo gekommen waren, waren sie ausnahmslos höflich gewesen. Die meisten sprachen ein fehlerhaftes Englisch und waren französischer oder belgischer Abstammung. Ausnahmslos haßten sie den Kongo und konnten es kaum erwarten, genug Geld zusammengespart zu haben, um sich in eine neue Zukunft zu stürzen. In ihrer Freizeit, die üppig bemessen war, tranken sie, erzählten einander großspurige Geschichten oder spielten um Geld. Darin bestand ihr Zeitvertreib. Als Liliane um Hilfe bat und erklärte, daß sie bereit war, dafür zu bezahlen, ging ein gutes Dutzend Männer auf ihr Angebot ein.

Sie sollte ihnen sagen, welche Form von Gebäuden sie brauchte, und sie würden einen Plan ausarbeiten. Sie sah, welche Energien beim Gedanken an eine neue Ablenkung erwachten.

Nach ihrer Rückkehr nach Simbayo schäumte Liliane vor Begeisterung über, als sie Rose und Heidi und Naldani von ihrer Entdeckung und von der Hilfe der Holzfäller berichtete.

»Können wir sie uns leisten?« fragte Heidi.

»Wir haben noch nicht über den Preis verhandelt, aber ich bin sicher, daß sie vernünftige Forderungen stellen werden. Jetzt brauchen wir nur noch Anzeigen loszuschicken und abzuwarten.«

»Was ist, wenn niemand auf die Anzeigen antwortet?« fragte Marsh.

Die Krankenschwestern sahen einander an. Die Möglichkeit hatten sie noch gar nicht in Betracht gezogen.

Am Abend, als sie dalagen und dem Rauschen des Flusses lauschten, sagte Marsh: »Weißt du, Deine Ideen nehmen dich so sehr in Anspruch, daß du Caro aus deinem Leben verbannst.«

Sie ging sofort in Abwehr. »Der Meinung bin ich nicht!« Ihre Stimme verriet ihre Gereiztheit. »Wie meinst du das?«
»Du hast ihr einen flüchtigen Kuß gegeben, als wir angelegt haben, und beim Abendessen hast du ihre Fragen nicht beantwortet und bist auch nicht auf sie eingegangen, als sie an deinem Kleid gezogen hat.«
»O Marsh, um Himmels willen, wir hatten wichtige Angelegenheiten zu besprechen. Caro weiß, daß ich sie liebhabe.«
»Hast du sie gefragt, was sie erlebt hat, während wir fort waren?«
»Nein«, gab Liliane zu. »Was kann eine Dreijährige schon erleben?«
Sie hörte Marsh seufzen. »Eigentlich kämst du ganz gut ohne uns beide aus, stimmt's? Ohne uns würde sich nicht das geringste an deiner Lebensweise ändern.«
Sie setzte sich im Dunkeln im Bett auf.
»Wie kannst du nur so etwas Scheußliches sagen! Wir sind doch ständig zusammen. Du und Caro, ihr seid mein Glück.«
»Nicht wirklich«, sagte er finster. »Ich glaube zwar, daß wir dazu beitragen, dich glücklich zu machen, aber wir sind der Tortenguß. Wir sind nicht *der* wichtige Bereich deines Lebens.«
»Versuchst du, mir Schuldbewußtsein einzuimpfen?«
»O Gott, Lili, sprich nicht in dem Tonfall mit mir. Ich versuche doch nur, dich auf etwas hinzuweisen. Ein dreijähriges Kind will deine Aufmerksamkeit für sich haben, wenn du fort warst, es will dir erzählen, was es entdeckt und getan hat während deiner Abwesenheit, und es will dir zu verstehen geben, daß es dich vermißt hat. Deine neuen Pläne beschäftigen dich so sehr, daß du deine Tochter gar nicht wahrzunehmen scheinst.«
Liliane legte sich wieder hin und sah die Sterne an. Sie schwieg lange.

»Ist es wirklich so schlimm?«
»Heute abend war es jedenfalls ziemlich deutlich. Aber mir ist in den letzten zwei Monaten schon aufgefallen, daß Carolyn nicht Vorrang hat in deinem Leben. Unternimmst du Spaziergänge mit ihr? Oder sagst du ihr, wie die Blumen heißen? Erzählst du ihr etwas über die Tiere, oder beantwortest du ihre zahllosen Fragen, die mit ›warum‹ beginnen?«
»Ich habe doch immer soviel zu tun.«
»Und du denkst dir ständig etwas Neues aus, damit du noch mehr zu tun hast.«
»Verlangst du von mir, daß ich mir mehr Zeit für dich nehme?«
»Du hörst nicht zu, Lili. Wir sprechen nicht über uns beide. Wir sprechen über Carolyn.«
»Ich nehme an«, sagte sie nach ein paar Minuten, »daß ich das Gefühl habe, Caro kommt zurecht. Da bin ich mir beim Rest des Landes nicht so sicher.«
»Du kannst dich nicht um den Rest des Landes kümmern. Aber um Caro kannst du dich kümmern. Ich weiß, daß die Frage verfrüht kommt, aber was hast du vor, wenn sie zur Schule gehen muß?«
Liliane hatte nicht so weit vorausgeplant, doch sie hatte eine Antwort parat. »Ich werde eine Schule gründen. Wenn ich Annoncen aufgebe, daß wir einen Arzt und Krankenschwestern brauchen, kann ich auch eine Stellenanzeige aufgeben, in der steht, daß wir eine Lehrerin suchen.«
»Und was dann? Willst du Caro dazu verdammen, zwölf Jahre in einer Zwergschule in Simbayo zu verbringen? Und was dann? Lili, gebrauch deinen Verstand. Das kannst du unserer Tochter nicht antun.«
»Ich werde ihr Dinge beibringen, die sie in der Schule nicht lernt.«
»Du hast jetzt schon keine Zeit für sie. Was wirst du tun,

wenn ihr euch über das Land ausweitet? Und glaubst du etwa, sie könnte hier wirklich genug lernen, um in der Außenwelt einen guten Stand zu haben?«

Muß sie denn in die Außenwelt gehen? dachte Liliane. Das habe ich nicht mit ihr vor. Kann Caro denn nicht Ärztin werden wie Anoka und Naldani und hierbleiben und mitarbeiten?

Marsh mußte ihre Gedanken gelesen haben, denn er sagte: »Es sei denn, du hast vor, sie für den Rest ihres Lebens hier gefangenzuhalten.«

»Wenn du das sagst, klingt alles so ... so einengend. So gräßlich.«

»Himmel, Liliane! Es *ist* einengend. Es *ist* gräßlich. Nicht nur gräßlich, sondern absolut abscheulich. Du siehst selbst gar nicht, wie du lebst. Vielleicht kannst du das ein Leben lang aushalten, aber Carol gegenüber ist es mit Sicherheit ungerecht, das von ihr zu verlangen. Noch maximal zwei Jahre, und du *mußt* etwas unternehmen. Du *mußt* zulassen, daß sie die Zivilisation kennenlernt und eine Ausbildung bekommt!« Seine Stimme bebte vor Wut.

Etwas Bedrohliches, wovon sie sich in der letzten Zeit so frei gefühlt hatte, brach über sie herein. Es sprudelte und wirbelte um sie herum, umschlang sie und drohte, ihre Poren zu verstopfen und sie zu ersticken. Sie sprang aus dem Bett und trat auf die Veranda.

Was tat Marsh ihr bloß an? Wie war es dazu gekommen? Bloß, weil sie Carolyn heute wenig Beachtung geschenkt hatte? Dieser verfluchte Kerl!

»Zwei Jahre habe ich jedenfalls noch!« rief sie ins Dunkel hinaus.

Sie legte sich erst dann wieder ins Bett, als sie glaubte, Marsh sei eingeschlafen.

Am nächsten Morgen beschloß sie, sich Carolyn häufiger

zu widmen. Zum Teil ist Marsh selbst schuld, sagte sie sich. Wenn er nicht hier wäre, hätte ich mehr Zeit für Caro. Die Abende verbrachte sie mit ihm; sie blieben lange auf und redeten, oder sie schliefen miteinander. Nach dem Mittagessen gingen sie alle zusammen schwimmen, aber sie mußte zugeben, daß sie häufiger mit Marsh durch den Teich schwamm, als mit den Kindern zu planschen und zu spielen. Daran würde sie etwas ändern. In gewisser Weise war sie froh, daß Marsh sie darauf aufmerksam gemacht hatte.

Aber genau sechs Monate nach seiner Abreise kam Jack zurück, und ihr guter Wille wurde in andere Bahnen gelenkt.

My Gal Sal glitt ohne ein Pfeifen an Land. Petelo gab ihnen Bescheid. »Onkel Jack ist da«, rief er.

Wenn Liliane das Boot nicht erkannt hätte, hätte sie Jack vielleicht nicht wiedererkannt. Sein Gesicht war so schmal, daß die Augen herauszutreten schienen. Er mußte weitere zwanzig bis dreißig Pfund abgenommen haben und konnte sich kaum auf den Beinen halten.

Liliane rief augenblicklich zwei Eingeborene, die ihn in sein Zimmer brachten. Heidi kam aus dem Büro gerannt.

»Das ist dieses Blut«, krächzte Jack, doch sie mußten sich über ihn beugen, damit sie ihn hören konnten. »Ich wußte doch, daß dieses Blut mir den Rest gibt.« Er brach bewußtlos zusammen.

Marsh und Anoka trugen ihn. Als sie ihn untersuchten, stellte Liliane fest, daß er Fieber hatte, wahrscheinlich schon seit Tagen. Die Lymphknoten an den Lenden und unter den Achseln waren geschwollen, aber auch die unter dem Kinn und auf dem Nacken.

»Sie fühlen sich an wie bewegliche Murmeln«, sagte sie leise zu Rose und Anoka. Rose tastete sie ab und sah Liliane bestürzt in die Augen.

Als Jack das Bewußtsein wiedererlangte, flößten sie ihm gewaltsam Flüssigkeit ein, und er berichtete ihnen, daß er seit drei Monaten nächtliche Schweißausbrüche, Durchfall und Anfälle von Mattigkeit hatte. Er sprach nur zögernd über seine Körperfunktionen, gab aber zu, daß er fast chronischen Durchfall hatte.

»Und meine Kehle. Manchmal ist sie so wund, daß ich kaum schlucken kann.« Liliane bemerkte große weiße Flekken auf dem Gaumen. Sie entnahm eine Gewebeprobe und untersuchte sie später unter dem Mikroskop. Dann trat sie zur Seite, damit Anoka sie sich ansehen konnte.

»Was siehst du?« fragte sie. So unterrichtete sie ihn schon seit Jahren.

»Es sieht aus wie Soor.«

»Ja, nicht wahr?« Sie freute sich über die rasche Diagnose.

»Das bekommen doch nur Babys. Wie auf Erden kann sich das ein Mann in seinem Alter zuziehen?«

»Das kommt von diesem Blut«, wiederholte Jack immer wieder. »Ich wußte doch, daß es mir den Rest gibt.«

»Ach, so ein Unsinn«, sagte Heidi. »Gelbsucht kann man von einer Bluttransfusion bekommen, aber sonst auch schon gar nichts.«

»Ich habe jetzt schwarzes Blut in mir«, beharrte Jack.

»Warum bist du dann so blaß?« versuchte Liliane zu scherzen.

»Himmel, Lili, liege ich im Sterben?«

Rose antwortete an ihrer Stelle. »Nein, natürlich nicht. Du glaubst doch nicht etwa, daß wir das zulassen, oder? Wir werden uns doch nicht selbst um den Lichtblick in unserem Leben bringen.«

Jack gelang ein mattes Lächeln.

Rose hielt seine Hände, als er die Augen schloß. Sie spürte seinen schwachen Pulsschlag.

Sein Fieber verlief, wie er es beschrieben hatte. Es tauchte plötzlich und unregelmäßig auf, hielt ein paar Tage an und verging dann wieder. Dann brach es erneut aus.

»Ich kann mir nicht vorstellen, was das ist«, sagte Liliane. »Es verläuft nach keinen Gesetzen, die wir kennen.«

»Es ist wirklich seltsam«, stimmte ihr Rose zu.

»Wie sollen wir es heilen, wenn wir nicht wissen, was es ist?« fragte Heidi. Sie alle bemerkten, daß sich die Größe von Jacks Lymphknoten mit dem Fieber veränderte. Sie schwollen dann an und bereiteten ihm offensichtlich Schmerzen. Seine Zunge wies einen dicken weißen Belag auf. Oft fiel ihm das Schlucken sehr schwer.

Marsh hielt die Kinder von ihm fern, und die Krankenschwestern desinfizierten sich so gut es eben ging, wenn sie sein Zimmer verließen.

»Jack liegt im Sterben, stimmt's?« fragte Marsh.

»Ich weiß es nicht«, antwortete Liliane. »Ich gebe mich geschlagen. Ich weiß einfach nicht, was ich tun soll.« Doch sie versuchten alles Erdenkliche.

In der Zwischenzeit verfolgte Liliane ihre Pläne weiter. Sie überredete Marsh, Anzeigen für verschiedene medizinische Fachzeitschriften und religiöse Verbände aufzusetzen. »Nicht, daß es mich auch nur einen Deut interessiert, ob jemand an Gott glaubt oder nicht«, sagte sie zu ihm. »Es ist nur so, daß fromme Menschen ihr Leben eher in den Dienst wohltätiger Zwecke stellen. Wenigstens hat uns dein Artikel so viel Geld eingebracht, daß wir nicht mehr auf die Mission und ihre Vorschriften angewiesen sind. Wobei ich sagen muß, daß man uns in den letzten zwei Jahren weitgehend in Ruhe gelassen hat.«

»Bin ich schon so lange hier?« fragte er laut.

Ach, du meine Güte, dachte sie. Demnächst ist es ihm zu lang. Ich frage mich, wie weit er mit seinem Buch gekommen ist.

Ihm wollte sie diese Frage nicht stellen. Solange sie es nicht wußte, konnte sie sich ausmalen, er würde für immer bleiben.

Nicht, daß er je gesagt hatte, er würde abreisen, wenn er sein Buch beendet hatte, doch seine ständigen Klagen über die »gottverdammte schwüle Hitze«, das »Gefühl der Beengung«, das ihm der Urwald »ohne jeden Horizont, der der Seele ein Gefühl von Freiheit vermittelt« gab, und der lange Mittagsschlaf, den er manchmal hielt, weil ihm das Wetter so zusetzte, waren Anhaltspunkte für Liliane. Sie hatte von Anfang an gewußt, daß es nicht von Dauer sein würde.

»Du bist mir eine moralische Stütze«, sagte sie.

»Es wäre mir noch lieber, wenn du mich als Stütze deiner Unmoral ansehen würdest.« Er grinste und fuhr mit der Hand über ihren Oberschenkel.

Verlaß mich nicht, dachte sie. Sie zog sich das Nachthemd über den Kopf und warf es auf den Boden. »Marshall Compson«, sagte sie, »ich werde dich mit Haut und Haaren verschlingen, damit du immer in mir bist und mich nicht mehr verlassen kannst.«

»Wer spricht denn davon, daß ich dich verlassen könnte?« fragte er, denn diesmal hatte er ihre Gedanken nicht gelesen. »Aber knabbere ruhig an mir.«

»Ich glaube, er hat Lungenentzündung«, sagte Heidi am nächsten Morgen.

»Wie auf Erden . . .?«

»Er hat Atemnot und hustet die ganze Nacht über.« Sie wechselten sich damit ab, nachts nach Jack zu sehen. Wenn Liliane an der Reihe war, übernachtete sie in ihrem früheren Zimmer. Sie entschloß sich, noch einmal sein Blut zu untersuchen, und es gelang ihr, Jack das Blut abzunehmen, während er schlief. Sie rechnete mit einer vermehrten Bildung

von weißen Blutkörperchen, doch zu ihrem Erstaunen sah sie statt dessen, daß sie zurückgingen. Sie rief Rose zu sich. »Sieh dir das an.« Sie deutete auf das Mikroskop. »Sag mir, was du siehst. Ich verstehe es einfach nicht.«
Rose legte die Stirn in Falten. »O Lili.« Tränen traten in ihre Augen. »Ich weiß es nicht.«
Liliane ließ Heidi und Anoka durch das Mikroskop schauen. Keiner von ihnen konnte sich einen Reim darauf machen.
»Wir können nur noch eins tun«, sagte Heidi. »Wir müssen ihm häufig Suppe und andere Flüssigkeiten einflößen. Ihm Aspirin geben und ihn mit einem kalten Schwamm abreiben. Ich weiß nicht, was wir sonst noch tun könnten.«
Jack wurde zum Mittelpunkt ihrer Gespräche und Gedanken.
»Es ist geheimnisvoll«, sagte Liliane zu Marsh.
»Eine geheimnisvolle Krankheit?«
»Ja, ich vermute schon. Der Verlauf ist anders als alles, was ich je gesehen habe.«
Sie hörten ein Klopfen an der Tür. Es war Heidi. »Lili, ich glaube, es geht zu Ende mit ihm.«
Liliane folgte Heidi durch die dunkle Nacht in Jacks Zimmer. Schon von draußen konnten sie seinen schweren, abgehackten Atem hören.
Rose saß da und hielt seine Hand. Seine Lider öffneten sich, und er versuchte, etwas zu sagen, doch es kam kaum mehr als ein Flüstern heraus.
»Es ist soweit, nicht wahr?«
Rose drückte seine Hand, und Liliane bemühte sich, die Tränen zurückzuhalten.
»Meine Damen«, schnaufte er, »ich kann nicht behaupten, es sei nicht toll gewesen. Ihr seid die drei stärksten Frauen, die ich je kennengelernt habe. Ich habe oft an euch alle ge-

dacht . . .« Rose versuchte, ihn zum Schweigen zu bringen, doch er beachtete sie nicht. »Ich habe oft an euch gedacht, und mir ist keine Frau irgendwo auf Erden eingefallen, die schöner ist.«

Rose lächelte durch ihre Tränen und schlang ihre Finger noch enger um seine.

»Es ist ein gutes Leben gewesen. Ich hätte im Traum nicht geglaubt, daß ich fünfundzwanzig Jahre hierbleibe.« Ob er mit sich selbst oder mit ihnen sprach, spielte keine Rolle.

Er lachte schroff. »Ich bin hergekommen, um mich vor der Heirat mit einem Mädchen zu drücken. Ist es nicht eine Schande. Ich frage mich, ob ich irgendwo einen Sohn oder eine Tochter habe.«

Niemand sagte etwas, und Jack schlug die Augen auf. »Ich hoffe, ihr seid jetzt nicht schockiert. Ich habe sie kaum gekannt. Ich habe ihr gesagt, ich sei kein Mann zum Heiraten.« Nach einer Weile fuhr er fort: »Ich wollte hier nur für ein Jahr oder so untertauchen, bis sie mich ganz vergessen hat. Ich dachte, hier könnte mich niemand finden. Es ist ein gutes Leben gewesen. Ich hätte es um keinen Preis anders haben wollen. Und so lange, bis ich sterbe, freue ich mich, daß ich von drei Engeln umgeben bin.« Er sah sie der Reihe nach genau an.

Rose konnte die Tränen nicht mehr zurückhalten. »O Jack, mein guter Jack«, rief sie, küßte seine Hand und preßte sie an ihre Wange.

Sie konnten die Furcht in seinen Augen sehen und seinen rasselnden Atem hören. Dann verloren seine Augen jeden Ausdruck, und das Rasseln verklang. Jack war gestorben.

22. Kapitel

Weitere 18 428 Dollar trafen ein, als die Oregon das nächste Mal die Post brachte.

»Was sollen wir bloß mit so viel Geld anfangen?« fragte Heidi. »Uns sind die Zigarrenkisten schon ausgegangen, in die wir es stecken können.«

»Ich glaube, ihr solltet es vergraben«, sagte Marsh. »Vergrabt es an einem Ort, den nur ihr drei kennt.«

Rose lachte. »Unsere eigene Privatbank?«

»Sozusagen«, stimmte Marsh zu. »Hier gibt es keine Bank und damit keine Möglichkeit, Schecks einzulösen. Darüber wollte ich schon ewig mit euch reden.«

Außerdem gingen dreizehn Briefe von Ärzten und Krankenschwestern ein, die sich auf die Anzeigen hin meldeten.

»Wie sollen wir sie bloß aussuchen?« klagte Liliane.

»Schreibt ihnen, sie sollen alle kommen«, scherzte Marsh.

»Ich wünschte, das könnte ich tun! Wäre es nicht wunderbar? Ich fände es wirklich phantastisch, schon allein hier zwei weitere Ärzte zu haben. Und einen für das neue Hospital. Und dann könnten wir gleich noch zwei weitere Stationen aufbauen.«

»Wo?« fragte Marsh.

»Sie müßten alle am Fluß liegen, damit schwere Fälle schnell transportiert werden können. Ein Hospital im Landesinnern, weitab vom Fluß«, sagte sie im Scherz, »würde ich nur planen, wenn ich ein Flugzeug hätte, um die Leute zu befördern ...«

Marsh biß nicht auf den Köder an. Statt dessen sagte er: »Du kannst Patienten und auch Medikamente und Lebensmittel auf Jacks Boot transportieren.«

Sie lasen sämtliche Bewerbungsschreiben durch und hielten dann eine Konferenz ab, bei der einstimmig beschlossen

wurde, Dr. Mark Highland aus East Lansing, Michigan, einzuladen. Er hatte geschrieben, er hätte sämtliche angebotenen Kurse in Tropenmedizin an der University of Michigan belegt, und das sei genau die Gelegenheit, auf die er gehofft hätte. Im Juni würde er sein Klinikum in Chicago beenden, und Ende September könne er im Kongo sein. Sein Enthusiasmus machte seine mangelnde Erfahrung wett. Ausschlaggebend für seine Wahl war außerdem, daß er im Juni Estelle Browning heiraten würde, eine staatlich geprüfte Krankenschwester. Sie wollten ihre Ehe damit beginnen, afrikanischen Eingeborenen medizinische Hilfe zu leisten. Sie seien zwar Presbyterianer, doch sie hätten nicht das glühende Verlangen, die Afrikaner, denen sei beistehen wollten, von ihrem Glauben zu überzeugen. Sie konnten keine logischen Gründe für ihren Wunsch anführen, nach Afrika zu kommen. Sie träumten seit zwei Jahren davon. Da sie bereits über Liliane gelesen hatten, erwarteten sie gespannt ihre Reaktion. Die Referenzen, die für beide beilagen, waren voller Lob und betonten die Intelligenz, die Integrität und den Eifer beider. In einem der Empfehlungsschreiben wurde Mark außerdem Sinn für Humor bestätigt.
»Wenn alles so klappt, wie ich es mir ausrechne«, sagte Marsh am Abend, als er Carolyn eine Gutenachtgeschichte erzählt hatte, »sollten sie um die Zeit eintreffen, zu der mein Buch fertig wird.«
Er nahm Liliane die Bürste aus der Hand und bürstete ihr das Haar.
»Wenn ich eine Katze wäre«, murmelte sie, »würde ich jetzt schnurren.« Aber sie war nicht rundum zufrieden. Sein Buch würde bald fertig sein.
»Und was dann?« fragte sie so beiläufig wie möglich, obwohl sie keineswegs gelassen war.
»Dann gehe ich eine Zeitlang nach London. Und suche mir

einen Verleger. Wenn nicht allzuviel umzuschreiben ist, bleibe ich solange da. Wenn zuviel geändert werden soll, soll der Teufel das Buch holen. Ich habe auf meine Weise alles gesagt, was ich sagen will.«

Sie hatten sich nie über sein Buch unterhalten. Marsh war in diesem Punkt sehr verschlossen. Sie wußte, daß er tagsüber in seiner eigenen Welt lebte und sich nur ambivalent in das aktive Geschehen von Simbayo einmischte – einerseits paßte ihm nicht, daß er aus seiner Kreativität herausgerissen wurde, doch andererseits brauchte er Erholung, um Kraft zu schöpfen.

»Bist du zufrieden mit dem Ergebnis?« fragte sie, doch ihr Herz schlug: »London ... London ... London.«

»Ja.«

»Hat es ein Thema?« fragte sie.

»Es hat dasselbe Thema wie die meiste Literatur seit jeher.« Er seufzte. »Die Unmenschlichkeit des Menschen im Umgang mit Menschen.«

Liliane sah ihn überrascht an. »Ich verstehe nicht, warum dieses Thema so häufig auftaucht. Ich bin eigentlich nicht allzuoft darauf gestoßen.«

Marsh nahm ihr Kinn in seine Hand und gab ihr einen Kuß auf die Nase. »Lili, mein Liebling, du bist die weltfremdeste Frau auf Erden. Du hast so lange in einer Umgebung gelebt, deren Atmosphäre von Menschen bestimmt wird, die einander helfen, daß dir Vorurteile und Habgier fremd sind.«

»Du scheinst die Tatsache zu übersehen, daß ich mit Krankheit und Tod zu tun habe, und zwar täglich.«

»Das gestehe ich dir zu.« Er sah sie liebevoll an. »Aber von Grausamkeit und Sadismus bist du unberührt.«

Liliane legte ihren Kopf auf seinen Schoß. »Darüber bin ich froh. Ich werde auch nie damit konfrontiert werden.«

»Vielleicht hat es etwas mit der Zivilisation zu tun. Hier im

Kongo findet man keine Grausamkeit um der Grausamkeit willen. Es könnte etwas mit der afrikanischen Lebensweise im Hier und Jetzt zu tun haben.«

»Das Hier und Jetzt ist alles, was es gibt. Die meisten von ihnen können nicht einmal bis morgen denken. Und schon gar nicht für sechs Monate im voraus planen.«

»Genau das meine ich.« Seine Hand glitt über ihre Brüste. »Vielleicht braucht man Gerissenheit und Wissen, um heimtückisch zu sein. Gemeinheit erfordert Voraussicht.« Seine Finger rieben sachte ihre Brustwarzen.

»Hältst du Anoka und Naldani für Mutanten?« Sie biß in seine Handfläche.

»Sie sind Beispiele dafür, was sich mit Bildung erreichen läßt. Wenn du wüßtest, daß du morgen und übermorgen und nächste Woche etwas Eßbares finden wirst, bräuchtest du nie Geld zu sparen oder Pläne für die Zukunft zu machen. Wenn du wüßtest, daß du immer ein Zuhause haben wirst, nie frieren wirst und immer deine Familie um dich haben wirst, und wenn du wüßtest, daß es wenig Mühe erfordert, Fleisch zu finden oder Gemüse anzubauen oder Fische zu fangen, bräuchtest du auch keine Zukunftspläne zu schmieden. Ich denke mir, daß das einer der Gründe ist, weshalb sich das Leben hier jahrtausendelang nicht verändert hat. Die Zukunft wird genauso aussehen wie die Gegenwart. Und doch haben wir Anoka und Naldani zu unserer Denkweise erzogen. Das Denken ist ein tiefgehender Prozeß; es gehört in jeder Hinsicht zur Weiterentwicklung.«

»Mit anderen Worten«, sagte Liliane nachdenklich, »gefährdet unser Denken den Status quo, und es besteht kein Grund, daran zu rütteln, solange man einen vollen Bauch und ein Dach über dem Kopf hat.«

»Ich wüßte einen Grund. Mit Leopold von Belgien hat es

angefangen. Du bist glücklich dran, Lili. Hier sieht man es nicht, aber der belgische Kolonialismus ist Sadismus; er ist unmenschlich. Eines Tages werden sich die Eingeborenen dagegen auflehnen und das Joch abschütteln.«

»Welches Joch?«

»Siehst du? Hier nimmst du es noch nicht einmal zur Kenntnis. Aber du hast bestimmt Anzeichen dafür in Coquilhatville gesehen. Und ansatzweise sogar in deinem geliebten Baxter. Die Vorherrschaft der Weißen. Wie würde es dir gefallen, jeden Morgen aufzuwachen, in den Spiegel zu sehen und dir zu sagen, daß du aufgrund deiner anderen Hautfarbe unterlegen bist und sich daran nichts ändern läßt? He, was tust du denn da?«

»Ich mache deinen Reißverschluß auf. Der Verstand eines Mannes übt immer wieder einen Reiz auf mich aus.« Während ihre Zunge über seinen Bauch glitt, änderte sich die Natur ihrer Unterhaltung grundlegend.

Als sie miteinander schliefen, ließ eine sachte Brise die Palmwedel rascheln, und der Duft tropischer Blumen drang gemeinsam mit den Klängen der Trommeln ins Zimmer. Der Mond spiegelte sich im Fluß.

Der September nahte viel zu schnell. Vom Holzfällerlager kam die Nachricht, die Krankenstation, ein Büro und die Unterkünfte für die Highlands seien fertiggestellt. Liliane glaubte nicht, daß sie außerdem noch viel brauchten. Jetzt fehlten nur noch die Möbel, und die Funkgeräte waren auch noch nicht eingetroffen.

Heidi schlug vor, die Highlands sollten lieber mindestens einen Monat in Simbayo bleiben. Sie hatten Anoka überredet, einen seiner besten Gehilfen herzugeben, Lombo, damit die Highlands nicht allein den Betrieb aufnehmen mußten.

Marsh konnte jedoch nicht mehr warten. Er hatte seinen Roman beendet.
»Darf ich ihn denn nicht lesen?« fragte Liliane und sah von der medizinischen Fachzeitschrift auf, die sie gerade las.
Marsh sah sie an. »Du hast mich bisher nie gefragt. Natürlich darfst du ihn lesen.«
»Wieviel Zeit habe ich?« Sie vermutete, daß er es eilig hatte, nach London aufzubrechen, denn seine wachsende Unruhe war spürbar. Er war nicht aufbrausend, doch seine Geduld war auf eine harte Probe gestellt worden. Sie wußte, daß er abreisen wollte.
Schon vor seiner Abreise war sie von einer Leere erfüllt.
Sie las die ganze Nacht durch, und als sie am nächsten Morgen die letzte Seite umgeblättert hatte, sah sie ihn an, ohne ein Wort zu sagen. Er wartete.
Schließlich sagte sie: »Komisch, ich dachte, daß ich dich gut kenne, und dabei kenne ich dich überhaupt nicht. Wenn ich mir vorstelle, daß du all das in dir hast. Es dreht sich nicht um die Unmenschlichkeit des Menschen im Umgang mit anderen Menschen, wie du gesagt hast. Es geht um Schönheit und Hoffnung.«
Sie wußte, wie froh er war, doch gleichzeitig war er ungeduldig. Er griff nach Lilianes Hand. »Du weißt, daß ich fortgehen muß, stimmt's?«
»O Liebling«, sagte sie und ließ ihre Lippen über seinen Nacken gleiten, »du müßtest selbst dann fortgehen, wenn du keinen Roman geschrieben hättest.«
Marsh sagte nichts dazu.
»Ich werde dich und Caro vermissen. Aber ich bleibe nur so lange, bis ich jemanden gefunden habe, der sich für das Buch interessiert. Und dann . . .«
»Und dann?« murmelte sie.
»Ach, zum Teufel, warum heiratest du mich nicht? Komm

mit mir. Kommt beide mit, du und Carolyn. Du brauchst diesem Ort hier doch nicht dein ganzes Leben zu opfern. Ich kann hier nicht ewig leben, Liliane. Diese gottverdammte Hitze macht mich fertig. Und der Urwald löst bei mir Klaustrophobie aus. Man sieht ständig nur diese Begrenzung. Wenn wir nicht mehrfach wöchentlich fliegen würden und ich mir ferne Horizonte anschauen könnte und wüßte, daß es in diesem Universum mehr als Bäume gibt, die mich einengen, würde ich durchdrehen. Geht es dir denn nie so? Sehnst du dich denn nie danach, diese Hitze und diese Feuchtigkeit zu verlassen, wieder einmal zu erleben, was Zivilisation ist, und mehr als diese paar Menschen zu sehen? Brauchst du denn nie . . . mehr?«

Nein. Hier war der Mittelpunkt ihrer Welt. Warum konnte es das für ihn nicht sein? Warum konnte er nicht jedesmal, wenn er ein Buch beendet hatte, für ein paar Wochen oder auch Monate nach England fahren, um immer wieder zu sehen, daß er dort nichts verpaßte? Und warum konnte er nicht hier zufrieden sein?

Anstatt zu antworten, schlug sie vor: »Sieh dich nach einem Lehrer um. Oder sogar nach zweien.« Sie sagte ihm damit, daß sie vorhatte, Carolyn hier aufwachsen zu lassen.

Er seufzte hörbar.

»Tu mir einen Gefallen«, sagte er und sah ihr in die Augen. »Verbring die Zeit, die du mit mir verbracht hast, mit Carol. Sie braucht dich.« Marsh küßte Lilianes Nasenspitze. »Ich weiß, daß du die Welt erlösen mußt, aber Caro verwildert. Ich habe mir oft am späten Nachmittag Zeit für sie genommen, aber das war nicht genug. Wir beide befassen uns so sehr mit unseren Träumen, daß wir vergessen, in der Realität zu leben.«

»Caro bekommt mehr Liebe als die meisten anderen Kinder auf Erden.«

»Das bestreite ich nicht. Sie hat Spielkameraden, und wenn du keine Zeit für sie hast, gibt es immer jemanden, der für sie da ist. Aber paß auf, daß du sie nicht verlierst. Du könntest sonst etwas Kostbares verpassen, was sich nie mehr nachholen läßt.«

»Weißt du, Baxter hat mir etwas Ähnliches gesagt, obwohl er dabei von sich selbst geredet hat. Er hat gesagt, wenn man einem Traum nachhängt, werden diejenigen, die einem nahestehen, leiden. Man könne nicht für sie und für seinen Traum leben.«

»Ich hoffe, daß er sich geirrt hat, obwohl Träumer zugegebenermaßen zu einer Zielstrebigkeit neigen, die sie engstirnig werden läßt. Aber wenn wir den menschlichen Aspekt in unserem Leben ausklammern, sind wir die Verlierer.«

»Wie kannst du behaupten, daß ich die menschliche Seite ausklammere? Darum geht es mir doch ausschließlich – um die Menschen.«

»Um Menschen schon, aber nicht immer um Personen, obwohl du wunderbar darin bist, sie individuell zu behandeln. Diese Menschen beten dich an.« Er küßte sie. »Ich dich auch. Aber weißt du, was ich glaube? Du wirst es nicht gerne hören.«

»Wetten wir?« sagte sie und knabberte an seinem Hals.

»Ich glaube, daß dir mehr Liebe entgegengebracht wird, als du zu vergeben hast.«

Sie riß den Kopf zurück. »Wie kannst du das behaupten?« Ihre Stimme drückte aus, daß sie wütend und verletzt war. »Alles, was ich tue, tue ich aus Liebe zu diesen Menschen.«

»O ja, du bist eine Schwärmerin, und du bist recht selbstlos. Und ich glaube, wenn es sein müßte, würdest du dein Leben für diese Menschen opfern. Aber dein Traum dominiert alles. Du liebst im großen Rahmen. Es ist schön, mich in der Nähe zu haben und mich anzufassen, wenn dir danach zu-

mute ist. Und Ideen mit mir auszutauschen. Es ist ganz schön, eine Tochter um sich zu haben und zu wissen, daß sie dir gehört. Aber all das setzt du als selbstverständlich voraus. Du brauchst uns nicht.«
Sie kämpfte gegen ihren Zorn an. »Ich nehme an, du erwartest von mir, daß ich meine Träume aufgebe, während du deinen nachhängst und ich mich ihnen unterordne, stimmt's?«
Marsh stand auf und trat ans Fenster. Er schwieg lange Zeit. Lilianes Ärger flaute ab.
»Weißt du was, Lili?« Er sprach mehr mit sich selbst als mit ihr. »Genau die Dinge, die mich an dir verrückt machen und mich teuflisch frustrieren, sind es auch, für die ich dich liebe. Ich liebe dich, weil du nicht so wie die anderen bist. Und doch will ich, daß du bist wie andere und daß es dir genügt, mein Leben mit mir zu leben. Nichts im Leben ist einfach, nicht wahr?« Er wandte sich mit einem traurigen Lächeln zu ihr um. »Wenn du plötzlich sagen würdest, daß du dich einen Dreck für Simbayo interessierst und daß ihr beide, Carolyn und du, mit mir um die Welt reisen wollt, dann würde ich mich fragen, ob es das ist, was ich will. Ich glaube ja, aber dann wärst du nicht du, oder?«
Sie streckte ihre Arme nach ihm aus, doch er kam nicht zu ihr.
»Weißt du«, fuhr er fort, »wir können monatelang oder sogar jahrelang so weitermachen und zusammen glücklich sein. Und dann kommt plötzlich der Punkt, an dem ich hier einfach nicht mehr glücklich sein kann. Ich glaube, wenn dieses verfluchte Klima nicht wäre, ginge es vielleicht. Ich glaube im Ernst, daß ich an einem Punkt angelangt bin, an dem ich bereit bin, seßhaft zu werden, aber hier geht es nicht. Ich kann nicht für alle Zeiten an einem Ort leben, an dem mein Hemd ständig feucht ist und klebt, an dem es nie unter dreißig Grad und immer schwül ist, an dem mich der Urwald

einengt und erdrückt. Außerdem fällt es mir schwer, ohne andere Menschen auszukommen, ohne Abwechslung. Aber ich habe dich nie als eine Selbstverständlichkeit angesehen. Und ich habe nie eine solche Nähe empfunden wie zu Carolyn. Es mag zwar sein, daß du nicht sicher bist, wer ihr Vater ist, aber ich weiß es. Mein Herz zerspringt fast, wenn ich sie ansehe. Es hat nie einen schöneren Menschen auf Erden gegeben. Und es zerreißt mir das Herz, wenn ich mir vorstelle, mich von ihr zu trennen, und sollte es nur für drei Monate sein. Ich will die neuen Worte hören, die sie lernt, ich will zusehen, wie sie von Tag zu Tag etwas Neues im Leben entdeckt . . .«

Ich hielte es aus, wenn Marsh jedes Jahr drei Monate lang fort wäre, dachte Liliane. Aber nicht länger als drei Monate. Und ich müßte wissen, daß er zurückkommt. Tief in ihrem Innern wußte sie es. Sie wußte, daß Marsh sie nicht verlassen konnte, obwohl er dem Urwald manchmal den Rücken kehren mußte.

»Du reist morgen ab, stimmt's?«

»Klang es nach einer Abschiedsrede?« Er kam langsam auf sie zu.

Sie schliefen die ganze Nacht miteinander, um die Einsamkeit zu überstehen. Als die Dämmerung anbrach, lag Liliane da und sah in den Morgen hinaus. Keiner von ihnen hatte geschlafen. Sie wußte, daß sie sich selbst leid tun würde, sowie Marsh abfuhr. Wenn ich genug zu tun habe, denke ich seltener an ihn, sagte sich Liliane. Als erstes werde ich mir unsere neue Außenstelle ansehen.

Zwei Wochen später fragte Liliane beim Mittagessen: »Ist es euch allen recht, wenn ich Lombo mitnehme und wir uns das neue Hospital ansehen? Ich werde fast zehn Tage unterwegs sein.«

Seit Marsh fort war, verbrachte Liliane ihre Abende wieder mit Carolyn. Sie las ihr vor und hörte sich an, was das kleine Mädchen tagsüber getan und erlebt hatte. Es war, als lernten sie einander allmählich wieder kennen. Marsh hatte recht gehabt.

Sie hatte ihm Carolyn überlassen, während sie sich um Simbayo gekümmert hatte. Erstaunt stellte sie fest, wie sehr sich das gertenschlanke Kind, das in die Höhe geschossen war, weiterentwickelt hatte. Mit ihrem glatten weißblonden Haar und den aquamarinfarbenen Augen wirkte sie wie ein Waldgeist, eine Elfe, und Liliane fragte sich, ob ihre Tochter sich je in die Zivilisation einfügen könnte.

Am liebsten hätte sie Carolyn auf die Reise mitgenommen, doch acht oder neun Tage auf einem Kanu hätten dem lebhaften kleinen Mädchen kein Vergnügen bereitet. Auf der Reise dachte sie nach und fragte sich, ob sie das Richtige tat. Wäre es besser für Carolyn, wenn sie in der Zivilisation aufwüchse, in einem hübschen Haus mit Garten? Und wäre sie selbst glücklicher, wenn sie Marsh die Verantwortung überließ und mit ihm an exotische Plätze reiste, wenn sie sich nie mehr von ihm trennen müßte?

Auf der Hinfahrt beschloß sie, im Holzfällerlager vorbeizuschauen, die Männer aber noch nicht zu bezahlen, ehe sie gesehen hatte, ob alles in Ordnung war. Drei der Männer bestanden darauf, sie zu begleiten.

Als sie ankam, verschlug es ihr den Atem.

Sie hatten sich genau an ihre Anweisungen gehalten. Bei aller Freude war Liliane fast neidisch, als sie sah, was die Männer geleistet hatten. Ein gemütliches Häuschen stand auf dem Hügel, von dem aus man einen weiten Blick hatte. Sie hatten Stühle, Tische, ein Bett und eine Truhe geschnitzt und sogar einen Schaukelstuhl. Jedes einzelne Stück war liebevoll gearbeitet.

Alles war viel gemütlicher und bequemer, als Liliane es sich ausgemalt hatte. Die Highlands würden ein echtes Heim vorfinden. »Es ist wunderschön geworden«, sagte sie. »Und so sauber gearbeitet. Ihr habt weit mehr getan, als ich mir im Traum erhofft hatte.«

Ein selbstgefälliges Grinsen breitete sich auf dem Gesicht des Mannes aus, an den sie sich gewandt hatte. Er wußte, was sie geleistet hatten. »Auf die Weise hatten wir wenigstens etwas zu tun«, sagte er. Einer seiner Schneidezähne fehlte.

Ein zweiter unrasierter Mann sagte mit französischem Akzent: »Das ist das einzige, was uns hier je Spaß gemacht hat.« Dann deutete er auf den dritten, der abwechselnd von einem Fuß auf den anderen trat, ein schweigsamer Mann mit gehetztem Blick. »Sid hat die Möbel geschnitzt.«

Sid grinste verlegen und schlug die Augen nieder. »Nicht der Rede wert«, sagte er.

»O doch, und das wissen Sie selbst. Ich weiß gar nicht, wie ich Ihnen danken soll.« Sie wußte, daß sie den Preis mit dem Boß des Holzfällerlagers aushandeln mußte.

»Daß wir das tun durften«, sagte der, mit dem sie zuerst gesprochen hatte, »war uns Dank genug. Sonst leben wir doch hier wie in einem Gefangenenlager. Nichts, worüber wir nachdenken können. Und wir haben nichts zu tun. Und niemanden, der sich etwas aus uns macht.«

Liliane hielt ihm die Hand hin. Sie spürte, daß er den physischen Kontakt brauchte. Wenn ich den Mut hätte, dachte sie, würde ich sie alle in den Arm nehmen. Und dann tat sie es. Sie küßte den Mann auf beide Wangen.

»Ihre Freundlichkeit ist umwerfend«, sagte sie zu dem verlegenen Holzfäller. Dann wandte sie sich an den Franzosen und umarmte auch ihn.

»Rühren Sie Sid nicht an«, warnte er sie. »Sid läßt keine Frau in seine Nähe kommen.«
Sid trat vom rechten Fuß auf den linken, doch er sah den Franzosen an und sagte giftig: »Warum zum Teufel kümmerst du dich nicht um deine eigenen Angelegenheiten?«
Liliane legte ihre Arme auf seine Schultern und spürte, daß er zitterte, doch er gab keinen Laut von sich. Sie küßte ihn auf die Wangen.
Wie konnte Marsh behaupten, sie habe keine Liebe zu vergeben?
Auf dem Rückweg teilte Lombo ihr mit, er habe beschlossen, es sei an der Zeit, zu heiraten, und er wolle seine Frau mit in diese Einsamkeit nehmen. Ihm gefiel die Vorstellung, ein Schlafzimmer mit Fenstern zu haben, statt in einer Hütte zu leben, die sich nicht lüften ließ.
Liliane stellte fest, daß sie nicht erstaunt war, als Murphy, der Boß des Holzfällerlagers, keine Bezahlung von ihr annehmen wollte. Er war ein kräftiger Mann mit breiten Schultern und einem gewaltigen Bizeps. Liliane konnte sich gut vorstellen, daß er die Männer schikanierte. Er war der Boß; das war eindeutig. »Hören Sie«, sagte er, »solange die Männer daran gebaut haben, ist es in diesem Lager fröhlich zugegangen. Es ist zu keiner einzigen Prügelei gekommen, und die Männer haben ihre Arbeit im Handumdrehen erledigt, damit sie rübergehen und dort weitermachen konnten. Und dann haben diese drei in ihrer Freizeit die Möbel geschreinert. Madami« – so nannte er sie immer – »es war uns wirklich ein Vergnügen. So konnten wir uns wenigstens mit einer Kleinigkeit dafür erkenntlich zeigen, daß Sie uns im Lauf der Jahre immer wieder geholfen haben.«
Auf dem Heimweg lauschte sie dem Rauschen des Wassers, das sie nach Hause brachte. Nach Hause, dachte sie. Nirgends sonst auf Erden könnte ich Wurzeln fassen. An kei-

nem anderen Ort könnte ich das Glück finden, das ich hier gefunden habe.
Sie hoffte, Marsh würde sie nie zwingen, eine Wahl zu treffen.

23. Kapitel

»Wußtest du«, fragte Naldani Liliane, »daß jeder Stamm jedes Jahr Männlichkeits- und Weiblichkeitsrituale durchführt?«
Liliane nickte. Sie hatte gesehen, daß die Männer beschnitten waren, und sie hatte sich darüber gewundert, wie ordentlich diese chirurgischen Eingriffe ausgeführt waren. Sie konnte erkennen, daß es nicht bei der Geburt geschehen war. Wenn die Jungen zwischen zwölf und vierzehn waren, wurden sie von den Stammesältesten aus dem Dorf geführt und für einen Monat vom übrigen Stamm abgesondert. Niemand berichtete je darüber, was in dieser Zeit geschah, doch wenn die Jungen zurückkehrten, waren sie Männer.
Ein Mädchen wurde durch seinen ersten Geschlechtsverkehr zur Frau. Mit dreizehn Jahren wurden sie in feierlichen Zeremonien, die die alten Frauen leiteten und denen alle unverheirateten jungen Männer des Stammes beiwohnten, entjungfert.
Die Mogundas, Naldanis Stamm, hatte Liliane zu einem solchen Zeremoniell eingeladen, obwohl sie eine Weiße war.
Lilianes Augen leuchteten. »O Naldani, es wäre mir eine Ehre, mit dir hinzugehen.«
»Wir gehen allein hin. Kein Mann darf uns auch nur bis zum Dorf begleiten.«
Das Abenteuer kam ihr sehr gelegen. Die Highlands waren

eingetroffen und hatten einen Monat in Simbayo verbracht, doch jetzt waren sie weitergereist, und Liliane spürte die Unruhe in sich aufkeimen.

Estelle und Mark waren ein junges Paar, dessen Begeisterung und dessen Können sie glücklich machten. Sie hatten aus den Staaten Neuigkeiten mitgebracht: neue Ideen, aber auch Mode, Frisuren, und sie hatten sich über die Wirtschaftskrise und die weltweite Finanzkrise unterhalten. Die Amerikaner schienen ihre Zeit in Filmtheatern zu verbringen, um die Armut zu vergessen; Landstreicher zogen durch die Gegend, und einst reiche Männer stürzten sich in ihrer Verzweiflung aus dem Fenster. Als weltweite Bedrohungen zeichneten sich der Kommunismus und der Nationalsozialismus am Horizont ab; Japan war in China einmarschiert, und jemand, der Tschiang Kai-schek hieß, kämpfte weniger gegen die Japaner, sondern eher gegen den Kommunismus. Niemand verstand so recht, was eigentlich geschah. Franklin Roosevelt war seit dem anderen Roosevelt um die Jahrhundertwende der beliebteste Präsident.

All das war zwar hochinteressant, aber so weit weg von Simbayo, daß sich niemand davon betroffen fühlte.

Die Highlands sahen einander erstaunlicherweise ähnlich, doch trotz ihres farblosen Äußeren hatten sie eine dynamische Persönlichkeit und sprühten vor Geist, Humor und Respektlosigkeit. Als die beiden zu ihrer neuen Heimat aufbrachen, fand Liliane, sie hätte unverschämtes Glück gehabt.

Nach der Abreise des jungen Ehepaares war es still geworden, und Liliane war froh um die Abwechslung, die auf sie zukam. Sie erklärte Carolyn, sie käme bald wieder.

»Das hat Marsh auch gesagt.« Das kleine Mädchen schmollte zwar nicht, doch sein Argwohn war deutlich zu erkennen.

Das ist es, was Marsh nicht erträgt, dachte Liliane, als sie mit Naldani auf einem schmalen Pfad durch den Urwald lief. Ich finde es grenzenlos faszinierend, nicht etwa beängstigend, sondern ehrfurchtgebietend und erhebend.
Sie genoß es auch, wieder mehr mit Naldani zu unternehmen. Die Liebe belegt sehr viel Zeit mit Beschlag, das wurde ihr klar.
Am Abend des zweiten Tages erreichten sie das Dorf, aus dem Naldani stammte. Am späten Abend und in den frühen Morgenstunden behandelten Liliane und Naldani Patienten, und gegen Mittag brachen die drei ältesten Frauen mit etwa neun Dreizehnjährigen in den Wald auf. Jedes der Mädchen trug einen Korb. Naldani und Liliane liefen hinter ihnen her. Am späten Nachmittag erreichten sie eine große Lichtung.
»Sie werden jetzt ein Haus bauen«, sagte Naldani zu Liliane.
»Warum?« fragte Liliane.
Naldanis Augen wurden schmaler. »Du wirst es ja sehen.«
»Ist es üblich, daß Zuschauer dabei sind?«
»Es ist noch nie jemandem erlaubt worden«, sagte Naldani lächelnd. »Ich bitte sie jetzt schon seit drei Jahren darum. Ich habe ihnen gesagt, du könntest nicht wirklich zu uns gehören, solange du das nicht miterlebt hast.«
»Hat jeder Stamm sein eigenes Ritual?«
Naldani schüttelte den Kopf. »Nein, alle dasselbe.«
Sie brauchten einen Tag, um Holz und Palmwedel zu sammeln und eine Hütte zu bauen, die ein kräftiger Windstoß sofort umgeweht hätte. Nach dem Abendessen forderte eine der alten Frauen sämtliche jungen Mädchen auf, das Haus zu betreten. Die beiden anderen alten Frauen, Naldani und Liliane mußten draußen bleiben.
»Ich darf dir nicht sagen, was jetzt dort geschieht«, erklärte Naldani. Liliane fragte sich, wie neun kleine Mädchen und

die alte Frau überhaupt in das Haus paßten. Kein Laut drang ins Freie.
Am nächsten Morgen ging es dafür um so lauter zu. Eine der alten Frauen hatte eine Trommel mitgebracht, auf die sie jetzt schlug. In den nächsten zwei Tagen hallte das Trommeln durch den Wald, bis Liliane glaubte, ihr Gehirn finge an, nach diesem Stakkato zu pulsieren.
Ein riesiges Feuer wurde angezündet, und die Asche wurde mit Wasser verrührt, bis sich eine weiße Paste bildete.
Die Mädchen setzten sich der Reihe nach vor die alte Frau hin, die die Finger in die Paste tunkte und Zeichen auf die Stirn, die Nase und die Wangen des Mädchens malte. Dann kamen die spitzen Brüste an die Reihe. Die Brustwarzen wurden massiert und ebenfalls mit Farbe beschmiert.
Dann mußte sich das Mädchen hinstellen und die Beine spreizen. Die Innenseiten der Schenkel wurden mit besonderen Mustern verziert. Dabei sprach die alte Frau ununterbrochen mit gesenkter Stimme, was nur das Mädchen verstehen konnte.
Am Nachmittag brachen die wüst bemalten Mädchen und die drei alten Frauen in den Wald auf.
»Sie werden Lianenranken sammeln«, sagte Naldani zu Liliane.
»Wozu?«
»Du wirst es ja sehen.«
Am Abend wurden die Ranken geschält und so lange gegen Holzstücke geschlagen, bis sie geschmeidig wie Peitschen waren. Dann legten die Mädchen sie im Kreis um das Feuer.
Liliane sah verständnislos zu.
Die Mädchen wurden in das Haus gescheucht.
Schimpansen kreischten in der Ferne.
Plötzlich traten neun Frauen aus dem Wald. Liliane spürte instinktiv, daß es die Mütter der Mädchen waren. Als sie

aus dem dunklen Urwald traten, begannen sie zu singen. Sie bildeten einen Halbkreis, nahmen sich an den Händen und ließen ihre Stimmen laut durch die Nacht erklingen.
Dann brach der Teufel los.
Unter Geheul und Geschrei rasten mehr als ein Dutzend junger Männer aus dem Wald und auf das Haus zu.
Die Mütter griffen augenblicklich nach den Lianenpeitschen und begannen, auf die Männer einzuschlagen. Sie steigerten sich in eine Raserei hinein, bis Liliane Blut auf den Rücken der jungen Männer sah. Die Männer schrien, und die Frauen heulten; kein Mann konnte sich der Haustür nähern.
Wahrscheinlich dauerte es nicht länger als zwanzig Minuten, doch Liliane erschien es wie Stunden, bis sich die jungen Männer in den Wald zurückzogen.
»Kommen sie denn nicht wieder?« flüsterte sie Naldani zu.
»Heute nacht nicht.«
»Mußten die Frauen sie schlagen?«
Sie hatte den Verdacht, daß Naldani im Dunkeln lächelte. »So ist es immer. Es ist nicht einfach, eine Frau zu besitzen. Das Verlangen ist stärker als der Wunsch, es leicht zu haben.«
»Was ist, wenn der Mann sich lieber nicht auspeitschen lassen will? Oder wenn er lieber seine Wunden pflegt?«
»Das kommt manchmal vor. Aber es ist eine Schande. Alle jungen Männer des Stammes, die noch keine Frau haben, erscheinen hier. Das wird von ihnen erwartet.«
»Wissen sie besser als die Mädchen, was sie zu tun haben?«
»O ja«, sagte Naldani nachdrücklich. »Man hat ihnen beigebracht,wie sie die Mädchen zur Frau machen.«
Liliane fragte sich, ob sie diesen Vorgang mitansehen dürfte.
»Es sind mehr Jungen als Mädchen. Was geschieht mit ihnen?« erkundigte sie sich.

»Manche Mädchen kommen zweimal dran.«
»Ist das gerecht?«
»Hast du je gehört, daß es zwischen Mann und Frau gerecht zugeht?« sagte Naldani in die Nacht.
Am dritten Morgen badeten die Mädchen in einem nahen Bach und wurden dann von den drei alten Frauen untersucht, die in ihre Münder sahen, in ihre Brüste und ihre Bäuche kniffen und zwischen ihren Beinen tasteten. Die jungen Mädchen sahen starr vor sich hin und ließen keine Gefühle erkennen. Jetzt wurden die Mädchen mit bunten Farben bemalt – jede anders. Auf ihre Lippen und Brustwarzen und zwischen die Schenkel wurde rote Farbe getupft, der Körper wurde mit Gelb und Blau verziert, und jedes Mädchen bekam ein goldenes Armband, das sich wie eine Schlange um den linken Arm wand.
Ehe der Vollmond am Himmel aufstieg, wurden sie wieder in das Haus gescheucht. Die Mütter hoben die Peitschen auf und schlugen auf das leere Dunkel ein, während sie schrille Klagelaute ausstießen und die jungen Männer aufforderten, aus dem Dschungel zu kommen und sich schlagen zu lassen.
Wie gerufen kam ein junger Mann aus dem Wald gerannt, stürzte mitten durch die Schar der Mütter und warf sich gegen die Tür der Hütte, in der die Jungfrauen untergebracht waren. Die Frauen stürzten sich scheinbar wütend auf ihn und hieben mit den Peitschen auf ihn ein, ohne ihn wirklich zu berühren, eine reine Geste.
Im nächsten Moment war ein Tohuwabohu ausgebrochen. Junge Männer rannten aus dem Urwald und schlugen mit Zweigen das Feuer aus, ehe sie sich gegen die Tür warfen.
Die schrillen Stimmen der jungen Mädchen riefen den jungen Männern ermutigend zu. Plötzlich gab die Tür nach, und etliche Männer verschwanden in der Hütte.

Eine Minute später kam der junge Mann, der als erster aus dem Wald gestürzt war, aus dem Haus und trug auf ausgestreckten Armen ein Mädchen über dem Kopf.
Jedes Geräusch verstummte.
Er trug sie mitten auf die Lichtung, und alle wichen zurück, um zuzusehen. Das war, erkannte Liliane, nicht nur der Initiationsritus für die jungen Frauen, sondern auch für die jungen Männer. Sie kam sich vor wie ein Voyeur, und doch konnte sie den Blick nicht abwenden.
Langsam ließ er das Mädchen auf den Boden sinken und blieb ihr gegenüber stehen. Sie standen nackt im Mondschein da und sahen einander an. Ohne die Stille zu durchbrechen, brachte eine alte Frau ihm eine Schale. Er tunkte die Hände hinein, ohne seine Partnerin aus den Augen zu lassen, und er bestrich ihre Stirn mit etwas, wovon Liliane instinktiv ahnte, daß es Blut war.
Das Mädchen nahm ihn bei den Händen. Wie in einem einstudierten Ballett begannen sie, sich wie anmutige Tänzer zu bewegen und sich nach einem lautlosen Rhythmus zu wiegen und einander geschickt an Stellen zu berühren, die dazu angetan waren, das Verlangen anzuheizen. Sie tat so, als wolle sie vor ihm davonlaufen, doch er zog sie gewaltsam an sich; sie blieb still stehen, als er sich herunterbeugte und seinen Mund an ihren Brüsten rieb. Dann ließ sie sich auf den Boden gleiten und zog ihn mit sich. Im Mondschein bewegten sie sich immer rasender; aus dem Dunkel begleiteten Trommelschläge das Auf und Ab. Ihre dünne, hohe Stimme schrie in die Nacht, die Trommel verstummte, und nur das schwere Atmen war noch zu hören, als eine Wolke vor den Mond zog. In dem Moment entrang sich ihm ein leises Stöhnen, ein erschütterter Laut, der bebend über den Boden zog. Dann herrschte Stille.
Sie lagen zusammen da, ohne sich zu rühren.

Dann zerrissen Schreie die Nacht; Männer kamen auf Mädchen zu – sie zerrten und trugen sie aus dem Haus auf die Lichtung und schrien dabei. Die Trommel hallte durch den Wald. Liliane spürte, daß sich ihr eigener Körper anspannte und wildes Verlangen empfand; sie sehnte sich inbrünstig nach Marsh. Etwas in ihrem Innern wollte herausbrechen, und sie wußte, daß sie sich in dem Moment jedem hingegeben hätte.

Sie schlief unruhig und träumte von Baxter und Marsh, und ihr Körper glühte heftig, während ihr Geist träumte.

Am Morgen sagte Naldani: »Die alten Frauen und die jungen Leute werden noch drei Tage lang hierbleiben. Wir werden mit den Müttern zurückkehren.«

Auf dem Rückweg nach Simbayo dachte Liliane immer wieder an die jungen Leute im Wald. Sie wußte, daß die Kirche das nicht gutgeheißen hätte.

Die OREGON war inzwischen vorbeigekommen, und für Liliane kam nicht nur ein Brief, den Marsh geschrieben hatte, sondern auch ein kleingewachsener schwarzhaariger Mann.

Er hatte dunkelbraune Haut, sein schwarzer Schnurrbart war kühn geschwungen, und in seinen dunklen Augen blitzte ein Lachen. Liliane merkte sofort, daß Heidi und Rose bereits ganz von ihm eingenommen waren.

Er verbeugte sich übertrieben und stellte sich vor. »Ich bin Dr. Philippe Dussault, stets zu Ihren Diensten.«

Er hatte, so erklärte er, Marshs Artikel über sie in der Pariser Ausgabe der HERALD TRIBUNE gelesen.

Als er dann ihre Anzeige im FRENCH JOURNAL OF MEDICINE gesehen hatte, hatte er sich entschlossen, nicht das Risiko einzugehen, sich schriftlich zu bewerben, da er fürchtete, man könne ihn zugunsten eines jüngeren Arztes ablehnen.

Er war Algerier und hatte zehn Jahre als Arzt in Indochina verbracht und jetzt Paris für seinen Geschmack zu reich gefunden. Ein heißes, schwüles Klima sagte ihm zu; abgelegene Orte lockten ihn.
Er war hier, um sich zu bewerben. Wenn er das selbst sagen durfte – er sei ein ausgezeichneter Arzt und ein mitfühlender Mensch. Liliane sah seine Augen an und dachte: Und oft betrunken.
Aber Liliane hatte nicht vor, ihn abzuweisen, solange er sich nicht als ungeeignet erwiesen hatte. Er war bereits in Jacks früheres Zimmer gezogen.
Erst lange nach dem Abendessen kam sie dazu, Marshs Brief zu öffnen, denn vorher hatte sie Carolyn ausgiebig zugehört und ihr eine Gutenachtgeschichte erzählt. Es war der erste Brief seit seiner Abreise.

Meine geliebte Lili,
es kommt mir unmöglich vor, daß schon fast drei Monate vergangen sind, seit ich Dich verlassen habe. Die Zeit war randvoll mit Ereignissen. Ich hatte ganz vergessen, wie aufregend London sein kann.
Ich werde großzügig eingeladen und herumgereicht. Die Gespräche sind anregend, aber beunruhigend. Eine große Anzahl meiner Landsleute glaubt, daß Deutschland eine Gefahr darstellt. Ein Irrer (zumindest meiner Auffassung nach) hat die Macht übernommen, und Fanatiker schließen sich eilig dem an, was er Nationalsozialismus nennt. Ich sehe in ihm eine Bedrohung für die menschliche Zivilisation und für das Leben, wie wir es kennen.

Liliane konnte sich nur mit Mühe wachhalten. Ja, ja, dachte sie. Aber wann kommst du zurück?

Ich werde noch einige Monate bleiben, damit ich die Druckfahnen lesen kann. Das Buch soll im September erscheinen, und meine Verleger, Davis & Walters, möchten mich dann greifbar haben. Ich glaube aber nicht, daß ich so lange warten werde; ich habe nicht die Absicht, weitere neun Monate hierzubleiben. Dann wäre ich zu lange von Dir und Carolyn getrennt. Ihr fehlt mir alle beide. London ist im Dezember feuchtkalt, eine beißende Kälte, die einem bis in die Knochen geht, aber ich finde sie belebend. Ich dachte früher, daß ich Kälte hasse, aber jetzt will ich regelrecht gegen den Wind laufen.

Weihnachten rückt näher, und London ist geschmückt. Ich habe Geschenke für euch alle abgeschickt, aber ich bezweifle, daß sie rechtzeitig ankommen werden. Nichts von alledem bereitet mir die Freude, wie ich sie hatte, als ich Dir diesen juwelenbesetzten Kamm vor fünf Jahren zu Weihnachten schenken konnte und euch die Musik nach Simbayo brachte. Kein Weihnachten kann sich je an jenem messen.

Ich hatte keine Ahnung, daß ich so lange fort sein würde. Ich frage mich, ob die Highlands eingetroffen sind und ob sie dem entsprechen, was Du Dir erhofft hast. Ich habe mit einigen Lehrern darüber gesprochen, ob sie kommen würden, und beeindruckt hat mich eine Frau, die möglicherweise schon unterwegs ist, wenn Du diesen Brief bekommst. Das Gespräch über Simbayo mit dieser großartigen, engagierten und intelligenten Frau, die die Vorstellung, mitten im Nichts eine Schule zu gründen, faszinierend fand, war, als hielte man einer wilden Bestie von einem Hund ein winziges Kätzchen vor die Nase... oder besser, als hielte man einem Kaninchen eine Mohrrübe hin, denn Miss Eagle wirkt sehr sanftmü-

mütig. Sie hat nicht Dein Temperament, aber ich habe den Verdacht, daß sie sich für Deine Träume begeistern könnte.
Fröhliche Weihnachten, mein Liebling. Abgesehen davon, daß Du mir fehlst, bin ich glücklich. Aber da ich Dich vermisse, kann ich kein wahres Glück finden. Ich liebe Dich wirklich sehr. Marsh.

Es war kein Brief nach ihren Wünschen. Trotz aller Müdigkeit fiel es Liliane schwer einzuschlafen. Sie konnte den Finger nicht auf den wunden Punkt legen, sie konnte nicht genau sagen, was sie beunruhigte, aber sie fühlte sich tagelang hohl und leer.
Warum konnte Marsh denn nicht einsehen, das Simbayo der aufregendste Ort war, der auf dieser Erde denkbar war?

24. Kapitel

Bis zu Marshs Rückkehr vergingen nicht nur weitere neun Monate, sondern ein ganzes Jahr.
Philippe Dussault erwies sich als ausgezeichneter Arzt ohne jeden Hang zum Alkohol. Es war amüsant, geduldig und ein erstklassiger Chirurg, und gleich bei ihrer Ankunft, zwei Monate nach Marshs erstem Brief, verliebte er sich in Miss Eagle.
Sie war still und wirkte auf den ersten Blick fast unscheinbar, doch Marsh hatte recht – sie besaß Tatendrang und grenzenlose Energie. Bei ihrer Ankunft war Simbayo bereits zu einer echten Gemeinschaft zusammengewachsen. Einem der Highlands gelang es immer, einmal im Monat von der Außenstelle Alpha zu kommen (Rose hatte vorgeschlagen, die neuen Lazarette alphabetisch zu benennen).

Zehn Monate nach dem Eintreffen der Highlands im Kongo brachte Estelle einen Sohn zur Welt, den sie Paul nannten. Anoka und Naldani bauten sich ein Haus im europäischen Stil, eine kleine Ausgabe von Marshs Haus, und sie genossen es, Platz und Fenster und somit frische Luft zu haben. Trotz Philippes Unterstützung war es noch nicht leicht, alle Patienten zu behandeln. An manchen Tagen standen mehr als zweihundert Kranke vor der Tür.
Die Leprainsel war in Lilianes Augen immer noch ein wunder Punkt, und daher beschloß sie, einen Teil der 111983 Dollar, die ihnen Marshs Artikel insgesamt eingebracht hatte, darauf zu verwenden; sie inserierte, daß sie einen Arzt und eine Krankenschwester suchte, die bereit waren, ein Leprosorium zu leiten. Dr. Dan Travis schrieb aus Carville, Louisiana; dort gab es das einzige Leprosorium der Staaten, und er erbot sich, ein solch bahnbrechendes Modell mit den neuesten Methoden auszurüsten. Liliane fragte sich, warum ihr Leben so problemlos verlief und es ihr so leicht fiel, medizinische Hilfe zu bekommen. Jeder neue Arzt stellte sie vollends zufrieden, und es herrschten so gut wie keine Spannungen in der kleinen Gemeinschaft.
Liliane war der Boß, und das wurde nie in Frage gestellt. Anoka war ihre rechte Hand.
Deborah Eagle betrieb ihre Lehrtätigkeit mit missionarischem Eifer. Die Vorstellung, Eingeborenen, die noch nie ein Buch gesehen hatten, etwas beizubringen, setzte ihre gesamten Energien frei, obwohl ihre Schüler keinen Zusammenhang zwischen Bildung und einem besseren Leben erkennen konnten und nur ungern etwas Neues lernten.
Deborah Eagle hatte eine schwierige Aufgabe, doch wenn sie sich Naldani und Anoka ansah, wußte sie, daß der Durchbruch zu schaffen war. Und sie würde es schaffen.
Sie ließ sich von der Vorstellung beunruhigen, daß Pythons

von Bäumen hingen, daß es Kobras und Puffottern gab und daß Schlangen einen tödlichen Hinterhalt darstellen konnten, doch sonst schien überhaupt nichts ihren Gleichmut zu erschüttern. Das hysterische Kreischen der Affen, die sich von einem Ast zum anderen schwangen, begeisterte sie. Der Anblick ihres ersten Elefanten versetzte sie für Tage in eine Form von Ekstase.

Lili war zu sehr beschäftigt, um allzuoft an Marsh zu denken. Sie befaßte sich mit den Plänen für Dan Travis' Leprosorium, das ein Meilenstein in der Geschichte werden sollte. Liliane ließ sich von seinen Ideen und seiner Begeisterung anstecken, doch als er eines Tages versuchte, sie zu küssen, stieß sie ihn von sich.

»Ich habe nichts gegen dich«, sagte sie freundlich, »aber ich liebe schon einen anderen. Er wird bald wiederkommen. Mein Herz ist nicht groß genug für zwei.«

»Dann such mir jemanden«, sagte er. »Ich brauche jemanden, der meine Träume und meine Arbeit mit mir teilt.«

Daher machten sie sich zielstrebig auf die Suche nach einer Krankenschwester, die seinen Bedürfnissen entgegenkam. Dr. Travis und Lisa Bausor heirateten keine drei Monate nach ihrer Ankunft.

All das spielte sich in der Zeit ab, in der Marsh fort war. Er versprach Liliane, vor Weihnachten dazusein.

Und er war es auch. Aber das Weihnachtsfest unterschied sich von allen anderen.

Der Tag, an dem sein Flugzeug landete, war der letzte klare Tag für zwei Wochen. Es regnete. Aber es waren nicht die üblichen Schauer, und es war kein Nieselregen – sturzbachartige Wasserfälle gingen herunter. Nichts trocknete mehr; das Bettzeug war feucht, und Kleider in Kommoden blieben naß. Die Luft war drückend. Alle waren niedergeschlagen.

Liliane konnte ihn nicht allzu herzlich begrüßen; sie war

böse auf ihn, weil er so lange fort gewesen war. Und er schien sich nicht sicher zu sein, ob man ihn willkommen heißen würde. Er wirkte schuldbewußt.

Da in den letzten fünfzehn Monaten so viele neue Menschen in ihr Leben getreten waren, war Carolyns Erinnerung an Marsh verblaßt. Es enttäuschte ihn, daß er nicht sofort wieder die enge Beziehung zu ihr aufnehmen konnte, die sie vorher miteinander hatten.

Als Marsh und Liliane allein waren, loderte ihre Liebe übermächtig auf, jedoch ihre Wege waren im letzten Jahr auseinandergegangen. Die Alltagsprobleme von Simbayo, die im Mittelpunkt ihrer Gespräche standen, langweilten ihn, weil er die Entwicklungen nicht mitverfolgt hatte. Er sah sich die Pläne für Dans Leprosorium an; er suchte das neue Lazarett Alpha auf; er diskutierte mit Philippe über Politik; er warf bewundernde Blicke auf Lisa; er nahm Rose und Heidi in den Arm; er erzählte Carolyn Geschichten und schlief mit Liliane.

Doch nach den ersten zwei Wochen wußte Liliane, daß er nicht bleiben würde.

»Ich kann nicht«, gab er zu. »Ich kann einfach nicht hier leben.«

Er trat auf die Veranda und lauschte dem Rauschen des Flusses. »Es ist wirklich komisch. Ich habe diesen Ort vermißt. Dieses Haus. Das Wasser, das nachts vorbeifließt. Die Reiher am anderen Flußufer. Es hat mir auch gefehlt, wie das Leben hier abläuft. Du hast mir gefehlt.«

Liliane folgte ihm ins Freie. »Aber doch nicht so sehr, daß du hierbleiben und hier dein nächstes Buch schreiben wirst?« Ein Knoten bildete sich in ihrer Magengrube; ihre Brust schnürte sich zusammen. Sie war sich seiner Liebe und seiner Rückkehr so sicher gewesen.

Marsh drehte sich um, nahm ihre Hände und sah ihr tief in

die Augen. »Lili, ich liebe dich. Jemanden wie dich wird es in meinem ganzen Leben nicht mehr geben. Aber unsere Träume lassen sich nicht miteinander vereinbaren.«
Er ließ ihre Hände fallen und trat an das Geländer der Terrasse. Sie hielt den Atem an. »Du bist wie die Eingeborenen in den Dörfern.« Er sah auf den Fluß hinaus. »Deine Welt ist klar umrissen. Du siehst nie über die Bäume hinaus. Du siehst nicht die Hügel, die Täler, die Städte. Du sehnst dich nicht nach Abwechslung oder nach einem anderen Leben als deinem eigenen.
Du interessierst dich nicht für Theaterstücke und für keine Gespräche, die sich nicht um Medizinisches drehen, und du willst nichts wissen, was dich aus deinen Vorstellungen herausreißen könnte. Du willst keinen Schnee sehen. Diese gottverdammte Luftfeuchtigkeit macht dich nicht kaputt. Du nimmst sie kaum wahr.«
»Das stimmt nicht!« Sie hatte das Gefühl, sich verteidigen zu müssen. »Meine Kleider sind ständig feucht. Ich weiß, daß ich in einem gemäßigteren Klima mehr Energien hätte.«
»Liliane, wenn du mehr Energien hättest, hätte ich Angst um die Welt. Du wirst diesen Teil der Welt erlösen, und du wirst dich mit Menschen umgeben, die dieselben Träume haben wie du. Aber ich kann ebensowenig hier leben und ein Bestandteil deiner Tagträume werden, wie du von hier fortgehen und meine Träume mit mir träumen wirst.«
»Hat England all das mit dir gemacht?«
»Es war eine Art Katalysator, soviel ist sicher. Es hat mir eine Lebensfreude wiedergegeben, die mir vermutlich verlorengegangen war. Es hat mir gezeigt, daß ich mich selbst vergessen habe, um bei dir sein zu können. Ich liebe dich so sehr, daß ich bereit war, das Opfer zu bringen, aber . . .«

»Aber Liebe allein ist nicht genug?« Liliane merkte, wie nah sie den Tränen war.
»Die Liebe allein genügt nicht. Obwohl ich weiß, daß ich keine Liebe wie unsere mehr finden werde. Ich weiß, daß ich nie aufhören werde, dich zu lieben. Aber ich kann mein Leben nicht nach deinen Vorstellungen verbringen, und du wirst dein Leben nicht nach meinen Vorstellungen verbringen.«
Stille hing in der Nachtluft.
Er kam auf sie zu. »Lili. Versuch es auf meine Art. Ich habe es zwei Jahre lang auf deine Art versucht. Bitte. Gib uns eine Chance.«
Als sie nicht antwortete, drang er noch weiter in sie. »Du hast hier gute Leute. Sie werden es schaffen. Du hast dein Werk nicht umsonst getan. Komm mit mir. Wenn Afrika das ist, was du brauchst, dann laß uns nach Nairobi gehen. Oder nach Kapstadt. Laß uns an einen Ort gehen, an dem wir die Weite des Himmels sehen können. An dem wir Unterhaltung haben. An dem es nicht immer heiß ist. An dem die Menschen gespannt verfolgen, was auf der Welt geschieht. Lili, ich muß nicht ewig reisen. Ich möchte Wurzeln fassen. Laß uns ein Haus bauen, Lili. Laß uns dafür sorgen, daß Carolyn Freundinnen findet und zur Schule geht. Es dauert nicht mehr allzulange, und sie wird fünf. Du kannst sie nicht ewig hierbehalten.«
Liliane wandte sich von ihm ab, und ihr Zorn brach durch. »Ich weiß, daß das nicht geht.« Sie hätte am liebsten mit den Fäusten auf ihn eingetrommelt; statt dessen hingen sie geballt an ihr herunter. »Das hast du im Lauf der Jahre immer wieder betont. Aber jetzt braucht sie noch nicht fortzugehen. Wie kommst du dazu, dir einzubilden, du wüßtest besser als ich, was gut für sie ist? Sie hat Freunde hier. Sie hat Petelo. Sie ist glücklich.«

»Sie wächst zu einem weiblichen Tarzan heran«, wandte Marsh ein. »Zu einem wilden Geschöpf, das sich unter den Affen wohler fühlt als unter seinem eigenen Volk.«

»Seinem eigenen Volk! Was willst du damit sagen? Den Weißen? Den Amerikanern? Den Briten? Welche Leute sind denn die richtigen für sie?« Liliane hatte die Stimme erhoben.

»Komm schon, Lili, du weißt, was ich meine.«

»Es ist nicht dein Recht, zu entscheiden, was das beste für sie ist!«

»Aber dein Recht ist es? Du glaubst wirklich, es sei dein Recht, sie zum Analphabetentum zu verurteilen . . .«

»Wir haben eine Schule gegründet.«

»Ja, und soll Carolyn so werden wie alle anderen hier? Nicht in der Lage, über das Heute hinauszudenken? Willst du, daß nie eine Anforderung an sie gestellt wird? Daß es ihr nie erlaubt wird, ihre Möglichkeiten zu entfalten? Lili, mein Gott. Das kann doch nicht dein Ernst sein.«

»Was soll ich denn tun – euch beide verlieren, weil ich dieses Leben führen muß?«

Er zog sie in seine Arme und küßte ihr Haar, während sie sein Hemd mit Tränen durchnäßte.

»Du mußt eine Entscheidung treffen«, sagte er leise. »Du kannst nicht die Menschen, die du liebst, um dich haben, und das Leben führen, das du dir ausgesucht hast.«

»Aber wenn ich das Leben aufgebe, das ich mir ausgesucht habe, dann kann ich die Menschen, die ich liebe, um mich haben?« brachte sie schließlich hervor.

Marsh antwortete nicht darauf.

»Was ist das nur für ein Leben?« keuchte sie. Dann schwieg sie einen Moment lang. Sie sprach etwas ruhiger weiter. »Ich habe gedacht, wenn du mich wirklich liebst, bleibst du hier bei mir. Aber wenn ich dich wirklich lieben würde, würde ich all das aufgeben, um bei dir zu sein, oder?«

Marsh setzte sich und zog sie auf seinen Schoß. Sein Arm war um sie gelegt.

»Wir lieben einander wirklich. Und zwar so sehr, daß es uns nicht möglich sein wird, andere zu lieben. Aber ich glaube, unsere Liebe könnte daran zerbrechen, wenn einer von uns das aufgibt . . . was er braucht . . . um dem anderen zu folgen. Ich weiß nicht, wie sich das lösen läßt.«

Sie klammerten sich aneinander.

»Was ist mit Caro?« fragte er leise.

Ihre Schultern bebten. »Ich weiß es nicht. Damit kann ich mich jetzt noch nicht auseinandersetzen. Ich kann nicht verstehen, wenn ich hier glücklich und ausgefüllt bin, daß die Menschen, die ich liebe, es hier nicht sein können.«

»Vielleicht kann Carolyn hier glücklich sein, aber wie wird sie darüber denken, wenn sie zwanzig ist?«

»Wie könnte ich mich von ihr trennen, Marsh? Sie ist ein Teil von mir. Ich brauche sie.«

»Und ich brauche dich *und* sie. Aber ihr werdet mir beide versagt. Lili, du wirst es überleben, daß Carolyn zur Schule geht. Sie wird im Sommer, über Weihnachten nach Hause kommen und in den Winterferien im Juli. Aber du mußt ihr eine Chance geben. Du kannst kein Ungetüm heranzüchten.«

Ein Ungetüm? O Marsh, du verdammter Kerl.

»Ich zahle ihre Schule«, bot er an. »Ich möchte es gern.«

»Darüber kann ich jetzt noch nicht reden, Marsh.«

»Du wirst aber bald darüber reden müssen. Sie sollte im nächsten Jahr eingeschult werden.«

»Nein! Laß sie mir noch ein paar Jahre. Deborah wird sie unterrichten.«

»Sie braucht mehr als nur die Grundlagen des Lesens und

[illegible]. Sie muß lernen, sich in die Gesellschaft einzufügen.«
Liliane riß den Kopf zurück. »Marsh, ich werde sie nicht fortschicken und sie bei Fremden aufwachsen lassen, ehe sie nicht mindestens sieben ist!«
»Aber von mir erwartest du, daß ich euch beide verlasse? Du wirst nicht wenigstens eine Reise nach Amerika mit mir machen? Du wirst nicht in ein schönes Haus in Kenia oder in Südafrika mit mir ziehen? Oder in Rhodesien, wenn es dir lieber ist? Du wirst es noch nicht einmal versuchen?«
»Wenn ich es versuche ... wenn ich für ein Jahr von hier fortgehe, werde ich mich hier nie wieder so einfügen können. Das weißt du selbst.«
»Ich wußte es schon, ehe ich hergekommen bin. Aber ich mußte es noch ein letztes Mal versuchen.«
»Ich habe keine andere Wahl, Marsh. Du glaubst vielleicht, ich hätte sie, aber ich glaube es nicht.«
»Nein«, sagte er resigniert. »Ich glaube, du hast sogar noch weniger eine andere Wahl als ich.«
»Wir sind in einer Zwickmühle, oder nicht?« fragte sie und schlang ihre Arme um seinen Hals. Sie küßte ihn, und ihre Zunge glitt über seine Lippen. Für die Zeit, die ihr noch blieb, wollte sie ihn ganz haben.

Als er drei Tage später abreiste, umklammerten sie einander und konnten sich nicht voneinander losreißen.
»Marsh, du weißt, daß ich dich liebe. Das Leben wird nie mehr so sein wie vorher. Ich liebe dich, und ich ertrage das nicht.«
»Ich weiß. Das Leben wird immer nur ein Abglanz sein. Ich werde dein Gesicht jede Nacht vor mir sehen. Ich werde jedesmal zusammenzucken, wenn ich vor mir auf

der Straße kurze rote Locken sehe oder eine Stimme höre, die deine sein könnte.«

»O Marsh.« Tränen strömten aus ihren Augen. Er verließ sie endgültig und für immer.

Sie fing an zu weinen und ihr Schluchzen wurde immer heftiger.

»Komm mit mir, Lili«, flüsterte er eindringlich. »Hol Carolyn, und reiß mit mir aus. Ich brauche dich. Du bist es, die meinem Leben einen Sinn und eine gewisse Stabilität gibt.«

»Ich kann nicht«, schluchzte sie. »Ich kann nicht von hier fortgehen.«

»Alles Gute, meine Geliebte.« Seine Stimme überschlug sich, und eine Träne rann über seine Wange. »Ich liebe dich. Ich werde dich immer lieben.« Er küßte sie. »Alles Gute.«

25. Kapitel

MARSHALL COMPSON HEIRATET

25. Mai 1937. London: Marshall Compson, 37, einer der unterhaltsamsten Schriftsteller der westlichen Welt, hat sich mit Dolores Stratton-Leigh, 28, vermählt. Die Trauung fand im engsten Familienkreis statt, im Haus des Vaters der Braut, dem Grafen von Saxton aus der Abtei Widbourne.

Compson, der Autor von *Misdeeds* und dem erst kürzlich erschienenen Roman *Heceta Heads,* ist sowohl für seine gewagten Reisen in unerforschte Gebiete und Gefahrenzonen bekannt, als auch durch seine beiden Romane berühmt geworden.

Misdeeds ist derzeit einer der erfolgreichsten Filme. Er wird weltweit aufgeführt und die Kinos sind täglich ausverkauft.

Es ist für beide Ehepartner die zweite Heirat. Sie planen eine ausgedehnte Hochzeitsreise nach Tahiti und Bali.

Das war das erste, was sie nach seiner Abreise vor Monaten von ihm hörte. Die Heiratsanzeige war lieblos aus der Zeitung gerissen und auf ein Blatt Papier geklebt worden. In Marshs Handschrift stand darunter:

Ich brauche jemanden. Ich bin nicht für das Alleinsein geschaffen. Verzeih mir. Mein Herz gehört dennoch Dir. Du und Carolyn, ihr seid immer bei mir. Ich liebe Dich. Ich werde Dich immer lieben.

26. Kapitel

Ich hätte nie gedacht, daß mein Herz noch einmal zerbrechen könnte, dachte Liliane, als sich die siebenjährige Carolyn im Flugzeug in den Schlaf geweint hatte.

Ihr Herz war schon in tausend Stücke zersplittert, als sie damals Marshs Heiratsanzeige gelesen hatte.

Sie sah die besten Momente der letzten Jahre an sich vorüberziehen. Konnte ihre Zufriedenheit ihre Verluste aufwiegen? Ob ich das je wissen werde? fragte sie sich.

Drei afrikanische Schulen waren in Frage gekommen, und als die Tochter des berühmten Baxter Hathaway wäre Carolyn in Kairo, in Nairobi und in Kapstadt gleichermaßen gern aufgenommen worden. Liliane hatte sich für Kapstadt entschieden. Carolyn hatte entsetzlich geweint, getobt und ge-

schrien, als Liliane ihr erklärt hatte, daß sie fortgehen mußte.
Zerstöre ich mit meinem eigenen Egoismus das Leben derer, die ich am meisten liebe? fragte sie sich immer wieder. Hätte ich mit Marsh fortgehen sollen? Ich schicke meine kleine Tochter vollkommen allein in ein fremdes Land. Ich treibe Marsh in die Arme einer anderen Frau. Ich bin härter. Ich verbiete mir tiefe Gefühle und habe mich abgeschirmt, um zu überleben. Aber warum?
Wenn ich sie wirklich liebte, könnte ich sie dann fortschikken? Wenn ich sie wirklich liebte, würde ich dann nicht aus Simbayo fortgehen und ihr dort ein Zuhause geben, wo sie zur Schule gehen kann, statt sie allein zu lassen?
Sie wußte, daß all das rhetorische Fragen waren. Sie konnte einfach nicht von Simbayo fortgehen.
Zum ersten Mal seit ihrer Ankunft vor zehn Jahren verließ Liliane Simbayo für mehrere Wochen. Sie wollte Carolyn zur Schule begleiten und fünf bis sechs Wochen dort bleiben, um sie einzugewöhnen. Es wird mir guttun, einmal herauszukommen, dachte sie. Ich brauche die Abwechslung. Ich muß mir ansehen, wie der Rest der Welt lebt. Ich muß mich über neue Methoden in der Medizin informieren. Und ich muß mit Carolyn allein sein.
Und doch stellte sie erstaunt fest, daß sie sich fürchtete. Sie wußte noch nicht einmal, was sie anziehen sollte.
Deborah riet ihr, Carolyn und sich auf der Stelle neu einzukleiden, da alles, was Liliane besaß, heute komisch wirken würde.
Mehrere Abende lang wurden Wunschlisten geschrieben, denn Liliane sollte allen etwas aus der Stadt mitbringen.
Philippe hatte das schreiende und zappelnde Kind auf die Oregon getragen, und Petelo hatte hilflos dabeigestanden, ohne zu verstehen, daß es viele Monate dauern würde, bis

er Carolyn wiedersehen würde, und noch weniger konnte er ahnen, daß ihre Beziehung in Zukunft nie mehr so sein würde wie bisher. Wenn er Carolyn wiedersah, würden sie einander Fremde sein.

In Coquilhatville fürchtete sich Carolyn. Sie hatte noch nie in ihrem Leben größere Gebäude oder Automobile, Pferde oder Kühe gesehen; sie hatte nie ein Geschäft gesehen, aber auch noch nie so viele Menschen erlebt und einen solchen Lärm gehört. Sie hoffte nur, daß es in Kapstadt nicht so sein würde. Ihr graute.

Und sie haßte ihre Mutter, sagte sie sich immer wieder, während sie sich gleichzeitig an Lilianes Hand klammerte.

Léopoldville lag zwar dreihundert Meter vom Meer entfernt und dreihundert Meter über dem Meeresspiegel, doch der gesamte Flußverkehr begann und endete hier. Selbst 1937 kamen schon mehr als eine Million Passagiere im Jahr durch diesen Hafen.

Carolyn und Liliane stiegen in dem großen europäischen Hotel mit der Stuckfassade ab. Sie wurden von schwarzen Kellnern in weißen Jacketts bedient, die weiße Leinenservietten über dem Arm hängen hatten; sie schliefen in hohen, weichen Betten und nahmen Bäder in Wannen, die auf verschnörkelten Füßen standen. Vor den Fenstern hingen Vorhänge, und die Geräusche der Stadt trieben zu ihnen in den vierten Stock hinauf. Sogar im Bad gab es elektrisches Licht. Sie frühstückten im Freien und bekamen Croissants und Kakao vorgesetzt. Endlich riß Carolyn vor Staunen die Augen auf, und ihr Interesse, das sie bisher geleugnet hatte, war trotz ihres Unglücks geweckt.

In Coquilhatville gab es wenige Weiße, doch hier machten die Europäer einen vergleichsweise hohen Bevölkerungsanteil aus, vorwiegend Belgier, Deutsche und Franzosen. Liliane sah sich ihre Kleidung an und fühlte sich in ihrem

zehn Jahre alten Kleid deplaziert, doch sie konnte sich nicht die Zeit nehmen, hier einzukaufen.
Bisher waren sie mit dem Schiff gereist, doch jetzt mußten sie ein Flugzeug nehmen – das erste, dem noch andere folgen sollten. Wenn sie Glück hatten, würden sie innerhalb von fünf Tagen die zweitausendfünfhundert Meilen nach Kapstadt zurücklegen. Das erste Flugzeug sollte sie nach Elisabethville bringen. Die Stadt lag im Süden des Kongos, nahe der rhodesischen Grenze. Nach den Zollformalitäten würden sie nach Salisbury fliegen, in die Hauptstadt, und von dort aus nach Johannesburg, dann nach Kapstadt.
In weniger als einer Woche würden sie die Südspitze dieses gewaltigen, noch unerforschten Kontinents erreichen.
Alles war so fremdartig und neu, daß Liliane kein Gespür für diese Städte entwickelte und auch wenig zu sehen bekam. Carolyn redete seit Tage nicht mehr mit ihr. Liliane war zwar sicher, daß sie sich schnell einfügen würde, doch im Moment brauchte man das Kind nur anzusehen, um zu wissen, wie sehr es litt.
Der Hotelangestellte in Kapstadt lächelte, als er sah, wie Liliane und Carolyn angezogen waren. Am nächsten Morgen gingen sie einkaufen, ehe sie sich auch nur das Meer ansahen. Carolyn würde die Schultracht tragen, aber sie konnte nicht in der Schule erscheinen, als käme sie direkt aus dem Urwald.
Sie kaufte ihr schwarze Lackschuhe, ein rosa Kleid, weiße Handschuhe und einen kleinen Strohhut mit einem Hutband. Zwei Tage lang sahen sie sich in der Stadt um, ehe Liliane den Kontakt zur Schule aufnahm. Sie sprach mit Carolyn, obwohl sie nie eine Antwort bekam.
Kapstadt war nicht annähernd so groß, wie Liliane es sich vorgestellt hatte. Es wirkte nicht wie England, eher so, wie sie sich Holland ausmalte. Trotz der zehn Jahre, die sie ab-

seits von jeder Zivilisation verbracht hatte, ängstigte die Stadt sie nicht, aber sie fand sie auch nicht verlockend oder reizvoll. Die Förmlichkeit, die Geschäftigkeit und die Menschenmassen bewirkten, daß sie sich in sich selbst zurückzog.

So war ich doch früher nie, dachte sie. In der Vergangenheit war ich immer gleich im Mittelpunkt, wenn es lustig zuging. Sie fühlte sich verloren und entfremdet.

Carolyn nahm alles in sich auf, doch sie sprach weiterhin so gut wie gar nichts. Um keinen Preis hätte sie gezeigt, wie aufgeregt sie war. Sie will mich dafür bestrafen, dachte Liliane, daß ich sie von ihren Freunden weggerissen habe. Als sie endlich in ein Taxi zur Schule stiegen, die außerhalb lag, war Liliane von der Landschaft bezaubert.

Die ausgedehnten Weinberge, die sich durch die leicht hügelige Landschaft zogen, die schmucken weißen Häuschen und die stabilen Scheunen und Ställe, die sich in die Landschaft schmiegten, gefielen ihr.

»Es ist uns eine Ehre, die Tochter von Baxter Hathaway und Mutter Lili in unserer Schule aufzunehmen«, wurden sie von Miss Blake, der Schulleiterin, begrüßt.

»Ich hatte keine Ahnung, daß man hier schon etwas von mir gehört hat.« Liliane war wirklich überrascht.

»Ich kann mir vorstellen, daß man in weiten Teilen der Welt schon von Ihnen gehört hat«, sagte Miß Blake.

Carolyn weigerte sich, sich ihr Zimmer zeigen zu lassen, wenn Liliane, an deren Hand sie sich klammerte, nicht mitging. Das Zimmer übertraf Lilianes Erwartungen.

»In Ihren Briefen haben Sie uns geschildert, wie Carolyn bisher gelebt hat.« Liliane fragte sich, ob sie sich die Mißbilligung einbildete, die sie aus Miß Blakes Stimme herauszuhören glaubte. »Viele unserer Schüler sind die Kinder von Missionaren. Oft ist es eine große Umstellung für sie. Aber

wir kommen gut damit zurecht, wenn ich das einmal so sagen darf. Carolyn wird sich das Zimmer mit der Tochter von Missionaren aus Nigeria teilen. Ich nehme an, daß die beiden vieles miteinander gemeinsam haben. Der Unterricht beginnt erst in einer Woche; die beiden haben also Zeit, einander kennenzulernen und sich bei uns einzugewöhnen.«
Carolyn lief durch das Zimmer, faßte die Tagesdecke an, zog Schubladen auf und schloß sie wieder und sah aus dem Fenster.
»Unser Niveau ist hoch. Wenn Ihre Tochter unsere Schule verläßt, ist sie auf jedes gute College geistig vorbereitet und wird gesellschaftliches Selbstbewußtsein und eine gute moralische Führung aufweisen.
Jungen und Mädchen werden zwar gemeinsam unterrichtet, aber sie haben getrennte Speisesäle und natürlich getrennte Schlafräume. Es besteht kein Grund zur Sorge.«
O Carolyn, was für eine enge Sicht der Welt wird man dir hier vermitteln, dachte Liliane. Sie seufzte hörbar.
Als weder Liliane noch Carolyn etwas dazu sagten, fragte Miss Blake: »Kann sie schon lesen?«
»Ja, sehr gut sogar«, antwortete Carolyn hochmütig.
Es waren die ersten Worte, die sie an diesem Tag von sich gab.
»Sie kann auch multiplizieren«, fügte Liliane hinzu. »Wir haben eine Schule in Simbayo.«
Miss Blake setzte sich neben Carolyn und nahm die Hand des Kindes. »Deine Zimmergenossin kommt heute noch. Die meisten Schülerinnen treffen heute nachmittag und morgen ein. Ich glaube, die Kinder hier werden dir gefallen. Anni zeigt dir, wo alles ist, und heute nachmittag kannst du Viktoria kennenlernen.«
Carolyns Blick blieb weiterhin ausdruckslos.
Als Liliane hörte, daß sie Carolyn erst am Samstag wieder-

sehen durfte, kniete sie sich hin und nahm ihre Tochter in den Arm. Carolyn blieb regungslos stehen.
»O mein Liebling«, flüsterte Liliane.
»Versuch es wenigstens. Du kannst nicht für immer in Simbayo bleiben.«
Sie wußte, daß Carolyn sich fürchtete.
»Du kannst es doch auch«, sagte Carolyn anklagend mit einer verkniffenen Stimme, die klang, als sei sie den Tränen nahe.
»Wenn du erwachsen bist, kannst du es auch. Du kannst Krankenschwester werden wie ich und uns helfen, aber vorher mußt du etwas lernen.«
Als sie wieder im Hotel saß, fühlte sie sich elend.

27. Kapitel

Liliane hakte tagsüber genüßlich die Wunschlisten ihrer Freunde aus Simbayo ab, und an den Abenden schrieb sie Briefe, die nicht zum Absenden bestimmt waren. Einer war an ihre Mutter gerichtet: sie entschuldigte sich dafür, daß sie von zu Hause fortgegangen war.

Jetzt, da ich meine Tochter verlasse und weiß, wie weh das Herz tun kann, frage ich mich, wie ich Dir das je antun konnte. Ich habe Dich verlassen, und jetzt zwinge ich meine Tochter, mich zu verlassen. O Mutter, was für eine Frau bin ich bloß? Ich habe mich immer von den Menschen verabschiedet, die ich am meisten geliebt habe.
Du hast mir doch verziehen, oder nicht? Wird Caro mir je verzeihen? O Mutter, ich frage mich, ob Du mich heute noch mögen würdest. Die Welt scheint zu wissen, wer ich bin, und man hat mich zu einer Art von Heldin gemacht. Aber ich

glaube nicht, daß mir der Mensch gefällt, zu dem ich geworden bin.

Ich wünschte, ich könnte Gott als Vorwand heranziehen. Sagen: Ich habe all das getan, um mein Leben in den Dienst Gottes zu stellen. Ich habe für Gott den Mann aufgegeben, den ich liebe, und meine Tochter auch. Aber so ist es nicht. Ich habe es für mich getan.

Ich frage mich, wie ihr das Leben sehen würdet, das ich gelebt habe, Daddy und Du. Hier in Kapstadt, in der »Zivilisation«, wird mir bewußt, was für ein engstirniges Leben ich in den letzten zehn Jahren geführt habe, ohne die Außenwelt wahrzunehmen oder mich für sie zu interessieren, und daß ich darauf bedacht war, die Probleme meiner eigenen kleinen Welt zu lösen. Ich habe meinen Horizont so sehr eingeschränkt.

Als sie Carolyn am Samstag morgen abholen wollte, saßen zwei kleine Mädchen in dem Zimmer; sie rührten sich nicht und sprachen kein Wort.

»Das ist Viktoria«, sagte Carolyn schließlich.

Liliane kniete sich vor das kleine Mädchen. »Wie schön, daß ich dich kennenlerne. Ich hoffe, ihr beide werdet gute Freundinnen.«

»Das hoffe ich auch.« Viktorias Stimme klang glockenrein. »Ich habe noch nie eine Freundin gehabt. Da, wo ich wohne, gibt es außer uns keine Weißen.«

Carolyns Stimme ertönte vom anderen Ende des Zimmers. »Dort, wo ich wohne, gibt es auch keine anderen weißen Kinder. Aber ich habe sehr gute Freunde.«

»Meine Mutter läßt mich nicht mit den Negern spielen«, sagte Viktoria. »Hier wird es bestimmt sehr schön. Alle sind weiß.«

Liliane nahm Carolyn an der Hand, und sie gingen. Sie hatte

sich vorgenommen, einen Berghang hinaufzusteigen, und als sie das Picknick auspackten, wußte Liliane bereits, daß die weite Aussicht sie für jede Strapaze entschädigte. Carolyn taute erstmals seit der Abreise von Simbayo auf; ihre Augen strahlten lebhaft, und sie wurde wieder zu dem Kind, das Liliane kannte.

»Sieht es so überall auf der Welt aus?« fragte Carolyn zwischen zwei Bissen.

»Nein«, antwortete Liliane. »Große Teile der Welt sind sehr häßlich, und es wimmelt dort von Menschen. Hier ist es viel schöner als in vielen Teilen der Welt.«

»Ist New York größer als Kapstadt?«

Liliane lachte. »Oh, New York ist hundertmal größer. Und es ist ganz hoch. Es geht ganz weit nach oben. Manche Gebäude haben hundert Stockwerke.«

Carolyn versuchte, sich das vorzustellen, während sie ihre Eier aß. »Warum finden Viktorias Eltern, daß sie nicht mit schwarzen Kindern spielen soll?«

»Ich weiß es nicht.« Liliane wischte sich den Mund an einer Leinenserviette ab. »Ich weiß es wirklich nicht. Manche Menschen glauben, wir seien überlegen, weil unsere Haut weiß ist.«

Das konnte Carolyn nicht verstehen. »Aber warum darf sie nicht mit ihnen spielen?«

»Vielleicht mußt du das selbst herausfinden. Vielleicht mußt du Viktoria helfen, die Welt so zu sehen, wie du sie siehst.«

»Warum muß ich in eine weiße Schule gehen? Warum kann ich nicht das lernen, was Petelo lernt?«

»Weil du eines Tages vielleicht von Simbayo fortgehen willst, und dann wüßtest du nicht, wie man anderswo auf der Welt lebt. Dann wäre alles sehr schwierig für dich.«

Liliane wußte, daß keine dieser Antworten ein siebenjähriges Mädchen zufriedenstellen konnte, aber ab und zu griff Carolyn nach ihrer Hand, und das war schon viel.

Beim Abendessen im Hotel fragte Carolyn: »Wenn ich immer brav gewesen wäre, hätte ich dann bei dir bleiben dürfen?«

»O Liebling, glaubst du das wirklich? Glaubst du, daß ich dich bestrafen will?«

Carolyn senkte den Blick auf ihren Teller.

Liliane streckte die Hand über den Tisch und nahm Carolyns Hand. »Ich habe dich so lieb wie niemanden sonst auf der ganzen Welt. Ich will nicht von dir getrennt sein. Ich tue das für dich, damit du Dinge lernst, die du in Simbayo nie lernen könntest. Damit du zu einer denkenden, intelligenten Erwachsenen heranwächst. Und damit du in der Lage sein wirst, vernünftige Entscheidungen zu treffen.«

»Hätten vernünftige Entscheidungen meinen Vater oder Onkel Jack am Leben erhalten?«

Wie kam sie bloß auf solche Gedanken. Liliane wußte überhaupt nicht, daß sie an Baxter dachte, und Jack war schon vor Jahren gestorben. Carolyn konnte ihn kaum gekannt haben.

»Deinen Vater nicht, aber vielleicht Onkel Jack. Wenn wir nur ein bißchen genauer gewußt hätten, welche Krankheit er hatte oder warum er im Sterben lag, dann hätten wir ihm vielleicht helfen können. Das ist eins der Dinge, die man durch eine Ausbildung erreichen kann. Wenn wir mehr lernen, können wir vielleicht Heilmittel gegen Krankheiten finden.«

»Warum«, fragte Carolyn, die das Thema wechselte, »konnte Marsh nicht mein Vater sein? Warum hast du ihn fortgeschickt? Damit er mehr über die Welt erfährt?«

Liliane stieß ihren Teller von sich. Ihr war der Appetit vergangen.

»Nein. Ich habe March nicht fortgeschickt«, sagte sie leise.
»Er wollte nicht bleiben.«
Carolyn hatte bisher keine dieser Fragen gestellt; jetzt wurde Liliane mit Fragen überhäuft, die Carolyn alle in ihrem Gedächtnis gespeichert hatte.
»Hat er uns nicht genug geliebt?«
»Wahrscheinlich nicht. Er wollte nicht in Simbayo bleiben. Er hat gesagt, er bräuchte mehr von dem, was diese Welt zu bieten hat.« Wie auf Erden sollte eine Siebenjährige das nachvollziehen, wenn sie selbst es nicht verstehen konnte?
»Wir wollen eben nicht alle dasselbe. Und Liebe ist nicht immer genug. Jeder von uns muß sich suchen, was er will, und dabei tun wir manchmal anderen weh.«
»So, wie du mir jetzt weh tust?« Carolyn kniff die Augen zusammen.
»Ich will dir nicht weh tun«, sagte Liliane. »Ich tue etwas, was dir helfen soll, und es tut uns beiden weh.«
»Was es auch sein mag«, sagte Carolyn, und Tränen traten in ihre Augen, »es tut schon sehr weh.«
In der Nacht schliefen Liliane und Carolyn im selben Bett.

In der kommenden Woche ging Liliane zum Groote-Schuur-Krankenhaus und erklärte, wer sie war und daß sie die Bibliothek gern benutzen wollte. Man gestattete ihr auch, bei Operationen zuzusehen, und sie erkannte bald, daß das Krankenhaus wesentlich moderner als das in Simbayo war. Die Ärzte dagegen waren nicht besser als Philippe und bestimmt nicht so gut, wie Baxter gewesen war.
Wie alle öffentlichen Einrichtungen in Kapstadt besaß das Krankenhaus zwei Eingänge. Der Trakt für die Weißen war wesentlich sauberer, moderner und weniger dicht belegt.
Liliane fragte sich, wie ein halbwegs einfühlsamer Weißer in Südafrika leben konnte, wenn dort die Eingeborenen aus

den Restaurants und Hotels und öffentlichen Toiletten und sogar aus den Bussen vertrieben wurden.
In den kommenden Wochen taute Carolyn ein wenig auf und freundete sich auch mit Viktoria an, die ihr nicht so albern vorkam wie viele andere Mädchen in der Schule. Diese Kinder waren in primitiven Gemeinschaften aufgewachsen und doch steif, und sie hatten nichts von der Sorglosigkeit der Kinder in Simbayo. Liliane kamen sie alle so nüchtern vor.
Liliane versuchte, in der Stadt zurechtzukommen. Sie kaufte sich ein paar schicke Kleider und ging dann in einen Schönheitssalon. Dort leistete sie sich eine modische Frisur und eine Maniküre. Zum ersten Mal, seit sie Amerika verlassen hatte, kam sie sich feminin und hübsch vor.
Die Filme wechselten wöchentlich, und Liliane sah sich jeden einzelnen mindestens einmal an. Vielleicht hatte Marsh recht, wenn er fand, Carolyn müsse die Welt kennenlernen. Es gab so vieles, was nie nach Simbayo kam!
Erstaunt stellte sie fest, wieviel Spaß sie hier hatte. Abgesehen davon, daß sie den Atlantik überquert hatte, hatte sie nie irgend etwas allein unternommen. Sie hatte keine Eile. Allmählich spürte sie, wie sich ihr ganzer Körper in diesem genüßlichen Luxusleben entspannte; sie hatte nicht gewußt, wie verspannt sie nach zehn Jahren ohne jeden Urlaub war.
Sie schlenderte durch Kapstadt, das ja nun wirklich eher klein war. Sie sah sich die Gebäude im Kolonialstil an und hatte keine Ahnung, daß die Kolonialisierung bereits 1652 mit dem Eintreffen Jan van Riebeecks begonnen hatte. Sie ging in den Botanischen Garten und stellte fest, daß der Kongo nicht, wie sie geglaubt hatte, repräsentativ für das Klima und die Flora Afrikas war. Jetzt erkannte sie, daß er nur einen kleinen Teil von Afrika bildete, der gar nicht typisch für den Rest des Kontinents war.

Carolyns Haltung war immer noch ablehnend, und sie lächelte selten, doch ihre Neugier ließ sie begierig lernen, was in der Schule angeboten wurde. Viktorias Haltung gegenüber den Eingeborenen Afrikas stellte für Carolyn eine Barriere dar. Aber Viktoria war wißbegierig, und das verband die beiden miteinander, wenn ihre Standpunkte sie auch davon abhielten, einander zu verstehen.

Am Freitag der dritten Woche nahm Liliane ihren Weg zu dem Frühstückstisch, an dem sie gewöhnlich im Hotel saß. Und plötzlich glaubte sie, Marsh zu sehen.

Sie blieb abrupt stehen und schüttelte den Kopf. Nein, natürlich nicht. Ihre Einbildung mußte ihr einen Streich gespielt haben.

Als sie jedoch näher kam, erhob er sich auf seine anmutige Art; ein Lächeln stand auf seinen Lippen, eine Frage in seinen Augen. »Liliane«, sagte er.

Sie blieb stehen. Plötzlich hatte sie das Gefühl, ihre Beine würden unter ihr nachgeben. Sie stützte sich auf die nächste Stuhllehne.

Seine dunklen Augen starrten in ihr Inneres. Sie sah ihn so deutlich vor sich, als sei er nie fortgewesen.

»Marsh.«

»Ich hatte gehofft, daß du noch hier bist, damit ich euch beide sehen kann. Ich habe anscheinend großes Glück gehabt.« Als sie nichts sagte, deutete er auf einen freien Stuhl. »Willst du dich nicht zu mir setzen?«

Sie ließ sich auf den Stuhl sinken.

»Du bist schöner denn je.«

»Was tust du hier?« platzte sie heraus.

»Ach«, sagte er lächelnd, doch seine Augen waren hart, »wir sind auf dem Weg nach Nairobi. Dolores will auf die Großwildjagd gehen, und daher habe ich ihr eine Safari versprochen, wenn mein Buch fertig ist.«

Über Kapstadt nach Nairobi?
Ihr Puls raste.
»Ich wollte sie sehen, solange ich in Afrika bin. Die Schule sehen. Und ... ach, da bist du ja.« Er erhob sich, als die selbstbewußteste Frau, die Liliane je gesehen hatte, plötzlich neben dem Tisch stand.
Sie wirkte arrogant, doch ihre Stimme klang freundlich, als sie sich zwischen Marsh und Liliane setzte. »Sie müssen Liliane sein«, sagte sie, während sie ihre Serviette auseinanderfaltete. Dabei lächelte sie nicht.
Dolores vertiefte sich in die Speisekarte und gab ihre Bestellung auf, ehe sie Liliane genauer musterte. Wie einen Schmetterling, der an der Wand aufgespießt ist. Liliane reagierte mit Regungslosigkeit. Sie fühlte sich gelähmt. Ihre Hände fingen an zu zittern, und sie legte sie in den Schoß.
»Was für eine kleine Welt«, zwang sie sich zu sagen. Sie merkte selbst, daß die Worte unnatürlich klangen. »Sich vorzustellen, daß ich in Kapstadt jemandem begegne, wo ich doch auf der ganzen Welt so wenige Menschen kenne.«
»So seltsam ist das nicht«, sagte Dolores und sah Marsh lächelnd an, »wenn man bedenkt, daß wir einen Umweg über Kapstadt gemacht haben, um Sie und Ihre Tochter zu treffen.«
Dolores hatte die Situation jetzt im Griff.
»Ach?« Liliane sträubten sich die Haare. Sie konnte das Gefühl nicht leiden, manipuliert zu werden.
»Na ja«, sagte Marsh, der sich zu keinem Lächeln zwingen konnte, »als ich gehört habe, daß wir beide gleichzeitig in Südafrika sind, ist mir klargeworden, wie lange es schon her ist, seit ich Carolyn gesehen habe. Es ist viel zu lange her.«
»Ja«, stimmte ihm Liliane zu. Ihre Stimme klang genauso gleichgültig wie seine. »Wieviel Zeit ist vergangen? Zwei Jahre? Drei?«

Marshs Lippen wurden schmal. »Jedenfalls schon eine ganze Weile. Ich dachte, es wäre schön . . .«

»Eine alte Bekanntschaft zu erneuern?« Liliane konnte kaum glauben, welche Bitterkeit sie aus ihrer eigenen Stimme heraushörte. Warum tat er ihr das bloß an? Dieser verdammte Kerl.

»Wo bist du all die Jahre gewesen?« Es war ein Gespräch, wie es zwei Menschen, die einander seit einem Jahr, acht Monaten und neunzehn Tagen nicht gesehen hatten, nicht hätten führen sollen.

Dolores sah einen ihrer langen roten Fingernägel an. »Marsh gibt einem das Gefühl, daß eine Ehe etwas sehr Spannendes ist. In zwei Jahren habe ich mehr von der Welt gesehen, als ich je für möglich gehalten hätte. Wir haben in Indien Elefanten gejagt, und dort habe ich auch einen bengalischen Tiger geschossen.« Sie lächelte selbstzufrieden. »Obwohl ich die Jagd spannender finde als das eigentliche Töten.«

Sie ist ganz anders als ich, dachte Liliane.

»Wozu dann töten?« Das Hämmern in ihrem Kopf wollte nicht nachlassen.

»Meine Güte, natürlich, weil es Spaß macht!« Liliane sah, daß Dolores Gefahren auskostete. Das mußte es sein, was Marsh anzog. Einer der Gründe, aus denen Simbayo ihm nicht genügen konnte. »Jetzt fahren wir ins Land der Löwen. Obwohl ich lieber einen Büffel schießen würde.«

»Sie hat Hemingway gelesen«, sagte Marsh, als sei damit alles erklärt. Er sah Liliane über den Tisch an. Er starrte nicht, sondern sah sie nur an und hörte der Unterhaltung zu.

Einen Moment lang herrschte Schweigen, als der Kellner Dolores das Frühstück brachte.

»Ich möchte Caro sehen«, sagte Marsh.

Weiß Dolores, daß er eventuell Caros Vater ist? fragte sich Liliane.

»Sie ist hier nicht glücklich«, sagte Liliane. »Sie glaubt, daß wir sie in Simbayo nicht mehr lieben und sie bestrafen wollen. Sie kann nicht verstehen, warum sie alles, was ihr lieb ist, verlassen muß, um etwas zu lernen. Es leuchtet ihr einfach nicht ein.«

Verstand Marsh, daß sie selbst in Frage stellte, ob seine Idee wirklich klug gewesen war? Nun gut. Er konnte sich selbst ansehen, was er mit seiner Hartnäckigkeit Carolyn angetan hatte. Er konnte sehen, daß es vielleicht doch nicht die perfekte Lösung war. Er konnte sehen . . .

»Wann kann ich sie sehen?« fragte er. Seine Stimme kam aus weiter Ferne.

»Ich hole sie immer am Freitagnachmittag von der Schule ab«, antwortete Liliane, »und dann verbringen wir zusammen das Wochenende. Ich dachte, es würde ihr guttun, wenn ich ein paar Wochen bleibe.«

»Wie lange sind Sie schon hier?« fragte Dolores. Falls sie merkte, daß zwischen Marsh und Liliane etwas gewesen war, schien es sie nicht zu stören.

»Drei Wochen«, antwortete Liliane. »Für Carolyn ist es eine schwierige Zeit gewesen.«

»Und was ist mit dir?« fragte Marsh.

»Für mich ist es auch schwer gewesen«, antwortete sie. »Aber das Schlimmste ist für mich, zu wissen, wie es ihr und mir gehen wird, wenn ich fort bin.«

»Und wann ist das?« fragte Dolores. Hörte sie Herablassung aus ihrer Stimme heraus? Ich habe ihn, nicht du.

»Ich habe vor, noch eine Woche zu bleiben«, antwortete Liliane, doch sie sagte es zu Marsh.

»Vielleicht könnten wir heute abend alle zusammen essen gehen?« sagte Marsh. »Glaubst du, das könnte Carolyn Spaß machen?«

»Mir würde es Spaß machen«, sagte Dolores. »Wenn wir

einen Umweg von zweitausendfünfhundert Meilen gemacht haben, um ein kleines Mädchen zu sehen, würde ich sie gern kennenlernen.«

»Ja, natürlich«, antwortete Liliane, die nicht klar denken konnte. Sie hätte gern ihre Hand ausgestreckt und Marsh angefaßt, seine Hand genommen, die Wärme seiner Arme um ihren Körper, die Berührung seiner Lippen gespürt. Sie hätte gern den Schleier vor ihren Augen fallen lassen, damit er sah, wie sie sich wirklich fühlte.

Waren auch seine Augen verschleiert? Kam er ihr deshalb wie ein Fremder vor? Früher hatte sie ihn angesehen und genau sagen können, was er empfand.

Dolores fuhr sich mit einer Serviette über die scharlachroten Lippen. Sie lächelte höflich und sagte: »Wenn ihr mich entschuldigt, laufe ich jetzt los. Aber nur, weil ich weiß, daß wir uns heute abend wiedersehen. Schließlich«, sagte sie mit einem strahlenden Lächeln, »warte ich schon lange darauf, Lili und Caro kennenzulernen. Verplant ihr das Wochenende. Ich bin mit allem einverstanden.«

»Darf ich mit dir zur Schule kommen? Ich würde mich dort gern umsehen und vielleicht mit der Leiterin reden.« Marshs eine Hand spannte sich um seine Tasse, die andere lag noch verspannter auf dem Tisch.

»Das ist wohl das mindeste. Schließlich zahlst du die Schule.« Liliane stand auf. »Der Wagen ist um drei da. Du kannst mich im Foyer treffen.«

»Geh nicht. Bleib hier und sprich mit mir«, sagte Marsh und streckte seine Hand nach ihren Fingern aus.

»Das geht wirklich nicht«, sagte Liliane. Ihre Stimme klang spröde und unnatürlich. »Ich habe noch Wichtiges zu erledigen. Aber wir treffen uns um drei.«

Sie drehte sich um und ging eilig fort.

Das Wichtige, was sie zu erledigen hatte, bestand darin,

sich in die blinkend weiße porzellanene Toilettenschüssel zu übergeben.

28. Kapitel

»Ich träume von dir«, sagte er. »Sogar, wenn ich wach bin.« Marsh brach das Schweigen, als der Wagen auf Litchfield zufuhr.
Liliane sah starr vor sich hin. Sie konnte nur mit Mühe schlucken.
»Dolores weiß über uns Bescheid ... und über Carolyn. Die Vergangenheit macht ihr nichts aus.«
Macht sie dir auch nichts aus? hätte sie am liebsten gefragt. Sie wagte nicht, ihm ins Gesicht zu sehen, in das Gesicht, das sie jede Nacht in ihrer Erinnerung vor sich sah. Sie hatte gelernt, im Dunkeln damit umzugehen, wenn es sich neben ihr auf dem Kopfkissen abdrückte oder an der Zimmerdecke erschien. Das Bild war ihr sogar zu einem guten Freund geworden, an den sie sich wenden konnte und von dem sie wußte, daß er immer da war. Doch dieser Marsh, der jetzt persönlich neben ihr saß, war etwas ganz anderes.
»Dieses Afrika unterscheidet sich sehr von dem Afrika, das ich kenne«, sagte Liliane, und ihre Stimme klang unpersönlich, körperlos und schien nichts mit ihr zu tun zu haben.
»Dieses Afrika«, sagte Marsh, »ist äußerlich betrachtet schöner und geordneter als das übrige Afrika, doch innerlich wuchern der Krebs und die Saat der Zerstörung.«
»Ich hätte Schwierigkeiten, hier zu leben.« Liliane sah weiterhin starr vor sich.
»Schön ist es ja, aber ich müßte mich gegen den Sittenkodex auflehnen, wenn ich hier leben würde.«
»Ach, aber das Klima ist so belebend.« Sie konnte ihren Sarkasmus nicht unterdrücken.

Wieder Schweigen.
Dann fragte er: »Glaubst du, daß Caro mich wiedererkennt?«
Liliane zuckte die Achseln und sah aus dem Seitenfenster. Die Weinberge waren gepflegt, und die Häuser waren getüncht und sauber.
»Sie ist im Moment sehr verletzbar. Und sehr unglücklich. Noch mehr Traurigkeit wäre schlimm für sie.«
»Willst du damit sagen, es könnte sie unglücklich machen, mich zu sehen?«
»Wahrscheinlich auch nicht unglücklicher, als sie ohnehin schon ist. Sie glaubt, daß wir alle nichts mehr von ihr wissen wollen. Vielleicht fällt es ihr schwer, sich zu öffnen, wenn sie noch mehr Kummer fürchtet.«
»Verhältst du dich deshalb so?«
Jetzt drehte sie sich zu ihm um. Zornig erhob sie die Stimme. »Was hast du denn erwartet? Wolltest du, daß ich dir in Gegenwart deiner Frau um den Hals falle? Wolltest du etwa, daß ich sage, es sei ja so schön, dich wiederzusehen?«
»Letzteres ja. Lili, die Vergangenheit läßt sich nicht ausradieren. Das, was wir miteinander erlebt haben, war schön. Das wissen wir beide. Ich mußte fortgehen. Aber ich mußte dich auch wiedersehen.«
»Erscheint dir das nicht selbst als eine Form von Masochismus?«
»Nein, mir geht es jetzt besser. Ich *mußte* wissen, wie es dir geht. Wie es Carolyn geht. Wie sie heute aussieht. Ich will wissen, ob deine Außenstellen sich gut anlassen, wie es Heidi und Rose geht und was Anoka und Naldani tun.« Er nahm ihre Hand.
Sie konzentrierte sich ganz darauf, keine Reaktion zu zeigen.

»Simbayo ist ein Bestandteil meines Lebens«, fuhr er fort. »Ein fast so großer Teil wie du. Ich kann mich nicht davon trennen.«
Die hohen Tore ragten vor ihnen auf, und Liliane sagte: »Wir sind da.«
Sie öffnete die Wagentür, ehe der Fahrer aussteigen konnte.
»Darf ich mitkommen?« fragte Marsh.
»Nein. Ich will sie darauf vorbereiten. Ihr sagen, daß du da bist. Es dauert nur ein paar Minuten. Sie erwartet mich sicher schon.«
Sowie sie das Schulgebäude betreten hatte, lehnte sich Liliane an die Wand. Ob ich das durchhalte?, dachte sie. Ihre Knie waren weich.
Marsh. Marsh und seine Frau.
Im Vergleich zu der Carolyn aus Simbayo wirkte ihre Tochter leblos.
»Ich bin fertig«, sagte Carolyn mit tonloser Stimme.
»Ich habe eine große Überraschung für dich«, sagte Liliane strahlend. »Du wirst dich darüber freuen.«
»Fahren wir nach Hause?« Ein matter Hoffnungsschimmer trat in Carolyns blaugrüne Augen.
»Nein, mein Liebling.«
Liliane nahm sie in den Arm. »Ist es denn noch nicht besser geworden?«
»Ich bin hier nicht zu Hause.« Carolyns Stimme klang kläglich.
»Jemand, der dich sehr lieb hat, ist gekommen, um dich zu besuchen. Er hat einen sehr, sehr weiten Weg zurückgelegt, um dich zu sehen.«
»Petelo?«
»Nein.« Liliane zwang sich zu einem Lächeln. »Es ist Marsh. Er ist aus Europa gekommen, um dich zu besuchen.«
»Marsh . . . Marsh!«

Es war fast zwei Jahre her, seit Carolyn Marsh zum letzten Mal gesehen hatte. Natürlich hatte sie mit Liliane über ihn gesprochen. Sie erinnerte sich an ihn, doch Liliane fragte sich, ob Carolyn ihn noch erkennen würde. Für ein kleines Mädchen waren zwei Jahre fast ein halbes Leben.
»Er wartet draußen im Wagen.«
Carolyns Augen leuchteten, und sie rannte los. »Marsh«, rief sie durch die leeren Säle.
Marsh stand neben dem Wagen und lehnte sich mit dem Ellbogen an. Er war nicht auf seine eigene Reaktion vorbereitet. Diese Elfe in der Tür ... Sie sah ihn und schrie: »Marsh!« Dann rannte sie auf ihn zu und lachte und weinte gleichzeitig.
Sein Herz machte einen Satz. Er kniete sich hin und breitete die Arme aus, und vor seine Augen legte sich ein Schleier.
Carolyn warf sich in Marshs ausgebreitete Arme. Sie umklammerten einander.
»Laß dich ansehen.«
Sie schauten einander an, lachten unter Tränen und preßten sich wieder aneinander.
Liliane spürte, daß sich ihre Kehle zuschnürte. Sie hörte ihn sagen: »Wie geht es meinem kleinen Mädchen?«
Carolyn wiederholte nur immer wieder: »O Marsh, Marsh, Marsh.«
Liliane hielt Abstand und betrachtete das Bild, das die beiden boten. Sie preßte ihre Hände auf die Brust, um den stechenden Schmerz zu lindern.
Auf der Rückfahrt zum Hotel war Carolyn so lebhaft, wie sie es seit ihrer Abreise aus Simbayo nicht mehr gewesen war.
»Ich hätte nicht geglaubt, daß ich dich je wiedersehe«, sagte sie und schmiegte sich in Marshs Arme.
Vielleicht, dachte Liliane, beweist ihr das, daß die Men-

schen, die sie liebt, nie ganz aus ihrem Leben verschwinden werden.
Sie saß zurückgelehnt da und beobachtete die beiden Menschen, die sie mehr als alle anderen auf Erden liebte. Und die beiden, ohne die sie leben mußte. Sie würde es lernen müssen.
»Jetzt sind wir wieder eine Familie«, sagte Carolyn selig und sah von einem zum anderen. Sie nahm beide an der Hand und strahlte.
»Können wir zusammen zu Abend essen?« fragte Marsh Liliane.
»Wohin gehst du?« fragte Carolyn. »Kannst du nicht einfach bei uns bleiben?«
»Ich muß meine Frau abholen«, sagte er und mied Lilianes Blick. »Sie möchte dich auch kennenlernen.«
Carolyn sah ihn fragend an. Dann wandte sie sich an ihre Mutter. »Wohnt er denn nicht bei uns im Zimmer?«
Liliane nahm Carolyns Hände. »Marsh ist jetzt verheiratet«, sagte sie. »Er wohnt mit seiner Frau zusammen. Aber wir können die beiden zum Abendessen treffen.«
Du verfluchter Kerl. Ich will euch nicht zum Essen treffen. Weißt du denn nicht, was du mir antust? Wenn ich doch bloß mein wahres Ich nicht verbergen müßte!
Als sie am Abend das Restaurant betraten, holte Carolyn tief Atem und sagte: »Oh!«
Dolores war aufgestanden und lenkte alle Blicke auf sich. Sie begrüßte sie herzlich und brachte vor allem Carolyn viel Aufmerksamkeit entgegen. Ihr Benehmen war tadellos, und sie machte ihnen das Gespräch leicht. Liliane und Carolyn brauchten nur auf ihre Stichworte einzugehen. Sie erzählte Carolyn, wie oft Marsh von ihr sprach und wie sehr sie sich darauf gefreut hatte, sie kennenzulernen. Sie stellte Fragen nach der Schule, und Carolyn ging aus sich

heraus; sie fragte sie auch nach Petolo und konnte »sich vorstellen, wie sehr du ihn vermißt«. Sie erzählte Carolyn, wie lustig es in der Schule zugehen konnte, und sie fragte sie, ob sie je Elefanten, Leoparden und Affen gesehen hatte.

Liliane konnte verstehen, weshalb Marsh sich zu ihr hingezogen fühlte. Sie war geistreich, intelligent und eine umwerfende Erscheinung. Aber sie konnte auch gebannt lauschen; Carolyn hatte ein bereitwilliges Publikum. Liliane stellte fest, daß Carolyn innerhalb kürzester Zeit auftaute, doch sie war jetzt schon nicht mehr das sorgenlose kleine Mädchen, das Liliane gekannt hatte. Sie legte gutes Benehmen und Zurückhaltung an den Tag. Sie hatte sich zu schnell in die Zivilisation eingefügt.

Und doch wußte Liliane von der Wildheit, die unter diesem affektierten Äußeren brodelte.

Trotz ihres Unbehagens taute auch sie auf. Dolores stellte Fragen, die dazu führten, daß Marsh und sie sich an Vergangenes erinnerten und schallend lachten. Jetzt sah sich Liliane in der Lage, Marshs Fragen nach Simbayo zu beantworten. Sie berichtete ihm vom Erfolg der vier neuen Lazarette am Fluß und drückte ihre Hoffnung aus, eines Tages auch weitab vom Wasser Außenposten eröffnen zu können. Sie erzählte ihm von Heidi und Rose und den anderen in Simbayo; sogar ihren Stolz über den Erfolg des Leprosoriums konnte sie in Worte fassen. Dolores machte ihr all das ganz leicht. Sie stellte überrascht fest, daß sie Dolores mochte, obwohl sie sehr wenig miteinander gemeinsam hatten ... außer Marsh.

Etwa um neun wurden Carolyns Augen vor Müdigkeit glasig.

»Vielleicht können wir morgen etwas gemeinsam unternehmen«, schlug Dolores vor. »Wir bleiben noch zwei

Wochen hier. Und *dich*«, sagte sie zu Carolyn, »will ich ganz bestimmt wiedersehen.«
Carolyn hielt ihr zum Abschied die Hand hin. Das hatte Liliane noch nie erlebt. Marsh gab sich nicht damit zufrieden. Er küßte Carolyn und sagte: »Es ist so schön, dich wiederzusehen.«
Als Carolyn schon am Einschlafen war, hörte Liliane sie fragen: »Hat Marsh uns wegen Dolores verlassen?«
»Nicht direkt«, war das einzige, was Liliane dazu sagen konnte.

Am nächsten Tag planschten sie im Meer, und Dolores schien es auszukosten. Sie aßen Fisch in einem kleinen Restaurant am Strand. Liliane fiel auf, daß nur Weiße herumliefen. Es war eine Welt, die sie vergessen hatte.
Liliane ertappte sich ständig dabei, daß sie ihre Hand auf Marshs Arm legen oder ihm etwas zuflüstern wollte, was nur für seine Ohren bestimmt war. Sie durfte es nicht tun und kam sich vor wie in einer psychischen Zwangsjacke. Sie hörte, daß Marsh mit Carolyn über das nächste Wochenende sprach, doch sie glaubte nicht, daß sie noch ein solches Wochenende durchstehen würde.
Auf der Heimfahrt von der Schule zündete sich Dolores eine Zigarette an und sagte: »Du kannst wirklich stolz auf sie sein. Sie ist ein hinreißendes kleines Mädchen.«
Marsh forderte Liliane auf, mit ihnen zu Abend zu essen. Sie schob Kopfschmerzen vor und aß eine Kleinigkeit auf ihrem Zimmer.
Sie wußte, daß sie es nicht durchstehen würde. Sollte doch Marsh die nächsten beiden Wochenenden mit Carolyn verbringen. Seine Anwesenheit würde Liliane die Abreise erleichtern. Sollte Dolores doch die Stiefmutter spielen. Liliane wollte so bald wie möglich nach Simbayo aufbrechen.

Nach einer schlaflosen Nacht ließ sie an der Rezeption eine Fahrkarte für den nächsten Zug nach Salisbury bestellen, da alle Flüge für die kommenden fünf Tage ausgebucht waren. Am späten Nachmittag teilte sie Carolyn mit, daß sie am kommenden Morgen aufbrechen würde. Carolyn sagte gar nichts und starrte ins Leere.

»Mein Liebling, wenn ich fortgehe, dann heißt das nicht, daß ich dich nicht lieb habe«, sagte Liliane zum Abschied. »Ich habe dich sehr lieb. Lieber als alles andere auf der Welt. Eines Tages wirst du es verstehen.«

»Vielleicht kommt dieser Tag nie«, sagte Carolyn.

»O mein Liebling.« Liliane schlang ihre Arme um die kleine Gestalt, die sich eisern beherrschte. Ein Schauer lief ihr über den Rücken. Mein Gott, was tue ich eigentlich?

Keiner von beiden weinte. Carolyn wollte ihre Mutter nicht küssen, doch sie stand wie eine Statue am Fenster, als Liliane in das Taxi stieg.

Als sie im Zwielicht das Hotel betrat und sich vollkommen ausgelaugt fühlte, erhob sich Marsh aus einem der tiefen Sessel im Foyer.

»Da bist du ja.« Seine Stimme klang freundlich, doch seine Augen funkelten vor Zorn.

Ja, da bin ich, dachte sie. Aber nicht mehr lange.

»Ich habe dich den ganzen Tag gesucht. Ich dachte, du hättest vielleicht Lust, mit uns zu essen.«

»Nein, es tut mir leid, aber ich bin müde. Ich hatte den ganzen Tag zu tun.« Sie konnte ihm nicht in die Augen sehen. Als sie weitergehen wollte, legte er seine Hand auf ihr Handgelenk.

»Lili«, sagte er mit gesenkter Stimme.

»Laß mich in Ruhe, Marsh. Du kannst Carolyn sehen, so oft du willst, aber laß mich in Ruhe.«

»Bitte.« Seine Stimme war eindringlich.

»Nein«, sagte sie. »Ich kann nicht. Ich kann dich nicht sehen, Marsh.«
»Lili.«
Sie drehte sich zu ihm um. »Laß mir meine Erinnerungen, Marsh. Ich will dich als einen Teil von uns in Erinnerung behalten.«
»O Lili . . .«
»Sag das nicht mehr.« Ihre Stimme war gereizt. »Sie ist nett, Marsh. Tu es dir und ihr nicht an – und mir auch nicht.«
»Ich bin machtlos dagegen.«
»Ich nicht.«
»Was soll das heißen?«
»Ich reise morgen ab.« Sowie sie es ausgesprochen hatte, hätte sie sich auf die Zunge beißen können. Sie hätte es ihm nicht sagen sollen. Hätte er es doch selbst entdecken sollen, wenn es schon zu spät war.
Er ließ ihr Handgelenk los.
Sie ging zum Aufzug, ohne sich umzudrehen.

Sie schlief zwar um zehn ein, doch um Mitternacht war sie hellwach. Eine halbe Stunde lang lag sie mit weit aufgerissenen Augen da und lauschte den nächtlichen Geräuschen. Dann stand sie auf und sah aus dem Fenster.
Vielleicht sollte sie mit Carolyn in die Staaten zurückkehren und dort in einer Kleinstadt ein hübsches Häuschen suchen. Carolyn konnte in eine gute Schule gehen und nette Freundinnen finden, und sie konnte als Krankenschwester dort arbeiten. Und sich einen Mann suchen. Ein normales Leben führen. Genau das hätte sie tun sollen.
Sie seufzte.
Vielleicht sollte sie aber auch tapfer sein und bleiben und Marshs Anwesenheit ertragen. Sie wünschte, die Versuchung, ihn anzufassen, wäre nicht dagewesen. Sie hätte ver-

gessen sollen, was einmal war, und sie hätte der Realität ins Auge sehen sollen. Ihr Atem ging stoßweise, als sie sich ausmalte, daß Marsh und Dolores abends in ein Zimmer gingen, dort in einem Bett miteinander schliefen und vielleicht zusammen lachten und ihr eigenes Leben führten.
Sie hörte sein Rufen durch den Urwald und über die Steppe hallen. »Lili . . . Lili . . . Lili.«
Dieser verdammte Kerl. »Lili . . . Lili.«
»Verdammt noch mal«, rief sie in die Nacht hinaus. »Laß das!«
Dann hörte sie das Klopfen.
Der Ruf war nicht über die Steppe gehallt und auch nicht ihrer Einbildung entsprungen. Er stand vor der Tür.
Wie eine Schlafwandlerin öffnete sie ihm die Tür.
Er stand da. Seine Augen waren blutunterlaufen, und sie konnte leicht erkennen, daß er getrunken hatte. Er stieß sie zur Seite und trat ein.
»Was zum Teufel soll das heißen«, platzte er heraus. »Du gehst fort?«
So hatte sie ihn noch nie erlebt.
Sie antwortete nicht darauf.
»Ich habe siebentausendfünfhundert Meilen zurückgelegt, um dich zu sehen.«
»Du bist schon spontan um die halbe Welt gereist und nach Simbayo gekommen. Weshalb also sollte ich jetzt beeindruckt sein?« Sie achtete darauf, daß ihre Stimme kühl klang.
»Himmel, Lili, machst du dir denn gar nichts mehr aus mir?«
Das fragte er sie?
»Ob ich mir etwas aus dir mache oder nicht, spielt überhaupt keine Rolle. Du bist verheiratet. Wir beide gehören der Vergangenheit an.«
Er griff nach ihrem Arm. »Wir werden niemals der Vergan-

genheit angehören«, sagte er. »Du spukst in meinem Kopf herum. Jedesmal, wenn ich mit Dolores schlafe, stellst du dich zwischen uns. Ich messe jedes Wort, das sie sagt, an dir.«

»Daran kannst du mir nicht die Schuld geben, Marsh. Und außerdem tust du mir weh. Laß mich los.«

»Ich hatte noch nie vor, dich aufzugeben. Ich hätte dich dazu bringen sollen, mitzukommen. Ich hätte dich und Carolyn von Simbayo fortbringen sollen.«

Sie konnte den Alkohol in seinem Atem riechen und riß sich von ihm los, doch er legte die Hand auf ihre Schulter und drehte sie zu sich um.

Seine Hand griff nach dem Träger ihres Nachthemds. »Das ganze Wochenende über konnte ich es kaum erwarten, dich anzufassen. Ich wollte dich küssen, dich in meine Arme nehmen. Ich wollte . . .«

Der Stoff zerriß, als er ihr das Nachthemd vom Leib zerrte.

»Marsh . . .« Ihre Stimme klang nicht zornig, und sie wehrte sich nicht. Sie sah tatenlos zu, als er sich das Hemd aufknöpfte.

»Marsh.« Sie hatte sich nicht von der Stelle gerührt.

Er hob sie hoch und warf sie auf ihr Bett. »Lili. Ich brauche dich. O Gott, wie sehr ich dich brauche.«

Sie blickte zu seinem schlanken, kräftigen Körper auf und streckte ihm die Arme entgegen. Er nahm sie gequält und voller Verlangen und mit einer Intensität, die sie aufschreien ließ. Immer wieder schliefen sie miteinander, und es lag soviel Zorn wie Lust in ihrem Tun. Ihre Leidenschaft fand Erlösung und entzündete sich von neuem . . . und immer wieder von neuem.

Als sie später dalagen, hatte er Blutstriemen auf dem Rücken und sie blaue Flecken. Erst in der Morgendämmerung lösten sie sich voneinander. Sie hatten kein Wort miteinander ge-

sprochen. Jetzt erst spürte sie die Zärtlichkeit, die sie früher gekannt hatte, und Marshs Finger glitten sachte über ihren Körper. Sie hörte ihn sagen: »Es gibt keinen Tag und keine Nacht, in der du nicht bei mir warst. Ich liebe dich mehr, als ich dir je sagen kann.«
»Ich liebe dich auch.«
Diesmal kamen sie sehr zärtlich zusammen und flüsterten einander sanfte Liebkosungen ins Ohr, während sie die Süße ihrer Körper auskosteten.

29. Kapitel

Die Heimreise hatte sie acht Tage gekostet; kein einziges Flugzeug war pünktlich geflogen, und während der zahlreichen Aufenthalte auf provisorischen afrikanischen Flugplätzen hatte sie ins Leere gestarrt und war kaum ansprechbar gewesen.
»Darf ich ein heikles Thema ansprechen?« fragte Rose, als sie sich nach einem Routineeingriff die Hände wuschen.
»Selbstverständlich«, sagte Liliane. Sie war seit fast einem Monat wieder in Simbayo.
»Wir verstehen alle, wie weh es dir tut, dich von Carolyn zu trennen, und seit deiner Rückkehr behandeln wir dich mit größter Behutsamkeit, aber allmählich wird es schwierig, Liliane. Du gibst jedem, der mit dir redet, das Gefühl, er ginge dir auf die Nerven. Du bist übellaunig und reizbar.«
»Reizbar?«
»Liliane, du würdest jedem von uns am liebsten den Kopf abreißen. Hast du denn nicht gemerkt, daß wir alle versuchen, dir aus dem Weg zu gehen? Nicht nur ich. Wenn es nur um mich ginge, würde ich nichts sagen, aber wir fühlen uns alle elend. Wir können dir nichts recht machen, und du

machst es dir selbst auch nicht recht. Seit deiner Rückkehr hast du kein freundliches Wort über die Lippen gebracht.«
Liliane sah Rose überrascht an. Das Gesicht ihrer Freundin wirkte gequält.
»Wir wissen, daß du leidest«, fuhr sie fort, »und wir alle vermissen Carolyn, aber das Leben hier geht weiter, und du bist das Zentrum hier. Wenn du nicht mit dir zurechtkommst, machst du uns allen das Leben zur Last. Die Leute haben Angst, dich anzusprechen, denn du könntest so reagieren – nun ja, eben so, wie du seit deiner Rückkehr bist.«
Ist es wirklich so schlimm? fragte sich Liliane.
»Ist dir denn nicht aufgefallen, daß wir sogar die Patienten beschwichtigen müssen, weil du etlichen mit deiner barschen Art Angst eingejagt hast?«
»Es tut mir leid, Rose«, sagte Liliane. »Ich habe nichts von alledem auch nur bemerkt.«
»Das wissen wir, Lili. Aber jetzt ist *unsere* Geduld am Ende. Wenn wir dir in irgendeiner Form helfen können, brauchst du es uns nur zu sagen.«
Liliane setzte sich und stützte das Gesicht in die Hände. »Ja, das weiß ich. Ich habe mir selbst so leid getan, daß ich nicht wahrgenommen habe, wie ich mich benehme.« Sie sah zu der Krankenschwester auf. »Laß uns von jetzt an einen Pakt schließen. Sag mir jedesmal, wenn ich mich schlecht benehme.«
»Ich habe das Gefühl, es wird nicht mehr dazu kommen«, sagte Rose lächelnd, und ihre grauen Augen funkelten freundlich durch die dicken Brillengläser. »Es scheint zu genügen, daß wir darüber geredet haben.«
Rose schlug Liliane vor, wieder in ihr altes Zimmer zu ziehen. Dort war immer jemand in ihrer Nähe.
Ich bin gern allein, wollte Liliane sagen. Ich brauche niem-

anden. Statt dessen antwortete sie: »Ich werde es mir überlegen.«
Ich liebe Simbayo mehr als alles andere auf Erden, dachte Liliane, wenn sie lange Briefe an Carolyn schrieb. Vielleicht liebe ich mich selbst und meine Träume mehr als alles andere. Dieser Gedanke erfüllte sie mit grenzenloser Traurigkeit.
Sie saßen alle beim Mittagessen, als zwei silberne Cessnas landeten. Liliane stürzte ins Freie. Sie blieb abrupt stehen, als ein Fremder aus dem ersten Flugzeug stieg, ein kleingewachsener Mann mit einem Fliegerhelm, der von der Tragfläche sprang und sich umsah. Er schob die Schutzbrille auf seine Lederkappe und schüttelte den Kopf.
Liliane ging verwirrt auf ihn zu.
»Madame Hathaway?« fragte er.
»Ja.« Sie hielt ihm die Hand hin. Zögernd schüttelte er sie und hielt ihr mit der anderen Hand einen Schlüssel hin.
Liliane sah ihn verblüfft an.
Er redete eilig auf französisch auf sie ein.
»Ich kann Sie nicht verstehen«, sagte sie.
»Das da.« Er deutete auf das Flugzeug, aus dem er gerade gestiegen war. »Es gehört Ihnen.«
»Mir?« Marsh, dachte sie. Marsh hat mir ein Flugzeug geschickt.
Der Pilot gab keine weiteren Erklärungen ab. Er stieg in das zweite Flugzeug, das augenblicklich wieder startete.
Im Cockpit fand Liliane einen Briefumschlag, auf dem in Marshs unverkennbarer Handschrift »Lili« stand.
Es war ein kurzer Brief, und doch ging er ihr unter die Haut.

Ich dachte, Du könntest Hilfe brauchen. Hier hast Du etwas, was es Dir erlaubt, Außenposten im Landesinnern zu errichten.

Mein Liebling, da Du tust, was Du tust, und in diesem Punkt keine Wahl zu haben scheinst, solltest Du Dich nicht von dem zersetzen lassen, was hätte sein können. Carolyn ist jung und wird unversehrt, wenn auch weniger stark als bisher, aus dieser Erfahrung hervorgehen. Ich werde überleben, und Du wirst es auch überleben. Daran habe ich keine Zweifel. Du bist die Stärkste von uns dreien.

Freu Dich über dieses Geschenk. Benutze es zu Deinem Vergnügen. Es ist ein schönes Gefühl, es Dir schicken zu können. Ich habe Vorkehrungen getroffen, damit die OREGON *Dir auf jeder ihrer Fahrten Treibstoff mitbringt.*

Ich bewundere Dich teuflisch.

Der Brief trug keine Unterschrift.

Carolyns Freiheit wurde in Litchfield ebensosehr eingeschränkt wie in Simbayo. Ihre Welt war hier nicht größer. Dennoch stand Simbayo für die Freiheit, und Litchfield erschien ihr als ein Gefängnis.

Viktoria war genauso ernst und wißbegierig wie Carolyn, und beide lernten weit mehr, als von ihnen verlangt wurde.

»Ich bin froh, daß wir zusammen ein Zimmer haben«, sagte Viktoria eines Nachts im Dunkeln, als die beiden Mädchen in ihren Betten lagen.

»Und ich bin froh, daß du nicht so albern bist wie die anderen Mädchen.«

Carolyn war oft anderer Meinung als Viktoria, aber sie hatte begonnen, ihre Zimmergenossin zu mögen. Warum, fragte sie sich, kann ich ihr nicht sagen, daß ich sie auch mag?

Sie lebte für die Post, von einem Brief zum nächsten.

Anfangs schrieb Marsh alle zwei Wochen, erst aus Nairobi, dann aus Istanbul und dann aus Bombay. Carolyn suchte

jede dieser Städte auf der Landkarte und las in Nachschlagewerken über sie nach. Sie waren so weit weg.
Ihre Mutter schrieb seltener, gewöhnlich einmal oder zweimal im Monat, doch es waren immer lange Briefe. Liliane berichtete ihr, wie sehr sie von allen geliebt wurde, doch Carolyn hielt all das für hohle Gefühle.
Wenn sie mich so lieb hätte, dachte das kleine Mädchen, wäre sie ohne mich nicht glücklich. Und die Briefe klangen so, als sei Liliane glücklich. Lilianes Berichte aus Simbayo lösten bei Carolyn noch mehr Heimweh aus.
Ihr Geist lehnte sich gegen die starren Vorschriften dieses neuen Lebens auf. Wenn andere Schülerinnen freundlich auf sie zukamen, wies Carolyn sie zwar nicht offen ab, doch sie ging auf keine Freundschaftsangebote ein.
»Die Eiskönigin«, hörte sie einmal ein Mädchen flüstern, als sie vorüberging.
Ihre Gefühle, die sie in Simbayo immer klar hatte erkennen lassen, zeigte sie nicht mehr. Wenn ich mein Unglück für mich behalte, wenn ich meine Mathematikaufgaben mache und wenn ich Mama beweise, daß ich eine ausgezeichnete Schülerin bin und nichts mehr zu lernen brauche, läßt sie mich vielleicht wieder nach Hause kommen. Obwohl sie ihrer Mutter nicht verzeihen konnte, bemühte sie sich außerordentlich, ihr Freude zu bereiten. Und wenn es ihr Freude bereitete, daß sie lernte, wie es in der Welt der Weißen zuging, dann lernte sie es eben. Sie hätte alles Erdenkliche getan, um ihrer Mutter zu beweisen, daß sie das gelernt hatte, was von ihr erwartet wurde.
Sie plapperte nicht mehr so unbefangen vor sich hin wie früher in Simbayo, sondern zog sich zurück, und sie lächelte auch dann, wenn ihr nicht danach zumute war.
Nur einmal zeigte sie ihre Gefühle.
Beim Abendesse hielt Kathy einmal zu oft ihren Vortrag

über die weißen Märtyrer, die versuchten, die Wilden durch den christlichen Glauben zu erlösen. Es sollte die Vorherrschaft der Weißen deutlich machen.

Carolyn warf ihre Gabel hin und stand auf. Alle Augen richteten sich auf sie.

»Wie kommst du auf den Gedanken, wir seien überlegen? Wenn ich allabendlich zuhöre, wie wunderbar wir deiner Meinung nach sind, dann frage ich mich, ob du versuchst, Gott etwas zu erzählen, was er noch nicht weiß. Ich persönlich finde dich widerlich. Ich glaube nicht, daß du auch nur eine Ahnung hast, was Christentum ist!«

Sie stieß ihren Stuhl zurück und warf ihre Serviette hin, während Miss Blake sie mit offenem Mund anstarrte. Carolyn stolzierte mit erhobenem Kopf aus dem Zimmer.

Sie wurde nie für ihr Verhalten zurechtgewiesen, doch Viktoria sagte ihr, das sei der Grund, aus dem die Mädchen, die im selben Haus wohnten, nicht mit ihr sprachen.

Das stört mich nicht, sagte sich Carolyn. Sie merkte noch nicht einmal, daß sie fast eine Woche lang von allen geschnitten wurde. Wenn sie sich daran gestört hätte, wäre sie vielleicht für den Rest ihrer Schulzeit von den anderen ausgeschlossen worden.

30. Kapitel

Mit ihren neun Jahren wußte Carolyn bereits, daß die Schule den beabsichtigten Erfolg hatte; sie fühlte sich nicht mehr als ein fester Bestandteil von Simbayo, wenn sie dort Ferien machte.

Petelo spielte noch dieselben Spiele wie vor zwei Jahren. Er wollte sie einbeziehen wie immer, doch zwischen ihnen war eine unsichtbare kulturelle Mauer entstanden. Die einfachen Spiele waren für sie nicht mehr interessant genug. Im letzten Jahr hatte sich das Gefühl der Nähe zwischen ihr und Petelo erst gegen Ende der Ferien eingestellt. Er hatte versucht, so zu tun, als gäbe es keine Barriere, und er hatte ihr stolz die Bücher gezeigt, die er las, doch er spürte, daß sie an einem Punkt angekommen war, der für ihn unerreichbar bleiben sollte. Rose, Heidi und sogar ihre Mutter benahmen sich, als hätte sie sich nicht verändert. Sie bezogen sie in alles ein, und doch war es nicht mehr wie früher.

Der Sprung von der modernen Welt der Weißen in die primitive Welt der Schwarzen fiel ihr nicht leicht, aber ebenso schwer war es, sich nach fast drei Monaten der menschlichen Wärme und Zwanglosigkeit von Simbayo wieder in das unpersönliche, zivilisierte Litchfield einzufügen. Sie schrie nicht mehr und wehrte sich auch nicht, sondern fügte sich in das Unvermeidliche. Sie hatte immer noch nicht das Gefühl abschütteln können, sie würde fortgeschickt, weil man sie nicht mehr so lieb hatte. Verstandesmäßig wußte sie, daß es nicht so war, und das schon in diesem zarten Alter, doch gefühlsmäßig empfand sie es immer noch so.

Sie fühlte sich nirgends mehr zu Hause. In Simbayo war sie jetzt ein Besucher, wenn sie sich dort auch noch so vertraut fühlte und tief verwurzelt war. Simbayo und Litchfield bewahrten sie jeweils vor der Zugehörigkeit zum anderen. Dennoch erwachte ihr Herz in Simbayo zum Leben.

Hier gab es keine Rivalität, keinen Kleinkrieg und keine Gerüchte. Und niemand in Simbayo interessierte sich dafür, wie sich die Leute kleideten. Die Mädchen in der Schule brachten Stunden damit zu, über ihr Äußeres nachzudenken und sich herauszuputzen. Das erschien Carolyn als Zeitvergeudung.

Ihre Mutter holte sie in Léopoldville ab. Seit sie ihr eigenes Flugzeug hatte, war Simbayo wesentlich einfacher zu errei-

chen. Als sie sie in den zerknitterten Khakihosen und dem Hemd mit dem offenen Kragen dastehen sah, fand Carolyn sie wunderschön. Sie hatte mehr Ähnlichkeit mit den Jungen, die ihr Gepäck trugen, als mit den anderen Frauen.
»Liebling«, rief Liliane, »wie groß du geworden bist.« Carolyn spürte ihre Arme, die sie umschlangen.
Trotz aller Gelübde, ihrer Mutter nie mehr zu trauen, verkörperte Liliane für Carolyn Wärme und Geborgenheit und die glücklichen Jahre, die ihr jetzt entgingen. Sie spürte auch, daß sie in dem einen Monat in Simbayo auf eine Art geliebt und umsorgt werden würde, wie es in Kapstadt undenkbar war.
Mama weiß noch nicht einmal, daß ich ihr nicht traue, dachte Carolyn, als sie zum Taxi gingen. Sie weiß noch nicht einmal, daß ich mich geändert habe. Sie glaubt, das Leben geht einfach so weiter wie immer, denn so ist es in Simbayo. Ihr geht nichts nahe, was sich nicht an diesem Ort abspielt.
Ich frage mich, ob sie etwas über Kriege weiß. Über diesen Mussolini, der in Italien lebt und plötzlich Äthiopien haben wollte. Jetzt will er, daß die Menschen dort ganz anders leben.
Sie sah ihre Mutter verwundert an. Zum ersten Mal dämmerte ihr, daß Liliane früher einmal Amerikanerin gewesen war. Sie hatte in Häusern gelebt wie Ginger Rogers und Fred Astaire und Shirley Temple in den Filmen, die sie gemeinsam gesehen hatten. Sie hatte in einem Land gelebt, in dem es Schnee und Städte wie Kapstadt gab, in denen man vorwiegend Weiße sah. Sie hatte in einem Land gelebt, in dem es Elektrizität und fließendes Wasser gab, Radios, aus denen Musik und Geschichten kamen, nicht nur Funkgeräte, die atmosphärische Störungen von sich gaben und sie mit ihren Außenposten verbanden. Wie seltsam, wenn sie sich ihre Mutter an einem anderen Ort als Simbayo vorstellte.

Was hatte ihre Mutter dazu gebracht, all das aufzugeben und in ein fremdes Land zu gehen? Als sie Liliane beim Abendessen danach fragte, hatte Liliane sie über den Tisch hinweg lächelnd angesehen und in die Ferne gestarrt.

»Die Liebe«, antwortete sie. »Ich bin nach Afrika gekommen, weil ich mich in einen Mann verliebt hatte.«

»Du meinst meinen Vater?«

»Ja. Baxter Hathaway.«

»Warum ist Marsh nicht mein Vater? Diesen Baxter Hathaway habe ich doch gar nicht gekannt.«

»Marsh kann dein Vater sein, wenn du möchtest. Spielt das denn eine so große Rolle? Eines Tages werde ich es dir erklären.«

»Vielleicht spielt es keine Rolle.« Carolyn stocherte in ihrem Essen herum. Sie hatte keinen Hunger. »Marsh hat mir schon so lange nicht mehr geschrieben, daß ich anfange, ihn zu vergessen.«

Liliane sah sie mit ernstem Gesicht an. »Weißt du es denn nicht? Er war in Spanien.«

Carolyn nickte. »Er hat mir geschrieben, daß er hinfährt. Aber er bleibt doch nirgends lange. Ich dachte mir, er und Dolores seien jetzt woanders.«

Liliane schüttelte den Kopf. »Nein. Er berichtet über den Spanischen Bürgerkrieg. Ich habe vor zwei Monaten in einer alten *Times* einen Bericht von ihm gesehen.«

Marsh im Krieg? Carolyns Herz schnürte sich zusammen. »Warum kämpft Marsh in einem Krieg? Kriege sind etwas Böses.«

Liliane schwieg einen Moment lang. »Das Töten ist böse, ja. Aber manche Kriege sind notwendig. Manchmal müssen schlechte Menschen getötet werden, um ein Übel auszurotten.«

Carolyn verstand nicht, wovon ihre Mutter sprach.

»Kommt es auch vor, daß gute Menschen getötet werden?«
»Leider ja.« Liliane nippte von ihrem Kaffee. »Sogar ständig.«
»Kann es sein, daß Marsh getötet wird?«
»Ich weiß nicht, wie nah am Kriegsgeschehen er sich aufhält. Er kämpft nicht. Er schreibt darüber.«
»Aber könnte es sein, daß er umgebracht wird?«
»Ja, ich denke schon. Aber laß uns nicht darüber reden. Laß uns über etwas Schönes reden. Ich möchte wissen, was du getan hast, was du gelernt hast und ob du neue Freundinnen hast.«
Das ist nichts Schönes, hätte Carolyn fast gesagt. Alles, was schön ist, spielt sich in Simbayo ab. Aber sie wußte, daß es schon weniger wahr war als vor einem Jahr.

Petelo erwartete sie schon. Carolyn erlaubte es sich nicht, auf ihn zuzulaufen und ihn zu umarmen. Petelo sah sie fragend an und schlug dann die Augen nieder. Schließlich lächelte er scheu und scharrte mit seinen bloßen Füßen auf dem Boden.
Rose benahm sich, als sei Carolyn gar nicht fort gewesen. Das freute Carolyn, und gleichzeitig ärgerte sie sich darüber. Sie wollte in die Geborgenheit des innersten Kerns von Simbayo aufgenommen werden und Teil davon sein, und doch fand sie, alle sollten augenblicklich bemerken, wie sehr sie sich verändert hatte. Sie wußte, daß sie sich auf eine Weise entwickelte wie niemand in Simbayo. Als Heidi sie umarmte, schwappte eine Woge der Einsamkeit über Carolyn hinweg. Ich habe mir vorgestellt, die Einsamkeit würde von mir abfallen, wenn ich nach Hause komme, dachte Carolyn, aber es ist nicht so.
Liliane hatte viel Zeit für sie, aber wenn Carolyn versuchte,

mit ihren alten Freunden zurechtzukommen, erschienen ihr deren Spiele kindisch und zu stürmisch. Sie konnte mit ihnen nicht über Kriege sprechen und ihnen nicht die Fragen stellen, die sie beschäftigten. Sie konnte nicht über Einsamkeit und Isolation mit ihnen reden. Auch über ungekürzte Divisionen und über DER WIND IN DEN WEIDEN konnte sie nicht mit ihnen sprechen. Aber sie und Petelo saßen stundenlang auf dem Boden, und er fragte sie, wie das Meer aussah, und ließ sich immer wieder von ihr erzählen, wie es in den Städten zuging. Er wollte alles über die Zivilisation erfahren, obwohl es über sein Vorstellungsvermögen hinausging. Er konnte nicht begreifen, warum er Carolyn verloren hatte.

Eines Nachmittags beim Schwimmen fragte Liliane, ob Carolyn sie nach Freedom begleiten wollte. »Ich glaube, Dikkie und Ilene werden dir gefallen«, sagte sie. »Die beiden sind so verschieden, daß ich schon dachte, ich hätte einen großen Fehler gemacht, sie zusammen nach Freedom zu schicken. Aber sie kommen prima zurecht. Sie lösen sämtliche Probleme mit Humor.«

»Warum kommen Amerikaner hierher und verlassen die Vereinigten Staaten?« fragte Carolyn.

»Jeder von uns hat andere Gründe«, sagte Liliane. »Manche wollen sich in den Dienst Gottes stellen. Andere wollen in einem anderen Land leben und sich die Welt ansehen. Wieder andere fühlen sich dazu getrieben, anderen Menschen zu helfen. Dickie ist hergekommen, weil ihr Verlobter sie im letzten Moment doch nicht heiraten wollte.«

Das erklärt gar nichts, dachte Carolyn, doch ihre Mutter sprach weiter.

»Ilene ist aus New York. Sie ist gekommen, weil sie das Gefühl hatte, daß sie nicht in diese Stadt paßt. Sie wollte so weit wie möglich von New York fortgehen und versuchen, ein ganz anderes Leben zu führen.«

In dem Moment sprang Petelo ins Wasser und spritzte Carolyn naß.

Ich bin wie Ilene, dachte Carolyn. Ich passe auch nirgends hin. Petelo riß sie aus ihren Gedanken, als er mit dem Handrücken ins Wasser schlug. Er schrie vor Freude laut auf und erwartete, daß sie die Verfolgungsjagd aufnehmen würde.

Sie fiel in alte Verhaltensmuster zurück und tat das, was von ihr erwartet wurde.

»Das ist also die süße Kleine, von der wir schon soviel gehört haben«, sagte Dickie, als sie in Freedom aus dem Flugzeug stiegen. Ihre Stimme schloß sich wie ein Kokon um Carolyn. Ein komisches Englisch ist das, dachte das Mädchen. »Ich dachte mir schon, daß du so hübsch bist.«

»Oh, wie schön, daß deine Mutter dich mitbringt. Wir hatten keine Ahnung. Wenn das nicht etwas ganz Besonderes ist.« Ilenes Dialekt war schwer zu verstehen.

Hier gab es nur dürftige Unterkünfte, und drei Patienten lagen auf Matten auf dem Fußboden.

»Wir sollten vielleicht noch ein oder zwei Räume anbauen«, sagte Liliane.

»Nein, das finde ich nicht«, sagte Ilene. Diese Leute haben gern Gesellschaft. Sie hassen es, allein zu sein. Privatsphäre ist ein Begriff, den sie gar nicht kennen.«

Liliane lächelte. »Das weiß ich nur zu gut, aber selbst nach all den Jahren hier kann ich es immer noch nicht verstehen. Wenn ich nicht manchmal Zeit für mich allein habe, könnte ich laut schreien.«

»Ja«, stimmte ihr Dickie zu, »aber wir aus dem Westen verbringen unsere Zeit damit, nachzudenken oder zu lesen.

Ich kann stundenlang auf dem Bett liegen und einfach über die Welt und meine Empfindungen und Gott und . . .«
»Genau das tut sie.« Ilene versetzte ihrer Freundin einen nettgemeinten Rippenstoß. »Sie ist die größte Denkerin, die mir je begegnet ist.«
»Na ja, aber du malst.« Dickie schien sich verteidigen zu wollen. »Du verbringst Stunden über Stunden im Wald und malst und fertigst Skizzen an.«
Ilene grinste. »Das ist wahr. Wir scheinen uns nie einsam zu fühlen. Vor allem dann nicht, wenn wir allein sind.«
Seltsam, dachte Liliane. Die einsamste Zeit meines Lebens war die, in der es Baxter gab.
Carolyn dachte: Ilene hat recht. Ich bin dann am einsamsten, wenn andere Leute um mich herum sind, mit denen ich nichts anfangen kann. Wenn ich allein bin, fühle ich mich inzwischen nicht mehr so einsam. Nur manchmal vor Einbruch der Dunkelheit, in diesem Zwielicht.
Die Krankenschwestern zeigten Liliane einen Fall von Schwarzwasserfieber, der gestern eingetroffen war. Der Mann lag im Delirium und starrte mit wildem Blick an die Decke, ohne etwas zu sehen.
»Ist das gefährlich, oder hilft Chinin?« Carolyn wußte, daß Chinin gegen Malaria half. Wenn man so lange wie sie in Simbayo gelebt hatte, wußte man das zwangsläufig.
Sie sah, daß ihre Mutter und die beiden anderen Krankenschwestern einander ansahen. »Es ist fast immer tödlich«, antwortete ihre Mutter ausweichend.
Tödlich? Dann würde dieser Mann also sterben? Und wohin kam er dann? Oder konnte ihn jemand davor bewahren?
»Wodurch wird Schwarzwasserfieber ausgelöst?« fragte sie. Sie wußte, daß Malaria von Mücken übertragen wurde.
»Wir wissen es nicht«, antwortete ihre Mutter. »Wenn wir es doch nur wüßten. Es gibt so vieles, worauf wir keine Ant-

wort haben. Wie viele Leben wir retten könnten, wenn wir auf solche Fragen Antworten hätten.«
Ich werde eines Tages die Antworten wissen, dachte Carolyn. Ich werde Menschen am Leben erhalten.
Während sie beim Mittagessen saßen, brachten vier Eingeborene auf einer Trage einen Mann, den ein Leopard angefallen hatte. Die Blicke, die die Frauen austauschten, sagten Carolyn, daß er schon tot war.
Dagegen kann ich nichts tun, dachte Carolyn. Aber gegen die Krankheiten kann ich etwas unternehmen. Sogar mit neun Jahren wußte sie schon, daß sie es als Krankenschwester nie mit ihrer Mutter aufnehmen könnte. Sie würde einen anderen Weg finden müssen, um sich zu bewähren.

31. Kapitel

Liliane erwachte neben Carolyn, die sich an sie schmiegte. Mein Baby, dachte sie. Du wirst immer mein Baby bleiben.
Wäre es nicht entsetzlich, wenn ihr Baby eine der afrikanischen Krankheiten bekäme? Sie sah sie mit den Symptomen aller gräßlichen Krankheiten dieses Kontinents vor sich und war froh, daß sie nicht immer hier lebte. Sie küßte Carolyns Haar und hörte die quietschenden Bremsen eines Autos, das zu spät anhielt.
Ich werde weite Strecken ihres Lebens verpassen, dachte Liliane und drückte Carolyn an sich. Dann zwang sie sich, sich auf eine reale Scheußlichkeit zu konzentrieren ... das Schwarzwasserfieber. Man wußte, daß man die Patienten nicht befördern durfte; die Krankheit endete fast immer tödlich, doch wenn der Patient bewegt wurde, nahm sie ausnahmslos einen tödlichen Verlauf.
Philippe interessierte sich schon seit langem für diese

Krankheit, ihre Ursachen und Heilmöglichkeiten, doch die wenigsten Patienten überlebten den Transport ins Krankenhaus. Wenn der Mann ohnehin starb, konnte es Philippe dann nicht hilfreich sein, wenn sie den Patienten ins Krankenhaus mitnahm, damit er ihn näher untersuchen konnte? Sie nahm Funkkontakt mit Philippe auf, und gegen vier Uhr trugen sie den bewußtlosen Mann zum Flugzeug. Carolyn mußte auf Lilianes Schoß sitzen, und Liliane hoffte nur, daß der Mann während des Fluges nicht wieder zu Bewußtsein kommen würde.

Kurz vor der Landung sah Carolyn Gestalten am Waldrand. Ein Mann humpelte auf Krücken zum Landeplatz. Drei andere rannten an ihm vorbei und trugen eine Bahre, um den neuen Patienten abzuholen. Als sie ihn auf die Bahre geladen hatten, sagte Liliane zu Carolyn: »Okay. Jetzt kannst du aussteigen.« In dem Moment sah Carolyn, daß ihre Mutter blaß wurde und nach ihrer Kehle griff. Ungläubigkeit stand in ihren Augen, und eine Vene pochte in ihrer Schläfe. Ihr Gesicht war weiß; ein gequältes Schluchzen entrang sich ihrer Kehle.

Ohne Carolyn beim Aussteigen zu helfen, sprang Liliane von der Tragfläche auf den Boden und schrie auf. Carolyn kletterte aus dem Cockpit und sah von der Tragfläche hinunter. Der Mann mit den Krücken, der ihre Mutter in den Armen hielt, blickte lächelnd zu ihr auf. Seine Augen schimmerten tränenfeucht.

Marsh war nach Hause gekommen.

»Ich bin endgültig zurückgekommen«, sagte er. »Ich habe nicht vor, meine Frauen je wieder allein zu lassen.« Er hielt Carolyns Hand und sah Liliane in die Augen. »Ich bin aus allen Kriegen zurückgekehrt, in denen ich je kämpfen wollte.«

Liliane wußte, daß er sich nicht nur auf den Spanischen Bürgerkrieg bezog.
Er hatte etliche Monate in einem Krankenhaus verbracht und sich zwei Operationen unterzogen, doch er würde nie mehr laufen können, ohne zu hinken. »Sie wollten mich in dem verdammten Krankenhaus behalten, aber ich habe versprochen, für ärztliche Beobachtung zu sorgen und das zu tun, was die Ärzte mir vorschreiben. Daher bin ich jetzt hier.«
Rose und Heidi hießen ihn herzlich willkommen. Anoka war überglücklich, ihn zu sehen, und sie nahmen ihre frühere Beziehung zueinander sofort wieder auf. Carolyn rollte sich jeden Abend auf seinem Schoß zusammen.
Liliane war mit sich und der Welt im Frieden.
Die langen Jahre der Trennung lösten sich in Luft auf. Es war, als sei Marsh nie fort gewesen. Er war nur ruhiger geworden.
»Das Ärgerliche war«, sagte er später, als sie im Bett lagen und sich weit zärtlicher geliebt hatten als vor zwei Jahren in Kapstadt, »daß Dolores nicht wie du war. Niemand ist wie du.«
Eine zweite Scheidung. Sie waren keineswegs freundschaftlich auseinandergegangen. Liliane schlang die Arme um ihn.
Tagelang mußte Marsh Carolyn und Liliane immer wieder berühren, um sich selbst zu bestätigen, daß er wieder hier war, bei ihnen war. Es sollte lange dauern, bis der gehetzte Blick aus seinen Augen verschwand. Er war abgemagert, und seine Backenknochen waren wieder so markant wie die des jungen Marsh, den sie damals kennengelernt hatte. Er bestand darauf, nachts eine Kerze brennen zu lassen; er konnte nicht im Dunkeln schlafen.
Philippe beobachtete den Patienten mit dem Schwarzwas-

serfieber. Es schien kein Zweifel, daß er sterben würde. Aber eine Woche später war sein Urin nicht mehr dunkelrot, sondern nur noch rosa, und Philippe ging von einer Behandlung mit Arsen und Cinchonin zu ständigen Bluttransfusionen über.

Als der Mann erstmals wieder das Bewußtsein erlangte, hatte er bestimmt vierzig Pfund abgenommen, seit Liliane ihn nach Simbayo gebracht hatte. Philippes Methode bestand darin, ihn mit Orangensaft, Milch und Hühnerbrühe vollzupumpen. Er kam wieder zu Kräften, und als Liliane ihn im nächsten Monat nach Freedom mitnahm, konnte er das Lazarett zu Fuß verlassen, und sie sahen ihn nie wieder.

Marshs Rückkehr gab Liliane ihr Gleichgewicht wieder. Es war, als hätte ein Teil von ihr gefehlt; jetzt war sie wieder ein vollständiger Mensch. Nach fast fünf Jahren war keine Anspannung oder Befangenheit aufgetreten; sie nahmen lediglich dort den Faden wieder auf, wo er damals gerissen war. Aber es war klar zu erkennen, daß sie nichts als selbstverständlich hinnahmen, sondern jeden einzelnen Moment auskosteten.

Er küßte sie ständig. Er küßte sie, wenn sie miteinander allein waren, und er küßte sie, wenn andere dabei waren. Er schien seine Gegenwart dadurch zu bestätigen, daß er ihre Hand, ihren Hals, ein Ohrläppchen oder ihre Nase küßte. Es waren nur freundschaftliche kleine Küßchen in der Öffentlichkeit, aber dennoch Küsse. Philippe, der anfangs verlegen war, fand es bald nicht mehr peinlich.

Philippe konnte sich jedoch nicht für Marsh erwärmen. Anfangs verstand Liliane das nicht; sie hätte gedacht, er würde sich freuen, einen anderen Weißen um sich zu haben, einen potentiellen Freund.

Es lag aber an Deborah. Deborah war von Marsh fasziniert. Sie und Marsh diskutierten über Politik und genossen ihre hitzigen Wortwechsel. Liliane sah auch, daß Deborah Marsh anstarrte, wenn sie glaubte, daß niemand es sah. Sie ging öfter schwimmen als früher.

Liliane tat es um Deborah und Philippe leid. Sie hatte den Verdacht, daß Philippes Hoffnung auf eine Beziehung mit Deborah sich nach all diesen Jahren als ein vergeblicher Traum erwies. Es gab Zeiten, zu denen Deborah und Philippe kurz vor einer Romanze zu stehen schienen und einander insgeheim anlächelten, doch zu Philippes großer Enttäuschung dauerte dies nie länger.

»Ich beende mein Dasein als Globetrotter«, sagte Marsh zu Liliane. »Ich habe genug von Gefahr und Abenteuer. Und von anderen Frauen habe ich auch genug. Es wird nie mehr eine andere Frau geben – nie.«

»Niemals?« Carolyn wollte es bestätigt haben. »Nur noch Mama und mich?«

»Nur noch euch beide.« Marsh drückte sie an sich. »Für immer und ewig. Ich verspreche es.«

Seit Marshs Rückkehr war es für Carolyn ein Alptraum, nach Kapstadt zurückkehren zu müssen. Die Ferien waren zu kurz. Sie wollte nicht abreisen.

Marsh spürte es und sprach stundenlang mit ihr über die Vorteile ihres Schulbesuchs. Er versprach ihr immer wieder, Afrika nie mehr zu verlassen. »Ich werde immer in der Nähe sein, wenn du mich sehen willst, mein Schatz.«

»Ich will dich immer sehen. Ich will mit dir zusammenleben. Ich will nicht fortgehen und allein in der Schule sein. Ich hasse es, dort zu sein.«

Als es an der Zeit war, nach Südafrika zurückzukehren, brach Carolyn ohne Tränen auf, obwohl sich ihr Herz zusammenschnürte. Marsh hatte ihr versprochen, sie in den kurzen Juliferien zu besuchen. Sie würden gemeinsam die Ferien verbringen, nur sie beide ganz allein, aber dafür

mußte sie ihm versprechen, jede Woche zu schreiben. Er würde ihr genausooft antworten.
Er stand da und winkte mit einer Krücke, als Liliane und Carolyn in die Luft aufstiegen. Er mußte etwas unternehmen, um seiner Tochter das Leben zu erleichtern, so viel stand fest.

Er besuchte Carolyn im Winter, und nach seiner Rückkehr nach Simbayo fing er wieder an zu schreiben. Liliane freute sich darüber. Er hatte vorher nicht dumpf vor sich hingegrübelt, aber doch so gewirkt, als hinge er in der Luft. Als er sich wieder hinter seine Schreibmaschine setzte, schien er aufzuleben.
»Ich muß darüber schreiben ... über den Krieg«, erklärte er.
»Warum?« fragte Liliane.
»Ich muß ein Buch schreiben, das die Sinnlosigkeit des Krieges zeigt. Aber gleichzeitig glaube ich, daß die Welt gerade auf einen Krieg zusteuert, der ausgefochten werden muß.«
»Du meinst Hitler?«
»Er jagt mir Todesangst ein. Aber der Krieg in Spanien hat mich genausosehr erschreckt. Ich weiß nicht, ob er nötig war. Aber wenn nicht jemand dem Nazi-Deutschland Einhalt gebietet, wird ein Krieg, der alles übersteigt, was wir bisher kennen, sich auf die ganze Welt auswirken.«
»Wieder ein Weltkrieg?«
»Ich habe den Verdacht, daß wir innerhalb von drei bis vier Jahren alle in ihn verwickelt sind.«
»Doch nicht etwa wir? Doch nicht der Kongo? Doch nicht Simbayo?«
»O Lili, meine Liebe. Du glaubst, daß du vor weltweiten Problemen immer sicher bist und nie von ihnen berührt werden wirst, nicht wahr? Eines Tages, mein Liebling, wirst auch du kämpfen müssen.«

Liliane wußte, daß er zuviel vom Krieg miterlebt hatte und in dem Punkt nicht rational denken konnte. Er glaubte, daß die ganze Welt in ein gemeinsames Problem hineingezogen würde, aber sie wußte, daß dieser Teil der Welt niemals in die Verbrechen der restlichen Welt hineingezogen werden konnte.

»Warum lassen die Leute Hitler mit all dem Unheil, das er anrichtet, davonkommen?«

»Ah, die große Preisfrage. Warum spricht Neville Chamberlain vom ›Frieden in unseren Zeiten‹? Warum wehren sich Polen und die Tschechoslowakei nicht mehr? Warum lehnen sich die Deutschen zurück und lassen zu, daß er die Juden vernichtet? Liegt es daran, daß ihnen alles recht ist, solange sie sich sicher fühlen?«

»Ich dachte, du hättest gesagt, Kriege seien sinnlos.«

»Himmel, ich weiß doch selbst nicht, was ich denken soll. Ich habe Männer sterben sehen, mit abgeschossenen Beinen und Kanonenkugeln im Leib, und ich habe mich gefragt, wozu das gut sein soll. Ich habe Jungen in einem Krieg kämpfen sehen, den sie nicht verstehen konnten. Und ich habe sie gefragt, warum. Es gab keine Gründe. Es schien lediglich richtig zu sein. Aber kann es je richtig sein, zu töten?«

»Muß man falsch und richtig nicht abwägen?« fragte Liliane.

»Genau«, antwortete Marsh, der unruhig im Zimmer herumlief. »Weißt du, daß es eine tschechische Stadt gab, die Lidice hieß? Es gibt sie nicht mehr. Die Deutschen haben sämtliche Bewohner zusammengetrieben und erschossen. Die Stadt einfach ausradiert. Wie kann die Welt das mit ansehen und nicht eingreifen? Diese Menschen sind einen sinnlosen Tod gestorben.«

Es herrschte Schweigen. Liliane hatte selten über diese

Dinge nachgedacht. Sie wollte auch jetzt nicht darüber nachdenken. Um sich herum erlebte sie zu oft den Tod, Krankheiten und den Kampf ums reine Überleben. Sie wollte sich nicht vorstellen, daß Menschen an fernen Orten wie der Tschechoslowakei starben, wenn sie noch nicht einmal genau sagen konnte, wo dieses Land lag.

Als Marsh beschloß, Rose sein Buch zu widmen, war er nicht auf ihre Reaktion gefaßt.

Ihre Gabel fiel klappernd auf den Boden, und sie lief rot an. Ihr Kiefer fiel herunter. »Meine Güte«, flüsterte sie und nahm die Brille ab, um sich die Augen mit einer Serviette abzuwischen. »Ach, du meine Güte.«

Ist es nicht wunderbar? dachte Liliane. Was für ein Leben hätte diese Frau geführt, wenn sie in England geblieben wäre? Mit Sicherheit wäre sie nie so geliebt worden wie hier. Jack war in ihren Armen gestorben und hatte ihr gesagt, wie schön sie sei, und Marsh zeigt ihr seine Liebe, indem er ihr ein Buch widmet. Liliane sah Rose an, ihr längliches Gesicht, die runden grauen Augen hinter den dicken Brillengläsern, den stämmigen Körper und das ergrauende Haar, das achtlos mit Nadeln hochgesteckt war, und auch sie fand Rose schön. Marshs Geste begeisterte sie.

»Weißt du«, sagte er später, als sie allein miteinander waren, »dir habe ich nie ein Buch gewidmet.«

»Das ist nicht nötig«, sagte Liliane lächelnd. »Ich weiß, was du für mich empfindest.«

»Wußtest du auch, daß ich dich liebe, als ich aus Simbayo fortgegangen bin und als ich Dolores geheiratet habe?«

»Ja, natürlich. Aber ich weiß, daß mehr als Liebe nötig ist, um zusammenzuleben. Ich weiß auch, daß unsere Zeit jetzt begrenzt ist. Ich sehe, wie du bei diesem schwülen Klima verfällst. Ich sehe, daß deine Energie immer mehr

nachläßt, je länger du bleibst. Ich sehe, wie sehr du darum kämpfen mußt, viele Stunden am Tag zu schreiben.«
Seine dunklen Augen sahen sie liebevoll an. Sie verstanden einander so gut. »Und doch ist mein Antrieb größer als bei den anderen Büchern.«
»Weißt du«, sagte Liliane, »daß ich HECETA HEADS nie gelesen habe? Und du hast natürlich auch kein Exemplar mitgebracht.«
»Ich war unglücklich, als ich den Roman geschrieben habe. Es ist ein bitteres Buch. Ich habe eine Phase durchgemacht, in der ich sehr wütend auf dich war.«
»Ich weiß.«
»Es kam mir so vor, als hätten alle Männer, die ich kannte, Frauen, die sich für sie von ihren Wurzeln losgerissen hatten, die alles taten, was die Männer von ihnen wollten, die ihnen halfen, Karriere zu machen. Und meine Frau dachte gar nicht daran. Ich wollte, daß du dein Leben aufgibst, um mein Leben mit mir zu leben. Ich wollte, daß du mir zeigst, daß du mich mehr als alles andere liebst.«
»Und weil du geglaubt hast, daß es nicht so ist, hast du den Roman geschrieben?«
»Ja. Eine heilige Wut hatte mich gepackt.«
»Und jetzt?« Sie ließ ihren Kopf auf das Kissen sinken und sah ihm beim Ausziehen zu. Sie wußte, daß er nicht im Bett bleiben würde, sondern später wieder aufstand, um zu schreiben. Sie schlief nachts immer beim Hämmern der Tasten ein. Es lullte sie inzwischen in den Schlaf wie das Rauschen des Flusses.
»Jetzt«, sagte er, »kann ich akzeptieren, daß du mich nicht mehr als alles andere auf Erden liebst, aber wenigstens so viel wie Carolyn und Simbayo.«
»Ich liebe dich mehr als das Leben«, sagte sie.
»Das weiß ich«, sagte er und legte sich zu ihr.

32. Kapitel

»Kein Paradies hat Bestand, nicht wahr?« Lilianes Stimme klang traurig, doch die Neuigkeiten kamen nicht unerwartet . . .

Marsh verfiel nach mehr als einem Jahr in den Tropen zusehends; seine Energien schwanden, und er konnte nicht mehr schreiben. Außerdem war ihm die Vorstellung unerträglich, daß Carolyn allein heranwuchs und ihre Jugend ohne Liebe und Zuneigung verbrachte, ohne einen Menschen, der auf ihre Fragen einging. Es war ihm unerträglich, sich vorzustellen, daß sie ohne einen Gutenachtkuß schlafen ging. Und noch schlimmer war ihm der Gedanke, daß er sie eines Tages vielleicht nicht mehr kennen würde.

Er beschloß, mit Carolyn nach Kapstadt zurückzufahren und dort ein Haus zu kaufen. Er bat Liliane, wenigstens ein paar Monate im Jahr zu ihnen zu kommen.

»Dein anomales Bedürfnis, gebraucht zu werden . . .«, sagte er, als er merkte, daß sie dabei war, schwach zu werden.

Sie drehte sich sofort mit auflodерndem Blick zu ihm um. »Anomal?«

»Reg dich nicht auf. Vielleicht sollte ich sagen, dein sehr großes Bedürfnis, gebraucht zu werden, können Carolyn und ich nicht befriedigen. Es gibt jetzt viele Menschen, die sich um Simbayo kümmern können, solange du fort bist. Philippe und Anoka können die Leitung übernehmen. Das weißt du selbst. Den Hunderten von Menschen, die dich brauchen, *kann* ein anderer helfen. Aber den beiden Menschen, die dich am meisten brauchen, kann niemand anders helfen außer dir.« Er nahm sie in seine Arme. »Lili, wir lieben dich. Wir brauchen dich. Wir haben dich immer gebraucht. Warum denkst du nicht zur Abwechslung einmal an unsere Bedürfnisse? Laß uns heiraten. Du brauchst nicht aus Simbayo fortzugehen. Komm nur zweimal im Jahr zu uns zu Besuch.«

»Ich werde euch besuchen«, willigte sie ein. »Schick mir gute Karten, und ich fliege runter. Das würde mir Spaß machen.« Sich selbst sagte sie: Vielleicht bin ich ungerecht gewesen. »Aber ich werde dich nicht heiraten.«

Er drückte sie noch fester an sich und küßte ihr Haar. »Warum nicht? Bist du nicht davon überzeugt, daß wir das Leben gemeinsam verbringen werden?«

»Ich glaube, daß wir eine Chance haben, wenn wir nicht heiraten. Wenn wir heiraten, hätte ich das Gefühl, daß ich dir gehöre und du mich drängen wirst, von hier fortzugehen. Dann wäre ich schuldbewußt und käme mir vor wie eine schlechte Ehefrau. Damit könnten wir alles kaputtmachen.«

»Willst du denn keine Familie haben?«

»Wir sind doch eine Familie.«

»Hat dir je jemand gesagt, daß du die unmöglichste Frau auf Erden bist?«

»Das könnte doch der Grund sein, aus dem du mich liebst.«

»Jedenfalls ist das Angebot dauerhaft. Wenn du je dazu aufgelegt bist, uns rechtskräftig zu machen, dann brauchst du es mir nur zu sagen.«

Er seufzte und ließ sie los. »Ich werde jetzt Carolyn suchen und es ihr sagen. Glaubst du, daß sie sich freut?«

Liliane lächelte unwillkürlich.

Carolyn hatte die Ferien mehr als alle vorangegangenen genossen. Teils lag es daran, daß Petelo begonnen hatte, ihr regelmäßig mindestens einmal im Monat zu schreiben. Er interessierte sich für alles, was sie erwähnte, und er verschlang jede Information, und gemeinsam gingen sie Fragen auf den Grund, die keiner von ihnen beantworten konnte. Er sorgte dafür, daß sie sich nicht entwurzelt fühlte, und sie eröffnete ihm neue Perspektiven. Sie schickte Petelo alle Gedanken, die sie im Lauf des Schuljahrs aufschrieb, und mit der Zeit wurde er der einzige Mensch, der wußte, was in Carolyns Innerem vorging. Vieles konnte er nicht verstehen, weil seine Welt zu anders war.

Als sie sich dieses Jahr wiedergesehen hatten, waren sie einander nicht als Fremde begegnet, sondern als die guten Freunde, die sie einst gewesen waren. Einen Freund wie ihn hatte sie in Kapstadt nie gefunden.

Als Marsh ihr vorschlug, drei Wochen früher aufzubrechen, war sie hin- und hergerissen. Sie wollte Petelo nicht verlassen. Aber eine Reise mit Marsh? Warum war das Leben bloß so kompliziert?

Als er ihr sagte, daß er ganz nach Kapstadt ziehen wollte, um mit ihr zusammenzuleben, brach sie in unkontrollierte Tränen aus und schmiegte sich an ihn.

»Aber was ist mit Mama?« fragte sie dann.

»Mama hat sich einverstanden erklärt, uns zu besuchen. Und wir werden jeden Sommer und in den Weihnachtsferien herkommen.«

»O Marsh.« Sie schlang ihre Arme um seinen Hals und schmiegte ihre Wange an sein Gesicht. »O Marsh.«

Jetzt war Petelo unglücklich. Der Mensch, der sein Leben veränderte, wurde ihm unvermutet entrissen. Es war, als würde ein großer Teil seines Lebens versiegen.

»Aber wir werden schreiben«, versicherte ihm Carolyn. Es war ihr ein Greuel, ihn verlassen zu müssen, doch Marshs Neuigkeiten beschäftigten sie so sehr, daß sie kaum noch an etwas anderes denken konnte.

»Vielleicht kann ich dich auch einmal besuchen, wenn ich älter bin«, sagte Petelo.

Carolyn wußte jetzt schon, daß das nicht möglich war.

Nicht in Südafrika. Er hätte noch nicht einmal in ihrem Haus wohnen können. Ein Haus. Ihr Haus. Ein eigenes Zuhause, ein Zuhause, in dem sie sich geliebt fühlte und jemanden hatte, mit dem sie reden konnte. Und allein sein konnte – nicht ständig von Menschen umgeben, die ihr das Gefühl vermittelten, einsam zu sein. Sie würde nie mehr Einsamkeit oder Furcht kennen.
Den kommenden Monat sollten Carolyn und Marsh für den Rest ihres Lebens nicht vergessen. Im Lauf der nächsten fünfzehn Jahre sahen sich Marsh und Carolyn die Pyramiden Ägyptens an, machten eine Safari in Nairobi, verbrachten drei Wochen in der Serengeti-Steppe, fuhren im Zug durch Uganda und nahmen sogar einen Dampfer nach Madagaskar, doch keine dieser Reisen besaß den Zauber dieser ersten gemeinsamen Unternehmung.
Zum ersten Mal sah Carolyn das Reisen nicht als eine Strafe an, und alles, was sie sah, begeisterte sie.
In Elisabethville hörte Carolyn zum ersten Mal in ihrem Leben amerikanischen Jazz. Als sie unter den Klängen dieses Rhythmus eingeschlafen war, setzte sich Marsh ins Café und fragte sich, ob er je zufriedener gewesen war. Die Musik hüllte ihn in der milden Nachtluft ein, die frei von der Schwüle Simbayos war.

Er würde Liliane an jedem Tag seines Lebens vermissen, den er nicht mit ihr gemeinsam verbrachte, doch der Umstand, daß sie nicht zusammenlebten, war eine Tatsache, die sie beide akzeptieren mußten. Es begeisterte ihn, Carolyn Geborgenheit und Glück bieten zu können und dadurch beides selbst zu finden. Er wollte ein stabiles, altes Haus kaufen, ein Zuhause, in dem sie Wurzeln fassen und Erinnerungen zusammentragen konnten. Einen Ort, den Carolyn immer als ihr Zuhause empfinden würde. Einen Ort, an dem er den Rest seines Lebens damit verbringen konnte, die Bücher zu schreiben, die er der Welt hinterlassen wollte und die für ihn der Weg in die Unsterblichkeit waren. Die Art von Büchern, von denen er hoffte, daß sie etwas änderten.

An dem Morgen, als sie ihre Zugfahrt zu den Victoriafällen fortsetzten, nahm Carolyn seine Hand. »Meinst du nicht, daß ich dich Papa nennen kann?«

Marsh schluckte schwer. Er wollte ihr sagen, daß sie ihm damit eine große Freude machte, doch es kam kein Wort heraus. Er begnügte sich damit, ihr die Hand zu drücken und zu nicken.

»Sieh mal«, rief sie und starrte aus dem Fenster. »Man kann richtig sehen, daß ein anderes Land kommt.«

Ich möchte ihr so viel zeigen, dachte er. Ich möchte ihr die Welt zu Füßen legen. Und jetzt auch noch das. Sie möchte mich Papa nennen.

Sie besuchten die Basare und lernten die unterschiedlichsten Musikrichtungen und Kleidermoden kennen. Carolyn sog alles Neue in sich auf.

»Macht es dir Spaß?« fragte Marsh, obwohl er die Antwort bereits kannte.

Carolyn antwortete ihm sehr ernst. »So gut ist es mir in meinem ganzen Leben noch nicht gegangen.«

Als die beiden in den Zug stiegen, war Liliane auf dem Weg durch die Schlammpfützen des Urwaldes. Zwölf Stunden vorher war ein Bote eingetroffen, der sich niemand anderem als der »weißen Mutter« anvertrauen wollte.

Der Stammeshäuptling war sehr krank, und nach der Schilderung des Boten, bei der dieser auf seine Lenden deutete, nahm Liliane an, daß er einen Bruch hatte. Vermutlich einen eingeklemmten Bruch, da er nicht selbst ins Hospital

kommen konnte. Wenn der Bote vierundzwanzig Stunden ohne Pause gerannt war, dann hieß das wahrscheinlich, daß das Dorf drei Tagereisen weit entfernt lag. Liliane sah, daß der Mann Angst hatte, der Häuptling könne sterben. Vielleicht war er sogar schon tot.
»Zu welchem Stamm gehörst du?« fragte Anoka, der Liliane ins Eßzimmer gefolgt war.
Der Mann sah ihn ausdruckslos an. Dann nahm er eine stolze Haltung ein. »Mein Häuptling Nkunda.« Für ihn war damit alles erklärt. Nkunda war der bedeutendste Mensch auf Erden.
»Ich gehe hin«, erbot sich Anoka freiwillig, denn er wußte, daß Liliane seit Tagen übermüdet war.
»Nein«, mischte sich der Bote entschieden ein. »Nkunda will nur die weiße Mutter.«
»Ich kann nicht hingehen«, sagte Liliane. »Einer der anderen Ärzte kann das genausogut.«
»Nein.« Der Mann blieb stur. »Nur du. Ich darf nicht zurückkommen, wenn ich nicht die weiße Mutter mitbringe.«
Anoka zuckte die Achseln und sah Liliane hilflos an. Ein Donnerschlag ließ die Erde beben. Der Regen hatte seit drei Tagen nicht nachgelassen.
»Schon gut«, seufzte Liliane. »Laß mir eine Stunde Zeit.«
»Ich gehe mit«, erklärte Naldani, die schon vollständig angezogen war, als Liliane aufbrechen wollte.
»Ich brauche dich nicht«, erwiderte Liliane.
»Anoka und ich haben es so besprochen. Wir lassen dich nicht allein eine Dreitagereise in unbekanntes Territorium unternehmen.«
»Du bist eine wahre Freundin«, sagte Liliane lächelnd.
Naldani nickte, und sie brachen auf.
Als sie das Dorf nach einem strapaziösen Marsch erreicht

hatten, stellte Liliane fest, daß sie richtig geraten hatten: Es war ein eingeklemmter Bruch. Sie bedeutete Naldani, sich neben sie zu knien, und sagte: »Ich kann mir vorstellen, was hier passiert ist. Er hat mit primitiven Mitteln versucht, die Krankheit zu behandeln. Vor etwa einer Woche hatte er stärkere Schmerzen in der Lendengegend und konnte den Hodensack nicht mehr zurückpressen. Außerdem ist ihm wahrscheinlich übel geworden, und er hat sich übergeben, und dadurch sind die Schmerzen schlimmer geworden. Zweifellos haben sie den Boten zu uns geschickt, als das Fieber erschwerend hinzugekommen ist.«

Sie erklärte Naldani alles ganz genau, damit sie ihr im Notfall helfen konnte. Sie gestikulierte mit beiden Händen, damit die Umstehenden zurücktraten. Dann legte sie ihre Hand auf die Stirn des Häuptlings. Er hatte hohes Fieber. Unter Mühen schlug er die Augen auf, sah Liliane an und lächelte matt. »Weiße Mutter.« In seiner Stimme schwang Hoffnung mit.

Das ist nicht die Form von Eingriff, die ich hier draußen durchführen sollte, dachte Liliane. Die Lage ist lebensgefährlich. Was passiert, wenn er stirbt?

Jede Bewegung war Gift für ihn. Er war nur noch zu retten, wenn sie ihn sofort an Ort und Stelle operierten.

Naldani sagte der Menschenmenge, die sich in der engen Hütte versammelt hatte, sie sollten zurücktreten, da die weiße Mutter Platz brauchte. Es war kein Raum da, um auszuweichen, und daher drängten sich die Leute noch dichter zusammen und beobachteten Liliane.

»Sag ihnen, daß wir Wasser brauchen. Sag ihnen, daß sie es abkochen müssen – und zwar in großen Mengen. Dann haben sie wenigstens etwas zu tun. Und wir beide müssen uns waschen, ehe ich anfangen kann.«

Als Liliane ihn aufschnitt, strömte ein fürchterlicher Ge-

stank aus seinen Eingeweiden. Sogar einige der Eingeborenen schnappten würgend nach Luft und verließen für ein paar Minuten die Hütte. Liliane hoffte nur, daß sie sich nicht übergeben würde. Sie hatte keine Zeit, sich auch nur umzudrehen, um zu sehen, wie Naldani damit zurechtkam. Schweiß rann von ihrer Stirn in ihre Augen. Sie versuchte, ihn mit ihrem Ärmel wegzuwischen.
»Das schaffe ich nie«, sagte sie laut.
»Doch, du schaffst es«, sagte Naldani mit fester Stimme.
»Ich weiß, aber die Umstände könnten nicht ungünstiger sein.«
Es war eine schwierige Operation, und anschließend war Liliane so erschöpft wie selten. Ihr lautes Seufzen signalisierte, daß sie jetzt fertig war. Sie schloß die Augen.
Die Eingeborenen scharten sich um sie, und zwei beugten sich herunter, um den Häuptling hochzuheben.
Verblüfft rief Liliane aus: »Was tut ihr denn da?«
»Wir bringen ihn in sein Haus zurück.«
Sie stand auf und sagte mit schneidender Stimme: »Ihr wollt ihn durch den Regen tragen? Das kommt nicht in Frage. Er bleibt hier liegen. Und ihr werdet alle verschwinden. Keiner von euch wird heute nacht hierbleiben oder auch nur zurückkommen, solange er sich nicht setzen kann.«
Sie starrten sie an. Niemand rührte sich von der Stelle.
»Ihr habt die Operation mit angesehen. Er wird bis morgen früh schlafen. Und ihr verschwindet jetzt.«
Sie starrten einander bestürzt an. Dann drängten sie sich durch die Tür.
Eine Minute später trat einer der Eingeborenen wieder ein. Er war mittelgroß und sah fast so gut aus wie der Häuptling.
»Ich bin sein ältester Sohn. Der zukünftige Häuptling. Ich bleibe.«

Liliane nickte.
Sie wollte nicht aufbrechen, solange sie nicht sicher war, daß er die Operation überleben würde. Am vierten Tag konnte er wieder ein paar Schritte laufen. Als Liliane und Naldani sich nach einer Woche zum Aufbruch bereitmachten, konnte Nkunda mit ihnen lachen und hatte dabei keine Schmerzen mehr.
»Ich stehe Ihnen immer zu Diensten«, sagte er förmlich.
Am Abend vor ihrer Abreise wurde ein großes Fest für sie veranstaltet, und Liliane und Naldani bekamen so viele Geschenke, daß einer der Eingeborenen sie nach Simbayo begleiten mußte. Lilianes Geschenk von Nkunda war ein kleiner, aus Elfenbein geschnitzter Elefant, der wunderschön und sehr fein gearbeitet war.
Sie besaß ihn noch, als sie Nkunda zwanzig Jahre später wiedersah.

TEIL III

1955–1968

33. Kapitel

Liliane wurde zum Gast. In all den Jahren, in denen Carolyn heranwuchs, war es Marsh, dem Carolyn sich anvertraute; es war Marsh, mit dem sie lachte und lange Spaziergänge unternahm. Es war Marsh, der ihr bei den Hausaufgaben half und ihr Kleider kaufte. Es war Marsh, der stundenlang gemeinsame Reisen mit ihr plante, und es war Marsh, der ihre Fantasie anregte. Kein Problem war zu unbedeutend, keine Idee war zu gewaltig.

Liliane beneidete die beiden Menschen, die sie so sehr liebte, um ihre enge Beziehung. Wenn sie kam, zeigte sich Carolyn von ihrer besten Seite; sie gab sich damenhaft und legte es bewußt darauf an, ihrer Mutter Freude zu machen.

Carolyn fuhr nicht mehr gern nach Simbayo. Sie hatte dort keine Wurzeln mehr, und es fiel ihr schwer, sich einzufügen. Schon vor ihrem vierzehnten Geburtstag wurde Carolyn klar, wie klein die Welt von Simbayo war. Sie war vom Dschungel umgeben. In ihrer heutigen Welt dagegen war der Horizont grenzenlos. In den letzten Ferien war Marsh mit ihr und Liliane nach Kenia gefahren und hatte versprochen, sie nach Ägypten mitzunehmen, wenn der Krieg vorbei war. Carolyn hatte festgestellt, daß es noch mehr auf der Welt gab als nur Krankheit, mehr als nur Arbeit. Dennoch machte es ihr Schwierigkeiten, ihrem Vergnügen nachzugehen. Die puritanische Arbeitsmoral, die sie von ihrer Mutter hatte, ließ wenig Raum für Zerstreuungen. Wenn sie mit Marsh verreiste, waren ihre Eindrücke sehr intensiv. Alles, was sie tat, tat sie inbrünstig.

Marsh und sie liebten es, ihre Ideen auszudiskutieren. Dann loderten ihre Augen auf, und ihre dünnen Arme spannten sich an. Wenn sie eine Idee ablehnte, verschränkte sie hartnäckig die Arme vor der Brust, als hielte sie damit die Welt von sich fern.

Dennoch war der Einfluß ihrer Mutter groß. Carolyn sprach bereits davon, Immunologin zu werden; sie wollte die Ursachen von Krankheiten erforschen und zu ihrer Ausrottung beitragen. Außerdem wollte sie der Welt beweisen, daß Schwarze ebenso wertvolle Menschen waren wie Weiße. Marsh spornte sie behutsam an, diese Ziele zu verfolgen.

Sie brachte nie Freundinnen von der Schule mit nach Hause und verbrachte auch nie Nachmittage oder Wochenenden bei Schulkameraden, doch sie war in der Schule beliebt. Sie war eine ausgezeichnete Schülerin und beteiligte sich nicht an den kleinen Eifersüchteleien, die es an allen Schulen gibt. Sie war immer freundlich und wies keine Bitte um Hilfe ab. Als Teenager ging sie manchmal am Samstagnachmittag mit anderen Mädchen ins Kino, doch sie sprach ihre Gedanken nicht aus und ermutigte auch andere nicht zu Vertraulichkeiten.

Was selbst sie nicht verstand, war, daß sie sich im Alter von sieben Jahren entschlossen hatte, niemals bedingungslos zu lieben. Mit Ausnahme von Marsh gestattete sie niemandem einen Einblick in ihr Inneres, auch nicht – vielleicht sogar am allerwenigsten – ihrer Mutter. Marsh schrieb Liliane jede Woche, und er sehnte sich ständig nach ihr, wenn sie nicht bei ihnen in Kapstadt war. Mit der Zeit überredete er sie, einen Monat im Sommer und einen im Winter mit ihnen zu verbringen. Als Carolyn achtzehn war, kam Liliane ein letztes Mal im Sommer zu Besuch, und in den darauffolgenden Jahren verreisten sie zusammen. Zu dritt lachten sie oft miteinander und redeten über Bedeutendes und Unbedeutendes. Doch Liliane mußte auf Carolyn zugehen, die von sich aus nur auf Marsh zuging.

Marsh überschüttete seine beiden Frauen mit Zuneigung. Wenn Liliane in Kapstadt war, fühlte sie sich geliebt. Carolyn freute sich auf die Besuche ihrer Mutter, und sie genoß es auf Reisen mit den beiden, daß sie eine Familie waren, doch ihre Seele hätte sie ihrer Mutter nie anvertraut.

Verstandesmäßig lagen die Dinge ganz anders. Carolyns Immunologiestudium war auf Lilianes Einfluß zurückzuführen. Schon kurz nach der Gründung schloß sie sich der Black-Sash-Bewegung an. Auch Marsh freute sich über diese beiden Entschlüsse. Als Carolyn ihr Studium beendete, versuchte er, sich darauf vorzubereiten, daß sie ausziehen würde, doch sie hatte nicht den Wunsch, von ihm fortzugehen. Beide freuten sich, als sie eine Stelle im Universitätslabor für Immunologie angeboten bekam, obwohl die Arbeit in den allerersten Jahren eher ein reiner Lernprozeß war, als ein Ansporn zu eigener Kreativität.

Es gab Männer in Carolyns Leben. Sie hatte sich ein paar Mal küssen lassen, doch sobald die Hände eines Mannes die Grenzen überschritten, die sie sich gesetzt hatte, mußte dieser Mann aus ihrem Leben verschwinden. Es war nicht etwa so, daß sie sich nicht nach mehr gesehnt hätte, doch keiner der Männer, die sie kennenlernte, erweckte das in ihr zum Leben, was ihrer Meinung nach mit Gewißheit in ihr schlummerte.

Von Carolyn ging ein gewisser Zauber aus. Das flachsblonde Haar schimmerte wie gesponnenes Silber. Ihre blaugrünen Augen leuchteten auffallend kräftig in ihrem blei chen Gesicht. Ihr entschlossenes Kinn wirkte durch die Sinnlichkeit ihrer Lippen weicher. Sie hatte ein schönes Gesicht, und ganz im Gegensatz zu ihrer Mutter kleidete sie sich sehr bewußt und bildete ihren eigenen Stil heraus, indem sie Dinge trug, die ihr ein dramatisches Flair verliehen. Sie war zwar reserviert, aber nie arrogant. Sie teilte zwar wenig von sich mit, aber dafür war sie eine gute Zuhörerin. Fremde in Bussen vertrauten ihr Geschichten an, die so persönlich waren, daß es Carolyn schockierte. Menschen, mit denen sie zusammenarbeitete, weihten sie in Einzelheiten ihrer Ehe ein und erzählten ihr ihre geheimsten Träume. Sie hörte zu und äußerte offen ihre Meinung, und beim Abendessen erzählte sie Marsh alle Details; einiges davon floß in seine Bücher ein.

Nur Marsh ahnte, daß Carolyns Ruhelosigkeit mit ihrer Ungeduld zu tun hatte; sie erwartete vom Leben, daß es spannend war und sie herausforderte. Sie wollte ihre Leidenschaft nicht nur in Ideen einfließen lassen, sondern sie einem Mann entgegenbringen. Sie wollte ein schillernderes Leben führen als das, was sie in Kapstadt kannte. Ihr ging nicht auf, daß sie sich von Marsh trennen mußte, um es dazu kommen zu lassen.

Er hatte sich zehn Jahre lang bemüht, sich darauf vorzubereiten, daß sie eines Tages fortgehen würde. Als es soweit war, geschah es ohne jede Vorwarnung.

Als Andrew McCloud den Umschlag an jenem schönen Herbstnachmittag im Jahre 1954 öffnete, las er den Namen. Dann sprach er ihn laut aus:

»Rhodesien?«

Er stellte sich vor die Weltkarte, die in seinem Büro an der Wand hing, und kurz darauf fand er das Land.

Er starrte lange auf die Buchstaben auf der Landkarte und grinste dann breit. Er war einunddreißig und auf ein Abenteuer versessen. Die Abenteuer, die er bereits hinter sich hatte, waren nicht zufriedenstellend gewesen. Jahrelang war er Bombenschütze der königlichen Luftwaffe gewesen und hatte zwar während des Krieges keinen Fuß auf fremden Boden gesetzt, war aber nachts im Interesse der Demokratie über Europa geflogen und hatte todbringende Waffen über Nazis und unschuldige Menschen abgeworfen und Kulturgut zerstört, das sich nie wieder ersetzen ließ.
Nach Kriegsende hatte er keine Schwierigkeiten, bei einem der renommiertesten Ingenieurbüros von London unterzukommen. Dort arbeitete er jetzt seit neun Jahren, doch die Arbeit war ihm zu eintönig geworden, zu vorhersehbar; er fühlte sich eingeengt, weil keine neuen Anforderungen mehr an ihn gestellt wurden. Sein Leben verlief monoton.
Vor drei Monaten hatte er auf eine Anzeige in der TIMES geantwortet. Dort wurde eine anspruchsvolle Ingenieurstätigkeit angeboten, zu deren Aufgaben Überwachung, Aufbau und Planung gehörten, und es hieß, es sei staatliche, aber auch private Arbeit zu leisten, doch bis auf »britische Kolonie« fehlten nähere Ortsangaben. Einen Monat lang wartete er ungeduldig auf Post. Als er dann immer noch nichts gehört hatte, vergaß er die ganze Geschichte. Beinah.
Als er zwei Monate später von der Llewellyn Ltd. nach Salisbury in Rhodesien eingeladen wurde, konnte er es kaum glauben. Drei Tage lang trug er den Brief in der Tasche mit sich herum. Dann setzte er sich hin und erklärte schriftlich, daß er den Vertrag annahm. Anschließend ging er in die Bibliothek und las über Rhodesien.
Er fragte sich, wie er es seiner Mutter beibringen sollte, mit der er jeden Donnerstag gemeinsam zu Abend aß. Sie hatte sich nie allzusehr an ihn geklammert, aber es war doch et-

was anderes, wenn der einzige Sohn siebentausend Meilen weit weg war.

Am Donnerstag teilte Andrew seinem Chef mit, daß er in einem Monat gehen würde, und er wußte, daß er seiner Mutter noch am selben Abend die Neuigkeit beibringen mußte. Beim Nachtisch schnitt er das Thema an.

»Hast du je von Rhodesien gehört?« fragte er.

Sie sahen einander sehr ähnlich. Ausgeprägte Gesichter mit trotzig vorgerecktem Kinn und Adlernase, die sie aussehen ließ, als sollten ihre Profile auf alten römischen Münzen abgebildet werden; hohe, markante Backenknochen und eine breite Stirn unter einer roten Lockenmähne. Andrews Augen waren braun und nicht so leuchtend wie die blauen seiner Mutter. Er war grobknochig und groß und überragte die zierliche Gestalt seiner Mutter bei weitem. Ihr Teint war die berühmte britische blaßschimmernde Pfirsichhaut, doch er hatte ein rötliches Gesicht und Sommersprossen.

In ihrer Jugend war sie eine der schönsten Frauen Englands gewesen; mit zweiundfünfzig Jahren sah sie immer noch gut aus. Andrew hätte sich nicht gewundert, wenn er erfahren hätte, daß sie sich Liebhaber hielt. Dorothy McCloud sah aus, als stamme sie aus einer reichen aristokratischen Familie, aber in Wirklichkeit war sie erst durch ihre Heirat zu Reichtum gekommen. Ein erfreulicher Begleitumstand, fand sie. Der Mann, der ihr mehr als jeder Reichtum auf Erden bedeutet hatte, war auf der Flucht aus Dünkirchen umgekommen.

»Rhodesien? Natürlich.« Ihre Stimme zog sich wie seidene Fäden über den Tisch. »Es liegt in Afrika.«

»Weißt du noch mehr darüber?«

»Sehen wir doch mal. Es ist nach Cecil Rhodes benannt worden, nicht wahr?«

Andrew nickte. Dann versetzte sie ihn in Erstaunen. »Ich

finde das scheußlich von uns. Wir suchen andere Länder auf und glauben, wir hätten sie ›entdeckt‹ oder ›erobert‹, und dann benennen wir sie um. Die Viktoriafälle! Rhodesien! Weil sich ein einziger Weißer mit seiner Theorie der weißen Vorherrschaft entschließt, dort reich zu werden! Wußtest du, daß er in Wirklichkeit in Südafrika gelebt hat?«
Andrew starrte seine Mutter verblüfft an. Er hatte nicht geahnt, daß sie so dachte.
»Du hältst nichts davon, daß wir Zivilisation in die Kolonien bringen?«
Seine Mutter legte ihre Gabel hin. »Kann man es wirklich so bezeichnen?« Andrew hatte noch nie erlebt, daß seine Mutter sich über theoretische Ideen derart ereiferte. »Ist es nicht eher so, daß wir nicht ruhen, solange sie nicht sind wie wir und wir ihre Wurzeln und ihre Geschichte nicht ausgelöscht haben?«
»Und was ist damit«, fragte Andrew, »Gott zu ihnen zu bringen?«
»Ach, Gott«, sagte seine Mutter. »Die Greuel, die im Lauf der Jahrhunderte im Namen des Christentums begangen worden sind! Sie genügen, um einen zum Atheisten werden zu lassen.« Das klare Blau ihrer Augen wurde dunkler.
»Bist du das? Atheistin?« fragte Andrew.
Belustigung schlich sich in die Stimme seiner Mutter. »Und wenn ich es wäre?«
Andrew sah sie an. Ihm wurde erstmals klar, daß er seine Mutter immer als eine Selbstverständlichkeit hingenommen hatte. »Ich glaube, ich kenne dich gar nicht.«
Sie lächelte. »Ich dachte, vielleicht wirst du mich nie kennenlernen wollen.« Dann setzte sie das Gespräch fort. »Missionare und Bekehrer jeder Art interessieren sich mehr für ihre Ideen als für die Menschheit. Jetzt werde ich dir etwas wirklich Lästerliches sagen.«

Andrew wartete.
»Ich kann Albert Schweitzer nicht leiden. So! Da hast du es! Das habe ich mir schon ein dutzendmal gedacht. Wahrscheinlich bin ich der einzige Mensch auf Erden, der so empfindet.«
»Sag mir, warum.«
»Ach«, erwiderte sie zwischen zwei Bissen. »Ich habe über ihn gelesen und über die guten Werke, die er für die Eingeborenen von Französisch-Äquatorialafrika tut, und das gefällt mir. Aber nicht die Art, wie er es tut. Zu irgendeinem Besucher hat er gesagt, er solle gar nicht erst probieren, sich mit den Afrikanern zu verständigen, sie seien nichts weiter als unverständige Kinder. Er stellt sein Leben in den Dienst einer Sache, nicht eines Volkes.«
»Und was ist mir dir?« Andrew versuchte, es beiläufig zu sagen. »Wie stehst du zu den Farbigen?«
Seine Mutter lächelte grimmig. »Farbige? Was für ein gräßliches, abschätziges Wort! Als seien sie keine vollwertigen Menschen. Na ja, jedenfalls mag ich *rosa* Babys.«
Leidenschaftlich streckte Andrew seine Hand aus und legte sie auf ihre langen, elegant geformten Finger. »Ich mag dich«, sagte er.
Seine Mutter holte die Cognac-Karaffe und als sie Andrew ein Glas einschenkte, fuhr sie mit ihren Fingern durch sein dichtes, struppiges Haar und drückte einen Kuß darauf. Dann setzte sie sich wieder auf ihren Stuhl ihm gegenüber.
»Wie sind wir eigentlich auf all das gekommen?« wollte sie wissen.
»Ich glaube«, sagte er und zögerte nicht länger, »weil ich dich nach Rhodesien gefragt habe.«
Sie sah ihn eindringlich an. »Darf ich dich dort besuchen?«
Er starrte sie noch erstaunter an. Er hatte ihr nicht gesagt, daß er dort hinging.

Da ihm noch zwei Monate blieben, bis er sich in der Firma in Salisbury melden mußte, entschied sich Andrew, mit einem Frachtschiff nach Kapstadt zu reisen, einem langsamen Frachter, der zahlreiche Häfen an der Atlantikküste anlief.

Zwei der elf Passagiere waren junge Frauen, die ihn verstohlen musterten, doch er zog es vor, für sich zu bleiben. Er spielte Bridge mit den jungen Damen, redete stundenlang mit ihnen und küßte beide im tropischen Mondschein. Er war glücklich, wollte sich aber nicht auf eine Romanze einlassen.

Auf der langen Schiffsreise entspannte er sich, und zum ersten Mal in seinem Leben fühlte er sich gelöst. Es ging ihm so blendend, daß er wünschte, die Reise würde nie enden.

Er nahm die Bedeutung des Augenblicks wahr, als er südafrikanischen Boden betrat. Hier in Kapstadt wollte er zwei Wochen verbringen, um sich zu akklimatisieren und diesen Teil Afrikas anzusehen, von dem er wußte, daß er Rhodesien ähnlich war. Genau fünfzehn Tage später mußte er sich in Salisbury melden.

Kapstadt war noch kleiner, als er es sich vorgestellt hatte. Weder vom Hafen noch vom Hotel aus konnte er die Ansiedlungen sehen, in denen die Schwarzen lebten.

Am ersten Tag beschloß er, sich ein Bild von der Stadt zu machen, die er aufgrund ihrer einzigartigen Lage jetzt schon mochte.

Auf den Straßen hörte er ebensooft ein gutturales Englisch wie ein Englisch mit britischem Akzent. Kapstadt war natürlich weniger großstädtisch als London, aber es gab viel zu sehen. Die Stadt war nicht so groß, daß man sich hätte verlaufen können. Genaugenommen gab es nur sieben größere Straßen.

Am Vormittag schlenderte er durch die Geschäftsstraßen der Stadt, aß in einem Straßenrestaurant zu Mittag und beobachtete die wimmelnde Menschenmenge.
Erst wesentlich später, als er im Bett lag und versuchte, sich daran zu erinnern, wie alles angefangen hatte, wurde ihm klar, daß er die Frau angestarrt haben mußte, die so blaß wie ein Porzellanpuppe aussah. Sie hatte eine Alabasterhaut, und ihr Haar war so hellblond, daß es weiß schimmerte. Sie saß drei Tische von ihm entfernt und schrieb und radierte auf einem Block; sie konzentrierte sich ganz auf diese Tätigkeit. Als sie aufblickte und in die Ferne schaute, sah er die leuchtendsten Augen, die er sich vorstellen konnte. Sie trug ihre Eleganz wie einen Schal, kühl und ohne Empfindungen, aber schön – nicht wirklich unberührbar, aber vielleicht zu keiner Reaktion bereit. Frauen wie sie hatte er überall in London gesehen; Frauen, die sich nicht unterhalten wollten oder es vielleicht auch gar nicht konnten. Frauen, denen der Lippenstift mehr bedeutet als jede Leidenschaft.
Andrew war nicht allzuoft mit Leidenschaft in Berührung gekommen. Die Frauen, die er kennengelernt hatte, kamen ihm künstlich vor, und sie lauschten seinen Begeisterungsstürmen höflich, aber ohne wirkliches Interesse. Oder sie klammerten sich an einen Mann und wollten sich abhängig machen. Keine schien seine Leidenschaft wachgerufen zu haben, und er hatte nie den Drang verspürt, eine von ihnen über längere Zeit zu sehen. Eine Frau stand im Moment eigentlich nicht auf der Liste seiner Prioritäten. Ein neuer Kontinent und neue Lebensformen waren die Dinge, um die sich seine Gedanken viel eher drehten als um Frauen. Aber, verdammt noch mal, diese Frau war etwas Besonderes.
Als sie ihren Bleistift in ihre Handtasche steckte und ihr Notizbuch unter den Arm klemmte, aufstand und mit for-

schen Schritten zur Bushaltestelle lief, folgte er ihr. Als sie sich hingesetzt hatte, einen Ellbogen auf die Fensterbank lehnte und ihr Kinn auf der behandschuhten Hand aufstützte, setzte er sich neben sie.

Beide sahen starr vor sich hin.

Nach zwei Haltestellen brachte er die Dreistigkeit auf, zu fragen: »Ich habe keine Ahnung, wo ich bin oder wohin ich fahre. Können Sie mir weiterhelfen?«

Sie lächelte ein betörendes Lächeln, das ihn gefangennahm. »Sie sind neu hier?« fragte sie mit einem Akzent, der klang, als käme sie aus seiner Heimat.

»Ja«, antwortete er. »Ich bin gestern erst angekommen. Ich dachte mir, ich sollte mir die Sehenswürdigkeiten ansehen, aber ich weiß nicht, womit ich anfangen soll.«

»Nun ja«, antwortete sie. »Das hängt davon ab, was Sie sehen wollen.«

»Das ist es ja gerade«, sagte er. »Ich weiß es nicht. Was gibt es denn hier zu sehen?«

Sie lachte, und er hörte Glöckchen klingen. »Würden Sie sich vielleicht gern unsere Tiger und Löwen ansehen?«

»Ganz so naiv bin ich nicht.« Er lächelte. »Ich habe zwei Wochen Zeit hier, ehe ich nach Salisbury weiterreise, und ich will alles sehen. Ich war nie wirklich von England fort. Können Sie mir irgend etwas empfehlen?«

Sie legte den Kopf zur Seite und musterte ihn abschätzend. Die Reserviertheit, die er sich vorher eingebildet hatte, war von ihr abgefallen. Alles an ihr bezauberte ihn. Sie war von einer Unbefangenheit, die er reizvoll fand.

»Wollen Sie schöne Dinge sehen oder die Realität?«

»Geht denn nicht beides?«

»Doch, natürlich, aber nicht gleichzeitig. Wenigstens hier nicht.«

»Wohin fahren *Sie* denn?« fragte er.

»Auf geradestem Wege in die Realität«, antwortete sie, und ihre Stimme klang schneidend.
»Womit verdienen Sie Ihren Lebensunterhalt?« fragte sie brüsk, und ihre Augen sahen ihn prüfend an.
»Ich bin Ingenieur«, sagte er. »Darf ich mich vorstellen? Andrew McCloud.«
»Schotte?« fragte sie.
»Früher mal. Aber ich bin in London geboren und aufgewachsen. In zwei Wochen werde ich in Afrika zu Hause sein. Ich habe eine Ingenieurstelle bei der Llewellyn Ltd. in Salisbury angenommen. Ich sollte lieber dahinterkommen, wie die Realität aussieht.«
Seine Antwort schien sie zu begeistern. Sie hielt ihm die Hand hin und lächelte. »Ich bin Carolyn Compson. Wir steigen an der nächsten Haltestelle aus.

34. Kapitel

Von der Haltestelle aus liefen Carolyn und Andrew an drei Geschäften vorbei. Andrew wollte gerade fragen, wohin sie gingen, als Carolyn ein dunkles Haus betrat und er ihr eilig folgte. Innen blätterte die rissige grüne Farbe von den Wänden ab. Schwarze saßen in einer Reihe auf unbequemen Stühlen; ihre Augen waren alt und ohne jede Hoffnung.
Carolyn wandte sich zu Andrew und sah ihn an. »Wenn du dich langweilst, kannst du die Buslinie sechs auf der anderen Straßenseite nehmen. Die bringt dich in die Innenstadt zurück.«
Er wußte, daß er sich nicht langweilen würde.
Eine andere Frau, die etwa zehn Jahre älter war als Carolyn, saß hinter einem Schreibtisch und wirkte zerstreut.

»Oh, ich bin ja so froh, daß du kommst«, sagte sie seufzend und legte eine Hand auf Carolyns Arm.

»Die Truppenverstärkung«, sagte Carolyn spöttisch. »Jane, das ist Andrew McCloud«, sagte sie, um die beiden miteinander bekanntzumachen.

»Hilft er mit?« fragte Jane.

»Nein. Ich habe ihn im Bus aufgelesen.« Carolyn lächelte ihn an und wies auf einen Stuhl. »Warum setzt du dich nicht?«

Er tat es.

»Morgen«, sagte Jane und strich sich das dunkle Haar aus dem Gesicht, »werde ich versuchen, mich um diese drei Fälle zu kümmern«. Sie warf Carolyn Papiere auf den Schreibtisch. Nachdem sie sie durchgeblättert hatte, holte sie hörbar Atem.

»Viel Glück«, sagte sie so, als glaubte sie selbst nicht daran.

»Ja, das kann ich gebrauchen.«

»Was tust du hier?« fragte Andrew Carolyn, als Jane sich verabschiedet hatte.

»Das wirst du gleich sehen. Für deinen ersten Tag in Kapstadt dürfte es ein hartes Erwachen sein«, sagte Carolyn. Dann rief sie: »Mrs. Desai.«

Eine kleine Schwarze in sauberen, ausgeblichenen Kleidern stand von einem der Stühle auf und kam mit gebeugten Schultern langsam auf Carolyn zu. Sie blieb stehen, bis Carolyn ihr bedeutete, sich zu setzen.

»Was kann ich für Sie tun?« fragte sie, und Andrew fand, es klang wie Engel im Himmel, von denen man ihm in seiner Jugend in der Kirche erzählt hatte. Süße, Wärme, Hoffnung – all das war gleichzeitig in ihrer Stimme.

»Sie schicken mich nach Soetgrond«, antwortete Mrs. Desai. »Mein Mann ist letzte Woche gestorben. Und jetzt sagen sie mir, daß ich nicht mehr hierbleiben kann. Sie schikken mich nach Soetgrond«, wiederholte sie mit erstickter Stimme. »Sie sagen, daß sie mich in meine Heimat zurückschicken, aber es ist nicht meine Heimat, und ich will nicht hingehen.«

Carolyn atmete tief ein, und ihre Brüste hoben und senkten sich. Andrew bemerkte, daß sie einen schönen Körper hatte, doch ihr Mitgefühl nahm ihn noch mehr für sie ein.

»O Mrs. Desai!« rief Carolyn aus.

Tränen traten in die Augen der Schwarzen, die vom Weinen gerötet waren, und sie drehte mit den Händen nervös ein Taschentuch auf ihrem Schoß. Sie war verängstigt.

»Mit wem haben Sie gesprochen?« fragte Carolyn, und ihr verhaltener Zorn war in ihren Augen und in ihrer Stimme zu erkennen.

»Mr. Grossbart.« Jetzt rannen die Tränen über ihre Wangen, und Mrs. Desai versuchte, sie mit dem zerknitterten Taschentuch fortzuwischen. »Er sagt mir, daß er mich innerhalb von zweiundsiebzig Stunden wegschicken könnte, aber er will mir zwei Wochen Zeit lassen, damit ich meine Habe zusammenpacken kann. Ich weiß überhaupt nicht, wo Soetgrond ist. Dort kenne ich niemanden.«

Sie weinte jetzt hemmungslos. »Wenn ich fortgehen muß, dann will ich wieder nach Hause gehen. Ich habe fünfzig Jahre dort gelebt. Dort habe ich Freunde.«

Carolyn kam um ihren Schreibtisch herum, zog die Frau vom Stuhl und nahm den zerbrechlichen Körper in ihre Arme. Jetzt schluchzte die Frau unbeherrscht.

»Ich werde Mr. Grossbart morgen aufsuchen«, versprach Carolyn. »Ich werde ihm sagen, daß ich Sie einstellen will. Ich werde sehen, was sich machen läßt. Übermorgen komme ich dann zu Ihnen nach Hause.«

Mit dem Taschentuch vor der Nase wandte sich Mrs. Desai ab und schlurfte ins Freie.

Carolyn sah ihr nach und wandte sich dann an Andrew.

»Ihr Mann hat jahrelang hier gearbeitet. Aber es ist verboten, eine Ehefrau mitzubringen, solange den Anforderungen nicht entsprochen wird. Somit hat er seine Frau achtundzwanzig Jahre lang nur etwa alle vier Jahre gesehen. Seine Kinder sind herangewachsen und haben selbst Kinder bekommen, und er hat sie kaum gekannt. Einmal ist ein Jahrzehnt vergangen, bis ihm ein Besuch erlaubt worden ist. Aber da er hier gearbeitet hat und ihnen Geld schicken konnte, haben er und seine Familie besser gelebt, als es ihnen andernfalls möglich gewesen wäre. Letzte Woche ist er gestorben. Jetzt steht ihr das Haus, in dem sie in den letzten fünf Jahren zusammen gelebt haben, nicht mehr zur Verfügung. Jetzt will die Regierung sie und viele andere aussiedeln – sie abschieben in eine schäbige Hütte mitten im Nichts, um sich ihren Anblick zu ersparen. Es könnte ebensogut ein anderes Land sein. Und es gibt keine Möglichkeit, sich dort den Lebensunterhalt zu verdienen. Geschäfte sind nicht erlaubt. Das Land ist unfruchtbar; es ist praktisch aussichtslos, dort etwas anzupflanzen. Man muß sich selbst eine Hütte errichten, und wie könnte Mrs. Desai das tun?«

Andrew wußte nicht, ob sein überwältigendes Mitgefühl Mrs. Desais Lage oder Carolyns Reaktion darauf galt.

»Sie wird sterben«, flüsterte Carolyn. Andrew wußte nicht, ob sie es zu ihm oder zu sich selbst sagte. »Oder sie wird wünschen, sie sei tot.«

»Kannst du irgend etwas für sie tun?« fragte er.

»Ich kann es versuchen«, antwortete sie achselzuckend. Ihr rot-weiß geblümtes Kleid wirkte hier seltsam fehl am Platz, denn die leuchtenden Farben waren zu fröhlich für das, was sich hier abspielte.

Der Mann, der als nächster aufgerufen wurde, schien noch Hoffnung zu haben. Er hieß Daniel Mpopo.

Zorn flackerte in seinen Augen auf. »Sie haben mir versprochen, daß meine Frau nach acht Jahren kommen kann. Es sind mehr als acht Jahre. Jetzt sagen sie zehn.«
Andrew fiel auf, daß Carolyn nicht nach den Gründen fragte.
»Sie haben in all den Jahren für denselben Arbeitgeber gearbeitet?« fragte Carolyn.
Daniel schüttelte den Kopf. »Ich habe so hart gearbeitet, weil sie mir gesagt haben, wenn ich acht Jahre arbeite, kann meine Frau mit meinen beiden Kindern zu mir kommen und bei mir leben, und wir bekommen ein Haus. Ein Haus von der Regierung.«
Carolyn sagte ihm, daß sie ihn am Donnerstag an seinem Arbeitsplatz aufsuchen würde. Dann streckte sie ihre Hand aus und berührte sachte seine Finger, die die Schreibtischkante umklammerten.
Als er den Tag im nachhinein an sich vorbeiziehen ließ, glaubte Andrew, vielleicht sei es genau dieser Moment gewesen, in dem er sich verliebt hatte.
Der nächste Mann war etwa vierzig, hielt eine verbundene Hand vor sich und brüllte: »Ich gehe nicht weg!«
Vor drei Wochen war ihm in dem Lagerhaus, in dem er seit sieben Jahren arbeitete, eine große Kiste auf die Hand gefallen, und die Hand war gebrochen. »Jetzt sagen sie mir, ich kann nicht hierbleiben, weil ich seit drei Wochen nicht gearbeitet habe, und daß sie mich in mein Dorf zurückschikken.« Er schüttelte die gesunde Hand, und seine Augen sprühten Funken. »Ich bin all die Jahre hiergeblieben. Ich habe ertragen, daß man mich wie ein Tier behandelt, damit ich eine Genehmigung bekomme, hier zu leben, weil ich heiraten und ein Haus haben und eine Familie gründen will. Jetzt schicken sie mich zurück in das Dorf, in dem ich nichts verdienen kann und in dem meine Leute verhungern, nur

weil eine von *ihren* Kisten auf meine Hand gefallen ist!« schrie er. Die Ungerechtigkeit des Systems und des Lebens brachten ihn auf.

Carolyn redete mit ihm und versprach, zu sehen, was sie für ihn tun konnte. Sie unterhielt sich an diesem Nachmittag mit sieben Leuten und versprach allen, ihr Bestes zu versuchen. Als alle gegangen waren, wandte sie sich an Andrew.

»Wie kommt dir das vor, was du heute nachmittag gesehen hast?«

»Es macht mich krank. Ich bin verwirrt. Ich will mehr wissen. Was kannst *du* daran ändern? Warum bist du hier?«

»Wir sind eine ganze Gruppe – alles Frauen; wir nennen uns Black-Sash-Bewegung, und wir versuchen, zu helfen.«

Sie stand auf. »Es wird mir nicht einmal in der Hälfte der Fälle gelingen.«

»Warum tust du es?«

Ein bitteres Lächeln trat auf ihr Gesicht. »Ach, bloß weil man von Anfang an chancenlos dasteht, braucht man es doch nicht gar nicht erst zu versuchen. Aussichtslos ist es nicht. Wahrscheinlich kann ich wenigstens einem von ihnen helfen. In einer Woche konnte ich für drei etwas tun. Das war ein absoluter Rekord.«

Sie schraubte die einzige Glühbirne heraus, und sie traten ins Tageslicht. Es war fünf Uhr.

Als sie die Straße überquerten, schien neue Vitalität in Carolyns Körper zu strömen. Andrew hatte sie den ganzen Nachmittag angestarrt. Er glaubte, vielleicht noch nie eine schönere Frau gesehen zu haben. Wie konnte er sie halten? Wie konnte er bewirken, daß sie nicht aus seinem Leben verschwand?

»Ich würde mich freuen, wenn ich dich zum Abendessen einladen dürfte. Ich würde gern mehr über deine Arbeit hören.«

Eine Tür schloß sich in ihrem Innern. »Ich will im Moment

nicht darüber reden. Aber wenn du die schöne Seite von Kapstadt sehen willst, nehme ich dich zum Abendessen mit nach Hause. Hast du Lust?«
Aber wie!
Er war seit genau vierundzwanzig Stunden in Südafrika.

Andrew und Carolyn stiegen dort aus dem Bus, wo sie sich getroffen hatten. Sie hatte sich in einen anderen Menschen verwandelt. Bis morgen hatte sie die Tragödien des heutigen Tages von sich abgeschüttelt. Sie lachte, und die Sonne, die immer noch schien, tanzte durch ihr Haar, als sie ihn zu ihrem roten Ferrari-Kabriolett führte.
Während sie auf den Fahrersitz glitt, bedeutete sie ihm, auf der anderen Seite einzusteigen. Sie beantwortete die Frage, die in seinen Augen stand. »Ich finde es protzig, mit so einem Wagen in diesen Teil der Stadt zu fahren, wenn ich versuche, Menschen Mut zu machen. Aber ich sehe nicht ein, warum ich die Märtyrerin spielen sollte.«
Sie fuhr schnell und gut, und es schien ihr Spaß zu machen, und Minuten später hatten sie das Stadtgebiet verlassen und fuhren auf ein Bauernhaus zu, das Andrew vorkam, als sei es von der Normandie hierher gebracht worden; es war von grünen Wiesen, Obstbäumen und Weinbergen umgeben.
Andrew stieß einen Pfiff aus.
Carolyn trat auf die Bremse. Sowie der Wagen stillstand, sprang sie heraus, drehte sich um und hielt ihm die Hand hin. Das hatte er ganz bestimmt nicht erwartet.
Als er ihre Hand hielt und sie auf das Haus zuliefen, erkannte er, daß diese Frau ihn durch ihre Energie, ihr Mitgefühl und ihre Kraft faszinierte, daß seine Gefühle aber nicht frei von sexueller Anziehungskraft waren.
Carolyn zog ihn ins Wohnzimmer. Ehe er dazu kam, die

Schönheit seiner Umgebung genauer wahrzunehmen, wurde seine Aufmerksamkeit auf das Paar gelenkt, das dort saß.

Carolyns Mutter war eine noch auffälligere Erscheinung als Carolyn. Sie mußte etwa im selben Alter wie Andrews Mutter sein. Nach dieser Frau hätte man sich auf der Straße umgedreht. Er ahnte augenblicklich, woher Carolyn ihr Feuer hatte, und er wußte, woher der üppige Mund und die türkisen Augen kamen, obwohl sie sich in Teint und Haar deutlich voneinander unterschieden.

»Diesen Mann habe ich in einem Bus aufgegabelt.« Carolyn lächelte und hing sich bei ihm ein. »Er will Kapstadt sehen, und daher habe ich ihn mit nach Hause gebracht.«

Im größten Sessel saß ein Mann mit silbrigem Haar, der ihm bekannt vorkam. »Das sind meine Eltern«, sagte Carolyn.

In dem Moment dämmerte Andrew, warum Mr. Compson ihm so bekannt vorkam. »Ich habe alle Ihre Bücher gelesen, Sir.«

»Alle zwölf?« Mr. Compson lachte.

»Alle zwölf, Sir. Sie waren der erste Mensch, dessen Berichte über Afrika ich gelesen habe. Ich habe jeden einzelnen Roman, den Sie geschrieben haben, verschlungen. Ich schließe mich dem an, was ein Kritiker über Ihr letztes Buch geschrieben hat: ›Marshall Compsons Romane machen die Welt zu einem schöneren Ort für das Leben.‹«

Als er wesentlich später im Bett lag und der Mondschein durch das Hotelfenster drang, wußte er, was ihm zugestoßen war. Das Wunder war nur, daß es so unerwartet gekommen war, so schnell. Ohne jede Vorwarnung. Und dazu noch an seinem ersten Tag in Südafrika.

Vielleicht hatte er sich gleich in die ganze Familie verliebt.

in ihre Mutter. Als er jetzt im Bett lag und den Tag noch einmal an sich vorüberziehen ließ, wurde ihm klar, daß Liliane ihm das Gefühl gegeben hatte, er sei der wichtigste Mensch in ihrem Leben und dazu ein brillanter Unterhalter. Und daß sie alle sich glücklich schätzten, weil Carolyn ihn entdeckt hatte. Sie war eine wunderschöne Frau.

Erst im Lauf des Abendessens hatte er festgestellt, daß Carolyns Mutter die berühmte »Mutter Lili« von Simbayo war.

»Ach, ich lebe nicht das ganze Jahr über hier«, hatte Mrs. Compson gesagt. »Es ist einer meiner halbjährigen Besuche.«

Frauen wie sie hatte er bestimmt nicht in Afrika erwartet, im »Dunklen Kontinent«.

Er war sicher, daß es passiert war, ehe Carolyn gesagt hatte: »Ich bringe dich besser in dein Hotel zurück. Es ist schon nach Mitternacht.« Als sie im Mondschein in der Auffahrt standen, wollte er sie küssen.

Sie standen da und starrten einander an. In dem Moment wußte er es.

Als sie ihn vor dem Hotel absetzte und er die Wagentür öffnete, fragte sie: »Ich sehe dich doch wieder, oder?«

»Ich habe den Verdacht«, antwortete er, während er seinen schlaksigen Körper aufrichtete, »daß du mich für den Rest deines Lebens sehen kannst.«

Er hatte den Klang ihres Lachens, die Freude, die aus diesem melodischen Laut herauszuhören war, noch im Ohr, als er mit dem Aufzug nach oben fuhr und in sein Zimmer ging.

Ob ich sie wohl heiraten werde? fragte er sich. Eine Frau, die ich einen Tag kenne? Werde ich den Rest meines Lebens mit einer Frau verbringen, die ich gestern noch nicht gekannt habe?

Beim Einschlafen sah er sie unter den Schatten an der Wand, und dort blieb sie die ganze Nacht über.

»Für mich kam es genauso schnell und unerwartet.« Carolyn lächelte. »Ganz sicher wußte ich es, als du gesagt hast: ›Ich habe den Verdacht, daß du mich für den Rest deines Lebens sehen kannst.‹« Carolyn erinnerte sich an exakt diesen Moment vor zwei Wochen.

Bis dahin hatte sie nur gewußt, daß sie den ersten Mann kennengelernt hatte, der sie rundum faszinierte. Abgesehen von ihrem Vater natürlich. In den vergangenen Jahren hatte sie ab und zu gedacht, wenn sie die Jungen und Männer an ihm maß: Hat mein Vater mich für alle Zeiten verdorben, weil ich jeden anderen Mann mit ihm vergleichen muß? Aber sie glaubte nicht wirklich daran.

In den allerletzten Jahren hatte sie sich so sehr für andere Bereiche des Lebens interessiert, daß sie aufgehört hatte, sich über das Ausbleiben von Romanzen zu wundern. Sie war mit ihrem Leben zufrieden, obwohl sie wußte, daß es mehr im Leben gab als das, was sie erlebt hatte. Sie tat etwas für die Menschheit, wenn es auch nur ein Tropfen auf den heißen Stein war und ihre Bemühungen für die Black-Sash-Bewegung sich meist als nutzlos erwiesen.

Auch ihre Stellung, die fünf Tage in der Woche verschlang, machte ihr Spaß.

Bei einer Party hatte sie einen der wenigen Psychiater von Kapstadt kennengelernt, der eingestanden hatte, daß er nach sieben Jahren die Zelte abbrach, um nach London zurückzugehen. »Hier ist kein Geschäft zu machen«, sagte er. »Die Afrikaner haben nie Zweifel. Sie wissen, wer sie sind; sie wissen, was falsch und was richtig ist, und sie werden nie von tiefgreifenden Fragen geplagt. Wie wunderbar muß es sein, alle Antworten zu kennen und definitiv zu wissen, daß es die richtigen sind.« Er seufzte; er bemitleidete sich selbst, weil er dieses wunderschöne Land verließ, und gleichzeitig bemitleidete er die Menschen, die wußten, daß sie in jeder Hinsicht recht hatten.

Als dagegen Andrew den ganzen Nachmittag lang dasaß und ihr zusah, schöpfte Carolyn den Verdacht, es mit einem Mann zu tun zu haben, der anders war als alle, die ihr je begegnet waren. Und dazu sah er auch noch gut aus!

Diese warmen braunen Augen, die abwechselnd wie die eines Welpen und die eines Mannes schauten, der genau wußte, was er wollte, richteten sich auf die Bittsteller, die an ihren Tisch kamen. Wenn sie das altbekannte Gefühl der Hoffnungslosigkeit in sich aufsteigen spürte, sah Carolyn Andrews Blick, der auf ihr ruhte, ihre Gefühle aus ihrem Gesicht ablas und ihr gern geholfen hätte.

Sie hatte sich gewünscht, er werde sie zum Abschied küssen. Vielleicht beruhten ihre Gefühle nicht auf Gegenseitigkeit, dachte sie, als er keine Anstalten machte. Und doch wußte sie, daß er die Elektrizität, die in der Luft hing, so deutlich wahrnahm wie sie.

Erst, als er sagte: »Ich habe den Verdacht, daß du mich für den Rest deines Lebens sehen kannst«, war sie sicher. Also, dachte sie, als sie nach Hause fuhr und sich mehr auf die Mondsichel als auf die Straße konzentrierte, ist es mein Schicksal.

Als sie am nächsten Morgen schwimmen ging, stand ihre Mutter am Beckenrand und lachte. »Ich habe deinem Vater schon gesagt, daß wir dich verlieren werden.« Diese Vorstellung scheint sie nicht allzusehr zu entsetzen, fand Carolyn, aber vielleicht liegt es auch daran, daß sie mich liebhat. Außerdem ist Papa derjenige, der sich einsam und verlassen vorkommen wird.

Carolyn schüttelte sich wie ein nasser Hund und bespritzte

ihre Mutter absichtlich mit Wassertropfen. Auch daran schien sich Liliane nicht weiter zu stören.

»Wir wollen doch nichts überstürzen.« Carolyn lachte. »Woher sollen wir wissen, was er für mich empfindet?«

Liliane reichte ihrer Tochter ein Handtuch. »Ich habe noch nie an dir erlebt, daß du dich für das, was du haben willst, nicht einsetzt.«

»Aber ich bekomme nicht alles, was ich will«, entgegnete Carolyn. Sie fing allmählich an zu glauben, daß es doch keine Gerechtigkeit gab.

Ihre Mutter ging nicht auf diese letzte Bemerkung ein und fragte: »Wirst du ihn heute treffen?« Nach fast dreißig Jahren in Afrika hatte sie immer noch einen amerikanischen Akzent.

Carolyn sprach die Frage laut aus, die sie beim Schwimmen beschäftigt hatte. »Soll ich den ganzen Tag am Telefon sitzen und warten, oder soll ich selbst etwas unternehmen?«

»Wieviel Zeit bleibt dir?« In Lilianes Augen stand Belustigung, doch die Frage war ernstgemeint, und das merkte Carolyn.

»Ein Tag weniger als zwei Wochen.«

»Das scheint mir bereits eine Antwort zu sein.«

Carolyn wickelte das Handtuch um sich und fragte: »Was meinst du? Ich meine, was hältst du von der ganzen Geschichte?«

Liliane setzte sich und sah auf die Weinberge hinaus. Sie lächelte Carolyn betrübt an. »Mir ist gestern nacht klargeworden, daß ich nie auf den Gedanken gekommen bin, du könntest Kapstadt verlassen. Ich weiß auch nicht, wieso. Ich habe meine Eltern mit einundzwanzig verlassen, bin achttausend Meilen weit gereist und habe sie nie wiedergesehen. Ich hätte mir darüber im klaren sein müssen, daß mir dasselbe zustoßen kann. Das scheint nur gerecht zu sein.«

Carolyn ging auf ihre Mutter zu, beugte sich zu ihr herunter und schlang entgegen ihren Gewohnheiten die Arme um sie. Liliane tätschelte geistesabwesend ihre Hand.

»Und schließlich«, sagte Liliane mit munterer Stimme, »ist Rhodesien keine achttausend Meilen entfernt.«

»Hat er dir so gut gefallen?«

»Natürlich. Ich wußte nach der ersten halben Stunde, daß er der richtige Mann für dich ist.«

Sie stand auf und ging zum Haus. »Mein Liebling«, sagte Liliane, »ich bin ganz aufgeregt, wie es weitergeht, und das wiegt die Traurigkeit und das Gefühl, etwas zu verlieren, halbwegs auf. Mit Marsh ist es etwas anderes. Schließlich ist er verwöhnt.«

»Wir tun so, als sei ich schon verheiratet und im fernen Rhodesien, und dann denkt er vielleicht gar nicht mehr an mich.«

»Willst du wetten?« fragte Liliane.

Carolyn hörte Andrews Stimme an, daß sie ihn geweckt hatte.

»Ich kenne ein wunderbares Café, in dem es Croissants und Milchkaffee gibt, und man kann von dort aus die Schiffe anlegen sehen.«

Ein freudiges Lachen kam durch den Hörer. »Läßt du mir noch Zeit zum Rasieren?«

»Mir ist das egal. Wenn du es brauchst, dann tu es.«

»Wenn du da bist, bin ich fertig. Wie lange brauchst du für die Herfahrt?«

»Ich stehe im Hotelfoyer. Und jetzt beeil dich.«

»He.« Seine Stimme klang herzlich und vertraulich. »Guten Morgen.«

»Zieh dir bequeme Schuhe an«, sagte sie und legte auf. Sie bebte vor Freude. Guten Morgen. So, wie er es gesagt hatte, klang es wie: Ich liebe dich.

Als er aus dem Aufzug trat, überkam beide eine Spur von Verlegenheit. Sie lächelten wie Schüler bei einer Party, und in dem Moment wußte jeder von beiden, was der andere empfand, wenn sie es sich auch erst am späten Nachmittag eingestanden.

Beim Frühstück schlich sich Andrews Hand behutsam über den Tisch und legte sich auf ihre. Die Frage, die in seinen Augen stand, verschwand sofort, als er ihren Blick sah.

Carolyn hatte ein Picknickpaket mitgebracht, und sie bestiegen den Tafelberg. Für den Aufstieg brauchten sie vier Stunden. Carolyn wußte, wie er auf den Ausblick reagieren würde, der sich ihm bot. Sie kannte ihn noch keine vierundzwanzig Stunden, und doch wußte sie, wie er empfand. Sonst hätte sie sich nicht so schnell verlieben können.

Es gibt kaum eine Aussicht, die beeindruckender ist als der Blick vom Tafelberg – ein Panorama von dreihundertsechzig Grad. Das Tal war an drei Seiten von Wasser umgeben – Wasser, so weit das Auge sehen konnte. An diesem Sommertag im Januar war es unmöglich, sich den Wind vorzustellen, der im Winter in dieser Gegend tobte und so viele Schiffe zerschellen ließ.

»Glaubst du an eine Reinkarnation?« fragte Carolyn.

Andrew drehte sich zu ihr um und griff nach ihren Händen. Er sah auf sie herunter und lächelte. »Ich habe mir nie auch nur die geringsten Gedanken darüber gemacht. Aber du fragst, weil wir einander jetzt schon so gut kennen, stimmt's?«

»Ja.« Ihre Antwort war ein Flüstern. Schwäche überkam sie plötzlich, und ihr war schwindlig. Er wußte, was sie dachte. Sie hatte das Gefühl, ihn schon immer gekannt zu haben, hier schon einmal mit ihm gestanden zu haben, ihn schon früher einmal geliebt zu haben. Von jetzt an waren ihre Leben unentwirrbar ineinander verwoben. Wußte auch er das?

Andrew hob eine Hand zu ihrem Kinn, zog ihr Gesicht zu sich hinauf und küßte sie. Sie spürte seinen Herzschlag an ihrer Brust, und sie merkte, wie ihre Wesen miteinander verschmolzen. Die Benommenheit fiel von ihr ab, und Kraft durchströmte sie. Sie fühlte sich stärker und lebendiger als je zuvor, fähig zu nie geahnten Genüssen, wie eine Königin, eine Zauberin, eine Priesterin.

Eine Gruppe von anderen Bergsteigern tauchte auf; der Bann war gebrochen.

Aber nur für einen Moment.

Am Abend aß er wieder bei ihnen. Hinterher gingen sie im Dunkeln schwimmen; die Sterne funkelten hell, der Mond war aus schimmerndem Silber, und sie spürten die Nähe ihrer Körper. Er beugte sich herunter und küßte ihre Brüste, und sie fuhr mit einer Hand über sein Bein. Er murmelte: »Meinst du, daß deine Eltern mich auch nächste Woche noch als Gast zum Abendessen dulden?«

In Gedanken war sie fern von ihren Eltern oder irgendwelchen Mahlzeiten. Sie ließ sich auf dem Rücken im Wasser treiben, und ihr Haar breitete sich fächerförmig aus, während sie sich wieder wie eine Priesterin fühlte, wie eines der ersten Geschöpfe, das mit seinem ganzen Geist und Körper das Wunder dieser Welt wahrnahm. »Wieso?« fragte sie mit träger Stimme, wie aus einem fernen Traum.

»Ich weiß, was für ein Gefühl ich haben werde, wenn ich dich ihnen wegnehme. Wenn du nur noch eine gute Woche mit ihnen hast, bin ich bereit, dich allabendlich mit ihnen zu teilen.«

Er beugte sich vor und küßte ihren Oberschenkel. Ihre Arme umschlangen ihn.

Er zog sie aus dem Wasser und in seine Arme, zog ihr den Badeanzug aus und küßte ihre Brüste. Als er sie fest an sich preßte, glitten ihre Beine um seinen kräftigen Körper, wäh-

rend er noch im Wasser stand. Er zog sich die Badehose aus und drang in dem warmen Wasser unter den Sternen in sie ein. Ihr Blut vermengte sich hellrosa mit dem Wasser. Sein Körper bewegte sich in ihrem; sein Mund lag auf ihren Brüsten; seine Arme umschlangen sie. Sie wollte ihn für immer in sich behalten. Sie zog seinen Kopf von ihren Brüsten und nahm seine Zunge in den Mund, und sie wiegten sich im warmen Wasser des Schwimmbeckens und nahmen das Wunder wahr, das ihrer beider Leben durchdrungen hatte.
Als sie später dicht nebeneinander im Gras lagen und er unsichtbare Muster auf ihren Hals, ihre Schultern und ihre Arme zeichnete, sagte er: »Als ich das Wort *Rhodesien* in diesem Brief gelesen habe, wußte ich, daß mein Leben nie mehr so sein wird wie vorher, aber ich hätte im Traum nicht geglaubt, daß eine Frau wie du darin vorkommt. Ich wußte überhaupt nicht, daß es eine Frau wie dich *gibt.*«
Er hob den Kopf, und sie konnte sein Gesicht im Dunkeln sehen. »Andererseits wußte ich vielleicht schon immer, daß du auf mich wartest.«
»Ich glaube, es war uns vorherbestimmt«, murmelte sie, als sie im warmen Gras lag und von der Liebe erschöpft war. Ihre Finger glitten zart über seinen Arm.
»Du glaubst, es war Gottes Plan?« fragte er, und seine Stimme klang leichtfertig.
»Nein«, antwortete sie. »Der des Schicksals.«

Courtney wurde drei Monate später in einem Zelt im rhodesischen Busch gezeugt, während im Hintergrund ein Löwe brüllte.

35 Kapitel

1954 war Salisbury noch nicht die Gartenstadt, die es einmal werden sollte, aber es war schon auf dem Weg dazu, eine der hübschesten Kleinstädte auf Erden zu werden. Die schäbigen Hütten mit den Wellblechdächern wurden abgerissen und durch anmutige, gepflegte Bungalows ersetzt, die eine umlaufende Veranda hatten und auf großen Grundstücken standen, damit die neuen Besitzer Rasenflächen mit Blumen und Sträuchern anlegen konnten. Manche Häuser hatten sogar Schwimmbäder. Damit hatte Andrew nicht gerechnet. Aber schließlich hatte er nichts von alledem erwartet, was sich ereignet hatte, seit er aus England abgereist war.

Afrika war vollkommen anders als alles, was er sich vorgestellt hatte. Er war auf einen Kulturschock gefaßt gewesen, und doch versetzte ihn dieser Kontinent in absolutes Erstaunen.

Keine zwei Tage verliefen gleich.

Sein Staunen und seine Ehrfurcht wurden durch die Nächte noch stärker, die er mit Carolyn verbrachte. Sie legten eine Leidenschaft und eine Hingabe an den Tag, die keiner von beiden je erlebt hatte. Sie entdeckten nicht nur einander, sondern auch sich selbst. Nachts im Dunkeln waren Urkräfte am Werk, die mit der magnetischen Anziehungskraft des Kontinentes vergleichbar waren, die er tagsüber erlebte. Es war, als sei Afrika von Geburt an seine Bestimmung gewesen, obwohl er bis vor fünfeinhalb Monaten kaum etwas davon gewußt hatte.

Eine Stunde nach ihrer Eheschließung waren Carolyn und er nach Salisbury geflogen. Zum Glück hatten weder sie noch ihre Eltern auf einer großen Hochzeitsgesellschaft bestanden. Carolyn sagte ihm, die Zeitungen würden sich ärgern und am nächsten Tag einen großen Wirbel veranstalten, aber bis dahin würden sie Kapstadt schon weit hinter sich gelassen haben. Schließlich ging es den Zeitungen nicht darum, über sie zu berichten, sondern über ihre berühmten Eltern.

Er sah Tränen in ihren Augen, als das Flugzeug startete. Als sie auf das geliebte Land mit der verhaßten Politik herunterschaute, in dem sie den größten Teil ihres Lebens verbracht hatte, bemühte sich Carolyn nicht, ihre Gefühle zu verbergen.

Bei ihrer Landung brach die Dunkelheit herein, und sie kamen nicht dazu, etwas von der Stadt zu sehen. Außerdem waren sie müde und hungrig und wollten miteinander schlafen. Das Hotelrestaurant setzte ihnen fades englisches Essen vor, aber sie bestellten Champagner und nahmen ihn mit auf ihr Zimmer. Sie lachten und tranken und stießen auf die Zukunft, auf Andrews Stellung und auf ihr gemeinsames Leben an. Sie bestellten noch mehr Champagner und stießen auf die Liebe, auf das Glück und auf ihre Ehe an. Beide schwärmten für Champagner, und sie stießen auf alles Naheliegende und auf alles Fernliegende an und lachten und küßten sich immer wieder. Sie schliefen aneinandergekuschelt und zufrieden ein, obwohl sie ausgerechnet heute, in ihrer Hochzeitsnacht, nicht miteinander geschlafen hatten.

Am nächsten Morgen mußte Andrew bei der Llewellyn Ltd. antreten und sich vorstellen. Er bat Carolyn, noch nicht nach einer Wohnung zu suchen, sondern zu warten, bis er sie begleiten konnte.

Als er in die frische Luft kam, fühlte er sich, als läge ihm die Welt zu Füßen. Er spürte die Nähe des Busches, obwohl er ihn nicht sehen konnte; er kostete die Weite aus, von der die Stadt umgeben sein mußte.

Salisbury erlebte gerade einen Bauboom. Im Vergleich zu London war die Stadt zwar klein, aber sie war großstädtischer, als er sie sich vorgestellt hatte. Er wußte, daß die Kupfergesellschaften hier ihren Hauptsitz hatten. Trotz allem, was er gelesen hatte und was sein Intellekt ihm sagte, hatte ihn das Afrika seiner Fantasie, aber auch das Afrika aus alten Filmen, zwangsläufig auf Eingeborenenhütten und nicht auf moderne Kaufhäuser vorbereitet.

Auf den Straßen liefen Schwarze und Weiße herum; im Gegensatz zu Kapstadt war die Trennung weniger streng, doch es gab sie, und vielleicht war sie sogar recht kraß.

Statt schmaler Pfade, die sich in den Busch wanden, fand er verkehrsreiche, breite Alleen vor, Prachtstraßen, die breiter als in jeder anderen Stadt waren, die er je gesehen hatte. Später erfuhr er, daß Cecil Rhodes auf Straßen bestanden hatte, die breit genug waren, daß ein Gespann von acht Pferden darauf umkehren konnte. Es klang, als drücke jeder Autofahrer pausenlos auf die Hupe. Er hatte gelesen, daß jeder vierte Europäer in Rhodesien einen Wagen besaß, und er entschied, daß sie alle in Salisbury sein mußten.

Andererseits wußte er auch aus seiner Lektüre, daß zwei Millionen schwarze Rhodesier in dürren, staubigen Notunterkünften lebten und sich mühselig mit Ackerbau durchschlugen. Sogar in London hatte er nie ein wirkliches Elendsviertel betreten, obwohl er wußte, daß es auch dort Slums gab. Nie war er in einem Haus gewesen, in dem wirkliche Armut herrschte; er ahnte, daß sich das in seinem neuen Leben ändern würde. Er hatte immer jede nur mögliche Erfahrung machen wollen. Jetzt bestand nicht mehr nur die Möglichkeit, sondern sogar die Wahrscheinlichkeit.

Alle Männer, denen Andrew an diesem Morgen begegnete, trugen Hemden und Krawatten und – Shorts. Beim Mittagessen mit den Ingenieuren, die seine künftigen Kollegen

waren, fiel ihm die Serviette herunter. Als er sich bückte, um sie aufzuheben, mußte er lachen. Unter dem Tisch sah er ein Dutzend brauner Beine mit Socken. Andrew war begeistert; Shorts kannte er aus England nicht.
Andrew paßte ausgezeichnet zu seiner neuen Firma. Vor genau zwei Monaten hatte er England zum ersten Mal in seinem Leben verlassen. Seit gestern hatte er eine Frau und seit heute einen neuen Beruf, und er hatte den Verdacht, daß sein Leben zu keinem anderen Zeitpunkt mehr so erfüllt und schön sein würde.
»Morgen fliege ich Sie nach Kariba«, sagte Mr. Reyes. »Dort wird ein Damm gebaut. Man hofft, daß er in fünf Jahren fertiggestellt ist. Es ist ein gräßlicher Ort, aber das werden Sie ja selbst sehen. Das Wetter ist mies. Der Staudamm wird den Norden und den Süden Rhodesiens für Jahre, vielleicht sogar für immer, mit Elektrizität versorgen. Aber es sind unglaubliche Hindernisse zu überwinden.«
Andrew lehnte sich auf seinem Stuhl zurück und freute sich darüber, daß er Mr. Reyes mochte.
»Die Aufträge sind vergeben«, sagte er. »Die verdammten Italiener haben unser Angebot für den Bau des Staudamms unterboten. Können Sie sich das vorstellen? Wir haben lange gegen sie geklagt. Und dabei weiß doch jeder, daß die Italiener nie rechtzeitig fertig werden. Wer auch immer ihnen den Auftrag gegeben hat ... ach ja, Metropolitan Vikkers hat den Vertrag für die Generatoren; Thomas-Houston wird die Schaltvorrichtung liefern. Es sind insgesamt sechzig verschiedene Verträge abgeschlossen worden.
Wir«, fuhr er fort, und seine Augen glänzten vor Stolz, »werden die Stadt bauen. Drei Städte, genaugenommen. Zwei provisorische Siedlungen, eine für die Europäer und eine für die Afrikaner. Und eine Stadt, die Bestand haben soll. Wir müssen in aller Eile die Wohnsiedlungen für

zehntausend Männer errichten und uns dann auf die spätere Stadt konzentrieren. Wir haben fünf Jahre Zeit, um sie aufzubauen.«

Er sah Andrew an, als erwarte er eine Reaktion. Mr. Reyes besaß einen scharfen mathematischen Verstand, den schärfsten im ganzen Lande, vielleicht sogar in ganz Afrika, doch ihm fehlte die Gabe, kreative Pläne auszuarbeiten. Er verfügte über große Voraussicht – er wußte, was Rhodesien brauchte, um in das zwanzigste Jahrhundert einzutreten; er konnte berechnen, wie dieser Schritt technisch zu bewältigen war; seine geistigen Fähigkeiten waren wirklich weitreichend – aber er brauchte jemanden, der seine theoretischen Ideen in reale Projekte umsetzte. Er brauchte einen Partner mit Fantasie, der trotzdem praxisnah war.

Es gab schon zwanzig Ingenieure bei Llewellyn, doch er hatte Andrew in der Hoffnung eingestellt, daß er genau dieser Mann wäre. Jede Information, die er über ihn hatte, wies darauf hin, daß Andrew der richtige war, der Mann, der Reyes' grandiosen Ideen Form und Gestalt geben und sie in die Praxis umsetzen würde.

»Und was soll ich dazu beitragen, Sir?« fragte Andrew, als sie nach dem Essen in Reyes' Büro saßen.

»Sir?« Donald Reyes lachte. »Jetzt hör bloß auf. Ich heiße Donald. Wir werden jahrelang zusammenarbeiten. Ich dachte, Sie hätten verstanden, was du tun sollst. Sie werden unser Projekt leiten. Sie werden die Städte bauen. Entscheiden, was gebraucht wird, sie entwerfen – und das ganze Drumherum, was dazugehört.«

Andrews Unterkiefer fiel herunter.

»Sie werden schwer zu tun haben, das muß ich zugeben.« Donald lachte und stopfte seine Pfeife. »Wir fliegen morgen hin und sehen es uns mal an. Natürlich habe ich einige

Ideen. Wir werden eine Woche dort bleiben. Damit Sie sich einen Überblick verschaffen können.«

Wie wird Carolyn darauf reagieren? fragte sich Andrew. So habe ich mir das nicht vorgestellt. Ich habe ihr Salisbury versprochen, nicht die große Wildnis.

»Es gibt inzwischen eine Straße; sie ist gerade erst fertiggeworden. Sie wird ›der Elefantenpfad‹ genannt.« Donald lachte wieder. Die Karibaschlucht – sie gehört zum Sambesi und ist nah an der Grenze – lag fünfzig Meilen von der nächsten Straße und zweihundert von der nächsten Industriestadt entfernt. »Als Ingenieur würde ich behaupten, daß diese Schlucht nach einem Staudamm schreit. Es gibt eine schmale Klamm, durch die der Fluß fließt, und die Felswände sind zweihundert Meter hoch. Sie ist von einem wunderbaren Tal umgeben. Aber natürlich ist es höllisch heiß dort.

Als Huggins – das ist unser Premierminister – sich entschlossen hatte, das ganze Projekt durchzuführen, hat er Ingenieure hingeschickt, und es wurde geschätzt, daß eine Straße durch diese zerklüftete Gegend drei Millionen Dollar kostet und eineinhalb Jahre Bauzeit erfordert. Nur um Ihnen klarzumachen, wie es in Rhodesien zugeht: Jim Savory, der Boß des Ministeriums für künstliche Bewässerung, hat auf den Boden gespuckt, als er das gehört hat, und gesagt: ›Das kann ich in der halben Zeit und für das halbe Geld.‹ Daraufhin hat Huggins gesagt: ›Dann tun Sie es doch.‹«

Reyes hielt inne. »Aber das werde ich Ihnen alles erzählen, wenn wir morgen hinfliegen. Es ist schon sehr faszinierend. Sie sind dabei, sich auf einen Auftrag einzulassen, der diesen Teil von Afrika für alle Zeiten verändern wird.« Er stand auf. »Hazel und ich hoffen, daß Sie heute zu uns zum Abendessen kommen. Wir haben ein paar Leute eingeladen. Ich

weiß, daß Sie müde sind, aber Junggesellen haben anscheinend ein größeres Durchhaltevermögen als wir, die alten verheirateten Männer.«
Andrew lächelte. »Ich bin kein Junggeselle mehr. Ich habe meine Frau mitgebracht.«
»Oh, tut mir leid, ich weiß gar nicht, wie ich auf die Idee gekommen bin . . .«
»Sie hatten durchaus recht. Ich habe gestern erst geheiratet.«
Ein Schleier zog sich über Reyes' Augen. »Himmel! Das kann ja noch haarig werden.«
Andrew erwartete eine Erklärung.
»Sie werden fünf Jahre in der Einöde sitzen. Einer der Pluspunkte – wenn auch von zweitrangiger Bedeutung –, die Sie gegenüber anderen Bewerbern hatten, war, daß Sie keine Familie haben.«
»Carolyn ist ein guter Kumpel«, sagte Andrew und fragte sich, ob es die Wahrheit war.
»Wenn das so ist, dann können Sie einmal im Monat aus dem Busch heimkommen«, sagte Reyes, der laut dachte. »Vielleicht ist sie dann nicht ganz so einsam.« Dann lächelte er. »Das schreit nach einem Fest. Hazel wird begeistert sein, wenn sie erfährt, daß sie ein Hochzeitsfest veranstalten darf. Ich muß ihr sofort Bescheid sagen.«
Als Andrew am Nachmittag ins Hotel zurückkam, verspürte er ein immenses Verlangen, Carolyn in den Arm zu nehmen, ihr zu erzählen, was sich an diesem Vormittag ereignet hatte, in ihre meergrünen Augen zu sehen und sich an der Liebe zu erfreuen, die sich dort spiegelte. Sie waren schon seit mehr als vierundzwanzig Stunden verheiratet und hatten noch nicht miteinander geschlafen. Er spürte, daß sein Unterleib zum Leben erwachte und Wärme durch seinen ganzen Körper flutete.

Aber Carolyn war nicht da.
Als sie endlich zurückkam, blitzten ihre Augen vor Aufregung. »Ich habe einen absolut genüßlichen Tag verbracht. Salisbury ist eine ganz bezaubernde Stadt. Das hätte ich nie gedacht. Ich war überall. Ich glaube, hier werde ich glücklich.«
»Mit dir könnte ich überall glücklich werden.« Andrew umfaßte ihre Taille.
Sie küßte ihn auf die Nasenspitze. »Noch etwas, Andrew. Ich glaube nicht, daß ich eine Wohnung haben möchte.«
Das ist nur gut so, dachte er und fragte sich, wie sie auf die Neuigkeiten reagieren würde.
»Ich glaube, ich möchte ein Haus haben. Mit Veranda und von einem grünen Rasen umgeben. Ein Ort, an dem man Wurzeln schlagen kann. Eine Familie gründen kann.«
»Setz dich«, sagte er zu ihr. »Und hör mir zu.«
Auf dem Rückweg zum Hotel hatte er eine Landkarte gekauft und die Karibaschlucht gefunden. Wie würde Carolyn darauf reagieren, daß sie einander nur einmal im Monat sehen konnten?
Als er ihr von seinem zukünftigen Aufgabenbereich berichtete, leuchteten ihre Augen. Als er ausgeredet hatte, nahm sie seine Hand und sagte: »Das sind wirklich aufregende Neuigkeiten. Ich bin froh, daß ich vorher nichts davon gewußt habe, denn sonst könntest du glauben, ich hätte dich nicht aus Liebe, sondern um des Abenteuers willen geheiratet.«
»Du verstehst mich nicht«, sagte Andrew. »Das heißt, daß wir fünf Jahre lang die meiste Zeit voneinander getrennt sind.«
»Unsinn!« Sie schüttelte den Kopf, und ihr blondes Haar schimmerte in der Sonne des späten Nachmittags. »Ich habe dich nicht geheiratet, um allein zu sein. Ich komme mit. Das

ist viel aufregender, als in einer stickigen Stadt zu leben. O Andrew, ein echtes Abenteuer. Wie wunderbar!«
»Du kannst nicht mitkommen. Du bist eine Frau. Was willst du dort draußen?«
»Wo draußen? Du hast ja keine Ahnung. Und außerdem – wenn ein Mann dort hingehen kann, wenn zehntausend Männer dort hingehen können, warum kann eine Frau dann nicht hingehen?«
»Du kannst dort nichts unternehmen. Das Klima ist entsetzlich.«
»Das ist doch mein Problem, oder nicht? Ich kann mir nicht vorstellen, daß ich mich langweile.« Ihre Augen loderten auf. »Liebling, es ist dir peinlich? Ist es das?«
Andrew ließ sich lachend aufs Bett fallen. Und er hatte sich gefragt, ob sie sich als ein guter Kumpel erweisen würde. »Nichts, was du tust, könnte mir je peinlich sein. Aber es wird mir zweifellos beweisen, daß ich der glücklichste Mann auf Erden bin.«
Carolyn sah auf ihre Uhr. »Willst du mir beweisen, Mr. McCloud, daß du auch in anderer Hinsicht der glücklichste Mann auf Erden bist? Wir haben noch zwei Stunden Zeit, ehe wir zu den Reyes gehen müssen.« Mit den anmutigen Bewegungen einer Katze glitt sie neben ihn und knöpfte bereits ihre Bluse auf.
»Bleib liegen«, schnurrte sie. »Laß dich von mir ausziehen.«
Er blieb still liegen, aber nicht sein ganzer Körper hielt still.

Sechs andere Paare waren bei den Reyes eingeladen. Alle hatten mit der Llewellyn Ltd. zu tun, und alle kamen ursprünglich aus England, Carolyn war die einzige geborene Afrikanerin. Das rückte sie augenblicklich in den Mittelpunkt der Aufmerksamkeit. Andrew fragte sich immer wieder, weshalb er solches Glück gehabt hatte. Wie kam jemand wie Carolyn dazu, ihr Leben mit seinem zu verknüpfen? Vielleicht gab es doch einen Gott.

Bei diesem Gedanken grinste er. Er hatte keine Ahnung, ob seine Frau an Gott glaubte.

Hazel war eine Frau, die man sofort ins Herz schließen mußte. Sie strahlte Wärme aus und war erfrischend intelligent. Sie genossen den Abend, und am nächsten Morgen flogen sie los.

Reyes hatte gestaunt, als Carolyn beim Abendessen erklärt hatte, daß sie plante, Andrew zu begleiten. Die Unterhaltung war einen Moment lang ins Stocken geraten; alle hatten sie angestarrt, und dann hatte Hazel das Schweigen liebenswürdig überbrückt, und niemand hatte sich zu Carolyns Bemerkung geäußert. Donald war folglich auf Carolyns Erscheinen am Flughafen vorbereitet.

Auf dem Flug erfuhren sie, daß der Stamm der Tonga, der in diesem Tal lebte und für den die Zeit stillstand, durch den Einzug des zwanzigsten Jahrhunderts gewaltsam aus seinem Leben herausgerissen wurde.

»Müssen sie die Gegend verlassen?« fragte Carolyn.

»Ja, fünfzig- bis sechzigtausend von ihnen«, sagte der Boß ihres Mannes. »Es ist ein Vorhaben von gigantischen Dimensionen. Auf jeden Weißen in Rhodesien entfallen zwölfhundertsechzig Dollar, die Kinder inbegriffen.«

»Ich kann mir vorstellen, daß es zu einem entrüsteten Aufschrei kommt«, sagte Carolyn versonnen, »da Schulen und Krankenhäuser gebraucht werden, um den Lebensstandard anzuheben.«

Reyes kniff die Augen zusammen, als er sie musterte. »Unser Projekt trägt dazu bei, den Lebensstandard anzuheben. Die Tonga haben am Rande der Gesellschaft existiert. Jetzt wird ihnen eine Chance geboten, in der Industrie zu arbeiten, in anständigen Behausungen zu leben und genügend zu essen zu haben.«

»Wieviel bezahlt man ihnen?«

Andrew hatte Carolyn gesagt, sie könne ihn nicht in Verlegenheit bringen; er fragte sich, warum er jetzt nervös wurde.

»Sehr gute Löhne – für Afrikaner. Fünf Cent am Tag. Da, sehen Sie nur, wo die Bäume gefällt werden. Das ist Ihre Stadt, Andrew. Nächstes Jahr um diese Zeit werden Sie einen Wald, in dem Löwen und Elefanten hausen, in eine englische Stadt verwandelt haben. Innerhalb von fünf Jahren will ich hier gute Schulen, ein Krankenhaus und ein Kino sehen. Und die Häuser der Beamten werden auf diesem Hügel stehen, damit ihr Ausblick nach Westen grandios ist, wenn sich das Tal mit Wasser füllt.«

»Wie groß ist der geplante See?« fragte Andrew.

»Er wird einhundertzwanzig Meilen lang und zehn bis zwanzig Meilen breit.« Reyes' Stolz war aus seiner Stimme herauszuhören. »Wir haben jetzt 1955. 1960 werden Sie diesen Ort nicht wiedererkennen. Dieses Projekt gehört zu den größten, die die Welt je gesehen hat. Es erlaubt Rhodesien, zur Industrienation aufzusteigen.«

Carolyn bemerkte, daß Andrew aufgeregt war. Sie fragte sich, warum sie sich in erster Linie bedrückt fühlte.

36. Kapitel

Sie hatten die herrlichsten Flitterwochen, die man sich vorstellen kann. Sie hatten alle Zeit auf Erden, um sich ineinander und in dieses Land zu verlieben.

Carolyn hatte geglaubt, Afrika zu kennen. Schließlich war

sie hier geboren. Sie war im schwülen Regenwald unter dem Äquator *und* in der südlichsten Stadt des Kontinents aufgewachsen. Sie hatte den Nil und die Pyramiden gesehen, die Wüste und die Berge Afrikas, doch nie war ihr ein Land so nahegegangen wie Rhodesien, die Savanne mit ihren Tausenden von Tieren, die endlosen, hügeligen Steppen, die hohen Steilhänge und die tiefen Täler.

Oft drang spät in der Nacht das ferne Brüllen eines Löwen in ihren Schlaf, und Gänsehaut zog sich über Carolyns Beine – nicht aus Angst, sondern vor Begeisterung. Sie fühlte sich als Teil der Elemente, ganz so, als hätte sie ihre Füße tief in die Erde gegraben und sei dort festgewachsen. Wenn sie vom Brüllen eines Löwen oder vom Geschrei eines Leoparden erwachten, nahm Andrew ihre Hand, aber nicht tröstend, sondern voller Freude darüber, solche Dinge gemeinsam erleben zu dürfen. Das führte unausweichlich dazu, daß sie sich mit einer Begeisterung und Hingabe liebten, wie Carolyn es sich nie vorgestellt hätte. Immer wieder weckten diese Laute ihre Lust.

Eines Nachts, und diese Nacht sollte keiner von beiden je vergessen, spiegelte sich die Intensität ihrer Leidenschaft auf der Zeltplane wider, auf der der Schatten eines Löwen zwischen ihrem Zelt und dem Feuer tanzte. Sie hörten ihn leise knurren, als ihre wilden und ursprünglichen Bewegungen sie dem Höhepunkt entgegenführten.

Als das Paar erschöpft nebeneinanderlag und noch schwer atmete, wandte sich der Löwe ab – sie sahen den Schatten seiner üppigen Mähne im flackernden Lichtschein – und tappte lautlos in die Nacht hinaus.

Später wußten beide, daß das die Nacht war, in der sie Courtney gezeugt hatten.

Es waren drei wunderbare Monate. Gelegentlich hatten sie weltanschauliche Differenzen. Es war eine Zeit, in der sie einander kennenlernten und in der ihre Liebe wuchs, die Liebe zueinander und zu diesem Land.

Carolyn fand, Andrew sei der schönste Mann, den sie je gesehen hatte. Sie liebte alles an ihm.

Abends nach dem Essen, wenn der Lärm der klappernden Töpfe und Pfannen verstummt war und die Stille der Nacht hereinbrach, wenn die Sterne in Reichweite schienen, dann verbrachten sie Stunden damit, ihre Vergangenheit zu ergründen und mehr über den Menschen zu erfahren, in den sie sich verliebt hatten.

»Mein Leben kann nicht mit den Abenteuern und der Vielfalt deines Lebens mithalten«, sagte Andrew. »Es war so normal. Und ich glaube, das ist der Grund für meine Hyperaktivität. Ich wollte keine Normalität. Ich wollte Spannung. Ich wollte Abenteuer. Ich war immer unruhig, immer auf der Suche, immer von dem erfüllt, was meine Mutter als ›göttliche Unzufriedenheit‹ bezeichnet hat. Ich bin immer noch nicht so ganz dahintergekommen, was das heißen soll, aber ich dachte immer, es hieße, daß ich mich mit der Normalität meines Lebens nicht zufriedengebe. Der Status quo war mir immer zu wenig.«

»Und doch wirkst du gar nicht gelangweilt«, sagte Carolyn.

»Nein«, sagte er lachend. »Langweilig war mir nie. Ich war zu sehr damit beschäftigt, jede Minute in vollen Zügen auszukosten, als daß Langeweile hätte aufkommen können. Aber ich wußte immer, daß es mehr gibt; ich habe unablässig danach gesucht. Und hier hat es auf mich gewartet, achttausend Meilen von zu Hause entfernt – Gott sei Dank.«

Eine Sternschnuppe zuckte am Himmel und verschwand.

»Aber was hat sich bei dir ereignet, nachdem du mit Marsh nach Kapstadt gezogen bist? Hat deine Mutter euch besucht? Bist du oft nach Simbayo zurückgekommen?«

Er konnte gar nicht genug über ihre Vergangenheit erfahren. Er wollte nicht nur soviel wie möglich über sie wissen, sondern auch alles über diese Orte hören, von deren Existenz er vorher gar nichts gewußt hatte. Er konnte sich nicht vorstellen, daß er mit einer Frau verheiratet war, die in Belgisch-Kongo geboren war und nie einen weißen Spielkameraden gehabt hatte, bis sie sieben Jahre alt war. Er konnte nicht glauben, daß er mit der Tochter so berühmter Eltern verheiratet war, deren Leben sich so sehr von allem unterschied, was er bisher gekannt hatte.

»Nein, ich bin nicht oft nach Simbayo zurückgegangen«, antwortete sie. »Papa wollte mir die Welt zeigen, und daher hat er Mama überredet, mit uns auf Reisen zu gehen. Es hat ihr gutgetan. Sie ist als neuer Mensch nach Simbayo zurückgekommen. Er hat ihr dabei geholfen, ihr eigenes Leben in den richtigen Relationen zu sehen, glaube ich. Darin war Papa immer gut. Bei mir auch.

Sowie wir ein Haus hatten, habe ich mich wieder sicher gefühlt. Ich habe meine Mutter immer geliebt, aber ich habe Jahre gebraucht, um darüber hinwegzukommen, daß sie mich – meinem Gefühl nach jedenfalls – im Stich gelassen hatte. Ich dachte, wenn sie mich wirklich geliebt hätte, hätte sie mich niemals weggeschickt. Ich dachte, daß sie mich weniger liebt als Simbayo.«

»Hast du dieses Gefühl immer noch?« warf Andrew ein.

»Ja«, antwortete Carolyn ohne jedes Zögern. »Aber ich habe gelernt, damit zu leben. Trotzdem fühle ich mich Papa näher als ihr. Er hat immer Zeit für mich gehabt. Er ist mit seiner Schriftstellerei verheiratet, aber er hat nie – wirklich nie – so viel zu tun gehabt, daß er mir nicht zuhören konnte. Er hat mir immer gezeigt, daß ich ihm wichtiger bin als das Schreiben.«

»Bist du ihm wichtiger als deine Mutter?«

»Ich glaube, er liebt uns beide sehr. Es geht nicht darum, ob

er einen von uns mehr liebt. Ich glaube, er hat sich nur deshalb so sehr auf mich konzentriert, weil Mama so selten bei uns war.«
»Bist du nie mehr nach Simbayo zurückgegangen?«
»O doch.« Carolyn nickte. »Aber Papa hat es nie lange in den Tropen ausgehalten, und ich bin den Leuten dort so fremd geworden, obwohl keiner von uns das wollte. Ich mag sie immer noch sehr. Es sind nicht mehr alle da, und die Krankenschwestern in den Außenposten haben im Lauf der Jahre gewechselt, aber Rose und Heidi und Naldani und Anoka sind immer noch da. Und Philippe. Es gibt neue Leute, die ich kaum kenne, nur aus Mamas Briefen.«
Sie verstummte und dachte daran, wie sie Rose und Heidi das letzte Mal gesehen hatte. Vor sieben Jahren. Es war der Sommer nach ihrem ersten Studienjahr. In ihrer Kindheit, als sich ihr ganzes Leben in Simbayo abspielte, hatte sie vier Mütter gehabt – nicht nur Liliane, sondern auch Rose, Heidi und Naldani. Liliane war für sie etwas Besonderes gewesen, weil sie in ihrem Zimmer schlief, aber Heidi und Rose waren diejenigen gewesen, die sich immer die Zeit genommen hatten, ihre Fragen zu beantworten, ihr die Hände zu waschen oder ihr vorzulesen – wobei Heidis Stimme Carolyn immer eingeschläfert hatte.
Sie fragte sich, wie die beiden heute wohl aussahen. Sie waren ihr immer alt vorgekommen, wie Großmütter, und doch waren sie kaum zehn Jahre älter als ihre Mutter. Somit mußten sie Ende fünfzig, vielleicht um die sechzig sein. Ihr waren sie immer wie Sechzigjährige erschienen.
Im selben Jahr, als sie achtzehn war, hatte sie auch Petelo zum letzten Mal gesehen. Sie hatten einander nicht wie Freunde aus der Kindheit angesehen, sondern wie Mann und Frau, und sie war erschrocken. Sie hatte Petelo immer gemocht; das, was er für sie bedeutete, konnte ihr kein an-

derer Mann geben. Sie hatte ihn angesehen und vor einem schwarzen Prinzen gestanden, einem Mann, dem es vielleicht beschieden war, sein Volk aus dem Dunkel zu führen, einem Mann, der am selben Tag wie sie geboren war, einem Mann, der sie dank der Briefe und der gemeinsamen Sommer verstand wie kein anderer.

Sie hatte ihn angesehen und die Spannung wahrgenommen, die in der Luft hing, die Spannung des Verlangens und der Gehemmtheit. Sie wußte, daß daraus nie etwas werden konnte. Und gerade durch dieses Wissen war die Begierde zügellos und gefahrvoll entbrannt. Sie hatte mit dieser Gefahr gespielt; in der Nacht vor ihrer Abreise hatte sie Petelo das Küssen beigebracht. »Du wirst nach London gehen und Arzt werden«, hatte sie im Scherz gesagt. »Du solltest lieber lernen, wie man dort mit Frauen umgeht.« Sie hatte sein Gesicht dicht an sich gezogen und gesagt: »Das tust du mit deinen Lippen.« Und ihre Lippen hatten seine flüchtig gestreift.

Sie hatte gewußt, daß sie nicht nur ein gefährliches, sondern auch ein unfaires Spiel trieb, und doch hatte sie sich einfach nicht beherrschen können. Mehr als alles andere auf Erden wollte sie wenigstens einmal seine Lippen auf ihren spüren, seine dunkle Haut an ihrer fühlen.

Nur eine flüchtige Berührung, hatte sie gedacht. Nur das kurze Berühren unserer Lippen, doch ihre Brüste hatten sich gegen seinen nackten Brustkorb gepreßt, und seine Arme hatten sie umschlungen, und sie hatte gewußt, wie unfair sie handelte.

Sie hatte sich von ihm losgerissen und war fortgelaufen. Sie hatte sich nicht von ihm verabschiedet und auch keinen seiner Briefe aus England beantwortet.

Davon erzählte sie Andrew kein Wort.

Statt dessen erzählte sie ihm von den Reisen, die sie mit

ihren Eltern unternommen hatte, von den Stunden und Wochen und Jahren philosophischer Gespräche, die sie mit Marsh geführt hatte, und davon, wie er ihr dabei geholfen hatte, ihr Denken zu formen und ihr Leben zu gestalten. Sie erzählte Andrew, daß Marsh ihre Begeisterung für das Lernen angespornt hatte, und daß Liliane ihre Arbeit für die Black-Sash-Bewegung guthieß. »Mama rückt nie wirklich mit der Sprache heraus und sagt, daß sie etwas nicht gut findet, aber man merkt es selbst. Sie findet, wir sollten alle dafür leben, die Bedingungen anderer zu verbessern. Wir sollten alle selbstlos und ohne Ende daran arbeiten, anderen das Leben erträglicher zu machen.«

Andrew nahm ihre Hand. »Es klingt, als würdest du nicht daran glauben.«

Carolyn lächelte in die Nacht. »Es ist ein Fluch, den ich mit mir herumtrage und der mir die Kehle zuschnürt. Mama hat mir ihr Weltbild eingeimpft, aber Papa hat mir gezeigt, daß ich das Leben und den Luxus trotzdem genießen und ab und zu an mich selbst denken darf, ohne darin gleich eine Sünde zu sehen.«

»Wie konnten sie so lange zusammenbleiben, wenn sie so unterschiedliche Wertvorstellungen haben?«

»Ach, so verschieden sind sie gar nicht. Meine Mutter setzt die Tugenden, über die mein Vater schreibt, in die Tat um.«

»Du siehst ihn also als deinen Vater an?«

Carolyn drehte sich zu ihrem Mann um und nahm ihn in die Arme. Sie lehnte ihren Kopf an seine Brust. »Als ich sechzehn war, habe ich seinen Namen angenommen. Er ist mir ein wirklicher Vater gewesen. Baxter Hathaway habe ich nicht gekannt.«

»Ja, aber er ist eine so legendäre Gestalt, daß ich dachte, du würdest den Namen Hathaway gern tragen.«

»Vielleicht habe ich irgendwo etwas von ihm in mir, aber ich bin eine Compson, und ich fühle mich als eine Compson. Auf diesen Namen bin ich stolz. Durch Blutsverwandtschaft würde ich mich Papa nicht näher fühlen.«

»Hat deine Mutter nichts gegen die Namensänderung gehabt?«

»Nein.« Carolyn sah Andrew an. »Sie hat gesagt, Simbayo sei ein Tempel für Hathaway. Außerdem glaube ich, daß sie immer schuldbewußt war, weil sie nicht ganz für Papa und mich da war. Es war das mindeste, was sie tun mußte, uns einander zu lassen.«

»Wundern sich die Leute nicht darüber, daß sie und Marsh zusammenleben . . . und über deinen Nachnamen?«

»Eins, was sie mir beide beigebracht haben, ist, mich nicht darum zu kümmern, was andere denken könnten. Wichtig ist nur, wie ich über mich selbst denke.«

»Du bist wirklich glücklich dran«, murmelte Andrew in ihr Haar.

»Ja, das bin ich«, sagte sie und brachte ihm ihre Lippen entgegen.

37. Kapitel

»Ich hatte im Gespür, daß du bald kommst«, sagte Liliane lachend.

Marsh sah sich um. Es war sieben Jahre her, seit er Simbayo zum letzten Mal gesehen hatte. Da Liliane jetzt einmal im Jahr nach Kapstadt kam, hatte er kein brennendes Verlangen mehr, herzukommen, und die Vorstellung, Carolyn allein zu lassen, war ihm immer verhaßt gewesen.

»Ich fühle mich einsam«, gab er zu. »Es ist fünfzehn Jahre her, seit ich das letzte Mal allein war. Ich hatte ganz vergessen, wie das ist.«

Simbayo hatte sich in den achtundzwanzig Jahren, seit Liliane dort war, drastisch verändert. Jetzt gab es moderne Gebäude, der Operationssaal war klimatisiert, und ein neues Wohnhaus für die größere Belegschaft war gebaut worden. Es gab zwei weitere Ärzte, drei Krankenschwestern und vier Lehrer. Ein zweites Flugzeug und ein Pilot waren hinzugekommen, damit dringende Fälle in der ganzen Umgebung behandelt werden konnten.

Liliane hatte recht gehabt. Der Krieg, der in den vierziger Jahren auf der ganzen Welt gewütet hatte, war spurlos an Simbayo vorübergegangen. Die Treibstoffversorgung war erschwert, doch Medikamente waren regelmäßig aus den Staaten eingetroffen, und die Entdeckung des Penicillins hatte die Lebensqualität erheblich verbessert. Man hatte die Lepra so weit unter Kontrolle, daß eine Erkrankung nicht mehr einem Todesurteil gleichkam; heute wurden sogar viele Patienten entlassen und konnten wieder ein normales Leben führen. Das Leprosorium war nach wie vor eine vorbildliche Anlage und hatte viele Patienten, doch es war nicht mehr mit lauter hoffnungslosen Fällen belegt. Die Außenposten brachten die Patienten in einem so frühen Stadium der Krankheit in das Leprosorium, daß sie wieder entlassen werden konnten, ehe die Krankheit zu Entstellungen geführt hatte. Die Travis mit ihren drei Kindern waren längst fortgegangen, doch ein katholischer Geistlicher und drei Nonnen hatten sie ersetzt.

Philippe war immer noch da, und sein lockiges dunkles Haar war silbergrau geworden. Er hatte eine philosophische und großväterliche Art, seit er sich damit abgefunden hatte, daß er nie eigene Kinder haben würde, denn Deborah Eagle war vor zwölf Jahren fortgegangen. Vorher hatte sie eine Schule gegründet, die es nicht nur Petelo, sondern auch anderen Eingeborenen möglich machte, zur weiteren Ausbildung fortzugehen. Petelo war noch in London; er hatte sein Studium abgeschlossen und spezialisierte sich jetzt auf Tropenmedizin. Dreimal war er nach Hause gekommen, zur großen Freude von Naldani und Anoka, die stolz auf ihn waren, aber auch Liliane, Rose und Heidi hatten sich sehr gefreut.

Heidi kümmerte sich immer noch um die geschäftliche Seite von Simbayo, um die Abwicklung und Organisation, und sie hatte immer noch einen ausgeprägten deutschen Akzent; es war, als sei sie erst vor wenigen Wochen aus Berlin gekommen. Rose verbrachte ihre Zeit damit, afrikanische Krankenschwestern auszubilden und im Gemüsegarten zu arbeiten. Sie hatte Naldani gedrängt, auch das Unterrichten zu probieren, und Naldani war jetzt für die Hebammenkurse zuständig. Die Frauen kamen zur Entbindung immer noch nicht ins Krankenhaus, und daher verteilten sich die afrikanischen Krankenschwestern über die Dörfer oder wurden von den Eingeborenen zu sich gerufen, und die Sterblichkeitsziffer der Neugeborenen und der Mütter war weit niedriger als überall sonst im Kongo – vielleicht sogar in ganz Afrika, soweit sich das beurteilen ließ.

Naldani und Liliane waren etwa gleich alt. Naldanis Gesicht war runzlig geworden, Lilianes Teint dagegen war immer noch wie der eines jungen Mädchens, bis auf die Falten um die Augen herum. Dennoch spürte Liliane, daß sie älter wurde. »Ich schreibe mir immer noch Listen, auf denen steht, was ich an einem Tag erledigen will; früher konnte ich abends alles abhaken, aber heute bin ich froh, wenn ich die Hälfte schaffe«, gestand sie ein. Sie wußte, daß sie heute schneller ermüdete, doch Marsh sagte zu ihr: »Du erreichst an einem Tag mehr als die meisten Menschen unseres Alters in einer Woche. Es ist nur nicht mehr soviel, wie *du* früher erreicht hast.«

»Wie kommt es«, fragte ihn Liliane, »daß du würdiger alt wirst?«
»Du wehrst dich dagegen«, antwortete er. »Du siehst immer noch all das vor dir, was du erreichen willst, und du hast Angst, du könntest nur einen Teil davon schaffen. Ich setze mich hin und schreibe. Mein Leben spielt sich vorwiegend in meinen Gedanken ab. Mich stört es nicht, daß ich älter werde. Dich stört es.«
»Trotzdem«, sagte Liliane seufzend, »sind Männer in mittleren Jahren soviel attraktiver als Frauen in diesem Alter. Mich überrascht, daß du dich mit mir begnügst, obwohl es alle erdenklichen attraktiven jungen Frauen gibt, die gern mit dir zusammen wären.«
Marsh lächelte sie an. »Du glaubst doch selbst nicht, daß ich eine andere Frau auch nur ansehe. Von dem Moment an, in dem ich dich kennengelernt habe, hat es trotz Dolores nie eine andere Frau für mich gegeben, und das weißt du.«
Sie lächelte zufrieden. Ja, das wußte sie. Und das zu wissen, hatte ihr die Freiheit gegeben, keine anderen gefühlsmäßigen Bindungen einzugehen und das Leben zu leben, das sie leben wollte. Wollte? Oder mußte? Oft glaubte sie, daß sie mit Marsh und Caro in Kapstadt sein wollte, mit ihnen in Marshs wunderschönem Haus leben wollte, die salzige Meerluft riechen und auf die Weinberge hinausschauen wollte, daß sie miterleben wollte, wie Carolyn heranwuchs, und daß sie den Charakter ihrer Tochter im selben Maß prägen wollte wie Marsh.
Bei ihren Besuchen in Kapstadt und auf den Reisen, die Marsh mit ihnen unternahm, beobachtete Liliane die Probleme, die Carolyn im Umgang mit anderen Menschen hatte. Sie war so ernst und wißbegierig, daß Liliane sich oft besorgt fragte, ob ihrer Tochter jeglicher Sinn für Humor fehlte. Sie hatte sich nie wirklich in die weiße »Zivilisation«

eingegliedert. Einerseits machte es Liliane stolz, doch andererseits sorgte sie sich um die Tochter, die nirgends wirklich hinpaßte.

Marsh bestärkte Carolyn in ihrer Individualität und in ihrer Unfähigkeit, sich konform zu verhalten. Er hatte sich zwar entschieden, in einem Land zu leben, dessen Politik der Apartheid ihm widerstrebte, doch er konnte sich nicht mit den Umständen abfinden.

Als Teenager hatte sich Carolyn wesentlich engagierter auf politische Themen eingelassen als Liliane je in ihrem Leben, und sie bildete sich klare Vorstellungen davon, was falsch und richtig war, und setzte sich mit Religion auseinander, sowohl mit ihren destruktiven Einflüssen als auch mit dem Segen, den sie darstellte.

»Ob Caro mit diesem jungen Mann glücklich wird?« Marsh sprach seine Gedanken laut aus.

»Ich glaube schon«, erwiderte Liliane. »Wenn es jemanden gibt, der Caro glücklich machen kann, vermute ich, es ist Andrew.«

»Ich hoffe es. Mein Gott, wie sehr ich sie vermisse. Lili, komm mit mir. Simbayo geht auch ohne dich weiter.« Sie sah ihn mit demselben Ausdruck an wie immer, wenn er mit diesem Vorschlag an sie herantrat.

»Ich glaube, ich bin intelligent genug«, sagte Carolyn, als sie vor ihrem geräumigen Zelt frühstückten, »um zu verstehen, wozu ein Staudamm nötig ist, aber erklär es mir in einfachen Worten, für den Laien verständlich.«

Andrew war zum Frühstück von der Arbeit zurückgekommen. Er hatte sich angewöhnt, jeden Morgen vor der Dämmerung aufzustehen und vor dem Frühstück um acht Uhr schon zwei Stunden zu arbeiten. Er erwachte jeden Morgen energiegeladen. Nie hätte er sich vorgestellt, daß das Leben so aufregend und so ausgefüllt sein konnte. Tag für Tag stellten seine Arbeit und seine Frau eine neue Herausforderung dar.

Er ging ins Zelt und warf Carolyn ein Blatt Papier zu. »Hier. Lies das. Klarer könnte ich es nicht ausdrücken. David Howarth hat es zu genau diesem Zweck geschrieben – für den Laien verständlich.«

Sie las:

> *Die fundamentale Bedeutung des Staudamms für ein Wasserkraftwerk ist die, daß Wasser in einem Reservoir gestaut wird, damit eine konstante Wassermenge die Turbinen betreiben kann und eine konstante Energiemenge erzeugt werden kann, unabhängig davon, wieviel Wasser der Fluß jeweils führt. Der Wasserstand von Flüssen in Zentralafrika ist extremen Schwankungen durch die Jahreszeiten ausgesetzt, da fast der gesamte Regen in vier Monaten des Jahres fällt. Kleine Flüsse trocknen im Winter aus, und der Sambesi schrumpft auf ein Zwanzigstel dessen, was er im Sommer an Wasser führt; und in manchen Sommern sind sogar die Regenfälle spärlich. Aus diesem Grund braucht ein Wasserkraftwerk in Afrika einen sehr großen Speicher, um sicherzugehen, daß die Wassermassen des Stausees für zwei Jahre reichen. Ein Damm von hundertzwanzig Metern Höhe in Kariba würde fast das gesamte Tal überfluten und ein Wasserreservoir schaffen, das hundertfünfundsiebzig Meilen lang und bis zu zwanzig Meilen breit ist, bei weitem das größte auf Erden. Und damit läßt sich genug Energie produzieren, um die Expansion der Industrie sowohl im Süden als auch im Norden Rhodesiens auf viele Jahre hinaus zu gewährleisten.*

Sie sah zu Andrew auf. »Wie willst du das in Worte fassen, um es Menschen zu erklären, die noch nicht einmal das Rad entdeckt haben?«

»Das ist das Problem des Regierungsabgesandten«, antwortete Andrew und wischte sich Krumen aus dem Schnurrbart, den er sich wachsen ließ.

»Bedrückt es dich denn gar nicht?« fragte sie. »Sechzigtausend Menschen, die nie etwas anderes als dieses Tal gekannt haben, zwangsweise umzusiedeln?«

»Was schlägst du vor?« fragte Andrew.

Carolyn zuckte die Achseln. »Darauf habe ich keine Antwort. Aber heute in vier Jahren müssen sie alle von hier fortgehen, wenn sie nicht ertrinken wollen.«

Andrew nickte. »Sechzigtausend Menschen, die ihren bisherigen Lebensraum verlieren, stehen der gesamten Zukunft des Staates gegenüber.«

»Ach, Fortschritt ...« Carolyn seufzte. »Dabei werden nie die individuellen menschlichen Faktoren in Betracht gezogen, oder?«

»Wie hättest du es denn gern?« fragte er.

»Ich weiß es nicht«, antwortete sie. Als sie auf die ausgedörrte braune Gegend sah, verstand Carolyn, warum er und so viele andere glaubten, ein Staudamm sei ein Segen für Rhodesien. Vielleicht war er es ja auch. Sie hatte die Blähbäuche von Kindern hier im Busch gesehen, die ein Zeichen für Unterernährung waren. Mit etwas Glück konnten diese Menschen den Ackerbau erlernen und damit ihre Lebensqualität steigern und ihre Lebensdauer erhöhen. Wenn der Fluß gestaut wurde und eine künstliche Bewässerung möglich war, gäbe es keine Hungersnöte mehr. Wenn dieser staubige Boden Wasser bekam, was konnte dann hier nicht alles wachsen und gedeihen?

Warum war es nicht möglich, nur das Positive herzubringen

und die negativen Auswirkungen der Zivilisation wegzulassen, dachte Carolyn. Dann hätte sie Andrews Arbeit von ganzem Herzen billigen können.

»Zu den Dingen, die mich so sehr erstaunen«, sagte Andrew nach dem Abendessen, »gehört, wie wenig die Menschen, die hier leben, in Tausenden von Jahren das Land geprägt haben.«

»Ich glaube, es liegt daran, daß sie nie versucht haben, etwas daran zu verändern«, sagte Carolyn. »Sie nutzen das Land, und dann ziehen sie weiter. Und das Land verbirgt die Tatsache, daß je jemand hier war.«

»Ja, sie sind frei von unserem Verlangen, die Natur für unseren Gebrauch zu unterjochen, nicht wahr? Ich meine, sie füllen ganz einfach ihre Wasserschläuche dort, wo Wasser ist: sie haben nicht den Hang, es zu kanalisieren und für ihre Zwecke einzusetzen.«

»Genau«, stimmte ihm Carolyn zu. »Sie leben mit der Natur. Ingenieure suchen ständig nach Möglichkeiten, die Natur für ihren eigenen Gebrauch zu nutzen, statt im Einklang mit der Natur zu leben.«

Er sah ins Feuer. Darüber diskutierten sie schon seit ihrer Heirat. Sie hatte gewußt, daß sie einen Ingenieur heiratete. Carolyn wollte, daß das Leben so blieb, wie es sein sollte; weniger so, wie es war, sondern eher so, wie sie es sich gern vorstellte. Auf medizinischem Gebiet sah sie es nicht so. Sie sprach immer wieder davon, daß sie Heilmittel gegen die Krankheiten finden wollte, die hier wüteten. Sah sie denn nicht, daß seine Vorstellung von Fortschritt durch das Einführen neuer Technologien in Afrika dieselbe war wie ihre Vorstellung auf medizinischem Gebiet?

»Afrikaner«, fuhr sie fort, »interessieren sich nicht für ihre Umgebung. O ja, sie geben den Bäumen und den Tieren Namen, aber sie sehen in ihnen Bestandteile eines Ganzen. Sie streben es nie an, das Land umzuformen, zu zähmen oder über es zu bestimmen. Sie akzeptieren es so, wie es ist.«

»Sie haben Tausende von Jahren damit zugebracht«, sagte Andrew, »auf das Leben zu reagieren, statt auf es einzuwirken.«

»Ach.« Carolyns Stimme drückte ihr Interesse aus. »Unter dem Gesichtspunkt habe ich es mir noch gar nicht überlegt. Ich glaube, du hast recht.«

»Sie überlassen das Land lediglich sich selbst; es ist keine chinesische Terrassenlandschaft und kein gepflegter englischer Gutshof, sondern es sind Tausende von Meilen Savanne und Wald. Es gehört ihnen nicht; sie gehören dem Land. Sie alle leben in Furcht vor dem Unbekannten, vor dem Leoparden, der nachts ihre Kinder holt, vor dem akuten Hunger irgendeines Tieres, wenn gerade keine andere Beute zu haben ist, vor den bösen Geistern in den Wäldern.«

»Glaubst du, daß der Staudamm diesen Teil von Afrika von Hungersnöten und von Aberglauben erlöst?« Ihre Stimme klang skeptisch.

»Er wird einen gewissen Fortschritt darstellen.«

»Einen gewissen. Aber darin kann ich einfach nicht die wahre Bestimmung des Menschen sehen.«

»Und die wäre?

»Ich weiß es nicht. Ich nehme an, Mamas Vorstellung, anderen zu helfen.«

»Und du glaubst nicht, daß ich das tue?«

Carolyn stand auf. Sie ging zu ihm, nahm sein Gesicht in die Hände und preßte seinen Kopf an ihre Brust. »Ich weiß es nicht. Manchmal denke ich, ich bin nicht im Einklang mit der Welt.« Sie küßte sein Haar. »Warum gehen wir nicht ins Bett, damit du mir zeigen kannst, daß ich wenigstens mit einem Menschen im Einklang bin?«

Es war so intensiv wie immer und brachte sie auf eine Art und Weise zusammen, die sich mit Worten nie erreichen ließ.

Am nächsten Morgen sagte Carolyn beim Frühstück: »Andrew, ich möchte diese Menschen kennenlernen. Ihre Dörfer besuchen. Mir ansehen, wie sie leben.«

»Liebling, du weißt, daß ich mir die Zeit nicht nehmen kann.«

»Das verlange ich auch nicht von dir. Hättest du etwas dagegen, wenn ich einen der Eingeborenen mitnehme, entweder Bildad oder Lobengula, und eine Woche durch das Tal ziehe?«

»Das kannst du nicht machen.«

Carolyn hätte am liebsten gesagt: »Erzähl mir nicht, was ich nicht tun kann.« Doch sie sagte es nicht. Ihr kühler Blick bohrte sich in ihren Mann.

»Frauen können nicht auf eigene Faust losziehen.«

Carolyn lachte. »Du vergißt, aus welchem Stall ich komme. Meine Mutter hat das immer getan. Hast du Angst, ich könnte vergewaltigt werden?«

»Jetzt hör aber auf, Carolyn.« Er hielt inne. »Ja, vielleicht spielt auch das eine Rolle. Aber es gibt auch Leoparden und Löwen und ... wer weiß, was noch. Außerdem könntest du dich verirren.«

»Nicht, wenn ich dem Flußlauf folge. Ich werde ein Gewehr mitnehmen. Angst, ich könnte vergewaltigt werden oder mich verirren, hätte ich eher in einer amerikanischen oder europäischen Stadt als hier draußen.«

Er wußte, daß er keine Chance hatte. Er wußte, daß sie es tun würde. Trotzdem konnte er nicht einfach nachgeben. Er wollte nicht, daß sie diesen Ausflug unternahm. Er würde keinen Moment Ruhe finden, solange sie nicht heil und gesund zurück war.

Dennoch erkannte er, daß alle Herausforderungen, die hier täglich gestellt wurden, seine Sache waren. Seine Arbeit brachte eine gewaltige Verantwortung mit sich und beanspruchte seine gesamten kreativen Energien. Sein Verstand war den ganzen Tag über in Anspruch genommen. Er steckte so tief in seiner Arbeit, daß er sich nicht die Zeit genommen hatte, zu begreifen, daß Carolyn sich nicht für alle Ewigkeit damit begnügen würde, tagsüber spazierenzugehen, um Tiere zu beobachten und die nähere Umgebung zu erkunden. Auch sie brauchte das Spannende. Er hatte bereits den Verdacht, daß sie es selbst herbeiführen würde, wenn es nicht so auf sie zukam.

»Tu mir einen Gefallen«, sagte er. »Laß mich den Regierungsbevollmächtigten informieren und ihn fragen, wie es sich am besten machen läßt.«

Das reicht für den Anfang, dachte sie.

Als der Regierungsbevollmächtigte zehn Tage später persönlich erschien, waren sie erstaunt.

Er war ein junger Mann, Ende Dreißig, groß, schlank und braun. Er versuchte gemeinsam mit Andrew, Carolyn von ihrem Vorhaben abzubringen, aber als sich das nicht machen ließ, schlug er ihr vor, sich ihm für eine zehntägige Stippvisite durch die Dörfer, die der Klamm am nächsten lagen, anzuschließen. »Wenn ich meine Reisen in die Täler unternehme, fährt meine Frau nach Salisbury«, sagte er, während er seine Pfeife paffte. »Aber wenn Sie darauf versessen sind . . .«

Das war Carolyn.

Vor langer Zeit hatte es den Namen Gwembetal bekommen – ein breiter Streifen, der in der Regenzeit grünte und im Norden und im Süden von steilen Felswänden umschlossen war, die es von der großen afrikanischen Hochebene abschnitten.

Keine Frau und nur wenige der Männer hatten je das Tal verlassen. Der breite Fluß, der von Westen nach Osten durch das Tal floß, stürzte durch eine Reihe von Schluchten hinab, die unterhalb der Victoriafälle begannen und am Ausgang des Tales in der Karibaschlucht endeten. Im Oktober und November, dem afrikanischen Frühling, blühten die Bäume in den leuchtendsten Farben, und die kühlenden Winde drangen nie bis zum Talboden vor. Von Mai bis September, im afrikanischen Winter, war es heiß und trocken; wenn die Temperaturen unter fünfundzwanzig Grad sanken, fröstelten die Leute, und der Wald wurde braun und dörrte aus. Im Frühjahr war es am heißesten: zwei Monate lang Temperaturen um fünfzig Grad. Sogar die Nächte waren drückend, und der beißende Geruch von Rauch hing in der Luft, eine Folge der Waldbrände. Die Erde war staubig. Der Dezember, der Vorbote des Sommers, brachte Temperaturen, die auf knapp vierzig Grad sanken. Der Wald wurde zum Dschungel und nach den gewaltigen Regenfällen dampfte die Erde. Donner rollte durch das Tal; die gesamte Vegetation sproß, wucherte und roch nach Fäulnis.
Carolyn erfuhr, daß es neben den Tieren, die sie bereits gesehen hatte, Schweine, Riesenameisen, Giftschlangen, Kaninchen und scheußliche Insekten gab. Im Wald herrschte ein solches Leben, daß man immer irgendwo Bewegung wahrnahm. Es gab Unmengen von Elefanten und Löwen. Mit ihren Speeren konnten die Talbewohner immer eine Antilope, ein Schwein oder ein Stachelschwein für das Abendessen erlegen. Fische wurden in jahrhundertealten Netzen gefangen, die sorgsam geflickt wurden.
Die Stämme, die das Land dicht am Fluß bewohnten, hatten im Winter Gärten; im Sommer, wenn der Fluß über seine Ufer trat, waren die Flußanlieger gezwungen, sich auf die

Hügel zurückzuziehen, aber der aufgeschwemmte Boden, den die Flut mitbrachte, ließ die Gärten um so fruchtbarer werden.

In diesem Tal hausten die primitivsten Menschen auf Erden. Fünfzig Jahre lang hatten die britischen Regierungsgesandten alljährlich drei- bis viermonatige Fußreisen durch das Tal unternommen und jeden der Stämme aufgesucht, und daher hatten sämtliche Eingeborenen schon Weiße gesehen, doch sie waren unberührt von jeglicher Zivilisation. Sie lebten fast genauso, wie die Menschen seit Anbeginn der Zeit in diesem Tal gelebt hatten.

Die Männer trugen überhaupt keine Kleidung. Die Frauen trugen kleine Lappen an Gurten, die wie Fransen wirkten, unverheiratete Mädchen nur vorn, verheiratete Frauen auch hinten. Es war ein Volk, das den Zusammenhang zwischen Geschlechtsverkehr und Babys noch nicht hergestellt hatte, doch die Frauen wußten, daß ein dicker Bauch ein Zeichen dafür war, daß ein Kind unterwegs war.

Die Männer waren Krieger, wenn auch nicht allzu gute. Früher hatten sie ihre Nachbarn abgeschlachtet und gegessen, aber diese Bräuche waren ausgestorben. Im Grunde genommen waren sie umgängliche, einfache Menschen. Die portugiesischen Sklavenhändler hatten am Taleingang haltgemacht, und somit hatten die Tonga keine Gründe, Eindringlinge, die in die Wildheit ihrer Isolation vorstießen, unfreundlich zu behandeln.

Die Regierungsbevollmächtigten hatten die Tonga ausnahmslos geschätzt. Sie lernten ihre simple Lautsprache, behandelten sie gut und freuten sich über ihren einfachen Sinn für Humor und ihr Urvertrauen. In fünfzig Jahren hatte nicht ein einziger Mann von der Regierung die tongaischen Stämme je hereingelegt oder sie anders als freundlich behandelt.

Kein einziger von diesen sechzigtausend Menschen ahnte, daß ihre Welt und alles, was sie kannten, zum Untergang verurteilt war. Und es gab nichts, was sie tun konnten, um die Flut aufzuhalten, die ihrer Lebensweise für alle Zeiten ein Ende setzen würde.

Ihre alte Kultur sollte den Fabriken geopfert werden, die die Industrialisierung nach Rhodesien bringen würden, damit Hausfrauen in Elektroöfen backen konnten und die Zivilisation beweisen konnte, daß der Fortschritt der Gott war, den es anzubeten galt.

All das erfuhr Carolyn an den Abenden, wenn sie und Michael Carver, der Mann von der Regierung, Gin Tonic nippten. Sie stellte fest, daß er ein einfühlsamer Mann war, der die Eingeborenen, die sie trafen, ausnahmslos höflich behandelte. Er hielt in jeder der Ortschaften, die sie aufsuchten, Konferenzen ab. An einigen Abenden aßen sie sogar mit den Eingeborenen zusammen, und ihre kindliche Neugier rührte sie. Sie konnten es nicht fassen, eine weiße Frau zu sehen, »vor allem, glaube ich, mit Ihrem blonden Haar«, wie Carver es formulierte. Sie ließ zu, daß sie ihren Arm berührten, sie in den Bauch piksten und ihr Haar anfaßten.

Hier wurde die Arbeit wie überall in Afrika von den Frauen übernommen. Die Männer fischten und gingen auf die Jagd, erledigten aber keine der anderen Arbeiten.

Carver hatte seinen Arbeitsvertrag verlängern lassen. Er hatte sich einsam gefühlt, und daher hatte er bei seinem letzten Heimaturlaub ein Mädchen geheiratet, das er schon seit Jahren kannte. Jetzt war sie einsam. Wenn er die Dörfer aufsuchte, nahm sie sich in Salisbury eine Wohnung, aber sie hatte kaum Gelegenheit, Freundinnen zu finden oder andere Frauen kennenzulernen. Ihm war klar, wie sehr Frauen hier vereinsamten.

Ja, dachte Carolyn, wenn sie mit ihrem Leben nichts anderes

anfangen, als den Männern Freude zu machen. Sie fragte ihn nicht, warum seine Frau es vorzog, ihn nicht in das Tal zu begleiten.

Dieser erste Abstecher in das Tal war kurz. Nach ihrer Rückkehr teilte sie Andrew mit, daß sie schwanger zu sein glaubte. Jeden Morgen war ihr übel gewesen, und sie hatte gemerkt, daß ihre Periode ausgeblieben war.

Er nahm diese Neuigkeiten mit einem Freudenschrei auf, sagte aber dann sofort: »Das heißt natürlich, daß du nach Salisbury zurückgehst.«

»Wieso ›natürlich‹?« fragte Carolyn. »Ich habe nicht die Absicht, mich für die nächsten acht Monate auf einen Stuhl zu setzen und an einem Ort zu bleiben, an dem ich niemanden kenne und nichts zu suchen habe. Ich habe nachgedacht. Wenn Mama erfährt, daß ich schwanger bin, kann sie die Entbindung vornehmen.«

Andrew sah sie entgeistert an.

»Carolyn! Du spielst doch nicht etwa mit dem Gedanken, das Kind hier draußen zu bekommen?«

»Ich wüßte nicht, warum nicht. Ich bin im Dschungel geboren. Ich möchte gern, daß *mein* erstes Kind auch in der afrikanischen Wildnis geboren wird. Meine Mutter hat Hunderte von Frauen entbunden. Ich denke schon, daß sie ihr Enkelkind gern selbst zur Welt bringen möchte.«

Andrew war bei diesem Gedanken nervös, aber gleichzeitig begeisterte ihn um so mehr, daß Carolyn so war, wie sie war, und daß sie ihr Leben mit seinem zusammengetan hatte.

Carolyn war außer sich vor Freude.

Im Januar wimmelte es in der Schlucht von Menschen. Zehntausend Männer drängten sich auf dem Hügel, auf dem die elegante Stadt Kariba entstehen sollte, doch jetzt hätte jeder, der je einen amerikanischen Western gesehen hatte, die Kulisse erkannt. Fünf Saloons waren aus dem Boden geschossen; das Glücksspiel war in allen erlaubt, und Schwarze hatten zu keinem von ihnen Zutritt. Sie mußten sich den Schnaps an der Hintertür kaufen und ihn mitnehmen. Vier weitere Frauen waren in die Stadt gekommen: eine Eurasierin, eine, die Cockney sprach, und zwei Mestizinnen. Sie lebten zusammen in einer Hütte mit vier Zimmern, die das bestbesuchte Haus in der Stadt war. Carolyns einziger Kontakt zu ihnen war ein flüchtiges Lächeln, wenn sie einander auf der Straße begegneten. Die Straßen waren in der Regenzeit der reinste Schlamm und während des restlichen Jahres staubig.

Die provisorischen Unterkünfte für die Eingeborenen wurden schnell errichtet. Sie standen auf Pfählen sechzig Zentimeter über dem Boden, hatten Holzdielen und waren achteckig; die Strohdächer, die die Insekten anlockten, ruhten auf Pfählen. Diese Unterkünfte hatten keine Wände, und in jeder schliefen vier bis sechs Eingeborene.

Die Europäer hätten sich wohler gefühlt, wenn ihre Hütten auch keine Wände gehabt hätten. Aber sie lebten in Baracken aus Jute, die mit Zement besprüht worden war. In den Hütten war es unerträglich heiß, aber kühler als auf dem Talgrund. Dort kamen die Temperaturen im Januar auf fünfzig Grad. Jeder Mann hatte einen Wassereimer, in dem er seine Werkzeuge trug, denn sie waren so heiß, daß man sie nicht anfassen konnte.

Gearbeitet wurde von der Morgendämmerung bis zur Abenddämmerung. Die Italiener überraschten alle. Scharenweise waren sie in engen, gutsitzenden Shorts eingetroffen, die sofort ein schlummerndes Mißtrauen wachriefen. Seit vielen Jahren trugen die Briten Shorts in Afrika, aber das waren weite, unförmige Kleidungsstücke in Weiß oder Khaki, die überhaupt nicht schick waren. Die Shorts der Italiener waren leuchtend bunt und saßen hauteng. Ihre braune Haut glänzte; sie waren kleingewachsen und dunkelhäutig und lachten oft. Niemand in Kariba hatte Vertrauen zu ihnen.

Doch die Italiener arbeiteten erstaunlich schnell und hart; sie waren gewillt, Arbeiten zu übernehmen, die die Angelsachsen den Eingeborenen vorbehalten hatten. Nach einem schweren Arbeitstag konnten sie ihre angelsächsischen Vorgesetzten unter den Tisch trinken, und am nächsten Morgen erwachten sie voller Arbeitseifer.

Der Staudamm machte erstaunlich schnell Fortschritte. Trotz seiner gewaltigen Ausmaße wölbte sich der Damm anmutig.

Da die provisorischen Unterkünfte fertiggestellt waren, konnte sich Andrew auf den Bau der späteren Stadt konzentrieren. Es war ihr zwar nicht beschieden, eine schöne Stadt zu werden, doch es war ein reizvoller Ort, der etwas typisch Vorstädtisches hatte. Eines der ersten Gebäude war ein Kino, das jeden Samstagabend voll war. Die Bungalows, die den Menschen, die man herbringen wollte, als Behausungen dienen sollten, waren nicht häßlich, aber sie wiesen gewisse Ähnlichkeiten auf. Andrew sorgte dafür, daß kein Häuserblock zwei identische Häuser aufwies, und auch die Farben wechselten ab. In allen Häusern wurden Bäder installiert, aber sie konnten nicht benutzt werden, solange der Staudamm nicht fertig war und das Wasserreservoir nicht angezapft werden konnte. Dann würden sie die alten Aborte abreißen.

Vor Monaten hatte Carolyn gesagt: »Ich glaube, eins hast du ganz vergessen.«

Andrew hatte sie fragend angesehen.

»Du kannst nicht fünf Jahre mit dem Krankenhaus warten,

wenn hier zehntausend Männer sind«, hatte sie lächelnd gesagt. »Und fünf Frauen.«

»Du hast recht«, hatte ihr Andrew zugestimmt. »Wahrscheinlich brauchen wir auch ein Gefängnis.«

Mit Carolyns Hilfe hatte er ein kleines Krankenhaus entworfen. Als Donald das nächste Mal kam, unterbreitete er ihm Carolyns Vorschlag.

Donald sah sie bewundernd an; sie freute sich.

»Natürlich brauchen wir auch einen Arzt«, sagte sie, »und ein paar Krankenschwestern.«

Vor seiner Abreise hatte Donald sie zur Seite genommen und gefragt: »Würden Sie sich vielleicht überlegen, wie wir Mediziner auftreiben können? Darüber scheinen Sie mehr zu wissen als wir alle.«

Carolyn war begeistert. Endlich hatte sie etwas Nützliches zu tun. Sie flog zweimal nach Salisbury, um dort mit der Krankenhausverwaltung zu reden, und sie schrieb ihrer Mutter und bat sie um Vorschläge, wie sie das Personal bekommen könnte.

Ehe das Krankenhaus fertiggestellt war, traf ein Arzt aus England ein, ein freundlicher junger Mann, der bald darauf eine der drei Krankenschwestern heiratete, die kurz nach ihm ankamen.

Carolyn hatte sich geweigert, in einen der neuen Bungalows zu ziehen, denn ihr war das geräumige Zelt lieber, doch als die sturzbachartigen Regenfälle einsetzten, gab sie nach; sie und Andrew zogen mit ihrer Habe in ein kleines Haus mit einer breiten umlaufenden Veranda. Von dort aus würden sie später auf den See schauen.

Liliane und Marsh kamen in der letzten Februarwoche. Schon vor Andrews und Carolyns Ankunft war eine Landebahn angelegt worden, und daher hatte Liliane keine Schwierigkeiten mit einer sanften Landung. Andrew hatte

sich Sorgen gemacht, sie hätten etwas dagegen, daß er Carolyn in diesen entlegenen Winkel gebracht hatte, doch ihre spontane Begeisterung nahm ihm diese Ängste.
»Ich bin nicht sicher, ob ich den Staudamm gutheiße«, sagte Marsh, »aber da es ein Fait accompli ist, sollten wir es als gegeben hinnehmen und vorwärts schauen.«
Carolyn hatte ihre Eltern seit fast einem Jahr nicht mehr gesehen. Liliane untersuchte Carolyn sofort und bescheinigte ihr blendende Gesundheit. Carolyns Schwangerschaft war ohne Zwischenfälle verlaufen. Ihre übliche Unruhe war Gelassenheit und Zufriedenheit gewichen. Nie war sie glücklicher gewesen. Andrews Begeisterung machte ihr Freude; das Baby, das in ihrem Bauch um sich trat, machte ihr Freude. Sie wußte es zu schätzen, daß Donald Reyes ihr eine eigene Verantwortung gegeben hatte, und sowohl der Bau des Krankenhauses als auch die Anwerbung der Belegschaft bereiteten ihr Zufriedenheit. Die vier Neuankömmlinge saßen regelmäßig als Gäste an ihrem Eßtisch. Carolyn und Andrew genossen diese lebhafte Gesellschaft.
Dr. Jefferson hatte sie zwar untersucht, doch Carolyn hatte ihm unmißverständlich mitgeteilt, daß ihre Mutter kommen würde, um die Entbindung vorzunehmen.
Liliane sah die Veränderung, die sich an Carolyn vollzogen hatte, und wunderte sich. Zum ersten Mal schien ihre Tochter Ruhe und Frieden gefunden zu haben.
»Wenn ich das nächste Mal komme«, sagte sie eines Abends beim Essen, nachdem sie sich Carolyns Bericht über ihre Abenteuer im Tal angehört hatte, »gehe ich mit.«
Marsh sah sie an. »Ich wüßte nicht, warum wir nicht allein einen kleinen Ausflug in die Vergangenheit unternehmen sollten. Könnten ein paar Tage deine Sehnsucht stillen?«
Liliane strahlte. »Wahrscheinlich wird meine Neugier eher

entflammt als gestillt«, sagte sie. Dann wandte sie sich an Andrew und fragte: »Wie läßt sich das machen?«

»He«, sagte Carolyn, »ich bin dreimal dort gewesen. Er hat nie auch nur einen Fuß in das Tal gesetzt. Ich werde es für euch arrangieren.« Sie sah ihre Mutter an und fragte sich, ob sie je alt werden würde. Bis auf die grauen Schläfen wirkte Liliane nicht alternd.

Michael Carver erschien, um die beiden berühmten Besucher kennenzulernen. »Ich hätte meine Frau mitgebracht, aber zwischen Boma und hier gibt es keine Straße, und das ist eine Strecke von mehr als hundert Meilen«, sagte er. Carolyn und Liliane fragten sich beide, warum sie das daran hinderte.

Doch sie mußten den geplanten Ausflug ausfallen lassen.

Am 25. März 1956 um halb zwei morgens wachte Carolyn mit stechenden Schmerzen auf. Sie wartete, bis sie den Abstand zwischen den Wehen beurteilen konnte. Dann weckte sie Andrew und sagte: »Hol Mama.«

Obwohl Carolyn das Krankenhaus selbst geplant hatte, wollte sie, daß ihr Baby zu Hause geboren wurde. Liliane schickte Andrew los, um frisches Bettzeug zu holen, und Marsh, um Wasser aufzusetzen.

Als Liliane eine Narkose vorschlug, mischte sich Carolyn ein. »Nein. Ich will jede Minute bewußt erleben. Es ist doch alles in Ordnung, nicht wahr, Mama?« Sie umklammerte Lilianes Hände.

»Alles sieht normal aus, Liebling. Der Kopf liegt richtig, und der Muttermund geht sehr gut auf.«

Marsh war nervöser als alle anderen. Mindestens ein dutzendmal fragte er: »Ist alles in Ordnung mit ihr?«

Andrew trank elf Tassen Kaffee. Er lief unruhig hin und her und betrat immer wieder das Schlafzimmer; er küßte Carolyn auf die Stirn und schwitzte, wenn sie während der We-

hen zusammenzuckte, und schließlich sagte er zu Liliane: »Ich will zusehen. Und helfen, wenn es geht.« Er fragte sich, ob ihm übel werden würde.
»Frag Caro«, schlug Liliane vor.
Carolyn war begeistert von dieser Idee.
»Wasch dir gründlich die Hände«, ordnete Liliane an.
Carolyn stöhnte; Schweißperlen standen auf ihrem Gesicht, und ihre Hände ballten sich zu Fäusten. Ein Anflug von Furcht mischte sich in den Schmerz in ihren Augen, und sie rief: »O Mama!«
Liliane spreizte Carolyns Beine und zog ihre Knie hoch. »Mach dich bereit, das Baby entgegenzunehmen«, sagte sie zu Andrew. Er fragte sich, wie er das verstehen sollte. Carolyn griff nach seiner Hand und schrie. Sein Magen zog sich zusammen.
»Du mußt pressen, Liebling. Hol tief Atem, und wenn die nächste Wehe kommt, mußt du pressen. Der Schmerz wird nicht mehr lange dauern«, versicherte ihr Liliane. »Er gehört dazu, wenn man neues Leben in die Welt setzt.«
Ihre Finger ertasteten Flaum in der Nässe, das Haar auf dem Kopf des Babys. Andrew starrte nur noch und hielt den Atem an.
»Jetzt, Schätzchen«, sagte Liliane beschwichtigend. »Hol tief Atem und . . .«
Carolyn schrie auf.
»Du mußt pressen, noch fester.« Lilianes geschickte Hände griffen nach dem feuchten Kopf und bewegten ihn sachte, damit ihre Finger mithelfen konnten, erst die eine und dann die andere kleine Schulter herausgleiten zu lassen. »Noch einmal«, drängte sie. »Nur noch einmal richtig fest drücken, Liebling.«
Carolyn brachte ihre gesamten Kraftreserven auf und nahm nichts als den bohrenden Schmerz wahr. Sie preßte. Wäh-

renddessen zogen Lilianes Hände das kleine Mädchen sachte aus dem Körper der Mutter.
Bei all diesem Blut und Schleim und der roten Häßlichkeit dieses wundersamen Geschöpfes wurde Andrew nicht übel. Seine Begeisterung war grenzenlos.
Carolyn und ich, dachte er, haben dieses neue Leben gemeinsam erschaffen, dieses Kind. Seine Liebe war übermächtig.
Die Macht der Blutsverwandtschaft, dachte Liliane. Keine Geburt hatte sie je mit solcher Freude erfüllt. Ein Mädchen. Eine Enkeltochter. »Sie ist perfekt geraten«, sagte Liliane.
Marsh wartete im Vorraum, und Schweiß strömte von seiner Stirn. »Sag mir, daß es ihr gutgeht.«
»Es geht ihr bestens.« Liliane lachte fröhlich. »Ich brauche einen Kaffee. Komm mit in die Küche. Dann kannst du sie dir ansehen. Laß die drei ein paar Minuten allein.«
Marsh brühte den Kaffee auf. »Weißt du eigentlich, wie du strahlst?« fragte er.
»Warte erst, bis du sie siehst.« Liliane lachte. »Vom Teint und von den Haaren abgesehen, ist sie dir wie aus dem Gesicht geschnitten.«

38. Kapitel

Als Liliane drei Wochen später abflog, blieb Marsh. Und er blieb lange. Er hatte Carolyn mehr vermißt, als er sich eingestehen wollte. Es bereitete ihm große Freude, Courtney im Arm zu halten und Andrew zuzuhören, wenn er von seiner Arbeit und von seinen Zukunftsvorstellungen für Rhodesien sprach. Täglich saß er stundenlang unter einer Akazie auf einem Hügel und beobachtete, wie der Staudamm Gestalt annahm.
Marsh mochte Andrew immer mehr. Er bewunderte seine

Energie und seine Art, mit anderen zusammenzuarbeiten. Er verstand seinen Humor. Er nahm aber auch wahr, wieviel erotische Spannung fühlbar wurde, wenn Carolyn und Andrew zusammen waren.
»Sie ist der unglaublichste Mensch, den ich kenne«, sagte Andrew eines Nachts am Lagerfeuer. »Sie hat eine Wildheit in sich, als sei sie ein Bestandteil dieser Umgebung . . .« Seine Geste umfaßte die gesamte Weite, die Bäume, die Tiere. »Und doch nimmt sie die Ungerechtigkeiten dieser Welt überdeutlich wahr und gibt sich nicht damit zufrieden, das Leben hinzunehmen, wie es ist.«
»Das ist das Erbgut.« Marsh grinste. »Ihre Mutter und ich haben einen Hang, gegen Windmühlen zu kämpfen.«
Carolyn ging in ihrer Mutterschaft auf. Sie war in einer afrikanischen Gesellschaft aufgewachsen, in der weiße Frauen nie den Haushalt führten. Sie kochte nie eine Mahlzeit und putzte das Haus nicht, und das war ihr recht, doch sie genoß es, sich um Courtney zu kümmern. Wenn sie in der Stadt gelebt hätte, hätte eine Eingeborene das Kind gewickelt und sogar gestillt. Hier konnte Carolyn selbst für Courtney sorgen.
Wenn Courtney an ihrer Brust nuckelte, dachte Carolyn inbrünstig: Ich werde sie nie allein lassen. Wenn dieser Staudamm noch nicht fertig ist, wenn sie zur Schule kommt, gehe ich mit ihr.
Trotzdem reichte Courtney nicht aus, um ihr die Ruhelosigkeit zu nehmen.
Während ihrer Schwangerschaft hatte sie noch zwei weitere Ausflüge in das Tal unternommen. Michael Carver hatte ihr ein tongaisches Wörterbuch geliehen, und jetzt lernte sie stundenlang die neuen Wörter.
Andrew betrachtete es als selbstverständlich, daß Carolyn sich nicht vom Fleck rührte.

»Weshalb denn nicht?« fragte sie. »Ich habe den ganzen Tag über niemanden, mit dem ich reden kann, und auch eigentlich nichts, worüber ich nachdenken könnte. Ich habe keineswegs die Absicht, zu verkümmern.« Sie wandte sich an Marsh. »Du bist doch ein alter Abenteurer. Reizt es dich nicht, ein Tal zu besuchen, das zum Untergang verdammt ist und nur noch zwei Jahre bestehen wird?«

Marshs unwiderstehliches Lächeln ließ sein Gesicht strahlen. »Heißt das, du lädst mich zu einer Safari ein? Natürlich bin ich dabei. Diese Lebensweise wird es nicht mehr lange geben. Das Leben ist so einfach, wenn es keine Elektrizität gibt«, sagte er versonnen.

»Ja«, stimmte ihm Carolyn zu. »Wenn die Sonne untergeht, kann man nur noch plaudern, zum Feuerschein tanzen oder ins Bett gehen.«

»Was zweifellos der Grund dafür ist«, sagte Andrew zwinkernd, »daß in Afrika bis zum Ende dieses Jahrhunderts aufgrund der wachsenden Bevölkerung eine Hungersnot unausweichlich ist.«

Carolyn sah zu ihm auf. »Was ich diesen Menschen beibringen möchte, ist Geburtenkontrolle.«

»Wie willst du das mit Menschen anstellen, die nicht bis achtundzwanzig zählen können?« fragte Andrew.

Carolyn seufzte. »Das weiß ich auch noch nicht. Aber ich habe darüber nachgedacht.« Mit Courtney auf dem Rükken zogen sie und Marsh in Begleitung von Eingeborenen los, die Zelte und Kochgeschirr trugen, doch Carolyn und Marsh trugen die Gewehre.

Andrew war neidisch. Er hätte diese Reise gern mitgemacht, aber er konnte sich keinen Tag freinehmen und schon gar nicht drei oder vier Wochen, und so lange wollte Carolyn diesmal fort sein. Er war einsam, wenn sie

nachts nicht da war. Er schlief nicht gut; im Schlaf tastete er neben sich, und die Leere weckte ihn unweigerlich.
Er sagte sich, daß er aufgehört hatte, sich Sorgen zu machen, daß die Elemente und die Wilden Carolyn nichts anhaben konnten. Aber bis zu ihrer Rückkehr würde er sich unwohl fühlen. Er war froh, daß Marsh sie begleitete.

In den letzten Tagen des Jahres 1956 wiesen Berichte über die Victoriafälle darauf hin, daß eine außergewöhnliche Flut zu erwarten war, die schlimmste seit hundert Jahren, hieß es in den Vorhersagen. Anfang 1957 stieg das Wasser in der engen Karibaschlucht.
Das geräumige unterirdische Kraftwerk aus Stein, das in den Hügel gehauen war, war so gewaltig, daß es an die Westminster Abbey erinnerte. Auf den Staudamm selbst waren eineinhalb Millionen Kubikmeter Beton gegossen worden. Über dem Nordufer war eine Halde angelegt worden, denn eine gute halbe Million Kubikmeter Sand waren dort ausgehoben worden, wo der Grund des Sees sein würde. Die Italiener waren mit ihrer Arbeit weit schneller vorangekommen, als die optimistischsten Schätzungen vorhergesagt hatten.
Doch der Fluß bewies, daß die Natur oder die Medizinmänner, die ihn verzaubert hatten, die Vormachtstellung behielten. Nachdem das Wasser zweihundert Meilen entfernt von den Fällen herabstürzte, ergoß sich der Fluß in das Tal und wütete in der Schlucht. Sämtliche Maschinen, die in einem mühsamen Transport von mehr als zweitausend Meilen vom Meer hierhergebracht worden waren, mußten eilig auf einen der Hügel der Karibaschlucht befördert werden.
Das Wasser toste und brauste. Es stieg um zwanzig Meter an. Das kam so selten vor, daß niemand dieses Risiko, das bei eins zu hundert lag, einkalkuliert hatte. Das Wasser be-

deckte alles, was von dem Damm zu sehen war, ganz zu schweigen von den Millionen von Dollar, die bereits ausgegeben waren, und von mehreren zehntausend Arbeitsstunden, die bereits investiert waren. Als das Wasser sank, war der Staudamm zur großen Erleichterung aller in Kariba noch intakt. Die Arbeiter sahen einander voller Stolz an.

Die Italiener und die Afrikaner schwitzten rund um die Uhr in der brütenden Hitze der Schlucht, die an einen Backofen erinnerte, während der Lärm von Preßluftbohrern durch das Tal hallte und meilenweit Staub durch die Luft trieb.

Je höher der Damm wurde, desto gefährlicher wurde die Arbeit. »Wenn in hundert Jahren die nächste Überflutung kommt, wird der Staudamm die Flut aufhalten«, sagten die Männer zueinander.

Niemand dachte im Traum daran, daß noch in diesem Jahr ein Hochwasser kommen würde, wie man es seit tausend Jahren nicht erlebt hatte.

Das Frühjahr, die heißeste Jahreszeit, war trockener als alles, woran man sich erinnern konnte. Die Hälfte der Tonga, dreißigtausend Menschen, waren umgesiedelt worden; die verbleibenden Eingeborenen litten entsetzlich unter der Hitze. Sogar die Italiener verlangsamten ihr Arbeitstempo. Die Vegetation verdorrte, die Tiere waren lethargisch, die Menschen kurz vor dem Koma. Sie saßen da und starrten den blaßroten Himmel an, und die, die an Gott glaubten, beteten um Regen.

Im November 1957 waren Andrews Straßen und Häuser fertiggestellt, Hunderte von rechteckigen Gebilden, in denen die modernen Annehmlichkeiten der Elektrizität vorgesehen waren, die aber nicht angeschlossen werden konnten, solange der Staudamm nicht fertig war. Es war keine reizlose Stadt. Das Krankenhaus hatte den Betrieb bereits aufgenommen, und die Schule stand kurz vor der Fertigstellung. Männer, die wußten, daß sie noch zwei bis drei Jahre hierbleiben würden, holten ihre Familien nach Kariba. Ein kleines Hotel hatte eröffnet, und am höchsten Punkt der Stadt bauten die Italiener – in ihrer knappen Freizeit – eine grazile, schöne runde Kirche, von der aus man den besten Ausblick auf den See hatte.

Im Dezember hatte der Bau des Staudamms seinen kritischsten Punkt erreicht. Was bisher gebaut war, stellte für brodelnde Wasser ein enormes Hindernis dar, war aber noch nicht stabil genug, um sie aufzuhalten.

Erst Mitte Dezember setzten die Regenfälle ein. Als die ersten Regenwolken sich ins Tal schoben, wurden am ganzen Sambesi, der seicht dahinrann, Dankesrufe laut. Über Nacht kam Farbe in die ausgedorrte Steppe. Flüsse, die seit dem Herbst ausgetrocknet waren, erwachten strudelnd zum Leben. Die Menschen stellten sich in den Regen und ließen sich durchnässen, während sie die Gesichter zum Himmel hoben. Die Hitze ließ nicht nach, und daher war es nicht unangenehm, naß zu sein.

Innerhalb von Tagen wurde die Erde zu matschigem Schlamm; Bäche, die es vor fünf Tagen noch nicht gegeben hatte, schwollen zu Flüssen an.

Ende Januar wurden die Gerüchte immer lauter, daß fünfhundert Meilen entfernt an der Grenze Nordrhodesiens zu Angola in der Barotsesteppe, in der der Fluß durch Sümpfe von gigantischem Ausmaß floß, ein Hochwasser einsetzte, gegen das sich die größte Flut seit hundert Jahren harmlos ausnehmen würde.

Später unterstellten nicht nur die Eingeborenen dem gewaltigen Fluß einen eigenen Willen. Das Wasser gebärdete sich wie ein Tier in einem Käfig und schoß in das Tal hinab, um sich auf den Damm zu stürzen, als sei er nichts als ein lästiges Insekt.

Nachts, während die Planierraupen und andere schwere Maschinen im Fangdamm waren, wütete der Fluß. Am Morgen war die Straßenbrücke, die darüber führte, verschwunden. Die Menschen sahen mit betretenem Schweigen zu, als der Fluß sich nach der anderen Brücke reckte, einer leichten Hängebrücke, die mehr als dreißig Meter über dem Wasser gebaut worden war.

Sie konnten nichts machen. Die Leute standen auf den Hügeln und sahen zu Tausenden zu, wie der Fluß die Fußgängerbrücke herunterriß und durch den Katarakt stürzte, der sich zwischen den beiden höchsten Pfeilern gebildet hatte. Schätzungen besagten später, daß fast zwanzigtausend Kubikmeter Wasser pro Sekunde über die Grundstützen des Staudamms gebraust waren.

Michael Carver fuhr mit seinem Motorboot allein über den Fluß und warnte diejenigen, die er vorher nicht überreden konnte, fortzugehen. Zieht euch in die Berge zurück, drängte er sie. Die Nebenflüsse stauten sich und bahnten sich Wege um Hügel herum, und Orte, die noch nie am Wasser gelegen hatten, wurden abgeschnitten. An einem Tag stieg das Wasser innerhalb von sechs Stunden um mehr als eineinhalb Meter.

Dann machte sich Michael in seinem Boot auf den Weg und versuchte, Menschen zu retten, die auf die flachen Hügel gestiegen waren und bereits festsaßen, weil sie das Wasser von allen Seiten umgab. Wie viele Menschen ertranken, konnte auch später nicht in Erfahrung gebracht werden. Kegelförmige Hütten mit ihren Strohdächern trieben vorbei, Krokodile schwammen durch Dörfer, und schwarze Mambas glitten an Land.

Erbarmungslos regnete es weiter. Die Tonga lebten in Furcht und Elend. Sie waren weit verstreut und hatten keine Nahrung.

Erst im März sank das brodelnde Wasser wieder. Überreste von Ansiedlungen wurden freigelegt, doch der Damm in Kariba stand noch.
Die Italiener gelobten, sie würden ihre Anstrengungen verdoppeln und der Damm würde vor den Fluten des kommenden Winters fertiggestellt sein.
In der Hektik stürzten drei Italiener und vierzehn Afrikaner von einem siebzig Meter hohen Pfeiler in feuchten Beton. Preßlufthämmer mußten zur Bergung der Leichen eingesetzt werden.
Als jedoch im Winter 1959 das Hochwasser einsetzte, waren die endgültigen Schleusentore geschlossen, und das Wasser wurde zurückgehalten. Von dem Moment an kam kein Zweifel mehr daran auf, wer dieses Rennen gewonnen hatte. Jetzt ging es nur noch darum, den Wasserspiegel des Stausees ständig zu regulieren.

Marsh und Liliane kamen oft zu Besuch und blieben meist drei bis vier Wochen. Jedes Jahr unternahmen sie mit Carolyn Ausflüge in das Tal, und 1959 begleitete Andrew sie für zwei Wochen. Carolyn schien zu versuchen, sich an eine aussterbende Lebensweise zu klammern. Manchmal fand Andrew, es sei wie eine Besessenheit.
Im Winter 1959 waren die letzten Menschen aus dem Tal ausquartiert worden. Einige von ihnen waren gern fortgegangen, weil sie von Arbeit in Fabriken träumten, die sie nur aus Erzählungen kannten, doch die große Mehrheit fühlte sich entwurzelt und verließ nur gezwungenermaßen ihre Heimat, über die die Geister ihrer Ahnen herrschten und die alles war, was sie von der Welt kannten.
Fruchtbare Landstriche waren für sie ausgesucht worden, denn der Regierungsbeauftragte war gutmütig und gewissenhaft. Die Regierung wußte, daß keine ihrer Lösungen

ideal war, doch sie bemühte sich, den verschiedenen Stämmen, die jetzt weit verteilt waren, gutes Land zu geben, das oft fruchtbarer war als der felsige Talboden; man mußte den Leuten das Anpflanzen beibringen. Der Ackerbau war für sie neu. Ein Leben in der weiten Steppe oder an den Nebenflüssen jagte Menschen, die Weite nicht gewohnt waren, Angst ein. Jetzt hatte ihre Welt keine Grenzen mehr, und viele von ihnen fühlten sich verloren und außerstande, sich an eine Welt zu gewöhnen, die ihnen viel zu kompliziert war. Jeder der Stämme war jetzt isoliert, und sie fühlten sich als Fremde in einem fremden Land.
Bis zum Ende des Jahres 1959 trugen alle Tonga Kleider, vielleicht lag es am ungewohnten Klima oder auch am Einfluß der Zivilisation; die meisten von ihnen hatten es gelernt, die neu entdeckten Annehmlichkeiten der Zivilisation zu schätzen.
Carolyn wußte, daß sie das Tal in diesem Winter zum letzten Mal sah. Es erschien ihr als ein großer Verlust.
»Ich weiß, was du empfindest«, sagte Marsh, der seine Hand auf ihre Schulter gelegt hatte.
»Eine Lebensform geht für alle Zeiten verloren.«
»Viele Menschen«, sagte Andrew, »würden sagen, sie sei es nicht wert, erhalten zu werden. Es sei ein Dasein wie in der Steinzeit.«
»Seht nur!« rief Liliane aus. In der Ferne tuckerten vier kleine Motorboote, die Ruderboote zogen.
Courtney winkte, und die kleine Flotte änderte die Richtung und steuerte ihr Lager an. Es waren alles Männer um die Dreißig, die für die Gesellschaft zur Bewahrung des afrikanischen Erbes arbeiteten, eine Organisation, von der nur Marsh gehört hatte.
Der Chef, Sam Elliot, erklärte, es sei jetzt an der Zeit, an die Tiere zu denken, nachdem das Tal von seinen menschlichen

Bewohnern geräumt war. Er und seine Männer waren ein Rettungstrupp.
Carolyn hatte es als selbstverständlich betrachtet, daß die Tiere weichen würden, wenn das Wasser stieg.
»Eben nicht«, sagte Sam. »Sie sind es gewohnt, sich auf den Hügeln in Sicherheit zu bringen, und dort werden sie sich versammeln und warten, bis das Wasser sinkt. Aber diesmal wird der Wasserspiegel nicht sinken. Warten bedeutet ertrinken.«
»Können wir mithelfen?« erkundigte sich Marsh.
Sam sah ihn freundlich an. »Wir kommen uns wie der sprichwörtliche Tropfen auf den heißen Stein vor. Wir wissen, daß vier Männer nicht alle wildlebenden Tiere retten können, die von dem Wasser überrascht werden. Acht Leute können zweimal so viele Tiere retten. Uns ist Hilfe in jeder Form willkommen.«
Carolyn spürte einen Adrenalinstoß.
Beim Abendessen erzählten die Männer von ihren Rettungsplänen.
»Dieser gottverdammte Staudamm«, sagte Sam, »ist moralisch nicht vertretbar. Er rottet eine Lebensform aus.«
»Man kann sich nicht nur an die Vergangenheit klammern«, sagte Andrew zu seiner Verteidigung. »Wir haben 1959. Dieser Damm wird den Lebensstandard in ganz Rhodesien anheben.«
»Welche Alternativen gibt es, Mr. Elliot?« fragte Liliane. »Die Regierung läßt sich nicht aufhalten, wenn sie erst einmal einen Entschluß gefaßt hat. Was haben *Sie* vor?«
»Sie meinen, wenn wir die Tiere gerettet haben?«
Liliane nickte.
»Wir wollen uns in Salisbury mit anderen Mitgliedern unserer Organisation zusammentun und versuchen, mit Hilfe einer Lobby das Gewissen der Regierung wachzurütteln.

Wenn uns das nicht gelingt, werden wir alles tun, was in unserer Macht steht, um die Übergangszeit zu erleichtern; wir werden bei der Umstellung helfen, wir werden versuchen, Leben zu retten und Traditionen zu bewahren. Ich glaube, wenn die afrikanische Wildnis mit ihrer Flora und Fauna ausgelöscht wird, stirbt auch unsere Welt aus.«

»Laßt uns mithelfen«, schlug Carolyn mit leuchtenden Augen vor.

»Natürlich«, stimmte Andrew zu. »Was können wir tun?«

Sam Elliot nahm ihr Angebot nur zu gern an.

Die Flußfahrten waren äußerst gefährlich, weil man ständig in Baumkronen direkt unter der Wasseroberfläche hängenbleiben konnte. Aus den Baumwipfeln glitten außerdem Schlangen und alle erdenklichen Kriechtiere, die ihr Leben retten wollten.

Sie holten Affen von den Bäumen. In Rhodesien wurden die Paviane auf eine Stufe mit den Ratten gestellt; die Regierung zahlte Prämien für getötete Tiere. Dennoch brachte es keiner von der Rettungsmannschaft über sich, auch nur einen Pavian ertrinken zu lassen. Sie fingen sie in Netzen und setzten sie am Ufer frei, damit sie davonlaufen konnten, um von Prämienjägern gefangen zu werden.

Elefanten, die auf Inseln gestrandet waren, waren intelligent genug und besaßen auch die Kraft und Ausdauer, an Land zu schwimmen, ehe die Entfernung zu groß wurde, und das sonstige Großwild schien einen sechsten Sinn zu haben – die Löwen und die Leoparden – denn sie waren nirgends zu finden, von einer Ausnahme abgesehen. Zum Glück war es ein Junges und konnte daher eingefangen werden, ohne eine Gefahr für seine Retter darzustellen. Carolyn fütterte das Junge mit Vergnügen.

Viele Antilopen waren auf Inseln abgeschnitten, und es war schwierig, sie einzufangen.

Als Liliane und Andrew aufbrechen mußten, entschloß sich Marsh, dazubleiben und weiterhin zu helfen.
»Das wundert mich nicht«, sagte Liliane lächelnd, als er seinen Entschluß mitteilte. Die Zärtlichkeit in ihren Augen, dachte Carolyn. Es ist, als seien sie frisch verliebt. So ist es schon immer gewesen. Sogar nach fast dreißig Jahren berühren sie einander noch oft, und ihre Augen erklären einander offen ihre Liebe.
Carolyn sah die beiden stolz an; sie waren immer noch ein schönes Paar. Liliane trug immer noch Shorts und Hemden wie schon vor vielen Jahren, doch sie taten ihrer Weiblichkeit keinen Abbruch.
Erst kürzlich hatte sie sich bei Marsh beklagt: »Ich habe alles Weibliche schon so lange hinter mir gelassen, und deshalb wundert es mich, daß du mich immer noch als Frau siehst.«
Er hatte ihre Wange gestreichelt, die nach so vielen Jahren im feuchten Klima des Dschungels immer noch samtig war. »Du bist mehr Frau als jede andere, die mir je begegnet ist.«
Carolyn seufzte zufrieden, als sie ihre Eltern zusammen sah. Sie konnte nur hoffen, daß ihre eigene Ehe genausogut klappte wie diese, doch es herrschten jetzt schon Spannungen, die sich immer um die gegensätzlichen Standpunkte drehten, die sie und Andrew hatten, wenn es um die Zukunft Afrikas ging.
»Mama«, fragte sie, einer spontanen Eingebung folgend. »Wenn ich hierbleibe, könnt ihr, du und Andrew, dann Courtney mitnehmen? Sue Ann Kirba wird nach ihr sehen, wenn ihr abreist. Ich möchte auch hierbleiben und helfen.«
Andrew sah sie fragend an. Carolyn merkte, daß er ihr sagen wollte, sie könne – oder solle – nicht bleiben. »Ich denke nur an ein oder zwei Wochen. Ich habe nur das Gefühl, endlich etwas Nützliches zu tun.«

Andrew sagte nichts, doch seine Lippen wurden zu einem schmalen Strich. Liliane und Marsh spürten die Spannung, die in der Luft hing, aber auch Sam Elliot, der von einem zum anderen sah.
»Wir sorgen dafür, daß sie heil zurückkommt«, sagte er. »Wir können jede Form von Hilfe gebrauchen. Wir müssen sowieso in zehn Tagen nach Kariba zurück, um Vorräte zu kaufen.«
Dazu konnte Andrew nichts sagen.

39. Kapitel

Ende 1959, im ersten Sommer, in dem der neue Damm das tosende Hochwasser des Sambesi aufhalten würde, war Carolyn wieder schwanger, und sie waren in Salisbury.
Hazel Reyes erbot sich, Carolyn bei der Suche nach einem Haus zu helfen. Sie fanden es schon am ersten Tag. In dem Moment, in dem sie es sah, machte Carolyns Herz einen Satz.
So, wie sie aufgewachsen war, bekam sie beim Anblick der modernen Bungalows mit den schmalen Streifen Rasen Platzangst, und als sie das große graue, viktorianische Haus am Stadtrand sah, das inmitten einer Wiese von zwei Morgen stand, auf der Weihnachtssterne, Bougainvilleen und Hibiskussträucher wuchsen, verliebte sie sich auf den ersten Blick, noch ehe sie das Haus von innen gesehen hatte.
Die großen Zimmer gingen ineinander über und gaben ihr ein Gefühl von Geräumigkeit und Auslauf. Das will ich haben, dachte sie. Ich will es so sehr, wie ich seit Jahren nichts Materielles mehr gewollt habe.
Zu Hazel sagte sie: »Ich muß Andrew sofort anrufen.«

Andrew ließ seine Arbeit liegen und kam. Sein erster Gedanke war: Warum will Carolyn so ein großes Haus. Sein zweiter Gedanke, nachdem er ihr in die Augen gesehen und ihre Stimme gehört hatte, war, daß sie hier glücklich sein würden.

Am Abend fragte Hazel ihren Mann verwundert: »Wie können sie sich das Haus der Thompsons leisten? Das könnte keiner deiner anderen Ingenieure bezahlen.«

»Meine Liebe«, antwortete Donald, »weißt du eigentlich, was ich diesem jungen Mann bezahle? Und vier Jahre lang haben die beiden keine Gelegenheit gehabt, das Geld auch nur anzurühren. Ich habe ein Bankkonto für ihn eingerichtet, und abgesehen von Carolyns Verhandlungen mit der Leitung des Krankenhauses war keiner von beiden je in der Stadt. Es würde mich nicht wundern, wenn sie das Haus bar bezahlen.«

Carolyn richtete das Haus geschmackvoll, wenn nicht gar elegant ein. Ehe sie damit fertig war, rief sie Michelle Elliot an. Außer den Reyes kannte sie niemanden in der Stadt, und Sam hatte sie gebeten, sich bei seiner Frau zu melden. Sie lud sie zum Tee ein, doch als Michelle kam, hatte Carolyn sich noch nicht umgezogen. Sie hatte im Garten gearbeitet und begrüßte ihre Besucherin in einer zerknitterten Bluse mit Moosflecken und einer langen Hose, an der Erde und Hundehaare klebten, denn es gab ein neues Familienmitglied, einen großen, zotteligen schwarzen Hund, den Andrew Othello getauft hatte.

Michelle war ganz anders, als Carolyn sie sich vorgestellt hatte. Sie war stark geschminkt und hatte lackierte Fingernägel, und sie trug einen Rock mit Rüschen, Seidenstrümpfe und Schuhe mit außerordentlich hohen Absätzen. Von ihrem ganzen Wesen her wirkte sie gedämpft.

Offensichtlich war es ihr nicht recht, daß sie allein zwei

kleine Kinder aufziehen sollte, die fünf und sechs Jahre alt waren, und sie konnte nicht verstehen, warum Sam nicht zu Hause bleiben konnte. »Ich fühle mich einfach unvollständig, wenn kein Mann im Haus ist. Aber so geht es natürlich jeder Frau«, sagte sie mit einer leisen Stimme, die eher ein Seufzen war. »Man wird nicht zu Partys eingeladen, und natürlich kann ich nicht tanzen gehen. Aber die Gartenarbeit macht mir Spaß. Ich will keinen Gärtner haben, ganz gleich, was die anderen Leute denken. Ich wühle gern in der Erde herum.«

Afrika war ihr nicht ganz geheuer. Sie waren noch kein Jahr in Salisbury.

»Sam hatte zuviel zu tun, um in den Country Club einzutreten«, erklärte Michelle. »Er denkt immer nur an seine Arbeit. Außerdem ist er nicht allzu gesellig. Vielleicht, wenn er zurückkommt . . .« Ihre Stimme verklang.

Marsh kam, als sie gerade am Gehen war. Er war hergeflogen, um sich das neue Haus anzusehen.

»Was hältst du von ihr?« fragte Carolyn.

Marsh sah sie an. »Nein, sag mir erst, was du meinst.«

»Gräßlich feminin. Man bekommt den Eindruck, sie tut nur das, was traditionell von einer Frau erwartet wird. Und sie klammert sich an einen Mann - es paßt ihr nicht, daß Sam fort ist. Sie kann nichts mit sich selbst anfangen.«

»Sie ist sexy«, sagte Marsh. »Sie strahlt eine unglaubliche Sinnlichkeit aus.«

Carolyn hob den Kopf. »Findest du?« Sie lachte. »Davon habe ich nichts bemerkt.«

»Du wirst es noch sehen«, versicherte er ihr. »Warte es nur ab.«

»Um über etwas anderes zu reden, Papa«, sagte Carolyn. »Ich würde gern für Sams Organisation arbeiten, wenn das Baby geboren ist. – Was hältst du davon?«

Marsh seufzte und setzte sich. »Warte aber wirklich bis nach der Geburt.«
»Ich werde ihn Justin nennen.«
Die Krähenfüße um Marshs Augen zogen sich zusammen.
»Du bist die Tochter deiner Mutter«, sagte er.
»Ich weiß«, gab Carolyn zu. »Deshalb muß ich ja auch arbeiten. Und sie haben so aufregende Dinge vor!«
»Du hast Lili immer übelgenommen, daß ihr Simbayo wichtiger ist als du und ich. Willst du in ihre Fußstapfen treten?«
Marshs Stimme klang zu beiläufig für diese Frage.
»Ich hoffe nicht. Ich will mehr, als sie sich selbst zugestanden hat.«
»Hast du dir auch überlegt, daß sie dich dort vielleicht gar nicht haben wollen?«
»Nein.« Sie grinste. »Auf den Gedanken bin ich keinen Moment lang gekommen.«

Im nächsten Jahr wurde Justin geboren, Courtney stellte unablässig Fragen, und Sam und Michelle Elliot und ihre Kinder, Saundra und Evan, besuchten die McClouds regelmäßig. Carolyn begann, an den Grundlagen ihres Planes zu arbeiten – sie sprach darüber, das afrikanische Erbe zu bewahren, Werte zu finden, die die Traditionen des Stammeslebens ersetzen konnten, und Möglichkeiten zu erkunden, wie sich das Leben der Afrikaner verlängern ließ.
»Eines Tages«, sagte sie zur Warnung, »werde ich mit dir zusammenarbeiten, Sam.«
Andrew brachte nie Einwände dagegen vor.
Michelle dagegen fragte: »Warum um alles auf der Welt willst du arbeiten gehen, wenn du es nicht nötig hast?« Ihr Vater hatte ihr einen Scheck geschickt, der die Mitgliedschaft im Country Club ermöglichte, und Michelle genoß es, die Frau zu sein, die für jeden Tanz ausgebucht war. Ca-

rolyn erinnerte sich an das, was Marsh über Michelle gesagt hatte, doch sie sah in ihr nur die hilflose Frau, die sich weigerte, den Umgang mit technischen Geräten zu erlernen, »denn das ist doch wirklich Männersache, oder nicht?« Michelle tat nicht so, als ob sie hilflos wäre; sie war es wirklich. Ab und zu ärgerte sich Carolyn darüber, aber zwischendurch genoß sie es auch, mit Michelle über die Gartenarbeit und die Kinder zu reden. Politisch war ihre Einstellung liberal, und sie war für die Gleichberechtigung aller Menschen; wenn jemand nicht arbeiten wollte, sollte die Regierung ihn unterstützen. Carolyn sah sich zwar wirklich als liberal an, doch so weit konnte sie nicht gehen, aber manchmal war es lustig, sich Michelles seltsame Vorstellungen anzuhören.

Sam bereitete Carolyn große Freude. Er war ein engagierter Biologe, ein intelligenter Mann, der sich selbst und seine Mitarbeiter forderte, doch im Gegensatz zu Andrew konnte er selten abschalten. Er ging am Samstag abend nur in den Club, weil er Michelle damit eine Freude machte und mit Andrew und Carolyn zusammensein konnte, aber Michelle konnte ihn nie zum Tanzen überreden. Er blieb am Tisch sitzen und unterhielt sich mit Carolyn und Andrew; wenn die beiden auch tanzten, ging er auf die Terrasse.

Andrew und Sam wurden gute Freunde, doch Michelle war Andrew etwas zu seicht. Wenn er sie sah, wußte er Carolyn nur noch mehr zu schätzen.

»Die Vorstellung, mit ihr verheiratet zu sein . . .« sagte er zu Carolyn.

»Marsh findet sie sehr sexy.« Carolyn lachte.

»Das bestreite ich nicht. Aber sie ist so verflucht zerbrechlich.«

»Ich habe immer wieder gehört, daß viele Männer das mögen. Aber ich sehe nicht, was so sexy an ihr sein soll.«

»Wenn du ein Mann wärst, würdest du es sehen.«
»Reizt sie dich?« fragte Carolyn spöttisch.
Ohne ihre Frage zu beantworten, sagte Andrew: »Michelle erwartet vom Leben, daß es so ist wie die Filme aus den dreißiger und vierziger Jahren. Sie will eine Romanze ohne Ende und gibt sich damit zufrieden, die Realitäten des Lebens zu ignorieren.«
Carolyn kitzelte ihn. »Reizt sie dich jetzt oder nicht?«
Andrew nahm lachend ihre Hände und warf sie auf das Bett. »Nein«, sagte er. »Es gelüstet mich nach niemandem auf Erden außer dir.«
»Beweis es mir«, flüsterte Carolyn, als sich sein Mund auf ihre Lippen legte.

Im Januar 1959 war in Belgisch-Kongo der Teufel los. In Léopoldville kam es zu Aufständen, die mit dem Unabhängigkeitsstreben im Zusammenhang standen, das Afrika gepackt hatte. In der Stadt herrschte ein absolutes Tohuwabohu. Die belgischen Kolonialherrscher waren gezwungen, Vertretern der Befreiungsbewegung Gehör zu schenken. Patrice Lumumba verhandelte mit Brüssel. Im Jahr darauf, am 30. Juni 1960, wurde dem Land überstürzt und unvorbereitet für einen Machtwechsel die Unabhängigkeit gewährt. Auf einem öffentlichen Platz in Léopoldville trat die belgische Regierung offiziell zurück, und die Stadt änderte ihren Namen augenblicklich in Kinshasa.
Marsh machte sich keine allzu großen Sorgen um Liliane. Dort, wo sie war, merkte man kaum, daß das Land überhaupt von irgend jemandem regiert wurde. Dort kümmerten sie sich um ihre eigenen Angelegenheiten und unterhielten nur harmonische Beziehungen zu den Eingeborenen. Liliane war seit fast zweiunddreißig Jahren in Simbayo, Rose und Heidi noch länger. Nachdem ihnen die Freiheit

gewährt worden war, hatten die Eingeborenen das Land und den Fluß in Zaire umbenannt. Liliane würde sich sicher über die Befreiung freuen, aber für sie würde sich dadurch kaum etwas ändern.
Marsh beendete gerade seinen Roman über Rhodesien. Er hatte seine Arbeit unterbrochen, um nach Salisbury zu fliegen und sich seinen neuen Enkel anzusehen. Ihm wurde flau in der Magengegend, als es an der Tür läutete und er ein Telegramm bekam. Lili? Carolyn?
Nein. Lili hatte keine Möglichkeit, ihm ein Telegramm zu schicken. Und Carolyn oder Andrew hätten ihn angerufen, wenn etwas passiert wäre. Er riß den gelben Umschlag auf.
»O mein Gott!«
Er starrte die schwarzen Pünktchen auf dem rauhen gelben Papier an und ließ sich auf das Sofa fallen, ehe er das Telegramm noch einmal ansah. Er starrte es endlos an.
Dann stand er auf, ging in sein Arbeitszimmer und nahm die Brille vom Schreibtisch. Er las es ein drittes Mal.
»Nicht zu glauben!« sagte er zu sich selbst, und ein Lächeln breitete sich auf seinem Gesicht aus.
Das Telegramm kam aus Stockholm und lud ihn zu einem Festbankett und einer Feier ein, bei der man ihm offiziell den Nobelpreis für Literatur überreichen würde.
Er setzte die Brille ab und suchte ein Taschentuch.
»Und ich dachte immer, sie kämen auf Lili«, murmelte er vor sich hin. »Ich dachte, sie bekäme den Friedensnobelpreis.«
Am nächsten Tag drängten sich Reporter vor seiner Tür, und Carolyn rief ihn an und schalt ihn dafür aus, daß er es ihr nicht sofort selbst berichtet hatte. »Ich bin ja so stolz auf dich«, sagte sie.
»Ich fahre nach Simbayo«, antwortete Marsh. »Ich habe noch sechs Wochen Zeit, ehe ich in Schweden sein muß. Ich will, daß Lili mitkommt. Ich will sie bei mir haben. Das Här-

teste am Alleinleben ist, daß man niemanden hat, mit dem man seine Freude teilen kann.«

»Komm auf dem Weg hier vorbei, Papa. Du mußt hier ohnehin umsteigen.«

»Ich werde Flüge für die nächste Woche buchen. Wenn ich dann in Coquilhatville bin, kann ich mir selbst ein Flugzeug mieten und von dort aus nach Simbayo fliegen.«

»Hast du es noch nicht gehört? Coquilhatville heißt jetzt Mbandaka. Das M spricht man nicht.«

»Das kann ich mir nie merken.«

»Papa, wir finden es einfach wunderbar. Eigentlich erstaunt es mich nicht. Das zeigt nur wieder einmal, daß manche Menschen eben doch Geschmack haben.«

Marsh legte auf. Zu diesem Punkt also hat mein ganzes Leben bisher geführt, dachte er, und ich wußte es nicht.

Am nächsten Tag propagierten ihn die Zeitungen als den ersten Preisträger, der über lange Jahre in Afrika gelebt hatte. Sie brachten auch einen Artikel, in dem stand, daß sich die Provinz Katanga von Zaire abgespalten hatte und daß ein Bürgerkrieg ausgebrochen war. Zwei Nonnen und ein Geistlicher waren ermordet worden – die Nonnen erst, nachdem sie vergewaltigt worden waren. Auswärtige Regierungen riefen alle Europäer auf, das Land augenblicklich zu verlassen. Eine radikale Splittergruppe forderte: »Tod allen Weißen«. Die Reaktion auf den Kolonialismus begann einzusetzen.

Carolyn holte Marsh am Flughafen ab.

»Du weißt, daß Mama nichts passieren kann«, sagte sie mit einer Gewißheit, die sie nicht empfand. »Mama gehört zu Afrika wie alle anderen dort. Sie hat mehr als dreißig Jahre nur Gutes für die Afrikaner getan.« Sie hatte Magenkrämpfe, seit sie die Neuigkeiten gehört hatte.

Marsh nickte. »Ich weiß, ich weiß. Wer mir Sorgen macht, sind nicht die Menschen, die Simbayo kennen.«
Sie gingen eilig auf ihren Wagen zu.
»Kein Flugzeug fliegt mehr in den Kongo«, sagte Carolyn.
»Das weiß ich. Ich frage mich nur, für wie lange?«
»Die Telefonverbindungen sind unterbrochen, und die Eisenbahnen fahren nicht. Ich habe mich überall erkundigt.«
»Ich mich auch. Wenn ich bis Uganda komme, könnte ich vielleicht Stanleyville erreichen und dort eventuell ein Boot nehmen, das den Kongo hinunterfährt . . .«
»Den Zaire«, verbesserte ihn Carolyn.
»Es waren zu viele Jahre, um so schnell umzulernen«, sagte Marsh. Er führte seinen Plan weiter aus. »Wenn ich es schaffe, nach Stanleyville zu kommen und mit dem Schiff weiterzufahren, dann dauert es zehn bis vierzehn Tage . . .«
»Falls noch Schiffe fahren«, sagte Carolyn.
Marsh sprach weiter, als hätte er sie nicht gehört. »Und dann steige ich in Coquilhatville aus, oder wie auch immer das jetzt heißt, und dann nehme ich ein Schiff auf dem Mombayo . . .«
»Papa, wahrscheinlich fährt dort kein einziges Boot mehr.«
»Ich muß es schaffen, zu ihr zu kommen, Carol.«
»Möglicherweise ist es ausgeschlossen. Sämtliche Grenzen sind zu. Und nächsten Monat mußt du in Schweden sein.«
Sie war hin- und hergerissen. War ihre Mutter in Sicherheit? In den letzten Nächten hatte sie entsetzliche Alpträume gehabt und war schweißgebadet aufgewacht; sie hörte erst auf zu zittern, wenn Andrew sie in den Arm nahm.
»Glaubst du, das interessiert mich, wenn Lili unter Umständen in Gefahr ist?«
Sie hielten vor Carolyns Haus an. Sie sprang aus dem Wagen und holte sein Gepäck aus dem Kofferraum.
Lili konnte nichts zustoßen. Lili würde nicht zulassen, daß

etwas Schlimmes passierte. Carolyn hätte gegen jeden Gegner darauf gesetzt, daß ihre Mutter den Sieg davontrug. Obwohl sie fest daran glaubte, hatte sie Angst um sie.
»Es gibt nichts, was wir tun könnten, um ihr zu helfen, Papa«, sagte sie. Sie wollte Marsh nicht zeigen, wieviel Sorgen sie sich machte. Er war so schon in einer schlechten Verfassung. Er ließ sich durch nichts davon abhalten. Am nächsten Tag flog er nach Nairobi und charterte dort ein Flugzeug, um zunächst in das Seengebiet von Uganda zu kommen. Er verbrachte fast zwei Wochen mit dem Versuch, einen der Grenzübergänge zu passieren. Sogar weit im Süden probierte er es, auf der Höhe des Tanganjikasees, doch selbst das war zwecklos. Die Grenzen waren geschlossen.
Dann flog er entmutigt nach Salisbury zurück.
»Papa, für diejenigen, die untätig warten müssen, ist es immer schlimmer als für die Betroffenen. Andrew war jedesmal völlig fertig, wenn ich in den Wehen lag, weil er nicht wissen konnte, wie gut ich es aushalten konnte. Die, die dastehen und warten, befürchten immer das Schlimmste. Kannst du dir vorstellen, daß jemand versucht, unserem Simbayo oder Mama etwas anzutun?«
Eigentlich konnte Marsh es sich nicht vorstellen.
Er wartete noch drei Wochen in Salisbury, ehe er nach Europa flog. Sie zuckten jedesmal zusammen, wenn das Telefon läutete; sie lasen die Zeitungen; sie starrten das Radio gebannt an. Endlich konnte Carolyn ihn davon überzeugen, daß weder Liliane noch ihm geholfen war, wenn er dablieb.
»Mama wäre wütend bei der Vorstellung, daß du nicht hingefahren bist, um den Preis mit einer flammenden Rede entgegenzunehmen. Flieg nach Schweden, und sag etwas Unvergängliches, damit Mama sich freut, wenn sie es hört. Niemand wird zulassen, daß Mama etwas zustößt.«
Sie hatte weiterhin Alpträume.

Es dauerte Wochen, bis die Neuigkeiten von der Rebellion in Simbayo eintrafen. Der Regierungswechsel hatte keine Veränderungen für sie mit sich gebracht. Rose hatte gesagt: »Eigentlich gefällt mir die Vorstellung recht gut, daß die Leute sich selbst regieren, aber ich verstehe so wenig davon.« Das war die Auffassung aller.

Trommeln am Fluß übermittelten die Nachricht, daß bewaffnete Rebellen durch das Land zogen und alles vernichteten, was mit Belgien oder mit Europa zu tun hatte.

Aber wir sind doch Amerikaner, dachte Liliane, ohne sich klarzumachen, daß sie hier die einzige Amerikanerin war. Sie vergaß auch, daß sie Amerika seit dreiunddreißig Jahren nicht mehr gesehen hatte. Und sie machte sich auch nicht klar, daß das keine Rolle spielte; was zählte, war, daß ihre Haut weiß war.

Der Ernst ihrer Lage wurde ihr erst klar, als ein Notruf von der entlegensten Außenstelle kam.

Es begann mit einem Schrei, der den Äther beben ließ, und Anne, eine der Krankenschwestern, die dort arbeiteten, schrie ins Mikrofon: »Um uns ist es geschehen. Kommt uns nicht zu Hilfe.«

Dann herrschte Schweigen. Tödliches Schweigen. Nichts mehr.

Liliane und Rose und Heidi starrten einander an.

»Ach, du lieber Gott«, sagte Heidi.

Drei Tage später erschienen der Arzt von der Außenstelle Detroit und seine Frau in ihrem Einbaum. Sie waren ein Ehepaar von gut sechzig Jahren, und sie hatten das Leben im Kongo als schwerer empfunden, als sie es sich vorgestellt hatten, doch sie hielten jetzt schon das zweite Jahr durch. Die Frau des Arztes sah starr vor sich hin und sah und hörte nichts.

»Sie haben jeden einzelnen unserer Patienten umgebracht«,

sagte er mit heiserer Stimme. »Sie haben sie vergewaltigt, *nachdem* sie sie umgebracht hatten. Sogar die Männer.« Seine Stimme war tonlos. »Die kleinen Kinder haben sie auch getötet.«

»Aber warum nur?« rief Rose aus. »Sie sind doch nicht weiß. Ich dachte, sie ließen ihre Wut nur an den Weißen aus.«

»Es sind blutrünstige Plünderer, die endlich einen Vorwand haben, um zu morden. Sie werden alles und jeden vernichten, der etwas mit Weißen zu tun gehabt hat. Sie haben das Krankenhaus und alle anderen Gebäude angezündet.« Er setzte sich auf den Anlegesteg und fing an zu weinen. »Wir konnten nur entkommen, weil wir draußen in den Feldern Jamswurzeln für das Abendessen gesammelt haben und sie uns nicht gesehen haben.«

»Sollten wir nicht fortgehen?« fragte Rose.

»Und wohin?« fragte Liliane. »Im Urwald haben wir nicht die geringste Chance. Natürlich gehe ich nicht fort. Wohin willst du denn gehen, Rose?« Ihre Stimme war scharf.

»Sie werden alle Ihre Mitarbeiter und Patienten und jeden anderen umbringen, der Ihnen je geholfen hat oder Sie auch nur kennt«, sagte der Arzt.

Liliane dachte bereits darüber nach, wie sie sie retten konnte. Sie mußte die Eingeborenen aus Simbayo wegschicken. Sie sollten ihre Patienten mitnehmen und in den Dörfern untertauchen.

Wenn die bewaffneten Rebellen auftauchten, würden sie nur Weiße vorfinden. Und die Rebellen würden alles in ihre Überlegungen einbeziehen, was sie mehr als dreißig Jahre lang für die Eingeborenen getan hatten. Sie würden nicht vier weiße Frauen und zwei alte Männer töten. Sie sah Heidi an. Alte Frauen. Wir sind alle alt, dachte sie. Heidi und Rose mußten fünfundsechzig, wenn nicht älter sein. Ich bin die jüngste von allen, und ich bin vierundfünfzig. Sie fand es deprimierend und tröstlich zugleich. Wozu sollte es gut sein, so alte Menschen wie sie umzubringen? Die Aufständischen würden Simbayo links liegen lassen, wenn sie erst sahen, daß es dort keine Patienten, keine Hilfskräfte, sondern nur ein paar alte Leute gab.

Anoka und Naldani weigerten sich, fortzugehen.

»Spielt nicht die Helden«, flehte Liliane sie an. »Es ist doch nur für kurze Zeit. Geht in das Dorf, aus dem Naldani kommt. Wenn alles vorbei ist, kommen wir wieder zusammen. Ich bin sicher, daß es nur um ein paar Wochen geht. Was nutzt ihr mir, wenn ihr tot seid?«

Anokas graumeliertes Haar war das einzige Anzeichen des Alters. Er sah immer noch sehr gut aus, doch Naldani, die einst so schön gewesen war, bedeckte ihre hängenden Brüste jetzt mit Blusen aus Amerika. Ihr Haar war grau, und ihr Gesicht war faltig. Ihr Gang war immer noch majestätisch, und sie hielt sich aufrecht. Liliane hatte bemerkt, daß sie im Lauf der Jahre in einem höheren Maß langsam geworden war als Rose und Heidi, die immer noch großartig zupacken konnten. Keine von ihnen konnte mehr das Tagespensum abwickeln, das sie vor Jahren bewältigt hatten, aber heute hatten sie auch mehr Hilfe als damals.

Liliane mußte etwas unternehmen, damit all diesen Helfern nichts zustieß. O Gott, die drei Lehrerinnen – junge weiße Frauen. Wo konnte sie sie verstecken? Was sollte sie sämtlichen Außenposten zur Tarnung raten? Und wo sollten die Leute unterschlüpfen? Gab es überhaupt noch einen Ort, an dem sie sicher waren?

Sie konnte die Eingeborenen nicht bitten, Weiße mit in ihre Dörfer zu nehmen, und sie konnte sie auch nicht bitten, Weiße zu verstecken. Wenn sie entdeckt wurden, bedeutete das den sicheren Tod. Darüber würde sie sich Gedanken

machen, wenn alle Patienten untergebracht waren und nur noch die Weißen übrig waren.
Sie brauchte drei Tage und viel Überredungskunst, um die Eingeborenen dazu zu bewegen, aus Simbayo fortzugehen; sie hatten so lange in Simbayo gelebt und gearbeitet, daß sie nicht mehr zu ihren Stämmen gehörten, doch Liliane wußte, daß ihre Stämme sie jederzeit wieder aufnahmen und jeden willkommen hießen, den sie mitbrachten.
Am Freitag abend waren nur noch die drei jungen Lehrerinnen, der alte Arzt mit seiner verwirrten Frau, Rose, Heidi, Philippe und Liliane da.
»Wir können nichts anderes tun als abwarten«, bemerkte Philippe, der alle mit seiner Gelassenheit ermutigte. »Vielleicht kommen sie gar nicht. Aber wenn ja, dann erwarten wir sie hier. Ich will nicht fortgehen.«
»Ich würde es nicht ertragen, mich im Urwald zu verstekken«, sagte Heidi.
»Was tun wir, wenn sie uns foltern?« fragte Rose.
Das konnte sich Liliane nicht vorstellen. »Sie werden uns nicht foltern, Rose«, sagte sie, als spräche sie mit einem verängstigten Kind. »Wozu sollte das gut sein?«
Der alte Arzt sah Liliane an.
Am Samstag mittag kam eine Horde von Eingeborenen aus dem Wald. Es waren fast zwanzig Männer, und sie waren mit gelber, roter und weißer Farbe beschmiert und trugen Schilde. Sie blieben vor dem Haus stehen, in dem sich die Letzten von Simbayo versammelt hatten.
Ihr Anführer trat vor. Es war ein großer Mann, der Ende Vierzig sein mußte und eine imposante Erscheinung war. Seine Arme waren von Armreifen bedeckt und seine Knöchel von Federn umgeben. Sein Haarschmuck war halb so groß wie er selbst und mit Steinen und leuchtendbunten Federn durchsetzt.

Liliane bedeutete den anderen, zu bleiben, wo sie waren, als sie aus dem dunklen Raum in den strahlenden Sonnenschein trat, um ihre Schlacht zu schlagen. Sie drückte ihre Schultern durch und bewegte sich selbstsicherer, als ihr zumute war.

Der Anführer verschränkte die Arme und starrte sie an. »Du weiße Mutter?«

Liliane nickte, denn sie fürchtete, ihre Stimme könnte beben.

»Du siehst nicht aus wie die weiße Mutter.«

»Ich bin es«, sagte sie und hoffte, daß ihre Stimme entschieden klang.

»Wir sind gekommen, um euch zu holen.«

»Wir gehen nicht fort. Wir sind hier zu Hause.«

»Das Haus wird angezündet. Ihr werden umgebracht. Wir sind gekommen, um euch zu holen.«

Lilianes Erinnerung regte sich vage. Dann sah sie sein Haar an, und blitzartig erkannte sie ihn, obwohl die Erinnerung nach zwanzig Jahren verblaßt war.

»Du bist Nkunda.«

Ein freundliches Lächeln trat auf sein Gesicht.

»Du hast mir vor vielen Jahren einmal das Leben gerettet. Jetzt bin ich an der Reihe, mich erkenntlich zu zeigen.«

Am liebsten hätte sie ihn umarmt. Statt dessen sagte sie: »Wir sind zu neunt.«

»Beeilt euch. Wir dürfen keine Zeit vergeuden. Der Weg ist weit.«

Liliane dachte an das alte Ehepaar. »Zwei von uns können nicht so weit laufen.«

Nkunda bedeutete ihr, daß sie auch daran gedacht hatten. Er wies auf zwei Tragen, die sie mitgebracht hatten.

Liliane packte das wenige ein, wovon sie glaubte, sie könne es gebrauchen. Neben den Penicillinvorräten nahm sie auch

den aus Elfenbein geschnitzten Elefanten mit, den Nkunda ihr geschenkt hatte, und den mit Edelsteinen verzierten Kamm aus Saigon, den Marsh ihr vor so vielen Jahren mitgebracht hatte. Baxters Bibel nahm sie auch mit.
Sie drehte sich um und warf einen letzten Blick auf den Ort, der für mehr als zweiunddreißig Jahre ihre Heimat gewesen war. Werde ich diesen Ort je wiedersehen? fragte sie sich. Und wohin ging es jetzt?

40. Kapitel

»Mit Anstand zu überleben, ist nicht genug. Wir sind es uns selbst und einander schuldig, aus dem Leben zu machen, was wir nur können.«
Carolyn und Andrew saßen gebannt vor dem Fernseher und sahen sich an, wie Marsh den angesehensten aller Literaturpreise entgegennahm. Andrew nahm Carolyns Hand, als er eine Träne auf ihrer Wange sah. Sie schniefte.
»Er ist sehr fotogen«, kommentierte Andrew.
»Ich wünschte, Mama könnte das sehen.« Carolyns Stimme klang erstickt. »Es war eine wunderbare Rede.«
»Das wußtest du doch vorher.«
»Natürlich.« Sie drückte seine Hand und wischte sich die Träne aus dem Gesicht. Dann schniefte sie noch einmal. »Mein Vater.«
»Komm, wir sollten uns anziehen. Die Elliots kommen in einer Stunde.«
»Ich schaue mal in der Küche nach, wie das Abendessen gelingt.«
»Und was tust du, wenn es nicht gelingt?« Andrew lächelte belustigt.
»Du hast recht. Dafür bin ich nicht zuständig, stimmt's?

Aber ich muß Lobengula Bescheid sagen, damit er rechtzeitig fertig wird.«
Michelle erinnert mich an eine bleiche Rose, dachte Carolyn, als sie den ersten Whiskey sour tranken. In den Zartrosatönen, die sie am liebsten trug, wirkte Michelle immer so unschuldig, immer so passiv. Sie versuchte nie, dramatisch zu wirken, sondern sprach immer leise und zögernd und drängte die anderen, das Reden zu übernehmen. Wenn sie sich in die Unterhaltung einbrachte, sprach sie unzusammenhängend, und oft kam sie auf Themen, die nichts mit dem Gesprächsgegenstand zu tun hatten, oder sie schweifte derart ab, daß ihre Zuhörer hinterher keine Ahnung mehr hatten, was ursprünglich das Thema war.
Trotzdem war Carolyn gern mit ihr zusammen. »Sie ist völlig verdreht«, sagte sie zu Andrew. »Trotzdem mag ich sie. Sie ist zu keiner Gemeinheit in der Lage. Und sie hat viel von einem kleinen Mädchen.«
»Du weißt, was man von ihr behauptet?« fragte er.
»Glaubst du an diese Gerüchte?« erkundigte sie sich.
»Ich weiß es nicht so recht. Man hört es von allen Seiten.«
»Ich mag Sam so gern, daß ich nicht glauben möchte, es könnte etwas Wahres daran sein. Wann sollte sie denn Zeit für . . . diese Sachen haben?«
»Nicht *diese* Sachen«, verbesserte Andrew sie. »Dieselbe Sache mit sehr vielen.«
»Sie braucht die Bestätigung, daß ein Mann sie begehrt.«
»Glaubst du, es ist ihr egal, welcher Mann?«
Carolyn kniff ihn im Scherz in den Arm. »Willst du dich freiwillig bewerben? Um herauszufinden, ob diese Gerüchte wahr sind?«
Er beugte sich zu ihr herunter und streifte mit seinen Lippen ihre Wange. »Das habe ich nicht nötig. Sie kann un-

möglich so aufregend sein wie du. So sexy, wie sie sich aufmacht, frage ich mich sogar, ob sie überhaupt aufregend ist.«
»Ach, das fragst du dich also, ja?«
»Ich kann mir vorstellen, daß sie reichlich konventionell ist.«
»Du meinst, nur die Missionarsstellung kommt in Frage?«
Andrew sah sie mit funkelnden Augen an. »Wo auf Erden lernst du solche Dinge?«
»Man kommt rum.«

Das Trommeln sagte ihnen, daß die Soldaten nur einen Tagesmarsch hinter ihnen lagen. Nkunda war ungeduldig, weil sie so langsam vorankamen. Weder der Arzt noch seine Frau konnten allzuweit laufen, und Heidi und Rose konnten nicht mit den Eingeborenen Schritt halten. Die drei jungen Lehrerinnen waren am besten in Form, doch gleichzeitig hatten sie die größte Angst von allen. Für den Weg, den Liliane vor zwanzig Jahren in einem Tag und einer Nacht zurückgelegt hatte, brauchten sie jetzt dreieinhalb Tage.
Als sie Nkundas Dorf endlich erreicht hatten, rief er die Stammesältesten zusammen. Gemeinsam mit Liliane, die als einzige aus Simbayo ihre Sprache sprach, berieten sie, was jetzt zu tun war. Der älteste Mann, dessen Hände sich vor Gicht kaum öffnen ließen, sagte: »Ich habe Tag und Nacht darüber nachgedacht, seit ihr fortgegangen seid. Wir werden sie eingraben, bis die Soldaten durch unser Dorf sind.«
»Eingraben?« fragte Liliane schaudernd.
Er wandte sich an sie. »Wir werden Gräber ausheben, in denen ihr euch verstecken könnt, und dann werden wir Zweige darüberlegen und Erde darauf schaufeln, damit keine Öffnung im Boden zu erkennen ist. Es wird Ritzen

geben, damit ihr atmen könnt, ohne gesehen zu werden. Nirgends wird eine Spur von euch zu sehen sein. Daher werden sie nicht an unseren Worten zweifeln.«

Die Männer aus dem Dorf hoben vier quadratische Löcher von einem Meter achtzig Tiefe aus, die weit voneinander entfernt lagen. Im Erdreich des Dschungels, das von Wurzeln durchzogen war, war das keine leichte Aufgabe; sie brauchten fast den ganzen Tag dafür. Kürbisflaschen mit Wasser wurden in die Gräben hinuntergelassen.

Nkunda sagte zu Liliane: »Wir haben Wachposten aufgestellt. Sie werden uns warnen, wenn jemand sich nähert. Hier seid ihr sicher. Aber ihr dürft keinen Laut von euch geben.«

Liliane nickte und übersetzte es den anderen aus Simbayo. Sie dachte: Was du gesät hast, wirst du auch ernten. Dieser Mann, Nkunda, an den sie seit zwanzig Jahren nicht mehr gedacht hatte, brachte nicht nur sich selbst, sondern seinen ganzen Stamm in Gefahr, um ihr und ihren Freunden zu helfen.

Nkunda wollte, daß die drei jungen Lehrerinnen auf drei verschiedene Gruben verteilt wurden. »Ich bin überzeugt, daß ihr sicher seid. Aber für den Fall, daß etwas schiefgeht und sie gefunden werden. Drei junge Frauen . . .«

Er brauchte es nicht näher auszuführen.

Margaret kam zu Dr. und Mrs. Colter. Heidi und Rose taten sich zusammen. Sally und Liliane teilten sich die dritte Grube. Philippe und Nancy kamen in die vierte.

Am nächsten Morgen bei Tagesanbruch unterrichtete sie ein Kundschafter davon, daß eine Horde von Soldaten mit Gewehren einen Zweistundenmarsch vom Dorf entfernt waren. Um sicherzugehen, beharrte Nkunda darauf, die Leute aus Simbayo sofort einzugraben. Als Liliane gerade in die Grube springen wollte, hörte sie Heidi am Waldrand

jammern: »Ich packe das nicht.« Sie lief zu den beiden Frauen, mit denen sie seit zweiunddreißig Jahren befreundet war.
Rose machte einen besorgten Eindruck. Liliane legte eine Hand auf Heidis Arm. Heidi schüttelte ihre Hand ab.
»Ich fürchte mich nicht vor den Soldaten«, sagte Heidi. »Ich fürchte mich vor der Grube. Wenn sie die von oben dicht machen, drehe ich durch.«
Liliane hatte Heidis Klaustrophobie vergessen.
»Heidi«, flüsterte sie, »halt dich an Rose fest. Du wirst nicht ersticken. Du schaffst das schon.«
Die Frau begann jedoch, unbeherrscht zu zittern. Seit dem Tag, an dem sie von Baxters Tod erfahren hatten, hatte Liliane nie mehr erlebt, daß Heidi die Fassung verlor.
»Ich kann nichts dafür, Liliane«, sagte sie mit klappernden Zähnen. »Es ist wie eine Krankheit. Ich kann nichts dagegen tun.«
»Bist du schwindelfrei?« fragte Liliane.
Heidi bejahte es mit einem Nicken. »Ich schaffe alles, außer mich in zu engen Räumen aufzuhalten.«
Liliane winkte Nkunda zu sich. »Meine Freundin hält es nicht in der Grube aus. Könnte sie nicht auf einen Baum klettern und sich im Laub verstecken?«
Nkunda sah Heidi und Liliane an und schüttelte dann energisch den Kopf.
»Er bietet mir an, mir das Leben zu retten, und ich bin zu undankbar, um sein Angebot anzunehmen«, sagte Heidi mit zusammengebissenen Zähnen. »Ich schäme mich so.«
»Es braucht dir nicht peinlich zu sein.« Liliane legte einen Arm um ihre Schultern. Sie verhandelte mit dem Häuptling. Schließlich hob er einen Arm und deutete auf einen Baum. Dann gab er Heidi ein Zeichen, ihm zu folgen. Heidi kletterte mit einer erstaunlichen Wendigkeit auf den Baum. Li-

liane wandte sich an Rose. »Willst du zu Sally und mir kommen?«
»Nein. Ich komme allein zurecht.«
Liliane stieg wieder in ihre Grube, in der Sally verzagt saß und in das Dunkel hinaussah. Zwei Eingeborene legten Äste über die Öffnung und bedeckten sie mit großen Erdklumpen. Es war dunkel, still und feucht.
»Bist du da?« hörte sie Sally fragen.
»Ja.«
Liliane wußte nicht, wie viele Stunden vergangen waren, doch die Soldaten erschienen mit blutrünstigen Schreien. Sie suchten nach Opfern.
Unter Schwierigkeiten erhob sich Liliane aus ihrer sitzenden Stellung und versuchte, durch den kleinen Spalt hinauszusehen. Erst sah sie gar nichts; dann kniff sie die Augen zusammen und konnte verschwommene Umrisse erkennen.
Die Soldaten trugen schmutzige, zerknitterte Khakiuniformen. Sie hatten sich Gewehre und Munitionsgurte über die Schultern geschlungen. An den Hüften hatten sie Pistolengurte und Patronen. In den Händen hielten sie Messer und Macheten. Sie waren auf Zerstörung aus.
Zum Glück lag dieses Dorf so weit von Simbayo, daß kein Verdacht auf Verbrüderung mit Weißen aufkommen konnte, dachte Liliane.
Sie konnte sehen, daß Nkunda sie offiziell willkommen hieß, doch trotz ihrer schlechten Sicht merkte sie, daß die Soldaten ungeduldig waren. Nkunda winkte, und die Frauen des Stammes brachten Kalebassen mit Palmwein, der das Zeichen für Gastfreundschaft war. Unauffällig hatten Nkundas Krieger am Rand des Dorfes Stellung bezogen. Ein paar von ihnen schlossen sich Nkunda und den Soldaten an, damit niemand Argwohn schöpfte.

Ehe die Soldaten Fragen stellen konnten, brachten die Frauen aus dem Dorf große Platten, die mit Essen beladen waren. Nkunda setzte sich und bedeutete den Soldaten, seinem Beispiel zu folgen. Wenn sie reichlich gesättigt waren und getrunken hatten, würden sie gern weiterziehen. Was für ein kluger Mann, dachte Liliane voller Bewunderung.
»Was siehst du?« flüsterte Sally.
»Pst«, antwortete Liliane.
Sie sah durch den Spalt, bis ihre Beine schwer wurden. Dann sank sie in die Hocke, und ihre Schultern streiften die feuchte Erde.
In diesem Dunkel ließ sich nicht abschätzen, wieviel Zeit verstrich, aber Liliane stand wieder auf, als sie Schreie hörte. Ein entsetzlicher Anblick bot sich ihr.
»O Gott«, sagte sie laut und erstarrte.
Ein Soldat zog Heidi in den Kreis der Rebellen. Drei andere Soldaten sprangen augenblicklich auf. Liliane sah, wie sie Lederschnüre an Heidis Handgelenken anbrachten.
Heidi schrie nicht und wand sich nicht, sondern stand würdig da, und Liliane vermutete, obwohl sie es nicht genau genug sehen konnte, daß Heidi die Soldaten verächtlich anfunkelte. Einer von ihnen trat ihr in die Kniekehle, und sie fiel hin.
Sie brachten auch an ihren Knöcheln Lederschnüre an, und unter Gelächter und Ausrufen bewegten die vier Soldaten sich rückwärts und zogen Heidis Gliedmaßen in vier Richtungen. Langsam und schmerzhaft wurde sie gestreckt. Liliane schlug sich die Hand vor den Mund, um nicht laut aufzuschreien. O Gott, dachte sie. Laß das nicht zu. Es darf nicht geschehen. Heidi lag mit gespreizten Gliedern auf dem Boden, als die Lederschnüre sich stramm anspannten und erst einer der Soldaten und dann ein zweiter an einem Arm und an einem Bein rissen und darauf warteten, daß sie endlich

aufschrie. Sie blieb stumm. Sie traten jetzt alle gleichzeitig zurück, und die Schnüre streckten ihre Gliedmaßen über das menschenmögliche hinaus. Dann stürzte Rose mit einem durchdringenden Schrei aus ihrem Versteck. Sie schrie mit einer dünnen, schrillen Stimme: »Heidi! Heidi!« Als sie auf ihre Freundin zulief, drehte sich einer der Soldaten um und riß seinen Arm zu Rose herum. Sie lief direkt in seine Machete; ihr Körper bewegte sich weiter, während ihr Kopf durch die Luft flog und im Schoß eines Soldaten landete, der Palmwein trank. Dann schrie Heidi.

41. Kapitel

Jemand starrte sie an. Sie wußte es genau, aber es fiel ihr schwer, die Augen zu öffnen.
Es ging nicht.
Vielleicht wollte sie sie gar nicht öffnen. Vielleicht wollte sie gar nichts sehen. Sie lag da und lauschte.
Ein leises Murmeln und Rascheln. Das Rascheln von Röcken ...
Das Rascheln von Röcken? Mühelos schlug Liliane die Augen auf.
Eine weiße Decke. Ein schwarzes Gesicht.
Liliane schrie.
Das schwarze Gesicht verschwand.
»Aber, aber ...« Eine Hand legte sich besänftigend auf ihren Arm.
Ein weißes Gesicht. Und dann wieder das schwarze. Es sah Liliane an, als wolle es sich ein Urteil bilden. Sie hörte immer noch ihre eigene Stimme, die die Luft zerriß.
Ein schmerzhafter Stich in ihrem Arm. Das Zimmer begann sich zu drehen und versank im Dunkel.

Als sie das nächste Mal erwachte, hörte sie einen Vogel und wußte, daß die Sonne schon tief stand und der Himmel über den Baumwipfeln sich rot färbte.
Eine friedliche Atmosphäre hing in der kühlen Abendluft. Die Luft war nicht feucht und schon gar nicht schwül.
Sie schlug die Augen auf, drehte den Kopf zur Seite und sah einen Vorhang, der sich im leichten Wind bewegte.
Wo bin ich? fragte sie sich.
Ich liege in einem Bett mit weißem Bettzeug, und an den Fenstern hängen Gardinen, erkannte sie. Vielleicht bin ich in Sicherheit. Aber sicher wovor? Sie wußte es nicht.
»Ah, Sie sind aufgewacht.« Die Stimme hatte einen französischen Akzent, und eine große, stämmige Frau mit dunklen Augen und einem freundlichen Lächeln trat an Lilianes Bett.
»Wo bin ich?« Liliane war überrascht, wie matt ihre eigene Stimme klang.
»In Bukavu«, antwortete die Nonne.
Der Name sagte Liliane nichts.
»Wie lange bin ich schon hier?« Sie sah gebannt in das freundliche Gesicht.
»Fast zehn Tage.« Die Frau verschwand und kam kurz darauf mit einer Tasse Tee wieder. Sie stützte Liliane und schüttelte ihr Kissen auf. Dann hielt sie ihr die Tasse an die Lippen.
Die frische Abendluft gab Liliane das Gefühl, in tausend Rosen zu baden, obwohl sie wußte, daß im Kongo keine Rosen wuchsen, und doch roch sie ihren Duft.
Die Frau zog sich einen Stuhl an das Bett, setzte sich und nahm Lilianes Hand.
»Wissen Sie, wer Sie sind?«
Natürlich, dachte Liliane. Warum sollte ich das nicht wissen? »Liliane Hathaway.«

Die Nonne starrte sie an. Der Blick ihrer dunklen Augen war wohlwollend, doch sie wirkte erstaunt. Sie schüttelte den Kopf, drückte Lilianes Hand und stand auf. »Ich komme gleich wieder.«

Eine Schar von Nonnen mit gestärkten Hauben schwebte in ihr Zimmer. Sie waren zu fünft.

Die Nonne, die vorher bei ihr gewesen war, lächelte und stellte ihr die anderen vor. »Schwester Thérèse, Schwester Brigitta, Schwester Caterina, Schwester Sophia, und ich bin Schwester Marie-Hélène.«

Die jüngste von ihnen flüsterte: »O Madame, wir hätten im Traum nicht gedacht, daß wir Mutter Lili bei uns haben.«

Eine andere sagte: »Wir haben vor einem Jahr gehört, Sie seien ermordet worden.«

Eine dritte sagte: »Madame, es ist uns eine Ehre.« Eine Träne rann über ihre Wange. »Sie sind am Leben!«

Vor einem Jahr?

Was war passiert?

Sie schloß die Augen. Bemühte sich, nachzudenken. Warum dachten sie, ich sei tot? fragte sie sich.

Dann sah sie plötzlich mit einer unerträglichen Eindringlichkeit vor sich, wie Roses Kopf durch die Luft flog, während ihr Körper weiterlief, ehe er auf drei Soldaten in Khaki zusammenbrach und Blut in das staubige Laub der Bäume spritzte.

»O Gott!« schrie sie laut, und ihr ganzer Körper wand sich in Krämpfen.

Mondschein drang durch die Gardine. Wieder roch sie den Duft von Rosen. Sie wußte zwar, daß es nicht wahr sein konnte, doch es war Juni in Buffalo, New York, und sie war wieder siebzehn.

Sie lag lange im Dunkeln und bemühte sich bewußt, sich an nichts zu erinnern. Doch sie sah immer wieder Roses Kopf. Die Nonne hatte ihr gesagt, es sei vor einem Jahr geschehen. Was war in der Zwischenzeit passiert? Sie lag in der kühlen Nachtluft zwischen frischen Laken in dem weichen Bett und versuchte, sich an diese Zeit zu erinnern, aber ihr fiel nichts ein. Die Gedanken entglitten ihr. Sie sah nur Marshs Gesicht vor sich, das jede andere Erinnerung verstellte.

Wenn ich seit zehn Tagen hier bin, fragte sie sich, wo war ich dann vorher? Sie wartete auf eine Erinnerung, doch es kam nichts.

Wo mag Bukavu wohl liegen? dachte sie. Wenn ich wüßte, wo es ist, wüßte ich vielleicht wieder, wie ich hergekommen bin. Es ist ein Ort, an dem man mich kennt und an dem französisch und englisch gesprochen wird. Ein Ort, an dem Nonnen ein Krankenhaus leiten.

Sosehr sie sich auch bemühte, Erinnerungen aus der letzten Zeit einzufangen – sie sah nur immer wieder Marsh vor sich und konnte an nichts anderes denken.

Sie verzehrte sich vor Sehnsucht nach ihm. Wenn er hier wäre, dachte sie, ginge es mir gut, selbst dann, wenn ich mich wieder erinnern könnte. Wenn Marsh hier wäre, hätte ich keine Angst.

Warum habe ich eigentlich nie geheiratet? fragte sie sich. Im Moment erschien ihr nichts wichtiger. Wenn ich je wieder von hier fortgehen kann, dachte sie, wenn ich überlebe ... wenn es mir gelingt, zu fliehen ... dann werde ich Marsh heiraten. Ich werde ihn bitten, für mich zu sorgen. Das hat er mir doch immer angeboten. Warum habe ich so viele Jahre ohne ihn und Carolyn verbracht? Warum habe ich mir das versagt?

In ihrer Vorstellung sah sie Carolyn als junges Mädchen auf der Veranda des Hauses in Kapstadt sitzen; sie machte

Hausaufgaben und trank ein Glas Milch. Liliane kam mit einem Teller mit frischgebackenen Plätzchen aus dem Haus. Carolyn strahlte vor Freude und nahm sich ein Plätzchen. Liliane setzte sich auf den Schaukelstuhl neben ihre Tochter, und sie lachten beide. Marsh setzte sich zu ihnen und legte einen Arm und Carolyn, den anderen um Liliane. »Meine Mädchen«, sagte er. »Was für eine Familie.«
Liliane hörte sich laut seufzen.
Die Erinnerungen an das, was hätte sein können, standen deutlicher vor ihr als die an das, was gewesen war.
Sie versuchte, einen Sinnzusammenhang mit den Dingen herzustellen, an die sie sich erinnern konnte. Sie dachte daran, wie sie Baxter kennengelernt hatte, und die Erinnerung war vollkommen klar. Sie versuchte, sich an Jack zu erinnern, und es war, als sei es erst gestern gewesen. Sie dachte an Naldani und Anoka. An Petelos letzten Besuch zu Hause. Sie erinnerte sich sogar daran, daß er einer von nur dreißig Kongolesen war, die Universitäten besuchten. Sie konnte sich deutlich an die Reise mit Marsh und Carolyn nach Ägypten erinnern; sie sah die Sphinx und die dunklen Grabkammern vor sich. Sie erinnerte sich an das, was sie empfunden hatte, als sie den Brief ihrer Tante gelesen hatte, der sie über den Tod ihrer Eltern informierte. Sie erinnerte sich an den Tag, an dem Marsh ihr das Flugzeug geschenkt hatte. Sie erinnerte sich an eine Bruchoperation in einer stürmischen Nacht. Nkunda, so hieß der Mann. Es war so viele Jahre her ... Nkunda, war er nicht nach Simbayo gekommen, um ihr zu helfen?
Leere kehrte in ihre Gedanken ein. Sie konnte nicht weiterdenken; alles führte nur dahin, Heidi mit weit gespreizten Armen und Beinen in der Sonne liegen zu sehen, während aus Roses Kopf Blut spritzte, als er über die Soldaten flog.
Eine der riesigen weißen Hauben glitt in ihr Zimmer, und

Schwester Thérèse – oder war es Schwester Caterina? lächelte strahlend. »Und? Geht es uns heute morgen besser?« Ihre Stimme klang wie Harfensaiten. »Vielleicht können wir uns heute morgen zum Frühstück aufsetzen?« Sie ließ eine Hand unter Lilianes Schultern gleiten und richtete sie mit erstaunlicher Geschicklichkeit auf. »Ich kann mir vorstellen, daß wir uns gern das Gesicht waschen lassen würden, nicht wahr?« Die Nonne zog einen feuchten Waschlappen aus einem Korb, und Liliane fühlte sich von der kühlen Nässe erfrischt. Sie hatte noch kein Wort gesagt, bemühte sich aber, matt zu lächeln.

Die Krankenschwester wollte fortgehen, um das Frühstück zu holen, doch Liliane sagte: »Warten Sie. Wo bin ich?«

»Wir sind hier im Missionskrankenhaus in Bukavu.«

»Wo ist Bukavu?«

»Ach, du meine Güte.« Die Nonne sah sie an. »Ist Ihnen klar, daß Sie in Afrika sind?«

Liliane nickte. Natürlich. »Ja, aber wo?«

»Wir sind am Kivusee.« Als sie Lilianes ausdrucksloses Gesicht sah, trat sie wieder an das Bett. »Wissen Sie, wie Sie hierhergekommen sind?«

Liliane schüttelte den Kopf. »Nein.«

»Der Kivusee liegt an der Ostgrenze des Kongos. Entschuldigen Sie, im Osten von Zaire.«

»Zaire?«

»So haben die Nationalisten das Land genannt. Den Fluß auch. Am anderen Ufer des Sees, am Ostufer, liegt Rwanda.«

Rwanda? dachte Liliane. Was ist das? »Warum ist es hier nicht schwül? Ich spüre die Nähe des Urwalds nicht.«

»Nein.« Die Schwester lachte freundlich. »Bukavu liegt fünfzehnhundert Meter hoch, und die Tage sind kühl, die Nächte kalt. Der See ist von Bergen umgeben, und die

Hänge sind bewaldet wie in Michigan. Ich war als Kind dort. Wir sind am Südende des Sees, aber im Norden gibt es Vulkane, und manchmal glühen die großen, tiefhängenden Wolken nachts rötlich und spiegeln die Glut der größeren Vulkane wider. Das sieht sehr hübsch aus.«

Liliane sah sie erwartungsvoll an.

»In der Regenzeit kommen die Frauen und Kinder aus Stanleyville nach Bukavu. Ich werde mich nie daran gewöhnen, Kisangani zu sagen.« Sie lachte wieder freundlich. »Hier gibt es eine Reihe von hübschen Hotels, und man kann ausgezeichnet schwimmen und Boot fahren.«

Stanleyville. Der Name sagte ihr irgend etwas, wenn Liliane auch nicht wußte, was. Sie glaubte, daß es an den Stromschnellen des Kongos lag, konnte sich aber nicht erinnern. Und weshalb sollte sie sich an Stromschnellen erinnern? Sie war nie in Ostafrika gewesen.

»Danke«, sagte sie.

Ich bin im Osten des Kongos, dachte Liliane bestürzt. Wie auf Erden bin ich hier gelandet? Was ist mir im letzten Jahr zugestoßen?

Während sie sich diese Frage stellte, fiel ihr Blick auf ihren dünnen linken Arm, der von großen weißen Narben bedeckt war, als hätte sie ein wildes Tier angefallen. Teilnahmslos betrachtete sie ihren Arm. Gewiß sollte ich mich daran erinnern, wie es dazu gekommen ist, dachte sie. Die Krankenschwester in ihr erkannte, daß das, was ihrem Arm zugestoßen war, entsetzlich schmerzhaft gewesen sein mußte. Außerdem mußte es viele Monate her sein, denn es war verheilt, und bleibende Narben waren entstanden. Die Verletzungen waren auch nicht von selbst verheilt, sondern waren fachkundig behandelt worden. Sie versuchte vergeblich, sich zu erinnern.

Am Nachmittag kam Schwester Marie-Hélène zu ihr und

zog sich einen Stuhl an ihr Bett. »Haben Sie Lust, sich ein wenig zu unterhalten?« fragte sie.
»Es scheint, als könnte ich mich an die Geschehnisse des letzten Jahres nicht erinnern.«
Die Nonne nickte. »Das ist verständlich. Ich glaube, Sie haben unter Schock gestanden. Sie versuchen, die Dinge abzublocken, an die Sie sich nicht erinnern wollen.«
»Meinen Sie?«
»Was ist das letzte, woran Sie sich erinnern?«
Liliane erzählte es ihr. Die Schwester schnitt eine Grimasse. »Ich habe den Verdacht, Ihnen ist einiges Böses zugestoßen.« Sie deutete auf die Narben auf Lilianes Arm. »Vielleicht hilft es Ihnen weiter, wenn ich Ihnen erzähle, was in den letzten eineinhalb Jahren im Kongo passiert ist. Es war das reinste Gemetzel. Die Weißen zahlen dafür, wie die Belgier und die Sklavenhändler diese Leute hier in den letzten hundert Jahren behandelt haben. Was du gesät hast, das wirst du auch ernten«, flüsterte sie vor sich hin. »Afrika ist ein Widerspruch in sich. Nehmen Sie Stanleyville, eine wunderbare moderne Stadt, die in den Duft von Jasmin und Mimosen getaucht ist. Pastellfarbene Bürogebäude und Wohnhäuser, eine Aura von Eleganz.
In den Dörfern in der Nähe und in manchen Gegenden von Stanleyville florieren die Praktiken der Zauberei, und es gibt Kannibalismus und Ritualmorde. Wir vermuten, daß so Ihr Arm . . .« Sie zuckte die Achseln und hielt inne.
Dann sprach sie weiter. »Es gibt Stammesangehörige, die sich zu einer Gruppe zusammengeschlossen haben, und sie nennen sich Anyoto – die Leopardenmenschen. Sie begehen nachts barbarische, sinnlose Morde. Niemand weiß, wo oder warum sie zuschlagen. Zu diesen Vorfällen kommt es schon seit Jahren, doch niemand weiß Näheres darüber. Sie schnallen sich stählerne Klauen an die Hände, heulen wie

Leoparden und fallen über Kinder oder Frauen oder alte Männer her – nie über kräftige, jüngere Männer – und töten sie mit diesen Klauen.«
Liliane lief ein Schauer über den Rücken. Das war nicht der Kongo, den sie kannte.
»Seit der Revolution ist es noch schlimmer geworden. Die Simba-Krieger, die aus der Provinz Katanga gekommen sind, strömen in Scharen aus dem Dschungel und vernichten alles, was ihnen über den Weg läuft. Es ist nur noch eine Frage der Zeit, bis sie hier ankommen. Ein gewisser General Olenga führt die Simbas an, und alles und jeder, der mit Weißen zu tun hat, ist dem Untergang geweiht. Ein Kongolese, der eine Brille trägt, wird an einen Pfahl gebunden und der Verwesung ausgesetzt, weil er von der Lebensform der Weißen verseucht ist.«
»Warum bleiben Sie hier?« fragte Liliane.
Schwester Marie-Hélène zuckte die Achseln, und ein Anflug von einem Lächeln stand in ihren Augen. »Wir wußten, daß das hier kein reines Zuckerlecken wird«, sagte sie. »Wie können *Sie* mich das fragen? Sie sind doch selbst geblieben.«
Liliane schüttelte den Kopf. »Nein, ich bin fortgegangen. Ich bin von Simbayo fortgegangen.«
»Bevor es unbedingt sein mußte?«
»Nein, erst im letzten Moment.«
»Vielleicht werden wir im letzten Moment auch fortgehen. Oder uns verstecken. Oder die Grenze nach Rwanda überqueren. Aber noch sind General Olenga und seine Simbas nicht in Bukavu. Zum Glück können wir davon ausgehen, daß man uns warnen wird. Stanleyville liegt dreihundert Meilen von hier, und auf der Straße, die uns mit dieser Stadt verbindet, kommt man nicht schnell voran. Für den Moment sind Sie – und wir – in Sicherheit.«

Liliane nahm ihre ungewöhnlich große Müdigkeit wahr.
»Wie lange sind Sie schon hier?« fragte sie.
»Die Mission besteht seit dem Ende des letzten Jahrhunderts«, erwiderte die Nonne. »Ich bin seit sechs Jahren hier. Bei weitem nicht so lange wie Sie.«
»Welches Jahr haben wir?« fragte Liliane.
»1962, Mai 1962.«
»Ich glaube, daß ich Ende 1960 von Simbayo fortgegangen bin«, sagte Liliane. »Oder Anfang 1961. Ich kann mich nicht erinnern.«
»Erinnern Sie sich noch an irgend etwas?«
Liliane schloß die Augen. Schwester Marie-Hélèle blieb sogar dann noch sitzen, als sie sich fragte, ob Liliane eingeschlafen war.
Liliane erinnerte sich mehr als an alles andere an Marsh. Ich will bei ihm sein, dachte sie. Ich will in seinen Armen liegen. Ich will von ihm hören, daß alles wieder gut ist. Ich will, daß er ...
Ein Schädel, der auf einem langen Pfahl aufgespießt war. Sie sah ihn so deutlich vor sich, als seien ihre Augen geöffnet und sie stünde dort. Ein menschlicher Schädel, dessen leere Augenhöhlen sie anstarrten. Ein paar Fetzen getrockneten Fleisches hingen noch an den ausgebleichten Knochen, das schwarze Haar wehte noch im Wind, und riesige Ameisen kletterten an dem Pfahl hinauf und marschierten aufgereiht über den Schädel, eine nicht endende Schar von Ameisen, die in den Höhlen dessen verschwanden, was einst ein Mensch gewesen war ...
Sie spürte eine Hand auf ihrem vernarbten Arm; die Narben waren gefühllos, totes Fleisch. Doch sie spürte, daß die Nonne sie beruhigen wollte, und dann merkte sie, daß sie wieder von Kopf bis Fuß zitterte. Diesmal waren es keine Krämpfe, sondern ein Beben, gegen das sie machtlos war.

Liliane blieb sechs Wochen in Bukavu. Allmählich kam sie wieder zu Kräften. Sie wollte Marsh benachrichtigen, damit er wußte, daß sie noch am Leben war, aber sämtliche Telefonverbindungen waren abgeschnitten, und die Grenzen waren geschlossen. Wie konnte sie zu ihm kommen?
»Ich will Marsh heiraten«, sagte sie laut zu sich selbst. »Und wenn es das letzte ist, was ich in diesem Leben tue. Ich will es so haben. Er kann mir helfen, mich wieder zu erinnern. Wenn ich etwas nicht verkrafte, wird er mir helfen. Er wird mich in den Arm nehmen, und dann weiß ich, daß ich in Sicherheit bin. Ganz gleich, wohin meine Erinnerungen mich führen – wenn Marsh da ist und mich beschützt, halte ich es aus.«
Es dauerte lange, bis Liliane es wagte, zum ersten Mal in einen Spiegel zu sehen. Der Anblick gefiel ihr nicht.
»Wie komme ich hier raus, wenn die Grenzübergänge geschlossen sind?« fragte sie Schwester Marie-Hélène.
»Es gibt Möglichkeiten, aber ich glaube nicht, daß Sie schon kräftig genug sind. Wenn Sie von hier fortgehen, werden Sie viele Meilen zu Fuß zurücklegen müssen, Hunderte von Meilen.«
Schon der Gedanke erschöpfte Liliane. Die Erinnerung an das letzte Jahr kam schubweise zurück. Wenn sie bewußt versuchte, sich zu erinnern, fiel ihr nichts ein. Dann dachte sie an Marsh. Sie dachte ununterbrochen an ihn.
Eines Nachts war sie dann in Stanleyville, aber sie wußte nicht, ob es ein Traum oder eine Erinnerung war. Sie wußte aus den Schilderungen von Schwester Marie-Hélène, daß es Stanleyville war. Sie befand sich in einer aufgebrachten Menschenmenge, die sich in einem hübschen kleinen Park mit Kokospalmen versammelt hatte, der hinter dem Postamt lag. In der Mitte war ein Platz, um den herum schöne rote Blumen wuchsen.

Ein großer, fetter Schwarzer in einer schlechtsitzenden Uniform zerrte einen Mann auf den Platz.
»Dieser Mann hat sein Leben lang für Weiße gearbeitet«, schrie der Uniformierte. »Ist er schuldig?«
»Schuldig«, schrie die Menge.
Der Uniformierte trat zurück, und ein Kugelhagel durchsiebte den Körper des Mannes. Liliane sah eine Truppe von Simba-Kriegern in der vordersten Reihe stehen. Sie feuerten auf die Leiche, bis sie vollkommen zerfetzt war. Die Reste traten sie mit den Füßen aus dem Weg.
Das nächste Opfer wurde vor die Meute gezerrt. Seine Sünde bestand darin, daß er die höhere Schule abgeschlossen hatte und lesen konnte. Blut spritzte auf die Uniformen der Wachen, die die Schüsse abgaben, und auf die blutroten Blumen.
Liliane sah zu, wie es mindestens eine Stunde lang so weiterging. Als letzter kam ein Mann, der lange eine Machtposition innegehabt hatte. Jahrzehntelange Missionarsarbeit wurde zerstört, und etwas, was so alt war wie Afrika, trieb die Menge in die Raserei; mit einem langen Messer wurde dem Mann bei lebendigem Leib die Leber herausgeschnitten. Als das Opfer auf dem hölzernen Podest zusammensackte, riß sich die Menge um die blutigen Leberstücke und verschlang sie; Triumphgeheul zerriß die Luft. Jetzt hatten sich die Kannibalen die Macht des Opfers einverleibt.
Liliane versuchte lange vergeblich, dahinterzukommen, ob sie dieses Massaker in Stanleyville wirklich mitangesehen hatte.
Als sie zu unruhig wurde, wußte sie, daß sie weiterziehen mußte. Sie wußte, daß sie es erst wagen würde, sich an dieses Jahr zu erinnern, wenn Marsh bei ihr war. Bei ihm war sie sicher.
Schwester Marie-Hélène sagte zu ihr: »Wir haben jeman-

den, der Sie zum Victoriasee bringen kann. Er liegt zwei hundert Meilen östlich von hier. Aber von dort aus können wir Ihnen nicht mehr weiterhelfen. Sie müssen den See überqueren, und das kostet Geld – aber um den See herum zu gehen, würde viele Wochen in Anspruch nehmen –, und dann müssen Sie sich nach Nairobi durchschlagen. Wenn Sie erst in Nairobi sind, brauchen Sie noch mehr Geld – für Essen und für ein Zimmer. Ich weiß nicht, wie wir Ihnen dort helfen können. Was werden Sie tun?«

Liliane wußte es nicht, doch Marsh war zu einer Besessenheit geworden, und eines Morgens brach sie vor Einbruch der Dämmerung mit Munir, einem Araber, der kaum Englisch sprach, aus der Mission auf. Er sprach recht gut Französisch und Suaheli und einige Dialekte, aber kein Bantu, und daher beschränkten sich ihre Gespräche auf das, was er auf englisch übermitteln und verstehen konnte. Es war eine stumme Reise, die in einem alten Ruderboot begann, während die Sterne noch am dunklen Himmel funkelten. Am zweiten Abend erreichten sie Rwanda.

Sie brauchten einundzwanzig Tage, um die Berge von Rwanda und den nördlichen Zipfel von Tanganjika zu überqueren und den Victoriasee zu erreichen. Dort traf Munir Vorkehrungen für ihre Überfahrt auf einem Motorboot. Von jetzt an war Liliane auf sich gestellt.

Anfangs hatte sie geglaubt, sie würde es nie schaffen, doch sie war von Tag zu Tag kräftiger geworden. Sie hatte nie geklagt, und das hatte dem stillen Munir Respekt abgenötigt. »Madame«, sagte er zum Abschied und gab ihr einen Handkuß, »es war mir ein außerordentliches Vergnügen.«

42. Kapitel

Zweitausendsiebenhundertfünfzig Meilen weit entfernt hörte sie das Telefon läuten. Bitte, lieber Gott, betete sie, laß ihn da sein.

Wieder hörte sie das Läuten. Immer noch keine Antwort.

Beim dritten Läuten nahm Marsh den Hörer ab. Als er »Hallo« sagte, schnürte sich ihre Kehle zu. Sie hatte geglaubt, diese Stimme nie wieder zu hören. Sie machte den Mund auf, um etwas zu sagen, aber es kam kein Ton heraus.

»Hallo?« sagte er noch einmal. Störgeräusche drangen durch die Leitung.

Sie sagte: »Ich hoffe, du bist noch an einer Heirat interessiert.« Der Klang seiner Stimme hatte so heftige Gefühle bei ihr ausgelöst, daß sie sich setzen mußte.

Kein Laut kam vom anderen Ende.

Dann: »Lili?«

Sie fing an zu weinen. »O Marsh.« Schluchzende Laute gelangten nach Kapstadt.

»Lili. O Lili. Mein Gott. Wo bist du?«

»Ich bin in Nairobi. Die amerikanische Botschaft hat mich in einem Hotel untergebracht. Wie schnell kannst zu herkommen?«

»Lili. Ist alles in Ordnung mit dir? Ich komme, sobald ich ein Flugzeug kriege. Lili. Sag mir nur eins: Ist alles in Ordnung mit dir?«

»Nein.« Sie schluchzte jetzt weniger heftig, aber ihre Stimme klang weiterhin abgehackt. »Nichts ist in Ordnung mit mir. Ich brauche dich. Marsh, seit Monaten habe ich an nichts anderes mehr gedacht als daran, dich zu heiraten, falls ich je von dort wegkomme. Ich will den Rest meines Lebens mit dir verbringen. O Marsh.« Wieder flossen ihre Tränen.

»Lili. Ich komme innerhalb von vierundzwanzig Stunden.«

»Marsh, ich sehe furchtbar aus. Ich bin alt und grau. Ich habe auch nichts zum Anziehen und kein Geld, um mir etwas zu kaufen. Und noch etwas, Marsh – ich brauche dich ja so sehr!«

»Liebling, ich komme. So schnell ich kann. Lili, du bist am Leben!«

»Ich lege mich schlafen. Ich schlafe, bis du kommst. Beeil dich, Marsh. O bitte, beeil dich.«

»Lili, mein Liebling. Ich komme. Ich werde mich um dich kümmern.«

Das wolltest du schon immer, dachte sie. »Ja, ja, tu das bitte. O Marsh, beeil dich. Komm zu mir.«

Sie legte den Hörer auf und ließ sich auf das Bett fallen. Es war so weich, so sauber. So ...

Sie schlief mehr als vierzehn Stunden am Stück. Als sie wach wurde, verblaßten gerade die Sterne. Sie blieb regungslos liegen und schaute zum Himmel hinauf.

Dann kostete sie einen Luxus aus, den sie längst vergessen hatte. Fließendes Wasser. Ein Bad. Ein heißes Bad. Es war sechs Wochen her, seit sie Bukavu verlassen hatte.

Sie wußte, daß sie Carolyn anrufen sollte. Das tue ich, sowie ich aus der Wanne komme, sagte sie sich. Sie war abgemagert und fühlte sich alt und müde. Ihre Wangen waren eingefallen, ihr Mund wirkte nervös und angespannt, und ihr Blick war gehetzt.

Und ich habe gerade einem Mann einen Heiratsantrag gemacht! Sie lachte über diesen schlechten Witz und fragte sich, ob er das, was von ihrem Körper übrig war, überhaupt noch anfassen wollte.

Als sie gerade überlegte, daß sie ihre schmutzigen, zerlumpten Kleider nicht anziehen wollte, klopfte es an der Tür. Vielleicht jemand von der Botschaft. Marsh konnte es noch nicht sein.

Doch er war es.
Er blieb in der Tür stehen, und sie sahen einander an. Keiner brachte ein Wort heraus. Dann streckten sie beide die Arme aus, und Liliane hörte ihn murmeln: »Lili, meine Lili«, während sein Mund ihre Lippen suchte. Als er sie küßte, kam sich Liliane vor, als sei sie wieder vierundzwanzig, und sie spürte Leben in sich zurückströmen.
»O Marsh«, flüsterte sie.
Er sah sie an und sagte mit erstickter Stimme: »Ich werde nie mehr anzweifeln, daß es einen Gott gibt.«
Sie schmiegte sich an ihn.
»War es furchtbar?« fragte er.
Sie nickte. »Aber ich will jetzt nicht darüber reden. Später vielleicht. Kauf mir lieber etwas zum Frühstück.«
Er lachte laut. »O mein Liebling. Du bist es wirklich. Das erste, woran du denkst, ist das Essen. Und das sollst du haben, nach Herzenslust.«
»Sogar dann, wenn ich fett und häßlich davon werde?«
»Sogar, wenn du fett wirst. Häßlich könntest du nie werden.«
Er rief den Zimmerservice an.
»War das gestern dein Ernst?« fragte er beim Frühstück und streichelte mit einer Hand ihren Arm.
»Ich habe mir geschworen, falls ich je aus diesem Dschungel herauskomme, nie mehr etwas anderes zu wollen, als den Rest meines Lebens mit dir zu verbringen. Ich möchte ein ganz normales Dasein führen und dir jeden Abend beim Essen gegenübersitzen, in die Bibliothek gehen und lesen und dich auf dem Stuhl neben mir sehen, wenn ich aufblicke, und nie mehr etwas tun, wobei du nicht vorkommst.«
Marsh seufzte. »Durch welche Höllen du auch gelaufen bist – vielleicht sollte ich dankbar dafür sein.«
»Dann heiratest du mich also?«

»Hast du auch nur einen Moment daran gezweifelt?«
Liliane lächelte ihn an und liebte ihn genauso wie die vergangenen dreißig Jahre. Sie beugte sich vor, um ihn zu küssen, und Pfirsichmarmelade blieb an seiner Wange kleben.
»Laß uns Caro anrufen. Willst du nach Salisbury fliegen und dort heiraten?«
»Ich will hier heiraten. Jetzt sofort. Heute noch. So schnell wie möglich.«
»Kauf mir vorher ein Kleid«, sagte Liliane mit einer Gabel Rührei im Mund. »Ich brauche genaugenommen sogar eine vollständige Garderobe. Und bequeme Schuhe.«
»Wir kaufen dir eine Aussteuer.« Marsh lachte.
Eine Aussteuer mit sechsundfünfzig. Liliane lächelte. Und ihm ist ganz egal, wie ich aussehe. Er nahm ihre Hand. Sein Blick sagte ihr, daß er sie schön fand.
»Es könnte sein, daß ich dich nie mehr aus den Augen lasse«, sagte er leise.
»Ich möchte auch nirgends sonst sein.« Sie trank den letzten Schluck Kaffee.
»Komm schon.« Marsh stand auf und nahm ihre Hand. »Laß uns Kleider für dich kaufen. Warte. Warte noch einen Moment. Wir sollten wirklich erst Caro anrufen. Damit sie weiß, daß du in Sicherheit bist.«
Marsh ließ das Gespräch vermitteln.
Eine Hausangestellte nahm ab, und er fragte nach Carolyn. »Ich bin ihr Vater.«
Carolyn war atemlos. Sie hatte gerade aus dem Haus gehen wollen. »Papa?«
»Hallo, mein Liebling. Warte einen Moment.« Er reichte Liliane das Telefon.
»Caro?«
Erst herrschte Schweigen. Dann fragte Carolyn zögernd: »Mama? Mama, bist du das?«

Liliane traute ihrer Stimme nicht. »Ich bin in Sicherheit«, platzte sie heraus.
Wieder herrschte einen Moment lang Stille, und dann brach Carolyn in Tränen aus. »O Mama, du bist in Sicherheit.« Carolyns Stimme klang schöner als alles, was sie je gehört hatte.
Liliane fing auch an zu weinen. Marsh nahm ihre Hand und griff nach dem Hörer.
»Wir heiraten, Schätzchen.«
»O Papa.« Er hörte Carolyn schniefen. »Wann?«
»Sobald wie möglich.«
»Wartet, bis ich da bin. Bitte.« Dann lachte sie. »Ich weiß ja überhaupt nicht, wo ihr seid.«
Marsh lächelte. »In Nairobi.«
Carolyns Stimme klang ungläubig. »Wie um alles auf der Welt . . .«
»Das erzählen wir dir, wenn wir uns sehen.«
»Ich nehme das erstbeste Flugzeug, Papa. Aber heute geht es nicht. Laßt mir Zeit bis morgen, ja?«
Marsh sah Liliane an, die auf der Bettkante saß. »Caro kommt her.«
»Legalisiert euer Verhältnis nicht, ehe ich da bin, Papa. Hast du gehört? Gib mir noch einmal Mama.«
Marsh reichte Liliane den Hörer.«
»Mama, ist alles in Ordnung mit dir?«
»Mir geht es gut«, antwortete Liliane, obwohl Carolyn ihrer Stimme anhören konnte, daß es nicht wahr war. »Ich freue mich, daß du kommst, Caro.«
»O Mama, jetzt ist die Welt wieder heil.«
Marsh bestand darauf, einkaufen zu gehen. Er kaufte Liliane viel mehr Kleider, als sie für nötig hielt. »Das macht doch gerade Spaß«, sagte er, als er in einer Auswahl von seidener Unterwäsche herumwühlte. Er war keineswegs verle-

gen. »Sich mehr leisten zu können als nur das Nötigste. Hier, sieh dir das an . . . pfirsichfarben.« Er strich mit der Seide über Lilianes Wange.
»Ich bin doch keine zwanzig mehr«, sagte Liliane lachend.
»Das hängt nur davon ab, wie du dich fühlst«, sagte Marsh.
»Nur zwei Garnituren Unterwäsche«, sagte Liliane. »Ich werde mir in Kapstadt mehr kaufen.«
Sie wollte nur ein Paar Schuhe haben, Sandalen, wie sie es gewohnt war. Ein maßgeschneiderter Rock und ein Oberteil reichten ihr, doch Marsh bestand auf einem blaßtürkisen Kleid. »Es paßt zu deinen Augen«, sagte er.
Dann brachten sie in Erfahrung, wie man heiratet. Eine Wartezeit von zwei Tagen war erforderlich. Sie füllten die notwendigen Formulare aus, und der junge britische Beamte, der für sie zuständig war, blickte auf, sowie er Marshs Namen las.
»Oh, Mr. Compson, Sir, es ist mir eine Ehre, Sir.« Er bekam Kulleraugen. »Hier hat noch nie eine Berühmtheit geheiratet. Kann ich Ihnen bei irgendwelchen Vorbereitungen helfen?« Er lächelte Liliane strahlend an.
»Wir wollen nur, daß alles möglichst schnell und einfach geht.«
Es wird eine Ewigkeit dauern, dachte Liliane. Ich habe schon einen zu großen Teil der Ewigkeit ohne Marsh verbracht.
Der junge Mann sagte, er werde mit dem Richter sprechen. Und dann könne die Trauung zwei Tage später durchgeführt werden, am Donnerstag. Welche Tageszeit sie gerne hätten?
Marsh wandte sich an Liliane.
»So gegen zehn«, sagte sie.
Es war jetzt kurz nach Mittag.

»Ich bin müde«, entschuldigte sich Liliane. »Ich scheine meine Ausdauer im Urwald zurückgelassen zu haben.«
»Wir gehen ins Hotel, und dann kannst du dich ausruhen. Ich werde uns das Mittagessen aufs Zimmer kommen lassen«, sagte Marsh.
Nach dem Mittagessen schlief Liliane ein. Als sie erwachte, lag Marsh neben ihr. Er hatte sich auf einen Ellbogen gestützt und sah sie an.
»Wie kannst du nur so schön sein, wenn ich mir kaum vorstellen kann, was du durchgemacht hast, und wenn ich bedenke, daß du sechsundfünzig bist?«
»Willst du mich immer noch heiraten?« fragte sie mit schläfrigen Augen.
»Ich werde dich heiraten, und es wird lange dauern, ehe ich jemals wieder von deiner Seite weiche. Noch will ich dich nicht mit der übrigen Welt teilen. Irgendwann werden andere erfahren, daß du in Sicherheit bist, aber eine Zeitlang möchte ich dich ganz für mich allein haben.«
»Caro kommt«, sagte sie, als wüßte er es nicht. »Ist es nicht schön?«
»Doch, wirklich.« Er drückte ihren Arm.
»Erzähl mir von Caro«, sagte Liliane und bemühte sich nicht länger, die Augen offenzuhalten.
»Sie ist die Tochter ihrer Mutter.« Liliane hörte das Lächeln in Marshs Stimme. »Sie ist nur wirklich glücklich, wenn sie sich mit harter Arbeit für etwas einsetzt. Die Kinder sind wunderbar geraten, wenn es auch noch zu früh ist, um viel über Justin zu sagen. Aber Courtney ist eine Süße. Sie ist intelligent und aufgeweckt. Und sie zeigt jetzt schon deine pflegerische Begabung. Sie bringt alle möglichen kranken und verletzten Tiere mit nach Hause.«
Liliane spürte Marshs Finger zart auf ihren Lidern. Sie schlug die Augen auf.

Er beugte sich über sie, ließ seine Zunge über ihre Lippen gleiten und küßte sie zart und doch fordernd. »Du kannst einen Mann immer noch um den Verstand bringen«, flüsterte er ihr ins Ohr.

Am späteren Nachmittag im afrikansichen Herbst des Jahres 1962 liebten sie sich dann mit einer Glut, die sie selbst in ihren frühen Zeiten nicht erlebt hatten. Liliane kam sich wieder schön vor, und Marsh brachte sie nah an den Höhepunkt und hörte dann abrupt auf. Er tat es wieder und immer wieder, bis sie vor Verlangen außer sich war und ihn begehrte wie noch nichts in ihrem ganzen Leben. Bis sie wieder wußte, daß sie voller Leben steckte. Bis sie sich zum ersten Mal seit mehr als einem Jahr wieder wohl fühlte.

Nachdem sie sehr lange und ausgiebig miteinander geschlafen hatten, lagen sie eng umschlungen da. Marsh hatte sie immer noch nicht nach dem Jahr gefragt, das in ihrer Erinnerung fehlte, und Liliane war von sich aus nicht darauf zu sprechen gekommen. Für sie gab es nichts anderes als die Gegenwart. Nichts anderes hatte in ihrem Herzen Platz. »Wie dumm ich doch gewesen bin«, murmelte sie mit den Lippen an seiner Wange.

Seine Arme umschlangen sie enger. »Denk nicht mehr an die Vergangenheit«, flüsterte er. »Wir haben den Rest unseres Lebens miteinander. Wir werden alles nachholen. Ich werde dir Geborgenheit geben.«

Sie wußte, daß er es tun würde.

Zum Abendessen bestellten sie Chateaubriand, und Marsh suchte den teuersten Wein aus, den es in ganz Nairobi gab. Gierig sog Liliane das Leben auf, das sie um sich herum beobachtete: die gutgekleideten Männer und Frauen, die gedämpfte Atmosphäre des Restaurants, die Behaglichkeit und den Luxus. Sie wollte sich an diesem

Abend festhalten, ihn an sich reißen und für den Rest ihres Lebens nur noch so weiterleben. Gleichzeitig erschien es ihr künstlich, hedonistisch und seicht. Jetzt bin ich reif dafür, dachte sie. Als sie es laut aussprach, lachte Marsh.

»Das wird sich erst mit der Zeit zeigen.«

Sie streckte ihre Arme aus und sagte: »Ich weiß nicht, ob ich mich noch erinnern kann, wie es geht, aber an das Lied kann ich mich noch erinnern. Tanzt du mit mir?«

»Weißt du, daß wir in all den Jahren nie miteinander getanzt haben?« sagte Marsh lächelnd. »Ich bin auch nicht sicher, ob ich noch weiß, wie es geht.«

Als sie sich wieder hingesetzt hatten, sagte er: »Ach, was ich ganz vergessen habe. Ich war so froh, dich zu sehen, daß ich gar nicht mehr daran gedacht habe, dir zu erzählen, daß mir etwas Bemerkenswertes zugestoßen ist.«

»Du hast das nächste Buch geschrieben, und es wird wie üblich hoch gelobt.«

»Das auch. Aber ich habe letztes Jahr den Nobelpreis verliehen bekommen.«

Lilianes Gabel fiel klappernd auf ihren Teller. »O Marsh.« Ihre Augen glitzerten feucht.

Sie wußte, was das für ihn bedeutete. Er streckte eine Hand nach ihrer Hand aus und sagte: »Ich konnte mich nicht darüber freuen, Lili. Ich weiß nicht einmal mehr, was ich dort gesagt habe. Ich war verrückt vor Sorge um dich.« Jetzt standen Tränen in seinen Augen. »Ich habe alles Erdenkliche versucht, um dahinterzukommen, wo du steckst. Ich bin fast verrückt geworden.«

Es war drei Uhr morgens, als sie anfing zu schreien. Marsh wachte sofort auf und setzte sich hin. Ein Blick reichte aus, um ihm zu sagen, daß sie träumte. Er zog sie in seine

Arme, doch sie hörte nicht auf zu schreien. Schließlich schüttelte er sie, und als sie die Augen aufschlug, verhallte ihre Stimme wie ein gespenstischer Klagelaut.
Es wurde angeklopft; man hatte sie bis ans Ende des Ganges gehört. Marsh versicherte dem Zimmernachbarn, daß Lili einen Alptraum hatte, und dann brachte er Liliane dazu, selbst mit dem Mann zu reden.
Schließlich setzte er sich neben sie und zog sie wieder in die Arme. Lange Zeit starrte sie die Wand an; dann begann sie zu zittern. Erst nur ein wenig. Selbst seine warmen Arme, die sie umschlangen, konnten nichts dagegen ausrichten; sie zitterte so sehr, daß ihre Zähne klapperten und ihre Hände außer Kontrolle gerieten. Sie fing an zu weinen, leise, klagende Laute, die aus ihren Tiefen kamen.
Er versuchte nicht, sie zu beschwichtigen oder zu trösten. Er hielt sie lediglich im Arm.
Nach einer halben Stunde sagte sie etwas. »Marsh, ich glaube, ich habe einen Mann getötet.«
Er wiegte sie sachte in seinen Armen. »Erzähl es mir. Erzähl mir alles ganz genau.«

Als die Dämmerung angebrochen war und die Sonne in leuchtenden Farben aufging, bestellte Marsh beim Zimmerservice Kaffee. Als Liliane aufhörte zu reden, stand die Sonne hoch am Himmel.
Marsh hatte sich mehrfach dabei ertappt, daß er zitterte. Sein Magen zog sich zusammen, und einmal glaubte er, ihm würde übel. Liliane stand manchmal da oder ging im Zimmer auf und ab, während sie ihre Erzählung fortsetzte. Ihre Stimme wurde rauh, doch sie sprach weiter, und ihre Augen sahen blind in die Ferne hinaus. Zeitweise leierte sie Dinge monoton und ohne jede Empfindung herunter. Dann wieder lebte in ihren Augen noch einmal die Furcht

auf, die sie verspürt haben mußte. Ab und zu flüsterte sie so leise, daß Marsh sich vorbeugen mußte, um sie zu verstehen. Entsetzen übermannte sie, als sie beschrieb, wie sie einen Menschen getötet hatte. Sie mußte sich all das von der Seele reden, und er wußte es.

Er starrte sie während der ganzen Zeit gebannt an. Wie hatte sie das überlebt? fragte er sich. Wie hatte sie all das ertragen können, was ihr zugestoßen war? Wie hatte sie so weit laufen können? Sie hatte den afrikanischen Kontinent zu Fuß durchquert. Wie war es überhaupt möglich, daß sie noch bei geistiger Gesundheit war?

Sie hatte alles verloren, was ihr dreiunddreißig Jahre lang lieb und teuer gewesen war. Simbayo stand nicht mehr; er war sicher, daß es niedergebrannt war. Rose und Heidi ... dieses Bild würde für den Rest ihres Lebens nicht mehr aus ihrem Gedächtnis verschwinden. Marsh wußte es. Der einzige Trost war, daß ihr jetzt nichts Schlimmeres mehr zustoßen konnte.

Als sie ausgeredet hatte, drehte sie sich um und sah ihn an. Dann brach sie auf dem Fußboden zusammen und schluchzte. Sie weinte hemmungslos. Sie weinte, bis keine Tränen mehr übrig waren. Er saß auf der Bettkante und ließ sie weinen. Er wußte, daß sie sich endlich zugestanden hatte, um alles zu trauern. Jetzt würde sie eine Phase durchmachen müssen, in der sie mit dem Grauen des letzten Jahres zurechtkommen und es bewältigen mußte.

Als sie zu ihm aufsah und vollkommen erschöpft war, ließ er sich zu ihr auf den Fußboden sinken und wiegte sie in seinen Armen.

»Wir fahren nicht nach Salisbury«, sagte er mit gedämpfter Stimme in ihr feuchtes Haar. »Du brauchst eine Weile für dich, um wieder zu dir zu kommen. Wir fliegen von hier aus direkt nach Kapstadt, und dort kümmere ich mich um dich.

Caro wird es verstehen. Wir beide werden miteinander allein sein, mein Liebling.«
»O Marsh, du bist mir ein solcher Trost. Das wußte ich vorher. Das einzige, was ich wollte, in all der Zeit, war, wieder bei dir zu sein. Ich will dich nie mehr verlassen.«
»Du wirst eine Weile brauchen, um das zu bewältigen. Aber das Leben liegt vor uns. Wir werden gemeinsam etwas finden, was das Leben lebenswert macht.«
»Wir haben etwas, was das Leben lebenswert macht«, flüsterte sie. »Sonst hätte ich es nie bis hierher geschafft.«
Carolyn rief am späten Vormittag an, um zu sagen, daß sie rechtzeitig zum Abendessen kommen würde. Nein, Andrew kam nicht mit. Nur sie allein, und somit wären sie zu dritt.
Als sie Carolyn vom Flughafen abgeholt hatten und Liliane sich für das Abendessen umzog, schlenderte Marsh durch den Korridor zu Carolyns Zimmer. »Frag sie nicht«, riet er ihr, »wie sie hergekommen ist. Sie steht noch unter Schock. Es gibt vieles, woran sie sich nicht erinnern kann. Das, woran sie sich erinnern kann, überfordert sie restlos. Laß es dir mit der Zeit erzählen, falls sie überhaupt je darüber reden wird.«
Er hielt für möglich, daß sie sich nie an mehr als das erinnern würde, was sie ihm in der vergangenen Nacht erzählt hatte. »Sie verhält sich normal, aber sie ist noch nicht wieder zu sich gekommen. Im Augenblick ist sie furchtbar zerbrechlich. Sie ist nicht sie selbst.«
»Was ist mit Rose und Heidi und . . .«
»Tot«, antwortete Marsh.
Carolyn legte ihre Bürste hin und setzte sich neben ihn auf die Bettkante. »O Papa.«
»Sie hat all diese Schrecklichkeiten und den langen Fußmarsch von Rwanda nur überstanden, weil sie es sich nicht

erlaubt hat, an all die Greuel des letzten Jahres zu denken. Der Überlebenswille hat sie angetrieben; jetzt muß sie sich ihrem Unterbewußtsein stellen. Ich werde mein Buch über Rhodesien liegenlassen und sie gesund pflegen. Ich will ihr helfen, die Dämonen auszutreiben.« Er konnte ein Fels in der Brandung sein, und das wußte er. Lili brauchte ihn.

Beim Abendessen erkannte Carolyn ihre Mutter kaum wieder.

Am nächsten Morgen bestand Marsh darauf, daß Liliane ihr neues türkises Kleid anzog und mit ihm ein Hochzeitsfrühstück einnahm.

»Vor mehr als dreißig Jahren hast du mir zum ersten Mal einen Heiratsantrag gemacht.« Zum ersten Mal lächelte sie. »Ich hätte damals nie geglaubt, daß du ein so beständiger Liebhaber sein würdest.«

»Und das werde ich für den Rest meines Lebens sein«, versprach er, während er seine Krawatte zurechtrückte.

Liliane kam auf ihn zu und schlang ihre Arme um seinen Hals. »Marsh, ich habe dich immer geliebt. Selbst damals, als Baxter noch am Leben war. Aber ich habe dich nie so sehr geliebt wie heute.«

Zum Frühstück aßen sie Crêpes mit Erdbeeren, die mit Puderzucker bestreut und mit Zitronensaft beträufelt waren. »Das ist das wunderbarste Frühstück, das ich je zu mir genommen habe.« Sie konnten ihre Blicke nicht voneinander losreißen. »Wir heiraten heute«, erklärte Liliane dem Kellner. Carolyn und Marsh lachten.

»Das habe ich mir mein Leben lang gewünscht«, sagte Carolyn. Sie lief los und besorgte einen Brautstrauß für Liliane. Es zerriß ihr das Herz, wenn sie daran dachte, was Liliane alles durchgemacht haben mußte, aber gleichzeitig war sie glücklich. Endlich, dachte sie, als sie zum Hotel zurückfuhr. Endlich doch noch.

Carolyn hielt die Ringe – schlichte breite Goldringe – und fungierte als Brautführerin, als Freund des Bräutigams und als Trauzeugin. Sie wünschte, sie wären mit ihr nach Salisbury zurückgeflogen, selbst wenn es nur für eine Woche gewesen wäre, doch Marsh hatte gesagt: »Sie hat ein Trauma. Ich glaube, was sie jetzt braucht, ist Ruhe und behutsame Behandlung und Pflege. Im Moment ist sie zu sehr geschwächt, um anderen etwas zu geben. Die Familie und der ganze Trubel wären jetzt zuviel für sie. Wir fliegen jetzt nach Kapstadt und kommen entweder in einem guten Monat zu euch, oder ihr kommt zu uns. Versuch, es zu verstehen.«

Carolyn bemühte sich.

Liliane wurde um zehn Uhr elf Liliane Compson, Mrs. Marshall Compson, die Mutter von Carolyn Compson-McCloud.

Der Standesbeamte hatte die Zeitung unterrichtet, und als sie auf die Straße traten, wurden sie von einem Reporter fotografiert. Marsh winkte alle Fragen ab.

»Wir haben noch Zeit für ein Mittagessen«, sagte Marsh, als sie in ihr Hotelzimmer zurückkehrten, »wenn ich jetzt die Flugscheine abhole.« Er legte seiner Frau eine Hand auf die Schulter. »Wir haben den Flug heute nachmittag um zwei Uhr gebucht.«

Liliane nahm seine Hand. »Was täte ich ohne dich.« Sie lächelte zufrieden.

»Ich hoffe, das brauchst du dich nie zu fragen.« Er beugte sich herunter und küßte sie auf die Wange. »In einer Stunde bin ich wieder da. Möchtest du vorher noch etwas haben?«

Carolyn holte gerade ihren Koffer.

»Nein.« Liliane seufzte. Die Vergangenheit, die sie so plötzlich eingeholt hatte, hing ihr noch nach. Trotzdem zwang sie sich, sich ganz auf die große Terrasse in Kapstadt zu konzentrieren, von der aus man auf die Weinberge sehen konnte, während der Tafelberg in der purpurnen Ferne aufragte. Sie sah sich auf einem Schaukelstuhl sitzen, mit einer Wolldecke auf den Knien und mit Marshs orangefarbener Katze, die sich auf ihrem Schoß zusammenrollte und schnurrte. Sie hörte die Geräusche von Marshs Schreibmaschine aus dem Haus dringen. Und die Brise, die vom Meer kam, war lau und frisch und trug Erinnerungen mit sich fort.

Sie hielt ihm das Gesicht hin, um sich küssen zu lassen.

Als er die Tür hinter sich schloß, wurde ihr klar, daß sie zum ersten Mal seit drei Tagen voneinander getrennt waren. Sie stand auf und lief zur Tür, weil sie ihn begleiten wollte, doch die Türen des Aufzugs hatten sich schon hinter ihm geschlossen. Ich werde mich ans Fenster stellen und ihm entgegensehen, dachte sie, denn der Gedanke, nicht bei ihm zu sein, war ihr unerträglich.

Sie sah die Sonne auf sein silbergraues Haar scheinen, und sie sah den aufrechten, immer noch kräftigen Körper ihres Mannes, der am Bordstein wartete. Sie faßte ihren neuen goldenen Ehering an und lächelte. »Liliane Compson«, sagte sie laut und versuchte, sich an diesen Namen zu gewöhnen.

Ich will mit ihm gehen; ich will keine Minute meines Lebens mehr ohne ihn verbringen.

Sie beugte sich aus dem Fenster, sah ihn auf die Straße treten und rief: »Warte! Warte auf mich!«

Sie sah, daß er aufblickte und sich die linke Hand über die Augen hielt, um besser sehen zu können. Er blieb einen Moment lang stehen und winkte ihr zu – das Kreischen der Bremsen war ohrenbetäubend, ehe sie ihn wie eine Marionette zucken und auf das Pflaster fallen sah.

Wie aus weiter Ferne hörte sie jemanden rufen und die

Pfeife eines Polizisten ertönen. Ohne sich von der Stelle rühren zu können, beobachtete sie, wie sich eine Menschenmenge um die regungslose Gestalt versammelte, und sie sah, wie Marshs Blut auf den Asphalt sickerte.

43. Kapitel

Drei Wochen lang verharrte Liliane regungslos zusammengerollt wie ein Embryo. Sie wurde intravenös ernährt, nachdem Andrew sie aus Nairobi geholt und auf einer Tragbahre zu sich und Carolyn gebracht hatte. Dann schlug sie die Augen auf.

In den nächsten drei Wochen ließ sie sich füttern, sich anziehen und sich auf einen Stuhl am Fenster setzen. Courtney kam jeden Tag nach der Schule mit Othello zu ihr und starrte ihre Großmutter gebannt an.

Auf den Tag sechs Wochen nach Marshs Tod erwachte Liliane wieder zum Leben. Das erste, was sie sah, waren Courtney und Othello und ein fremdes Zimmer.

»Wer bist du?« fragte sie mit einer glockenreinen Stimme.

Courtney starrte sie mit weit aufgerissenen Augen an. Darauf war sie nicht vorbereitet. Othello stellte die Ohren auf.

Courtney kam auf Liliane zu. »Ich bin Courtney.«

Liliane lächelte. »Meine Güte, du bist gewachsen, seit ich dich das letzte Mal gesehen habe.«

»Ich komme gleich wieder«, sagte Courtney. Sie stürzte die Treppe hinunter und rief: »Mama. Komm schnell.«

Carolyn sprang die Treppe hinauf. Als ihre Mutter sagte: »Hallo, Caro«, umarmte Carolyn sie, und Tränen liefen über ihre Wangen. Liliane dagegen zeigte keinerlei Gefühlsregungen.

Am Abend kam Liliane zum Essen herunter, stellte aber

keine Fragen und erwähnte die Vergangenheit mit keinem Wort.

Eines Morgens schwamm sie im Swimmingpool und schien es zu genießen, und als Carolyn ihr ein Handtuch brachte, sagte sie: »Das Wasser wirkte so einladend. Es hat mich an meinen Teich in Simbayo erinnert, den Baxter angelegt hat.«

Erstmals erwähnte sie die Vergangenheit.

Als ihre Erinnerung wieder einsetzte, hörte alles mit Nkundas Eintreffen in Simbayo auf. Sie erinnerte sich an nichts, was später kam, nicht an das Jahr, in dem sie von einem Stamm zum anderen gezogen war, nicht an das Grauen, das sie durchgemacht hatte, nicht an Marshs Tod, obwohl sie ständig den Ring an ihrem linken Ringfinger drehte. Carolyn sagte ihr, vor Marshs Tod hätten sie noch geheiratet.

»Das freut mich«, war Lilianes einzige Reaktion darauf.

Sie brachte keinerlei Interesse für ihre Umgebung oder das Weltgeschehen auf, und der einzige Mensch, den sie bewußt wahrnahm, war Courtney. Carolyn und Andrew brachten wochenlang sehr viel Geduld auf. Sie hatten schon resigniert, als Liliane endlich anfing, Fragen zu stellen, wenn sie sich auch nicht zu den Antworten äußerte.

Sie fragte: »Wie bin ich hierhergekommen?«

»Wie alt ist Justin?«

»Wann seid ihr hier eingezogen?«

Und nach vielen Monaten fragte sie schließlich: »Welches Jahr haben wir?«

Am nächsten Morgen nahm sie eine Zeitung in die Hand und begann zu lesen.

Seit ihrer Rückkehr aus der Karibaschlucht war Carolyn in etlichen Gruppen politisch aktiv, doch jetzt sehnte sie sich nach »echter Arbeit«. Justin war inzwischen fast drei Jahre alt, Liliane schien zu genesen, und sie sah keinen Grund mehr, ihre Arbeit für Sam noch länger vor sich her zu schieben.

»Du findest, der Einsatz für Rassengleichheit ist keine ›echte Arbeit‹?« fragte Andrew. Oft fiel es ihm schwer, seine Frau zu verstehen.

»Doch, natürlich. Aber ich fühle mich trotzdem nutzlos. Das, woran ich mich beteilige, ist wichtig, aber mir fehlt etwas, was mich geistig anregt, was meine Neugier entfacht, meine Gefühle aufwühlt.«

»Mit anderen Worten«, sagte Andrew seufzend, »was dir das Gefühl gibt, dein Leben sei lebenswert.«

»Genau«, antwortete sie. »Versteh bitte, daß ich glücklicher bin, als ich mir je hätte träumen lassen. Aber ich kann nicht ewig mit den Kindern spielen.«

Andrew wunderte sich nicht, als er später erfuhr, daß Carolyn am nächsten Tag mit Sam gesprochen hatte.

»Du weißt seit drei Jahren, daß ich für deine Organisation arbeiten will«, sagte sie, als sie in der Tür zu seinem Büro stand. »Jetzt bin ich soweit. Und ich bin sehr gut, wie du weißt.« Sie lächelte betörend.

Sam sah sie belustigt an. »Wie viele Anschläge in der Minute tippst du?«

Carolyn setzte sich. »Das finde ich überhaupt nicht komisch. Du weißt genau, daß ich eine richtige Arbeit haben will.«

»Warum ausgerechnet bei mir? Warum hier? Wir zahlen noch nicht einmal besonders gut.«

»Ach, Sam, das Geld ist doch unwesentlich. Ich will einen Job, das weißt du doch.« Sie stellte sich neben ihn ans Fenster.

Er drehte sich zu ihr um. »Ich habe immer gewußt, daß dieser Tag kommen wird.«

»Ich schaffe es, Sam. Ich komme von der Biologie her. Ich habe Immunologie studiert.«

»Ich weiß, daß du es kannst.« Seine Stimme klang freundlich. »Es ist nicht immer leicht, eine Frau zu sein, oder?«
Carolyn lächelte. »Ich bin in dem Glauben aufgewachsen, daß ich auch als Frau tun kann, was ich will. Meine Mutter hat es immer getan.«
»Aber um welchen Preis?« fragte Sam. Er schien es ernst zu meinen. »Weiß Andrew, daß du hier bist?«
»Nicht direkt.«
»Carolyn, du hast mehr, als deine Mutter je hatte. Du und Andrew, ihr zieht eure Kinder gemeinsam auf. Ihr habt einander. Das ist deinen Eltern ihr Leben lang versagt geblieben. Bis es zu spät war. Tu dir das nicht an, Carolyn. Aber auch nicht Andrew. Und nicht deinen Kindern.«
»Du hast recht, Sam. Ich habe mir über all das Gedanken gemacht. Ich will nicht aufgeben, was ich habe, aber ich will mehr. Ich will nicht durch meinen Mann und meine Kinder leben, meine Ausbildung umsonst absolviert haben und den Samstagabend im Club als den Höhepunkt meines Lebens ansehen. Ich will etwas Lohnendes tun. Wie du.«
»Es wäre ein Jammer, deinen Verstand und deine Energie brachliegen zu lassen«, sagte Sam. »Ich kann dir nichts versprechen, aber ich werde darüber nachdenken. Ich würde gern mit dir arbeiten, Carolyn.«
Sie hielt ihm die Hand hin. »Danke, Sam.«

Als Liliane nach Kapstadt zurückkehrte, um dort in Marshs Haus zu leben, war Courtney diejenige, die sie am meisten vermißte. Carolyn hatte ein schlechtes Gewissen, weil sie nicht mehr auf ihre Mutter eingegangen war.
»Zwischen dir und Andrew herrscht eine Spannung, die mir nicht behagt«, sagte Liliane zum Abschied.
Carolyn sah sie erstaunt an. »Spannung? Mama, Andrew und ich ...«

»Du kannst glauben, was du magst, aber zwischen euch herrschen Spannungen. Du hältst so vieles von dem, was er tut, für unmoralisch. Du kritisierst seine Brücken, weil sie in die Lebensweise der Eingeborenen und die Gewohnheiten der Tiere eingreifen. Andrew glaubt, etwas zu tun, was gut und richtig für die Zukunft Afrikas ist. Und du machst ihn immer wieder schlecht. Du kannst nicht leugnen, daß wir das zwanzigste Jahrhundert haben. Und außerdem ist Andrew empfindlich«, fügte Liliane hinzu. »Er ist ein einfühlsamer Mann, einfühlsamer, als Marsh in diesem Alter war. Und er geht mehr auf deine Bedürfnisse ein als du auf seine.«

»Dir war doch egal, was Papa wollte«, warf Carolyn ein. Welches Recht hatte ihre Mutter, sie zu kritisieren, wenn sie selbst ihren eigenen Weg gegangen war?

»Vielleicht wünsche ich dir nur, was ich selbst nie hatte«, sagte Liliane freundlich. »Ohne Liebe hat das Leben nicht viel Sinn, aber die Liebe allein hat mir nie genügt. Und das tut mir heute leid.«

»Mir reicht es auch nicht«, sagte Carolyn. »Mama, sag mir, könnte Papa nicht . . .«

Schweigen lag in der Luft. Dann seufzte Liliane. »Auf diese Frage warte ich schon seit Jahren. Ich hatte nur Angst davor, was du von mir hältst, wenn ich nicht weiß, wer der Vater meines Kindes ist.«

»O Mama, das macht überhaupt nichts. Für mich ist nur wichtig, daß die Möglichkeit besteht. Er könnte also wirklich mein Vater sein. Hat er es gewußt?«

»Ja. Für ihn hat nie der geringste Zweifel daran bestanden.«

»Und er hat es mir nie gesagt.«

»Das war nicht nötig.«

»Ich wünschte, ich hätte das gewußt, als er noch am Leben war.«

»Es hätte nichts geändert. Du hättest ihn nicht mehr lieben können.« Liliane stand auf. »Ich werde jetzt in seinem Haus leben. Ich muß dort sein. Ich muß, auch wenn es zu spät ist, mit Marsh zu leben.«

44. Kapitel

Drei Wochen nach Lilianes Abreise rief Sam Elliot Carolyn an.

Sie trafen sich in einem kleinen indischen Restaurant zum Mittagessen, und nachdem Sam ihr noch einmal erfolglos ins Gewissen geredet hatte, sie vernachlässige Andrew und ihre Kinder, rückte er mit der Sprache heraus.

»Ich glaube, ich habe einen Job für dich gefunden. Etwas, was auch für unsere Organisation von großem Nutzen wäre.«

Sie hörte aufmerksam zu. »Die Regierung hat sich für einen großen Wildpark eingesetzt, dort, wo der Sambesi nach Mozambique fließt. Es ist ein Elefantengebiet, aber es gibt so gut wie alles dort – Giraffen, Löwen, Leoparden, Antilopen, Zebras, Krokodile, Nilpferde, neben Wankie eine der größten Ansammlungen wildlebender Tiere im ganzen Land. Wir werden dort Nachforschungen anstellen und Richtlinien herausgeben und sicher mit einer oder mehreren Regierungsstellen Uneinigkeiten austragen. Wir werden die meiste Zeit dort oben sein und Feldforschung betreiben, aber wir müssen die Daten zusammentragen, sie analysieren und auswerten. Dabei denke ich an dich.

Ich weigere mich, dich mitzunehmen. Ich will nicht dafür verantwortlich sein, wenn deine Ehe scheitert. Aber du könntest dich ab und zu eine Woche lang dort umsehen und hier die Daten auswerten.«

Carolyn war enttäuscht, und doch wußte sie, daß Sam recht hatte.

»Es ist eine wichtige Arbeit, Carolyn. Wenn du keine Lust hast, muß ich jemanden aus England kommen lassen.«

»Tu das nicht«, sagte sie. »Ich probiere es mal.«

Andrew mußte ihre Entscheidung akzeptieren, da er selbst oft monatelang nicht da war.

Es gab fast nichts zu tun, solange das Team keine Daten zusammengetragen hatte, doch ehe die eigentliche Arbeit begann, schlug Sam vor, sie solle sich ein Bild davon machen, wo und wie sie arbeiteten. »Was hältst du davon, daß deine Familie mit uns zu Beginn der Sommerferien einen Ausflug in diese Gegend macht?«

Andrew konnte sich zwei Wochen freinehmen. Sogar Michelle klagte nicht darüber, ohne Bad leben zu müssen. Sie klagte auch nicht über Ameisen und mangelnden Komfort. Sie lachten viel miteinander, und die Kinder – sogar der kleine Justin – tobten sich genüßlich aus.

Nach ihrer Rückkehr lag ein Brief von Liliane da. Sie bat Carolyn, Courtney zu erlauben, einen Monat ihrer Sommerferien in Kapstadt zu verbringen.

Und so kam es, daß dies zu einer festen Einrichtung wurde, die während Courtneys gesamter Schulzeit bestehen blieb.

Liliane fühlte sich einsam. Sie kannte niemanden in Kapstadt und tat auch nichts, um Freunde zu finden. Sie saß auf dem Schaukelstuhl auf der Veranda und streichelte die Katze, während vereinzelte Erinnerungen auftauchten. Doch sie würde sich nie an die Summe ihrer Erlebnisse erinnern, die das Ende von Simbayo darstellten.

Marshs Tod konnte sie nie vollends akzeptieren. Seit seinem Tod war er ständig an ihrer Seite, doch sie wußte, daß es an der Zeit war, wieder zu leben, und wenn Courtney kam, mußte sie sich zusammenreißen, damit das kleine Mädchen sich nicht langweilte.

Gemeinsam lernten sie das Kapstadt kennen, das Liliane Carolyn vor so vielen Jahren gezeigt hatte. Courtney und sie sahen sich die gesamte Umgebung an und stellten gemeinsam fest, daß Südafrika eines der schönsten Länder auf Erden war.

Sie entdeckten aber auch Crossroads und Kaputo, die eingezäunten Ghettos, in denen die Schwarzen in schäbigen Hütten unter menschenunwürdigen Bedingungen hausten. Die Bewohner von Kapstadt kamen selten an diesen Lagern vorbei und zogen es vor, sie zu vergessen. Diese Viertel schienen ihr Gewissen nicht zu belasten.

Liliane enthielt Courtney diese üblen Mißstände nicht vor. Sie entdeckte sie gemeinsam mit ihr. Sie erzählte ihr auch von Nelson Mandela und den anderen politischen Häftlingen auf der Gefängnisinsel, die man vom Tafelberg aus sehen konnte.

Mehr als alles andere gefielen Courtney die Erzählungen ihrer Großmutter über ihr Leben in Simbayo. Jeden Sommer schrieb sie nach ihrer Rückkehr nach Salisbury alle Geschichten auf, an die sie sich noch erinnern konnte.

Eines Nachmittags in ihrem dritten Jahr in Kapstadt saß Liliane auf der Veranda. Sie hatte eine Decke auf den Knien und Shiva, die Katze, lag auf ihrem Schoß. Ihre Gewohnheiten waren eher die einer Neunundsiebzigjährigen geworden als die einer Neunundfünfzigjährigen. Sie hatte die Augen geschlossen, als sie Schritte über den Kies kommen hörte.

Als sie die Augen aufschlug, sah sie einen großen Mann mittleren Alters vor sich stehen, der die Haltung eines Stammeshäuptlings einnahm. Er war tiefschwarz, sein Haar graumeliert, und er trug einen schwarzen Anzug mit abge-

wetzten, glänzenden Stellen, der schon viele Jahre lang sei-
nen Dienst getan haben mußte. Seine Augen waren zwar blutunterlaufen, doch Lilianes erster Gedanke war, daß sie noch nie gütigere Augen gesehen hatte.

»Mutter Lili?« fragte er.

Es war sehr lange her, daß jemand sie so genannt hatte.

Sie nickte; in Gedanken war sie im kongolesischen Urwald und starrte den Mann an, den sie ermordet hatte.

»Ich bin Moses Matabane.« Er hatte einen tiefen Bariton und sprach mit britischem Akzent. »Sie werden gebraucht«, sagte er schlicht.

Liliane setzte sich auf.

»Wer braucht mich?« fragte sie und wunderte sich, daß sie nicht vor diesem Fremden erschrak.

»Afrika braucht Sie.«

Wenn ich es nicht besser wüßte, dachte sie, könnte ich jetzt glauben, es sei die donnernde Stimme Gottes, die mich aufruft.

»Ich brauche Sie«, sagte er leiser.

»Wollen Sie etwas trinken?« fragte sie. Sie kam sich vor wie eine Person in einem Theaterstück, als hätte sie keinen eigenen Willen und als sei alles, was geschah, vorbestimmt. Sie wußte, daß es nicht so sein konnte, und doch war es so.

»Setzen Sie sich.«

Der Mann lächelte. Er war größer als jeder andere Mann, der Liliane je begegnet war. »Sie haben von Kaputo gehört?« fragte er.

Natürlich hatte sie davon gehört. Es gab niemanden, der nicht davon gehört hatte. Es war das zweitgrößte Lager für Eingeborene am Stadtrand von Kapstadt. Vor einigen Jahren hatte sie mit Courtney durch den Stacheldraht gesehen. Die Schwarzen lebten dort in unbeschreiblicher Armut und schrecklichem Schmutz. Täglich fuhren die Bewohner von

Kaputo nach Kapstadt, und manche trugen weiße Jacketts und weiße Handschuhe, um ihren weißen Arbeitgebern Mahlzeiten zu servieren oder weiße Babys zu hüten, und andere hoben Gruben aus, asphaltierten Straßen und verrichteten all die niederen, schmutzigen Arbeiten, zu denen sich die weißen Südafrikaner im Traum nicht herabgelassen hätten. – Und dann kehrten sie jeden Abend zurück, ehe die Ausgangssperre für Schwarze begann, und was sie dort erwartete, waren Räume, in denen zwölf Menschen hausten, die auf dem Boden schliefen oder abwechselnd in dem einzigen Bett, einem Bett ohne Bettzeug, aber vielleicht mit einer schmutzigen Decke. Schmutzig deshalb, weil es keine Waschmöglichkeit gab, von einem Wasserspeier für jeweils fünfzig Hütten abgesehen. Kochen konnte man das Wasser nur über einem offenen Feuer, und Holz war knapp.
Unter diesen hygienischen Verhältnissen wucherten Krankheiten und Ungeziefer, und Entzündungsherde verheilten selten.
»Ja«, sagte Liliane. »Ja, ich weiß von Kaputo.«
»Kaputo braucht Ärzte«, sagte er.
»Das kann ich mir vorstellen«, erwiderte Liliane. »Aber ich vermute auch, daß es Kaputo an noch viel mehr fehlt.«
»Ich bin der einzige Arzt«, erklärte er, »und eigentlich bin ich gar kein richtiger Arzt.«
»Was denn?« fragte Liliane.
»Ich bin weit oben im Norden in der Nähe einer Mission aufgewachsen. Dort bin ich zur Schule gegangen. Es gab einen Arzt, Dr. George Burnham . . .« Seine Augen leuchteten, als er den Namen aussprach. »Er fand, man solle uns dazu ausbilden, unserem eigenen Volk zu helfen, um nicht auf Außenstehende angewiesen zu sein.«
»Auf Weiße?« sagte Liliane.
Moses Matabane nickte. »Fünf Jahre lang habe ich bei

Dr. Burnham gelernt, bis die Mission geschlossen wurde . . . bis unser Stamm in ein Reservat vertrieben wurde, dessen Boden sich nicht bestellen ließ. Es gab auch nicht genug Wasser dort, und die Leute sind verhungert.«

Sein Blick war weit in die Ferne gerichtet.

»Wir sind nach Kapstadt gekommen. So schmutzig die Ghettos auch sind, und so armselig, wie alle dort leben, ist es doch besser, als langsam zu verhungern. Aber auch hier sterben Menschen. In meiner ersten Nacht hier habe ich einen Arm angenäht, der bei einer Messerstecherei fast abgerissen war, und ein Bein von jemandem, der im Stacheldraht hängengeblieben war.« Er seufzte.

»Ihr Ruf muß sich schnell verbreitet haben.«

»Einer kann nicht so viele Tausende betreuen«, sagte er. »Wir brauchen mehr Ärzte.« Er sah sie an.

»Aber ich bin eigentlich auch keine Ärztin. Und ich bin eine Weiße«, sagte sie. »Würde man mich in Kaputo überhaupt reinlassen?«

»Darüber habe ich mir viele Gedanken gemacht«, antwortete er. »Ich glaube, es geht nur, weil Sie nicht *irgendeine* Weiße sind. Aber selbst die Regierung von Südafrika kann Mutter Lili nichts abschlagen. Sie würden es nicht wagen, die Kritik der ganzen Welt herauszufordern.«

Shiva sprang auf Moses' Schoß und schnurrte.

»Zehn Ärzte würden uns nicht reichen«, fuhr Moses fort. »Ich habe erst kürzlich gehört, daß Sie hier leben, und dann habe ich herausgefunden, wo Sie leben und was Sie mit Ihrem Leben anfangen.«

»Und was«, fragte Liliane, »fange ich mit meinem Leben an?«

»Sie warten.« Sein Blick grub sich in sie.

Er zieht mich magnetisch an, dachte sie.

»Und worauf warte ich?« fragte sie, obwohl sie den Verdacht hatte, daß sie die Antwort schon kannte.

»Auf mich und meine Leute«, antwortete er selbstsicher. »In Kaputo warten sechzigtausend Menschen auf Ihre Hilfe.«
Lilianes Hände umklammerten das Limonadeglas so fest, daß sie glaubte, es könne zerspringen.
»Ich weiß, daß Sie eine Frau sind, die Gefahren außer acht läßt. Es ist zugegebenermaßen gefährlich. Aber Ihr Ruf würde Ihnen Sicherheit geben. Jeder Bewohner von Kaputo wird Sie mit seinem eigenen Leben beschützen.«
»Woher bekommen Sie die Medizin?«
»Wir finden Wege. Es reicht zwar nie, aber wir haben einiges.«
»Instrumente?«
»Wir können sogar einen Operationsraum zur Verfügung stellen, wenn er auch sicher nicht das ist, was Sie gewohnt sind.«
»Warum ausgerechnet ich?« fragte sie.
»Weil wir«, antwortete er, »beide nur aufeinander gewartet haben.«
Wie man einen Berg besteigt, dachte sie. Weil er eben da ist; und weil ich eben da bin.

45. Kapitel

Courtney saß unter der Akazie hinter dem Haus und schrieb alles auf, was ihr Liliane über Simbayo erzählt hatte. Als Andrew nach Hause kam, legte sie ihren Bleistift hin.
Ihr Vater setzte sich neben sie. »Hättest du Lust, mit mir zu verreisen?« fragte er. »Ich muß in den Süden fahren, in die Einöde. Für etwa zwei Wochen. Ich dachte, vielleicht hättest du Lust, mitzukommen.«
»O Daddy, wie schön! Nur wir beide?«
»Nun ja«, sagte er grinsend, »wir werden sehen, ob Loben-

gula oder Bildad mitkommen. Mac Howitt ist auch dabei; du hast ihn ja kennengelernt. Er ist auch Ingenieur. Du hast natürlich dort niemanden zum Spielen, aber ich dachte, vielleicht hättest du Lust, eine ganz andere Gegend zu sehen.«

»Gibt es dort Löwen und Elefanten?«

»Für einen Elefanten kann ich dir nicht garantieren, aber es gibt jede Menge wilde Tiere dort.«

Dieser Juli im Winter des Jahres 1964 prägte Courtneys gesamtes weiteres Leben; damals entdeckte sie ihre Liebe zum Busch, eine Liebe, die ihr Vater mit ihr teilte.

Courtney liebte die Stille der offenen Steppe. Sie war wie ein kostbares Päckchen, das in Geschenkpapier gehüllt war. Sie liebte aber auch das Zirpen der Grillen und das Quaken der Frösche bei Sonnenuntergang und die nächtlichen Geräusche. Morgens vor dem Frühstück zog sie Hand in Hand mit ihrem Vater los, um Tiere zu beobachten.

Kein Tag verging, an dem sie nicht Elefanten sahen, manchmal nur zehn oder fünfzehn, aber an einem Tag Hunderte. In zwanzig Jahren würde es sie hier nicht mehr geben.

Sie spürte, wie die heiße Erde die Sonne in sich aufsog, und sie hörte, wie sich die Insekten in der Erde bewegten. Wenn sie lange genug auf dem Boden lag, konnte sie sogar ganze Herden von Tieren in der Ferne hören. Sie wurde zu einem Teil der Erde.

Erst bei ihrem dritten Ausflug in den Busch trafen sie auf Nomadenstämme und sahen Dörfer mit strohgedeckten Häusern. Mit der Zeit nahm Courtney die eitrigen Geschwüre auf den Armen und Beinen der Eingeborenen wahr und die Fliegen, die auf dem Eiter saßen. Die Kinder hatten alte Gesichter; ihre Körper waren mager, die Arme und Beine dürr wie Stöcke, aber die Bäuche dick und hart infolge von Unterernährung, dem Fluch, der über weiten Teilen Afrikas hing.

»Warum gibt es hier keine alten Leute?« fragte sie.
»Das durchschnittliche Lebensalter liegt bei sechsunddreißig«, sagte Andrew. Als sie das hörte, war sie elf.
»Komisch«, sagte sie, als sie über alte Menschen nachdachte. »Großmama scheint immer jünger zu werden.«

Liliane arbeitete vier Tage in der Woche vormittags in Kaputo. Es gab keine Schrecklichkeit, mit der sie nicht zu tun hatte. Mißbildungen bei Kindern, die auf Unterernährung während der Schwangerschaft zurückzuführen waren, Kinder mit zu großen Köpfen und Bäuchen durch Hungerödeme, Menschen mit Verbrennungen, Menschen, die am Kopf und aus der Brust bluteten, Menschen, deren Finger abgeschnitten oder deren Augen ausgedrückt worden waren. Es gab nie genug Penicillin, Desinfektionsmittel und Verbände. Liliane dachte wieder an die ersten Jahre in Simbayo, wie sie damals die Mullbinden wieder und immer wieder ausgewaschen hatten. Sie hatten nie genug Jod oder Alkohol. Dafür gab es immer zuviel Blut, zuviel Husten und zuwenig Glauben. In keinem der Gesichter, in die sie sah, war Hoffnung. Sogar die Blicke der Kinder waren gehetzt.
Jeden Abend nahm sie den juwelenbesetzten Kamm in die Hand, der neben dem geschnitzten Elfenbeinelefanten alles war, was ihr an Greifbarem aus Simbayo geblieben war. Es war alles, was sie nach mehr als dreiunddreißig Jahren im Urwald vorzuweisen hatte. Sie konnte sich immer noch nicht daran erinnern, was aus den anderen geworden war, die gemeinsam mit ihr aus Simbayo fortgegangen waren. In ihrem tiefsten Inneren wußte sie, daß sie tot waren. Sie wußte, daß sie sie nie wiedersehen würde. Dennoch wartete sie nur das Ende des Aufstandes im Kongo ab. Trotz der Einmischung der Vereinten Nationen war noch kein Ende abzusehen.
Eines Tages, sagte sie sich, muß ich noch einmal zurückge-

hen und nachsehen, ob es Simbayo noch gibt. Ich muß sehen, ob Anoka und Naldani noch leben und ob noch irgend etwas von dem steht, was ich aufgebaut habe.
Als Courtney das nächste Mal zu Besuch kam, nahm Liliane sie nach Kaputo mit. Es war ein rauhes Erwachen für das kleine Mädchen, doch statt sie zu ängstigen, gab es ihrem Leben, das bereits eine Richtung eingeschlagen hatte, nur noch eine weitere Dimension.
»Wenn Simbayo noch steht«, sagte Liliane zu Courtney, »nehme ich dich dorthin auch mit.«

»Ich vermisse Carolyn«, sagte Andrew laut zur Savanne.
Es kam immer häufiger vor, daß er nicht zu Hause war. Das gefiel ihm nicht, und doch liebte er seine Arbeit. In den Jahren, seit er für Llewellyn arbeitete, hatte er nicht nur die Städte in der Karibaschlucht gebaut, sondern auch Brücken über Flüsse, Straßen durch Savannen, Bürogebäude in Bulawayo, einen Staudamm gegen das Hochwasser des schmalen Flußlaufs des Wembasi, Bahngeleise, die sich durch die Hügel wanden und Kupfer in die Hauptstadt brachten. Er hatte Elektrizitätswerke und Bewässerungsanlagen für ausgetrocknetes Land gebaut. Er hatte lange Monate in Gegenden verbracht, in denen es mehr Nilpferde als Menschen gab, mehr Antilopen und Löwen und atemberaubende Sonnenuntergänge, als es sich die meisten Menschen vorstellen können.
Doch er vermißte seine Familie. Er trug eine innere Leere mit sich herum. Und abends, wenn er in den dunklen Himmel aufblickte, sehnte er sich grenzenlos nach seiner Frau, deren Leidenschaft nie nachgelassen hatte. Er sah sie deutlich vor sich, und das machte es noch schlimmer.
Manchmal vermißte er sie aber auch, wenn er zu Hause war. Sie wirkte oft abgelenkt und dachte ständig an ihre Arbeit.

Das waren die Momente, in denen er ihren Beruf haßte. Aber wie konnte er ihr dieses Engagement mißgönnen, wenn er an manchen Abenden selbst nur an seine beruflichen Pläne dachte? Ihre Labortätigkeit schien das Familienleben nicht zu beeinträchtigen. Die Kinder brachten gute Noten aus der Schule mit.
Doch wenn er an lange, intensive Gespräche dachte, die er in der letzten Zeit geführt hatte, dann dachte er an seine Tochter und nicht an Carolyn. Wenn er zu Hause war, zogen sie an den Samstagnachmittagen durch die Stadt oder ritten auf Pferden, die den Reyes gehörten, in die Umgebung. An manchen Samstagen fuhren sie in nahe Städte. Sie packten ein Picknick ein und erkundeten ständig neue Plätze.
In Courtneys Erinnerung schienen sie immer nur zu lachen. Für sie waren es ungetrübte Zeiten.
Jahre später konnte sich auch Courtney nicht erinnern, lange Gespräche mit Carolyn geführt zu haben. Die langen Gespräche fanden immer mit Andrew statt. Sie wußte, wie ihre Mutter über grundlegende Dinge dachte, da Carolyn ihre Auffassungen beim Abendessen verkündete, aber sie konnte sich nicht erinnern, daß sie ihrer Mutter je Fragen gestellt hätte oder daß sie beide gemeinsam Aspekte des Universums ergründet hätten, wie sie es mit Andrew und Liliane tat. Carolyn war herzlich und liebevoll; sie umarmte ihre Kinder häufig und fragte sie immer, ob es ihnen denn gut ging und ob sie glücklich waren, doch sie schaute nie unter die Oberfläche, solange im Alltag alles glattging.
Und über Jahre ging alles glatt.

46. Kapitel

Als Courtney zwölf war, ereigneten sich im Leben der Menschen, die sie sehr gern hatte, zwei Dinge von großer Bedeutung. Von einem Ereignis wußte sie, von dem anderen nicht. Für Liliane war der Zeitpunkt gekommen, in den Kongo zurückzukehren und nachzusehen, ob es Simbayo noch gab und ob die Menschen, die sie liebte, noch lebten. Es herrschten zwar noch Unruhen in Zaire, doch Weiße konnten sich eine zeitlich begrenzte Einreisebewilligung ausstellen lassen und so das Land besuchen. Liliane wollte herausfinden, was wahr war und was sie sich einbildete. Sechs Jahre lang hatten sich Alpträume und Erinnerungen wirr miteinander vermengt; sie konnte nicht sagen, was wirklich geschehen war und was Phantasie war. Sie *wußte*, daß sie jemanden getötet hatte, aber das war auch schon alles. Ob sie ihn erstochen hatte – denn so sah sie es immer vor sich –, um ihr eigenes Leben zu retten oder um andere zu rächen, wußte sie nicht. Aber entscheidend war, daß ein Jahr ihres Lebens und das Schicksal ihrer Freunde im dunkeln lag.

Ihre Reflexe waren nicht mehr gut genug, um selbst ein Flugzeug zu fliegen. Sie flog über Salisbury und blieb zehn Tage bei Carolyn und Andrew. Bei diesem kurzen Besuch kam die langjährige Ablehnung, die Carolyn ihrer Mutter entgegenbrachte, endlich an die Oberfläche.

Liliane hatte bemerkt, daß Carolyn angespannt und übellaunig wirkte. Sie hatte Andrew, der drei Tage nach Lilianes Ankunft für drei Monate in den Südwesten des Landes aufbrach, zum Abschied nur flüchtig geküßt. Abends saß sie da und hörte höflich zu, aber ihr war anzumerken, daß sie lieber gearbeitet hätte. Es ärgerte sie, daß Courtney ihre Mutter ständig voller Bewunderung ansah und schließlich sagte: »Ich will auch nach Simbayo fahren.«

Liliane tätschelte die Hand ihrer Enkelin. »Wenn es noch da ist, verspreche ich dir, daß wir irgendwann einmal hinfahren.« Sie lächelte Carolyn an. »Dann kannst du sehen, wo deine Mutter geboren und aufgewachsen ist.«

»Ich bin nicht dort aufgewachsen«, sagte Carolyn mit scharfer Stimme. »Mit sieben Jahren bin ich von dort fortgeschickt worden.«

Liliane spürte einen schmerzhaften Stich in der Brust. So hat sie es also immer gesehen. Sie versteht es bis heute nicht. Sie sah ihre Tochter an, die alles so ernst nahm, sich in alles, was sie in Angriff nahm, vertiefte und so gar keinen Humor hatte.

Plötzlich sah Liliane den Blick, mit dem Courtney ihre Mutter ansah – ein flehentlicher Blick, aber worum bat sie? Dann ging ihr auf, daß sich Carolyn von Courtney – und vielleicht auch von Andrew und Justin – in gewisser Weise entfernt hatte. Caro ist in Gedanken nicht bei ihrer Familie, dachte Liliane. Sie ist in Gedanken in ihrem Labor und fragt sich, welche Schlußfolgerungen sie aus diesen grünen Affen ziehen soll; sie fragt sich, was sich in ihren Reagenzgläsern bilden wird und wie sie das Leben von Afrikanern retten kann.

Courtney sah Liliane an, als sie ihren Seufzer hörte. Sie greift zu krasseren Mitteln als ich, dachte Liliane, aber es ist ihr nicht klar. Wenn ich sie darauf anspreche, wird sie es bestreiten.

Während Sam sich bemühte, das schnelle Aussterben der Elefanten zu verhindern, hatte sich Carolyns Arbeit in eine ganz andere Richtung entwickelt. Mit DDT hatte man gegen die Plage der Tsetsefliegen angehen können, doch mit der Zeit sahen die Wissenschaftler die Nebenwirkungen der Chemikalie skeptisch, und es mußten weitere Untersuchungen angestellt werden.

Carolyn hoffte, durch Tierbeobachtung mehr über die typischen Krankheiten Afrikas in Erfahrung zu bringen. Später wollte sie dann versuchen, einen Impfstoff zu entdecken, mit dem sich Tausende, wenn nicht Millionen von Leben retten ließen.

Sam ermutigte sie zu diesen Versuchen. Andrew hörte ihr zwar zu, doch wenn sie über ihre Arbeit sprachen und versuchten, Interesse aufzubringen, dann nur, weil sie einander liebten. Keiner von ihnen verstand wirklich, was der andere tat.

Da Andrew für Monate fort war, die Kinder den ganzen Tag zur Schule gingen und Liliane sich auf die Reise gemacht hatte, konnte Carolyn sich endlich mit ganzem Herzen auf ihr neuestes Projekt stürzen. Grüne Affen, die sich oft in Gegenden aufhielten, in denen die Eingeborenenstämme hausten, wiesen Anzeichen einer mysteriösen Krankheit auf, die der ähnlich war, an der in den meisten Stämmen einige Menschen erkrankten. Erst nach Lilianes Abreise dachte Carolyn: Ich hätte Mama fragen sollen. Es klingt doch ganz nach der geheimnisvollen Krankheit, der sie über Jahre auf der Spur war und an der Onkel Jack gestorben ist, was es auch gewesen sein mag.

Und was war, wenn es wirklich diese geheimnisvolle Krankheit war? Was, wenn es etwas ist, was schon seit Jahren um sich greift, etwas Unerforschtes, was sich bisher nicht näher bestimmen ließ – eine undefinierbare Krankheit, etwas, was wir noch nicht verstehen? Das Blut pochte in ihren Ohren; was waren die Symptome, die Jack vor so vielen Jahren aufgewiesen hatte – Symptome, die Mama ab und zu schon bei den Eingeborenen entdeckt hatte, aber zu ihrer herben Enttäuschung nicht verstehen konnte und gegen die sie daher auch kein Heilmittel kannte?

Es war zwar schon nach zehn, und sie hatte vorgehabt, früh ins Bett zu gehen, doch jetzt warf sie sich eine Jacke über die

Schultern, stürzte in die Garage und versuchte, den Wagen so anzulassen, daß sie die Kinder nicht weckte.

Inzwischen saß Liliane in einem tuckernden Schiff auf dem altvertrauten Mombayo. Die Oregon gab es nicht mehr, sondern sie fuhr auf einem kleineren Schiff. Aber es gab auch keine Holzfällerlager und keine Missionsstationen mehr, die beliefert werden mußten, doch der Kapitän, ein großer Schwarzer, der ihr nie wirklich ins Gesicht sah, versicherte ihr, das Hospital in Simbayo sei noch in Betrieb.

Die ungewohnte Luftfeuchtigkeit setzte ihr zu und machte sie müde, doch sie hatte das Gefühl, nach Hause zurückzukehren.

Nichts schien sich verändert zu haben. Hier, im Herzen des Kongos – Zaire, verbesserte sie sich – schien die Revolution keine Spuren hinterlassen zu haben.

Als sie die Biegung des Flusses erreichten, hinter der Simbayo lag, schlug ihr Herz so laut, daß sie die Schiffssirene nicht hörte, als sie Simbayo vor sich liegen sah.

Sie hob die Hand an ihre Brust und hielt den Atem an.

Simbayo war nicht niedergebrannt.

Am selben Abend sollte der Inhalt eines Reagenzglases eintausendfünfhundert Meilen weiter südöstlich Auswirkungen auf ihr Leben haben, aber auch auf das Leben von Carolyn und Andrew, von Courtney und Justin, von Sam und von wer weiß wie vielen anderen. An jenem Abend begann mehr als nur ein Drama.

Carolyn saß vorgebeugt über einem Mikroskop, sah auf den Objektträger und skizzierte, was sie sah. Es war verwirrend und spannend.

Verdammt noch mal, dachte sie. Ich wünschte, wir hätten die Ausrüstung, um das zu fotografieren.

Sie war so sehr in ihre Tätigkeit vertieft, daß sie nicht hörte, als die Tür geöffnet wurde, nicht sah, daß Sam sie von der Tür aus ansah, seine leisen Schritte nicht vernahm und nicht spürte, daß jemand mit ihr im Raum war – selbst dann nicht, als er neben ihr stand. Er wußte nicht, wie lange er dort gestanden und ihr beim Zeichnen zugesehen und dabei gedacht hatte, daß ihr Haar im Licht der Lampe wie gesponnenes Silber aussah, während er sie vor sich hin murmeln hörte.

Als er leise sagte: »Was zum Teufel tust du hier zu dieser nachtschlafenen Zeit?« war sie so verblüfft, daß sie das Reagenzglas, das sie unachtsamerweise nicht verschlossen hatte, umwarf.

»O nein!« rief sie aus und sprang von ihrem Hocker auf. »Jetzt habe ich es verschüttet!«

Unwillig kniete sie sich hin und schnitt sich das Knie an dem zersplitterten Glasröhrchen auf. Sie sah Sam an und sagte: »Hol einen Lappen zum Aufwischen.« Ihr erster Gedanke galt dem Verlust; ihr zweiter Gedanke galt der Sicherheit.

»Ich habe keine Ahnung, was das ist«, sagte sie und war den Tränen nahe. »O Sam, ich glaube, wir sind einer Sache auf der Spur.« Sie bemerkte das Blut an ihrem Knie nicht, nur die Glassplitter in den Fingern.

»Carolyn, es tut mir leid.« Seine Stimme klang sehr bedrückt.

»Es ist nicht deine Schuld«, versicherte sie ihm, »obwohl du mich wahrhaft erschreckt hast. Es ist meine Schuld, weil ich vergessen habe, das Röhrchen zuzuschrauben.«

»Ob mit oder ohne Verschluß«, sagte Sam. »Runtergefallen wäre es so oder so. Ich hätte dich nicht erschrecken dürfen.«

Sie wischten die Flüssigkeit so gründlich wie möglich auf und steckten die Papiertücher in eine luftdichte Tüte.

»Es ist nicht alles verloren«, sagte sie. »Wir haben noch ein Gefäß mit derselben Kultur.« Trotz der Unterbrechung und der zerstörten Bakterienkultur strahlte sie. »Wir sind einer Sache auf der Spur, wenn ich auch noch nicht weiß, was das ist. Aber ich halte es für eine große Entdeckung. Etwas, was noch nie jemand gesehen hat.«

Sam nahm ihre Finger, zog die Glassplitter heraus und betupfte ihre Finger mit Alkohol. Keiner von ihnen sah das Blut auf ihrem Strumpf, das trocknete und dunkel wurde.

»Und was machst du also hier um diese Zeit?« fragte er. »Es ist nach Mitternacht.«

Sie schüttelte den Kopf. Die Tageszeit spielte keine Rolle. »Ich glaube, es hat mit dem zu tun, was meine Mutter als ihre mysteriöse Krankheit bezeichnet hat«, sagte sie. »Kannst du dir das vorstellen?« Sie erzählte Sam von Jack und von den gelegentlichen Fällen, die ihrer Mutter unter die Finger gekommen waren und für die sie keine Heilmittel hatte, weil der Ursprung der Krankheit ungeklärt war. »Sie hat sich immer gewünscht, sie hätte Jack eine Gewebeprobe entnommen. Nicht, daß ihr das damals geholfen hätte. Aber heute könnten wir in der Lage sein, zu ergründen, was ihn umgebracht hat. Und zu entdecken, was diese Affen haben und womit sie gelegentlich Eingeborene anstecken.«

»Oder umgekehrt«, sagte Sam.

Carolyn sah ihn an. Sam brachte sie immer auf Dinge, auf die sie von sich aus nicht gekommen wäre. Seine blauen Augen sahen sie auf eine Weise an, die sie nicht von ihm kannte.

»Was tust du eigentlich hier?« fragte sie.

»Ich komme oft nachts her«, antwortete er. »Wenn ich nicht schlafen kann. Wenn . . .«

Er verstummte.

»Wenn was?« drang sie in ihn.
Er nahm ihre Hände und sah ihr in die Augen. »Wenn ich ununterbrochen an dich denke. Wenn ich dich mit offenen und mit geschlossenen Augen vor mir sehe. Wenn ich mich umdrehe und du nicht neben mir liegst. Wenn ich an einem Ort sein muß, an dem ich deinen Geruch einatmen und mir dich vorstellen kann, wie du über ein Mikroskop gebeugt dasitzt und mit dir selbst redest . . .«
Carolyn starrte ihn an. Er beugte sich herunter und küßte erst die Handfläche ihrer rechten Hand, dann die der linken. Sie spürte seine Lippen bis in ihren Oberarm und zitterte. Trotzdem zog sie ihre Hände nicht fort. Sie sah in die Augen, die sie so gut zu kennen glaubte, und dort sah sie vieles, was sie nicht kannte.
»Sam«, flüsterte sie, »tu das nicht. Sag solche Dinge nicht.« Dann lauter: »Mach unsere Freundschaft nicht kaputt.«
Er sah ihr in die Augen. Dann ließ er ihre Hände abrupt los, kehrte ihr den Rücken zu und ging zur Tür. Dort blieb er stehen, während sie auf seinen Rücken starrte; dann drehte er sich wieder um, und seine Lippen verzogen sich zu einem Lächeln, das sich nicht auf seinem übrigen Gesicht ausbreitete.
»Hoots hat die ganze Nacht offen. Magst du einen Kaffee? Ich würde gern mehr über diese mysteriöse Krankheit hören.«
Ihre Beziehung war wieder so wie vorher; der einzige Unterschied war der, daß sie seine Lippen immer noch auf ihren Handflächen spürte.

Als sie am nächsten Morgen erwachte, dachte sie nicht an ihre Arbeit im Labor und auch nicht daran, ob die Kinder zu spät zur Schule kamen, sondern an Sam.
Vielleicht hat Michelle doch recht, dachte sie kläglich. Viel-

leicht sind doch alle Beziehungen zwischen den Geschlechtern sexueller Natur. Und doch wußte sie, daß das nicht stimmte. Aber sie merkte auch, daß sich die Beziehung, die sie seit neun Jahren mit Sam hatte, in diesem einen kurzen Augenblick geändert hatte.

Warum? fragte sie sich. Bloß, weil er sagt, daß er an mich denkt? Können wir nicht genauso miteinander umgehen wie bisher? Sie wußte, daß sie es vielleicht nicht schaffen würden. Sie würde sich immer fragen, ob er vielleicht dachte ...

Sie schlug die Bettdecke zurück, sprang aus dem Bett und stellte sich unter die Dusche. Als sie sich das Haar wusch, fragte sie sich, ob sie Angst hatte. Nein, sie war sicher, daß sie sich nicht fürchtete. Noch nicht einmal davor, es könnte ihre Freundschaft beeinträchtigen. Dazu konnte es nicht kommen, weil sie zu viel miteinander gemeinsam hatten. Schließlich war es immer Sam, an den sie sich wandte, wenn sie über ein neues Experiment sprechen wollte, Sam, mit dem sie sich für die neuesten Entdeckungen begeisterte, die einer von beiden gemacht hatte; Sam – und nur Sam – verstand die Hingabe, mit der sie arbeitete, und nur er konnte ihre Begeisterung mit ihr teilen. Es war Sam ...

Sie stellte das Wasser ab und wickelte sich ein Handtuch um den Kopf. Als sie sich vor dem Spiegel abtrocknete, versuchte sie, sich objektiv zu betrachten, zu sehen, wie ihr achtunddreißigjähriger Körper wirklich aussah, sich vorzustellen, wie er in Sams Augen aussehen mochte.

»O Gott«, sagte sie laut, als sie erkannte, wohin ihre Gedanken sie führten. »Gott im Himmel.«

Sie zwang sich an das zu denken, was sie gestern nacht unter dem Mikroskop gesehen hatte. Was war, wenn dieser anderen Kultur etwas zustieß? Sie hatte versehentlich eine der Kulturen zerstört.

Sie würde Sam fragen – vielleicht konnten sie eine Woche lang ein paar Affen einfangen. Dazu mußten sie in den Norden gehen und Versuche durchführen, um die infizierten Affen zu finden, die sie dann mitnehmen konnten. Sie würde Käfige besorgen und die Affen im Labor beobachten. Die Vorstellung, Tiere in Käfige zu sperren, war ihr zuwider. Jedoch war das einigen Affen durchaus zuzumuten, wenn sie eventuell eine Möglichkeit entdecken konnte, Hunderte, wenn nicht gar Tausende von Menschenleben zu retten.
Als sie zur Arbeit fuhr, wurde ihr klar, daß sie ein gefährliches Spiel trieb. Was war, wenn ein infizierter Affe in einer bewohnten Gegend entsprang und jemanden biß? Was hatte sie vor – eine Woche mit Sam allein zu verbringen?

47. Kapitel

Petelo saß im Büro auf dem Stuhl hinter dem Schreibtisch und blickte auf, als Liliane in der Tür stand. Sie hörte, daß er tief Luft holte. Keiner von beiden sagte ein Wort. Dann stand er auf und kam auf sie zu.
Er schien nicht zu wissen, wie er sie begrüßen sollte, und Liliane hielt ihm beide Hände hin. Er nahm ihre Hände und sah ihr ins Gesicht, ehe er seine Arme um sie schlang und sie kräftig an sich drückte. Sie schloß die Augen und dachte an den Moment seiner Geburt. Es kam ihr vor, als sei es erst gestern gewesen und nicht vor achtunddreißig Jahren. War es wirklich so lange her?
»Laß dich ansehen«, sagte sie und trat einen Schritt zurück.
»Deine Eltern sind . . .?«
»Nur meine Mutter«, antwortete er, ohne sie loszulassen. »Aber sie ist alt geworden . . . nicht so wie du. Wir haben uns gefragt, ob du noch lebst.«

Naldani, sagte er, sei immer sicher gewesen, daß sie noch am Leben war. Sie wußten nichts über das Schicksal der anderen aus Simbayo.

»Aber wir wollen uns nicht ohne meine Mutter unterhalten. Das würde sie mir nie verzeihen. Komm, sie ist heute nachmittag in meinem Haus.«

Er führte sie aus dem Büro, das aussah, wie sie es zurückgelassen hatte, auf Marshs altes Haus zu, in dem sie so viele Jahre gelebt hatte. Es stand immer noch, und sie hörte die altvertrauten Laute des rauschenden Flusses. Am anderen Ufer standen Störche. Nichts hatte sich verändert.

Auf der Veranda saß eine Frau, die unbeschreiblich alt aussah und einen vierjährigen Jungen auf dem Schoß hatte. Sie hätte sie nie erkannt. Sie hatte kaum noch Haare und ein so runzliges Gesicht, daß es Ähnlichkeit mit dem eines Affen aufwies. Wie hatte sie in nur acht Jahren derart altern können?

Dann wurde Liliane klar, daß Naldani das Durchschnittsalter längst überschritten hatte. Sie und Anoka waren nach kongolesischen Maßstäben schon vor Jahren uralt gewesen. Als Petelo sagte: »Mutter, sieh nur, wen ich mitgebracht habe«, wandte sie sich ihr zu, und Liliane sah einen milchigen Film auf ihrem linken Auge.

»Sie ist immer noch die beste Hebamme weit und breit«, murmelte Petelo mit gesenkter Stimme, »aber heute müssen die Frauen zu ihr kommen.«

Naldani zog sich aus dem Stuhl hoch, streckte die Arme nach Liliane aus und gab einen Schrei von sich, der eher wie ein Schluchzen klang.

Liliane ging auf sie zu, und sie sahen einander in die Augen, ehe sie sich in die Arme fielen.

Tränen standen in Lilianes Augen, als sie die Freundin umarmte. »Ich wußte nicht, ob ich dich je wiedersehe.«

In den nächsten Wochen erfuhr Liliane, daß Anoka im vergangenen Jahr gestorben war, drei Jahre nach Petelos Rückkehr. Die Regierung wollte ihn in der Hauptstadt haben, konnte ihn aber nicht zwingen, dort zu arbeiten, da die Universität von Liverpool zum Glück bereit war, der derzeitigen Regierung eine Summe dafür zu zahlen, daß sie Simbayo zu ihrem Forschungszentrum für Tropenkrankheiten machte. Die Verhandlungen waren zwar noch im Gange, doch Petelo war sicher, daß bald britische Forscher hier eintreffen würden.

Anoka und Naldani hatten viele Nachforschungen angestellt und doch nie erfahren, was den anderen Weißen aus Simbayo zugestoßen war. Von einem Massaker in Nkundas Dorf hatten sie gehört.

Liliane erzählte ihnen von Rose und Heidi, gestand aber ein, daß ein Jahr in ihrer Erinnerung fehlte.

Liliane lernte Charmaine kennen, eine Algerierin, die Petelo in Paris kennengelernt und geheiratet hatte. Sie hatten zwei kleine Kinder.

Petelo brauchte Liliane nicht. In Simbayo lief alles reibungslos, aber es gab keine Außenstellen und keine Schulen mehr. Dennoch war Simbayo ein modernes Krankenhaus, und die Menschen reisten viele Tage weit, um hier Hilfe zu suchen.

Liliane wurde in Simbayo nicht mehr gebraucht, doch das machte sie nicht traurig. Der Keim, den erst Baxter und dann sie gelegt hatten, hatte Wurzeln getrieben. Das mußte genug sein.

Trotzdem würde sie wiederkommen und Courtney mitbringen, ehe Naldani starb. Das kleine Mädchen war ihr ein und alles geworden und war ihr sogar wichtiger als Kaputo, der Ort, an dem sie wirklich gebraucht wurde.

»Wolltest du dir die Absolution erteilen lassen, als du Michelle aufgefordert hast, mitzukommen?« fragte Sam gereizt.
Seit sie an der Grenze zu Mozambique waren, hatte Carolyn behutsam jede Nähe und jedes persönliche Gespräch vermieden.
»Wolltest du dir selbst oder ihr versichern, daß diese Reise harmlos ist?«
»Vielleicht dir«, antwortete sie.
»Du wußtest, daß sie nicht mitkommen würde.« Er lächelte.
Sie hatten diesmal keine Träger oder Köche mitgenommen. Carolyn redete sich immer wieder ein, daß alles in Ordnung war und daß sich zwischen ihr und Sam nichts abspielen würde. Seit sie die Reise vorgeschlagen hatte, hatte sie sich jede Nacht gesagt, wie sehr sie Andrew liebte.
Sie gestand sich aber auch ein, wie wichtig ihr Sam im Lauf der Jahre geworden war. Neben der gemeinsamen Arbeit verband sie dieselbe Lebensphilosophie und dieselbe Haltung gegenüber der Zukunft Afrikas. Im Grunde war er – weit mehr als Andrew – ein Seelenverwandter.
Solche Gedanken gaben ihr das Gefühl, untreu zu sein, und sie hatte ohnehin schon ein schlechtes Gewissen. In all diesen dreizehn Jahren hatte sie ihre Liebe zu Andrew nie in Frage gestellt. Sie hatte sich so gut wie nie mit ihm gelangweilt, und trotz ihrer verschiedenen Auffassungen wußte sie, daß er das Land ebensosehr liebte wie sie. Sie hatten nur unvereinbare Vorstellungen davon, was das beste für das Land war. Sam und sie hatten dieselben Vorstellungen.
Andrew und sie verband eine Leidenschaft, die nie nachgelassen hatte, und auch Courtney und Justin verbanden sie miteinander und nicht zuletzt die kleinen und großen gemeinsamen Erlebnisse der vergangenen dreizehn Jahre. Aber auch sie und Sam verband neben ihren identischen

Vorstellungen die gemeinsame Arbeit und das große Interesse, das jeder für die Arbeit des anderen aufbrachte. Sie wußte immer, wie Sam über etwas dachte; er dachte wie sie. War das nicht auch eine Form von Liebe?

In den letzten drei Nächten hatte Sam in seinem Schlafsack neben ihr geschlafen und kein persönliches Wort gesagt, aber er hatte sie auf Sternbilder hingewiesen, Gedichte rezitiert und sich gefragt, ob dieses Universum einen tieferen Sinn hatte. Über diese Dinge hatte sie nicht mehr geredet, seit sie als junges Mädchen bei Marsh gelebt hatte.

Am letzten Abend hatte sie schläfrig ausgesprochen, was sie empfand: »Ich bin gern hier mit dir. Ich fühle mich dir nah.« Am Morgen hatte sie überlegt, daß sie das vielleicht nicht hätte sagen sollen. Sam hatte nichts darauf geantwortet. Er hatte vor dem Einschlafen gar nichts mehr gesagt.

Hatte sie gehofft, er würde darauf eingehen? War es eine Aufforderung gewesen?

»Hast du Lust, über uns zu reden?« fragte er am nächsten Morgen mit belustigten Augen, obgleich sein Körper angespannt war wie eine gestraffte Feder.

»Über uns?« fragte sie. »Über uns gibt es nichts zu reden.«

Sam lachte laut und suchte Reisig für ein Feuer. Sie brieten Steaks, und nach dem Essen stand Sam von seinem Klappstuhl auf, um noch ein Stück Holz nachzulegen. Dann kam er auf sie zu und sagte: »Steh auf.« Sie wußte nicht, ob sie gehorchen sollte oder nicht. Er beugte sich herunter und griff nach ihrem Handgelenk. »Bitte«, sagte er.

Er zog sie auf die Füße und starrte sie an. Dann nahm er ihre Hände.

Als sie ihre Hände nicht zurückzog und still stehenblieb, zog er sie an sich und küßte sie leidenschaftlich. Dann stöhnte er mit seinen Lippen an ihrem Ohr: »O Gott. Seit Jahren bemühe ich mich, das nicht zu tun.« Dann küßte er sie wieder.

Statt ihn von sich zu stoßen oder zu sagen: »Hör auf, Sam«, kam sie ihm entgegen.
Doch dann riß sie sich los.
»Ich kann nicht, Sam.«
»Warum nicht? Du willst es. Das spüre ich.«
Das war wahr. Ihr Körper begehrte ihn. Sie wollte ihn von Kopf bis Fuß spüren, ihn nackt an ihrem Körper spüren, ihn überall spüren.
»O Gott«, rief sie in die Nacht und löste sich von ihm. »Ich will es, aber es ist falsch. Es ist nicht recht.«
Mit zwei Schritten stand er hinter ihr, schlang seine Arme um sie und flüsterte ihr ins Ohr. »Recht oder Unrecht hat nichts mit diesem Moment zu tun. Weißt du, wie qualvoll es ist, im selben Raum mit dir zu arbeiten, dich im Vorbeigehen zu streifen, stundenlang dazusitzen und über unsere Forschungsprojekte zu sprechen, unsere Ideen gemeinsam zu entwickeln, dich anzusehen und dich nicht anzufassen? Dich nicht zu küssen? Kannst du dir überhaupt vorstellen, wie qualvoll – und wie lebenswert – mein Leben durch dich ist?«
Er zog sie an sich. »Wie oft ich Andrew schon gehaßt habe. Ich quäle mich nachts, wenn er zu Hause ist und ich mir ausmale, daß er mit dir schläft, dich berührt, dich küßt. Hör zu«, sagte er.
Ein Leopard schrie in der Ferne.
»Hör zu«, wiederholte er. »Leg deine Hand auf dein Herz. Spür, wie es pocht. Mach dir nichts vor.«
Während er sie auszog, blieb sie regungslos stehen. Als sie sich zu ihm umdrehte, stand er mit leicht gespreizten Beinen nackt da und hatte die Hände in die Hüften gestemmt.
Sie trug noch ihre Unterwäsche.
Was für ein wunderbarer Körper, dachte sie. So schlank, so braun, so kräftig.

»Den Rest ziehst du dir aus«, sagte er.
Sie glitt aus ihren Sachen.

»Wenn ich nachts einsam bin – und das ist meistens der Fall – dann sehe ich dein Bild vor mir und versuche, mir dich nackt vorzustellen. Ich habe deine Brüste und deine Schenkel gesehen. Ich habe mir meine Finger auf deiner samtigen Haut vorgestellt und mir ausgemalt, wie sich dein Haar auf dem Kissen neben mir ausbreitet.« Er hielt inne. »Hast du Angst, Carolyn? Angst vor mir?«

Ich weiß es nicht, dachte sie.

Sam kniete sich vor sie hin und sah zu ihr auf. Seine Arme schlangen sich um ihre Taille und er preßte seinen Kopf gegen sie.

»Ich habe davon geträumt«, sagte er mit belegter Stimme, »dich zu schmecken, dich zu betasten und zu erkunden und in dir zu sein. Ich wollte alles von dir haben, was nur möglich ist.«

Er zog sie unter sich auf den Boden. Seine Zunge begann mit ihren Brüsten.

Carolyn sah ihr Spiegelbild an. Morgen kam Andrew nach Hause.

Sie fragte sich, ob sie anders aussah. Ob er es ihr ansehen würde.

Seit sie vor zwei Monaten angefangen hatte, mit Sam zu schlafen, plagten sie Schuldgefühle. Sie wollte Andrew nicht untreu sein. Sie liebte ihn. Sie wollte ihre Ehe nicht zerstören. Immer wieder hatte sie sich ausgemalt, wie er sie zur Rede stellte, ihr sagte, daß es aus wäre, daß er nicht länger mit ihr leben könnte. Dann schluchzte sie sich auf ihrem nassen Kopfkissen in den Schlaf.

Wenn sie morgens erwachte, stellte sie sich ein Leben ohne Sam vor; sie versuchte, sich auszumalen, welchen Wert ihr

Leben noch besaß, wenn sie nicht mehr täglich ins Labor gehen durfte, wenn sie die Spur der Krankheit nicht weiterverfolgen konnte, die immer deutlicher wurde. Dann preßte sie die Augen fest zusammen und versuchte alles auszulöschen bis auf das Gefühl, wie es wäre, nie mehr von Sam berührt zu werden.

Mit Sam zu schlafen war so anders als mit Andrew. Sie hatte Sam immer für einen der sanftmütigsten Menschen gehalten, die sie kannte, doch die angestauten Gefühle, die ihn neun Jahre lang verzehrt hatten, brachen mit einer Intensität aus ihm heraus, die er nicht mildern wollte.

Sie hatten fünf Affen gefangen, und selbst die Kratzer und Bisse, die sie sich dabei zugezogen hatten, konnten sie nicht von ihrer Leidenschaft abhalten. Sie liebten sich wie Tiere in einem Käfig. Sie liebten sich die ganze Nacht lang – langsam, erotisch, immer wieder.

Andrew spielte mit ihr auf eine Art, die sie erregte und stimulierte. Er wartete auf sie und war darauf aus, ihr Genuß zu bereiten. Andrew spielte auf ihrem Körper wie ein Geiger auf einer Stradivari.

Sam nicht. Sam tat, was er tat, weil er es brauchte. Doch die entfesselte Glut, mit der er sie liebte, erregte sie. Er fragte nicht, was ihr gefiel; er tat, was ihm gefiel. Er benutzt mich, dachte sie, für seine Lust. Aber gerade damit brachte er jeden Nerv in ihrem Körper zum Vibrieren. Manchmal tat er ihr weh. Und sie genoß es. Er tat ihr weh, weil er sein Verlangen nicht zügeln konnte, weil seine Leidenschaft ihm nicht erlaubte, zart mit ihr umzugehen. Draußen in der Savanne hatte er sie von einem Höhepunkt zum nächsten gebracht, bis sie glaubte, es keine Sekunde mehr ertragen zu können, bis sie glaubte, von ihrem eigenen Feuer verzehrt zu werden, zu zerspringen, weil ihre Nerven vor Verlangen wund gescheuert waren.

Nach ihrer Rückkehr in die Stadt hatten sie sich mehrmals wöchentlich nachts im Labor getroffen. Sie brachen mit der Wucht eines Orkans übereinander herein.
Am vergangenen Nachmittag hatten sie die Tür abgeschlossen, als sie sicher waren, daß niemand außer ihnen sich im Labor aufhielt, und sie hatten sich ausgezogen und in seinem Büro auf dem abgewetzten Teppich miteinander geschlafen, auf dem Sofa mit den ausgeleierten Federn, auf einem Stuhl. Sie wußten, daß es für Wochen oder Monate das letzte Mal war.
Sie hatten nicht darüber gesprochen. Sie wußten beide, daß es aufhören mußte, wenn Andrew nach Hause kam. Sam wußte, daß Carolyn ihren Mann liebte, aber er wußte auch, daß sie ihn liebte. Das mußte ihm genügen.
Bei Sam war sie wie eine Wilde.
»Irgend etwas muß schiefgehen«, sagte sie zum Spiegel, als sie langsam ihr Haar bürstete, das länger war als vor Andrews Abreise, da Sam sie gebeten hatte, es wachsen zu lassen. Er bürstete es leidenschaftlich gern, schlang sich ihre Haare um die Finger und küßte die Haarspitzen, und er hypnotisierte sie mit seinem Bürsten.
Sie fragte sich, ob sie so sein konnte, wie sie bei Andrew früher immer gewesen war. War sie jetzt besudelt? Würde er merken, daß sie mit Sam zusammengewesen war?
Und doch erfüllte sie der Gedanke, Andrew morgen zu sehen, mit großer Freude. Sie liebte ihn kein bißchen weniger als vorher, denn Sam war ein Teil der Liebe, die sie zu vergeben hatte.
Sie starrte nüchtern in den Spiegel und sagte laut vor sich hin: »Es ist zu gut, um wahr zu sein. Ich habe mehr, als mir zusteht. Einen Ehemann, den ich vergöttere. Einen Liebhaber, den ich liebe. Kinder, die mir unglaubliche Freude bereiten. Eine Arbeit, die mir das Gefühl gibt, für etwas gut zu

sein. Ich weiß, daß ich kurz vor einer großen Entdeckung stehe, vor etwas, was diesen Teil Afrikas verändern kann. Irgend etwas stimmt hier nicht. Irgendwo muß das Ganze einen Haken haben.«
Den hatte es. Es war bereits einiges schiefgelaufen: Als das Reagenzglas zerbrochen war und weder sie noch Sam den Kratzer an ihrem Knie bemerkt hatten, auf dem das Blut dunkelrote Klümpchen bildete und sich mit den Bakterien aus dem Reagenzglas vermengte und dann nicht gerann. Es war noch einmal etwas passiert, als der erste Affe, den sie in der Woche, die sie gemeinsam verbracht hatten, ihre Haut aufgeritzt hatte und sie den Kratzer nicht ernst genommen hatte, weil er so unbedeutend war.
Sie hatte recht. Es war zu schön, um von Dauer zu sein.

48. Kapitel

Es ist psychosomatisch, sagte sie sich. Es sind die Schuldgefühle, die an mir zehren.
Sie hatte Sam gesagt, sie würde niemals ihre Ehe aufs Spiel setzen. »Ich liebe Andrew«, hatte sie gesagt.
Carolyn versuchte jetzt, Andrew und sogar Courtney mit ihrer Begeisterung anzustecken. Einer der Affen war gestorben, und die Gewebeproben ergaben, daß sie es mit einer undefinierbaren Krankheit zu tun hatten, einem Mikroorganismus, den sie noch nie unter einem Mikroskop gesehen hatten und den niemand identifizieren konnte.
»Es sieht aus wie ein Virus«, sagte Sam zweifelnd.
Carolyn nahm Courtney ins Labor mit und erklärte ihr, worin ihre Arbeit bestand. Ihr Lieblingsaffe, Dee Dee, begann inzwischen zu husten und rapide abzunehmen. Die Bildung der weißen Blutkörperchen ging deutlich zurück.

Carolyn arbeitete so viel, daß sie vor Erschöpfung kurz vor Weihnachten eine Grippe bekam. Als das Fieber nachließ und Liliane, die für einen Monat zu Besuch gekommen war, schon glaubte, sie käme wieder zu Kräften, machten sich die ersten Anzeichen einer Lungenentzündung bemerkbar.

»Sie braucht Penicillin«, sagte Liliane zu Andrew.

Weihnachten trug Andrew Carolyn die Treppe herunter, und sie lag blaß auf dem Sofa, als die Geschenke ausgepackt wurden.

Andrew schenkte ihr einen Ring mit Saphiren. »Wir haben uns nie Zeit für eine Verlobung genommen.« Er grinste. »Das Blau soll dich Tag für Tag daran erinnern, daß unsere Liebe so weit und so endlos wie der Himmel ist.«

Carolyn zuckte zusammen. Wie hatte sie Andrew nur antun können, was sie ihm angetan hatte? Sie liebte ihn so sehr.

Was würde passieren, wenn er dahinterkam? Andrew würde nicht damit fertigwerden. Das wußte sie. Ich muß dafür sorgen, sagte sie sich, daß er es nie herausfindet.

Als Carolyn im neuen Jahr wieder arbeiten ging, war Liliane besorgt, weil die Rekonvaleszenz zu langsam voranschritt. Carolyn hustete immer noch. An ihrem ersten Arbeitstag fragte sie sich, ob sie bis zum Abend durchhalten würde. Ihr Kopf lag auf dem Schreibtisch, als Sam ihr Büro betrat.

Er eilte zu ihr. »Was ist los, Liebling? Bist du noch krank?«

»O Sam, ich weiß es nicht.« Sie hob den Kopf, und er sah, wie blaß sie war und wie erloschen ihre türkisen Augen wirkten. »Ich weiß nicht, ob ich wirklich krank bin oder nur Gewissensbisse an mir zehren.«

Er strich mit einer Hand über ihr Haar. »Mein Gott, du bist ja klatschnaß«, sagte er. »Du gehst sofort nach Hause.«

»Nein.« Sie schüttelte den Kopf. Dann brach sie in Tränen aus.

Er kniete sich neben sie und zog sie in seine Arme.

»Ich schäme mich so«, schluchzte sie. »Wenn Andrew je dahinterkäme, würde es ihn grenzenlos verletzen. Ich liebe ihn zu sehr, um ihm so weh zu tun.«

Er wußte nicht, was er sagen sollte. Vielleicht, daß er sogar auf ihre flüchtigen Küsse verzichten wollte?

»Aber dich liebe ich auch.« Sie holte mühsam Atem. »O Sam, mir ist so elend zumute. Ich glaube, ich mache mich selbst krank.«

Er hob sachte ihren Kopf von seiner Schulter und sah ihr in die glasigen Augen. »Carolyn, Grippe bekommt man nicht von Gewissensbissen. Du hast eine bakterielle Infektion gehabt. Tu dir diese Fehleinschätzung nicht an.«

Sie holte tief Atem.

»Carolyn, ich liebe dich. Ich täte alles für dich. Ich würde meine Familie verlassen, meine Arbeit an den Nagel hängen und sogar dich aufgeben. Wenn du darauf bestehst, werde ich dich nie mehr küssen, dich nie mehr berühren ... O Gott, ich hoffe nur, daß ich das kann. Carolyn, Schatz, wir haben gelobt, uns nicht zu treffen, wenn Andrew da ist. Mich bringt es jede Nacht fast um, zu wissen, daß du in seinen Armen liegen könntest, daß du mit dem Kopf auf seiner Schulter schlafen könntest. Ich höre euch beide einstimmig atmen, und es ... bricht mir das Herz.«

»O Sam.« Ihre verweinten Augen schimmerten feucht. »Es ist gar nicht so sehr das, was wir getan haben. Viel schlimmer ist, daß ich dich auch liebe. Wenn Andrew das wüßte, würde er nicht damit fertig. Und doch liebe ich ihn noch genauso wie früher.«

»Wenn du weniger geschwächt wärst, kämst du vielleicht besser damit zurecht«, sagte Sam. »Tu dir einen Gefallen: Geh nach Hause. Ich führe das Experiment, das du vorhattest, für dich durch. Geh nach Hause, und leg dich wieder hin.«

Als Carolyn am späten Nachmittag aufwachte, saß ihre Mutter auf einem Stuhl neben dem Bett und musterte sie. Sie ist zu dünn geworden, dachte sie.

»Ich hole dir etwas zu essen«, sagte sie zu Carolyn.

»Nein, Mama.« Carolyn legte eine Hand auf den Arm ihrer Mutter. »Bleib bei mir. Ich muß mit dir reden.«

Liliane setzte sich wieder und sah das blasse, verschwitzte Gesicht auf dem Kissen an. Ich kenne sie nicht wirklich, stellte sie fest.

»Mama.« Carolyn nahm Lilianes Hand. »Mama, ich liebe zwei Männer.«

Liliane hörte, wie sie ihren eigenen Atem anhielt. »Oh, Caro.« Ihre Hand schloß sich fester um die ihrer Tochter.

Carolyn begann zu reden und erzählte Liliane alles. Die Worte kamen atemlos und überstürzt heraus, und sie umklammerte Lilianes Hand. »Ich glaube, das macht mich krank«, sagte sie abschließend.

Liliane setzte sich auf die Bettkante, und ihre kalten Finger strichen über Carolyns Stirn. »Oh, mein Liebling.« Ihre Stimme drückte großes Mitgefühl aus. Eine Erinnerung, die neununddreißig Jahre alt war, wurde wieder in ihr wach. Sie war wieder im Urwald und in der einen Nacht waren es Marshs Hände, die ihren Körper entflammten, in der nächsten Baxters Hände, die sie streichelten ...

Sie hörte Carolyn flüstern: »Mama, ich verstehe das mit dir und Papa. Und verstehe ... warum du es nicht weißt.«

Liliane beugte sich über sie und zog Caro in ihre Arme; gemeinsam lagen sie dort und weinten. »Was kann ich bloß tun?« fragte Carolyn, doch sie wußte bereits, daß ihre Mutter ihr darauf keine Antwort geben konnte.

In diesem Winter nahm Liliane Courtney mit nach Simbayo.

»Ich werde dieses Jahr nicht oft fort sein«, sagte Andrew un-

ter vier Augen zu Liliane. »Carolyn macht mir Sorgen. Ich werde hinfliegen und das Projekt beaufsichtigen, aber ich werde an den Wochenenden nach Hause kommen.«
Carolyn hatte zwar die Grippe und die Lungenentzündung hinter sich gebracht und hustete nicht mehr, aber sie nahm weiterhin ab.
»Alles, was ich tue, kostet mich soviel Kraft«, sagte sie zu Liliane, ehe ihre Mutter und ihre Tochter für zwei Monate abreisten. Liliane hatte hin und her überlegt, doch dann hatte sie erkannt, daß sie Carolyn nicht helfen konnte, und daher war es zwecklos, zu bleiben. Wenn Carolyn doch nur über ihre Schuldgefühle hinwegkommt, dachte Liliane. Ich frage mich, ob ich genauso gelitten hätte, wenn Baxter am Leben geblieben wäre? Sie tat den Gedanken als fruchtlos ab; was vergangen war, war vergangen.
Und sie mußte Courtney Simbayo zeigen. Oder Simbayo Courtney.

Als Andrew abflog, bemühte Sam sich nicht um Carolyn; er sah, daß sie zu schwach und zu dünn war. Wenn ihr Gewissen ihr das antat, dann wollte er ihre Qualen nicht noch verschlimmern.
Carolyn stand jetzt nicht mehr hinter dem Mikroskop; sie saß nur noch beim Arbeiten.
»Ich habe immer wieder darüber nachgedacht«, sagte Sam. »Carolyn, ich glaube nicht, daß du dir deine Mattigkeit einbildest. Ich glaube nicht, daß sie deinen Schuldgefühlen entspringt. Ich glaube, daß dir physisch etwas fehlt.«
»Ich war beim Arzt. Er hat alle möglichen Untersuchungen durchgeführt. Er kann nichts finden.«
»Ich . . .« Er schloß die Augen und holte tief Atem. »Carolyn, was ist, wenn es daran liegt, daß es für deine Krankheit noch keine Untersuchung gibt, um sie zu erkennen?«

Sie starrte ihn an. »Du meinst, ich habe mir hier etwas geholt?«
Er nickte und sah sie gequält an.
»Aber alle Affen, die mich gekratzt haben, haben dich auch gekratzt. Müßtest du es dann nicht auch haben?« Sie sah ihn flehentlich an.
»Ich weiß, Carolyn, ich weiß.« Er nahm sie in seine Arme.
Sie fragte sich, ob sie dieselben Symptome aufwies wie Mbelo. Dieselben, die sie an Dee Dee entdeckt hatte. Dee Dee war letzte Woche gestorben. Carolyn hustete nicht mehr, aber sie nahm weiterhin ab, und oft hatte sie nachts furchtbare Schweißausbrüche. Sie sagte sich, vielleicht käme sie zu früh ins Klimakterium. Manchmal schlich sie sich nachts, wenn Andrew schlief, aus dem Bett und maß ihre Temperatur; sie war zu hoch, hatte sich aber bis zum Morgen immer wieder normalisiert. Ab und zu hatte sie Schwierigkeiten mit den Knien.
An anderen Tagen fühlte sie sich blendend, abgesehen davon, daß der Gewichtsverlust sie Energien kostete.
Wenn Andrew an den Wochenenden nach Hause kam, wuchs seine Sorge um sie. Er bat sie, nicht mehr zu arbeiten, doch sie behauptete, die Arbeit sei zu wichtig. Trotzdem fragte sie: »Kannst du dir eine Woche freinehmen? Ich möchte ans Meer fahren und am Strand spazierengehen.«
In der kommenden Woche flogen sie mit Justin an den Strand von Mozambique. Dort fühlte sie sich besser. Sie schwamm im Salzwasser, lag in der Sonne und sah in die Palmen hinauf. Sie hatten den Strand fast für sich allein, und zum ersten Mal seit langer Zeit war Carolyn ruhig und ausgeglichen. Ich bin glücklich, dachte sie. Ich bin froh, hier zu sein.
Nach ihrer Rückkehr fühlte sich Carolyn wesentlich besser. »Ich fühle mich belebt«, sagte sie zu Andrew. Sie sah auch

wirklich besser aus. »Ich glaube, ich habe sogar ein wenig zugenommen.«

Als Andrew diesmal aufbrach, war ihm wohler zumute. Carolyns Zustand hatte sich gebessert. Sie übernimmt sich ständig, dachte er. »In zwei Wochen bin ich wieder da«, sagte er und küßte sie. Auch wenn sie nur noch aus Haut und Knochen besteht, dachte er, ist sie immer noch die hübscheste Frau, die mir je begegnet ist. Aber jetzt wirkt sie so zerbrechlich, und das paßt nicht zu Carolyn.

Vor seinem Abflug suchte er Sam auf und bat ihn, sich um Carolyn zu kümmern. »Ich mache mir Sorgen«, sagte er. »Es scheint ihr jetzt besser zu gehen, aber behalte sie im Auge. Es könnte nicht vielleicht . . .« Er zögerte.

»Vielleicht was?« fragte Sam.

»Es könnte nicht vielleicht sein, daß sie sich im Labor etwas geholt hat? Von diesen verfluchten Affen?«

Sam setzte sich und stützte den Kopf auf seine Hände. »Glaubst du, das hätte ich mich noch nicht gefragt? Aber jeder Affe, der Carolyn je gekratzt oder gebissen hat, hat mich auch gekratzt und gebissen. Ich komme auf nichts, keine einzige Untersuchung, die wir nicht gemeinsam vorgenommen hätten – auf nichts, was wir nicht beide getan hätten. Ich mache mir genauso große Sorgen wie du.«

Andrew legte Sam eine Hand auf die Schulter. »Das kann ich mir vorstellen. Ich liebe sie nur so sehr, daß ich mir nicht ausmalen kann, was ich täte, wenn ihr etwas zustieße.«

»Ich liebe sie auch«, stöhnte Sam.

»Alle lieben sie«, sagte Andrew. »Man muß sie einfach lieben. Du bist ein guter Freund, Sam. Paß für mich auf sie auf, obwohl sie sich dagegen wehren wird. Sorg dafür, daß sie nicht zu hart arbeitet.« Er schüttelte Sam die Hand. »Ich danke dir.«

In den nächsten Wochen besserte sich Carolyns Verfassung. Sie hatte wieder Appetit und nahm ein paar Pfund zu. Sie schlief nachts durch, statt schweißgebadet aufzuwachen, und ihre Augen wurden klarer.

Doch dann kamen die Schwächeanfälle wieder. Sie brachte kaum noch etwas anderes als Toast hinunter; ihre Energie ließ drastisch nach. »Verdammt noch mal, Sam, was kann das bloß sein?«

»Laß mich eine Kultur ansetzen – mit Gewebe, Blut oder Speichel.« Sie merkte, daß es ihm schwerfiel, es zu sagen. »Sehen wir, ob nicht doch . . .« Er beendete den Satz nicht. Sie sah ihn an und hielt ihm dann den Arm hin.

Nachdem er ihr Blut abgenommen und es in ein Glasröhrchen gefüllt hatte, nahm er ihre Hand, beugte sich vor und küßte sie. Als er sich neben sie setzte, ohne ihre Hand loszulassen, sagte er: »Ich will, daß du nachdenkst – an die Zeit zurückdenkst, in der wir die Affen eingefangen haben. Versuch, dir jeden einzelnen Tag in all diesen Monaten ins Gedächtnis zurückzurufen. Ist dir irgend etwas zugestoßen, was mir nicht passiert ist? Denk darüber nach. Nicht jetzt gleich, aber immer wieder.«

Carolyn erwachte beim Morgengrauen. Sie lag wach und versuchte, sich an Momente zu erinnern, in denen im Labor etwas Ungewöhnliches passiert war. Sie und Sam trugen immer Gummihandschuhe und wuschen sich vor und nach jedem Versuch die Hände; sie hatte nie – Gott im Himmel! Sie setzte sich kerzengerade hin.

Der Abend vor Monaten, als sie das Reagenzglas zerbrochen hatte!

Sie stand aus dem Bett auf und zog sich einen Morgenmantel an. Das zersplitterte Reagenzglas. Ihre Kehle schnürte sich zu. O Gott, dachte sie. Sie ging in die Küche. Ich brauche Wasser, dachte sie. Sie stürzte es gierig hinunter. Diese Nacht lief immer schneller vor ihren Augen ab . . . das zerbrochene Reagenzglas – sie und Sam hatten den Inhalt gemeinsam vom Boden aufgewischt und alle Glasscherben in eine Tüte getan; Sam hatte ihre Hände sorgsam nach Glassplittern abgetastet und sie herausgezogen und ihre Hände desinfiziert. Aber jetzt fiel ihr zum ersten Mal wieder ein, wie sie in jener Nacht ihre Strümpfe ausgezogen hatte, und zum ersten Mal dachte sie wieder an das geronnene Blut auf ihrem Strumpf, und ihr fiel wieder ein, daß sie den Schorf auf ihrem Knie mit dem Strumpf heruntergezogen und ein Heftpflaster auf den winzigen Schnitt geklebt hatte. Dann hatte sie nie wieder daran gedacht. Die harmlose Verletzung nicht mit dem Reagenzglas und seinem Inhalt in Verbindung gebracht. Sam hatte ihr in jener Nacht seine Liebe gestanden, und angesichts dieses Umstands hatte sie eine solche Lappalie vollständig vergessen.

Sie sah aus dem Fenster.

»Verflucht noch mal!« Carolyn umklammerte das Glas und lehnte sich an. »Verflucht noch mal!«

Carolyn zwang sich, tief einzuatmen.

Das schrille Läuten des Telefons riß sie aus ihren Gedanken. Sie machte keine Anstalten, den Hörer abzunehmen. Es läutete und läutete.

»Verflucht noch mal!« rief sie noch einmal aus und hörte das Glas zerschellen, als sie es nach dem Telefon warf. Sie wußte es, ehe sie Sams Befund gehört hatte. »Ich werde sterben.«

Als Liliane und Courtney aus Simbayo zurückkamen, war Carolyn ans Bett gefesselt. Sam las ihr täglich stundenlang vor; sein Blick war gehetzt. Andrew bat, einen anderen Ingenieur für das Projekt abzukommandieren, das er im Südwesten begonnen hatte. Er arbeitete jetzt zu Hause. Nicht etwa, daß er arbeiten konnte; seine Gedanken kreisten ausschließlich um Carolyn.

Dieses verdammte Labor, dachte er. Doch als er das ihr gegenüber ausgesprochen hatte, hatte sie geantwortet: »Wir stehen vor einer ganz großen Entdeckung, Andrew. Wenn wir die Mikrobe identifizieren können, läßt sich vielleicht etwas dagegen tun. Vielleicht können wir Tausende von Leben retten.«

Doch im allgemeinen war sie weniger positiv eingestellt. Sie hatte große Schmerzen; durch Morphium ließen sie sich halbwegs lindern, doch dann schlief sie fest. Wenn sie bei Bewußtsein war, schien sie sich oft in einer Traumwelt aufzuhalten, in die ihr niemand folgen konnte. Sie starrte ins Leere.

Immer wieder sagte sie sich: Das ist meine Strafe, der Preis, den ich für meine Untreue bezahle. Aber wenn sie bei vollem Bewußtsein war, glaubte sie nicht daran.

Wenn Liliane ihre ausgemergelte Tochter betrachtete und die tiefliegenden Augen sah und den rasselnden Atem hörte, war sie wie gelähmt. Das kann nicht sein, sagte sie sich. Es ist ausgeschlossen. Sie bat Sam, noch eine zweite Kultur anzulegen; sie wollte sie sich persönlich ansehen. Das Bild stimmte genau.

»Das ist meine mysteriöse Krankheit«, sagte sie mit Tränen in den Augen zu Sam. »Ich frage mich, ob sie sich das vor vielen Jahren in Simbayo geholt hat . . . von Jack oder den zwei oder drei anderen, bei denen ich dasselbe Krankheitsbild beobachtet habe. O mein Gott.«

»Ich glaube«, sagte Sam, »daß ich dafür verantwortlich bin. Ich glaube, daß sie es sich hier im Labor geholt hat. Hätte ich ihr doch nie diesen Job gegeben, hätte ich doch nie . . .«

Liliane zog ihn in ihre Arme. Gemeinsam weinten sie um den Menschen, den sie beide so sehr liebten. Und um sich selbst.

Andrew saß an Carolyns Bett, und es tat ihm in der Seele

weh, diesen zerstörten Körper zu sehen. Sie war nicht mehr als die Frau zu erkennen, die sie noch vor einem Jahr gewesen war.
Sie darf nicht von mir fortgehen, schrie sein Herz. Aber er wußte, daß es so war. Er kniete sich neben dem Bett auf den Boden, beugte sich über sie, warf seine Arme über den zerbrechlichen Körper und weinte.
»Liebling.« Er war nicht sicher, ob sie überhaupt bei Bewußtsein war. »Verlaß mich nicht. Mit dir hat mein Leben erst richtig begonnen. Caro . . .«
Sie schlug die Augen auf und lächelte matt. »Andrew.« Er mußte sich anstrengen, um sie zu verstehen. »Zweifle nie an unserer Liebe.«
»Nein, Liebling, das habe ich nie getan. Dieses Glück . . .«
Carolyns Hand legte sich auf seinen Arm. »Ich weiß, ich weiß. Hol Mama.«
Andrew eilte die Treppe hinunter.
Courtney und Sam folgten den beiden und blieben in der Tür stehen, als Andrew und Liliane sich neben Carolyns Bett stellten.
Carolyn sah sie, und eine Träne lief über ihre Wange. Ihr einst so seidiges Haar war spröde und strohig, die strahlenden blaugrünen Augen waren trüb, die Wangenknochen traten hervor. Sie hinterließ kaum noch einen Abdruck auf der Matratze. »Mama . . .«
Liliane nahm die Hand ihrer Tochter. Ich wünschte, ich wäre vor ihr gegangen, dachte sie. Mütter sollten ihre Töchter nicht überleben.
Carolyn zog die Hand ihrer Mutter und Andrews Hand an ihre Lippen, und in ihren Augen standen Tränen.
Courtney, die neben Sam in der Tür stand, dachte: Mama kann nicht sterben. Mütter sterben nicht.
Als Liliane über ihre Schulter sah, wußte Courtney Be-

scheid. Sie brach in Tränen aus und lief in ihr Zimmer, sie weinte, bis ihr kleiner Körper von Krämpfen geschüttelt wurde. Liliane kam zu ihr und legte sich neben sie. Sie hielten einander im Arm und wiegten sich sachte, bis es dunkel war.

Liliane fragte sich, wie Carolyn die Zeit gefunden hatte, so viele Freundschaften zu schließen. Zu ihrer Beerdigung waren ebenso viele Schwarze wie Weiße erschienen, und die Besucher mußten stehen. Justin war bleich und bestürzt. Courtney stand stumm und starr da. Liliane stellte sich zwischen die beiden und nahm sie an der Hand. Andrew war gezwungen, mit den Trauergästen zu reden, aber Liliane sah die Ader, die auf seiner Schläfe pochte, und sie wußte, daß er übermenschliche Selbstbeherrschung aufbringen mußte. Sie hätte ihm gern gesagt, daß er ein perfekter Ehemann gewesen war, doch sie tat es nicht. Sie alle fragten sich, wie ihr Leben ohne Carolyn weitergehen sollte.

Mit rotgeweinten Augen saß Michelle in der Reihe hinter den Familienangehörigen. Sam war nicht erschienen. Er zündete das Labor an, und das Feuer breitete sich so schnell aus, daß es einen ganzen Straßenzug niederbrannte.

TEIL IV

1968–1981

49. Kapitel

1968

Ich habe dieses Tagebuch nach Simbayo mitgenommen, aber nie ein Wort hineingeschrieben. Anfangs hatte ich Angst, ich könnte etwas vergessen, aber jeder einzelne Tag hat sich mir unauslöschlich eingeprägt.

Lili und ich (Ich habe sie gefragt, ob ich sie so nennen darf. Na klar, hat sie gesagt.) sind mit einem Verkehrsflugzeug nach Mbandaka geflogen. Natürlich nicht mit einem, denn wir mußten sechsmal umsteigen und brauchten vier Tage, um anzukommen. Nichts klappte ohne Verspätungen. Wir haben mehr Zeit in heißen Gebäuden mit Blechdächern zugebracht als in Flugzeugen.

Afrika ist ja sooo groß, und der Teil, über den wir geflogen sind, ist so grün. Tag für Tag und Meile für Meile nur Bäume, sonst nichts. Ab und zu ein Fluß, aber sonst nur Grün bis zum Horizont.

In Mbandaka haben wir ein kleines Privatflugzeug gechartert, das uns nach Simbayo gebracht hat. Ich war enttäuscht. Ich hatte mich so auf die gemütliche Fahrt auf dem Mombayo gefreut, auf die Flußbiegung, hinter der dann Simbayo liegt. Ich wollte es so kennenlernen, wie Lili es zum ersten Mal gesehen hat. Aber sie hat gesagt, wir hätten nicht ge-

nug Zeit, wenn ich in zwei Monaten wieder zur Schule zurück sein müßte.
Ich habe gemerkt, daß Lili mich beobachtet hat, denn sie wollte, daß ich Simbayo so sehe, wie sie es sieht. Ich war entschlossen, Naldani ins Herz zu schließen, aber sie war nicht die große würdige Prinzessin, die ich mir vorgestellt hatte. Ich kann gar nicht glauben, daß sie und Lili so gut wie gleichaltrig sind. Sie ist alt und verhutzelt. Sie konnte kaum noch sehen, aber sie hat ihre Finger über mein Gesicht und mein Haar gleiten lassen und dann zu meiner Großmutter gesagt: »Sie sieht aus wie Marsh.«
»Ich weiß.« Lili hatte eine Hand auf meine Schulter gelegt und lächelte.
Alle haben einen großen Wirbel um uns gemacht – sogar sämtliche britischen Ärzte und die anderen Wissenschaftler, die erst im letzten Jahr gekommen sind. Lili kannte keinen von ihnen. Sie seien stolz, haben sie immer wieder gesagt, dort weitermachen zu dürfen, wo sie vor so langer Zeit begonnen hatte. Sie hat immer wieder gesagt: »Ich und Baxter Hathaway.«
Ich erinnere mich, daß ich Lili früher alt fand. Aber in Wirklichkeit ist sie schön, und diese Schönheit kommt von innen.
Petelo – er ist am selben Tag geboren wie meine Mutter, und das hat mich traurig gemacht – und seine Familie leben in dem Haus, das mein Großvater gebaut hat.
Lili wollte mir alles zeigen. Sie hat versucht, mich das empfinden zu lassen, was sie damals empfunden hat. Wir sind in dem Teich geschwommen, den sie so sehr liebt, und sie hat mir Geschichten von früher erzählt, als wir unter den Palmen gelegen haben und Papageien über unseren Köpfen vorbeigeflogen sind. Ich könnte ihr unbegrenzt zuhören.
Sie hat mich auf die Leprainsel mitgenommen, etwas, was

sie Mama nie erlaubt hat. Heute mag alles noch so modern sein, aber ich konnte die Stimmen der Kranken hören, als sie damals die Rinde von den Bäumen schälten, weil ich all das seit Jahren aus Lilis Erzählungen kannte.
Eines Abends beim Einschlafen habe ich die Trommeln gehört und Lili gefragt, ob sie an Gott glaubt.
»Ich glaube an etwas«, hat sie geantwortet, »aber ich bin nicht sicher, an was. Es ist nicht derselbe Gott, für den ich damals nach Afrika gehen wollte. Aber an irgend etwas glaube ich doch.«
Ich frage mich, was das sein mag. Ich darf nicht vergessen, Daddy danach zu fragen.
Ich weiß, daß ich mich nie jemandem näher gefühlt habe als Lili in diesem Sommer. Das soll nicht heißen, daß ich sie mehr liebe als Mama oder Daddy, aber ich kam mir vor, als hätte ich einen Teil von ihr in mir. Manchmal hatte ich das Gefühl, daß wir beide nur ein Mensch sind. Ich weiß, daß das albern ist, aber ich hatte trotzdem das Gefühl.
Sie hat mir etwas Wunderbares erlaubt. Ich durfte zusehen, wie ein Baby geboren wurde. Die Hebamme fand, ich sei noch zu klein, aber Lili hat gesagt: »Quatsch. Für das Schöne und Erhabene ist es nie zu früh.« Dann hat sie sich an mich gewandt. »Vielleicht kann ich mir dabei Gott am ehesten vorstellen.« Sie hat während der ganzen Zeit meine Hand gehalten, und es war wie ein Wunder. Ich weiß, daß ich es nicht in Worte fassen kann. Eines Tages möchte ich das auch erleben. An Wundern teilhaben. Als ich wieder zu Hause war und Rosalie davon erzählt habe, hat sie gesagt: »Igitt! Mir würde schlecht.«
Ich habe Lili gesagt, daß ich Krankenschwester werden will. Sie hat gesagt: »Werde Ärztin.« Ich frage mich, ob ich das schaffen kann.
Ich wünschte, ich wäre vor vielen Jahren geboren worden.

Heute ist es zu spät, um ein Simbayo zu schaffen, oder? Wie sehr ich Lili darum beneide. Sie hat so vielen Menschen geholfen. Ich glaube, sie hat wirklich Liebe zu vergeben.

1971

Ich kann doch nicht fünfzehn sein. Gestern war ich doch noch zwölf.

Seltsam, aber ich schreibe während des Schuljahrs nie etwas in mein Tagebuch. Natürlich habe ich dann auch anderes zu tun. In der Schule und mit Freundinnen. Dieses Jahr habe ich außerdem Tennis spielen und tanzen gelernt, und ich habe mich verliebt. Ich glaube, Steven wünschte, ich hätte mich in ihn verliebt und nicht in die Biologie. Schließlich muß ich Biologie mögen, wenn ich Ärztin werden will.

Ich habe Daddy erzählt, was Lili dazu gesagt hat. Und er hat gesagt: »Schätzchen, du kannst alles tun, wonach dir der Sinn steht.« Er glaubt, Mama hätte sich gefreut.

Mama fehlt ihm sehr. Er verbringt, wenn er zu Hause ist, seine gesamte Zeit mit Justin und mir, aber er ist einsam. Das merke ich ihm an. Er läßt Mamas Kleider immer noch im Schrank hängen, obwohl sie schon seit drei Jahren tot ist. Was für ein trauriges Wort. Was für ein totes Wort. Ich frage mich, warum Mamas Tod mich nicht so einsam macht wie Daddy. Ich nehme an, das liegt an Lili. Ich bekomme jede Woche einen Brief von ihr. Und ich schreibe jeden Abend etwas auf und schicke es dann samstags an sie ab. Ich habe ihr sogar geschrieben, daß Steven mich geküßt hat. Mit Lili kann ich über Dinge reden, über die meine Freundinnen noch nicht einmal mit ihren Müttern reden.

Justin weiß gar nicht, was ihm entgeht. Er ist nur einmal im

Sommer mit uns in die Savanne gekommen und hat sich gelangweilt. Er wollte lieber bei seinen Freunden sein und Fußball spielen und reiten. Er versteht nicht, warum Daddy und ich stundenlang über »so doofes Zeug« reden. Wie können zwei Kinder aus derselben Familie derart verschieden sein? Ich mag ihn trotzdem, und er bringt mich zum Lachen wie niemand sonst, aber er will nicht nach Kapstadt mitkommen oder mit Daddy verreisen.
Manchmal glaube ich, Lili ist der wichtigste Mensch in meinem Leben. Das habe ich Daddy kürzlich gesagt, und er hat gestrahlt und gesagt: »Wenn du es jemandem nachtun willst, dann fällt mir niemand ein, der besser wäre als sie.« Er sagt, seit Mamas Tod sind Lili und ich die beiden wichtigsten Frauen in seinem Leben. Und ich dachte, Männer könnten ihre Schwiegermütter nicht leiden.

1975

Im Herbst gehe ich nach Johannesburg. Zum ersten Mal auf mich allein gestellt. Ich fürchte mich. Ich weiß, welche Anforderungen das Medizinstudium stellt. Daddy sagt, ich habe genügend Disziplin, um es zu schaffen. Genaugenommen hat er gesagt, ich sei zu diszipliniert. »In der Hinsicht«, hat er dann hinzugefügt, »erinnerst du mich an deine Mutter.« Ich habe Lili gefragt, ob ich wie Mama bin. Sie hat eine Zeitlang nachgedacht und gesagt, ich sei »weicher«. Dann hat sie in die Ferne gesehen, als sei sie ganz in einer Erinnerung aufgegangen, und gesagt – es war schon fast ein Flüstern: »Ich wünschte, Carolyn und ich hätten uns so nahegestanden wie du und ich.« Und ich dachte, sie und Mama hätten eine sehr enge Beziehung zueinander gehabt.

Diesen Sommer habe ich Lili, nachdem ich zwei Wochen lang meinen Mut zusammengenommen habe, nach Sex gefragt. Als ich sie gefragt habe, ob ich damit warten soll, bis ich verheiratet bin, hat sie zu meiner Verblüffung gesagt: »Ich habe nicht gewartet.« Ich dachte, früher hätte man das nur getan, wenn man verheiratet war. Ein ganz neuer Aspekt an Lili!
Jedenfalls haben wir uns gut unterhalten, und das liegt wohl daran, daß sie überhaupt nicht gehemmt war. Sie hat gefragt, was ich über Verhütungsmittel weiß. Sie ist immer so praktisch. Manches wußte ich. Sie hat mir wissenschaftlich die Pille und das Diaphragma erklärt. Sie hat mir geraten, es nicht mit irgend jemandem zu tun. »Liebe«, hat sie gesagt, »ist schöner als reiner Sex.« Aber sie hat mir auch gesagt, daß man mehr als einmal lieben kann.

Es fiel Courtney nicht schwer, Johannesburg nach vier Jahren wieder zu verlassen. Das Studium war so hart, daß sie die Stadt nicht näher kennengelernt hatte. Zu viele angehende Ärzte rissen sich um zu wenige Plätze, um ihr Klinikum hinter sich zu bringen. Sie hatte einen der begehrtesten Plätze bekommen – in Kapstadt.
Als das Flugzeug das Gebirge überflog, dachte Courtney: Jetzt will ich meinen Spaß haben. Sie freute sich auf Partys, auf neue Freunde, und darauf, ihr Erwachsensein zu beginnen; sie war vierundzwanzig.
Courtney wußte, daß sie den Männern gefiel. Sie hatte Marshs lockiges dunkles Haar, hohe Wangenknochen, eine aristokratische Nase und geschwungene Augenbrauen, dazu klare graue Augen unter Wimpern, die noch dunkler als ihr Haar waren. Was ihrem Blick an Unschuld fehlte, machte sie durch Direktheit und Offenheit wett.
Bei der Landung wußte Courtney, daß Lili sie erwartete.

Lili war zum Flughafen gefahren, um sie abzuholen. Mit ihrem weißen Haar sah sie ausgesprochen distinguiert aus. Statt zu schrumpfen, wie es die meisten alten Leute taten, wirkte Lili größer den je. Sie war immer noch schlank, und ihre leuchtenden Augen hießen Courtney über das Rollfeld willkommen. Sie sah um Jahre jünger aus als vor achtzehn Jahren, als sie aus dem Dschungel gekommen und Marsh gestorben war.

Verblüfft stellte Courtney fest, daß ihre Großmutter vierundsiebzig war. Sie holte sie nicht mit dem guterhaltenen Wagen ab, den Marsh vor zwanzig Jahren gekauft hatte, sondern in einem metallic-blauen Sportwagen. Courtney brach in schallendes Gelächter aus.

»Ich hätte nie geglaubt, daß du das alte Ding je los wirst«, sagte sie, als ihr Gepäck in den Kofferraum geladen wurde.

»Ich habe ihn auch nicht hergegeben«, sagte Lili. »Der da gehört dir.«

Courtney sah ihre Großmutter fragend an. Lili warf ihr die Schlüssel zu. »Probier ihn doch aus.«

Er fuhr sich traumhaft und surrte bei einer guten Straßenlage leise vor sich hin.

»Ich hatte Angst, du müßtest im Krankenhaus wohnen, und *meinen* Wagen hätte ich dir bestimmt nicht anvertraut.« Sie meinte Marshs Wagen. »Und außerdem finde ich, du hast dir für dein abgeschlossenes Studium ein Geschenk verdient; gleichzeitig kann ich dir damit sagen, wie sehr mich freut, daß du hierhergekommen bist.«

»Lili«, sagte Courtney lächelnd. »Ich könnte schwören, daß du jedesmal, wenn ich dich sehe, jünger aussiehst.«

Lili lachte, als der Wind ihr Haar zerzauste. »Ich spüre es selbst. Nur wenn ich in einen Spiegel sehe, wird mir klar, wie alt ich bin.«

Das Krankenhaus von Kapstadt hatte zwar durch Jan Hasbrouck, der dort seine berühmten Herztransplantationen durchführte, Weltruf, doch es war kein erstklassiges Krankenhaus; Südafrika war trotz allem ein Land der dritten Welt.

Courtney fand es anregend, mit ihrer Großmutter über ihren Alltag reden zu können. Lili hörte jeden Abend mit gebannter Aufmerksamkeit zu, wenn Courtney von Operationen und Gesprächen mit Kollegen berichtete und Anekdoten von Patienten erzählte.

Liliane genoß es, an Courtneys Leben teilzuhaben, denn sie hatte ihre Arbeit in Kaputo niedergelegt und impfte nur noch mittwochs die Bewohner des Ghettos, falls sie zufällig gerade Serum hatten, sei es gegen Pocken oder gegen Kinderlähmung. Auch Moses war zu alt und zu schwach, um weiterhin in Kaputo zu arbeiten, und er wäre in ein Reservat geschickt worden, wenn Lili nicht eine Stellung für ihn erfunden hätte. Offiziell war er ihr Gärtner und Pförtner; das erlaubte es ihm, bei ihr zu leben. Sie unterhielten sich stundenlang über medizinische Probleme und über das Leben. Er war ihr ein Trost.

Ihr Leben war ihr ausgefüllt erschienen, bis Courtney einzog. Das kameradschaftliche Zusammenleben und das Teilhaben am Leben ihrer Enkelin gaben ihrem Leben einen neuen Sinn, und Lili merkte, daß ein leerer Fleck in ihrem Leben gewesen war. Lili war seit langem nicht mehr so glücklich gewesen.

Courtney war von Anfang an ein Erfolg. Gutaussehende Ärztinnen mit Humor und großem fachlichen Können waren eine Seltenheit, und die jungen Ärzte rissen sich ausnahmslos um sie. An den dienstfreien Tagen fand sich immer eine Gruppe zum Schwimmen zusammen, und kein Samstag verging, ohne daß jemand eine Party feierte.

Courtney brauchte aber auch Zeit für sich allein. Sie hätte nicht sagen können, warum es ihr so wichtig war oder was sie mit dieser Zeit anfing oder gar, welche Gedanken ihr dann durch den Kopf gingen. Sie unternahm einsame Spaziergänge am Strand oder saß einfach in ihrem Zimmer. Courtney wußte nur, daß sie sich immer mehr verkrampfte, wenn sie nicht ab und zu diese Stunden für sich hatte, in denen sich Rätsel von allein lösten, Fragen von selbst beantworteten. »Das gibt meiner Seele Nahrung«, sagte sie zu Lili.

Sie saß an einem menschenleeren Strand, hatte die Knie angezogen, die Arme um ihre Beine geschlungen und sah in die Ferne hinaus. Draußen am Horizont ging der graue Himmel in den stürmischen Ozean über. Sie schmeckte Salz auf ihren Lippen und spürte, wie sich ein Unwetter zusammenbraute.

»Ich weiß, daß das abgedroschen klingt«, riß eine Männerstimme sie aus ihren Tagträumen, »aber haben wir uns nicht irgendwo schon mal gesehen?«

Als sie sich umdrehte, fiel ihr Blick erst auf abgetragene Turnschuhe, dann auf einen gutsitzenden Jogginganzug und schließlich auf das bärtige Gesicht von Dr. David Hamilton.

Sie wußte, wer er war, weil sie ihn auf etlichen Partys gesehen und ihm bei Operationen zugeschaut hatte. Er operierte so geschickt und sorgfältig, daß er sich bereits einen guten Ruf erworben hatte. Aber sie wollte sich wirklich nicht stören lassen, sondern das Drama beobachten, das der Wind und die Meeresströmungen für sie inszenierten.

»Sie sind David Hamilton«, sagte sie. »Ich wüßte nicht, daß wir uns schon einmal getroffen hätten.«

Ohne zu fragen, kauerte er sich neben sie.

»Mir scheint, ich sollte mich an Sie erinnern.« Seine blauen Augen unterstrichen sein rotblondes Haar.

»Ich bin Courtney McCloud«, sagte sie und merkte, daß sie ihn so nicht los wurde. Sie versuchte, sich zu erinnern, was sie außer seinem chirurgischen Können über ihn gehört hatte. Ja, doch, er sei aufbrausend, wenn er auf Schlamperei stieß, er sei ungeduldig im Umgang mit Menschen, die weniger intelligent waren als er oder nicht seine schnelle Auffassungsgabe besaßen, und er sei außergewöhnlich selbstsicher.

»Ach, ja.« Er wippte in seiner hockenden Haltung auf den Fersen. »Ich habe Sie schon in der Kantine gesehen. Sie sind wohl Krankenschwester.«

»Nein«, sagte sie. »Ich absolviere mein Klinikum.«

Belustigung schlich sich in seine Augen, und er setzte sich neben sie in den Sand.

Sie fragte vorsätzlich: »Machen Sie auch Ihr Klinikum?«

»Nein«, sagte er beiläufig. »Ich bin schon seit ein paar Jahren hier.«

Das wußte sie selbst.

Courtney sah auf die Wellen hinaus, die sich brachen. Der Wind wurde stärker.

»Sie kommen aus Südafrika?«

»Ich habe in Johannesburg studiert«, antwortete sie, »aber eigentlich komme ich aus Simbabwe.«

»Für mich heißt es immer noch Rhodesien«, sagte er. »Fällt es Ihnen nicht schwer, sich an den neuen Namen zu gewöhnen?«

»Nein, gar nicht«, antwortete sie. Die Frage hörte sie ständig, seit das Land im letzten Jahr seine Unabhängigkeit von England erlangt hatte. Andrew war mühelos damit zurechtgekommen, in einem Land zu arbeiten, das jetzt von Schwarzen regiert wurde. Tausende von Weißen waren fortgegangen, aber Andrew hatte gesagt, er sei dort seit fünfundzwanzig Jahren zu Hause. Ihn erschreckte es nicht,

sich Schwarze als gleichberechtigte Mitmenschen vorzustellen.
Auch Courtney war dort auf eine Art zu Hause, wie sie es in Südafrika nie sein würde.
»Ich komme aus London«, sagte er.
Ein vom Wind getriebener Regen setzte so schnell und so heftig ein, daß sie kaum noch etwas sehen konnten. David sprang auf und hielt Courtney eine Hand hin, um sie auf die Füße zu ziehen. Sie rannten zum Parkplatz. Als sie ihren Wagen erreicht hatte und den Schlüssel aus der Tasche fischte, legte David eine Hand auf ihren Arm. »Ich würde Sie gern zu einem Kaffee oder zu einer Tasse Tee einladen. Etwa eine Meile weiter gibt es ein Rasthaus.« Er deutete in die Richtung.
Courtney kannte es. »Einverstanden«, sagte sie und schüttelte die Wassertropfen ab, ehe sie hinter das Steuer glitt. Schließlich hatte sie für diesen Samstag nachmittag nichts geplant.
Ein Feuer brannte im Kamin, und auf den rot-weiß karierten Tischdecken waren Kerzen angezündet. Sie suchten sich einen Tisch dicht vor dem Kamin aus und hofften, daß ihre Kleider schnell trockneten. Der Regen prasselte auf das Dach.
»Was veranlaßt eine Frau, Ärztin zu werden?« fragte er, als sie auf die warmen Getränke warteten.
»Vermutlich dieselben Gründe, die einen Mann dazu bringen.«
»Und warum nicht Krankenschwester?«
»Warum sind Sie nicht Krankenpfleger geworden?«
Er sah ihr direkt ins Gesicht. »Sie sind eine dieser Frauen, denen Heim und Herd nicht genügen?«
»Ich bin eine dieser Frauen. Meine Mutter war es auch. Und meine Großmutter. Bei uns ist das erblich.«

Er lachte hemmungslos und unbefangen. »Und ich bin ein Chauvi, stimmt's?«
Courtney zuckte die Achseln und sah ins Feuer.
»Mit Ihnen habe ich es mir erstaunlich schnell verdorben, stimmt's?«
Jetzt lachte sie.
Er stand auf und fragte: »Noch einen Kaffee? Oder vielleicht ein Bier?«
»Einen Kaffee.« Sie nickte.
David ging an den Tresen. Als er zurückkam, sah sie seine Hände an, die eine Bierflasche hielten. Ihre Blicke trafen sich.
Er hat die längsten Wimpern, die ich je gesehen habe, dachte sie. Und die blauesten Augen.
»Warum sind Sie Ärztin geworden?« fragte er noch einmal.
»Mein Vater hat gesagt, ich könnte tun, was ich will.«
»Ein ungewöhnlicher Mann«, äußerte David. »Aber wieso Medizin?«
»Meine Großmutter ... meine Mutter ... die Menschen in meinem Land, die mich brauchen.«
Ehe sie es gemerkt hatte, erzählte sie ihm von ihrer Großmutter und von den Sommern in der Savanne mit Andrew, von der Forschungsarbeit und vom Tod ihrer Mutter, von den Blähbäuchen durch Unterernährung und von der Gehirnentzündung, die sie gesehen hatte, vom Typhus und der Tuberkulose, von der Cholera und den unzähligen Krankheiten, die sich durch mangelnde Hygiene und unzureichende medizinische Versorgung ausbreiteten. Und durch Unwissenheit.
»Ich werde dorthin zurückgehen«, sagte sie. »Ich werde aufs Land gehen und den Menschen beibringen, wie sie sich vor Krankheiten schützen können.« Sie schwieg einen

Moment lang. Dann sah sie ihn lächelnd an. »Sind Sie gern Arzt?« fragte sie.

»Ob es mir Spaß macht?« fragte David. »Ich liebe meinen Beruf. Ich kann mir nichts auf Erden vorstellen, was ich lieber täte. Die Medizin ist meine Leidenschaft. Ich liebe den Operationssaal, das Krankenhaus und die meisten Patienten. Je ärmer sie sind, desto mehr Zuwendung gebe ich ihnen. Ich habe mich mein Leben lang für die Unterprivilegierten eingesetzt. Nicht gerade der beste Weg«, sagte er mit einem trockenen Lachen, »um reich zu werden.«

»Wie sind Sie hierhergekommen?« fragte sie und kniff die Augen zusammen. Sie merkte, daß er ihr gefiel.

»Ach, das ist eine lange Geschichte.« Er sah auf seine Armbanduhr. »Wollen Sie einen Happen essen und sich die langweilige Geschichte anhören, wie ich über Tunbridge Wells nach Kapstadt gekommen bin?«

Courtney fragte: »Ist es schon so spät? Es tut mir leid, aber ich kann nicht bleiben. Meine Großmutter hat heute Geburtstag, und ich habe ihr versprochen, zum Abendessen zu Hause zu sein.«

»Ihre Großmutter?« Er lachte laut. »Sie leben bei Ihrer Großmutter?«

Sie ärgerte sich, daß er sie als jung und naiv hinstellte. »Meine Großmutter ist der wirkliche Grund für mein Medizinstudium. Meine Großmutter ist der bemerkenswerteste Mensch, der mir je begegnet ist.« Sie stand auf und warf dabei ihre leere Kaffeetasse um.

»Heute ist anscheinend jeder Satz, den ich sage, falsch, stimmt's?«

Doch als sie später an ihn dachte, erinnerte sie sich nur an diese klaren blauen Augen, an das Haar, das aussah, als sei es nur dazu da, zerzaust zu werden, an die Kraft, die seine Hände ausströmten, und an die katzenhafte Anmut seines

Ganges. Und obwohl er ihr immer nur ins Gesicht gesehen hatte, kam sie nicht von der Vorstellung los, daß er sie während der ganzen Zeit mit seinen Blicken ausgezogen hatte.

Der Sturm war weitergezogen; keine Wolke hing am Himmel. Courtney hatte, was selten vorkam, zwei Tage frei und war unruhig. Sie und Lili hatten sich gerade an den Mittagstisch gesetzt, als es an der Tür klingelte.
»Ich gehe schon«, sagte Courtney zu Anna, die den Salat auf den Tisch stellte.
David lehnte mit einem schiefen Grinsen in der Tür und hielt zwei rote Rosen vor sich hin.
»Eine davon ist für deine Großmutter zum Geburtstag, und die andere ist ein Bestechungsversuch. Ich hoffe, Sie fahren ein bißchen mit mir durch die Gegend.«
Courtney mußte unwillkürlich lächeln.
»Wir wollten gerade zu Mittag essen. Kommen Sie doch rein. Ich denke, es ist genug für alle da.«
Er folgte ihr in das Haus und sah sich voller Bewunderung um.
»Lili«, stellte Courtney ihn vor, »das ist David Hamilton, einer der Ärzte aus dem Krankenhaus. David, meine Großmutter, Lili Compson. Lili, ich habe ihn gerade zum Essen eingeladen.«
Lili freute sich, einen von Courtneys Kollegen kennenzulernen. Sie war hingerissen von der Rose und rückte den Gast sofort in den Mittelpunkt der Unterhaltung.
Heute bemühte sich David, wie Courtney belustigt feststellte, charmant zu sein. Keine Spur von Hohn war aus seiner Stimme herauszuhören.
Als Lili ihn fragte, was ihn auf die Medizin gebracht hatte, erwiderte er: »Ich glaube nicht, daß ich eine andere Wahl hatte.« Seine Augen glänzten bei der Erinnerung. »Wir wa-

ren drei Kinder, und wir alle . . . Meine Mutter hat alles aufgenommen, was kein Zuhause hatte. Ich kann mich erinnern, daß mitten in der Nacht an der Tür geläutet wurde – ein Nachbar, der eine Katze brachte, die jeden Moment Junge bekommen sollte. Die Leute brachten Vögel mit lädierten Flügeln zu meiner Mutter, Kaninchen, die ausgesetzt worden waren, einen Pfau mit abgerissenen Schwanzfedern, Hunde . . .«

»Gab es denn keinen Tierarzt in der Stadt?« warf Courtney ein, die sich von der Unterhaltung ausgeschlossen fühlte.

»Doch, es gab einen. Ein ekelhaft übellauniger Mann. Er hat Pferde und Kühe behandelt, aber die Leute wollten ihn nicht bei sich im Hause haben. Sie haben ihre Tiere zu meiner Mutter gebracht. Wie viele Nächte hat sie bei einem neugeborenen Lamm gesessen und versucht, es dazu zu bringen, daß es Milch trinkt. Oder sie hat die Flügel von Vögeln geschient. Zwischendurch hatten wir fünfzehn Katzen.«

Courtney lachte und versuchte, sich eine solche Menagerie vorzustellen. Ihr gefiel, was er über seine Mutter erzählte.

»Mich wundert, daß Sie kein Tierarzt geworden sind.«

»Mein Bruder ist Tierarzt geworden. Mir liegen Menschen zu sehr am Herzen. Ich liebe das Aufregende, und Menschen sind aufregender als Tiere.«

»Was hat Sie dazu gebracht, England zu verlassen?« fragte Lili. »Warum sind Sie ausgerechnet nach Kapstadt gekommen?«

»Eigentlich war es ganz einfach, aber hierhergekommen bin ich auf Umwegen. Als ich endlich Arzt war, kam ich mir innerlich ausgebrannt vor. Mir ist klargeworden, daß ich mein Leben lang nur gelernt und irgendwelche Abschlüsse absolviert hatte. Also habe ich mir ein Jahr freigenommen. Ich habe sechs Monate als Barkeeper gearbeitet, um hinter-

her sechs Monate lang reisen zu können. Ich bin per Anhalter durch Frankreich und Italien gefahren, habe zwei Monate in Rom verbracht und dann ein Schiff nach Athen genommen . . .« Ein weicher Glanz trat bei dieser Erinnerung in seine Augen. »Waren Sie je auf den griechischen Inseln?« fragte er, und seine Stimme klang enthusiastisch. »Sie können einen Menschen verzaubern.« Courtney hatte noch nie einen Mann so reden gehört. »Mit dem Himmel über Griechenland hat es etwas auf sich – er ist blauer und weiter als überall sonst auf Erden. Ich bin sechs Wochen dageblieben und hinterher wußte ich, daß ich nie mehr im grauen England leben kann. Trotzdem habe ich dort noch zwei Jahre verbracht. Aber was dort auf medizinischem Sektor praktiziert wird, fand ich eingefahren und vorhersagbar.«
»Langweilig?« fragte Lili.
Er nickte. »Dumpf. Fade Menschen mit ihrem Husten, ihrer Bronchitis und ihren Halsschmerzen . . . Ich hatte mein Leben lang das Ziel angesteuert, Menschen zu heilen, und jetzt kam ich mir vor, als würde ich ihnen statt dessen die Nase putzen.«
Courtney hatte das Gefühl, daß David Lili den Hof machte und ihr die Dinge erzählte, von denen er glaubte, daß sie sie hören wollte.
»Und deshalb haben Sie sich in das erstbeste Schiff nach Kapstadt gesetzt . . .« bohrte Lili weiter.
»Nein, ganz so war es nicht.« Er lächelte sie an. »Ich bin Chirurg geworden. In der Zeit habe ich mich mit einem Studienkollegen angefreundet, und *er* kam aus Südafrika. Aus Pretoria. Je mehr er mir über das Land erzählt hat, desto mehr hatte ich den Wunsch, herzukommen. Er hat es mir in den verlockendsten Farben geschildert: die Landschaft, die Tiere, das Klima. Also bin ich hergekommen. Ursprünglich wollte ich nach Johannesburg oder nach Pretoria gehen,

weil mein Freund von dort kam, aber das hiesige Krankenhaus hat mir eine Stellung angeboten. Bis jetzt tut es mir nicht leid.«

»Nicht eingefahren und dumpf«, sagte Lili.

»Überhaupt nicht. Manchmal komme ich mir übrigens sogar wie ein Tierarzt vor. Wenn manche Eingeborenen auf Tragen aus dem Busch gebracht werden und kein Englisch sprechen, ist es eine ganz schöne Aufgabe, herauszufinden, was ihnen fehlt. Sie sprechen mit diesen seltsamen Schnalzlauten, die ich immer noch nicht verstehe, obwohl ich mich darum bemühe. Ich muß dahinterkommen, wo sie Schmerzen haben und was ihnen fehlt.«

Er muß um die dreißig sein, dachte Courtney. Ziemlich jung für einen so guten Ruf als Chirurg. Er sagt all das, womit er sich bei Lili garantiert einschmeichelt.

Anna brachte das Dessert, ein Schokoladensoufflé, in dem Moment, als sich Courtney an die Geschichte erinnerte, die sie so oft gehört hatte, wie ihre Mutter und ihr Vater sich kennengelernt hatten und vom ersten Tag an gewußt hatten – hier in diesem Haus, in eben demselben Raum –, daß ihr Schicksal untrennbar miteinander verknüpft war.

David zwinkerte ihr zu, doch seine gesamte Aufmerksamkeit galt Lili.

50. Kapitel

Sie blieben bis halb vier am Tisch sitzen und fuhren dann los. David konzentrierte sich ganz auf das Fahren und stellte Courtney Fragen, ohne selbst viel zu sagen.

»Gibt es einen festen Mann in Ihrem Leben?« fragte er schließlich.

»Nein«, antwortete sie. Sie wollte es erst darauf schieben,

daß sie zuviel zu tun hatte, aber in Wirklichkeit hatten sie bisher die meisten Männer gelangweilt.
Die meisten ihrer Studienkollegen waren so provinziell gewesen und diejenigen, die in England studiert hatten, wirkten steif. Da waren die jungen Assistenzärzte hier schon anders. Das machte Kapstadt so aufregend. Die Leute machten ihr Spaß. Sie waren ernst und angestrengt bei der Arbeit, doch in ihrer Freizeit waren sie locker und vielseitig.
Sie sah David an und stellte fest, daß er ihr gefiel. Sogar sein Bart. Seine kräftigen Hände mit den langen Fingern lagen auf dem Steuer. Sie verspürte den Drang, eine Hand zu heben und seinen Bart zu streicheln.
Um Himmels willen, dachte sie.
Er mußte gespürt haben, daß sie ihn ansah, denn er nahm ihre Hand, ohne seinen Blick von der Straße abzuwenden.
Ihre Hände lagen ineinander verschlungen auf dem Leder des Sitzes, und sie spürte ihr Herz in der Kehle schlagen.
Sie merkte gar nicht, daß sie schon vor ihrer Haustür anhielten. Als sie die Tür öffnen wollte, fragte sie sich, ob sie ihn auffordern sollte, zum Abendessen zu bleiben.
»Danke«, sagte sie. »Es war . . .«
Er legte den Arm um ihren Rücken und zog sie an sich. Ihre Augen schlossen sich, als seine Lippen ihren Mund fanden und sie küßten, als strömte seine gesamte Energie in diesen Kuß. Er schien ihr Innerstes ergründen zu wollen.
Zum ersten Mal in ihrem Leben war sie nach einem Kuß atemlos.
»Bis demnächst«, sagte er zum Abschied und fuhr mit quietschenden Reifen in die Nacht.
Am nächsten Tag war er im Krankenhaus nirgends zu sehen. Am Dienstag kam er in die Kantine, als sie mit einem anderen Arzt und einer Krankenschwester beim Mittagessen saß. Er blieb an ihrem Tisch stehen und begrüßte alle

drei höflich, ohne Courtney besondere Aufmerksamkeit zu widmen.

Nach einer Woche, in der sie ihn hinter jeder Ecke vermutet hatte und immer ans Telefon gestürzt war, wenn es läutete, gab sie die Hoffnung auf. In der folgenden Woche fiel Ginny, einer der Krankenschwestern, auf, daß sie hinter David herstarrte, als er ohne Begrüßung an ihnen vorbeigegangen war.

»Ach, du auch?« sagte sie und seufzte. »Er ist unnahbar. Bei dem ist nichts zu machen, und wir haben es alle versucht. Sieh dir doch nur seine Augen an!«

Courtney sah Ginny an.

Ginny fuhr fort: »Sein Blick ist so zart, wenn er eng mit dir tanzt. Du wartest ständig darauf, daß etwas kommt, und dann kommt nichts.«

Gut, daß du das jetzt hörst, sagte sich Courtney.

»Er bringt uns alle um den Verstand. Aber er ist ein verdammt guter Arzt«, fügte Ginny hinzu.

Als das Wochenende kam, redete Courtney sich ein, sie hätte ihn vergessen. Sie freute sich auf eine Party, die drei der unverheirateten Ärzte am Samstag abend gaben.

Am Freitag morgen sollte Courtney bei einer Gallenblasenoperation assistieren. Immer wenn sie im Operationssaal war, schlug ihr Herz schneller; das Adrenalin floß.

Plötzlich stand David neben ihr und desinfizierte sich die Hände bis zu den Ellbogen. »Ich habe gehört, daß du mir heute assistierst«, sagte er mit einer freundlichen Stimme und einem unpersönlichen Blick. »Bist du soweit?«

Er war wirklich ein verflucht guter Chirurg, ein Künstler. Courtney war gegen ihren Willen beeindruckt und errötete vor Freude, als er zu ihr sagte: »Nicht schlecht.«

»Wann hast du heute Schluß?« fragte er, als er seinen grünen Kittel in einen Wäschekorb warf. Sie warf ihren Kittel dazu.

»Etwa um fünf«, antwortete sie.
Ohne ein weiteres Wort ging er durch die Tür, aber um fünf Uhr erwartete er sie.
»Darf ich dich auf einen Drink einladen?« fragte er.
Sie hätte gern ja gesagt.
»Heute nicht«, antwortete sie, ohne stehenzubleiben. Die Abendluft roch nach Geißblatt, und sie atmete den Duft tief ein. Als sie auf den Parkplatz zuging, spürte sie seine Hand unter ihrem Ellbogen, und er versuchte, sie zu seinem Wagen zu führen.
»He!« Sie blieb stehen. »Ich habe gerade nein gesagt.«
Ohne seine Hand von ihrem Arm zu nehmen, sagte er: »Dann nenn mir einen einleuchtenden Grund.«
Sie zog ihren Arm zurück, drehte sich zu ihm um und sah ihn an. So eisig wie möglich sagte sie: »Ich bin dir keine Rechenschaft schuldig.«
»Das ist wahr.« Sein Tonfall drückte aus, daß er sich entschuldigen wollte. »Ich habe den ganzen Tag an dich gedacht . . . Weißt du, deine Hände führen ein Eigenleben. Deine chirurgische Geschicklichkeit ist . . . beachtlich.« Er starrte sie an. »Und du hast wunderschöne Augen.«
Ich denke seit zwei Wochen an dich, dachte sie. Sie lief weiter. Ein Kaffee, dachte sie. Eine Tasse Kaffee oder ein Glas Wein kann nicht schaden. Wenn er noch einmal fragt, gebe ich nach.
Doch seine Stimme folgte ihr nicht; sie ging langsam auf ihren Wagen zu und drehte sich dann um. Sein Wagen verließ mit quietschenden Reifen den Parkplatz.
Verdammt noch mal, dachte sie. Sie wußte nicht, ob sie auf ihn oder auf sich selbst böse war.

Jedesmal, wenn die Tür aufging und neue Partygäste eintrafen, versetzte die Enttäuschung Courtney einen Stich. Kein

David. Es waren Menschen da, die sie wirklich mochte, und doch stellte sie fest, daß sie keinem von ihnen zuhörte; sie wartete und hoffte.

Kurz vor Mitternacht flüsterte ihr Tom Redfield etwas ins Ohr, während Linda Ronstadt sang. Sie bewegte sich grazil in seinen Armen und tanzte gern mit ihm, ging aber nicht auf seine Andeutungen ein. Seine Lippen streiften flüchtig ihre Wange. Dann hörte sie ihn sagen: »Ach, zum Teufel.« Sein Mund lag auf ihren Lippen.

»Laß das, Tom«, flüsterte sie und löste sich aus seinen Armen. Am anderen Ende des Raumes stand David Hamilton und sah ihr mit einem sardonischen Grinsen in die Augen. Dann bahnte er sich einen Weg durch die Menge.

Er kommt mir zur Rettung, dachte sie, doch er murmelte nur mit einem aufmunternden Lächeln: »Hallo, Courtney, hallo, Tom«, und ging an ihnen vorbei.

Als sie später in den Garten trat, folgte er ihr.

Seine ersten Worte waren: »Laß uns abhauen.«

Sie drehte sich zu ihm um. »Wie wäre es mit ›guten Abend‹?« fragte sie. »Oder wenigstens mit einer höflichen Einladung?«

»Komm schon, Courtney. Laß uns von dieser Party verschwinden. Wir suchen uns irgendeine schäbige Bar, die um diese Tageszeit noch offen ist. Laß uns einander kennenlernen.«

»Mein Wagen steht vor dem Haus«, sagte sie.

»Ich habe ihn gesehen. Gehen wir.«

Sie verabschiedeten sich noch nicht einmal. David nahm ihre Hand und hielt sie fest, als sie sich durch die Menge einen Weg bahnten. Ohne auf den Aufzug zu warten, zerrte er sie die Treppe hinunter. Ihre hochhackigen Schuhe klapperten, als sie versuchte, mit ihm Schritt zu halten.

»Wo ist dein Wagen?« fragte sie.

»Ich bin zu Fuß gekommen. Ich wohne nur zwei Straßen weit von hier. Du kannst mich nachher nach Hause fahren.«
Sie fanden ein kleines Lokal mit Wachstüchern auf den Tischen, aber es war leise und so gut wie leer.
»Erzähl mir alles«, sagte David, als sie auf den Kaffee warteten, »was wirklich wichtig ist.«
Courtney lachte. »Was zum Beispiel?«
»Laß uns mit deiner Mutter anfangen.«
»Meine Mutter wollte jede Krankheit in Afrika ausrotten. Ich glaube, sie war ein schwieriger Mensch. Als ich klein war, war sie einfach Mama und nichts weiter. Aber seit ihrem Tod habe ich viel über sie erfahren. Sie wollte mit den Erkenntnissen der Wissenschaft im zwanzigsten Jahrhundert die Lebenserwartung der Afrikaner erhöhen, aber sie wollte nicht, daß dasselbe zwanzigste Jahrhundert Afrika zugrunde richtet.«
»Hast du sie geliebt?«
»O ja. Es hat durchaus auch mit ihr zu tun, daß ich Ärztin geworden bin. Ich habe mich oft gefragt, ob ich ein so enges Verhältnis zu Mama gehabt hätte wie zu Lili, wenn Mama am Leben geblieben wäre.«
»Aber auch, ob du ein so enges Verhältnis zu Lili hättest«, warf David ein.
Courtney dachte einen Moment lang nach. »Doch, das glaube ich schon. Ich habe ihr schon vor Mamas Tod so nahegestanden. Und wir waren einander nie näher als in dem Sommer, in dem sie mich nach Simbayo mitgenommen hat. Das war der Sommer vor Mamas Tod. Ich glaube, Lili wußte damals schon, wie wichtig Simbayo für mich war.«
Eine Kellnerin knallte den Kaffee auf den Tisch und blieb neben David stehen, weil sie auf die Bezahlung wartete.
»Du willst also tun, was deine Großmutter getan hat. Dazu beitragen, die Lebenserwartung von fünfunddreißig auf

fünfundsechzig anzuheben. Den Eingeborenen zu einem wirklichen Leben anstelle einer bloßen Existenz verhelfen.«
Courtney spürte das Blut in ihre Wangen steigen. Er verstand sie. Ihre Augen strahlten vor Aufregung. »Ja, genau. In dem Sommer, in dem ich fünfzehn war, war ich mit meinem Vater draußen in der Savanne, und wir haben die meiste Zeit in der Nähe eines Nomadenstammes gezeltet, bei den Mbelas. Damals habe ich mir geschworen, dorthin zurückzukehren, sie zu heilen und ihnen vorbeugende Maßnahmen beizubringen.« In ihrem Überschwang gestikulierte sie heftig.
»Dein eigenes Simbayo schaffen«, murmelte David.
Courtney sah ihn an. »Seltsam. So habe ich es mir nie vorgestellt. Aber vielleicht hast du recht.«
Ihr lächelnder Blick richtete sich in die Ferne.
»Ich habe das Gefühl«, sagte David und nahm ihre Hand, »daß unser beider Leben komplexer geworden sind, als sie es vorher waren.«
»Vorher?«
»Ehe wir einander kennengelernt haben.«
Die Kellnerin sagte: »Wir schließen.«
Als sie in Courtneys Wagen saßen, sagte David: »Zeit für ein Geständnis. Ich habe dich gestern als Assistentin für die Operation angefordert.«
Ihr wurde warm ums Herz. »Warst du enttäuscht?«
Dazu sagte er nur: »Fahr an der nächsten Kreuzung links.«
Als sie vor seiner Wohnung anhielten, sagte er: »Ich glaube kaum, daß ich dich überreden kann, noch reinzukommen?«
»Da hast du völlig recht.«
Er stieg aus dem Wagen, ging um ihn herum und beugte sich durch das offene Fenster. »Nun, Courtney, meine Liebe, ich war nicht enttäuscht. Du wirst eine weit überdurchschnittliche Ärztin werden.«
Würde sie das wirklich?

»Und auch heute abend war ich nicht enttäuscht. Ich bin nur gekommen, weil ich dich sehen wollte.« Seine Lippen streiften ihre Wange. »Gute Nacht.« Er drehte sich auf dem Absatz um und ging auf das Gebäude zu. Urplötzlich, noch ehe sie den Motor anlassen konnte, wandte er sich wieder um, machte ihre Wagentür auf, nahm ihren Arm und zog sie aus dem Wagen.

Er schlang seine Arme um sie, und sie spürte seinen weichen Bart. Seine Zunge berührte zart ihre Zunge. Er überschüttete ihre Lider mit Küssen, ihre Wange, ihr Ohr. Dann flüsterte er: »Du weißt genausogut wie ich, was los ist.« Dann fand sein Mund ihre Lippen wieder. Sie spürte Verlangen in sich aufwallen und ging auf seine Küsse ein.

Dann hörte er auf, sie zu küssen, doch er hielt sie weiterhin fest. Als sie ihm ins Gesicht sah, lächelte er.

»Geh«, murmelte er mit zärtlicher Stimme, »solange ich dich noch gehen lasse.«

Sie glitt hinter das Steuer und dachte auf der Heimfahrt: So muß man sich fühlen, wenn man betrunken ist. Der Wagen berührte die Straße nicht; er schwebte einen halben Meter über dem Boden. Der Mond raste mit ihr, und kleine Wolken prallten von Zeit zu Zeit mit ihm zusammen und zogen eilig an ihm vorbei.

Am nächsten Tag sah sie David nicht, obwohl sie wußte, daß er im Krankenhaus war. Beim Abendessen sagte sie zu Lili: »Ich weiß nicht, was ich von ihm halten soll. Er kommt unangemeldet zum Mittagessen her und becirct uns beide, und dann zwei Wochen gar nichts. Dann dieses Wochenende. Er hat mich für diese Operation angefordert und mich auf der Party im Sturm erobert: Und dann . . .«

Lili lächelte. »Ich nehme an, er kann nicht mit dem umgehen, was ihm zugestoßen ist.«

Courtney schüttelte den Kopf. »Nein, das glaube ich nicht. Wir kennen einander doch kaum.«
»Was hat das denn damit zu tun? Ich habe eine großartige Idee. Wir laden ihn für Weihnachten zum Essen ein. Seine Familie ist weit weg, und dein Vater wird hier sein.«
Justin studierte in London, und Courtney hatte nicht frei. Andrew hatte von sich aus angeboten, nach Kapstadt zu kommen und Weihnachten mit den beiden Frauen zu verbringen, die ihm die liebsten waren.
»Nein«, sagte Courtney. »Das ist zu direkt. Komm zu uns, damit du meinen Vater kennenlernst. Schließ dich Weihnachten unserer Familie an.«
»Wie wäre es dann mit einem Büfett am Heiligabend für einige deiner Freunde? Niemand sollte Weihnachten allein verbringen. Wir drei werden am frühen Nachmittag zusammen essen und gegen acht könnten wir ein Büfett aufbauen.« Ihre Augen leuchteten. »Was für eine schöne Idee. Und dein Vater wird sich freuen, deine Freunde kennenzulernen. Ich habe hier noch nie ein Fest gefeiert. Lade David als ersten ein. Damit wir auch ganz sicher wissen, daß er kommt, ehe wir die anderen einladen.«
»Ich habe den Eindruck, du magst ihn auch.«
»Ja, ich mag ihn auch.«

51. Kapitel

Courtney fand, ihr Vater würde immer schöner, je älter er wurde. Als ihre Großmutter ihn gefragt hatte, warum er nicht wieder heiratete, hatte er erwidert: »Ich bin zu jung für dich, Lili. Und nach Carolyn kann keine Frau mehr meinen Ansprüchen genügen.«
Nicht alle seiner beträchtlichen Energien flossen in die Pro-

jekte ein, die Simbabwe den Eintritt in das zwanzigste Jahrhundert ermöglichen sollten. Dennoch war vieles dem Können und der Voraussicht von Donald Reyes und Andrew McCloud zu verdanken.
Andrew war auch Fotograf geworden. Er fotografierte Tiere in der freien Wildbahn. Ihm war klargeworden, daß Carolyn und Sam recht hatten: Dort, wo er Zivilisation in die Wildnis brachte, war das Großwild gezwungen, fortzuziehen. Wenn sie sich ein neues Gebiet ansahen, verbrachten Sam und er Monate damit, zu berechnen, wie sie der natürlichen Umgebung den geringsten Schaden zufügen und doch das Anliegen der Menschen am besten vorantreiben konnten. Während Sam und seine Leute durch die Savanne streiften, fotografierte Andrew Lebensformen, die bald aussterben würden. Er und Sam ahnten weit eher als alle anderen, daß es 1980 nur noch wenige Elefanten in Simbabwe geben würde.
»Fühlst du dich denn nie einsam, Daddy?« fragte Courtney.
»Ich gebe zu, daß es mir lieber ist, wenn ihr da seid, Justin und du«, sagte Andrew lächelnd. »Aber nein. Nicht mehr als andere Menschen. Wenn ich mich einsam fühle, dann, weil mir eure Mutter fehlt.«
Mehr als eine Frau versuchte, seinem Leben eine andere Wendung zu geben, doch es war immer vergebens. Courtney fragte sich, ob es auch nur zu kurzen Affären gekommen war, seit ihre Mutter tot war. Attraktiv war er wahrhaftig.
Andrew, Lili, David, Paul Taggart und Phil Rice – zwei der jungen Spezialisten, die Courtney bewunderte – hatten sich in Marshs Arbeitszimmer versammelt. Andere Partygäste tanzten. Der Tisch im Eßzimmer war voll mit Spezialitäten, die Lili in Auftrag gegeben hatte. Einige Gästen standen um den Tisch herum und aßen, aber manche tollten in der war-

men Abendluft auch im Swimmingpool. Courtney freute sich.
Niemand hatte ihre Einladung abgelehnt. Sie gab zum ersten Mal ein Fest. Lili stand in der Bibliothek und war von vier Männern umgeben. Sie unterhielten sich ernst. Courtney fragte sich, ob ihr Vater sich mit David verstehen würde. David konnte doch nicht durchschaut haben, daß diese ganze Party nur ein Vorwand dafür war, Weihnachten mit ihm verbringen und ihn Andrew vorstellen zu können.
Vielleicht, dachte sie, haben *meine* Gefühle nicht den geringsten Einfluß auf den Fortgang dieser Beziehung. Bloß, weil er mich interessiert ... Sie lachte. Interessiert. Das war wohl nicht das richtige Wort. Sein immer wieder aufflammendes und dann wieder nachlassendes Interesse brachte sie um den Verstand. Sie dachte ununterbrochen an ihn. Doch gerade das erschreckte sie. Es erschreckte sie, weil er der erste Mann in ihrem Leben war, der sie wirklich faszinierte.
Die Männer, die sich in der Bibliothek versammelt hatten, blickten alle auf, als Courtney sagte: »Ihr scheint euch ja sehr ernsthaft zu unterhalten.«
David nahm ihre Hand und sagte: »Komm, tanz mit mir. Weihnachten kann man nicht nur ernst sein.«
Als er sie in die Arme genommen hatte und sich mit ihr zu der Musik bewegte, sagte er: »Nachdem ich deinen Vater und Lili kennengelernt habe« – sie waren also schon bei Lili? – »verstehe ich dich ein bißchen besser.«
Seine Hand, die auf ihrem Rücken lag, zog sie dichter an ihn, und ihr Körper schwebte im Takt mit seinem dahin. »Hast du diese Ohrringe heute abend nur angelegt, um die Männer verrückt zu machen?« fragte er dicht neben ihrem Ohr. »Oder weißt du gar nicht, daß jedesmal, wenn du lachst und dein Haar zurückwirfst, wenn diese baumeln-

den Ohrringe sich drehen, wenn deine Augen strahlen, keine andere Frau mehr existiert?«
Courtney hatte schon immer gern geflirtet. Sie erlaubte sich nicht, seine Worte ernst zu nehmen. »Gibt es keine anderen Frauen mehr?« fragte sie lachend.
Er sagte nichts, zog sie aber so dicht an sich, daß sie seinen Herzschlag spüren konnte.
Dann legte er den Kopf zurück und sah ihr in die Augen. »Kannst du dir überhaupt vorstellen, wie wichtig du mir bist?« fragte er.
In dem Moment wurde sie abgeklatscht; David blieb dort stehen, wo sein Tanz mit ihr geendet hatte, während Courtney in den Armen eines anderen Mannes davongewirbelt wurde.

Mitternacht war schon längst vorüber, als die Gäste aufbrachen. David ging nicht. Er saß mit Lili und Andrew in einer Ecke, hielt eine Bierdose in der Hand und schimpfte über die Regierung und ihre Fehlinvestitionen. »Wir gehören zur dritten Welt«, sagte er, »und die Regierung kauft vor lauter Stolz auf das Krankenhaus, das durch die Herztransplantationen plötzlich zu Weltruhm gelangt ist, ein Gerät zur künstlichen Beatmung. Allein die Betriebskosten dieses Gerätes belaufen sich auf fünfzehnhundert Dollar täglich. Und damit werden Kinder gerettet, die später qualvoll verhungern. Dasselbe Geld wäre besser angelegt, wenn man Kinder und vor allem die Buschbewohner impfen würde. Und warum gibt man das Geld nicht dafür aus, Millionen von hungernden Menschen zu helfen? Wißt ihr überhaupt, wie viele Menschen in diesem Land täglich an Hunger sterben? Wie viele Menschen ohne jede Hoffnung und ohne jede Energie ihr Dasein fristen, weil sie zuviel Hunger haben? Wir machen es uns leicht und fragen uns, warum diese

Menschen so ungebildet sind, aber wer zum Teufel kann schon denken, wenn er am Verhungern ist?«
»Wollen Sie damit sagen, wenn Südafrika seine Bevölkerung nicht verhungern ließe, hätte die Welt mehr Respekt vor dem Land?« fragte Andrew.
»Selbstverständlich«, antwortete David.
Andrew lächelte. »Ich hatte gehofft, daß Sie das sagen.«
»Das Frustrierende ist«, sagte der Mann, von dem Courtney fürchtete, sie könnte sich in ihn verlieben, »daß wir, soviel wir auch menschlich helfen, nichts gegen das System ausrichten können.«
»Der Meinung bin ich nicht«, sagte Lili.
»Wie bekämpft man Menschen, die *wissen*, daß sie recht haben?« fragte David. »Nehmen wir nur das Krankenhaus.« Plötzlich sah David auf die Uhr. »Ihre Tochter und ich müssen um sechs Uhr arbeiten«, sagte er zu Andrew. »Wenn wir auch nur halbwegs ansprechbar sein wollen, sollte ich jetzt besser gehen.« Er beugte sich vor und küßte Lili auf die Wange. »Wir sehen uns bald wieder«, versprach er ihr.
Courtney brachte ihn zur Tür.
Er nahm ihre Hände und sah ihr in die Augen. »Danke«, sagte er. »Es war das erste Weihnachten seit drei Jahren, das mir Freude gemacht hat.«
Sie rechnete damit, daß er sie küssen würde.
Er tat es nicht.
Er ließ ihre Hände los und trat in die warme Nacht hinaus.
Sie hörte ihn pfeifen.

Geburtshilfe gehörte zu Courtneys liebsten Bereichen der Medizin. Sie war der Abteilung für einen ganzen Monat zugeordnet worden. »Ich habe diesen Monat dreiundzwanzig Kinder zur Welt gebracht«, sagte sie zu Lili. »Und es ist immer ganz leicht gegangen.«

Am 26. Dezember sollte es anders kommen. Als sie um kurz nach acht ihren zwölfstündigen Nachtdienst antrat, sagte Ellie De Wein, die Krankenschwester: »In Zimmer 231 könnte es eventuell Probleme geben. Zudem mit einer Mutter, die nicht zur Zusammenarbeit bereit ist. Sie ist nur hier, weil ihre Schwiegermutter, die dickste Frau, die ich in meinem ganzen Leben gesehen habe, darauf bestanden hat.«

Courtney lief durch den Korridor zu Zimmer 231. Auf dem Boden saß in einer Ecke eine barfüßige Frau mit einem unglaublich dicken Bauch. Auf einem Stuhl daneben saß ihr Mann, der ein besorgtes Gesicht machte. Mitten im Raum stand die fetteste Frau, die sie je gesehen hatte. Zudem war sie riesig, sicher über eins achtzig groß; sie stand mit gespreizten Beinen und verschränkten Armen da und ihre Augen glühten.

Courtney stellte sich vor.

Die große Frau polterte los. »Die Frau meines Sohnes bekommt Zwillinge und ist in den Wehen. Sie will nicht drükken.«

Courtney sah die Frau an, die neben der Heizung auf dem Boden kauerte.

»Woher wissen Sie, daß es Zwillinge sind?« fragte sie die dicke Frau.

»Ich weiß es.«

Courtney forderte die Schwangere auf, vom Boden aufzustehen. »Sie versteht kein Englisch«, sagte die Schwiegermutter. Sie zischte dem verängstigten Mädchen abgehackte Laute zu. Die junge Frau stand auf. Ihr Bauch war so riesig, daß sie wankte.

»Das Fruchtwasser ist heute morgen abgegangen, aber sonst ist nichts geschehen«, sagte die ältere Frau. »Bei uns ist noch nie ein Kind im Krankenhaus zur Welt gekommen.

Aber mein Sohn will nicht, daß sie stirbt. Lieber will er die Kinder verlieren als seine Frau.«
Gemeinsam gelang es ihnen, die junge Frau dazu zu bewegen, sich auf das Bett zu legen. Courtney sagte der älteren Frau, sie solle ihren Sohn aus dem Zimmer schicken. Die Wehen hatten schon eingesetzt, aber nichts rührte sich.
»Ich glaube, wir müssen mit Ultraschall arbeiten«, sagte Courtney. »Dann wissen wir, ob die Kinder richtig liegen.« Sie schlug der älteren Frau spontan vor, sich die Hände zu desinfizieren und mit ihr in den Operationssaal zu kommen, damit sie der jungen Frau das Nötigste übersetzen und ihr die Ängste nehmen könnte.
»Ich habe alle meine Kinder allein zur Welt gebracht«, sagte die Mutter. »Insgesamt zwölf. Und ich habe alle Kinder meiner Töchter und Schwiegertöchter zur Welt gebracht, aber die da will nicht mitmachen.«
»Vielleicht liegt es gar nicht an ihr«, sagte Courtney.
Die Ultraschalluntersuchung zeigte ihnen, daß der erste Zwilling mit dem Kopf nach unten lag, der zweite dagegen eine Steißlage war.
»Ich rate zu einem Kaiserschnitt«, sagte Courtney. »Bei der Steißgeburt besteht die Gefahr, daß das Kind geistig behindert wird. Wenn wir der Natur freien Lauf lassen, könnten beträchtliche Schmerzen und ein großes Risiko auftreten.«
Die Schwiegermutter sprach mit der jungen Frau, die auf dem Operationstisch lag. Die junge Frau sah sie entsetzt an und packte ihre Hand. »Nein«, sagte die Schwiegermutter. »Hier wird nicht geschnitten.«
»Dann wird es gefährlich«, sagte Courtney. »Ein Kaiserschnitt ist weitaus sicherer.« Sie versuchte, den Unterschied und das Risiko zu erklären, doch die beiden Frauen ließen sich nicht umstimmen. »Ihr Sohn oder Ihre Schwie-

gertochter müssen Formulare unterschreiben, auf denen sie bestätigen, daß sie das Risiko selbst tragen.«
Courtneys Magen zog sich zusammen. Sollte sie es wagen, es selbst zu versuchen? Niemand von der Geburtshilfe hatte Nachtdienst, aber ein Chirurg war immer in Bereitschaft. Sollte sie eine Steißgeburt riskieren, und das auch noch bei Zwillingen? Wenn sie sich selbst bewies, daß sie es schaffte, gefährdete sie dann nicht das Leben der Mutter und der Kinder?
»Hat ein Kinderarzt Dienst?« fragte sie die Krankenschwester.
»Nein. Dr. Rice ist der Bereitschaftsarzt.«
»Ich werde ihn rufen«, sagte Courtney. Sie ging und schenkte sich eine Tasse Kaffee ein. In dem Moment ging die Tür auf und David trat ein. Seine Schultern hingen herunter, und seine Augen drückten Erschöpfung aus. Er griff sofort nach der Kaffeekanne.
»Du hast Nachtdienst?« fragte er matt.
Courtney nickte. »Du siehst aus, als ob . . .«
»Das brauchst du mir nicht zu sagen. Ich habe gerade zum ersten Mal ein Bein amputiert.« Er trank den heißen Kaffee. »Igitt! Gibt es denn hier nirgends anständigen Kaffee?« Er trank noch einen Schluck. »Schaffen wir es denn nie, daß es uns nicht mehr soviel ausmacht, daß wir uns besser abgrenzen können?«
Courtney hätte nicht sagen können, ob er ihr diese Frage stellte oder sich an die Götter wandte.
»Ich gehe jetzt nach Hause und schlafe sechzehn Stunden an einem Stück«, sagte er und ließ sich auf ein Sofa fallen. Dann streckte er sich aus. »Vielleicht bleibe ich auch sechzehn Stunden lang hier liegen. Und wenn ein ganzes Heer durch diesen Raum marschieren würde, könnte ich auch nicht aufwachen.« Er schloß die Augen.

Sie nahm den Hörer ab und rief Dr. Rice an.
»Ich komme sofort«, sagte er.
Sollte sie noch einen Spezialisten hinzuziehen? Sie hätte die Geburt zu gern selbst vorgenommen.
David öffnete ein Auge. »Ein riskanter Fall?«
Sie seufzte und erklärte ihm ihre Lage.
David sprach ihr Mut zu, es selbst zu probieren. »Ehe ich nach Hause gehe, stecke ich kurz den Kopf durch die Tür«, sagte er. »Im Notfall verständige ich sofort einen Kollegen.«
Als Courtney in den Operationssaal kam, stand blankes Entsetzen in den Augen der jungen Frau. Der Anästhesist empfahl eine schwache Narkose. Die Patientin entspannte sich daraufhin sichtlich.
Courtney wußte nicht, ob sie gegen die Vorschriften verstieß, wenn sie der riesigen Frau erlaubte, im Operationssaal zu bleiben. »Das Mädchen versteht kein Englisch«, sagte sie zu Dr. Johnston, dem Anästhesisten. »Was passiert, wenn wir die Mutter fortschicken?«
Dr. Johnston warf einen Blick über die Schulter. »Desinfiziert ist sie ja.« Er zuckte die Achseln.
Mit glühenden Augen sagte die Frau: »Ich gehe nicht.«
Dr. Johnston setzte sein entwaffnendes Lächeln auf. »Ich nehme an, damit ist der Fall geklärt.«
In dem Moment traf Dr. Rice ein. »Ich für meinen Teil«, sagte er fröhlich, »bin bereit, zwei weitere Erdenbürger in Empfang zu nehmen.«
Die Patientin stöhnte.
Courtney untersuchte sie. Dann sah sie Dr. Johnston an und nickte. Die Tür ging auf, und David betrat in seinem grünen Kittel den Operationssaal. Kein Anzeichen seiner Erschöpfung war ihm anzusehen.
»Ich bin hier, um zu assistieren, falls meine Hilfe gebraucht wird«, sagte er.

In dem Moment schrie die Patientin laut auf.
David blieb im Hintergrund.
»Sie müssen pressen«, sagte Courtney.
Der Kopf des Babys kam mit dem Hinterkopf nach oben und dem Gesicht nach unten heraus. Courtney drehte den Kopf um neunzig Grad. Die Frau stöhnte, als sie wieder pressen sollte, und eine Schulter kam als nächstes. Courtney saugte die Atemwege des Babys frei, und kurz darauf fiel es auf ihren linken Arm. Sie klemmte die Nabelschnur ab und reichte Dr. Rice das Kind.
Dann griff Courtney in die Vagina, um zu sehen, was als nächstes kam – die Plazenta des ersten Babys oder der zweite Zwilling.
»Es ist das zweite Kind ... in Steißlage«, sagte sie zu David. Zwei winzige Füße kamen aus dem Uterus. Courtney bog die Beine gerade, um das Baby nicht mit angewinkelten Beinen aus dem Mutterleib holen zu müssen.
»Du machst deine Sache gut«, versicherte ihr David.
Als das Baby in die Vagina rutschte, drehte sie die Beine um, so daß die Fersen zur Decke zeigten.
Alles ging ganz schnell. Als Courtney tiefer in die Scheide griff und ihre Finger um die Ellbogen des Kindes legte, forderte sie die Frau auf, noch einmal zu pressen.
Als die Schultern herauskamen, zog Courtney die Beine des Babys hoch, und Mund und Nase waren zu sehen. David beugte sich vor und saugte den Mund ab. Courtney sah ihn an, und er verstand ihre unausgesprochene Frage. Sie mußten es mit der Zange holen. Das erste Baby schrie, als Courtney den zweiten Zwilling aus dem Mutterleib zog.
Der zweite Zwilling war verschwitzt, aber das war kein Wunder.
Dr. Rice nahm das zweite Kind entgegen. Die junge Mut-

ter lag mit geschlossenen Augen da, doch die Schwiegermutter wirkte grenzenlos erleichtert.

»Sie haben Ihre Sache prima gemacht«, sagte Dr. Rice. »Beide sind gesund und munter. Und dabei haben Sie den Eindruck gemacht, es sei ein Kinderspiel.«

Ein Kinderspiel? Courtney hätte vor Erleichterung weinen können.

David sprach leise mit ihr. »Nach einer solchen Entbindung ist der Uterus überdehnt und zieht sich nicht gut zusammen. Wir geben Pitocin.«

Während die Krankenschwester das Pitocin vorbereitete, glitten die Plazentas aus der Vagina, und Blut strömte wie aus einem Wasserhahn. Courtney spürte, wie die rote warme Flüssigkeit ihre Kleider durchtränkte und überall an ihr klebte. Die Patientin begann zu schreien. Die Schwiegermutter war entsetzt.

»Schnell«, sagte David zur Krankenschwester. »Injizieren Sie zehn Einheiten Pitocin.«

Schreie zerrissen die Luft. Alles war blutverschmiert. »Ich muß den Uterus massieren, oder?« fragte Courtney David, obwohl sie die Antwort bereits kannte. Sie wappnete sich, denn sie wußte, wie schmerzhaft das für die Patientin war. Die junge Frau schrie entsetzlich, doch Courtney hörte nicht auf, den Uterus zusammenzudrücken und zu massieren.

»Wir müssen Methergin spritzen«, sagte sie. »Nullkommazwei Milligramm, und zwar schnell.« Das Mittel mußte jeden Moment wirken. Eine der Krankenschwestern hatte sich fast auf den Körper der Patientin geworfen, damit sie sich nicht mehr ganz so sehr winden konnte.

Courtney spürte, daß die Massage zu wirken begann. Ihr Vorgehen mußte in Verbindung mit dem Medikament bewirken, daß sich der Uterus wieder zusammenzog, aber wann? Die Patientin blutete nicht mehr ganz so stark, doch ihre Beine waren voller Blut. Überall war Blut: auf dem Fußboden, auf der Patientin, in Courtneys Gesicht, auf ihren Armen, und ihre Hände waren in Blut getaucht.

Die arme Frau, dachte Courtney. Wut stand in den Augen der Schwiegermutter. Die junge Frau hörte auf zu schreien und fing dafür an zu schluchzen. Der Tropf hing an ihrem Arm, und mit jedem einzelnen Tropfen zog sich der Uterus mehr zusammen, und der Schmerz ließ nach. Courtney konnte mit der Massage aufhören und ihre Hand zurückziehen, und sie mußte die Frau nicht weiter quälen.

Als sie sicher war, daß die Blutung aufgehört hatte, nickte Courtney. Die Krankenschwestern rollten die junge Mutter auf einer Bahre aus dem Operationssaal. Die Patientin schniefte; sie war erschöpft. Die Babys waren bereits auf die Säuglingsstation gebracht worden.

Courtney, die mitten in dem glitschigen Blut stand, hörte David sagen: »Paß beim Laufen auf.«

Sie hatte ihn ganz vergessen.

Er hielt ihr eine Hand hin, nahm ihre blutige Hand und half ihr. »Tritt dir die Schuhe von den Füßen«, sagte er, »oder du fällst hin.«

Sie tat es. Plötzlich hielt er sie in den Armen und stützte ihren wankenden Körper. »Na, na«, sagte er. »Du hast deine Sache ganz ausgezeichnet gemacht.«

»Sie hatte solche Schmerzen.« Courtney hörte die Schreie der Frau immer noch in ihren Ohren.

»Du hattest keine andere Wahl. Du mußtest den Uterus massieren. Hast du das vorher nie getan?«

»Nein.« Da jetzt alles vorüber war, konnte es Courtney sich leisten, ihre Gefühle zu zeigen. Ihr Atem ging abgehackt. »Aber ich habe einmal dabei zugesehen. O David.« Sie lehnte sich an ihn, und auch sein Kittel wurde von Blut besudelt.

Courtney weinte vor Erleichterung.
Als sie vier Stunden später nach ihrer Patientin sah, schlief die Frau friedlich.
Auf der Heimfahrt glaubte Courtney, noch nie einen so schönen Sonnenaufgang gesehen zu haben.

52. Kapitel

»Täglich haben wir neue Fälle von Kinderlähmung«, sagte Liliane. Sie war drei Tage hintereinander in Kaputo gewesen. »Es ist eine Epidemie – und das ist erst der Anfang.«
»Habt ihr genug Serum?« fragte Courtney.
»Nein, natürlich nicht. Angeblich gibt es nicht genug. Wenn sich die Krankheit ausbreitet . . .«
»Sind nicht die meisten Weißen als Kinder geimpft worden?«
»Die Städter ja«, sagte Lili. »Aber täglich kommen Leute aus Kaputo in die Wohnviertel der Weißen. Mit dem Serum ließen sich jetzt Tausende von Menschen in der ganzen Stadt retten. Kannst du mir am Samstag helfen?«
»Ja, sicher. Ich dachte, sie würden mich nicht reinlassen.«
»Als Witwe des einzigen Nobelpreisträgers, den Afrika für sich beanspruchen kann, kann ich einiges bewerkstelligen.«
Das Telefon läutete. »Ich gehe dran«, sagte Courtney.
Die Stimme am anderen Ende stellte sich nicht vor. »Ich habe noch nie Blumen bekommen«, sagte die Stimme. »Aber sie machen mir Freude.«
»Ich wußte nicht, wie ich dir danken soll«, sagte Courtney lächelnd. »Du wolltest sechzehn Stunden schlafen, und dann hast du dir einen Ruck gegeben und bist mir zu Hilfe gekommen. Das fand ich sehr nett von dir.«

»Courtney, ich kann noch viel mehr neue Dinge für dich tun, wenn du mir die Gelegenheit dazu gibst.«

»Probier es doch«, sagte sie und fragte sich, ob ihre Stimme ihren Übereifer verriet.

»Du hast heute wieder Nachtdienst, oder?«

Er wußte es ohnehin.

»Wenn du nicht wieder mitten in einer dramatischen Entbindung steckst, hast du vielleicht Lust auf ein romantisches Abendessen anstelle des Kantinenfraßes.«

»Ein romantisches Abendessen?« Sie lachte.

Ihm war anzuhören, daß er lächelte. »Ja, klar. Wenn du eine Zeitlang Ruhe hast, komm in mein Büro. Ich warte dort auf dich. Ab elf kannst du jederzeit kommen.«

»Was ist, wenn ich es erst später schaffe?«

»Ich bin da. Weck mich einfach auf.«

Als Lili ihr Lächeln sah, fragte sie: »David? Ich frage mich schon länger, wann er endlich etwas unternehmen wird. Es wird allmählich Zeit.«

»Ich glaube, er hat gerade einen Anlauf genommen. Er hat mich heute nacht zu einem ›romantischen Abendessen‹ in sein Büro eingeladen. Er weiß, daß ich das Krankenhaus nicht verlassen kann. Und dabei hat er gar keinen Nachtdienst.«

Courtney hatte Lili von Davids Hilfe bei der Entbindung der Zwillinge erzählt. Alles, was sie ihrer Großmutter erzählte, erweckte Lilis Interesse an David nur immer mehr.

»Ich glaube, die Sache ist ernst, mein Liebling.«

»Ach, Lili. Du bist eine romantische Natur.«

»Ich glaube nicht, daß diese Beschreibung auf mich zutrifft«, versicherte ihr Lili. »Und vergiß nicht, daß ich dich am Samstag brauche.«

»Ich helfe dir liebend gern, Lili. Ich hätte im Traum nicht geglaubt, daß ich dir je in Kaputo helfen könnte.«

Es war kurz vor Mitternacht, als sie in Davids Büro kam. Er saß an seinem Schreibtisch und las. Er hatte einen kleinen Tisch aufgestellt und eine Damastdecke darauf gelegt. Ein großer Kerzenleuchter mit fünf dunkelroten brennenden Kerzen stand da. Die Nelken, die sie ihm geschickt hatte, waren in einem silbernen Kelch arrangiert. Sowie sie eintrat, stand er auf, schaltete seine Schreibtischlampe aus und beugte sich vor, um den Kassettenrecorder einzuschalten. Leise Hintergrundmusik drang durch das Halbdunkel.
Sie blieb in der Tür stehen und sah ihn an. Sie war gleichzeitig gerührt und belustigt. Er hatte sich einige Mühe gemacht.
»Setz dich«, sagte er mit einer ausholenden Geste. »Es gibt ein kaltes Abendessen, weil nicht klar war, wann du es schaffst. Darf ich dir sagen, daß du heute abend umwerfend aussiehst?«
Courtney konnte sich das Lachen nicht verkneifen. In den schlechtsitzenden Krankenhauskitteln sah niemand umwerfend aus. Davids Erscheinung war dagegen von einer lässigen Eleganz. Ein weicher Kaschmirpullover paßte im Ton genau zu seinen Augen.
Er hatte einen kalten Reisauflauf mit Hühnerbrust und Estragon und Artischockenherzen, griechischen Oliven und feinen Kräutern und Gewürzen zubereitet. »Willst du mir etwa erzählen, du hättest das selbst gekocht?« fragte Courtney. In ihrer Familie waren die Frauen stolz auf sich, wenn ihnen ein weichgekochtes Ei gelang.
David setzte sich ihr gegenüber. »Du ahnst nichts von meinen verborgenen Talenten«, sagte er. »Und ich habe beschlossen, daß es an der Zeit ist, deinen Eindruck von mir zurechtzurücken.«
»Das klingt aufregend.«
»Ich habe mich entschlossen, den Wein wegzulassen, weil du im Dienst bist«, sagte er.

Das Huhn schmeckte köstlich.
»Das war eine nette Idee. Ich muß daran denken, dir wieder einmal Blumen zu schicken.«
»Da wir gerade von Blumen reden, fällt mir wieder der Grund ein, aus dem du sie mir geschickt hast. Courtney, du bist eine verflucht gute Ärztin.«
David sagte ihr wirklich, daß sie gut war?
»Sag mir«, drängte er sie, »woran denkst du in den Zeiten, in denen die Medizin nicht alles in den Hintergrund drängt?«
»Ach, du meine Güte.« Sie seufzte. »Die Medizin beschäftigt mich schon seit langem so sehr, daß ich gar nicht weiß, ob ich über Dinge nachdenke, die nichts damit zu tun haben. Ich denke mir immer wieder, daß ich nach meinem Klinikum anfangen kann, ein normales Leben zu führen.«
»Was stellst du dir unter einem normalen Leben vor?«
»Ach, in den Busch zurückzugehen. Eine Praxis zu eröffnen. Dann habe ich Zeit, den Menschen zuzuhören, Zeit . . .«
»Courtney«, fiel ihr David vorwurfsvoll ins Wort, »all das hat mit Medizin zu tun. Gibt es denn sonst nichts in deinem Leben?«
Sie sah ihn an. Wollte sie denn noch etwas anderes? »O ja, natürlich. Eine Familie. Kinder. Aber das liegt in weiter Zukunft. Vorher muß ich noch einiges tun.«
»Willst du dein Leben wirklich mit einer Horde von Eingeborenen im Busch verbringen? Brauchst du denn keine Freunde? Jemanden, mit dem du über alles reden kannst? Jemanden, den du lieben kannst?«
Ihre Blicke trafen sich. Jemanden, den sie lieben konnte. Doch, natürlich. Drehte sich denn darum nicht alles im Leben? Jemanden, den man anfassen kann. An den man sich jede Nacht kuscheln kann. Dem man sich anvertrauen kann. Mit dem man über alles reden kann. Von dem man ein Kind haben möchte. Jemand, den man versteht.

»Ja«, sagte sie leise. »Das wäre schön.«
In dem Moment hörte die Musik auf. »Verdammt noch mal«, murmelte David. Er stand auf und ging zu seinem Schreibtisch, um die Kassette umzudrehen. Musik erfüllte wieder den Raum. Er streckte seine Arme aus, und Courtney stand auf und tanzte mit geschlossenen Augen mit ihm. Seine Hand auf ihrem Rücken erregte sie und gab ihr gleichzeitig ein Gefühl von Geborgenheit. Ihr Kopf lag auf seiner Schulter, und sie berührte seinen Hals mit ihren Lippen. Seine Lippen streiften ihre Stirn. Sie fand, er könnte sich zu ihr herunterbeugen und sie küssen, doch er tat es nicht. Ihre Körper bewegten sich wie einer, und sie wußte, daß es nicht mehr lange dauern konnte, bis sie mit David schlafen würde. Sie wollte es.
»Dr. McCloud. Dr. McCloud bitte melden«, dröhnte es durch den Lautsprecher.
Sie ließ seine Hand fallen und wollte gehen, doch er hielt sie fest. »Ich weiß, daß du am Samstag frei hast. Laß uns ans Meer fahren. Verbring den Tag mit mir, Courtney.«
»Ich kann nicht«, sagte sie. »Ich habe Lili versprochen, daß ich ihr in Kaputo helfe.«
David riß den Kopf hoch und sah sie an. »In Kaputo?«
»Kinderlähmung. Eine Epidemie bricht aus. Lili macht sich große Sorgen. Sie bekommen nicht genug Serum, und bald wird die Krankheit furchtbar um sich greifen. Ich muß Lili helfen. Nein, das stimmt so nicht. Ich will ihr helfen.«
»Kinderlähmung? Wie kommt es, daß wir bisher noch nichts davon gehört haben?«
»Dr. McCloud. Dr. McCloud bitte melden!«
»Ich muß gehen, David. Dein romantisches Abendessen hat mir großen Spaß gemacht. Und du hast mir nicht zuviel versprochen. Danke.«
»Bis bald«, sagte er. Sie merkte, daß er in Gedanken plötz-

lich gar nicht mehr bei ihr war; sein Blick schweifte in die Ferne. Er küßte sie auf brüderliche Art flüchtig auf die Wange.
Als Courtney um halb acht nach Hause kam, war Lili schon aufgestanden. Sie strahlte und wirkte sehr geschäftig.
»Oh, was hast du doch nur für einen netten jungen Mann aufgetan«, sagte sie.
»Von was für einem netten jungen Mann sprichst du?« fragte Courtney. Sie wollte sich sofort ins Bett legen.
»Von David natürlich. Er ist in der Morgendämmerung mit Hunderten von Fläschchen mit Impfstoff hergekommen. Er hat sie einfach hingestellt und ist fortgelaufen. Er hat gesagt, er müsse arbeiten gehen.«
Courtney fragte sich, wie es ihm gelungen war, so schnell fünfhundert Phiolen aufzutreiben. Sie wußte, daß das Krankenhaus diese Menge nie hergegeben hätte.
Beim Einschlafen wurde Courtney klar, wie sehr sie gefühlsmäßig auf solche Gesten reagierte.

Am Samstag morgen, als sie und Lili sich fertigmachten, um nach Kaputo aufzubrechen, stand David vor der Haustür.
»Ich komme mit«, erklärte er. »Ich habe noch eine große Tasche mit Serum mitgebracht.«
»Noch mehr?« Lili stand vom Frühstückstisch auf und fiel ihm um den Hals.
Da sie seit ihrem zwölften Lebensjahr von den Lebensbedingungen in Kaputo gehört hatte, war Courtney besser darauf vorbereitet als David. Dennoch setzte es ihr sehr zu. Der Gestank nach Urin, verfaulten Abfällen und Unrat war ekelerregend. Kinder liefen barfuß herum, schnitten sich an den Scherben von Flaschen und traten in Exkremente. Hier gab es nichts Schönes, nichts Reizvolles, nichts, was einen nicht deprimierte. Die Bewohner musterten sie argwöh-

nisch und blieben dicht vor ihren Hütten oder versteckten sich in Eingängen, bis sie sahen, daß Courtney und David mit Lili gekommen waren.
Dann drängten sich die Menschen um sie. Innerhalb von Minuten hatte sich eine Menge angesammelt, die Lili folgte.
»Geht es hier immer so zu?« fragte David.
»Nein. Aber jetzt haben sie Angst. Kinderlähmung ist eine der schlimmsten Krankheiten, die es gibt.«
»Es ist so lange her, seit ich das letzte Mal auch nur von einem Fall von Kinderlähmung gehört habe«, sagte David.
»Sie waren unter Menschen, die es sich leisten können, sich eine Schutzimpfung geben zu lassen, oder deren Regierung die Leute kostenlos impfen läßt. Mich wundert, daß hier nicht ständig Seuchen wüten.«
»Sie wissen, daß das Krankenhaus allen offensteht, die krank sind, oder?« fragte David.
»Diese Menschen fürchten sich zu Tode vor der Welt der Weißen. Wenn man ihre Angehörigen fortbringt, fürchten sie, sie nie wiederzusehen. Nur die besonders Mutigen und die ganz Verzweifelten bringen den Mumm auf, in die Krankenhäuser zu gehen. Sehen Sie sich doch um. Kommt Ihnen das hier wie ein Ort vor, an dem die Menschen vernünftig denken können? An dem sie etwas dazulernen können? An dem sie leben können?«
»Himmel«, murmelte David. »Ich hatte keine Ahnung, daß es das hier gibt . . . ich meine, theoretisch habe ich es gewußt, aber . . .«
Lili blieb vor einer Hütte stehen, die wie alle anderen aussah, und öffnete die Tür. Dann wandte sie sich zu der Menschenschar um, die ihr gefolgt war, und sagte: »Heute will ich alle Kinder sehen.« Sie wandte sich an David und Courtney. »Wir werden zuerst die Kinder impfen. Die sind am an-

fälligsten. Wenn wir sie vor der Ansteckung bewahren können, breitet sich die Epidemie vielleicht nicht auf die Erwachsenen aus. Wir können nicht alle immunisieren. Es sind Tausende.«

Um vier Uhr war das Serum aufgebraucht. Courtney glaubte, wenn sie noch ein Kind weinen gehört hätte, hätte sie laut geschrien. Sie warf einen Blick auf Lili. Ihre Großmutter wirkte müde. Sie hatte acht Stunden lang hart gearbeitet und war fast fünfundsiebzig Jahre alt.

Ich hoffe, ich kann das in dem Alter auch noch, dachte Courtney.

Auf der Heimfahrt sagte David: »Ich würde euch beide gerne zum Abendessen einladen. Aber ich kann mir nicht vorstellen, daß einer von uns jetzt etwas essen kann. Ich persönlich bringe keinen Bissen mehr hinunter.«

Er setzte sie zu Hause ab und machte keine Anstalten, mit ins Haus zu kommen.

Als Courtney am Sonntag ihren Tagdienst antreten wollte, fuhr David vor dem Haus vor. Er trat ein und rief: »Lili?«

Courtney drehte sich um und folgte ihm ins Haus.

»Warum auf Erden sitzen Sie hier und lesen die Zeitung?« rief David gutgelaunt. »Sie könnten die Welt erlösen, aber statt dessen trödeln Sie herum. Und wenn Sie mich schon fragen, trinke ich natürlich gern einen Kaffee mit Ihnen.«

Lili starrte ihn mit offenem Mund an, als er sich neben sie setzte und nach der Kaffeekanne griff. »Die Brötchen sehen auch gut aus. Danke, ich bediene mich gern.«

Courtney blieb in der Tür stehen.

»Lili, versprechen Sie mir, mich immer liebzuhaben?«

»Ich habe keine Ahnung, was Sie vorhaben, aber ich vermute, ich habe keine andere Wahl, als Sie immer liebzuhaben.«

Er hatte fünfzehnhundert Spritzen mit Serum mitgebracht.

Courtney sah ihn im Krankenhaus den ganzen Tag lang vor sich. Sein Gesicht schob sich vor alle, mit denen sie zu tun hatte. Erst, als sie zu Mr. Ellerby kam, einem streitsüchtigen neunundachtzigjährigen Mann, der seit drei Wochen im Krankenhaus lag, wich Davids Gesicht in den Hintergrund. Als eine Krankenschwester sein Bett frisch beziehen wollte, winkte er ab und sagte zu Courtney: »Sagen Sie ihr, sie kann sich die Mühe sparen. Setzen Sie sich hin, und reden Sie mit mir. Halten Sie meine Hand, während ich sterbe. Es wird nicht lange dauern.«
Courtney zog sich einen Stuhl ans Bett und schickte Lina fort. Mr. Ellerbys Hand faßte sich an wie Papier. Sie sah ihm in die Augen und fragte: »Worüber möchten Sie reden?«
Er wollte über den Sommer reden, in dem er dreizehn Jahre alt war. Courtney hörte ihm zu, als er die Wassergrube in der Nähe der elterlichen Farm beschrieb, in der die Kinder schwammen, und erzählte, wie ihm sein Vater in jenem Sommer das erste Fohlen geschenkt hatte und ... Mitten im Satz hielt Mr. Ellerby inne und drückte kraftlos Courtneys Hand. »Das ist das Ende«, sagte er zu ihr. Er schloß die Augen und hielt ihre Hand fest; seine Lippen bewegten sich stumm, und er starb.
Davids Gesicht erwartete Courtney im Korridor. Es begleitete sie während des ganzen Tages.
Als sie nach Hause kam, waren die beiden noch nicht da. Courtney sagte Anna, sie solle das Abendessen für drei Personen richten, und als Lili und David zurückkamen, lief sie ihnen entgegen. David wirkte nicht ganz so niedergeschmettert wie am Vortag, doch seine Schultern hingen herunter, und er war offensichtlich körperlich und seelisch ausgelaugt.
Beim Abendessen bestritt Courtney den größten Teil der Unterhaltung. Sie sah, daß die beiden zu müde waren, um

viel zum Gespräch beizutragen. Als sie nach dem Abendessen sagte: »Geht in die Bibliothek, und ich bringe euch den Kaffee«, standen Lili und David stumm auf und gingen auf Lilis Lieblingszimmer zu. Als Courtney mit dem Kaffee folgte, war David auf dem Sofa eingeschlafen, und Lili deckte ihn gerade zu.

»Courtney, er hat sich großartig gehalten. Er hat eine wunderbare Art, mit den Patienten umzugehen. Er hat mir alles aus der Hand genommen und besser organisiert, als ich es je hätte tun können.« Sie seufzte. »Wenn es jemanden wie ihn gegeben hätte, als ich jung war, hätte ich mein Leben mit ihm verbringen wollen. Nicht etwa«, sagte sie eilig zu Courtney, »daß ich deinen Großvater nicht geliebt hätte. Aber jemand wie David, jemand, mit dem man leben und arbeiten kann ... Laß ihn nicht aus deinem Leben verschwinden, mein Liebling.«

»Ich habe nicht die Absicht«, sagte Courtney. Sie sah die schlafende Gestalt zärtlich an.

Lili gab Courtney einen Kuß. »Ich gehe ins Bett. Aber unser junger Mann gefällt mir.«

Courtney grinste. *Unser* junger Mann. Als sie die Treppe hinaufstieg, dachte sie: Ich habe mich verliebt, oder nicht? Sie schlief mit einem Lächeln auf dem Gesicht ein.

53. Kapitel

Wenige Tage später fragte David Courtney, wann sie das nächste Mal zwei freie Tage hätte. Er wollte versuchen, seinen Dienst mit einem Kollegen zu tauschen, weil er fand, sie seien urlaubsreif.

»Laß uns ein Wochenende ans Meer fahren.«

Ihr fiel auf, daß er sie nicht gefragt hatte. Setzte er ihr Ein-

verständnis als selbstverständlich voraus? Im selben Atemzug hatte er gesagt: »Deine Großmutter ist die bemerkenswerteste Frau, die mir je begegnet ist.«
»Nehmen wir sie auch mit?« hatte Courtney gefragt.
Er hatte ihr tief in die Augen gesehen und gesagt: »Ich finde, es ist an der Zeit, daß wir eine Weile miteinander allein sind.«
Sie stimmte ihm zu. Es war an der Zeit.
David hatte sie von Anfang an anders als andere Männer behandelt. Keine Anspielungen, keine Annäherungsversuche, kein Flirt. Und er hatte nichts überstürzt.
Die Bandbreite seiner Interessen war enorm, doch das erschreckte sie nicht, sondern reizte sie.
Sie war tief in Gedanken versunken, als David vor einem Hotel anhielt, das große Ähnlichkeit mit einem maurischen Schloß hatte und von üppiger Vegetation umgeben war.
»Was sagst du dazu?« fragte er mit leuchtenden Augen, als er aus dem Wagen sprang. Er öffnete den Kofferraum, holte das Gepäck heraus und sagte: »Ich sollte dich lieber warnen. Ich war so extravagant, eine Suite mit Blick aufs Meer zu reservieren.«
»Eine Suite?«
»Na ja, ich wußte nicht, wie ich sonst zu zwei Schlafzimmern komme und doch weiß, daß du in meiner Nähe bist.«
Sie hatte sich schon gefragt, ob er voraussetzte, daß sie zusammen ein Zimmer nahmen. Sie war erleichtert und enttäuscht zugleich.
Das Foyer war luxuriöser als alles, was Courtney je gesehen hatte. »Das ist ja stinkvornehm«, flüsterte sie.
Sie wurden in ein Wohnzimmer mit offenem Kamin geführt. Zu beiden Seiten lagen zwei große Schlafzimmer. Schiebetüren führten auf einen großen Balkon zum Meer hin, und hinter dem Wohnzimmer lagen eine kleine Küche

und ein Bad, das beide in Erstaunen versetzte: Er hatte einen Whirlpool, der von Spiegeln umgeben war.
Ohne sich etwas dabei zu denken, lachte Courtney und sagte: »Vielleicht erwartet man hier mehr von uns, als wir zu bieten haben.«
David sah sie ganz merkwürdig an.
Bei Sonnenuntergang machten sie einen Spaziergang am Strand. Sie hatten kaum miteinander geredet, und als der Himmel sich grau färbte, sagte David: »Ich habe Hunger. Ist dir klar, daß es kurz vor halb zehn ist?«
Das Hotelrestaurant war relativ leer, und sie saßen Händchen haltend da.
Als sie in ihre Suite zurückkehrten, zündete David augenblicklich ein Feuer im Kamin an. »Ich weiß, daß wir kein Feuer brauchen«, sagte er, »aber man verknüpft romantische Vorstellungen damit.« Sowie das Feuer hell aufloderte, schaltete er die Lichter aus, und sie setzten sich auf das Sofa. Schatten tanzten an den Wänden. Sie saßen einander gegenüber und sahen sich an. Ihre Unterhaltung drehte sich um nichts Bestimmtes, und das Knistern des Feuers zog sie in ihren Bann. »Was möchtest du morgen tun?« fragte David.
»Mich entspannen«, sagte sie und lächelte.
»Dazu sind wir ja schließlich hier.« Er rückte näher und küßte sie.
»Mir ist egal, was wir tun«, sagte sie. »Du entscheidest.«
»Einverstanden. Ich sollte dich warnen. Ich bin ein Frühaufsteher. Ich werde dich früh aus dem Bett holen, damit wir jede Minute gemeinsam verbringen können.«
Courtney gähnte, ohne es zu wollen. David griff nach ihrer Hand und zog sie auf den Balkon.
»Sieh dir diese Sterne an«, sagte er. Sie hingen wie Edelsteine am Himmel. »Ich habe noch nie so nahe Sterne gesehen.«
»Siehst du das? Das ist das Kreuz des Südens.«

Sein Blick folgte ihrem Finger, der auf das Sternbild deutete.
David küßte zart ihre Lippen, und Courtney gab sich seinen Berührungen hin. Dann preßten seine Arme sie an ihn, und sie spürte, wie sein Herz gemeinsam mit ihrem schneller schlug. Er hauchte ihren Namen.
Federleicht legten sich seine Lippen auf ihre Augen und glitten auf ihren Hals hinab. »Du weißt doch, daß ich mit dir schlafen will?« fragte er.
»Ich habe mich schon gefragt, warum du dir so viel Zeit läßt.« Ihre Augen waren geschlossen.
»Ich werde es aber nicht tun«, sagte er. »Ich werde warten. Bis du zu mir kommst. Bis du dir einen Ruck gibst. Du mußt wissen, daß ich mich in dich verliebt habe.«
Courtney schlug die Augen auf. »Nein«, sagte sie. »Das wußte ich nicht.«
Er grinste sie an. »Dann bist du so blind wie eine Fledermaus. Und wenn du zu mir kommst, werde ich wissen, daß es dir genauso geht.«
»Du willst nicht mit mir schlafen, wenn ich dich nicht liebe?«
»Courtney, ich will seit Monaten mit dir schlafen. Vielleicht schon vom ersten Tag an. Ich habe versucht, mir einzureden, du seist nicht anders als die anderen. Aber es ist zwecklos. Für dich empfinde ich etwas anderes. Ich habe versucht, dir aus dem Weg zu gehen. Aber irgendwann habe ich es akzeptiert. Ob du es wahrhaben willst oder nicht – ich habe mich verliebt. Ich wollte jeden Tag meine Hände nach dir ausstrecken und dich berühren. Ich wollte dich zu mir nach Hause mitnehmen und die ganze Nacht lang mit dir schlafen. Aber ich bin nicht bereit, etwas Oberflächliches mit dir anzufangen. Du bist nicht eine von vielen Frauen in meinem Leben.

Ich wollte an diesem Wochenende um dich werben. Dir zeigen, wie unwiderstehlich ich bin. Und wenn du zu mir kommst, werde ich wissen, daß du mich ernst nimmst.«
Er beugte sich herunter und küßte sie. Dann ging er in sein Zimmer. Er hatte ihr keine Gelegenheit gegeben, ihm zu sagen, daß sie sich auch verliebt hatte. Sie sah die Tür an, die er hinter sich geschlossen hatte. Sollte sie ihm folgen?
Statt dessen ging sie in ihr Zimmer und schlief sofort fest ein. Der Rhythmus des tosenden Ozeans lullte sie in den Schlaf.

Sie lag mit geschlossenen Augen da und war verwirrt. Jemand starrt mich an, dachte sie im Dämmerzustand zwischen Schlaf und Erwachen. Einen Moment lang hatte sie keine Ahnung, wo sie war. Dann öffnete sie ein Auge.
David stand in der Tür. Er trug ein graues Sweatshirt und eine zerknitterte Flanellhose und hielt eine Tasse Kaffee in der Hand.
»Ich wollte wissen, wie du aussiehst, wenn du schläfst«, sagte er leise. Er trat ins Zimmer und kam an ihr Bett.
»Hmpf«, nuschelte sie in ihr Kopfkissen.
»Nein, ganz und gar nicht«, sagte er, als hätte sie eine verständliche Äußerung von sich gegeben. Er setzte sich auf die Bettkante, beugte sich vor und küßte zart ihre Nasenspitze.
Sie öffnete wieder ein Auge, und er hielt ihr die Kaffeetasse hin. Sie zog sich auf einen Ellbogen und nahm die Tasse. »Das ist der Gipfel des Luxus.«
»Courtney, mein Liebling«, sagte David, »es ist Zeit für einen Dauerlauf am Strand. Willst du freiwillig aufstehen, oder soll ich dich aus dem Haus zerren?«
»Ich vermute, du bist nicht auf den Gedanken gekommen, daß du auch allein loslaufen könntest?« Ihr Lächeln sagte ihm, daß sie es nicht ernst meinte.

»Nein, keine Minute. Ich habe nicht vor, an diesem Wochenende irgend etwas allein zu tun.« Er stand auf und ging zur Tür. »Es war schon schlimm genug, allein aufzuwachen«, sagte er, als er das Zimmer verließ. »Fünf Minuten«, rief er durch die Tür.
Sie liefen durch die frische, belebende Morgenluft. Nach zwanzig Minuten sahen sie einander an, lachten und kehrten gleichzeitig um.
»Glaubst du, wir müssen uns zum Frühstück umziehen?« fragte David.
»Ich will auf alle Fälle duschen«, antwortete Courtney. »Aber du kannst gern vor mir ins Bad gehen.«
Als Courtney aus der Dusche kam, war die Badtür offen, und David stand mit einem Handtuch um die Hüften im Schlafzimmer. Sie blieben regungslos stehen und starrten einander an.
Ganz langsam streckte sie eine Hand nach einem Handtuch aus. Dabei ließ sie ihn nicht aus den Augen. Sein Blick glitt über ihren Körper, ehe er ihr wieder in die Augen sah und dort nach etwas suchte, was er anscheinend auch fand. Sie hielt das Handtuch immer noch in der Hand. Er kam auf sie zu, legte seine Hände auf ihre Hüften und küßte ihre Brüste. Dann richtete er sich wieder auf, lächelte, nahm ihr das Handtuch aus der Hand und wickelte sie hinein.
Sie hatte Gänsehaut auf den Beinen.
David zog sein Handtuch noch fester um die Hüften, lachte und ging, um sich anzuziehen. Courtney stand da. Ihr war nicht peinlich, was geschehen war, und sie merkte, daß die Beziehung schnelle Fortschritte machte.

Sie verloren kein Wort darüber.
Den Tag verbrachten sie als Touristen. Sie lachten viel und redeten über nichts Ernstes. Sie hielten einander ständig an

den Händen. Als sie am Meer spazierengingen, drückte David ihre Hand.

»Mir gefällt es, verliebt zu sein«, sagte er. »Ich dachte immer, daß ich davor weglaufe. Ich habe dafür gesorgt, daß es mir nie passiert ist. Aber ich bin nicht davor weggelaufen. Es ist mir einfach nicht begegnet.«

Sie blieb stehen und stellte sich vor ihn hin, sah in seine Augen und schlang ihre Arme um seinen Hals. »Und jetzt?«

Er küßte sie zur Antwort.

»Ich denke jetzt an nichts anderes mehr als an dich«, flüsterte sie ihm ins Ohr. »Lili hat mir geraten, dich nie mehr aus meinem Leben verschwinden zu lassen.«

Er grinste. »Bist du auch ihrer Meinung?«

»Ich ziehe es in Betracht.«

Am Abend aßen sie in einem Restaurant, in dem man kärgliche Beleuchtung für besonders romantisch hielt. Nur eine Kerze stand auf jedem Tisch. Sie konnten einander kaum sehen und lachten während der ganzen Mahlzeit.

Als eine Kapelle alte Melodien zu spielen begann, sagte Courtney: »Leg deine Arme um mich, und tanz mit mir. Ich will in deinen Armen liegen.«

David lachte laut. »Mein Gott! Ich glaube, du versuchst, mich zu verführen.«

»Pst. Das braucht doch nicht das ganze Restaurant zu wissen.«

Als sie in seinen Armen dahinglitt, sagte sie: »Es ist alles deine Schuld.«

»Das will ich doch hoffen«, murmelte er.

Als sie wieder am Tisch saßen, bestellte David Kaffee.

»Ich habe eine wunderbare, aufregende Idee«, sagte Courtney.

Er lehnte sich langsam auf seinem Stuhl zurück, sah sie mit

funkelnden Augen an und sagte lächelnd: »Wie wäre es mit einer Badewanne?«

»Genau.« Sie beugte sich über den Tisch. »Kannst du Gedanken lesen?«

»Ich glaube«, sagte er belustigt, »es hat mehr mit Körpersprache zu tun.«

Sie stand auf. »Gehen wir«, sagte sie munter.

Er schüttelte den Kopf. »Nein. Ich trinke meinen Kaffee aus, und dann trinke ich noch eine Tasse, und ich denke gar nicht daran, auch nur irgend etwas zu überstürzen. Setz dich und spiel mit. Es macht zuviel Spaß, um übereilt zu handeln.«

»Wußtest du, daß wir an diesem Wochenende zusammen schlafen werden?«

»Nein. Aber ich muß gestehen, daß ich daran gedacht habe. Ich spiele schon mit dem Gedanken, seit ich dich kennengelernt habe. Seit diesem ersten Tag am regnerischen Strand.«

»Erschreckt es dich?«

»Courtney«, sagte David und beugte sich über den Tisch, »es gibt nichts an dir, was mich erschrecken könnte. Ich habe das Gefühl, in einem Land, das nicht meine Heimat ist, nach Hause gekommen zu sein.«

In ihr breitete sich eine Wärme aus, als glitten seine Hände längst über ihren Körper. Sie sah auf seinen Mund.

Es war ein sinnlicher Mund mit vollen Lippen, der oft zynisch lächeln konnte. Sie spürte, daß sie Dinge von ihm wollte, die bisher noch nie geschehen waren.

Er trank seelenruhig seinen Kaffee aus. Nachdem sie bezahlt hatten, schlenderten sie durch die Nachtluft.

»Je in einem Whirlpool gebadet?« fragte er, als sie ihre Suite betraten.

»Nie.«

Er ging ins Bad, ohne sie vorher zu küssen, obwohl sie

schon lange darauf wartete. Nachdem er das Wasser ange-stellt hatte, kam er wieder ins Wohnzimmer.
Courtney stand mitten im Zimmer, zog ihr Kleid aus und ließ es langsam auf den Boden gleiten.
David blieb still stehen und sah ihr bei dem langsamen Striptease zu.
Dann zog er sich auch aus.
Als beide nackt dastanden, kam er auf sie zu und zog sie an sich. Dann küßte er sie mit einer Leidenschaft, die er bisher immer gezügelt hatte. Er hob sie auf seine Arme und trug sie zum Whirlpool.
»Ich werde jeden Zentimeter deines Körpers küssen. Ich werde dich so genau ansehen, daß ich mich, wenn wir von hier aufbrechen, genau an alles erinnern kann; du wirst dich für alle Zeiten in mein Gedächtnis einprägen. Ich werde dafür sorgen, daß du nicht vergißt, wie es ist, mit mir zu schlafen.« Er ließ sie sachte in das strudelnde Wasser gleiten.
Er küßte ihre Brüste, zog sie auf sich und drang so schnell und leicht in sie ein, daß sie es erst merkte, als er schon in ihr war und sich bewegte. Ihre Schenkel umklammerten David, als er leise stöhnte.
Hinterher machte er Feuer und schenkte Wein ein. Sie legten sich vor das Feuer und sprachen über ihre Zukunftsträume.
Stunden später küßte er sie sachte, doch daran entzündete sich ihr Verlangen, und sie gingen gemeinsam ins Schlafzimmer.
Diesmal hatten sie keine Hast, sondern ließen sich Zeit miteinander und kosteten ihre Leidenschaft und ihre Lust wie einen wunderbaren Traum aus. Erst gegen Morgen schliefen sie ein.
Als sie erwachten, stand die Sonne schon hoch am Himmel. Sie küßten und berührten einander und schlugen die Decke

zurück, und ohne Worte und ohne ein Vorspiel schliefen sie wieder miteinander, und diesmal lachten sie und gaben sich frivol.

54. Kapitel

Nach ihrer Rückkehr verbrachten sie mehrere Nächte in der Woche in Davids Wohnung. Sie war nicht die übliche Junggesellenbude, sondern äußerst gepflegt und elegant eingerichtet. David kochte jeden Abend. Für Courtney war all das eine ganz neue Erfahrung.

David suchte, wenn sie gemeinsam einkaufen gingen, alle Zutaten für eine Mahlzeit liebevoll aus und bereitete sie so zu, daß das Essen zu einem Erlebnis wurde.

An den anderen Abenden aßen sie bei Lili. Courtney wollte ihre Großmutter nicht im Stich lassen, und David drängte sie auch nicht dazu. Er unterhielt sich gern stundenlang mit Lili.

Courtney arbeitete zum ersten Mal in der Notaufnahme. Es war ein aufregender und anstrengender Job.

Sie war die einzige Ärztin, die Dienst hatte, als ein riesiger Mann direkt auf sie zukam und ihr eine Hand hinhielt, die nur noch aus Knochen bestand.

»Ich hoffe, Sie sind Ärztin«, sagte er mit einem französischen Akzent und einer sehr melodischen Stimme. »Ich bin mit dieser Hand gerade siebenundachtzig Meilen weit gefahren und habe gehofft, daß ich nicht auf der Fahrt sterbe.«

Gegen ihren Willen schnitt Courtney eine Grimasse, als der Mann nach vorn fiel und bewußtlos auf dem Fußboden zusammensackte.

Sie wußte, daß David an diesem Tag der zuständige Chirurg war. Zwei Minuten später erschien er.

»Allmächtiger Gott«, rief er aus, als er die Hand sah. Er erkannte sofort, daß ihm nichts anderes übrig blieb, als eine Amputation vorzunehmen. Amputationen setzten ihm immer noch sehr zu.

»Der arme Mann«, sagte Courtney, als es vorbei war. Sie malte sich aus, wie der Mann sich fühlen würde, wenn er wieder zu Bewußtsein kam.

»Er wird schockiert sein«, sagte David.

Als Courtneys Dienst zu Ende war, ging sie in das Zimmer des Franzosen. Er kam gerade wieder zu sich. »Die Hand ist ab, ja?« fragte er, und er war noch nicht bei vollem Bewußtsein.

David ließ ihm für die Nacht Schmerz- und Beruhigungsmittel verabreichen, doch als er und Courtney den Franzosen am nächsten Morgen wieder besuchten, war er hellwach und erzählte ihnen seine Geschichte.

»Das Ganze ist meine eigene Schuld«, begann er. Er wußte nicht, was er falsch gemacht hatte, aber ihm war Dynamit in der Hand explodiert, als er Felsen in einem Fluß sprengen wollte. »Ich wußte nur noch, daß ich es nach Kapstadt schaffen muß, ehe ich verblute. Ich wußte, daß es um meine Hand geschehen ist. Aber ich wollte nicht sterben.« Er grinste Courtney an. »Ich wußte, daß ich sogar mit einer Hand noch viel in diesem Leben tun kann. Schließlich hätten es auch die Beine sein können«, sagte er fröhlich. »Oder, Gott behüte, gar die Augen. Ich muß mir immer sagen, daß ich bei der ganzen Sache noch Glück gehabt habe. Ich kann immer noch mit einer Frau schlafen. Ich kann immer noch ein Feld pflügen. Ich kann immer noch schreiben und essen. Ich kann nur nicht mehr Baseball spielen.«

»Haben Sie Baseball gespielt?« fragte Courtney, die jetzt auch grinste.

»Nie.« Er konnte also weiterhin alles tun, was er bisher ge-

tan hatte. Er dachte gar nicht daran, sich durch die amputierte Hand behindern zu lassen.
Courtney besuchte ihn jeden Tag bis zu seiner Entlassung.
Eines Abends, als sie bei Lili auf der Veranda saßen und Courtney sich vollkommen glücklich und ausgeglichen fühlte, sagte David: »Nächstes Jahr werden neue Stellen frei.«
»Was heißt das?« fragte Lili.
»Courtneys Klinikum ist in drei Monaten vorbei. Sie wird sich dann entscheiden müssen, was sie vorhat. Bisher haben wir nur eine Ärztin im Krankenhaus. Ich finde, die Quote der weiblichen Mediziner sollte sich erhöhen.«
Lili sah Courtney an.
Courtney dachte: So schnell schon? Muß ich so bald schon über mein Leben entscheiden? Sie hatte gehofft, es würde ewig so weitergehen.
Als sie nicht darauf einging, ließ David das Thema fallen. Aber nicht für lange.
Zwei Tage später kam er wieder darauf zurück, erst im Krankenhaus, dann abends in seiner Wohnung. Courtney wollte sich nicht drängen lassen, und jedesmal, wenn David dieses Thema anschnitt, war eine gespannte Atmosphäre im Raum.
Sie hätte es gern laut ausgesprochen. Ich gehe zurück nach Simbabwe. Ich habe es meinem Vater versprochen. Ich habe schon vor langem einen Pakt mit den Eingeborenenstämmen geschlossen. Ich habe ihnen versprochen, zu kommen. Deshalb bin ich doch Ärztin geworden. Ich kann nicht hierbleiben. Doch die Worte kamen nicht heraus.
»Wenn Liebe durch den Magen geht«, sagte Courtney, als David das Essen servierte, »bist du unschlagbar. Ich schreibe dir die besten Empfehlungsschreiben als Koch, falls du irgendwann von der Medizin genug hast.«

»Du kannst dein Leben lang so essen«, sagte er. Das Essen auf seinem Teller war noch unberührt.

Sie sah ihn an. Ich liebe ihn wirklich, dachte sie.

»Laß uns heiraten«, sagte er. »Ich kann mein Leben nicht ohne dich verbringen.«

»Heiraten? Das klingt nicht schlecht.«

»Dann hast du also auch schon daran gedacht?«

Sie lächelte ihn an. »Nein, nicht wirklich darüber nachgedacht.« Sie konnte sich jetzt auch kein Leben mehr ohne ihn vorstellen. Trotzdem hatte sie sich keine Gedanken über die Zukunft gemacht. Und jetzt erkannte sie die Gründe: Das nächste Jahr barg Gefahren in sich.

»Was ist, wenn wir heiraten und ich die Stelle am Krankenhaus nicht bekomme?«

»Du wirst sie bekommen.«

Er fing an zu essen, ohne sie aus den Augen zu lassen.

»Courtney, Lili hat recht. Wir könnten gemeinsam so viel erreichen.«

Sie nickte. »David, ich vermute, alle Menschen, die sich verlieben, halten sich für einzigartig und glauben, daß niemand sonst auf Erden je so verliebt war. Aber sie irren sich. Ich weiß, daß du und ich Glück miteinander haben. Ich weiß, daß wir uns das ganze Leben lieben werden. Natürlich will ich mein ganzes Leben mit dir zusammenbleiben. Ich will Kinder von dir haben. Ich will mit dir arbeiten. Ich will unsere Träume, unsere Hoffnungen und die Zukunft mit dir teilen. Von jetzt an möchte ich jede neue Erfahrung mit dir zusammen machen. Aber ich muß darüber nachdenken, *wie* ich mit dir leben möchte.«

»Was meinst du mit *wie?*«

»Ich weiß nicht, ob ich in Südafrika leben kann, David. Ich bin Ärztin geworden, um nach Simbabwe zurückzugehen. Jahrelang wollte ich für Simbabwe tun, was Lili für den

Kongo getan hat. Wenn wir hierblieben, hätte ich Angst, Kinder zu bekommen und sie hier aufwachsen zu lassen. Kinder, die hier zur Welt kommen, sind zum Untergang verdammt. Hier tickt eine Zeitbombe, und wir können nicht wissen, wann sie hochgeht.«

»Wir könnten rechtzeitig von hier verschwinden.«

Sie schüttelte den Kopf. »Ich bin nicht sicher, ob das dann noch geht. Vielleicht würden wir es äußerlich schaffen, aber seelisch nicht. David, willst du nicht mit mir nach Simbabwe kommen und es dir ansehen?«

»Ja, sehr gern.«

Sie lächelte und hob ihr Glas, doch er ließ sein Glas auf dem Tisch stehen.

»Aber du willst nicht in Harare praktizieren, oder?« sagte er. Harare war der Name, den der neue Staat Salisbury gegeben hatte.

»Natürlich nicht. Das wäre wie deine Arbeit in England. Wie die Arbeit in der weißen Abteilung des hiesigen Krankenhauses.«

»Ist dir nie aufgegangen, daß du hier viel erreichen könntest, Dinge, die getan werden müssen, Liebling?« sagte er und nahm ihre Hand, »ich kann mein Leben nicht in der Einöde verbringen, unter einem blauen Himmel und nur von Eingeborenen umgeben. Ich brauche Menschen. Ich kann nicht in einem Vakuum leben.«

Seltsam, aber sie könnte das, was sie in jenen Sommern erlebt hatte, nie als Vakuum bezeichnen.

Später beim Einschlafen flüsterte er: »Du kannst die Stelle immer noch ablehnen. Aber bewirb dich wenigstens, um dich abzusichern. Die Entscheidung kannst du später treffen, wenn dir die Stelle angeboten wird.«

Sie fand, das könnte nichts schaden. Damit legte sie sich überhaupt nicht fest.

Am nächsten Morgen sagte sie David, daß sie den Abend allein mit Lili verbringen wollte. Es war Wochen her, seit sie mit ihrer Großmutter allein gewesen war.
»David hat mich gebeten, ihn zu heiraten.«
»Das überrascht mich nicht. Wo findet die Hochzeit statt?«
Courtney schüttelte den Kopf und seufzte. »Ich habe nicht ja gesagt.«
Lili wollte schon etwas sagen, überlegte es sich aber anders. Plötzlich wurde ihr klar, daß sie miteinander allein waren, weil Courtney mit ihr reden wollte.
»Du würdest dich freuen, wenn ich hierbleiben würde, ja?«
Lili wußte, daß sie ihre Antwort gründlich durchdenken mußte. »Laß es mich so sagen. Es hat mir viel Freude gemacht, daß du hier bei mir gelebt hast.« Sie verstummte. »Ich bin gern mit dir zusammen, mein Liebling. Ja, sogar sehr gern.«
Courtney merkte, daß ihre Großmutter die Frage nicht direkt beantwortet hatte.
»Wenn du ich wärst und wüßtest, warum ich ursprünglich angefangen habe, Medizin zu studieren, was tätest du dann?«
»O nein.« Lilis Augen waren ernst. »In die Falle gehe ich nicht. ›Wenn ich du wäre.‹ Niemand außer dir selbst kann je du sein und diese Frage beantworten. Und ich glaube nicht, daß das Leben, das ich gelebt habe, dir die Zufriedenheit vermitteln würde, mit der es mich erfüllt hat. Ich habe ein zu einseitiges Leben geführt; das wäre nichts für dich.«
»Und warum nicht?«
Lili zuckte die Achseln. »Wir sind verschiedene Menschen. Ich würde mein Leben niemandem wünschen und schon gar nicht jemandem, den ich so gern habe wie dich. Die Liebe aufzugeben, um irgendwo hinzugehen, wo keine Hoffnung auf Liebe besteht.«

»Du hast es getan.«
»Nein, du vergißt, daß ich aus Liebe hingegangen bin. Und du findest möglicherweise nie mehr jemanden, der so richtig für dich ist wie David. Eure Beziehung ist etwas ganz Besonderes.«
»Ich weiß.« Courtneys Stimme klang gequält. »Lili, er spielt gar nicht erst mit dem Gedanken, in Simbabwe zu arbeiten. Weißt du, wie wunderbar es dort sein könnte? Wir könnten ein Krankenhaus eröffnen, und ich könnte fliegen lernen. Wir würden das Leben von Tausenden von Eingeborenen verändern. Aber er fühlt sich berufen, den Menschen hier zu helfen. Er glaubt, daß wir hier etwas verändern können. Was meinst du dazu?«
»Was ich dazu meine, spielt keine Rolle.«
»Doch, es ist wichtig.«
»Liebling, nach allem, was ich heute mit meinen fünfundsiebzig Jahren weiß, würde ich fast alles tun, um einen Mann wie David zu halten. Ich weiß, daß ich es damals nicht gekonnt hätte, aber ich habe mir so oft gewünscht, ich hätte Simbayo aufgeben und mit deinem Großvater und deiner Mutter zusammensein können.«
»Dann siehst du also alles als deine Schuld an? Und nicht ebensosehr als seine, weil er nicht bei dir bleiben konnte?«
Lili wirkte nachdenklich. »Die Tropen hätten Marshs Gesundheit ruiniert. Deine Mutter hätte dort nicht genug erleben können.«
»Warum ist es immer die Frau, die ihre Träume für den Mann aufgeben muß?«
»Ich weiß es nicht«, sagte Lili leise. »Ich bin dazu erzogen worden, zu glauben, ohne einen Mann könnte eine Frau kein ausgefülltes Leben führen. Ich hätte Simbayo nicht aufgeben können, und doch habe ich mir so oft gewünscht, ich wäre dazu in der Lage gewesen.«

»Die Entscheidung sollte mir leichtfallen, wenn man bedenkt, wie sehr ich David liebe«, sagte Courtney schließlich. »Seit ich ihn kenne, kann ich mir mein Leben nicht mehr ohne ihn vorstellen. Ich will Kinder von ihm haben. Ich will alles mit ihm gemeinsam erleben. Ich weiß, daß ich nie mehr jemanden so lieben kann, wie ich ihn liebe. Und mein Traum ... vielleicht war es nur jugendlicher Idealismus. Vielleicht sollte ich mich damit abfinden, den Schwarzen in Südafrika zu helfen und hier für die Menschen zu tun, was nur irgend geht.«

»Ich bin nicht sicher«, sagte Lili, »ob wir längerfristig wirklich eine Wahl haben. Ich glaube, daß ich mein Leben so gelebt habe, wie ich es leben mußte. Aber wenn ich an deiner Stelle wäre – ich habe nicht gesagt: wenn ich du wäre –, dann, glaube ich, würde ich David nicht aufgeben. Ich würde versuchen, mit ihm zu leben. Die Alternative ist, ihn aufzugeben. Und dazu bist du nicht bereit.«

»Muß ich denn eins von beidem aufgeben – David oder meinen Traum?«

»Mein Liebling, so ist es eben mit Träumen. Vielleicht ist es an der Zeit für einen neuen Traum. Für einen, den ihr gemeinsam träumen könnt. Die Entscheidungen, die ich getroffen habe, waren für mich richtig, aber sie waren vielleicht falsch für Carolyn und Marsh.«

»Aber ich weiß nicht, was für mich richtig ist«, stöhnte Courtney.

»Courtney, was hätte ich dafür gegeben, mit einem Mann wie David zusammenzuarbeiten! In den ersten Jahren mit Baxter habe ich einen Eindruck davon bekommen, was das heißt, aber nicht so, wie ihr gemeinsam etwas erreichen könnt. Gemeinsam zu arbeiten, aber nicht nur im medizinischen Bereich, sondern auch daran, dieses Land zu einem schöneren Ort zu machen . . .« Lilis Augen waren lebhaft. »Ich könnte mich regelrecht danach sehnen, wieder jung zu sein.«

»Willst du mir damit sagen, was ich tun soll?«

»Es klingt danach, nicht wahr? Aber es stimmt nicht. Ich will es dir nicht sagen. Ich möchte dich gern in meiner Nähe haben, und ich wünsche dir, daß du an jedem einzelnen Tag deines Lebens Liebe erfährst.«

Courtney legte einen Arm um die Schultern ihrer Großmutter.

»Überstürze die Entscheidung nicht«, riet ihr Lili. »Laß dir Zeit. Bitte David, Geduld mit dir zu haben. Bewirb dich um die Stelle. Damit legst du dich noch nicht fest.« Sie schwiegen längere Zeit. Dann fragte Lili: »Gefällt dir, was David im Bett mit dir tut?«

Eine derart unerwartete Frage brachte Courtney zum Lachen. »O ja, Lili, ja. Ja, ich mag es sehr. Ich wüßte nicht, wie ich ohne das leben sollte.«

»Vielleicht brauchst du ja nicht ohne das zu leben.«

55. Kapitel

»Courtney, ich verstehe dich einfach nicht. Du weißt genausogut wie ich, daß das, was wir beide haben, etwas ganz Besonderes ist. Und du kannst mir nicht erzählen, es sei nichts damit erreicht, wenn wir dafür sorgen, daß Schwarze dieselbe Behandlung wie Weiße erfahren.«

»Natürlich nicht«, rief sie aus. Tränen strömten über ihre Wangen. »Ich finde es sogar gut. Aber mir reicht es nicht.«

Er kniete sich vor sie hin und nahm sie in den Arm.

»Ich kann nicht ohne Menschen und ohne geistige Anregungen leben, Courtney.«

»Kannst du eher ohne mich leben?«
»Und kannst du leichter ohne mich in der Wildnis leben, als hier in Kapstadt mit Lili und mir?«
Courtney hatte die Stelle angeboten bekommen, und so war die Auseinandersetzung entstanden. In den letzten zwei Monaten hatten sie das Thema gemieden, doch jetzt mußte eine Entscheidung getroffen werden.
»Courtney, ich weiß jetzt schon, wie ich auf ein Krankenhaus mitten im Nichts reagieren würde. Ich würde mich zum ersten Mal umsehen und mich nur noch fragen, wie ich am schnellsten wieder von diesem gottverlassenen Ort wegkomme. Liebling, ich bin ein Produkt der Zivilisation. Ich will mein Leben nicht an abgeschiedenen Orten wie Simbayo verbringen – ich will in solchen Gegenden nicht einmal Urlaub machen!«
»Dann solltest du dir vielleicht besser eine Frau suchen, die dieselben Werte hat wie du. Eine Städterin«, fauchte Courtney bissig.
David drehte sich auf dem Absatz um, verließ die Wohnung und knallte die Tür hinter sich zu.
Courtney starrte die Tür an und brach wieder in Tränen aus. Sie weinte schon seit Stunden.
Verflucht, verflucht, verflucht.
Sie wartete, bis ihre Tränen versiegten. Dann setzte sie sich ans Fenster und sah auf die Stadt hinaus, in der sie so glücklich gewesen war. Warum konnte sie hier nicht weiterleben?
Sie hob den Telefonhörer ab und rief Lili an.
»Du hast geweint. Ich höre es an deiner Stimme«, sagte ihre Großmutter sofort.
»O Lili, ich weiß nicht, was ich tun soll. Ich kann David nicht verlassen.«
Am anderen Ende der Leitung herrschte Schweigen.
»Bist du noch da?« fragte Courtney.

»Ja, natürlich. Ich kann dir darauf keine Antwort geben. Diese Entscheidung kann ich dir nicht abnehmen.«
»Ich weiß«, sagte Courtney. »Ich dachte nur ...«
»Genau das solltest du tun. Denk nach und geh wirklich in dich. Fahr ein paar Tage weg. Fahr ans Meer und miete dich in dem Hotel ein, das dir und David so gut gefallen hat. Geh am Strand spazieren. Setz dich hin und schau aufs Meer. Sorg dafür, daß du weit weg von uns allen bist, und entscheide dort, was du tun mußt.«
Courtney spürte, daß ihr Atem wieder ruhiger ging.
»Ich muß der Krankenhausleitung am nächsten Montag Bescheid geben.« Es war Mittwoch.
»Sieh zu, ob du dir ein paar Tage freinehmen kannst.«
»Ich komme zum Abendessen nach Hause«, sagte Courtney.

»Ich habe mir viele Gedanken gemacht«, sagte Lili, als Courtney zum Essen kam. »Ich bin nicht bereit, eine Mitverantwortung an deiner Entscheidung zu tragen. Ich will deine Pläne nicht beeinflussen, und daher habe ich mich entschlossen, ganz gleich, wohin du gehst, bei dir zu sein. Du mußt dich also ganz allein mit David auseinandersetzen und kannst mich nicht mehr als Vorwand benutzen.«
Courtney sah ihre Großmutter fragend an. »Wie meinst du das?«
»Wenn du hierbleiben und David heiraten willst, können wir die Hochzeit im Garten veranstalten. Das wäre doch schön. Und du kannst mehrfach in der Woche zum Abendessen kommen, und das Leben kann so weitergehen wie im letzten Jahr. Ich fand dieses Jahr übrigens sehr schön, mein Schatz. Dieses Haus und dieses alte Herz sind wieder zum Leben erwacht.«
»So alt bist du wirklich nicht, Lili.«

»Ich gebe zu, daß ich mich durch dich wieder jünger fühle. Das Leben könnte jedenfalls sehr erfreulich für uns alle sein. Wenn du aber andererseits das Gefühl hast, du *mußt* nach Simbabwe zurückgehen, dann komme ich mit dir. Vielleicht kann ich dir sogar helfen. Ich denke mir, ich könnte dich beraten und dir Vorschläge machen, dich vielleicht sogar vor ein paar Bauchlandungen bewahren. Ich kann Spritzen verabreichen, und ich glaube, ich kann auch heute noch Geburten betreuen, aber ich kann nicht mehr den ganzen Tag auf den Füßen sein.«

Courtney starrte ihre Großmutter mit Augen an, die vor Erstaunen weit aufgerissen waren.

»Natürlich nicht für immer«, sagte Lili nachdenklich. »Aber ich dachte mir, wenn du dich dafür entscheidest, wäre es schön, noch einmal von vorn anzufangen. Mehr als ein Jahr kann ich dir nicht versprechen. Ich müßte sehen, wie ich es körperlich schaffe. Aber du kannst auf mich setzen.«

Courtney holte tief Atem. Sie konnte sich nicht entscheiden, ob Lili es ihr schrecklich einfach machte oder ihr unglaubliche zusätzliche Schwierigkeiten in den Weg stellte. »Ich glaube nicht, daß mir damit geholfen ist.«

»Ich habe nicht die Absicht, dir bei deiner Entscheidung zu helfen und es mir dein ganzes Leben lang vorwerfen zu lassen. Ich habe lediglich die Absicht, dich zu unterstützen – ganz gleich, wie deine Entscheidung ausfällt.«

»Ich habe gestern abend mit Daddy telefoniert, und er hilft mir genausowenig weiter wie du.«

»Ich kann mir vorstellen, daß er sich freuen würde, wenn du wieder nach Simbabwe kämst.«

»Ich weiß, daß er sich freuen würde. Aber er hat gesagt, ich soll dabei nicht an ihn denken. Ihn interessiert nur, daß ich glücklich werde.«

»Ach, mein Liebes, es gibt so viele Färbungen von Glück.

Ich persönlich habe jedes Glück nur um den Preis gefunden, daß ich etwas anderes Wertvolles aufgeben mußte.«
»Ich lerne im Moment gerade, daß es so ist«, sagte Courtney, die laut lachte. »Lili, glaubst du, wir stünden einander so nahe, wenn Mama noch am Leben wäre?«
»Ich stelle mir gern vor, daß es dann genauso wäre. Ich habe eigentlich sogar eine viel engere Beziehung zu dir als zu deiner Mutter. Ich glaube, sie hat mich immer geliebt, aber sie hat mir nie mehr vertraut, nachdem ich sie aus Simbayo fortgeschickt hatte. Sie wollte mir ab diesem Zeitpunkt nicht mehr nahe sein. Sie und Marsh . . .« Lili seufzte. »Keiner von beiden hat sich von mir genug geliebt gefühlt. Wenn ich sie wirklich über alles geliebt hätte, hätte ich alles andere, was mir teuer war, aufgegeben, um bei ihnen zu sein.«
»Und du hättest dein eigenes Leben dadurch geschmälert.«
»Ich bin froh, daß du mich verstehst, mein Liebes«, sagte Lili. Sie lächelte traurig. »Ich dachte, als David in dein Leben getreten ist, daß ihr beide gemeinsam vielleicht die Arbeit tun könntet, von der du träumst, und ich dachte, du bräuchtest vielleicht keinen Verzicht zu üben. Ich habe mir einen Arzt für dich gewünscht, einen Arzt mit Davids Vorstellungen, aber ich konnte nicht ahnen, daß er nicht das Leben leben will, nach dem du dich sehnst. Die Frage ist doch eigentlich nur die, ob du gewillt bist, in einer Stadt zu leben und dich mit einem bequemen Leben abzufinden, wenn du dich eigentlich gern als Heldin sehen möchtest.«
»Nein, so habe ich es nie gesehen.«
»Dann sieh es so. Vielleicht hilft dir das dabei, deine Gedanken zu ordnen.«

Courtney kam am Donnerstag abend in dem Hotel an und schlief um neun Uhr abends ein. Am nächsten Tag erwachte

sie um die Mittagszeit und hatte vierzehn Stunden an einem Stück durchgeschlafen.
Den ganzen Tag über sehnte sie sich grenzenlos nach David und hatte keine Ahnung, wie sie sich entscheiden sollte. Nachts konnte sie nicht schlafen. Kein Wunder, dachte sie, wenn ich letzte Nacht vierzehn Stunden geschlafen habe. Sie schloß die Augen und versuchte, alles von sich zu schieben. Als das nicht klappte, versuchte sie nachzudenken. Sie konnte keinen klaren Gedanken fassen. Schließlich zog sie sich an und beschloß, einen Spaziergang am Strand zu machen. Es war nach Mitternacht.
Sie versuchte, sich ein Leben mit David auszumalen. Es klang verlockend. Auf alle Zeiten mit David zusammen. Kinder von David. Eine gemeinsame Arbeit mit David.
Aber wie lange konnte das gutgehen, wenn dieses Land kurz vor einem Blutbad stand, wie es in der Nähe von Pretoria jetzt schon begann? Sie malte sich aus, in der Nacht Schreie zu hören, wenn Horden von Eingeborenen mit brennenden Fackeln auf das Haus zuliefen, das sie von Lili erben würde. Sie hörte Stimmen rufen: »Nein, Mutter Lili ist gut zu uns gewesen. Dr. David und Dr. Courtney haben uns geholfen.« Doch niemand hörte auf sie. Ehe das Haus angezündet wurde, wurden die Kinder, zwei waren es, aus den Betten geholt, und Courtney und David wurden gezwungen, zuzusehen, wie ihre Körper von Kugeln durchlöchert wurden. Zum Glück starben sie schnell. Die Flammen loderten immer höher auf.
Courtney zitterte.
Sie hatte wenig Zweifel daran, daß noch zu ihren Lebzeiten die derzeitige Lebensform in Südafrika nach einem gräßlichen Blutvergießen, nach vielen Grauen und nach einem Aufstand untergehen würde. Sie hatte keine Ahnung, wodurch diese Lebensform ersetzt würde. Aber sie wollte

nicht dabeisein. Sie wußte, daß die Eingeborenen sie nicht auf ihrer Seite kämpfen lassen würden, und sie wußte auch, daß der Haß jede Vernunft besiegen würde, wenn der Punkt kam, an dem alle Weißen ausgerottet werden sollten.
Wie sah die Kehrseite der Medaille aus? Ihre Vorstellung, daß sie als Individuum in Simbabwe viel verändern konnte, hatte sie während ihres ganzen Studiums aufrechterhalten. Sie wußte, daß sie wirklich vieles ändern konnte. War das nicht auch etwas wert?
Wie konnte sie sich mit einer teuren Wohnung oder mit einem bequemen Leben abfinden, wenn sie wußte, daß täglich Menschen ohne medizinische Hilfe starben, obwohl sie zu retten gewesen wären?
Sie sank auf dem Sandstrand auf die Knie und trommelte mit den Fäusten auf den Sand. Dort am Indischen Ozean rief sie den Göttern oder den Sternen oder dem Wind zu: »Was soll ich nur tun?«

Wieder erwachte sie erst gegen Mittag, und als sie im Restaurant etwas aß, tauchte David auf. Seine Augen waren blutunterlaufen, und er wirkte ausgemergelt. Er kam durch den Raum und setzte sich ihr gegenüber.
»Ich weiß, daß du allein sein willst, aber ich will es nicht. Ich lasse dich nicht ganz allein über unsere beiden Leben entscheiden«, sagte er, als er sich setzte. »Lili hat mir gesagt, daß du hier bist.«
Als sie ihn ansah, empfand sie eine größere Liebe als jemals zuvor. Sie wollte ihn glücklich machen. Sie nahm seine Hand, und er stand vor allen Leuten auf, beugte sich über den Tisch und küßte sie. Dann setzte er sich wieder und bestellte sein Mittagessen.
Am späteren Abend, nachdem sie sich mit einer Intensität,

die an Raserei grenzte, geliebt hatten, sagte David: »Liebling, ich weigere mich, ohne dich zu leben.«
Wenn er sich weigerte, ohne sie zu leben, hieß das dann nicht, daß er früher oder später zustimmen und doch mit ihr nach Simbabwe gehen würde?

56. Kapitel

Der gehetzte Blick war aus Courtneys Augen verschwunden, doch Liliane wußte, daß sie immer noch Hoffnung hegte.
Liliane war sich vollkommen darüber im klaren, daß die neun Monate, die sie hier, im Hinterland von Simbabwe verbracht hatten, eine Mischung aus den verschiedensten Dingen war. Sie hatten viel erreicht, sich allen erdenklichen Herausforderungen gestellt, und Courtney hatte bei all dem unter ihrer Einsamkeit gelitten. Für Liliane war es in den Momenten, in denen sie den Schmerz in Courtneys Augen und ihre hängenden Schultern nicht beachtete, eine Zeit der Wiedergeburt gewesen, eine Zeit, in der sie sich wieder gebraucht fühlte, eine Zeit, in der ihre geistigen Fähigkeiten bis zum äußersten gefordert waren. Vielleicht hatte es sogar nie eine Zeit gegeben, in der sie sich ausgefüllter gefühlt hatte.
Sie tat all das, was ihr in ihrem Leben die meiste Freude bereitet hatte; nach ihren Erfahrungen aus Simbayo erschien ihr alles so leicht; außerdem hatte Andrew ihnen geholfen, so viel in so kurzer Zeit zu erreichen. Der große Unterschied bestand jedoch darin, daß sie diesmal mit einem Menschen zusammenarbeitete, den sie liebte, mit jemandem, der genausoviel Interesse wie sie für alles aufbrachte, was sie taten. Es war nicht etwa so, daß Rose und Heidi und

Philippe kein Interesse aufgebracht hätten, ganz im Gegenteil. Aber jetzt teilte sie alle Erfahrungen mit einem Teil ihrer selbst – mit einem Teil ihres Fleisches und Blutes, mit einem Teil ihres Herzens. Sie brachte einem Menschen etwas bei und half ihm weiter, und zwar dem Menschen, der ihr mehr bedeutete als jeder andere auf Erden. Wie glücklich ich doch dran bin, dachte sie, als sie sich am Spätnachmittag unter eine Akazie setzte und Tee trank.

Natürlich war Simbabwe ganz anders als Simbayo. Hier herrschte nicht die erbarmungslose Schwüle. Aber es gab auch nicht das üppige Grün des Urwalds. Bis auf den kleinen, künstlichen See war alles nach Osten hin braun, so weit man sehen konnte; ab und zu standen ein paar vereinzelte Akazien, und Herden von Tieren bewegten sich noch durch die Savanne – Giraffen, Antilopen, Zebras, wenn auch nicht mehr annähernd so viele wie vor zwanzig Jahren. Und es gab keine Elefanten mehr.

Bis zum Ufer des Sees war alles ausgedörrt. Es war trokken, trocken, trocken. Wenn der Wind wehte, atmete man Staub ein und spürte, wie er sich auf die Lunge legte und einem ins Haar blies. Wasser war knapp. Andrew hatte einen Wassertank gebaut, der weit beeindruckender war als Marshs Wasserturm vor so vielen Jahren. Aber schließlich war Marsh Schriftsteller gewesen, und Andrew war Ingenieur.

Andrew hatte seinen Urlaub hier bei ihnen verbracht und sein persönliches Geld für den Bau des Krankenhauses und der Nebengebäude ausgegeben. Eine dankbare Regierung hatte ihre Hilfe zugesichert. Sie würde die Medizin beschaffen und sich bemühen, Krankenschwestern und Arzthelfer zu finden. Wer weiß, dachte Liliane, wohin eine Nation es bringen könnte, wenn ihre Bevölkerung gesund und wohlgenährt wäre. Sie grinste breit, als ihr klar wurde,

daß sie denselben Gedanken vor mehr als fünfzig Jahren schon einmal gehabt hatte.
»Die Vorstellung ist mir unerträglich«, hatte Andrew zu Liliane gesagt, ehe er das letzte Mal abreiste, »daß Courtney hier draußen nie einen jungen Mann kennenlernen wird und nie die Liebe, die ich mit Carolyn erlebt habe. Das würde ich niemandem wünschen.«
»Ich auch nicht«, antwortete Liliane. Er hatte ihrer größten Angst Ausdruck verliehen.
»Aber sie ist noch nicht einmal fünfundzwanzig«, sagte Andrew. »Wir beide werden nicht zulassen, daß sie für alle Zeiten hierbleibt.«
»Ich bin nicht sicher, ob wir viel Einfluß darauf haben«, antwortete Liliane, obwohl sie wußte, daß Courtney ohne ihre und Andrews Unterstützung jetzt nicht hiergewesen wäre. Es war, als hätten sie sie darauf vorbereitet, seit sie zwölf Jahre alt war. Und kurz darauf traf ein weiterer Hilfstrupp ein.
In ihrem zweiten Monat in der Wildnis, ehe das Krankenhaus gebaut wurde und als sie noch in Zelten lebten, war ein Geistlicher für ein paar Nächte aufgetaucht. Er war jung und in seinen Augen stand ein hingebungsvolles Leuchten, der Glanz, der einen Heiligen oder einen Irren auswies. Eine Zeitlang hielt Liliane ihn für wahnsinnig. Er lief allein durch Simbabwe, machte sich Notizen und plante einen Bericht darüber, wo die Stämme lebten, wie sie lebten, was gebraucht wurde und wie die katholische Kirche einen Beitrag leisten konnte. Er besaß keine Landkarte. Er war in ein weites weißes Gewand gekleidet, das wie ein schmutziges Bettlaken aussah, und er erklärte, es sei weit kühler und würde ihn weniger einengen als seine priesterliche Tracht. Er hatte nicht den geringsten Sinn für Humor, aber ein wunderbares Lächeln, bei dem sich seine

blinkenden weißen Zähne zeigten und ein liebevoller Blick in seine Augen trat.
Er wich nicht von Courtneys Seite, wenn sie einen Patienten behandelte, und er sah sich ganz genau an, was sie tat. Stundenlang fragte er Liliane aus. Er interessierte sich für ihre Vorstellungen, ihre Meinung dazu, wie man den Lebensstandard verbessern könnte, ihre Hoffnung, diesen Leuten beizubringen, wie sie Krankheiten vorbeugen konnten. Courtney erzählte ihm, sie wünschte, sie wüßte, wie sie an Agronomen käme, die den Boden analysierten und etwas darauf wachsen ließen. In den Monaten nach der Abreise von Pater Francis traf kein Landwirt ein, aber eines Tages kam Hilfe in anderer Form – zuerst in Gestalt einer flimmernden Fata Morgana, einer transparenten Erscheinung, die über der heißen braunen Erde schwebte. Sie kam näher, tuckerte wie ein Jeep, und zwei Nonnen trafen ein. Sie sahen nicht wie Nonnen aus, sondern eher wie zerzauste Hippies mit langen Haaren und Kleidern, die an Haight-Ashbury in den späten sechziger Jahren erinnerten. Eine von ihnen, Schwester Mara, trug eine vergoldete Nickelbrille und zeichnete sich durch ihr sprudelndes Gelächter aus.
»Ich habe keine speziellen Begabungen«, sagte sie, um sich vorzustellen, als sie vom Fahrersitz stieg. »Aber ich kann fast alles, falls das nicht zu unbescheiden klingt. Ich bastele an mechanischen Geräten herum, und ich kann Essen kochen, bei dem ihr die besten Restaurants der Welt vergeßt und das euch den Bauch *und* das Herz wärmt. Ich leere Nachttöpfe so gut wie jeder andere auf Erden aus, und ich kann gut schießen.«
Liliane und Courtney sperrten vor Erstaunen die Münder auf. Ehe eine von beiden etwas darauf sagen konnte, sagte die andere Frau, die Taschen und die Campingausrüstung

aus dem Wagen zog. »Wir sind nicht vom Himmel gefallen. Pater Francis hat uns geschickt. Ich bin Schwester Margaret Gail – aber ich lasse mich lieber Gail nennen. Er hatte den Eindruck, ihr könntet eine Krankenschwester gebrauchen.« Es stand außer Zweifel für die beiden, daß sie willkommen waren. Schwester Mara war, wie sie es nannte, »jahrelang durch diesen Teil von Afrika gezogen wie eine Landstreicherin«. Ursprünglich kam sie aus Irland, aber das war »schon so lange her, daß ich nicht mehr weiß, wie Grün aussieht«. Sie war Ende Dreißig und hatte grenzenlose Energie. Gail war auf einer Farm in Kenia aufgewachsen und hatte sich nach ihrer Ausbildung zur Krankenschwester in England entschlossen, diesen Kontinent nie mehr zu verlassen. Sie war nicht viel älter als Courtney. Als sie erfuhr, wer Lili war, füllten sich ihre großen haselnußbraunen Augen mit Bewunderung. »Ich wußte gar nicht, daß Sie noch am Leben sind«, flüsterte sie.

Sowohl gemeinsam als auch jede für sich besaßen die beiden Nonnen viele wunderbare Eigenschaften, doch am meisten schätzten Courtney und Liliane an ihnen, daß sie niemanden zu ihrer Religion bekehren wollten. Keine von beiden ließ sich von Schwierigkeiten oder Übelständen beeinträchtigen.

Es nimmt immer mehr Ähnlichkeit mit Simbayo an, dachte Liliane.

Als Andrew mit dem Firmenflugzeug kam, um sich zu erkundigen, wie die Gebäude aussehen sollten, fragte Liliane Courtney, ob sie etwas Bestimmtes im Sinn hätte.

»Ich konnte mir nie etwas anderes vorstellen als Simbayo«, antwortete Courtney, »und ich will es genauso haben.«

Liliane setzte sich hin und skizzierte aus der Erinnerung das Krankenhaus und das Gebäude mit den Schlafzimmern und schließlich Marshs Villa, in der sie so viele Jahre gelebt hatte. Es gab keinen Fluß mit einer Biegung und keine weißen Störche am anderen Ufer, die in den Stromschnellen standen und von der Veranda aus zu sehen waren, doch sie bat Andrew, das Haus dicht am See zu bauen, damit sie jeden Abend von der Veranda aus den farbenprächtigen Sonnenuntergang sehen konnte, wie es ihn nur in diesem Teil von Afrika gab.

Sie überlegte sich, daß sie den schmalen, inzwischen ziemlich abgegriffenen Gedichtband von e. e. cummings, den Marsh ihr vor mehr als fünfzig Jahren geschickt hatte, auf die Kommode legen würde. Und den juwelenbesetzten Kamm aus Saigon, den sie so sehr in Ehren hielt, obwohl sie inzwischen wußte, daß sie reich geworden wäre, wenn sie ihn verkauft hätte. Und den Elfenbeinelefanten von Nkunda. Die einzigen Besitztümer, aus denen sie sich je etwas gemacht hatte. Selbst ihr Ehering war nicht so wichtig.

Zwei alte Transportflugzeuge vom Typ C-119 landeten mit Planierraupen und anderen Geräten und brachten außerdem neun muskulöse junge Schwarze mit. Die Gebäude und die Arbeitskräfte seien eine Spende der Llewellyn Ltd., wie Andrew lächelnd sagte. Er erzählte ihnen nicht, daß es in Wirklichkeit sein persönlicher Beitrag zu ihrem Vorhaben war.

Innerhalb von drei Wochen waren die Gebäude fertiggestellt, und der Wasserturm und der Generator funktionierten. Ehe Andrew und seine Mannschaft verschwanden, sagte Liliane zu ihm: »Ich bin wieder zu Hause. Ich habe einundzwanzig Jahre lang darauf gewartet, wieder irgendwo zu Hause zu sein. Jetzt bin ich es.« Sie gab ihm einen Kuß. Es schien ihm keine Sorgen zu bereiten, vier Frauen allein inmitten der Wildnis zurückzulassen.

In einigen Jahren würde hier eine Straße sein, auf der Tausende von Füßen gehen und eine Unmenge von Fahrzeugen fahren würden, aber noch gab es keine. Dennoch hatte keine der vier Frauen das Gefühl, in einer unwirtlichen Gegend zu leben.

Liliane kam nie dahinter, wie sich ihre Anwesenheit so schnell herumgesprochen hatte. Von einem Tag zum anderen kamen Dutzende von Gestalten allein, zu zweit und in Dreiergruppen durch die Savanne auf die Gebäude zu. Innerhalb von einem Monat konnte man von jedem Aussichtspunkt aus kleine schwarze Punkte in der Ferne sehen. Sie hinkten, liefen langsam und unter Schmerzen, wurden getragen und waren manchmal in Todesnähe, wenn sie erst zu Dutzenden und dann zu Hunderten ankamen. Bald gab es einen regelrechten Kral von Eingeborenen in den verschiedensten Stammestrachten, die zahlreiche Dialekte sprachen und darauf warteten, von der Ärztin behandelt zu werden. Sie hofften auf ihre Genesung und malten sich aus, was die Medizin des weißen Mannes für sie tun konnte.

Das erste größere Problem war, wie sie sie ernähren sollten. Mara hatte die Hoffnung, sie könnten den Boden durch Wasser, das sie eimerweise mühsam heranschleppten, fruchtbar machen, aber damit war das akute Problem nicht gelöst, weil sie mehr als fünfhundert Personen durchfüttern sollten, die auf dem Boden kauerten und auf ihre Heilung oder die der geliebten Anverwandten warteten.

Da der Tag nicht lang genug war, um so viele Patienten zu behandeln, und da sie nicht genug zu essen hatten, kamen die Frauen bald zu dem Schluß, daß nur die Patienten mit den größten Überlebenschancen ernährt und behandelt werden konnten. Courtney und Gail sahen einander bestürzt an. Konnten sie über Leben und Tod anderer Menschen entscheiden?

Liliane sagte: »Das mache ich.«

»Wir brauchen mehr Ärzte und Krankenschwestern; wir

brauchen etliche Tonnen Reis; wir brauchen Helfer aller Art«, sagte Courtney. »Damit habe ich einfach nicht gerechnet.«
»Wärst du hergekommen, wenn du es vorher gewußt hättest?« fragte ihre Großmutter.
»Ob ich hergekommen wäre? O Lili«, sagte sie und strich sich das Haar aus der Stirn. »Die Frage ist die: Wie kann ich je wieder von hier fortgehen?«
Später am Abend sah Liliane Courtneys Augen an, daß sie zu einem Entschluß gekommen war. »Den ganzen Tag über habe ich an Kinder gedacht. Meine Kinder. Daran, daß ich keine Kinder haben werde. Hier habe ich Hunderte von Kindern.« Ihre Augen leuchteten.
Es erinnerte Liliane daran, wie Baxter gesagt hatte: »Das alles sind meine Kinder.«
Als Andrew das nächste Mal kam – und das tat er inzwischen monatlich –, sagte ihm Courtney, er solle »gleich wieder umkehren und Reis auftreiben. Oder irgend etwas, um diese Menschen zu ernähren.« Andrew stellte für sie den Kontakt zur Außenwelt dar. Liliane erkannte etwas in Andrews Augen und an seinem Gang wieder, was ihm seit Carolyns Tod verlorengegangen war.
Nachdem er abgeflogen war, sagte Courtney: »Ich hätte ihm sagen sollen, daß er mir ein Dutzend Helfer schicken soll. Wir könnten noch einen Arzt und etwa ein halbes Dutzend Krankenschwestern gebrauchen, aber auch eine Handvoll Hilfskräfte.«
Eine neue Helferin tauchte noch am selben Nachmittag auf. Sie war schwarz wie die Nacht und groß und dünn und hatte Augen, die wie Sterne funkelten. Sie kam aus der Savanne und trug ein dreijähriges Kind auf dem Arm. Sie schritt an der langen Warteschlange vorbei auf das Krankenhaus zu. Liliane saß da und verteilte Medikamente und gab Rat-

schläge und schickte Patienten zu Courtney oder Gail. Die Frau ignorierte die Patienten und ging direkt auf Liliane zu und legte ihr das fiebrige Kind auf den Schoß. Seine Augen waren vom Fieber verschleiert. Das Kind konnte nicht viel mehr als dreißig Pfund wiegen und faßte sich glühend heiß an.

Liliane wußte auf den ersten Blick, daß das Kind nicht mehr zu retten war. Es bestand keinerlei Hoffnung. Sie wußte noch nicht, was ihm fehlte, aber sie wußte, daß es sterben würde. Als sie der Mutter in die Augen sah, erkannte sie, daß die Frau es auch wußte.

»Ich bin mehr als fünfzig Meilen weit gelaufen«, sagte die Frau in vollendetem Englisch mit einem britischen Akzent. »Retten Sie mein Baby.«

Normalerweise wäre Liliane gezwungen gewesen, den Fall als hoffnungslos abzutun, doch sie konnte der Frau die Bitte nicht abschlagen. Sie rief Courtney, obwohl sie die Antwort bereits kannte.

Nachdem sie das Kind untersucht hatte, bestätigte Courtney Lilianes Verdacht auf Hirnhautentzündung. Das Kind hatte nur noch wenige Stunden zu leben.

»Mein Mann hat die Krankheit als erster bekommen. Als wir gehört haben, daß Sie hier sind, sind wir sofort aufgebrochen. Er ist auf dem Weg gestorben.« Tränen traten in die Augen der Frau, doch sie rannen nicht über ihre Wangen. »Ich habe ihn unter einem Felsen begraben.«

Am frühen Morgen des nächsten Tages begrub sie ihr Kind. Am Tag darauf kauerte sie in ihren Kleidern vor der Krankenhaustür. Ihre Augen waren ausdruckslos, aber sie machte einen entschlossenen Eindruck.

Courtney sah sie als erste dort kauern.

»Ihr braucht hier Hilfe«, sagte die Frau. »Ich kann helfen. Ich muß helfen. Laßt mich helfen.«

Sie hieß Bmena; das B wurde nicht gesprochen. Sie hatte einige Jahre lang eine Missionsschule im Norden des Landes besucht. Viel älter als neunzehn konnte sie nicht sein, obwohl sie aussah wie Ende Dreißig. Sie hatte eine würdige Haltung, und keine Arbeit war ihr zu niedrig oder zu anspruchsvoll. Abends konnten sie hören, wie sie den Patienten mit den schlimmsten Krankheiten etwas vorsang, und wenn Courtney oder Liliane der beschwichtigenden Stimme folgten, sahen sie Bmena, die die Kranken mit einem kühlen Lappen wusch oder ihnen das Haar aus der Stirn strich.

»Sie ist ein Engel«, sagte Gail.

Sie ist unsere Naldani, dachte Liliane.

Andrew traf mit einer Kolonne von fünf Lastwagen ein, die mit Reis beladen waren. In fünf Jahren, dachte Liliane, wenn sie sah, mit welcher Hingabe Mara ihrem Traum nachging, können wir hier viele Menschen verpflegen, aber noch geht es nicht. Sie ertappte sich bei diesem Gedanken. In fünf Jahren? Ich habe Courtney ein Jahr versprochen. Ich kann nicht von hier fortgehen, erkannte sie. Jedenfalls nicht nach einem Jahr. Vielleicht auch nie.

An jenem Abend ließ sich Courtney erschöpft auf ihr Bett fallen.

»Wie lange hältst du das durch?« fragte Liliane.

Courtney sah sie überrascht an. »Wie kann man sich etwas anderem zuwenden, wenn man weiß, wie sehr man hier gebraucht wird? Ich hätte im Traum nicht gedacht, daß es so kommen könnte. Diese vielen hundert Menschen, die am Verhungern sind, diese tausend und abertausend Menschen, die medizinische Behandlung brauchen. Wie könnte ich je von hier fortgehen? Dann hätte ich diese Menschen auf dem Gewissen.«

Ja, dachte Liliane, jetzt beginnst du zu verstehen. Wenn wir

nicht wären, welche Hoffnung bestünde dann für viele dieser Leute?
»Aber ich denke jeden Abend vor dem Einschlafen an David. Ich sehe mir Gail und Mara und sogar dich an, und dann weiß ich, daß man ohne diese Form von Liebe leben kann. Euch dreien scheint es so leicht zu fallen. Ich habe das Gefühl, ich werde immer vor meinen Augen sehen, was ich aufgegeben habe.«
Sie hatten wenig Post bekommen und die auch nur, wenn Andrew kam, doch Liliane wußte, daß Andrew jedesmal, wenn er aufbrach, einen Brief von Courtney an David mitnahm. Eine Antwort war nie gekommen.
Als Andrew das nächste Mal erschien, brachte er zwei Regierungsbeamte mit, die drei Tage lang blieben, mit den Leuten redeten und Courtney und Liliane fragten, was gebraucht wurde. Sie inspizierten das Krankenhaus. Von dem Tag an kam einmal monatlich eines der alten Transportflugzeuge mit Nahrungsmitteln, Medikamenten und Decken. Sie bekamen sogar Zelte, um die schwersten Fälle gegen die Sonne und die kalten Nächte zu schützen. Zwei junge Krankenschwestern aus Harare, die im Turnus von drei Monaten abgelöst wurden, trafen ein. Sie wurden immer dann durch andere ersetzt, wenn sie sich gerade an die Bedingungen gewöhnt hatten.
»Kein Vergleich dazu, wie man in Südafrika zu einem solchen Krankenhaus stünde«, sagte Liliane.
»In Südafrika würden sie unsere Arbeit nicht zulassen«, sagte Courtney. »Das ist einer der Gründe, aus denen ich nicht dortbleiben konnte.«
Die neue Regierung von Simbabwe hatte zwar immer noch Schwierigkeiten, doch sie ignorierte die Tausende von Bürgern nicht, die durch das Hinterland zogen und in Stämmen lebten. Das Land war zwar alles andere als reich, aber es be-

schaffte das Essen und das Nötigste für seine Menschen, wenn es nur irgend ging. Man erkannte hier, daß man Menschen wie Courtney brauchte, und man hatte die Absicht, ihrer Arbeit jede Unterstützung zu gewähren.

Eines Tages hörten sie das Dröhnen eines einmotorigen Flugzeuges. Liliane hatte das Geräusch seit Simbayo nicht mehr gehört. Ihr Herz schlug schneller, als sie daran dachte. Courtney kam aus dem Krankenhaus gelaufen, und ihre Augen leuchteten. Sie hofft, daß es David ist, dachte Lili. Das Flugzeug kreiste einige Male über ihnen. Noch bevor es auf dem Boden aufgesetzt hatte, lief Courtney darauf zu und winkte. Liliane sah sich das Bild aus der Ferne an.

Es war eine holprige Landung, und als die Tür aufging, sprang Courtneys Vater aus dem Cockpit. Liliane sah ihn gestikulieren, und dann sprang Courtney auf die Tragfläche und stieg ein. O Marsh, dachte Liliane. Es ist so viele Jahre her.

Als Andrew das letzte Mal aufgebrochen war, hatte er versprochen, Courtney das nächste Mal eine Überraschung mitzubringen.

Diesmal war er allein gekommen.

Er hat also fliegen gelernt, dachte Lili lächelnd. Das ist die Überraschung. Er hatte die kleine Cessna gekauft, um öfter zu ihnen kommen zu können. Er strahlte vor Stolz.

»Dich nehme ich als erste mit«, sagte er zu Lili. »Morgen gleich nach dem Frühstück. Vielleicht kommt es dir wie in alten Zeiten vor.«

»Es ist mehr als zwanzig Jahre her«, sagte sie zu Andrew.

»Ich weiß. Erinnerst du dich noch, als du mit Marsh nach Kariba gekommen bist, um bei Courtneys Geburt zu helfen?«

Lili spürte einen Kloß in der Kehle, als sie die leuchtenden Augen ihrer Enkelin sah und an Carolyn dachte.

»O Daddy, ist das aufregend. Das eröffnet uns ungeahnte Möglichkeiten.«

»Du könntest mich bald satt haben«, sagte Andrew und zwinkerte. »Ich denke, ich könnte am Freitag nachmittag eher zu arbeiten aufhören und zum Abendessen hiersein.«

»Und du bringst Steaks mit?« schlug Courtney vor.

Andrew lachte.

»Das Fliegen macht Spaß.« Er wandte sich an Lili. »Du hast mir nie erzählt, wieviel Freude es macht.«

»Ja, das macht es wirklich«, stimmte ihm Liliane zu.

»Komm schon«, forderte Andrew sie auf. »Laß uns aufbrechen, Lili.«

Als sie in der Luft waren, rief er: »So, und jetzt übernimmst du das Steuer. Mal sehen, woran du dich noch erinnerst.«

»Andrew.« Sie zitterte vor Angst. Dann ließ das Zittern nach. »Es ist mehr als zwanzig Jahre her.«

Meine Reflexe sind zu langsam, sagte sie sich. Und er sagt mir, ich soll fliegen. Dann fliege ich eben. Sie genoß es in vollen Zügen.

»Und das mit fünfundsiebzig Jahren«, sagte sie zufrieden, als sie wieder auf dem Boden waren.

»Da wir gerade vom Alter sprechen«, murmelte Andrew mit gesenkter Stimme. »Weißt du, daß heute der fünfundzwanzigste März ist?«

Courtneys Geburtstag. Nein, daran hatte sie nicht gedacht. Hier in der Savanne flossen die Tage ineinander, und sie hätte nicht einmal sagen können, daß es März war.

Während Andrew mit Courtney eine Runde drehte, fragte sich Liliane, was sie Courtney schenken konnte.

Sie hat mir so viel gegeben.

Sie hat mir die Zukunft geschenkt.

Und plötzlich wußte sie, was sie ihr schenken wollte. Einen Teil ihrer Vergangenheit. Den mit Juwelen besetzten Kamm aus Saigon. Marsh würde sich freuen, wenn seine Enkelin den Kamm mit den Rubinen und Smaragden trug. Den Kamm, den er vor so langer Zeit gekauft hatte – um einer Liebe willen, die nie gestorben war.

Tränen brannten in Lilianes Augen, als sie in ihr spartanisches Schlafzimmer trat. Eine Liebe, die nie zu Ende geht.

Sie wünschte, sie hätte Geschenkpapier und eine Schleife gehabt.

Beim Abendessen sangen Andrew, Lili, Mara und Gail für Courtney. Bmena beobachtete sie und wußte nicht, wie sie sich verhalten sollte.

Als Liliane ihr den mit Juwelen besetzten Kamm reichte, blieb Courtney stumm. »Hier«, sagte Lili. Doch Courtney konnte ihre Hand nicht danach ausstrecken. Sie saß da und starrte Lili an und nicht den Kamm.

Ich hätte ihn ihr ohnehin hinterlassen, dachte Lili, wenn ich sterbe. Aber sie läßt mich nicht sterben. Sie erlaubt es mir, immer weiterzumachen. Sie läßt mich vergessen, wie alt ich bin. »Nimm ihn«, bat sie. »Ich möchte, daß er dir gehört.«

Courtney streckte ihre schmale Hand aus, eine Hand, der man jetzt schon die harte Arbeit der vergangenen Monate ansah.

»O Lili.« Ihre Stimme brach, als sie sich über den Tisch beugte und ihre Großmutter küßte. Ihre Hand glitt über die Steine. »Ich danke dir.«

»Ich danke *dir.*« Lilis Stimme war ein Flüstern.

Andrew wartete, bis sich der Überschwang der Gefühle gelegt hatte und ein paar Minuten vergangen waren.

»Danach ist mein Geschenk eine Enttäuschung«, sagte er. Aber daran, wie er es sagte, konnten sie erkennen, daß er es nicht wirklich glaubte.

»Mir ist klargeworden, daß du von mir oder jemandem von

der Regierung abhängig bist, der dir Vorräte bringt. Bisher ist noch kein Notfall eingetreten, und du brauchtest keinen Kontakt zur Außenwelt aufzunehmen. Und außerdem habe ich günstig eingekauft. Gleich zwei auf einmal war eine gute Verhandlungsbasis.«

Lili wußte sofort, wovon er sprach, doch Courtney schien zu rätseln.

Andrew wandte sich an Lili. »Du kommst doch ein paar Wochen lang allein zurecht, während ich sie mitnehme, damit sie Unterricht bekommt?«

Courtney verstand gar nichts mehr. »Womit soll Lili allein zurechtkommen?«

»Himmel«, platzte Andrew heraus, »ich habe zwei von diesen kleinen Cessnas gekauft. Ich weiß zwar, daß Lili dir helfen kann, wenn du Probleme hast, aber ich finde trotzdem, du solltest ein paar Flugstunden nehmen. Zumindest für die Grundlagen. Dann kannst du auch selbst hierher zurückfliegen. Was denkst du dazu, Lili?«

»Das ist eine wunderbare Idee«, sagte sie. Sie sah Gail und Mara an. »Natürlich schaffen wir das.«

»Es geht nur um zwei Wochen«, sagte er. »Ich habe schon alles vorbereitet. Dann können wir beide ihr den Rest beibringen.«

»O Daddy.« Courtney sprang auf und lief auf ihn zu, um ihn zu umarmen. »Ein eigenes Flugzeug.« Sie wandte sich an Lili. »Siehst du, ich werde doch noch wie du.«

Wie ich, dachte Lili.

»Das ist der schönste Geburtstag aller Zeiten«, sagte Courtney mit leuchtenden Augen. »Mein fünfundzwanzigster Geburtstag. Schöner könnte das Leben doch gar nicht sein.«

Am Morgen darauf vergewisserte sich Courtney noch einmal bei Lili. »Bist du sicher, daß ihr es alleine schafft?«

Andrew und Courtney küßten sie beide zum Abschied, und

Andrew sagte: »Du weißt ja, daß ich jetzt öfter kommen werde. Dieser Ort ist auch ein Teil von mir geworden.«

»Du weißt«, sagte Lili, als sie die beiden zum Flugzeug begleitete, »wie sehr ich dich mag, Andrew.«

»Das wußte ich von Anfang an.« Er hängte sich bei ihr ein. »Und du weißt, wie froh ich bin, daß du mit Courtney hierhergekommen bist. Ich hoffe nur, daß es ihr genügt.«

»Es kann einen ausfüllen, bis kein Raum mehr für etwas anderes bleibt«, sagte Lili.

Courtney saß schon im Flugzeug und winkte Lili zu. »Ich verspreche dir, nicht abzustürzen. Denk daran, daß Mrs. Mbula heute noch entbinden wird und daß Safarthas Fieber überprüft werden muß und . . .«

Das Dröhnen des Propellers ließ ihre Stimme untergehen. Lili trat zurück, als der Wind den Staub aufwirbelte und das Flugzeug aufstieg.

Eine Sekunde lang hatte sie sich einsam gefühlt. Einsam. Ein Gefühl, das sie nicht gewohnt war.

Aber sie kommt ja zurück, sagte sich Lili. In zwei Wochen. Sie kommt mit ihrem eigenen Flugzeug zurück. Und sie wird einiges ändern und anderen das Leben erleichtern.

Sie tut etwas für Simbabwe.

Für Afrika.

Sie ging zum Krankenhaus zurück. Mrs. Mbula würde heute ihr Baby bekommen. Es würde eine Steißgeburt sein, und wenn ich nicht hier wäre, dachte sie versonnen, könnten Mrs. Mbula und ihr Baby sterben.

Aber ich *bin* hier.

Und daher wird es Mrs. Mbula und ihrem Baby gutgehen.

Und ich kann immer noch etwas ändern auf dieser Welt.

NACHWORT

Dieses Buch ist eine Mischung aus Fakten und Phantasie. Die Geschichte und die Personen sind von mir erfunden; die Zeiten, die Orte und die historischen Begebenheiten entsprechen den Tatsachen.

Alle Orte und Daten im Kongo sind real; die Ausnahme bildet Simbayo, ein Phantasieprodukt, das sich auf mehrere Missionsstationen begründet, die in den Jahren, über die ich schreibe, regen Zulauf hatten. Die Ereignisse, die sich in Zaire nach dem Erhalt der Unabhängigkeit abgespielt haben, stützen sich auf historische Tatsachen. Das Massaker von Stanleyville hat 1964 wirklich stattgefunden, aber ich habe mir die Freiheit herausgenommen, das Datum für meine Zwecke in 1962 abzuändern.

Die Geschehnisse und Daten, die sich um den Bau des Staudamms von Kariba drehen, sind wirklichkeitsgetreu. Tatsächlich bekam die britische Firma Costain den Vertrag über 9,8 Millionen Dollar für den Bau der beiden Städte in der Karibaschlucht. Die beschriebenen Ereignisse haben stattgefunden. Eine Reihe von gewissenhaften, hart arbeitenden Regierungsbeamten und deren Mitarbeitern hat wirklich die Arbeit geleistet, die ich Michael Carver und Sam Elliott zuschreibe. Die Überschwemmungen haben sich tatsächlich so zugetragen, wie ich sie geschildert habe.

Ich habe die Namen von Staatsoberhäuptern und Regierungsbeamten (Lumumba und General Olenga in Zaire und

Huggins und Savory in Rhodesien) genannt, aber ansonsten sind alle Romanfiguren Gestalten meiner Erfindung. Die Orte und Zeiten stimmen; die Auslegung der Realität durch die Personen ist meine Interpretation.

Es gibt zwar viele schwarze Ghettos am Rande der südafrikanischen Städte, aber Kaputo heißt keines von ihnen. Es ist eine Kombination aus den Orten, über die ich gelesen habe. In Kapstadt werden Babys nicht in Krankenhäusern, sondern in Geburtszentren geboren. Um meiner Geschichte willen habe ich diesen Umstand ignoriert, damit Courtney in ihrer Stellung am Krankenhaus Babys zur Welt bringen konnte.